# 蓬莱仙道文化

## 与中国古代文学

王志民 刘焕阳 主编

人民出版社

**图书在版编目（CIP）数据**

蓬莱仙道文化与中国古代文学 / 王志民，刘焕阳
主编. -- 北京：人民出版社，2015

　　ISBN 978-7-01-015674-3

　　Ⅰ．①蓬… Ⅱ．①王… ②刘… Ⅲ．①道教－关系－
中国文学－古典文学－文学研究－文集　Ⅳ．①I206.2-53

　　中国版本图书馆CIP数据核字（2016）第000007号

**蓬莱仙道文化与中国古代文学**
PENGLAI XIANDAOWENHUA YU ZHONGGUO GUDAI WENXUE

主　　编：王志民　刘焕阳
责任编辑：阮宏波　翟金明
出版发行：人 民 出 版 社
地　　址：北京市朝阳门内大街166号
邮政编码：100706
印　　刷：三河市嵩川印刷有限公司
版　　次：2015年12月　第1版
印　　次：2019年1月第2次印刷
开　　本：710毫米×1000毫米　1/16
印　　张：25
字　　数：370千字
书　　号：ISBN 978-7-01-015674-3
定　　价：58.00元
发行电话：(010) 65257256　65245857　65276861
销售中心：(010) 65250042　65273937　65289539

山东省古典文学学会 编

# 蓬莱仙道文化与中国古代文学学术研讨会会议论文集

主 办 山东省古典文学学会
鲁东大学胶东文化研究院
蓬莱市人民政府

# 出版编辑委员会

# 目　录

# 序

张代令

蓬莱的仙道文化源远流长。它源于中国古代神话，具有浓郁的地方特色，是中国古代士子精神栖宿的土壤与家园，在中国古代文学方面有着丰富体现和重要影响。

"蓬莱"作为地名由海市蜃楼和三山仙话演变而来，也是"仙境"的代名词。从战国时期开始的帝王海上寻仙，到汉武大帝刘彻的海边筑城，使本来虚无缥缈的仙山蓬莱有了具象的实际载体，许多神奇生动的神仙故事开始广泛流传，极大丰富了蓬莱的人文内涵，扩大了地域影响，从而形成了与西方昆仑神话相对应的东方蓬莱神话。

仙道文化对于蓬莱，是独有的，是专属的。在漫长的历史发展过程中，厚重的文化积淀使蓬莱神话形成了三教荟萃、文化多元的鲜明特点。但是，不管从自然现象还是人文内涵，仙道文化无疑一直是蓬莱神话的主流，也是蓬莱地域文化的个性与特色。同样的海滨城市，同样的海市蜃楼，只因为有了"蓬莱"二字，有了"八仙过海"的美丽传说，显得更为传神、更为动人。不管是古代还是今天，无论是上层社会还是民间百姓，都赋予了仙道文化赖以生存的土壤和空间，所以它才会拥有长盛不衰的生命力。山海城阁交相辉映，天人合一道法自然，写意的无疑是一种超然物外的仙都风情。蓬莱，不仅仅是一个地理概念，更是一个文化概念。她孕育而生的仙道文化代表着中华民族最古老、最本真的文化遗存。

时至今日，文化与经济和政治相互交融，越来越成为一个国家、一个民族凝聚力和创造力的重要源泉，是一个地区经济社会发展的重要支撑。在这样一个背景下，8月份，我们成功举办了"蓬莱仙道文化与中国古代文学"全国学术研讨会，60名专家学者齐聚蓬莱，一起交流各自的研究心得，成为当年蓬莱文化工作的一件盛事。

  这次结集出版的论文，汇集了与会专家学者多年的研究成果，也是这次研讨会的可喜收获。能有这样一个集子，对蓬莱仙道文化的产生、演变、内涵和前景进行系统反映，必将对弘扬传统文化、推动蓬莱文化事业和文化产业的发展产生积极作用。我们深知，蓬莱仙道文化博大而厚重，仍然有待于进一步的研究和探讨。希望更多的有识之士关注蓬莱，走近蓬莱，呵护她，研究她，建设她，让古邑遗韵与个性特色得以传承与弘扬，共同书写出以文化促开放、以开放促改革、以改革促发展的人间仙境新传奇。

  是为序。

2015 年 8 月

张代令，原蓬莱市委书记，现任烟台市副市长。

# 蓬莱仙道文化与海洋文化精神①

## 王志民

孙市长、各位同仁：

上午好！

在这样一个花果飘香、气候宜人的季节，我们在人间仙境蓬莱召开"蓬莱仙道文化与中国古代文学全国学术研讨会"。首先要感谢蓬莱市委、蓬莱市人民政府的支持，他们在各方面周到的安排为大会的召开提供了有力的保障。我们尤其要感谢蓬莱市张代令书记、鲁东大学刘焕阳副校长为本次大会召开所付出的努力；同时对参与会务的同志们的辛勤劳动，一并给予诚挚的感谢！

蓬莱仙道文化源远流长、传播广远，令人神往，是中国传统文化中一种给人巨大想象力和创造力的特色文化。从《山海经》等先秦典籍来看，关于蓬莱，上古时期有传说，先秦典籍有记载，而在现实中最能体现蓬莱仙道文化特色的地理标志就是当今行政区划上的蓬莱市。因为世上没有"瀛洲市"，也没有"方丈市"，只有蓬莱市。中华民族自古就有对大海进行追求、探索的民族精神。蓬莱与其对面的长岛列岛是最能体现中国海洋文化特色的地方。

学界对传统文化的研究一直局限在内陆文化上，但内陆文化终有其局限性：它虽然创造了内陆文明的辉煌，但也延缓了文明的近代化进程，这与内陆文化对海洋文化的重视和探索不够有关系。传统的内陆文化一贯鄙视海洋文化，把滨海地区视为天涯海角，鄙为蛮夷之地。"蓬莱"之"莱"有茂盛之意，但也有荒芜之意。蓬莱在内陆文化的观照之下也就是蓬草丛生的荒远之地。这显然是对海洋文化的漠视。

2013 年底，习近平总书记在视察曲阜时，曾经强调四个"讲清楚"，其中一个"讲清楚"就是讲清楚中华文化积淀着中华民族最深沉的精神追求。我们认为传统文化中对海洋富有创造力的想象是中华民族最具有代表性的追求之一。

对海洋文化的探索，秦汉是一个最突出的历史时期。继齐宣王、齐威王之后，秦始皇一生四次东巡，其中有三次来到山东半岛，这不能仅仅看作是求取不死之药，更应该看作是具有雄才大略的一代帝王对大海勇于探索的壮举。秦始皇虽然

---

① 本文系李剑锋教授据 2015 年 8 月 20 日会议开幕式上的讲话笔记整理，本人作了删改。

求索未果，死于河北与山东交界的沙丘，但其求索进取的精神表明他无愧于千古一帝。汉武帝也是一位探索海洋文化的雄才大略帝王。西汉时，蓬莱在对海洋文化的探索中发挥了重要作用，这主要表现在蓬莱等滨海地区的方士蓬勃发展。他们因机而起，响应汉武帝需要，趋之若鹜，纷纷至长安宣传海洋文化。据顾颉刚先生考证，秦始皇当年"坑儒"的对象主要是方士。战国时期就已经开始活跃的方士是沟通海洋神仙和人之间的中介。方士传播海洋文化，也欺骗了秦始皇，所以才引起他的"坑儒"之举。但方士在传播海洋文化上的特殊贡献是不可抹杀的。徐福就是方士的优秀代表，他入海采药，一去不返。与李少君等方士把海洋文化西向传入内陆不同，他把中华文化东向传入海洋深处的日、韩，而蓬莱就是东向传播中最早打开的大门，是中外文化交流的主要发源地。蓬莱在中外文化交流史、传播史上的贡献与仙道文化、海洋文化的影响分不开，我们应当以此来认识蓬莱仙道文化在中华民族文化中的崇高地位。

隋唐以后，登州成为中外交流的主要口岸，是中国与海外交通的最便捷之处，是中华民族眺望世界长达千年以上的窗口，也是外国人进入中国的通道。当时长安乃国际大都市，外国人多从海上来，而登州乃是他们进入中国的主要通道。

蓬莱海市的奇观，极早见于典籍记载；"蓬莱八仙"的传说，传诵上千年而不衰。因此，蓬莱不仅是地方的（蓬莱市的），是山东的，更是中国的。我们今天来到蓬莱市就是来到中华海洋文化的策源地之一。

我们应当重视海洋文化精神的发掘与弘扬。对海洋文化的关注和研究，与对内陆文化的重视比起来，整个学界还做得远远不够。

对文化的研究，我们挖掘山上和平原的太细，而挖掘海上的太粗。在中华民族日益需要海洋文化精神的今天，学界却无人总结海洋文化精神。我们历史上是有海洋精神的，秦皇汉武的海上之行虽然一贯被批评为荒诞迷信，但从积极的一面看，其所体现的恰恰是冲破内陆文化束缚、积极开拓进取的海洋精神。居住在海岛的民族，多具有海洋精神。海岛资源贫瘠，他们不甘心命运的安排，积极探索，向外发展，靠的就是海洋精神。对于其他民族的海洋精神，我们要积极学习；对于我们优秀传统文化中固有的海洋精神，我们要积极挖掘。我们既然自己有，为什么不去挖掘呢？挖掘和弘扬优秀海洋传统文化，就是挖掘和弘扬中华优秀传统文化，蓬莱仙道文化是中华优秀海洋文化的重要组成部分，在这方面我们的研究探索还远远不够。

近年来，山东省古典文学学会抓住山东最具有鲜明特色的地方文化，探讨文化与中国古代文学之间的关系。2014 年，在菏泽召开了牡丹与中国古代文学学术研讨会，在桓台召开王渔洋学术研讨会。今年我们在蓬莱召开蓬莱仙道文化与中国古代文学学术研讨会。这不仅仅是开一次会，而是为了引起学界对海洋文化研究的重视。蓬莱不是一个普通的地名，而是仙道文化一个闪亮的标志。所以，我们选在这里举办这样一个研讨会。我们办会秉持一个宗旨，那就是学术本位，每一次学术会议都是认真的、深入的。这次会议与会代表不足五十人，却收到了四十七篇论文，单凭这一条，本会就是一次成功的大会。

打造海洋文化，蓬莱已经做了很多工作，而且做得很好。本会与地方文化建设相结合，从文学角度挖掘蓬莱仙道文化，这是对地方文化建设的支持。

中央提出推进"一带一路"建设，"一带一路"的一个重要内容就是与相关国家的文化交流。我们这次会议也应该立足于此，挖掘"一带一路"中的海洋文化精神。

建设海洋强国要挖掘海洋精神。我们一贯主张学术研究不能闭门造车，而应面向民族的未来发展。未来的争夺、博弈在海洋，一个国家的海洋力量强大了，国家就强大了。海洋精神就是"船老大"的精神，就是站在船头迎风斗险、无所畏惧、破浪前行的精神。我们需要忠孝廉耻，我们需要仁义礼智信，我们更需要海洋文化迎击风险、搏斗前行的精神！

希望这次会议除交流之外，成为真正研究海洋蓬莱的良好开端。今后也要继续对海洋文化、海洋文学进行探索。海洋仙道文化内容丰富，地方特色鲜明，我们要从文化与文学的结合上，从过去与现在的结合上探索。希望这次会议在蓬莱文化研究史上，在山东古代文学研究史上，在个人研究史上，都成为一次学术的盛会。

这次开会要求与会者必须有论文，就是希望走过就有脚印。我们的论文将来要结集出版，数年后重游蓬莱发现论文集中有属上你名字的文章，那是多么美好的纪念！

关于蓬莱仙道文化研究的空白处甚多。"八仙"要关注，他们身上体现了丰富、深厚、感人的民族精神；小说、诗词、戏曲中的都值得探索。

希望这是一次完满成功的学术盛会，是一次具有良好历史意义的盛会，是一次难忘的盛会！

希望与会代表多加保重，身体健康，研讨顺利，返程平安！

[作者简介] 王志民，山东省古典文学学会会长、山东省齐鲁文化研究院院长、博士生导师。

# 《史记·封禅书》《列仙传》《汉武故事》
# 中的仙话故事

### 廖 群

仙话，乃是神仙观念产生后，受上古神话传说、先秦记述散文、说体故事等文体影响而形成的以显示神仙存在为旨归的文学表达形式。仙话本身还不是小说，但有些仙话已经是在用小说笔法展开叙事，而其必然所具有的虚幻故事与小说虚构有相通之处。《史记·封禅书》《列仙传》《汉武故事》作为汉魏时期的史传作品，其中与神仙活动有关的故事即显示了仙话的早期形态及向神仙小说过渡的痕迹。

## 一、《史记·封禅书》中的"三神山"、封禅传说及求仙活动

《史记·封禅书》集中记述历代宗教祭祀、鬼神灾祥之事，并不专记仙话，但有些记述涉及时人关于求仙之事的传闻，王侯显贵对于升仙不死的渴望，神仙方士造神弄仙的情节，以及其间人们转述的仙话故事，由此可以感受到仙话产生的文化氛围，也可见仙话造说的基本思路。其中关于战国齐威燕昭、秦代始皇、汉代武帝时期的记述尤为详尽而突出。

### 1. 齐威燕昭

《封禅书》中关于神仙方士活动的记述始于战国后期齐威王、齐宣王、燕昭王等使人入海求三神山之事①：

> 自威、宣、燕昭使人入海求蓬莱、方丈、瀛洲。此三神山者，其傅（传）在勃海中，去人不远；患且至，则船风引而去。盖尝有至者，诸仙人及不死之药皆在焉。其物禽兽尽白，而黄金银为宫阙。未至，望之如云；及到，三神山反居水下。临之，风辄引去，终莫能至云。世主莫不甘心焉。

---

① 本文所引《封禅书》，见《史记》，中华书局 1959 年，第 1366 — 1402 页。

据此可知，当时人们盛传海上有蓬莱、方丈、瀛洲三座神山，山上禽兽尽白，金银为阙，宫殿里住着长生不死的神仙之人，仙人手中有不死之药，如果得遇仙人，讨得不死之药，当然也就成仙不死了。此话被传得"有鼻子有眼"，据说的确有人上去过，而且真真切切遇到过仙人，那上面的情景就是此人描述的。然而，真到派人去寻找，却发现这三座山似有似无，远远看着云蒸雾罩，到了跟前却又沉入海水之下；贴近时，三山又像是被风牵跑了，总也抵达不了，徒让君主们称羡不已。今天的人们不难发现，这所谓三神山，不过是大自然呈现给人们的海市蜃楼景观，时人却赋予了如此神秘的仙人故事。

**2. 秦始皇**

到了秦始皇时，更是大规模发动了海上寻仙举动。据《封禅书》，秦始皇"即帝位三年，东巡郡县，祠驺峄山，颂秦功业。于是征从齐鲁之儒生博士七十人，至乎泰山下"。先是封禅，然后"遂东游海上，行礼祠名山大川及八神，求仙人羡门之属"。这些活动混杂着祭神和寻仙，与战国末期齐燕之地邹衍之属阴阳五行学说的流行及方士的推助有关。因为"自齐威、宣之时，驺子之徒论著终始五德之运，及秦帝而齐人奏之，故始皇采用之。而宋毋忌、正伯侨、充尚、羡门高最后皆燕人，为方仙道，形解销化，依于鬼神之事"。

秦始皇"东游海上"所"行礼"的"八神"为天主（祠天齐。天齐渊水，居临菑南郊山下者）、地主（祠泰山梁父）、兵主（祠蚩尤，蚩尤在东平陆监乡）、阴主（祠三山）、阳主（祠之罘）、月主（祠之莱山）、日主（祠成山，成山斗入海，最居齐东北隅，以迎日出云）、时主（祠琅邪），据说"自古而有之，或曰太公以来作之"，其设置即颇具阴阳二元色彩；所求"仙人羡门之属"即当时齐燕等东海区域所传的仙人羡门高等人。方士们的鼓噪在秦始皇心中已经发生作用，并身体力行，之后多次亲临海上以求遇仙：

> 及至秦始皇并天下，至海上，则方士言之不可胜数。始皇自以为至海上而恐不及矣，使人乃赍童男女入海求之。船交海中，皆以风为解，曰未能至，望见之焉。其明年，始皇复游海上，至琅邪，过恒山，从上党归。后三年，游碣石，考入海方士，从上郡归。后五年，始皇南至湘山，遂登会稽，并海上，冀遇海中三神山之奇药。

如此算来，自即帝位三年后泰山封禅、东游海上之后，秦始皇又于"明年"、"后三年"、"后五年"先后三次东至海上，"冀遇海中三神山之奇药"。

### 3. 汉武帝

秦始皇之外，《封禅书》中涉及神仙方术之事记述最多的还有汉武帝之时。其中李少君给武帝编的故事已经显露出神仙凡俗化的征象：

> 是时李少君亦以祠灶、谷道、却老方见上，上尊之。少君者，故深泽侯舍人，主方。匿其年及其生长，常自谓七十，能使物，却老。其游以方遍诸侯。无妻子。人闻其能使物及不死，更馈遗之，常余金钱衣食。人皆以为不治生业而饶给，又不知其何所人，愈信，争事之。少君资好方，善为巧发奇中。尝从武安侯饮，坐中有九十余老人，少君乃言与其大父游射处，老人为儿时从其大父，识其处，一坐尽惊。少君见上，上有故铜器，问少君。少君曰："此器齐桓公十年陈于柏寝。"已而案其刻，果齐桓公器。一宫尽骇，以为少君神，数百岁人也。

李少君看上去不过一凡夫俗子，与平常人了无区别，但他故弄玄虚，让人猜不透他是何方人士及其实际年龄，又有所谓"却老"的方子，这已经给人以莫名的神秘感，尤其是面对一位九十有余的老人，他能说出当年与其祖父游射的去处，武帝有一铜器，他知道这是当年齐桓公放在柏寝中器皿，更是让人不知道他究竟活了几百年。神仙方术的特征在这里表现得至为明显，他们并没有三头六臂，就是一个凡人身，却能延年益寿，甚至成仙不死。

从李少君口中，果然生出耸人听闻的仙方和他本人的海上奇遇：

> 少君言上曰："祠灶则致物，致物而丹沙可化为黄金，黄金成以为饮食器则益寿，益寿而海中蓬莱仙者乃可见，见之以封禅则不死，黄帝是也。臣尝游海上，见安期生，安期生食巨枣，大如瓜。安期生仙者，通蓬莱中，合则见人，不合则隐。"

齐威、燕、昭时只传有人见过住在三神山上的仙人，谁见过，见到的仙人姓甚名谁，什么情况，都还没有落实，这里李少君干脆自称海上遇到仙人安期生，还说这仙人到底不一般，吃的枣像瓜一样大。当然，他没有忘记缀上一句"合则见人，不合则隐"，你们见不到，那是因为你修炼还不到家，不关我事！

不过，"居久之，李少君病死。天子以为化去不死，而使黄锤史宽舒受其方"。不死的神话终究只是造出的仙话，是人就都固有一死，李少君也免不了终老病死的结局。可是神仙方士的鼓噪已经深入人心，武帝相信他已经仙化而去了。

后来有人向汉武帝举荐过一个胶东宫人栾大。此人夸称曰："臣常往来海中，见安期、羡门之属。""臣之师曰：'黄金可成，而河决可塞，不死之药可得，仙人可致也。'""臣师非有求人，人者求之。陛下必欲致之，则贵其使者，令有亲属，以客礼待之，勿卑，使各佩其信印，乃可使通言于神人。神人尚肯邪不邪。致尊其使，然后可致也。"汉武帝使人验明正身，栾大略施小计，"斗棋，棋自相触击"。于是拜栾大为五利将军。"五利常夜祠其家，欲以下神。神未至而百鬼集矣，然颇能使之。其后装治行，东入海，求其师云。大见数月，佩六印，贵震天下，而海上燕齐之间，莫不搤捥而自言有禁方，能神仙矣。""入海求蓬莱者，言蓬莱不远，而不能至者，殆不见其气。上乃遣望气佐候其气云。"

这年秋天，又有一位齐人公孙卿，拿着一札写有黄帝得宝鼎成仙之事的书策求见武帝，称书策得之申公，并转述了申公所讲的黄帝升仙故事：

> 卿因嬖人奏之。上大说，乃召问卿。对曰："受此书申公，申公已死。"上曰："申公何人也？"卿曰："申公，齐人。与安期生通，受黄帝言，无书，独有此鼎书。曰'汉兴复当黄帝之时'。曰'汉之圣者在高祖之孙且曾孙也。宝鼎出而与神通，封禅。封禅七十二王，唯黄帝得上泰山封'。申公曰：'汉主亦当上封，上封能仙登天矣。黄帝时万诸侯，而神灵之封居七千。天下名山八，而三在蛮夷，五在中国。中国华山、首山、太室、泰山、东莱，此五山黄帝之所常游，与神会。黄帝且战且学仙。患百姓非其道者，乃断斩非鬼神者。百余岁然后得与神通。黄帝郊雍上帝，宿三月。鬼臾区号大鸿，死葬雍，故鸿冢是也。其后黄帝接万灵明廷。明廷者，甘泉也。所谓寒门者，谷口也。黄帝采首山铜，铸鼎于荆山下。鼎既成，有龙垂胡髯下迎黄帝。黄帝上骑，群臣后宫从上者七十余人，龙乃上去。余小臣不得上，乃悉持龙髯，龙髯拔，堕，堕黄帝之弓。百姓仰望黄帝既上天，乃抱其弓与胡髯号，故后世因名其处曰鼎湖，其弓曰乌号。'"

这里所讲的仙话较前已经更加富于情节性，且呈现出神话与仙话贯通的迹象。黄帝原本在神话系统中已然是天神，而这里将黄帝还原为人间帝王，经过游名山，与神会，铸宝鼎，终于求仙成功，骑着前来迎接他的天龙仙化而去，登上了天庭。这番说辞绘声绘色，让武帝垂涎三尺，不禁长叹曰："嗟乎！吾诚得如黄帝，吾视去妻子如脱屣耳。"有意思的是来年祭祀黄帝冢，武帝想起了那让他好生羡慕的升仙故事，奇怪地问："吾闻黄帝不死，今有冢，何也?"不过他身边还真有聪明人，巧对曰："黄帝已仙上天，群臣葬其衣冠。"

于是，一如秦始皇故事，汉武帝也多次亲临东海，冀遇神仙。"天子既闻公孙卿及方士之言，黄帝以上封禅，皆致怪物与神通，欲放黄帝以上接神仙人蓬莱士"。明年三月，"上遂东巡海上，行礼祠八神。齐人之上疏言神怪奇方者以万数，然无验者。乃益发船，令言海中神山者数千人求蓬莱神人。公孙卿持节常先行候名山，至东莱，言夜见大人，长数丈，就之则不见，见其迹甚大，类禽兽云。群臣有言见一老父牵狗，言'吾欲见巨公'，已忽不见。上即见大迹，未信，及群臣有言老父，则大以为仙也。宿留海上，予方士传车及间使求仙人以千数"。月余后，"天子既已封泰山，无风雨灾，而方士更言蓬莱诸神若将可得，于是上欣然庶几遇之，乃复东至海上望，冀遇蓬莱焉。奉车子侯暴病，一日死。上乃遂去，并海上，北至碣石，巡自辽西，历北边至九原。五月，反至甘泉"。后来，公孙卿解释尚未遇仙的缘故："仙人可见，而上往常遽，以故不见。今陛下可为观，如缑城，置脯枣，神人宜可致也。且仙人好楼居。"于是汉武帝便"令长安则作蜚廉桂观，甘泉则作益延寿观，使卿持节设具而候神人。乃作通天茎台，置祠具其下，将招来仙神人之属。于是甘泉更置前殿，始广诸宫室。夏，有芝生殿房内中"。两年后，汉武帝又"亲至泰山……东至海上，考入海及方士求神者，莫验，然益遣，冀遇之"。"十二月甲午朔，上亲禅高里，祠后土。临勃海，将以望祀蓬莱之属，冀至殊廷焉。"

从《封禅书》的记述可以看出，战国秦汉以降，随着神仙方术之说的兴起和发展，特别是人君、帝王的热衷以及由此引来的方士们的鼓噪，各种仙话应运而生，越传越奇，这种文化刺激了人们的想象力和编造故事的能力，其中有些颇富于情节的仙话造说和传说，几乎已经可以与志怪传奇小说媲美了。

## 二、《列仙传》的仙人故事

较之《史记·封禅书》只是涉及有关神仙方术的传闻，《列仙传》则属于以人物小传形式专门、集中记载仙话的著作，上自神农时的雨师赤松子，下至汉成帝时的仙人玄俗，一连记述了七十一位仙人的奇闻，体例近于《列女传》，以极短的篇幅记述诸位仙人的主要事迹，文后缀以四言赞语。该书旧题刘向撰，但《汉书·艺文志》只著录刘向《说苑》《新序》《列女传》等，却未见《列仙传》。晋葛洪《神仙传序》始称该书为刘向所作，《隋书·经籍志》最早著录此书，题刘向撰，并称"刘向典校经籍，始作《列仙》《列士》《列女》之传，皆因其志尚，率尔而作，不在正史"。宋陈振孙《直斋书录解题》认为此书不类汉代文字，必非刘向所作，颇得今人认同，且有将该书断为魏晋方士所作而托名刘向者①。其实，较之后来的《神仙传》，《列仙传》的文字要简朴得多，说它不类汉代没有根据；就像说它是刘向作不知何据，断它为魏晋方士所作也只是臆断之词。就其所记人物截至西汉成帝来看，刘向作不是不可能，即便不是刘向作，也应该是汉魏间所作，起码其中的仙话都应是汉代所传。

《列仙传》中的仙人故事有几点颇值得注意。

## 1. 固有历史人物的神仙化

《列仙传》中有些篇目显示了固有历史人物被仙化的情况，从中可见其造仙的构思痕迹。

老子、关尹交往的事迹始见于《史记·老子韩非列传》，老子出关时，关尹喜让老子留下了《道德经》上下篇，仅此而已。只不过关于老子究竟是春秋末年的老聃、老莱子还是战国中期的周太史儋，人们已经说不清楚，这便为造仙者留下了缺口。于是，《列仙传》中，老子"好养精气"，"二百余年时称为隐君子"；关尹喜当"老子西游"之时，"先见其气，知有真人当过，物色而遮之，果得老子"；"后与老子俱游流沙，化胡，服苣胜实，莫知其所终"②，两个人都变成了仙人真人。

务光的事迹见于《庄子·让王》，是传说中商汤时宁死也不欲得天下的隐士、高士，最终负石自沉而死。《列仙传》提到了他"负石自沉于蓼水"，但接着又说他"已而自匿。后四百余岁，至武丁时，复见。武丁欲以为相，不从。逼不以礼，遂投浮梁山，后游尚父山"。能活四五百年还不止，不是仙人又是什么？

介子推的事迹见于《左传》《史记》，随晋公子重耳流亡，返国后不求赏赐，与母偕隐，或称逃至山上，晋文公烧山也未被逼出。到了《列仙传》这里，介子推被说成是被仙人唤去，三十年后还有人在东海边见他在卖扇了。

东方朔的事迹首见于《史记》，《汉书》中有更为详尽的专门的传记，在已佚的《东方朔传》中，其形象已经被神秘化，比较而言，《列仙传》关于东方朔的记述过于简单。不过，说到东方朔之死，该传称"凤飘之而去"，特别是又缀上一

---

① 沈伟方、夏启良：《汉魏六朝小说选》，中州书画社1982年。

② 本文所引《列仙传》，均见《列仙传神仙传注译》，天津百花文艺出版社1996年，下引《列仙传》文字不再出注。

句"后见于会稽，卖药五湖"，他又以凡人身出现了，于是，东方朔身上被吹入更多的仙气，成了仙话故事中重要的角色。

**2. 仙游故事的传奇志怪色彩**

固有人物的仙化容易产生名人效应，但毕竟受到较大的局限，于是在《列仙传》中，我们看到了更多名不见经传的人物粉墨登场，其仙游故事更加丰富多彩，有些略有情节的传记已经具有一定的故事性、戏剧性，有些构思颇为奇巧，从中约略可见志怪、传奇小说的味道。

《谷春》一篇将神仙方术所谓死后化去、长命不衰的仙化观念演绎得十分具体、形象、富于情节：

> 谷春者，栎阳人也，成帝时为郎。病死，而尸不冷。家发丧行服，犹不敢下钉。三年，更著冠帻，坐县门上，邑中人大惊。家人迎之，不肯随归。发棺有衣无尸。留门上三宿，去之长安，止横门上。人知追迎之，复去之太白山。立祠于山上，时来，至其祠中止宿焉。

"发棺有衣无尸"，这是仙话十分惯用的说法，这一篇的具体化表现为开始便强调因其尸不冷，家人不敢下钉，这就为尸身的仙化离去留下了缺口。而且，三年后有人看到谷春坐在县门上，但不肯回家，这才让家人想到去发棺。

《瑕丘仲》一篇仙人更是混迹于民间，还不愿意被人识破：

> 瑕丘仲者，宁人也。卖药于宁百余年，人以为寿矣。地动舍坏，仲及里中数十家屋临水，皆败。仲死，民人取仲尸，弃水中，收其药卖之。仲披裘而从，诣之取药。弃仲者惧，叩头求哀，仲曰："恨汝使人知我耳，吾去矣。"后为夫余胡王驿使，复来至宁。北方人谓之谪仙人焉。

以卖药身份混迹于凡间并不稀奇，此乃仙人最常见的模式，这里出戏的是因为地震，临水的数十家房屋垮塌，瑕丘仲未免于难，而当有人把他的尸体丢到水里后拿他的药去卖时，他又追着跑来要取他的药。这下吓坏了丢他的人，他却说可恨的是你让我不得不暴露了身份！而这个仙人还有一个响亮的别号："谪仙人"。

《犊子》一篇仙人不但谈起了恋爱，还被偷窥到牵牛耳飞跑的一幕：

> 犊子者，邺人也。少在黑山，采松子、茯苓，饵而服之，且数百年。时

壮时老，时好时丑，时人乃知其仙人也。常过酤酒阳都家。阳都女者，市中酤酒家女，眉生而连，耳细而长，众以为异，皆言此天人也。会犊子牵一黄犊来过，都女悦之，遂留相奉侍。都女随犊子出，取桃李，一宿而返，皆连兜甘美。邑中随伺，逐之出门，共牵犊耳而走，人不能追也。且还复在市中数十年，乃去见潘山下，冬卖桃李云。

所谓"犊子"，恐怕就是牛郎的意思，此人连个名姓都未留；但传记一开始就交代他已经活了数百年，时而年老时而年轻，时而丑陋时而英俊，这是个仙人很容易辨识。颇存悬念的是酤酒家女，生有异相，偏偏看中牵牛郎，随犊子到远山中去取桃李，一宿即能跑个来回，让人颇生好奇。于是有人偷偷相跟，想不到他俩竟一边牵着牛的一只耳朵飞将而去，根本追不上。那么这酒家女尤其是这牛犊，应该也都是仙人无疑了。

《服间》一篇更有意思，帮着仙人担瓜的服间也沾了仙气，不过中间因品行不端受到过仙人的处罚：

> 服间者，不知何所人也，常止莒，往来海边诸祠中。有三仙人于祠中博赌瓜，雇间，令担黄白瓜数十头，教令瞑目。及觉，乃在方丈山（在蓬莱山南）。后往来莒，取方丈山上珍宝珠玉卖之，久矣。一旦，髡头着赭衣，貌更老，人问之，言坐取庙中物云。后数年，貌更壮好，鬓发如往日时矣。

三位仙人赌博，以瓜下赌注，这可不是个小数目，便雇了服间帮忙到方丈山上去担瓜。原本是叫他闭着眼睛进山的，估计是他并没有照着做，这才会有后来屡屡偷跑到那座仙山上去取珍宝珠玉拿来卖。于是有一天，他突然变得苍老无比，还被剃了头，穿了赭衣，说是偷了庙中物，应该是托辞。当然，他毕竟已经得仙，数年后改好了就又恢复了往日的容颜。

### 3. 仙人事迹的神怪交错与融合

《列仙传》中的仙人传记中，还有的事迹与神话、怪话交错，有着相互影响、渗透和融合的迹象。

《木羽》一篇中木羽成仙与其母助产接生的一个小儿有关，这小儿就很难说是神灵还是仙人：

> 木羽者，巨鹿南和平乡人也。母贫贱，主助产。尝探产妇，儿生便开目，

视母大笑，其母大怖。夜梦见大冠赤帻者守儿，言"此司命君也。当报汝恩，使汝子木羽得仙。"母阴信识之。母后生儿，字之为木羽。所探儿生年十五，夜有车马来迎去。遂过母家，呼"木羽木羽，为御来！"遂俱去。后二十余年，鹊雀旦衔二尺鱼，著母户上。母匿不道，而卖其鱼。三十年乃没去。母至百年乃终。

小婴儿刚出生就张开眼睛冲着木羽母大笑，这情景真够让人"大怖"的，不过夜梦有人说这小儿是司命君，到时会让你儿得仙，这倒也不错。司命是神话中的角色，这里托生为一个小儿，长到十五岁时"夜有车马来迎去"，已经是颇有仙人味道，又能使人得仙，神与仙的确已经难舍难分。

《修羊公》一篇则是仙怪混合：

　　修羊公者，魏人也。在华阴山上石室中，有悬石榻，卧其上，石尽穿陷。略不食，时取黄精食之。后以道干景帝，帝礼之，使止王邸中。数岁道不可得。有诏问："修羊公能何日发？"语未讫，床上化为白羊，题其胁曰："修羊公谢天子。"后置石羊于灵台上。羊后复去，不知所在。

躺在石凳上能让石头穿陷，修羊公自非等闲之辈。而当景帝多年都没从他那儿得道而不耐烦地赶他走时，话音未落，修羊公已经"化为白羊"，还在身上题了几个字："修羊公谢天子。"较之人去无踪，较之"有衣无尸"，修羊公这里留了一个石羊做替身，不能不说有怪话的色彩。

还有一篇《陶安公》，其情节与《史记·封禅书》中传说的龙垂须下迎黄帝的故事十分雷同，只不过先来报信的朱雀居然开口说了话，于是颇有了怪话色彩：

　　陶安公者，六安铸冶师也，数行火。火一旦散，上行，紫色冲天。安公伏冶下求哀。须臾，朱雀止冶上曰："安公安公，冶与天通。七月七日，迎汝以赤龙。"至期，赤龙到。大雨，而安公骑之东南，上一城邑，数万人众共送视之，皆与辞决云。

《子英》一篇又是长了翅膀的鲤鱼前来迎接，并能开口说话：

　　子英者，舒乡人也，善入水捕鱼。得赤鲤，爱其色好，持归著池中，数以米谷食之。一年长丈余，遂生角，有翅翼。子英怪异，拜谢之。鱼言："我来迎汝。汝上背，与汝俱升天。"即大雨。子英上其鱼背，腾升而去。岁岁来归故舍，食饮，见妻子，鱼复来迎之。如此七十年。故吴中门户皆作神鱼，遂立子英祠。

### 4.《王子乔》《箫史》《邗子》

《列仙传》中还有《王子乔》《箫史》《邗子》三篇，从文学影响的角度值得特别一提。

前两篇可谓仙话中的名篇，其中的人物和情节已经成为后代歌诗词曲常用的典故：

> 王子乔者，周灵王太子晋也。好吹笙，作凤凰鸣。游伊洛之间，道士浮丘公接以上嵩高山三十余年。后求之于山上，见桓良曰："告我家，七月七日待我于缑氏山巅。"至时，果乘白鹤驻山头，望之不得到。举手谢时人，数日而去。亦立祠于缑氏山下，及嵩高首焉。

> 箫史者，秦穆公时人也。善吹箫，能致孔雀白鹤于庭。穆公有女，字弄玉，好之，公遂以女妻焉。日教弄玉作凤鸣，居数年，吹似凤声，凤凰来止其屋。公为作凤台，夫妇止其上，不下数年。一旦，皆随凤凰飞去。故秦人为作凤女祠于雍宫中，时有箫声而已。

这两则仙话有很多相似之处。其一，主人公都是先秦时有身份的人物，一为周灵王太子，一为秦穆公女婿；其二，都善作凤凰鸣，只不过一吹笙，一吹箫；其三，最终都驾乘大鸟飞去，一为"乘白鹤"，一为"随凤凰"；其四，都涉及亲情关系，只不过前者是伫立山头与家人作别的场景，后者则是与妻子携手飞去的画面。这两篇仙去的故事情节感人，情调浪漫，于是引来多少辞人墨客青睐流连。宋词词牌即有《凤凰台上忆吹箫》。

《邗子》说的是蜀人邗子追犬子误入仙境，颇似《桃花源记》的先声：

> 邗子者，自言蜀人也。好放犬子。时有犬走入山穴，邗子随入。十余宿，行度数百里，上出山头。上有台殿宫府，青松树森然，仙吏侍卫甚严。见故妇主洗鱼，与邗子符一函并药，便使还与成都令乔君。乔君发函，有鱼子也。著池中，养之一年，皆为龙形。复送符还山上，犬色更赤，有长翰常随邗子。

往来百余年，遂留止山上，时下来护其宗族。蜀人立祠于穴口，常有鼓吹传呼声。西南数千里，共奉祠焉。

邘子从山穴入，自山头出，便是别样的天地，而已故夫人居然在那里主洗鱼，那么这里显然是另一个世界了。从此邘子往来于凡间与仙地，自己也染上了仙气，留在山上成了仙人。

可见，为了让人们相信神仙的存在、求仙的可能、得仙后生命的延续，造仙话者已经不再是宽泛地讲谁人活了几百年，而是造设了许多奇遇、幻变、逼真的情节，这需要虚构故事的能力，《列仙传》中有些篇目就比较富于这种想象力和创造力。

## 三、《汉武故事》中的天子接遇西王母

《汉武故事》著录于《隋书·经籍志》，未题撰者。《宋史·艺文志》始题汉班固撰。宋晁公武《郡斋读书志》既谓"世言班固撰"，又称"唐张东子书《洞冥记》后云：'《汉武故事》，王俭造。'"王俭，南朝宋齐间人。《汉武故事》就传闻来说，应该出自汉人之手，而就其细腻、繁富的描写看，经魏晋以后人润色的可能性很大。

《汉武故事》并不是集中记述仙话的作品，而是关于汉武帝平生交往、经历种种事件的描述，其中有根据历史记载写成的部分，也有采自民间传闻的内容，诸如"金屋藏娇"等生动的故事就都被写在里面。也正因为采集、收录比较广泛，其中也包含了关于汉武帝及其近臣东方朔接遇仙人西王母的传说，而且作者将其描述的已经十分生动具体，与志怪小说几无区别，由此可见仙话的发展及其向志怪小说演化的痕迹。

西王母原是《山海经》中的大神，奇形怪状，管鬼管物，所谓"其状如人，豹尾虎齿而善啸，蓬发戴胜，是司天之厉及五残"（《西山经》），但在《穆天子传》中已经化身为雍容的女王与周穆王对饮唱和，但其歌词中有"我惟帝女"一句显示着她的神人身份。周穆王"宾于西王母"的情节因此而具有了仙话色彩，因为仙话与神话、怪话区别的关键就在于人与神的交往、接遇与转化。所谓仙话，既非自然的故事（神话），也非动物的故事（怪话），而是人的神化（成仙）的故事。表现为人与神的关系。其基本情节不外乎神化身为人（仙）以与凡人交往、凡人与化身为人的神（仙）交往、凡人通过修炼或与神接遇从而变身为神（仙）。

西王母原本具有神性，自称"我惟帝女"，其时又是以凡人的模样出现，不但与穆王饮酒唱和，还表现出女性特有的情意绵绵，这种人、神或神、人的变幻，已经具有了仙人的品格。

正如《穆天子传》记述了穆天子见西王母，《汉武故事》中关于汉武帝的仙话传说也集中在迎候西王母降临一节，而且西王母的仙人身份已经完全形成。

其中这个会面的前奏就很不寻常①：

> 东郡送一短人，长七寸，衣冠具足。上疑其山精，常令在案上行，召东方朔问。朔至，呼短人曰："巨灵，汝何忽叛来，阿母还未？"短人不对，因指朔谓上曰："王母种桃，三千年一作子，此儿不良，已三过偷之矣，遂失王母意，故被病来此。"上大惊，始知朔非世中人。短人谓上曰："王母使臣来，陛下求道之法：唯有清净，不宜躁扰。复五年，与帝会。"言终不见。

东郡送来一个可以放在案板上行走的小人精，东方朔一见居然问他你怎么从阿母身边跑到这里来，阿母回去没有。这小人根本不睬他，却指着他对武帝说，这家伙不是个好东西，王母种的桃，三千年才结一次果，这家伙居然三番五次去偷吃，他这是失了王母的欢心才被贬到这里来的。这原本是在说东方朔的坏话，但却让武帝知晓了东方朔的来历，原来，这是一个下凡的仙人。当然，这只是一段小插曲，小人精的使命是来告知武帝，你要清净求道，五年后王母会来与你相会。

终于，五年后七月七日这一天，西王母降临了：

> 是夜漏七刻，空中无云，隐如雷声，竟天紫色。有顷，王母至：乘紫车，玉女夹驭，载七胜，履玄琼凤文之舄，青气如云，有二青鸟如乌，夹侍母旁。

王母是从天界降临，隐隐作雷声的紫色车子划过天界，整个天空姹紫嫣红；王母有玉女夹驭，有二青鸟陪侍奉。

> 下车，上迎拜，延母坐，请不死之药。母曰："太上之药，有中华紫蜜，云山朱蜜，玉液金浆，其次药有五云之浆，风实云子。玄霜绛雪，上握兰园

---

① 本文所引《汉武故事》，均见《古小说钩沉》（鲁迅古小说研究著作四种），齐鲁书社1997年，下引《汉武故事》文字不再出注。

> 之金精，下摘圆丘之紫柰，帝滞情不遣，欲心尚多，不死之药，未可致也。"
> 因出桃七枚，母自啖二枚，与帝五枚。帝留核着前。王母问曰："用此何为？"
> 上曰："此桃美，欲种之。"母笑曰："此桃三千年一著子，非下土所植也。"

这里，西王母手中有不死之药，种的桃子三千年结一次果，"非下土所植"，是位大仙已经无疑；而王母本人的谈吐则优雅和蔼。与之比较，武帝变得颇为可爱，一见面就迫不及待地请求不死之药；桃子甜美，便留下桃核"欲种之"。这段描写，虽属仙话，但已经十分富于生活情趣。

> 留至五更，谈语世事，而不肯言鬼神，肃然便去。东方朔于朱鸟牖中窥
> 母，母谓帝曰："此儿好作罪过，疏妄无赖，久被斥退，不得还天；然原心无
> 恶，寻当得还。帝善遇之。"母既去，上惆怅良久。

临了，还没忘记与前面小人精骂东方朔的情节照应一下，让东方朔躲在朱鸟车窗外偷偷打量西王母，西王母慈爱地托付武帝多多关照她的这个孽子，说他现在只是捣蛋太多被罚下凡暂时"不得还天"，早晚还是得回去的。

至此，汉武帝作为凡人是在与天仙西王母、谪仙东方朔交往已经至为明晰。从此，人间帝王、君王接遇仙人西王母成为仙话中一个典型模式，如《仙传拾遗》中有一篇即称"西王母降穆王之宫，相与升云而去"①，分明将穆王见西王母变成了西王母降临的仙话故事；另有一篇关于燕昭王与西王母交往的仙话传闻，西王母也是亲临燕宫："燕昭王者，哙王之子也。及即位，好神仙之道。……谷将子乘虚而集，告于王曰：'西王母将降，观尔之所修，示尔以灵玄之要。'后一年，王母果至。与王游燧林之下，说炎黄钻火之术。……自是王母三降于燕宫，而昭王徇于攻取，不能遵甘需澄静之旨，王母亦不复至。"②

《史记·封禅书》《列仙传》《汉武故事》是汉魏时期的叙事著作，其中已经有大量仙话积累，由此可见其后神仙志怪小说形成的渊源所自。

[作者简介] 廖群，文学博士，山东大学文学与新闻传播学院教授、博士生导师。

---

① 《太平广记》卷 2 引，《太平广记》第一册，天津古籍出版社 1994 年，第 14 — 15 页。
② 《太平广记》卷 2 引，《太平广记》第一册，天津古籍出版社 1994 年，第 16 页。

# 论汉魏六朝大赋的药石药草类物象

孙　晶

汉魏六朝时期是我国传统医药学发展的重要时期，除专门记录药石药草的医书如《神农本草经》《岐伯经》《雷公药对》《桐君采药录》《李当之本草》《吴普本草》《本草经集注》等，汉魏六朝大赋中有些作品也涉及药石药草类物象的铺举描绘，如有的赋，提及药石功用；有的赋，在铺排众多物类时写到一些药石药草类物象；还有的赋，集中描写某地域所产的各种药草。本文所述药草类物象，主要指有一定药用价值的草木类植物。汉魏六朝大赋的药石药草类物象是古代文学与医学关系的重要载体之一；同时，由于东汉以后大赋逐渐出现的征实倾向，这些铺叙药石药草物象的赋作在本草学上又具有相应的文献价值。

## 一、汉魏六朝七体赋与药石药草类物象的疏离

药石药草可伐病疗疾，而赋体之中的七体经常表现为问疾的形式，也是我们首先关注的一类大赋作品。枚乘《七发》是标志汉大赋形成的奠基之作，同时也是一篇问疾型的作品。《七发》开篇即云"楚太子有疾，而吴客往问之"，楚太子和吴客之间有一些对话。这里的吴客分析楚太子病因，主要是由望诊闻诊而来，吴客分析楚太子的病因是"久耽安乐，日夜无极"，造成"邪气袭逆，中若结轖"，而且严重到"久执不废，大命乃倾"的程度。吴客剖析楚太子病因则曰："纵耳目之欲，恣支体之安者，伤血脉之和。且夫出舆入辇，命曰蹶痿之机；洞房清宫，命曰寒热之媒；皓齿娥眉，命曰伐性之斧；甘脆肥脓，命曰腐肠之药。今太子肤色靡曼，四支委随，筋骨挺解，血脉淫濯，手足堕窳；越女侍前，齐姬奉后；往来游醼，纵恣于曲房隐间之中。此甘餐毒药，戏猛兽之爪牙也。所从来者至深远，淹滞永久而不废，虽令扁鹊治内，巫咸治外，尚何及哉！"① 赋中说楚太子的疾病就连扁鹊这样的名医，巫咸这样的神巫，也都没有办法治愈。吴客在这里有危言耸听之意，也使人们急于了解吴客所开的药方。然而，此时的吴客，反而指出太子的疾病可以不用药石针刺灸疗，赋中说："今太子之病，可无药石针刺

① 《文选》卷34，中册，中华书局1977年（版本下同），第478—479页。

灸疗而已，可以要言妙道说而去也。不欲闻之乎?"① 显然，《七发》虽以问疾开始，却表现对药石药草针刺灸疗等医学治疗方式的扬弃。

西晋挚虞对《七发》这种问疾型作品作了分析，挚虞曰："《七发》造于枚乘，借吴楚以为客主，先言出舆入辇蹙痿之损，深宫洞房寒暑之疾，靡曼美色晏安之毒，厚味暖服淫曜之害，宜听世之君子要言妙道，以疏神导引，蠲淹滞之累；既设此辞，以显明去就之路，而后说以色声逸游之乐，其说不入，乃陈圣人辨士讲论之娱，而霍然疾瘳。此因膏粱之常疾以为匡劝，虽有甚泰之辞而不没其讽谕之义也。其流遂广，其义遂变，率有辞人淫丽之尤矣。② 挚虞不仅简明扼要地指出七发的行文思路，而且指出《七发》这篇作品，是"因膏粱之常疾以为匡劝"，也就是说，《七发》中的楚太子身心俱困、萎靡不振，而吴客本是借探病以表达对当时贵族生活方式的规劝，这样的作品有一定讽谕意义。

《七发》是西汉前期影响非常大的作品。东汉至唐前，又出现了不少模仿《七发》体式的作品。晋傅玄《七谟序》曰："昔枚乘作《七发》，而属文之士，若傅毅、刘广世、崔骃、李尤、桓麟、崔琦、刘梁、桓彬之徒，承其流而作之者，纷焉。《七激》《七兴》《七依》《七款》《七说》《七蠲》《七举》《七设》之篇。于是通儒大才马季长、张平子亦引其源而广之。马作《七厉》，张造《七辨》（辨，《艺文类聚》卷57作'辩'）。或以恢大道而导幽滞，或以黜瑰多而托讽咏，扬辉播烈，垂于后世者，凡十有余篇。自大魏英贤迭作，有陈王《七启》，王氏《七释》，杨氏《七训》，刘氏《七华》，从父侍中《七诲》，并陵前而邈后，扬清风于儒林，亦数篇焉……"③ 这些七体作品的主旨有了一些变化，主要表现为由问疾向招隐的发展，如傅毅、张衡、曹植等人的作品。但仍有问疾型的七体作品或有问疾的痕迹，如东汉刘广世《七兴》云："子康子有疾，王先生往焉。"④ 崔琦《七蠲》曰："寒门丘子有疾，玄野子谓之曰"⑤ 还有些七体则明说主人为托病而隐居，如东汉傅毅《七激》有"徒华公子，托病幽处"⑥ 之语，张协《七

---

① 《文选》卷34，中册，第479页。

② （清）严可均辑：《全晋文》卷77，《全上古三代秦汉三国六朝文》，中华书局1958年（版本下同），第1905—1906页。

③ 《全晋文》卷46，第1723页。

④ （唐）欧阳询：《艺文类聚》卷57，上海古籍出版社1999年（版本下同），第1024页。

⑤ 《艺文类聚》卷57，第1025页。

⑥ 《艺文类聚》卷57，第1023页。

命》中的冲漠公子多次以"余病，未能也"①应对殉华大夫之问。当然，这类问疾托病型七体作品也表现出与药石药草类物象的疏离。

尽管汉魏六朝七体作品表现出与药石药草类物象的疏离，但在这些赋中我们仍可以看到一些对药食同源的植物物象的铺陈，主要表现在七体对饮食之美、滋味之丽的铺陈中，如七体的开山之作《七发》，吴客说辞所说的"菜以笋蒲"、"勺药之酱"、"秋黄之苏"、"兰英之酒"等，就是一些药食同源的植物，如水生植物蒲，其茎鲜嫩时可食，而在《神农本草经》等本草典籍记载中，蒲也有一定的药用作用。蒲有不同的种类，有菖蒲、香蒲等，均为《神农本草经》上品中的药草，"主养命以应天，无毒。多服、久服不伤人。欲轻身益气，不老延年者，本上经"②。如菖蒲，《神农本草经》作"昌蒲"，《神农本草经》记曰："味辛，温。主风寒湿痹、咳逆上气，开心孔，补五藏，通九窍，明耳目，出声音。久服轻身、不忘、不迷，或延年。一名昌阳。生池泽。"③香蒲也有"坚齿，明目，聪耳。久服轻身、耐老"④之功效。《神农本草经》还提到蒲黄，久服可轻身，益气力，延年益寿。勺药，六臣注《文选》作"芍药"⑤，其根可入药。《汉书·司马相如传上》："勺药之和具，而后御之。"颜师古注："勺药，药草名。其根主和五藏，又辟毒气，故合之于兰桂五味以助诸食，因呼五味之和为勺药耳。"⑥芍药在《神农本草经》为上草，中品。"中品主养性以应人，无毒有毒，斟酌其宜，欲遏病补羸者，本中经。"⑦"兰英之酒"，即用兰泡渍的酒，《神农本草经》上经有"兰草""木兰"⑧；《神农本草经》还有"泽兰"⑨，属上草，中品。"秋黄之苏"，一般理解为秋天叶黄的紫苏，可入药，也可调味。至于"山肤""楚苗""白露之茹"具体指何种植物，是否有药用作用，虽还不能确定，但从现代医学上看，其中有些植物也是养生佳品。又如张衡《七辩》、王粲《七释》、曹植《七启》、何逊《七召》、萧纲《七励》、萧统《七契》等在铺陈饮食滋味之丽时，也描写了一些药食同源的物类。如《七辩》的雕华子曰："芳以姜椒，拂以桂兰，会稽之菰，冀野

① 《文选》卷35，第492—498页。

② （清）孙星衍、孙冯翼辑：《神农本草经》，商务印书馆1955年（版本下同），第1页。

③ 《神农本草经》，第4页。

④ 《神农本草经》，第11页。

⑤ 《六臣注文选》卷34，中华书局1987年，第637页。

⑥ 《汉书》卷57上《司马相如传上》，中华书局1962年（版本下同），第2544页。

⑦ 《神农本草经》，第21页。

⑧ 《神农本草经》，第1页。

⑨ 《神农本草经》，第22页。

之梁。"① 王粲《七释》的大夫曰："紫梨黄甘，夏柰冬橘。枇杷都柘，龙眼荼实。"② 《七启》的镜机子曰："芳菰精粺，霜蓄露葵。……紫兰丹椒，施和必节。"③ 《七命》的大夫曰："析龙眼之房，剖椰子之壳。……乃有荆南乌程，豫北竹叶。"④ 从赋中铺陈的内容看，这些七体铺陈饮食之美，往往与疗疾并无必然联系，但在赋家反复咏叹的味觉或视觉记忆中，或在赋家"穷瑰奇之服馔"⑤ 的想象和描绘中铺排了不少药食同源的植物。因此，可以说，汉魏六朝大赋中的七体实际上与药石药草类物象是疏离的，也可以说，即使一些问疾托病型七体的问疾，也只是一种幌子，而表现作者个人对朝廷政策，对出处问题的看法，或者表现个人的辞藻才华才是这些赋的真正目的。

这种问疾托病型七体作品对后来赋作产生了深远的影响。如明代黄省曾《射病赋》，假托扁鹊为晋昭公诊病，"首诊脉侯，次审厥色，逡逡循循，愕然而告昭公"⑥，以病为喻，诊出"煎厥""虫蚀""痞膈""筋瘰""风消"⑦ 等九症以讽谕晋昭公，指出"君王之病，非汤液醪洒之所及，镵石案熨之可施，必也征五臣于虞廷，借九人于周室，寄以调燮，委之融和，庶几可瘳也"⑧，借病刺政，揭露封建专制下昏君庸主的各种痼疾，实际是七体的变体。明代谢肇淛《病赋》则假托"体虚公子"与"葆颐海客"的对话⑨，铺排各种处境、心态之下的各类病症，是较好的讽刺赋。这类赋虽以诊病、治病为话题，实际所治并非医学上的疾病，这类赋与七体相似，都是以病为喻的佳作。

## 二、汉晋都邑赋玉石草木之境中的药石药草类物象

汉晋都邑赋是汉代以来京殿苑猎类大赋的重要组成部分，也是所谓"体国经野，

---

① 《艺文类聚》卷 57，第 1026 页。

② 程章灿：《魏晋南北朝赋史·附录一》录自《文馆词林》，江苏古籍出版社 2001 年，第 344 页。

③ 《文选》卷 34，第 485 页。

④ 《文选》卷 35，第 497 页。

⑤ 范文澜：《文心雕龙注》，人民文学出版社 1958 年（版本下同），第 255 页。

⑥ （清）陈元龙编：《历代赋汇外集》卷 20，《历代赋汇》，凤凰出版社 2004 年（版本下同），第 638 页。

⑦ 《历代赋汇外集》卷 20，《历代赋汇》，第 638 页。

⑧ 《历代赋汇外集》卷 20，《历代赋汇》，第 638 页。

⑨ 《历代赋汇补遗》卷 22，《历代赋汇》，第 748 页。

义尚光大"①的赋作。一般认为西汉扬雄《蜀都赋》是汉晋都邑赋的开山之作，扬雄《蜀都赋》对蜀都物产的铺陈中有对玉石类物象的铺陈，而从赋中铺举罗列同类物象的情形看，赋家主要是从奇珍异宝的角度来铺列这些玉石，表现对蜀地物产丰饶的自豪之情。如"其中则有玉石譬岑，丹青玲珑，……于近则有瑕英菌芝，玉石江珠"②。这里的"丹青"当指丹砂和青臒这两种矿石染料。瑕即赤玉。英，通"瑛"，即似玉的美石。菌芝，即石芝，钟乳石类。江珠，即光珠，一名琥珀。这些物类与银铅锡碧等都是蜀地之所产，其中一些玉石也有药用价值，如菌芝、丹砂。"丹砂"，左思《三都赋》之《蜀都赋》作"丹沙"，《文选》李善注："涪陵、丹兴二县出丹砂。丹砂出山中，有穴。《尚书·禹贡》曰：厥土赤埴。"③《神农本草经》有丹沙、石钟乳，为上品类玉石。鲁迅在《魏晋风度及文章与药及酒之关系》一文中曾说："五石散的基本，大概是五样药：石钟乳，石硫黄，白石英，紫石英，赤石脂；另外怕还配点别样的药。"④ 这是魏晋名士何晏等人喜欢吃的药。至于一些具有药用价值或药食同源的草木类物象也多是错杂于对"于木""其竹""其浅湿""其裸"以及对五谷瓜瓠的罗列之中，如"其浅湿则生苍葭蒋蒲，藿芋青蘋，草叶莲藕，茱华菱根""尔乃五谷冯戎，瓜瓠饶多，卉以部麻，往往姜栀，附子巨蒜，木艾椒蓠。"⑤ 其中"蒲"，香蒲或菖蒲一类的草，属《神农本草经》上草上品。"青蘋"，即水萍，生水泽，属《神农本草经》上草中品。瓠，《神农本草经》中有"苦瓠"，属上菜下品。"姜"，《神农本草经》有"干姜"，属上草中品。栀，即《神农本草经》的"卮"，属上木中品，孙星衍、孙冯翼辑：《神农本草经》注曰："卮，旧作'栀'，《艺文类聚》及《御览》引作'支'，是。"⑥ 在铺排可以提神补气养血的饮食时，又有"芍药之羹""五肉七菜"的说法。其中"芍药"也具有药用价值，属《神农本草经》上草中品中的药草类物象。

扬雄作赋曾拟司马相如，其《蜀都赋》铺排玉石草木类物象的方式，与司马相如《子虚赋》《上林赋》对玉石草木的铺排有相似之处。如《子虚赋》曰："云梦者，方九百里，……其上则丹青赭垩，雌黄白附，锡碧金银，众色炫耀，照烂

---

① 《文心雕龙注》，第 134 页。
② 龚克昌、苏瑞隆等评注：《两汉赋评注》，山东大学出版社 2011 年（版本下同），第 200 页。
③ 《文选》卷 4，第 76 页。
④ 鲁迅：《而已集》，北新书局 1933 年，第 127 页。
⑤ 《两汉赋评注》，第 201 页。
⑥ 《神农本草经》，第 30 页。

龙鳞。其石则赤玉玫瑰，琳瑉琨珸，瑊玏玄厉，瑌石武夫。其东则有蕙圃衡兰，芷若射干，穹穷昌蒲，江离麋芜，诸蔗猼且。其南则有平原广泽，登降陁靡，案衍坛曼，缘以大江，限以巫山。其高燥则生葴薪苞荔，薛莎青薠。其卑湿则生藏莨蒹葭，东蔷雕胡，莲藕菰芦，菴䕡轩芋，众物居之，不可胜图。其西则有涌泉清池，激水推移；外发芙蓉菱华，内隐钜石白沙。其中则有神龟蛟鼍，玳瑁鳖鼋。其北则有阴林巨树，楩楠豫章，桂椒木兰，蘖离朱杨，楂梸梬栗，橘柚芬芳。其上则有赤猿蠷蝚，鹓雏孔鸾，腾远射干。其下则有白虎玄豹，蟃蜒貙犴，咒象野犀，穷奇獌狿。"① 《上林赋》写上林苑水域物产之富："于是乎蛟龙赤螭，鰅鳙鳍鲀，禺禺魼鳎，揵鳍擢尾，振鳞奋翼，潜处于深岩；鱼鳖讙声，万物众夥，明月珠子，玓瓅江靡，蜀石黄碝，水玉磊砢，磷磷烂烂，采色澔旰，丛积乎其中。鸿鹄鹔鸹，鴐鹅属玉，交精旋目，烦鹜鹔鷞，䴙鹥鵁鸬，群浮乎其上。汎淫泛滥，随风澹淡，与波摇荡，掩薄草渚，唼喋菁藻，咀嚼菱藕。"② 显然，扬雄《蜀都赋》对玉石草木类物象的铺陈方式受司马相如《子虚赋》《上林赋》的直接影响。西晋左思《三都赋》在比物错辞中也铺排了药石药草类物象，而且也常采用司马相如、扬雄的这种方式。如左思《蜀都赋》"于前"一节："于是乎邛竹缘岭，菌桂临崖。旁挺龙目，侧生荔枝。布绿叶之萋萋，结朱实之离离，迎隆冬而不凋，常晔晔以猗猗。……其间则有虎珀丹青，江珠瑕英。金沙银砾，符采彪炳，晖丽灼烁。"③ 左思《吴都赋》叙草木类物象曰："草则藿蒳豆蔻，姜汇非一。江蓠之属，海苔之类，纶组紫绛，食葛香茅，石帆水松，东风扶留。布濩皋泽，蝉联陵丘。……其琛赂则琨瑶之阜，铜锴之垠。火齐之宝，骇鸡之珍。赪丹明玑，金华银朴。紫贝流黄，缥碧素玉。"④ 这种在草木玉石的铺排中杂以药石药草的写法对后来大赋深有影响。如宋周邦彦《汴都赋》、明董越《朝鲜赋》、明余光《北京赋》、宋王观《扬州赋》、宋储国秀《宁海县赋》、清王夫之《南岳赋》等，都在铺陈方物时杂以药草或药石药草类物象。

扬雄以后，班固和张衡两位都邑大赋作家创作了《两都赋》和《二京赋》，赋中极力夸饰西都长安物产之丰饶。在夸张铺排西都长安宫殿建筑时，两篇赋也铺列玉石草木类物象，其中一些草木玉石也有一些药用价值，但赋家铺陈这些草

---

① 《史记》卷 117《司马相如列传》，中华书局 1959 年（版本下同），第 3004 页。
② 《史记》卷 117《司马相如列传》，第 3017 页。
③ 《文选》卷 4，上册，第 75—76 页。
④ 《文选》卷 5，上册，第 85—87 页。

木玉石，却并非关注其药用价值，而是或把这些草木玉石作为后宫芳名的代称，或是作为装饰类物象，用以表现宫殿建筑的富丽奢华。如班固《西都赋》描写后宫："后宫则有掖庭椒房，后妃之室，……茝若椒风，披香发越，兰林蕙草，鸳鸯飞翔之列。昭阳特盛，隆乎孝成。屋不呈材，墙不露形。裛以藻绣，络以纶连。随侯明月，错落其间。金釭衔璧，是为列钱。翡翠火齐，流耀含英。悬黎垂棘，夜光在焉。于是玄墀扣砌，玉阶彤庭。礝磩采致，琳珉青荧。珊瑚碧树，周阿而生"。① 张衡《西京赋》对长安后宫宫殿的描绘承袭了班固《西都赋》的写法，《西京赋》曰："后宫则昭阳、飞翔、增成、合欢、兰林、披香、凤皇、鸳鸯。群窈窕之华丽，嗟内顾之所观。故其馆室次舍，采饰纤缛。裛以藻绣，文以朱绿。翡翠火齐，络以美玉。流悬黎之夜光，缀随珠以为烛。金戺玉阶，彤庭辉辉。珊瑚琳碧，瑀珉璘彬。珍物罗生，焕若昆仑。虽厥裁之不广，侈靡逾乎至尊。……瑰异日新，殚所未见。"② 而从现存扬雄《蜀都赋》看，扬雄没有对蜀都宫殿之美进行类似的铺陈。不过，这类描写在司马相如《上林赋》中已经出现，《上林赋》写上林苑离宫别馆装饰的美玉云："玫瑰碧琳，珊瑚丛生，瑉玉旁唐，瑸斒文鳞，赤瑕驳荦，杂臿其间，垂绥琬琰，和氏出焉。"③ 于此可见，班固、张衡铺饰长安宫殿的写法与司马相如《上林赋》如出一辙。

## 三、本草学的发展与托配仙人的汉晋都邑大赋

与扬雄《蜀都赋》等不同，张衡《南都赋》、左思《三都赋》叙玉石草木，不仅文采铺发，而且常常托配仙人。

张衡《南都赋》在对南阳物产丰饶的铺叙中提到不少当地具有药用价值的玉石，《南都赋》曰："其宝利珍怪，则金彩玉璞，随珠夜光。铜锡铅锴，赭垩流黄。绿碧紫英，青腰丹粟。太一馀粮，中黄瑴玉。松子神陂，赤灵解角。耕父扬光于清泠之渊，游女弄珠于汉皋之曲。"④ 其中紫英、太一余粮等皆属《神农本草经》上药之玉石上品类。紫英，指紫石英，《神农本草经》云："紫石英味甘，

---

① 《文选》卷1，上册，第25—26页。
② 《文选》卷2，上册，第39—40页。
③ 《史记》卷117《司马相如列传》，第3026页。
④ 《文选》卷4，上册，第68—69页。

温。主心腹咳逆，邪气，补不足，……久服温中、轻身、延年。生山谷。"① 太一余粮，《神农本草经》云："太一余粮味甘，平。主咳逆上气、……久服耐寒暑、不饥、轻身、飞行千里、神仙《御览》引作'若神仙'。一名石脑。生山谷。"② 龚克昌先生等注《南都赋》，引高步瀛《文选李注义疏》曰："陈氏藏器云：'太一者，道之源，大道之师，即理化神君，禹之师也。师尝服之，故有太一之称。盖道家语也。'" 又引《五杂俎·物部三》："泰山有太乙余粮，视之，石也。石上有甲，甲中有白，白中有黄。相传太乙者，禹之师也，尝服此而弃其余，故名。"③ "中黄瑴玉"，指甲中有白，白中有黄的太一余粮石。太一余粮是葛洪所谓"灵丹"中的一味药，《神农本草经》太一余粮条下有案语："案《抱朴子·金丹篇》云：灵丹经用丹沙、雄黄、雌黄、石硫黄、曾青、矾石、磁石、戎盐、太一禹余粮，亦用六一泥，及神室祭醮，合之，三十六日成。"④ 《南都赋》在铺写南阳玉石时，也铺叙南阳地域的神仙之事，如"松子"，指赤松子，传说中的仙人，《文选》李善注引习凿齿《襄阳耆旧记》云："神陂在蔡阳县界，有松子亭，下有神陂也。"⑤ "赤灵"，《文选》李善注："赤龙也。"⑥ 干宝《搜神记》提到陶安公骑赤龙的传说，汪绍楹认为"本事出于《列仙传》"⑦。"耕父"，神名，《文选》李善注引《山海经》曰："有神耕父，处丰山，常游清泠之渊，出入有光。"⑧ "游女"，这里指汉水的女神，《文选》李善注引《韩诗外传》曰："郑交甫将南适楚，遵波汉皋台下，乃遇二女，佩两珠，大如荆鸡之卵。"⑨ 张衡《南都赋》的这种铺陈，表现了作者对家乡南阳物宝地灵的赞美之意。

而汉晋都邑赋较为集中地铺陈药石药草的大赋则为左思《三都赋》之《蜀都赋》。左思《蜀都赋》云："于东则左绵巴中，百濮所充。……其中则有巴菽、巴戟，灵寿桃枝。……丹沙赩炽出其坂，蜜房郁毓被其阜。山图采而得道，赤斧服而不朽。"⑩ "于西则右挟岷山，涌渎发川。陪以白狼，夷歌成章。……百药灌丛，

① 《神农本草经》，第4页。
② 《神农本草经》，第3页。
③ 《两汉赋评注》，第593页。
④ 《神农本草经》，第3页。
⑤ 《文选》卷4，第69页。
⑥ 《文选》卷4，第69页。
⑦ 汪绍楹校注：《搜神记》，中华书局1979年，第5页。
⑧ 《文选》卷4，上册，第69页。
⑨ 《文选》卷4，上册，第69页。
⑩ 《文选》卷4，上册，第76页。

寒卉冬馥。异类众夥，于何不育？其中则有青珠黄环，碧砮芒消。或丰绿荑，或
蓄丹椒。麋芜布濩于中阿，风连莚蔓于兰皋。红葩紫饰，柯叶渐苞。敷蕊葳蕤，
落英飘飖。神农是尝，卢、跗是料。芳追气邪，味蠲疠痟。"① 其中巴菽、巴戟、
麋芜、风连等均为《神农本草经》所列之药用植物。丹沙、青珠、黄环、碧砮、
芒消则为药石类物产。

左思作《三都赋》表现出明显的求实倾向，其《三都赋序》曰"余既思摹
《二京》而赋《三都》。其山川城邑，则稽之地图；其鸟兽草木，则验之方志；风
谣歌舞，各附其俗；魁梧长者，莫非其旧。"左思还提出"美物者贵依其本，赞事
者宜本其实"的主张。②《蜀都赋》对蜀地药石药草的列举能够实事求是，具有一
定的文献价值，因此医学界已有人以左思《蜀都赋》为例，论《蜀都赋》所载川
产道地药材，其中即包括丹沙、曾青、空青、芒硝、巴豆、巴戟天、黄连等的变
迁沿革。③ 蜀地药材丰富，五代后蜀韩宝昇曾著有《蜀本草》。

左思《蜀都赋》在写到川产药材时铺叙了药石药草类物象，同时也写到仙人
因服食采药而轻身延年、长生成仙的传说，如山图、赤斧，《文选》李善注曰：
"山图，陇西人也，随道士之名山采药，身轻不食，莫知所如。赤斧，巴人也，能
炼丹砂与消石，服之身体毛发尽赤，皆古仙者也。见《列仙传》。"④ 左思《吴都
赋》善于铺陈草木玉石物象，赋中也多有神仙之说："乐濒衍其方域，列仙集其土
地。桂父练形而易色，赤须蝉蜕而附丽。中夏比焉，毕世而罕见。丹青图其珍玮，
贵其宝利也。舜禹游焉，没齿而忘归。精灵留其山阿，玩其奇丽也。"⑤ 对吴都珍
玮奇丽之物及神仙圣人出没的情形加以铺叙，突出吴地为列仙、精灵等聚集之地。

神仙方士的汇集与其地药草药石类物象的丰富密不可分，一些汉晋都邑赋既
铺排药石药草，也描写"列真非一，往往出焉"⑥ 的情况，一定程度上反映了汉
代以来本草学和方士、方术之间的密切关系。

"本草"一词最初出现于《汉书·郊祀志》，《汉书·郊祀志》曰："明年
（成帝建始二年）……候神方士使者副佐、本草待诏七十余人皆归家。"⑦《汉书·

---

① 《文选》卷4，上册，第77页。

② 《文选》卷4，上册，第74页。

③ 王家葵：《〈蜀都赋〉所载川产道地药材考释》，《基层中药杂志》1993年第1期。

④ 《文选》卷4，上册，第76页。

⑤ 《文选》卷5，上册，第94页。

⑥ 《文选》卷6，上册，第106页。

⑦ 《汉书》卷25下《郊祀志》，第4册，第1257—1258页。

游侠传》记楼护："楼护，字君卿，齐人。父世医也，护少随父为医长安，出入贵戚家，护诵医经、本草、方术数十万言，长者咸爱重之。"① 陈重明、黄胜白等考证说："我们可以根据本草待诏与方土、使者、付（当为副）佐并列，本草与方术并记的这些情况来看，可以推定最初的本草学是和方士、方术等有着密切的关系。……我们推想初期的'本草'应该是配合朝廷内的求仙之道，主要是对保持健康的食物，预防疾病乃至于治疗疾病的药物，以至有害于身体的毒物，均予以整理、研究和寻求。所以初期本草的内容中长生、却老是个很重要的内容。"② 汉晋都邑赋铺叙药石药草时往往叙及神仙方士之事，正与汉魏六朝之时神仙方士之说的盛行和人们期望服食药石药草以延年成仙的主观愿望有关。

从扬雄《蜀都赋》开始，汉晋都邑赋都汲取了西汉以来的散体大赋，尤其是司马相如大赋创作的经验，借鉴司马相如赋方位排列，品类铺叙程式的影响；同时也受司马相如赋中铺排的相关物象的启发。因此，在这些赋中出现了一个值得关注的现象，即某些药石药草类物象往往反复出现于都邑赋的相关段落，如丹沙、昌蒲、麋芜、芍药等，赋家的这种铺陈明显有祖述脱化前人的痕迹。这种现象与都邑赋家的生活经历和文化积淀有关，"借鉴已有的文本可能是偶然或默许的，是来自一段模糊的记忆，是表达一种敬意，或是屈从一种模式，推翻一个经典或心甘情愿地受其启发"③。这些都邑赋家往往很少亲近山水自然或实地考察过有些药石药草，这与医方家对药石药草的认识是有区别的。汉魏六朝大赋中也有写到赋家亲近山水自然，实地考察药石药草的作品，这就是谢灵运的《山居赋》。

## 四、谢灵运《山居赋》铺举药石药草类物象的意义

谢灵运《山居赋》是南朝刘宋时期著名的大赋作品，也是一篇内容非常丰富的赋作。其中关于药草的一段铺排，与前此大赋泛泛罗列草木物象时提及药草名称不同，表现出赋作者对药草的格外关注，在文学史及本草学上都有一定意义。

谢灵运《山居赋序》云："今所赋既非京都宫观游猎声色之盛，而叙山野草

---

① 《汉书》卷 92《游侠传》，第 11 册，第 3706 页。
② 陈重明、黄胜白等编：《本草学》，东南大学出版社 2005 年（版本下同），第 14 页。
③ ［法］蒂费纳·萨莫瓦约著、邵炜译：《互文性研究》引言，天津人民出版社 2003 年，第 1 页。

木水石谷稼之事。"① 这说明《山居赋》表现的主要内容与京殿苑猎类大赋有所不同。不过，在铺陈物产时，《山居赋》也有与汉晋都邑大赋类似的笔墨，如在列举水草、竹、木以及山中物产时，也杂以药食同源或具有药用价值的草本或木本植物，包括"萍""蒲""苏""椒""蘪芜"等具有药用价值的草木类植物。至于赋中"北山二园，南山三苑"所叙之果木，畦町所艺之众蔬中，也有不少药食同源的物类，如梨、枣、姜、藿等。在这些铺叙中，谢灵运并非有意从药用价值方面看待这些物类，作品涉及这些具有药用价值的草本木本物类的主要目的仍在表现始宁之地物产的丰富，并以此表达山居之地可以资生适性的优越性。

引人注目的是，谢灵运《山居赋》有一节专门铺举药草的内容，而且这种铺举又是一种浓缩式的铺举，这一点则与以往汉晋大赋多在玉石草木类物象的罗列中杂以药草的写法不同。《山居赋》对药草的专门铺叙如下：

> 《本草》所载，山泽不一。雷、桐是别，和、缓是悉。参核六根，五华九实。二冬并称而殊性，三建异形而同出。水香送秋而擢蒨，林兰近雪而扬猗。卷柏万代而不殒，伏苓千岁而方知。映红葩于绿蒂，茂素蕤于紫枝。既住年而增灵，亦驱妖而斥疵。②

《山居赋》首次指出所写药草类物象与《本草经》的关系，具有明确的引经据典意识。西晋左思写《三都赋》虽说自己有征实的倾向，但还没有谢灵运这种明确指出所载物类出处的程度。《本草》即指《神农本草经》，谢灵运《山居赋》铺举药草时有自注："凡此众药，事悉见于《神农》"③，这对于考察六朝时期《神农本草经》的原貌有一定价值。

神农是传说时代农业和医药的发明者。《淮南子·修务训》云："古者，民茹草饮水，采树木之实，食蠃蚘之肉。时多疾病毒伤之害，于是神农乃始教民播种五谷。……尝百草之滋味，水泉之甘苦，令民知所辟就。当此之时，一日而遇七十毒。"④《神农本草经》是我国现存最早的药物专著，书名冠以"神农"二字，是一种假托。最早最完整的《神农本草经》"是经陶弘景整理过的，他'苞综诸

---

① 顾绍柏：《谢灵运集校注》，中州古籍出版社 1987 年（版本下同），第 318 — 319 页。
② 《谢灵运集校注》，第 324 — 325 页。
③ 《谢灵运集校注》，第 325 页。
④ （汉）高诱注：《淮南子》卷 19，《诸子集成》第 7 册，中华书局 1954 年，第 331 页。

经，研括烦省，厘为三卷'，成为我国第一部最完整的《神农本草经》。"① 陶弘景
《本草经集注序录》云："汉献迁徒，晋怀奔进，文籍焚靡，千不遗一。今之所
存，有此四卷，是其本经。"② 也就是说，汉代多种《本草经》到梁时陶弘景所见
也仅存四卷。刘宋时期谢灵运《山居赋》所记的《本草》所载，并见于始宁的这
些药草资料是比较珍贵的文献。把谢灵运所述的药草与梁陶弘景《本草经集注》
以及历代类书援引的本草佚文进行校对，有助于考证医药文献中托名神农的一些
药草。当然，陶弘景整理过的《神农本草经》已经亡佚，后世有一些辑本。现存
还有清代孙星衍、孙冯翼辑《神农本草经》"是嘉庆四年（1799 年）刊问经堂本。
此书是根据宋《经史证类大观本草》中黑体字所辑，每条经文之下，又附以注说，
该辑本引证详细，资料丰富，在所有的辑本中是比较好的。以后又有多次刊
印"。③ 比较谢灵运《山居赋》专门铺举药草的内容与孙星衍、孙冯翼所辑《神农
本草经》的相关内容，我们可以看到，谢灵运所述南朝刘宋时期本草所载的众多
药草与清人所辑《神农本草经》也有一些不同之处。另外，据陶弘景《本草经集
注序录》云："至于药性所主，当以识相因，不尔，何由得闻。至乎桐、雷，乃著
在篇简。"④ 陶序是桐、雷并提，而谢灵运《山居赋》是雷、桐并提，可证雷公、
桐公所别药性之书成书时代相距不远。

赋中铺举药石药草而又由赋作者亲自作注的情况也使《山居赋》铺举药草的
方式与其他汉晋大赋有别。关于谢灵运《山居赋》自注的价值，前人及时贤有不
同看法。钱钟书曾说《山居赋》"注尤冗琐""时时标示使事用语出处，而太半皆
笺阐意理，大似本文拳曲未申，端赖补笔以宣达衷曲，或几类后世词曲之衬字
者"⑤，又云"《山居赋》自注，义训、本事、申意三者皆有。又泛施寡要，愈形
凌杂"⑥。可以说，《山居赋》自注确实有繁琐之弊，但从赋兼才学的角度看，《山
居赋》自注又有其独特的价值，尤其《山居赋》对药草一节的自注具有一定的文
献价值，同时也有助于了解文学语境的药草与药草本名之间的关系。《山居赋》自
注云：

① 《本草学》，第 19 页。
② （南朝梁）陶弘景：《本草经集注》，群联出版社 1955 年（版本下同），第 3 页。
③ 《本草学》，第 21 页。
④ 《本草经集注》，第 2 页。
⑤ 钱锺书：《管锥编》第 4 册，中华书局 1986 年（版本下同），第 1285 页。
⑥ 《管锥编》第 4 册，第 1287 页。

《本草》所出药处，于今不复依，随土所生耳。此境出药甚多，雷公、桐君，古之采药。医缓，古之良工，故曰别悉。参核者，双核桃杏人也。六根者，苟七根、五茄根、葛根、野葛根、□□根也。五华者，董华、芜华、樗华、菊华、旋覆华也。九实者，连前实、槐实、柏实、兔丝实、女贞实、蛇床实、蔓荆实、蓼实、□□也。二冬者，天门、麦门冬。三建者，附子、天雄、乌头。水香，兰草。林兰，支子。卷柏、伏苓，并皆仙物。凡此众药，事悉见于《神农》。①

谢灵运对药草的铺陈是一种繁富中的简约，其自注则反映出谢灵运对《神农本草经》这类药典的熟悉。自注说雷公、桐君为古代的采药之人，医生和、缓是有名的良医，说明谢灵运不仅熟悉药草名称，也了解用药的一些情况。如关于雷公、桐公，"《雷公》，《吴普本草》引雷公药性83条。《桐君》，《吴普本草》引桐君药性42条。……《雷公药对》见《隋志》。……《桐君药录》3卷，见《隋志》"。② 孙星衍《校定本经序》曰："梁以前，神农、黄帝、歧伯、雷公、扁鹊各有成书，魏吴普见之，故其说药性、主治各家殊异。"③ 而"参核六根，五华九实。二冬并称而殊性，三建异形而同出"，皆众药草之名。自注中作了详细的说明。另外，水香，自注："兰草"；林兰，自注："支子"；卷柏、伏苓，自注："卷柏、伏苓，并皆仙物。"这些自注有助于理解欣赏赋文"水香送秋而擢蒨，林兰近雪而扬猗。卷柏万代而不殒，伏苓千岁而方知"的意境，也反映出文学表现的一些共性。

与左思仅从地图、方志等途径了解山川城邑、鸟兽草木等不同，谢灵运还实地考察采集药石药草，《山居赋》正文讲到了谢灵运于"名山寻药"的经历："寻名山之奇药，越灵波而憩辕。采石上之地黄，摘竹下之天门。摭曾岭之细辛，拔幽涧之溪荪。访钟乳于洞穴，讯丹阳于红泉。"④ 自注："此皆驻年之药，即近山之所出，有采拾，欲以消病也。"也说明始宁之地，多延年益寿之药草和有药效的玉石。

当然，《山居赋》对药石药草类物象的铺陈不仅在植物学、医药学方面具有一

---

① 《谢灵运集校注》，第325页。
② 尚志钧：《中国本草要籍考》，安徽科学技术出版社2009年，第10页。
③ 《中国本草要籍考》，第10页。
④ 《谢灵运集校注》，第332页。

定价值，同时也是读者了解谢灵运生活世界的一种途径。从居系赋看，谢灵运之前潘岳写过《闲居赋》，谢灵运之后，沈约作过《郊居赋》，在这些居系赋作中，唯有谢灵运《山居赋》对药石药草的描写形成了相对独立的段落。谢灵运对药石药草物象的关注和熟悉，与他本人体弱多病的身体状况有关，他渴望通过养生以达长生。谢灵运创作的《山居赋》多次提到"抱疾"的情况，他自称《山居赋》是"抱疾就闲"之作①，《山居赋》开篇亦云"谢子卧疾山顶"②，赋中有"年与疾而偕来，志乘拙而俱旋"③"艺菜当肴，采药救颓"④之语。谢灵运的不少诗也提到他的疾病，如在永嘉太守任上所作《登池上楼》云："徇禄及穷海，卧疴对空林"⑤，因卧病而甚至不知季节的变换。在其他诗中，谢灵运又说自己"有疾像长卿"⑥，"久痗昏垫苦，旅馆眺郊歧。……戚戚感物叹，星星白发垂。药饵情所止，衰疾忽在斯"。⑦ 从《山居赋》铺举的药石药草看，谢灵运尤其关注《神农本草经》所载之上品、中品药。《神农本草经》分各类药石药草等为上品、中品、下品三大类。上品之药："无毒。多服、久服不伤人。欲轻身益气，不老延年者，本上经。"⑧ 经笔者统计，谢灵运铺举的药石药草等，虽然上品、中品、下品均有，但以上品为主。如槐实、柏实、兔丝实、女贞实、蛇床实、蔓荆实、天门冬、麦门冬、细辛、兰草、卷柏等均属《神农本草经》上品类草木。而钟乳、丹阳（当指丹沙）属《神农本草经》上品类玉石。显然，谢灵运非常关注轻身益气、不老延年之事。

　　谢灵运是一个很敏感的人，《山居赋》还表现出他那种因仕途不顺和生命有限而产生的伤感之情。如赋中描写南北寓目之美观后，则发感慨："伤美物之遂化，怨浮龄之如借。眇遁逸于人群，长寄心于云霄。"因此"冀浮丘之诱接，望安期之招迎。甘松桂之苦味，夷皮褐以颓形。羡蝉蜕之匪日，抚云蜕其若惊。"谢灵运自注："浮丘公是王子乔师，安期先生是马明生师，二事出《列仙传》。《洞真经》云：'今学仙者亦明师以自发悟，故不辞苦味颓形也。'"他表示要寻仙访道"陵

---

① 《谢灵运集校注》，第318页。
② 《谢灵运集校注》，第319页。
③ 《谢灵运集校注》，第320—321页。
④ 《谢灵运集校注》，第331页。
⑤ 《谢灵运集校注》，第63页。
⑥ 谢灵运：《初去郡》，《谢灵运集校注》，第97页。
⑦ 谢灵运：《游南亭》，《谢灵运集校注》，第82页。
⑧ 《神农本草经》，第1页。

名山而屡憩，过岩室而披情。虽未阶于至道，且缅绝于世缨。"① 谢灵运还把自己悠然居于山中的生活与古代得道之人相比照，表明自己接受道家那种"善摄生"的养生之道，并以古来隐士自励自勉，达到"自得以穷年"的境界："若乃乘摄持之告，评养达之篇。畏绝迹之不远，惧行地之多艰。均上皇之自昔，忌下衰之在旃。投吾心于高人，落宾名于圣贤。广灭景于峻峒，许遁音于箕山。愚假驹以表谷，涓隐岩以搴芳。……高居唐而胥宇，台依崖而穴塴。咸自得以穷年，眇贞思于所遗。"② 谢灵运非常关注养生及道家长生之术，因此有寻幽采药之举。

从文学表现的角度看，《山居赋》中对药石药草的集中描写虽然不如赋中其他部分写到山水景物那样优美，但也非一般的铺列。谢灵运在描写药草时，仍然倾注了他赏爱山水的热情，从一种欣赏美的角度，对药草作了刻画描绘："参核六根，五华九实。二冬并称而殊性，三建异形而同出。水香送秋而擢倩，林兰近雪而扬猗。卷柏万代而不殒，伏苓千岁而方知。映红葩于绿蒂，茂素蕤于紫枝。既住年而增灵，亦驱妖而斥疠"，这段描写可以看成是一篇优美灵动的咏药草赋。这种描写也缓解了长篇大赋板滞的通病，具有一种灵动之气。另外，《山居赋》对药石药草的描写又与谢灵运陟岭寻幽的山水游览意识有关，因此，谢灵运对药石药草的铺陈描绘，与钟会《菊花赋》、谢朓《杜若赋》、王微《芍药花赋》、江淹《空青赋》等魏晋南北朝时期其他作家的一些咏药石草木的咏物小赋也有区别，《山居赋》"寻名山之奇药，越灵波而憩辕。采石上之地黄，摘竹下之天门。撤曾岭之细辛，拔幽涧之溪苏。访钟乳于洞穴，讯丹阳于红泉"的寻幽采药之境，丰富了山水文学描写的内容。后世一些大赋作家在征实的基础上，也注意到药石药草类物象，也有单独铺举这类物象的，如宋代王十朋《会稽风俗赋》："药物之产不知其名，白术丹参，甘菊黄精，吴萸越桃，禹粮石英。蓟训鬻之以疗疾，彭祖服之而延龄。秦皇求之而莫致，葛仙饵之而飞升。"③ 明代韩杨《荆湖山川人物赋》："药兮则白术桔梗，柴胡香薷。乌药山豆，黄芩地榆。细辛枳殼，葶苈茱萸。云母之石，仙灵之皮。亦有黄柏金樱，紫苏苍耳。桑白芫花，麻黄枸杞。木贼牵牛，荆芥白芷。厚朴菖蒲，门冬附子。瓜蒌茵陈，贝母薏苡。野葛之根，山栀之子。及有蘼莶芍药，半夏南星。糖毯白芨，薯蓣黄精。沙蒨紫苑，地肤决明。五茄通草，百合茯苓。楮槐之实，金银之藤。夏艾之叶，秋菊之英。可以卫生而济

① 《谢灵运集校注》，第 328 — 329 页。

② 《谢灵运集校注》，第 333 页。

③ 《历代赋汇》卷 37，第 164 页。

世，可以益寿而延龄。花兮则有牡丹……"① "豨莶"当为"豨莶"，"时珍曰：韵书：楚人呼猪为豨，呼草之气味辛毒为莶。此草气臭如猪而味莶螫，故谓之豨莶。"② 后世王十朋、韩杨等创作的这类大赋也具有医药学方面的价值，不过整体上稍嫌板滞，在赋的灵动性以及对山水文学的贡献方面仍不及谢灵运《山居赋》。

需要说明的是，汉魏六朝大赋中的药草类物象主要以本土药草为主，大赋中很少铺列出自西域等地的迷迭、郁金等具有药用价值的物类。这一时期，也有咏这类草木的赋作，但多是一些咏物小赋，如朱穆《郁金赋》、傅玄《郁金赋》、曹丕《迷迭赋》、陈琳《迷迭赋》等，这类赋多美药草的英妙纷葩，略药草的药用价值，实际上赋家咏这类花草，主要是因为这类花草来自远方殊域，对于中华本土来说，是比较新奇之物。这类咏物赋也是赋家创作尚奇的表现。

总体上说，汉魏六朝七体涉及的药草类物象，多是一些药食同源的物类，具有食文化方面的价值；都邑赋的药石药草类物象与当地物产的丰饶相关，赋中毛举草木之时，往往托配仙人；谢灵运《山居赋》描写铺叙药石药草类物象与谢灵运抱疾就闲的身心需求密切相关，其述药草则引经据典，论寻药则实地考察，又使其铺举的药石药草具有本草学和植物学方面的价值。

[作者简介] 孙晶，文学博士，烟台大学人文学院教授，硕士生导师。

---

① 《历代赋汇补遗》卷6，《历代赋汇》，第676页。
② 湖北省中医药研究院医史文献研究室编：《本草纲目精要》，广东科技出版社1988年，第155页。

# 《列仙传》《神仙传》所记神仙籍贯与活动区域分布

## 陈斯怀

汉魏六朝的史传种类与数量都相当可观，其中，仙传因其内容存在明显的神异特征而显得尤其特别。仙传所述过于离奇的事件与正统史学的"实录"特征迥异，尽管可从思想/观念真实的角度进行观照，却不易被纳入史实考核的视域。问题是，即便是虚构的文献，其中也有真实的信息存在。仙传的写作模仿《史记》之类的正史，对传主的籍贯和活动地域往往言之凿凿，其信息未必全真，但也不是完全凭空虚造，它们实际是神仙故事、神仙信仰产生与流行的地域的变相反映。基于这种思路，本文试以汉魏晋时期相对完整、最为典型的两部仙传——《列仙传》与《神仙传》为例，考察其所记神仙籍贯与活动地域，以此探论它们所示神仙故事、神仙信仰的空间分布情况，及其与山海地理因素、道教传布等存在的关联。

作为汉晋仙传的代表性文本，《列仙传》和《神仙传》虽然在撰述时间上存有差异，而且书中所记神仙的活动时代分处于上古至晋代，但是，秦汉无疑是它们涉笔所及的核心时代。再就文化分区而言，秦汉恰好是在国家统一的背景下，大致奠定古代中国文化区域格局的时代。因此，本文选择秦汉的文化区域作为论析《列仙传》和《神仙传》所记神仙地域分布的框架。关于秦汉文化区域的划分，各家说法多有不同。① 周振鹤基于《汉书·地理志》所作的秦汉风俗地理区划，界限清晰，论述切实而要言不烦，故本文以之作为分区的框架。② 地名及其位置等问题则以谭其骧主编《中国历史地图集》为主要参照。

---

① 详参卢云：《汉晋文化地理》，陕西人民教育出版社1991年。周振鹤等：《中国历史文化区域研究》，复旦大学出版社1997年。王子今：《秦汉区域文化研究》，四川人民出版社1998年。雷虹霁：《秦汉历史地理与文化分区研究》，中央民族大学出版社2007年。

② 周振鹤认为："风俗的范围很大，举凡风气习尚、婚丧礼仪、迷信淫祀、民歌俗谚无不在其中，而在这些方面中国人的地域差异是极其显著的，常言所谓'十里不同风，百里不同俗'，说的就是这种千差万别的现象。也因此，在中国，风俗可与语言一道作为地域文化差异研究的两项重要标志。"周振鹤等：《中国历史文化区域研究》，第107页。

## 一、《列仙传》《神仙传》所记神仙籍贯区域分布

《列仙传》模仿《史记》的纪传体例，每篇开头常先写传主姓名，再叙其籍贯，然后述其行迹。《列仙传叙》谈到这部作品的写作情况是："向既司典籍，见上颇修神仙事，遂修上古以来及三代、秦、汉，博采诸家，言神仙事。"① 它所指《列仙传》乃博采诸家撰修而成的说法很值得重视，这意味着，《列仙传》所述神仙籍贯是源于早期的文献，以及当时尚在流行的观点，它代表了一种较为普遍的认识。《神仙传》延续《列仙传》的行文模式，也以传主姓名与籍贯开篇。葛洪在《神仙传序》中说："余今复抄集古之仙者，见于《仙经》、服食方及百家之书，先师所说，耆儒所论，以为十卷，以传知真识远之士。"② 可见，这也是一部广搜博采早期各种文献，以及其时流行之说而成的著作，可以代表当时较为普遍的神仙信仰状况。细加考查，两部仙传所载神仙籍贯的区域分布如下：

表一 《列仙传》《神仙传》所记神仙籍贯区域分布

| 区 域 | | 《列仙传》 | 《神仙传》 |
|---|---|---|---|
| 塞上塞外风俗区域 | 塞上风俗区 西北风俗亚区 | 山图（陇西） | 封君达（陇西） |
| | 北部风俗亚区 | | |
| | 东北风俗亚区 | 瑕丘仲（宁） | 凤网（渔阳）、帛和（辽东）③ |
| | 塞外风俗区 西西北的河西五部风俗亚区 | | |
| | 东东北的朝鲜诸郡风俗亚区 | | |

① 王叔岷：《列仙传校笺》，中华书局2007年，第170页。这是本文考察《列仙传》所据的文本。

② 《神仙传序》，（晋）葛洪著、胡守为校释：《神仙传校释》，中华书局2010年，第1—2页。这是本文考察《神仙传》所据的文本。

③ 《文渊阁四库全书》所收《神仙传》帛和本传无"辽东"字样，胡守为注释云："《汉魏》本下文云：'辽东人也。'"《神仙传校释》，第251页。

续表

| 区 域 | | 《列仙传》 | 《神仙传》 |
|---|---|---|---|
| 黄河中下游风俗区域 | 秦地（关中）风俗区 | 谷春（栎阳） | 陈安世（京兆）、伯山甫（雍州）、茅君（咸阳）、灵寿光（扶风）、刘根（长安）① |
| | 魏地风俗区 · 河内风俗亚区 | | 孙登（汲郡） |
| | 魏地风俗区 · 河东风俗亚区 | 介子推（晋）、马丹（晋·耿）、修羊公（魏）② | 孙伯（河东）、焦先（河东） |
| | 周地风俗区 | 祝鸡翁（洛阳） | |
| | 韩地风俗区 · 郑风俗亚区 | | |
| | 韩地风俗区 · 颍川风俗亚区 | | 李根（许昌） |
| | 韩地风俗区 · 南阳风俗亚区 | | 阴长生（新野）、刘京（南阳）、陈永伯（南阳） |
| | 陈地风俗区 | 老子（陈） | |
| | 赵地风俗区 · 赵、中山风俗亚区 | 吕尚（冀州）、啸父（冀州）、琴高（赵）、犊子（邺）、商邱子胥（高邑）、木羽（钜鹿南和平乡）、玄俗（河间）③ | 卫叔卿（中山）、王烈（邯郸）、鲁女生（长乐） |
| | 赵地风俗区 · 太原上党风俗亚区 | | 王真（上党）、赵瞿（上党）、尹轨（太原）、甘始（太原） |
| | 燕地风俗区 | | |
| | 齐地风俗区 | 涓子（齐）、安期先生（琅邪阜乡）、崔文子（太山）、东方朔（平原厌次）、钩翼夫人（齐）、鹿皮公（淄川） | 乐子长（齐）、马鸣生（齐国临淄）、李少君（齐国临淄）、苏子训（齐国临淄）、巫炎（北海） |
| | 鲁地风俗区 | 范蠡（徐）④ | 王远（东海） |
| | 宋地风俗区 | 寇先（宋）、任光（上蔡）、赤须子（丰）、园客（济阴）、文宾（太邱乡）、陵阳子明（铚乡） | 墨子（宋）、刘政（沛）、张道陵（沛国丰县）、东郭延（山阳）、倩平吉（沛）、王兴（阳城） |
| | 卫地风俗区 | | |

---

① 雍州在今天陕甘一带，伯山甫本传写他在华山，故归入秦地（关中）风俗区。

② 晋的范围广泛，本传载介子推随重耳出游之后还介山，介山在河东郡内，故其籍贯或在河东郡。魏地包括河东与河内，本传载修羊公曾在华阴山上石室中，华阴山与河东郡西南部相邻，故其籍贯或在河东郡。

③ 邺县属魏郡，《汉书·地理志》论赵地风俗，以其南界至魏郡的内黄、繁阳，邺县在两地与赵国之间。

④ 徐县属临淮郡，位处淮水以北，故归在鲁地风俗区。

| 区　　域 | | 《列仙传》 | 《神仙传》 |
|---|---|---|---|
| 淮汉以南风俗区域 | 巴蜀即西南夷风俗区 | 葛由（羌）、赤斧（巴）、邛疏（蜀）① | 李八伯（蜀）、李阿（蜀）、栾巴（蜀）、涉正（巴东）、王仲都（汉中）、李意期（蜀郡） |
| | 楚地风俗区 | 陆通（楚）、谿父（南郡·编） | 沈文泰（九疑）、玉子（南郡）、黄敬（武陵） |
| | 吴越风俗区　吴越风俗亚区 | 朱仲（会稽）、子英（舒乡）、朱璜（广陵） | 黄初平（丹谿）、沈建（丹阳）、华子期（淮南）、魏伯阳（吴）、沈羲（吴郡）、东陵圣母（广陵海陵）、严青（会稽）、董仲君（临淮人）、葛玄（丹阳）、左慈（庐江）、王遥（鄱阳）、介象（会稽） |
| | 东越风俗亚区 | | 董奉（侯官） |
| | 南越风俗亚区 | 桂父（象林） | |

《列仙传》一共有70篇，如果加上清代王照圆辑补的羡门、刘安两人，则是72篇。如表一所示，书中直接标明神仙籍贯的共有37则，所占篇目略超全书半数，他们在三大风俗文化区域的分布为：黄河中下游风俗区域26人、淮汉以南风俗区域9人、塞上塞外风俗区域2人。很明显，从籍贯角度看，黄河中下游风俗区域作为秦汉文化的中心区，与神仙故事、神仙信仰关系最显密切，淮汉以南也不乏渊源，塞上塞外则极少。人数最多的黄河中下游风俗区域，神仙籍贯分布很不均匀：赵地风俗区占到7人，齐、宋风俗区各占6人，魏风俗区是3人，秦、周、陈、鲁四个风俗区各占1人，韩、燕、卫三个风俗区无人。可见，神仙籍贯最集中的地方是在黄河下游赵、齐、宋风俗区一带，与渤海和东海距离较近的地区。

《神仙传》一共有84篇，如表一所示，直接标明神仙籍贯的是56篇，刚好占总篇数的三分之二，他们在三大风俗文化区域的分布为：黄河中下游风俗区域31人、淮汉以南风俗区域22人、塞上塞外风俗区域3人。位序与《列仙传》相比，没有什么变化，但是淮汉以南风俗区域所占人数明显增加，只是稍逊于黄河中下游风俗区域。《神仙传》所载神仙籍贯的这一变化，表明它反映的神仙信仰活跃区

---

① 羌人主要分布在巴蜀、陇西、金城，及其西北一带，葛由本传记其骑羊入西蜀，故归入巴蜀即西南夷风俗区。

域已不止于北方，南方也是神仙信仰流行的重要场域。具体而言，人数最多的黄河中下游风俗区域神仙籍贯的分布是：赵地风俗区 7 人，宋地风俗区 6 人，秦、齐风俗区各 5 人，韩地风俗区 4 人，魏地风俗区 3 人，鲁地风俗区 1 人，周、陈、燕、卫四个风俗区无人。北方的神仙籍贯中心区依然是黄河下游，临近渤海和东海一带的赵、宋、齐三个风俗区。新兴的淮汉以南风俗区域神仙籍贯分布是：吴越风俗区 13 人，巴蜀风俗区 6 人，楚地风俗区 3 人。南方的神仙籍贯中心区是长江下游，临近海滨的吴越风俗亚区一带，该区共有 12 人，在所有风俗区中位居第一。

## 二、《列仙传》《神仙传》所记神仙活动区域分布

与籍贯相比，神仙的活动区域有很大的不同，每位神仙的籍贯只有一个，但行踪却可以有多处。考察神仙的活动区域分布，如果同一位神仙在不同区域出现，就得分别计入各个区域。另外，神仙的活动有其神异性，其行踪有时超逸出秦汉的疆域，有的地名又是虚构而来，个别地名也存在暂时失考的情况，这些都无法落实到秦汉风俗文化区域中进行统计。以可考者而言，两部仙传所记神仙活动区域分布如下：

表二　　《列仙传》《神仙传》所记神仙活动区域分布

| 区　　域 | | | 《列仙传》 | 《神仙传》 |
|---|---|---|---|---|
| 塞上塞外风俗区域 | 塞上风俗区 | 西北风俗亚区 | 黄帝（桥山） | 广成子（崆峒山）、玉子（崆峒山）、刘根（鸡头山）、封君达（陇西） |
| | | 北部风俗亚区 | | |
| | | 东北风俗亚区 | 宁封子（宁北山中）、吕尚（辽东） | |
| | 塞外风俗区 | 西西北的河西五部风俗亚区 | | 李少君（玉门） |
| | | 东东北的朝鲜诸郡风俗亚区 | | |

— 37 —

| 区　　域 | | | 《列仙传》 | 《神仙传》 |
|---|---|---|---|---|
| 黄河中下游风俗区域 | 秦地（关中）风俗区 | | 黄帝（荆山、鼎湖）、方回（五柞山）、老子（西关）、吕尚（南山）、平常生（华阴）、修羊公（华阴山、长安）、谷春（长安、太白山）、阴生（长安）、毛女（华阴山）、赤斧（华山）、呼子先（华阴山）① | 卫叔卿（华山）、伯山甫（华山）、阴长生（太华山）、孔元（西华岳）、巫炎（渭桥）、刘根（华阴山）、尹轨（鳌屋）、鲁女生（华山） |
| | 魏地风俗区 | 河内风俗亚区 | 犊子（黑山） | 吕恭（太行山）、孙伯（林虑山）、王烈（太行山） |
| | | 河东风俗亚区 | 偓佺（槐山）、介子推（介山）、任光（柏梯山） | 李少君（河东蒲坂）、焦先（大阳）、甘始（王屋山） |
| | 周地风俗区 | | 仇生（尸乡北山）、王子乔（伊洛之间、缑氏山）、祝鸡翁（尸乡北山） | 马鸣生（女几山）、王真（女几山）、河上公（陕州）、尹轨（洛阳、陆浑）② |
| | 韩地风俗区 | 郑风俗亚区 | | |
| | | 颍川风俗亚区 | 黄帝（首山）、邛疏（太室山）、王子乔（嵩高山） | 阴长生（嵩高山）、刘根（嵩高山）、黄敬（嵩山） |
| | | 南阳风俗亚区 | | 左慈（荆州）、尹轨（南阳太和山） |
| | 陈地风俗区 | | 女丸（陈） | |
| | 赵地风俗区 | 赵、中山风俗亚区 | 啸父（曲周）、务光（蓼水）、琴高（冀州）、昌容（常山）、玄俗（河间、常山） | 茅君（恒山）、李少君（大垣）、刘京（邯郸）③ |
| | | 太原上党风俗亚区 | | 赵瞿（抱犊山） |
| | 燕地风俗区 | | 琴高（涿郡、涿水） | |

---

①　右扶风盩厔有五柞官，五柞山或在此一带，故暂归方回于秦地（关中）风俗区。

②　《汉书·地理志》没有论及弘农郡东部的风俗区域归属问题。周振鹤等撰写的《中国历史文化区域研究》和雷虹霁的《秦汉历史地理与文化分区研究》虽然对风俗文化进行了很详细的划分，但也遗漏了这一地区。弘农郡东部与河东郡之间有黄河阻隔，不宜归入河东郡，考虑到它与河南郡西部相接，而且同在洛水、伊水流域，故附入河南郡西部，归属周地风俗区。女几山在弘农郡东部宜阳一带，陆浑在弘农郡东部，陕州在弘农郡东北部，地近河南郡西部。

③　胡守为注释李少君所到的"大垣"云："《汉武帝外传》作'太恒'。据《山西通志》卷21《山川》云，北岳恒山（在今山西浑源），'葛洪《枕中书》谓之太恒山'。"胡守为：《神仙传校释》，第211页。

| 区　　域 | | | 《列仙传》 | 《神仙传》 |
|---|---|---|---|---|
| 黄河中下游风俗区区域 | 齐地风俗区 | | 介子推（东海边）、范蠡（齐）、安期先生（东海边）、稷邱君（泰山）、鹿皮公（岑山）、服闾（莒） | 栾巴（齐）、李少君（泰山）、太山老父（岱山）、李意期（琅邪山） |
| | 鲁地风俗区 | | 范蠡（兰陵） | |
| | 宋地风俗区 | | 涓子（菏泽、宕山）、范蠡（陶）、寇先（宋、睢水）、酒客（梁）、主柱（宕山） | 孙登（宜阳山）、壶公（汝南） |
| | 卫地风俗区 | | | |
| 淮汉以南风俗区区域 | 巴蜀即西南夷风俗区 | | 陆通（娥媚山）、葛由（西蜀、绥山）、崔文子（蜀）、呼子先（汉中）、邛子（成都） | 沈羲（蜀）、李八伯（汉中）、李阿（成都、青城山）、阴长生（青城山、蜀［绥山］）、张道陵（繁阳山、蜀鹤鸣山）、李意期（成都） |
| | 楚地风俗区 | | 赤斧（湘江） | 刘京（衡山）、介象（武昌） |
| | 吴越风俗区 | 吴越风俗亚区 | 彭祖（历阳）、范蠡（越、吴）、祝鸡翁（吴、吴山）、赤须子（吴山）、东方朔（吴、会稽）、子主（江都、龙眉山）、陶安公（六安）、负局先生（吴、吴山）、陵阳子明（旋谿、黄山、陵阳山）① | 白石生（白石山）、凤网（地肺山）、黄初平（金华山）、王远（吴、括苍山）、马鸣生（泸江）、茅君（句曲山、潜山）、张道陵（余杭）、栾巴（豫章）、淮南王安（淮南）、李少君（赤城）、刘纲（上虞）、樊夫人（四明山）、严青（小霍山）、葛玄（天台山）、左慈（天柱山、吴丹徒、霍山）、王遥（马蹄山）、介象（东山、建邺、盖竹山）、董奉（庐山）、李根（寿春）、黄敬（霍山）② |
| | | 东越风俗亚区 | | 乐子长（霍林山） |
| | | 南越风俗亚区 | 桂父（南海）、赤斧（苍梧、碧鸡祠） | 王远（罗浮山）、李少君（罗浮）、董奉（交州） |

① 秦汉魏晋时有多处吴山，《列仙传》中祝鸡翁、赤须子、负局先生曾游居的吴山究竟属于何处，由于传文简略，殊不易定。暂据祝鸡翁本传记其"置钱去之吴"，负局先生本传记其"徇吴市中……吴人乃知其真人"，将之归入吴越风俗亚区。

② 《文渊阁四库全书》所收《神仙传》介象本传以东岳为其活动地域之一，不言"东山"。胡守为注释"东岳"云："常以指泰山。《汉魏》本作'东山'。东山在绍兴府上虞县西南四十五里，东晋谢安隐居之地，介象乃会稽人，入会稽东山受气禁之术，合乎常理。'岳'恐是'山'之误。"胡守为：《神仙传校释》，第 326 页。

如表二所示，《列仙传》所记神仙活动区域的整体分布为：黄河中下游风俗区域40人、淮汉以南风俗区域17人、塞上塞外风俗区域3人。位序与籍贯的分布相一致，神仙的活动重心在北方。其中，神仙在作为重心的黄河中下游风俗区的活动区域分布是：秦地风俗区11人，齐地风俗区6人，赵、宋风俗区各5人，魏地风俗区4人，周、韩风俗区各有3人，陈、燕、鲁风俗区各占1人，卫地风俗区无人。神仙籍贯集中的赵、齐、宋风俗区很自然地成为神仙行迹活跃的地域，引人注目的不同是，神仙籍贯只占得1人的秦地风俗区成为神仙活动最为频繁的地区，所占人次跃居所有区域之首。淮汉以南风俗区域的神仙踪迹也较为多见，具体分布是：吴越风俗区11人、巴蜀风俗区5人、楚地风俗区1人。其中，吴越风俗亚区占到9人，在所有风俗区中仅次于秦地风俗区而排在第二。该区位于长江下游，临近海滨一带，境内多山，山和海的存在是其间神仙活跃不可忽视的原因。

需要特别指出的是，《列仙传》所记秦地风俗区仙踪频现的原因比较复杂，有两个因素尤值重视：一是秦地风俗区领属的三辅之地是秦、西汉两朝的都城所在，这两个时期的帝王不乏热衷于求仙者，秦始皇与汉武帝即是显例。① 汉文帝虽然没有直接求仙的言行，但一度对鬼神之事深感兴趣，《史记·封禅书》记有他曾相信新垣平关于鬼神之说，《史记·屈原贾生列传》也写到他在宣室中召见贾谊，"因感鬼神事，而问鬼神之本"，直至夜半。② 据《汉书·楚元王传》载，汉宣帝也有"复兴神仙方术之事"。③ 帝王的好尚加上秦地风俗区是首善之区的所在，刺激了神仙信仰在此地的传播。二是秦地风俗区内有以华山为首的多处山岳，山是修炼、求仙与仙游的理想场所，华山地位尤为特殊。《史记·封禅书》记载与神仙方术关系密切的齐人申公之言："天下名山八，而三在蛮夷，五在中国。中国华山、首山、太室、泰山、东莱，此五山黄帝之所常游，与神会。黄帝且战且学仙。"④ 华山被列于天下名山在中国者的首位。求之《列仙传》，出入华山的即有修羊公、毛女、赤斧、呼子先四位，其他活动在秦地风俗区的神仙也多与山有关，黄帝与荆

---

① 卢云在讨论方士文化的发展及其区域分布时，注意到秦汉时三辅是都城所在，成为全国的政治中心，而"方士文化是一种依附统治阶级的宗教文化"，由于这种政治原因，三辅成为方士文化气氛浓厚的地区。详参卢云：《汉晋文化地理》，第168—169页。

② 《史记》（修订本）卷84《屈原贾生列传》，中华书局2013年，第3017页。

③ 《汉书》卷36《楚元王传》，中华书局1962年，第1928页。

④ 《史记》（修订本）卷28《封禅书》，第1666页。

山、方回与五柞山、吕尚与南山、谷春与太白山，莫不如此。

根据表二所示，《神仙传》所记神仙活动地域的整体分布情况为：黄河中下游风俗区域 33 人、淮汉以南风俗区域 32 人、塞上塞外风俗区域 5 人。位序与该书的神仙籍贯分布无异，与《列仙传》所记神仙活动区域分布位序也无不同。但北方黄河中下游风俗区域与南方淮汉以南风俗区域所占人次已极相近，这意味着，南方的神仙信仰发展显著，成为新兴的神仙信仰流行的地域。

具体而言，《神仙传》所记黄河中下游风俗区域的神仙活动地域分布是：秦地风俗区 8 人，魏地风俗区 6 人，韩地风俗区 5 人，周、赵、齐风俗区各有 4 人，宋地风俗区 2 人，陈、燕、鲁、卫风俗区都是无人。齐、赵、宋风俗区在《列仙传》的神仙籍贯和活动区域分布、《神仙传》的神仙籍贯方面所占人数（人次）都名列前茅，但在此项所占人次却有所减少，位次下滑。秦地风俗区则与《列仙传》的情况相同，在黄河中下游风俗区域中位居第一，华山所起作用仍值得注意，此处出现仙踪的 8 人之中，有 6 人出入于华山。

《神仙传》所记淮汉以南风俗区域的神仙活动地域分布为：吴越风俗区 24 人、巴蜀风俗区 6 人、楚地风俗区 2 人。其中，吴越风俗亚区占到 20 人，与该书神仙籍贯分布情况一样，成为所有风俗区中人次最多的一区。这个数量十分突出，已超过神仙在所有风俗区出现的 72 人次这个总数的四分之一。同样，这 20 位神仙的行踪和山岳关系十分紧密，其活动场域中，山岳共出现 16 次。

## 三、神仙籍贯与活动区域分布的特点及相关问题

《列仙传》和《神仙传》所载神仙籍贯与活动区域分布的基本情形已如上述，综合各项信息，参以相关文献，可以进一步看到其整体分布特点，以及与山岳、道教等的关联。

第一，神仙籍贯和活动涉及的地域范围极其普泛，但分布很不均匀，重点区域显得十分突出。《列仙传》的神仙籍贯与活动范围北至上谷郡的宁县，东北到辽东郡，南达日南郡的象林，西至陇西郡和西蜀，东到东海滨。《神仙传》的神仙籍贯与活动范围东北至辽东郡和渔阳郡，西北达敦煌郡的玉门，南到交州，东至东海滨。基本已覆盖秦汉、西晋疆域的主体部分，象林一地甚至已超出今天中国的范围。这还不包括秦汉和西晋疆域之外的大秦、夫余，还有东海仙乡——蓬莱山/方丈山/苻峤山，以及北海的玄洲等。

如此广泛的区域分布中，塞上塞外仙踪极少，黄河中下游风俗区域神仙活动

却很频繁。同处黄河中下游风俗区域，齐、赵、宋、秦风俗区是仙踪密集的核心地带，陈、燕、鲁风俗区则十分寥落，卫地风俗区完全未见仙踪。淮汉以南风俗区域中，吴越风俗亚区是仙踪密集的核心地带，巴蜀风俗区次之，其他地区则很少。

第二，一般认为秦汉魏晋的神仙信仰主要流行于燕齐、吴越、巴蜀地区，尤以黄河下游至长江下游的滨海地带为重心。《列仙传》《神仙传》的神仙籍贯与活动区域分布情况与此存在一致性，但也不乏歧异和被遮蔽的情况。据《史记·封禅书》载："自齐威、宣之时，驺子之徒论著终始五德之运，及秦帝而齐人奏之，故始皇采用之。而宋毋忌、正伯侨、充尚、羡门高最后皆燕人，为方仙道，形解销化，依于鬼神之事。邹衍以阴阳主运显于诸侯，而燕齐海上之方士传其术不能通，然则怪迂阿谀苟合之徒自此兴，不可胜数也。"① 这段话影响极大，后人多据此认为燕齐是神仙信仰的发源地或中心。考之《列仙传》和《神仙传》，燕地风俗区的神仙踪迹却极为罕见，与《史记》及其影响下的神仙观念存在明显的歧异。另外，两部仙传所示秦、赵、宋风俗区是神仙活跃的地区，学界对此关注较少。卢云在《汉晋文化地理》中敏锐注意到燕齐、吴越滨海地带是先秦汉魏晋时期宗教文化发达的地带，三辅、赵、宋一带是方士文化较为发达的地区。② 神仙信仰与方士文化关系极为密切，秦、赵、宋风俗区仙踪的活跃显然与该区域方士文化的发达存有内在的一致性。此外，通常所谓燕齐、吴越滨海地带是神仙信仰的流行区域的观点，很容易遮蔽一项信息，即界于两者之间的鲁地也有滨海地带，但鲁地风俗区的仙踪却并不多见，这可能与鲁地受到儒家为主的文化的笼罩有关。

第三，《列仙传》与《神仙传》的神仙籍贯与活动区域分布存在变化，核心区有所转移。《列仙传》主要反映的是汉魏之际对先秦以来神仙事迹的总结整理情况，它显示出早期的神仙故事与信仰重心是在北方，尤以黄河下游及其滨海地区为核心。《神仙传》则主要是葛洪在两晋之际对先秦以来神仙事迹的编撰，它一方面显示神仙故事与信仰在北方依然相当流行，另一方面体现了时人心目中南方已成为新兴的神仙故事与信仰流行的重要区域，长江下游及其滨海地区更是赫然跃居全国首位，成为神仙信仰的核心地带。这种变化的出现与葛洪撰修《神仙传》的方式有关，如《四库全书总目》所说，"今考其书，惟'容成公'、'彭祖'二

---

① 《史记》卷28《封禅书》，第 1368 — 1369 页。
② 卢云：《汉晋文化地理》，第 166 — 170 页。

条与《列仙传》重出，余皆补向所未载"，① 葛洪有意避免与之前的《列仙传》产生重复，其书内容自然会受到影响。但是，更重要的恐怕还是东汉以来江南的逐渐开发，特别是北方人口往江南的流动，推动了北方神仙信仰与南方神仙信仰的叠累，从而刺激到南方神仙故事与信仰的兴盛。而且，葛洪是吴越地区丹阳郡句容人，葛氏是江南望族，这一南人身份可能也影响到他的关注点。

第四，神仙籍贯与活动地域分布与山岳存在直接而广泛的联系。《史记·司马相如列传》载："相如以为列仙之传居山泽间，形容甚臞，此非帝王之仙意也，乃遂就《大人赋》。"② 已经很明确地将神仙的活动地点与山联系在一起。东汉末年刘熙在《释名·释长幼》中也说："仙，迁也，迁入山也，故其制字人傍作山也。"③ 可见，古人对神仙与山岳的亲缘关系早有揭示，而现代学者对此也多有肯定，如窪德忠在《道教史》中即指出："据收集神仙传记的《神仙传》和《列仙传》记载，神仙与山有密切联系。"④ 可以说，《列仙传》和《神仙传》是展现神仙与山岳关系的典型文本。下面，我们做一个更为直观、确切的胪列⑤：

塞上风俗区：桥山（1）、[宁北] 山（1）、崆峒山（2）、鸡头山（1）。

秦地（关中）风俗区：荆山（1）、五柞山（1）、南山（1）、华山（华阴山、太华山、西华岳）（10）、太白山（1）。

魏地风俗区：黑山（1）、槐山（1）、介山（1）、柏梯山（1）、太行山（2）、林虑山（1）、王屋山（1）。

周地风俗区：尸乡北山（2）、缑氏山（1）、女几山（2）。

韩地风俗区：首山（1）、嵩 [高] 山（太室山）（5）、太和山（1）。

赵地风俗区：恒山（常山、大垣）（4）、抱犊山（1）。

齐地风俗区：泰山（岱山）（3）、岑山（1）、琅邪山（1）。

宋地风俗区：宕山（2）、宜阳山（1）。

巴蜀即西南夷风俗区：娥媚山（1）、绥山（2）。青城山（2）、繁阳山（1）、鹤鸣山（1）。

楚地风俗区：衡山（1）。

---

① （清）永瑢等：《四库全书总目》，中华书局 1965 年，第 1250 页。
② 《史记》卷 117《司马相如列传》，第 3679 页。
③ （清）毕沅疏证、王先谦补：《释名疏证补》，中华书局 2008 年，第 96 页。
④ [日] 窪德忠著、萧坤华译：《道教史》，上海译文出版社 1987 年，第 54 页。
⑤ 虚构和超逸出汉晋疆域的山名不计，括号内数字表示该山出现的次数。

　　吴越风俗区：吴山（3）、龙眉山（1）、黄山（1）、陵阳山（1）、白石山（1）、地肺山（1）、金华山（1）、括苍山（1）、句曲山（1）、潜山（1）、四明山（1）、小霍山（1）、天台山（1）、天柱山（1）、霍山（2）、马蹄山（1）、东山（1）、盖竹山（1）、庐山（1）、霍林山（1）、罗浮山（1）。

　　散布各地的山岳中，仙踪最多的依次是华山、嵩山、泰山/吴山，而与神仙有关的山岳集中地则是吴越风俗区。华山位处秦和西汉的京都一带，嵩山位处东汉和西晋的京都一带，泰山与汉代的王朝政治关系密切，它们在汉晋时地位相当特殊，这是值得注意的现象。吴越风俗区山岳密集，成为神仙活动的重要场所，这与神仙信仰中洞天福地思想的兴起有关。

　　第五，神仙信仰流行于道教产生之前，是道教赖以形成的主要条件，而在道教形成之后，"神仙崇拜是道教信仰的核心，是道教不同于其他宗教教义的最显著之点"，① 不少道教中人被视为神仙而进入仙传。神仙与道教关系如此密切，它们的流传地域虽不必然相应，但存在互动的情况。

　　早期道教的流派，如太平道、五斗米道、丹鼎派的形成过程都与神仙信仰较为盛行的区域有关。太平道的创立者张角是巨鹿人，巨鹿属赵地风俗区。他将于吉追认为太平道的祖师，于吉在曲阳泉水边得到的神书《太平清领书》是太平道、五斗米道共同尊奉的《太平经》的前身，而向汉顺帝上此书的宫崇是琅玡人，向汉桓帝上此书的襄楷是平原隰阴人，两地都属齐地风俗区。《太平清领书》之前，与其存有渊源关系的《天官历包元太平经》一书是汉成帝时甘忠可所造，甘忠可也是齐人。五斗米道主要流行于巴蜀，传为张陵所创，后经他的孙子张鲁之手而影响巨大。张陵是沛国丰人，属宋地风俗区，葛洪以之入《神仙传》。丹鼎派的早期重要典籍是《周易参同契》，作者传为魏伯阳，其人列在《神仙传》，书中说他是吴人，五代彭晓《周易参同契分章通真义序》称其为会稽上虞人。由此可见，早期道教几个重要流派的创始人，或者与之渊源深厚的人物，都出现在汉晋仙传所记神仙籍贯与活动较多的区域，他们本人即多被列入仙传，足见神仙故事与信仰相对兴盛的地域对早期道教的形成可能存在推动作用，而道教的兴起也促进了神仙信仰的传播。

　　《列仙传》《神仙传》所记仙踪以齐至吴越的滨海地区为一大核心，该区域与道教关系即颇为密切。陈寅恪《天师道与滨海地域之关系》一文认为"自后汉顺

---

① 任继愈主编：《中国道教史》，上海人民出版社1990年，第11页。

帝之时，迄于北魏太武刘宋文帝之世，凡天师道与政治社会有关者"，多可"用滨海地域一贯之观念以为解释"。① 又，从《列仙传》到《神仙传》，神仙籍贯与活动的核心区域有所转移，南方成为新兴的重要区域，吴越风俗亚区一跃而为首要之地。大约与此同时，道教在这一带也逐渐发展起来，《中国道教史》于此有一段概括的文字："自三国以来，江南道教的发展逐渐超过中原与巴蜀，成为后来道教复兴的基础。根据有关记载，汉末三国至两晋间，先后传入江东的有属于太平道支派的于君道、帛家道，属于五斗米道支派的李家道、清水道、杜子恭道团等。"② 显然，神仙信仰与道教两者在江南，特别是吴越一带的兴盛，存在互动的关系。

[作者简介] 陈斯怀，文学博士，河北师范大学文学院硕士生导师。

---

① 陈寅恪：《金明馆丛稿初编》，生活·读书·新知三联书店 2001 年，第 1 页。
② 任继愈：《中国道教史》，第 57—58 页。

# 论汉代乐府歌诗中的游仙思想

## 王今晖

郭茂倩《乐府诗集》引《乐府广题》："秦始皇三十六年（前211年），使博士为《仙真人诗》，游行天下，令乐人歌之。"① 此诗今佚，其诗应不止于一首，大概主要用于秦始皇出游天下之际，以渲染热闹欢快的气氛。内容方面当以对仙真人的描绘为主，附带着祝颂秦始皇像仙真人一样，长生不死，太平基业世代相传云云。这当然只是一种推测，毕竟其具体的诗歌样式以及演奏时所用音乐我们都无从可知，但这是以诗歌形式来反映游仙思想的最早记载。

西汉时期，汉武帝在强烈的求仙欲望的促动之下，大兴候神致仙的宫馆池台。据桓谭《仙赋》序云："先置华阴集灵宫，宫在华山下，武帝所造，欲以怀集仙者王乔、赤松子，故名殿为存仙端门，南向山署曰望仙门。"《史记·孝武本纪》载，武帝"又作柏梁、铜柱、承露仙人掌之属矣"，曾下令"郡国各除道，缮治宫观名山神祠所，以望幸矣"，"令长安则作斐廉、桂观，甘泉则作延寿观，使卿持节设具，而候神人。乃作通天台，置祠具其下，将招来神仙之属"。② 同时，大规模的封禅和郊祀活动也频繁举行。郊庙歌辞中的《郊祀歌》就是武帝重用神仙方士、定郊祀之礼后，由司马相如等宫廷文人所创作的，其中有多首诗都反映了这种献祭仪式中的游仙思想，如《象载瑜》《日出入》《天马》《天门》《华烨烨》《惟泰元》《景星》《练时日》等。在这些诗歌中，虽然反复出现神、灵之类的指称，但显然都带有神仙的色彩，体现了武帝的游仙旨趣。如《象载瑜》："象载瑜，白集西。食甘露，饮荣泉。赤雁集，六纷员。殊翁杂，五采文。神所见，施祉福。登蓬莱，结无极。"记载了太始三年武帝行幸东海，游蓬莱，获赤雁之事。

再如《日出入》：

> 日出入安穷？时世不与人同。故春非我春，夏非我夏，秋非我秋，冬非我冬。泊如四海之地，遍观是邪谓何？吾知所乐，独乐六龙。六龙之调，使我心苦，訾黄其何不来下？

---

① （宋）郭茂倩编：《乐府诗集》卷64，中华书局1979年，第923页。
② 《史记》卷12《孝武本纪》，中华书局1959年，第459—485页。

据《史记·孝武本纪》载，武帝行幸东海获赤雁祥瑞之后，"幸琅琊，礼日成山，登之罘，浮大海"①，此诗当作于彼时。诗中在慨叹"时世不与人同"的同时，将成仙的希望全部寄托在"六龙"之上，并以真诚凄苦的表白来抒发心曲。《淮南子·天文训》云："日乘车，驾以六龙。"② 应劭注曰："《易》曰：'时乘六龙以御天'。武帝愿乘六龙，仙而升天。"又曰："訾黄，一名乘黄，龙翼而马身，黄帝乘之而仙。"说明武帝也想效法黄帝乘龙升仙的途径。《史记·汉武帝本纪》载，齐人公孙卿对武帝说："黄帝采首山铜，铸鼎荆山下。鼎既成，有龙垂胡须下迎黄帝。黄帝上骑，群臣后宫从上龙七十馀人，龙乃上去。"武帝听后感叹："嗟乎！吾诚得如黄帝，吾视去妻子如脱屣耳！"③ 此外，从汉代的画像艺术中，也有许多神仙驭龙飞行的画面，如河南郑州出土的汉画像砖"仙人乘龙图"，四川出土的汉画像砖"龙车行空图"等。

太初四年，贰师将军李广利伐大宛，斩大宛王首，获汗血马归。武帝视汗血马为天马，进而联想到自己可乘此与龙为友的天马作仙游之行。《天马》其二云：

> 天马徕，从西极。涉流沙，九夷服。天马徕，出泉水。虎脊两，化若鬼。天马徕，历无草。径千里，循东道。天马徕，执徐时。将摇举，谁与期。天马徕，开远门。竦予身，逝昆仑。天马徕，龙之媒。游间阖，观玉台。

六龙既不可得，天马即在目前，乘此而飘摇仙举，远至昆仑仙乡，畅游间阖，观览玉台，堪为人生极乐之事。

此外，鼓吹曲辞中的《铙歌》中有《上陵》一诗，作于汉宣帝之世，是通过上陵之礼的祭祀活动，传递了神仙思想。诗的最后"芝为车，龙为马。览遨游，四海外。甘露初二年，芝生铜池中，仙人下来饮，延寿千万岁"。《汉书·宣帝纪》载："神爵元年诏曰：嘉谷元稹，降于郡国。神爵集，金芝九茎产于函德殿铜池中。"诗中所说"芝生铜池中"当指此事。

除《郊祀歌》与《铙歌》之外，汉乐府歌诗中反映游仙题材的诗歌，还有相和歌辞中的《吟叹曲·王子乔》《瑟调曲·善哉行》《瑟调曲·陇西行》《清调曲·董

---

① 《史记》卷12《孝武本纪》，中华书局1959年，第463页。
② 陈广忠注译：《淮南子译注》，吉林文史出版社1990年，第100页。
③ 《史记》卷12《孝武本纪》，中华书局1959年，第468页。

逃行》《平调曲·长歌行》，舞曲歌辞中的《淮南王》，杂曲歌辞中的《艳歌》。这些诗歌"更多地应用于世俗宴乐场合"①。汉代在西京长安和东都洛阳建有"平乐观"，作为和平时期重要的乐舞百戏表演场所。"'平乐观'中有'总会仙倡'（《西京赋》）、'扮仙戏弄'（傅玄《正都赋》），乐府游仙诗很可能是这些娱乐节目中的唱辞。"②朱晓海认为，乐府游仙诗的演出规模可分为三类：一是编织于百戏之中的一个节目，扮演、特技效果为重，歌舞部分为辅；一则规模较小，以演唱为主，仙人引导，驾鹿邀游，奉药覆命等表演为辅；一为独角演唱，别无布景、道具及其他人物，但会借用手势、移位、改变声口，加强演唱效果，也表现演唱者的技巧，现存游仙诗绝大多数似乎属于后一种。③综观汉乐府中这些反映游仙题材的诗歌，主要有如下特点：

一是诗中出现了较多的仙人和仙兽形象。除了不具名的仙人之外，主要有王子乔、赤松、东王父、西王母、淮南八公、天公、河伯、姮娥、织女、玉女等。王乔和赤松是《楚辞》之中就已经出现的人物，可以说二人的形象在游仙文学中出现较早。汉乐府中除了《吟叹曲·王子乔》中有"参驾白鹿云中邀"的王子乔之外，《瑟调曲·善哉行》中也出现了"仙人王乔"的形象。赤松的形象出现在《瑟调曲·陇西行》中，"过谒王父母，乃在太山隅。离天四五里，道逢赤松俱"，是主人公在游仙过程中偶遇的仙人。诗中还提到了西王母和东王父。西王母是从昆仑神话中演化而来的仙人形象。《山海经·西山经》载："又西三百五十里，曰玉山，是西王母所居也。西王母其状如人，豹尾虎齿而善啸，蓬发戴胜，是司天之厉及五残。"④《山海经·大荒西经》载："西海之南，流沙之滨，赤水之后，黑水之前，有大山，名曰昆仑之丘。有神人面虎身，有文有尾，皆白处之。其下有弱水之渊环之，其外有炎火之山，投物辄然。有人，戴胜，虎齿，有豹尾，穴处，名曰西王母。此山万物尽有。"⑤《穆天子传》卷3则云：

> 天子觞西王母于瑶池之上。西王母为天子谣，曰："白云在天，山陵自出，道里悠远，山川间之，将子无死，尚能复来。"天子答之曰："予归东土，

① 张树国：《汉—唐国家祭祀形态与郊庙歌辞研究》，人民出版社2013年，第403页。
② 张树国：《汉—唐国家祭祀形态与郊庙歌辞研究》，人民出版社2013年，第405页。
③ 朱晓海：《魏晋游仙、咏史、玄言诗探源》，见赵敏俐、佐藤利行主编《中国中古文学研究——汉唐国际学术讨论会论文集》，学苑出版社2005年。
④ 袁珂：《山海经校译》，上海古籍出版社1985年，第31页。
⑤ 袁珂：《山海经校译》，上海古籍出版社1985年，第272页。

和洽诸夏，万民平均，吾顾见汝，比及三年，将复而野。"①

　　显然，在《山海经》为代表的上古神话中西王母是半人半兽的神，而到了战国时期，演化为能在瑶池与周穆王以歌谣唱和的神人形象了②。至于东王父，在题名东方朔的《十洲记》中说："扶桑上有太帝宫，太真东王父所治。"这首诗中，作者显然是将东海扶桑上的东王父和西方昆仑山上的西王母一同放在了泰山之隅的仙境。《瑟调曲·善哉行》中"淮南八公，要道不烦。参驾六龙，游戏云端。"淮南八公得道成仙的故事应该是汉代民间传说中极为流行的。八公据传是助淮南王刘安成仙的八位仙人，《艺文类聚》卷 78 引《列仙传》曰："汉淮南王刘安言神仙黄白之事，名为《鸿宝万毕》，三卷，论变化之道，于是八公乃诣王，授丹经及三十六水方。"刘安有《八公操》一诗："煌煌上天照下土兮，知我好道公来下兮。公将与余生毛羽兮，超腾青云蹈梁甫兮。观见瑶光过北斗兮，驰乘风云使玉女兮。含精吐气嚼芝草兮，悠悠将将天相保兮。"陈释智匠《古今乐录》云："淮南好道，正月上幸，八公来降，王作此歌。"根据葛洪《神仙传》所载，八公各有神通，或坐致风雨，或役使鬼神，或乘云步虚，或千变万化等。③《艳歌》中有"天公出美酒，河伯出鲤鱼"，"姮娥垂明珰，织女奉瑛琚"，诗中天公、河伯、姮娥、织女等仙人的形象陆续出现，这些仙人的形象也基本都是从神话传说中演化而来的。

　　此外，在这几首乐府歌诗中还出现了六龙、白鹿、麒麟、辟邪、玉兔等仙兽形象。"六龙"形象前文已有提及，《瑟调曲·善哉行》中的"六龙"是作为淮南八公的坐骑出现的。与此相似，"白鹿"或为仙人的坐骑，或驾着仙人所乘之车，也是经常出现的。《吟叹曲·王子乔》："王子乔，参驾白鹿云中遨。下游来，王子乔，参驾白鹿上至云，戏遨游。"《平调曲·长歌行》："仙人骑白鹿，发短耳何长。"葛洪《神仙传·卫叔卿》中写道："汉元封二年八月壬辰，孝武皇帝闲居殿上，忽有一人乘云车，驾白鹿，从天而下，来集殿前。"④《神仙传·鲁女生》也有"女生道成，一日与知友故人别，云入华山。去后五十年，先相识者逢女生华山庙前，乘白鹿，从玉女三十人。"⑤《清调曲·董逃行》："山兽纷纶麟辟邪其

---

① （晋）郭璞编：《山海经·穆天子传》，岳麓书社 1992 年，第 223 页。
② 《穆天子传》为战国时期的作品，这是学界较为一致的看法。
③ 周国林译注：《神仙传全译》，贵州人民出版社 1998 年，第 87 页。
④ 周国林译注：《神仙传全译》，贵州人民出版社 1998 年，第 190 页。
⑤ 周国林译注：《神仙传全译》，贵州人民出版社 1998 年，第 270 页。

端"，"玉兔长跪捣药蝦蟆丸"。麒麟和辟邪是仙山上相互嬉戏的山兽，而诗中玉兔的工作则是捣仙药。需要指出的是，《艳歌》中"青龙前铺席，白虎持榼壶"和《瑟调曲·陇西行》中"青龙对伏趺"的诗句，提到了"青龙"、"白虎"，虽然它们属于天上的星宿，但作者显然赋予其神灵的特性，有着更多的象征意味，对于后世的游仙诗在艺术表现上有很大的启示作用。

二是诗中出现的仙境多为人间的仙山。昆仑、蓬莱仙山、五岳、太华山、嵩高山、太（泰）山等，出现的频率最高，这其中昆仑悬圃作为传说中最为久远的仙境，在楚辞和汉代的《郊祀歌》十九章中都出现过。《清调曲·董逃行》："吾欲上谒从高山，山头危险道路难。遥望五岳端，黄金为阙班璘。"这里所说的"高山"应该是昆仑山，而非嵩高山，因为所引诗句中已明言在高山顶上遥望五岳，嵩高山为五岳之一，而且诗的第三解中有"小复前行，玉堂未心怀流还"的诗句，其中"玉堂"应在昆仑山。据托名东方朔的《十洲记》载："昆仑有流金之阙，碧玉之堂，西王母所治也。"因此这首诗反映的是到昆仑仙山求取仙药的情节。除了此诗泛及"五岳"之外，《吟叹曲·王子乔》中讲到了两处仙境，其中之一有"五岳"，另外一处是蓬莱仙山。如"东游四海五岳上，过蓬莱紫云台"。太华山和太山分别出现在《平调曲·长歌行》和《瑟调曲·陇西行》中，前者如"仙人骑白鹿，发短耳何长。导我上太华，揽芝获赤幢"，后者如"过谒王父母，乃在太山隅"。嵩高山虽然没有直接在诗中出现，但《瑟调曲·善哉行》中"经历名山，芝草翻翻。仙人王乔，奉药一丸"，所说的"名山"，当指嵩高山。据《列仙传》卷上载，王子乔"好吹笙，作凤凰鸣。游伊、洛之间。道士浮丘公接以上嵩高山"。可见诗中之人正是在嵩高山遇见了王乔而获得了仙药。在《郊祀歌》中出现的仙境，仅提及昆仑和蓬莱两处，分别在《天马》其二和《象载瑜》中。而在前述乐府歌诗中，仙山覆盖的范围还是比较广的。

三是游仙目的表现为求得仙药与恣意遨游两种。这些诗歌中，诸如"来到主人们，奉药一玉箱"（《平调曲·长歌行》）、"仙人王乔，奉药一丸"（《瑟调曲·善哉行》）、"奉上陛下一玉桮，服此药可得神仙"（《清调曲·董逃行》）之类的诗句，可见游仙与追求仙药是不可分离的。求得仙药而献给陛下，说明这些诗歌也是在武帝以来君王求仙的大背景下产生的，其作者或为神仙方士，通过祈求神仙赐福，表达对帝王的祝颂以博得其信赖；或为一般文人，将帝王祭祀、行游、宴饮场面中的求仙之举作为诗歌题材来写作。也有些作品并没有提及仙药，只是表达了畅游仙域的快乐。如《瑟调曲·陇西行》中，在"卒得神仙道"之后，通过一系列的仙国漫游，抒发了"为乐甚独殊"的感慨。再如《艳歌》中，通过

"相从步云衢"之后所享受的天国盛宴,来表达"今日乐上乐"的感受。至于诗中游仙的方式,多半是在仙人的引领之下而实现的。如《平调曲·长歌行》:"仙人骑白鹿,发短耳何长。导我上太华,揽芝获赤幢。"再如《瑟调曲·陇西行》:"离天四五里,道逢赤松俱。揽辔为我御,将吾天上游。"这些诗中,《吟叹曲·王子乔》的写法较为特殊,诗歌通篇都在描写王子乔一个人的遨游,并未出现其他人物,"王子乔,参驾白鹿上至云,戏遨游。"接下来便是他结仙宫、谒三台、游五岳、过蓬莱的一系列的行游表演,并在诗歌的后半部分向王子乔表达了"圣朝应太平"、"圣主享万年"的祈愿。游仙诗作为一种诗歌题材,其"游仙"内涵的诠释本来就比较复杂,从后世游仙诗主流的发展情况来看,以作者为主体的游于仙境作为对"游仙"的解释,显然是最合理的。但是也有一些诗歌中,诗人主体并不出现,只是以神仙个体或群体的行游贯穿始终,如郭璞《游仙诗》中的某些诗歌以及唐代曹唐的《游仙诗》写飞仙凌云之妙等。从这一点来说,"游仙"的涵义也可以解释为游行的神仙,而汉乐府《吟叹曲·王子乔》就是这类写法的开先河之作。

四是在艺术表现上多叙事和描写。汉乐府歌诗的普遍特点是叙事性较强,对话体的运用较为普遍,这与其"感于哀乐,缘事而发"的创作意旨有密不可分的关系。至于我们所研究的这些诗歌,同样体现了较强的叙事性,但主要还是因其游仙题材的特殊性所致。既然是游仙,自然会有动机、地点、人物、过程、结果之类的内容,这无疑增强了其叙事特点。有些诗中还运用了对话的方式,如《清调曲·董逃行》:"传教出门来:'门外人何求?''所言欲从圣道,求一得命延。'教敕凡吏受言:'采取神药若木端,玉兔长跪捣药蝦蟆丸。奉上陛下一玉柈,服此药可得神仙。'"有的学者甚至因此推测此诗"是在描绘一场求仙问药的仙戏表演"①。相对于叙事性来说,这些游仙题材的诗歌在描写艺术上显然更为突出。如《瑟调曲·陇西行》:"天上何所有?历历种白榆。桂树夹道生,青龙对伏趺。凤凰鸣啾啾,一母将九雏。"将登天之后所见美景一一呈现出来。再如《艳歌》:"天公出美酒,河伯出鲤鱼。青龙前铺席,白虎持榼壶。南斗工鼓瑟,北斗吹笙竽。姮娥垂明珰,织女奉瑛琚。苍霞扬东讴,清风流西歈。垂露成帷幄,奔星扶轮舆。"通过一场天上的盛宴,借助于神祇星宿,展示了迥异于人寰的绚丽景色。虽然这些诗歌带有很强的世俗享乐的色彩,与后世游仙诗的动机有较大差别,但其淋漓尽致的铺陈描写,对于后世游仙诗有很大的影响。

---

① 张宏:《道骨仙风》,华文出版社 1997 年,第 65 页。

　　总的来说，以《郊祀歌》十九章中的几首神仙题材的诗歌以及相和歌辞中的《吟叹曲·王子乔》《瑟调曲·善哉行》《瑟调曲·陇西行》《清调曲·董逃行》《平调曲·长歌行》和杂曲歌辞中的《艳歌》为代表，汉乐府歌诗作为游仙诗的滥觞，在很多方面都奠定了这一诗歌题材的基本特点，虽然与后世文人的游仙诗作相比，无论在思想性还是艺术性上都有较大差距，但其初创之功是不应轻易抹杀的。

　　[作者简介] 王今晖，文学博士，青岛大学文学院副教授，青岛大学东亚文学与文化研究中心副主任，硕士生导师，主要从事汉魏六朝文学的研究。

# 仙道传说与帝王政治——汉魏志怪小说中的帝王故事

## 王连儒　郝明朝

　　秦汉以来兴起的神仙方术，是一种十分复杂的社会政治以及宗教哲学现象。如果从社会政治的角度看，神仙方术的出现，无疑与统治者的提倡有关；如果从宗教哲学的层面分析，神仙方术的盛行，无疑又对道教乃至佛教的产生及传播带来重要影响。

　　秦汉以来的封建帝王，大多对神仙方术具有浓厚的兴趣。之所以如此，一是与神仙方术之士附会历史、推演帝王兴衰替代的"本领"有关；而另一方面，则与神仙方术之士对人的凡俗、寿夭的运制与幻化不无联系。推演帝王兴衰替代的历史，目的无非是为统治者寻求建立合理政治体制的有效途径；而使人超凡入仙、生命永驻，则又会在尔虞我诈、杀伐谶谗的政治以外，使人在心理乃至生理上找到所谓的安身立命之所。而这种联系本身，往往又使仙道传说掺杂更多的宗教与人文意象，故仙道传说、志怪小说所确立的人神杂糅、凡仙同构的机制，也便成为好事者以及志怪小说作者认知历史、幻化人生、寄托某种宗教理想所遵循的原则。

## 一、仙道源起中的帝王情结

### （一）

　　秦汉是神话传说、神仙方术十分盛行的时代。秦始皇企望羽化登仙，故其求仙活动之大，在中国历史上绝无仅有。他自称"吾慕真人，自谓'真人'，不称'朕'"①，并命博士作《仙真人诗》；他先后派齐人徐福带童男童女入海求仙，派燕人卢生求羡门、高誓；派韩终、侯公、石生等人求仙人不死之药；对神仙世界充满着无限的渴望与企求，对长生不死有着十分的期待与盼望。秦始皇曾多次巡游天下，其目的之一便是求仙。据《封禅书》记载："始皇遂东游海上，行礼祠名山大川及八神，求仙人羡门之属。"他到泰山封禅，同样也是为了乞求神仙的庇

---

　　① 《史记》卷6《秦始皇本纪》，中华书局1959年，第257页。

佑。鉴于此，秦始皇特别喜欢搜罗并利用神仙方术之士，虽然有时他也感受到了蒙受欺骗的耻辱，杀了许多炼丹和推演符箓的人，但其至死却仍然痴迷于对长生不死以及神仙世界的追求。

两汉志怪小说与《山海经》宗绪相承的地理博物类志怪，如《括地图》《神异经》《玄黄经》《洞冥记》《十洲记》等。《山海经》被称之为"古今语怪之祖"，具有浓厚的巫术迷信色彩。除此之外，《山海经》中也有记载异国珍域的神话故事和民间传说，其中也夹杂了一些神仙不死、服食饵药的故事。如《海外南经》中记载的"寿不死"的"不死民"；《海外西经》中的"不寿者八百岁"的"轩辕之国"以及"乘之寿二千岁"的"白民国乘黄"等。服食饵药之事在《山海经》中也有记载，像《海内西经》中巫彭等人手中所掌握的"不死药"，《大荒南经》中的"帝药"等，都是这方面的一些很好的例证。

志怪小说中与帝王情结最深的西王母算是其中之一。《山海经》中有关"西王母"的记载有三处，而西王母又是后世神仙道教所极力幻化的人物，因此，《山海经》中对西王母行事的记载及其形象塑造，对后来神仙世道教的产生以及志怪小说创作均带来一定的影响。西王母形象在志怪小说中被逐渐仙化美化过程，无疑与神仙方术之士的推演、世人的情感认同以及封建统治者的追求喜好有关。在《穆天子传》中，《山海经》中的那位其状如人，但却"豹尾虎齿而善啸"的西王母，已经初步呈现出仙人的某些特征。而到了后来的《汉武帝内传》，西王母形象则被进一步仙道化与世俗化，成为道教尊神中宗教意味与世俗情调都非常浓厚的宗教偶像。

《汉武帝内传》中有汉武帝与西王母会面的情境，体现了仙道主题下志怪小说所表现出的人神同构的主题以及宗教至上的原则。西王母"下车登床，帝跪拜问寒暄毕立。因呼帝共坐"。至于赐汉武帝食以及汉武帝欲取仙桃核种植的举止，则更能看出作为世俗帝王的汉武帝与仙道尊神的西王母，在志怪小说创设情境中的不同定位与趋向。因此，这则汉武帝与西王母相会的故事，虽然充满着世俗的韵味，但作者却将其放置于宗教的环境中去描写，实际上还是突出了神仙道教的主题。

宗教传播的关键有两点：一是人神间的通感，而通感的条件则是世俗信众与宗教传播者之间在宗教理念上的共同认知。对于宗教传播者来讲，其主要的职责是代神立言，他们所宣传的价值观念必须符合宗教传播原则；而对于世俗人来说，无论宗教理论与宗教实践如何烦琐，但都必须有能够满足其世俗心理需要的精神寄托与追求，只有这样，才能引发起人们对宗教的兴趣乃至狂热的情绪。故志怪小说中西王母形象及其仙道特征的不断演化，基本上符合宗教与世俗的期待与心理逻辑。

我们从许多涉及汉武帝内容的志怪小说中，发现了几乎同样的问题，也就说，虽然汉武帝本人对仙道不死倾注了极大的热情，但其最终并没有羽化飞升，其中的原因，葛洪在其《抱朴子内篇·论仙》中给出了这样的解释：

> 夫求长生，修至道，诀在于志，不在于富贵也。苟非其人，则高位厚货，乃所以为重累耳。……汉武享国最为寿考，已得养性之小益矣。但以升合之助，不供钟石之费，畎浍之输，不给尾闾之泄耳。仙法欲寂静无为，忘其形骸；而人君撞千石之钟，伐雷霆之鼓，砰磕嘈唈，惊魂荡心，百技万变，丧精塞耳，飞轻走迅，钓潜弋高。仙法欲令爱逮蚑蠕，不害含气；而人君有赫斯之怒，芟夷之诛，黄钺一挥，齐斧暂授，则伏尸千里，流血滂沱，斩断之刑，不绝于市。仙法欲绝臭腥，休粮清肠；而人君烹肥宰腯，屠割群生，八珍百和，方丈于前，煎熬勺药，旨嘉餍饫。仙法欲溥爱八荒，视人如己；而人君兼弱攻昧，取乱推亡，辟地拓疆，泯人社稷，驱合生人，投之死地，孤魂绝域，暴骸腐野，五岭有血刃之师，北阙悬大宛之首，坑生煞伏，动数十万，京观封尸，仰干云霄，暴骸如莽，弥山填谷。秦皇使十室之中，思乱者九；汉武使天下嗷然，户口减半。祝其有益，诅亦有损。

一是修道者必须寂静无为，忘其形骸，而封建帝王却起坐钟鼓，出入鸾驾，垂纶射猎，扰嚷嘈杂。二是修道者需爱及群生，禁断杀伐，而封建帝王却黄钺齐斧，挥杀无度，"伏尸千里，流血滂沱，斩断之刑，不绝于世"。三是修道应省减滋味，"止绝腥臭"，而封建帝王却列食钟鼎，山珍海味。四是修道者应施博爱，待人如己，而封建帝王却杀伐攻掠，泯人社稷，夺人疆土。葛洪认为，封建帝王很难达到普通修道者所具有的条件素养，因此，要想修成仙道，几乎很难做到。

除此之外，志怪小说很难让汉武帝这类的人羽化飞升，因为用子虚乌有的宗教方式演化封建帝王生前或身后事，还需顾忌到现实与历史的影响，因为这些人非同一般。用今天的话讲，社会公众人物的影响可能会引起更多人的关注，如果处置不当，不仅不会有助于宗教的传播，反而还会带来许多负面的影响。

有关汉武帝与仙道关系的记载，除见诸《汉武故事》《汉武内传》《汉武洞冥记》等作品以外，《神仙传》中至少下列作品中也有载录。如《伯山甫传》《王兴传》《刘安传》《泰山老父传》《巫炎传》《刘凭传》《李少君传》《卫叔卿传》

《墨子传》等。在这些作品中，也均未见到汉武帝求仙访道成功的记述。综合来看，仙道难修不外有以下理由：一是汉武帝求仙不具备普通人所具有的毅力，往往不堪其苦，半途而废；二是如上引葛洪所言，封建帝王难去其骄奢淫逸之性，故此成为修成仙道的重要障碍。有关这一点，《李少君传》已经讲得非常清楚，"陛下不能绝骄奢，遣声色，杀伐不止，喜怒不胜，万里有不归之魂，市曹有流血之刑，神丹大道，未可得成"。我们不妨作如此假设，如果秦始皇、汉武帝诸人均能羽化飞升，宗教劝人向善的宗旨以及寂静省欲者方能修成仙道的原则必定会受到世人怀疑。更何况汉武帝虽有志修道，生活中还存在着凌忽宗教的事呢！《神仙传》卷8《卫叔卿》便透露了这方面的一些信息。

> 卫叔卿者，中山人也，服云母得仙。汉元封二年八月壬辰，孝武皇帝闲居殿上，忽有一人，乘云车，驾白鹿，从天而下，来集殿前。其人年可三十许，色如童子，羽衣星冠。帝乃惊问曰："为谁？"答曰："吾中山卫叔卿也。"帝曰："子若是中山人，乃朕臣也。可前共语。"叔卿本意谒帝，谓帝好道，见之必加优礼，而帝今云是朕臣也，于是大失望，默默不应，忽焉不知所在。

实际上，佛教初传中国时也曾遇类似的问题，比如说，沙门是否要跪拜礼敬王者。如果封建帝王不能像一般人那样遵循宗教的规制，对宗教的虔信以及取信于宗教传播者也便成了问题。卫叔卿以仙道者的身份拜访汉武帝，本期望得到武帝的优礼，属于正常的心态；汉武帝以帝王的态度接见卫叔卿，称其为臣也无可厚非。二人不同的心态与期许，很难在交流的目的性上形成一致，因此，不欢而散，无果而终，并不让人感到意外。宗教抱着出世的态度入世传教，而封建帝王却抱着入世的态度寻求出世的安慰，这本身就是矛盾，又怎么能很好地协调融通呢？在涉及封建帝王与西王母会见的其他有关典籍中，我们似乎也遇到了类似的问题。

贾谊《新书·修政语》记帝尧与西王母的会见时说："帝尧曰：'……身涉流沙，地封独山，西见王母。"《易林》卷1"坤之噬嗑"卦中有"稷为尧使，西见王母，拜请百福，赐我善子。"《荀子·大略》篇中也有"尧学于君畴，舜学于务成昭，禹学于西王母"的记载。这些记载有一个共同的特点，即中国历史传说中的这些君王，都是前往拜谒西王母的。但同样的事情在有些典籍中却发生了变化，如《尚书·大传》说："舜之时，西王母来献其白琯"，《大戴礼·少间》的记载较前似乎更加详细，"昔虞舜以天德嗣尧，布功、散德、制礼。朔方幽都来服，南抚交趾，出入日月，莫不率俾。西王母来献白琯"。在这则记载中，把西王母来献白玉琯的背景写了进来，这样让我们一看便知西王母究竟为什么来献，彼此主次角色的变化，也并不是记载疏漏所造成，而是更多地掺杂作者的主观意图。作者把这些仙道色彩极其浓厚的记载不断政治人伦化，加进了更多符合中国人心理特征的价值观念。也许这种观念因时代变化而有所不同，但由《大戴礼·少间》的记载不难看出，朔方幽都的来服，是西王母来献白琯的基础。也就是说，诸少数民族臣服于汉族人的历史背景，才是西王母来献的真正的原因。

## （二）

封建帝王对神仙道教的兴趣，与其时的政治生态有关。汉武帝朝，司马谈在其《论六家要旨》中曾表现出对道家思想的特别喜好，他说："道家使人精神专一，动合无形，瞻足万物。其为术也，因阴阳之大顺，……与时迁移，应物变化，立俗施事，无所不宜，指约而易操，事少而多功。"道家与道教虽然不能完全等同，但其对道教的形成却产生了重要的影响，同时，道家学说中的许多思想观念，对仙道学说的滋盛，也产生了重要的推助作用。

西汉"文景"之时，窦太后好黄帝、老子言，世称"黄老"学说。虽然此时尚把"黄老"思想作为治世的工具，而较少掺杂神仙方术的成分，但传统的儒家学说却在窦太后所提倡的黄老政治面前日渐黯淡。一些政客与学者，为了迎合封建帝王的喜好以及政治的需求，也对传统儒学进行大胆改造，使传统儒学逐渐演化为包含有阴阳五行、天人感应在内的新的思想体系。文、景之时，黄、老之学尤甚，神仙方术之士应运而生，汉文帝从长沙召回被放逐的贾谊，不问苍生问鬼神，故当时封建帝王求仙访道之热忱，可见一斑。汉武帝好方术，故"天下怀协道艺之士，莫不负策抵掌，顺风而届焉"①。当时有一个叫栾大的方士，曾一度得到汉武帝的赏识，此人后来被写进志怪小说中。栾大为胶东宫人，自言尝往来于海上，亲见安期、羡门等仙人，并声称"黄金可成，而河决可塞，不死之药可得，仙人可致"，后栾大被汉武帝赐官封爵，并将女儿卫长公主嫁给他②。栾大现象的出现，极大地刺激了神仙方术之士言谈神仙的兴趣与热情，自此"燕、齐之间，莫不扼腕自言有禁方，能神仙"。后栾大虽因骗局败露而被处以腰斩，但方术之士言谈仙道的热情，却并未因此而消退。

① 《后汉书》卷82《方术列传》，中华书局1965年，第2705页。
② 《史记》卷12《孝武本纪》，中华书局1959年，第463页。

班固《汉书·艺文志》所载方技凡三十六家，书八百六十六卷，数术一百九十家，书二千五百八十八卷，其中即包括神仙、杂占、蓍龟、五行等与道教神仙有关的内容。所以，西汉神仙方术的盛行，除和统治阶级的提倡有关外，还与当时学术领域抑实务虚，以实附虚的学风有着密切的关系。

东汉光武帝刘秀靠谶纬迷信坚定了其复兴刘氏王朝的信念，因此，刘秀取得帝位后，对谶纬迷信也就特别感兴趣并倍加提倡。据《后汉书》卷82上《方术列传·序言》记载："及光武尤信谶言，士之赴趣时宜者，皆骋弛穿凿，争谈之也。"争谈的结果是在朝廷政治的庇护与褒奖下，各种道书以及所谓精通神仙、道教、佛教乃至宗教法术的人大量涌现。《后汉书·方术列传》所记方术之士三十四人，他们有的"晓遁甲，能役使鬼神"①；有的"有神术"，"吏人祈祷，无不如应。如有违犯，亦立能为祟"②；有的"好图谶，善说灾异，吉凶占应，先知凶期"③；有的"能变易物形，出入不由门户"④，甚至有的更能令人活见鬼，把女人变为丈夫等。这些方术之士，大都具有超凡的本领，他们的所作所为，在现实与非现实、宗教与世俗之间创造了许多既令人匪夷所思，然而又心向往之的仙道神话世界。

荒诞不经的传说，为神仙方术之士以及与之相适应的谶占学说蒙上了一层更加神秘的宗教色彩。《汉书·艺文志》专列神仙家一类，并称其为"则诞欺怪迂之文弥以益多"。在科学尚不昌明的时代，诞欺怪迂之说最容易被当作既定的事实来接受，这就类似于古代印度人对宗教的思考，把意识作为实践的一部分，用超现实的幻想来替代现实的存在。由此形成的宗教理念，似乎可打破一切心理的屏障，用虚拟的宗教幻想，弥补人们理性认识上的缺失与不足。

神仙方术学说的不断理论化与系统化，成为后世道教产生的重要的思想来源与理论基础。东汉顺帝时，琅琊人宫崇上其师于吉所作《太平清领书》一百七十卷，后来此书成为道家最初的典籍。《太平清领书》多以阴阳五行为则，并杂以巫觋之术，不难看出，是前代阴阳占筮以及方技学说的总结。《太平清领书》在汉顺帝时并未得到应有的重视，原因是"有司奏崇所上妖妄不经"⑤。但到灵帝时，张角发动黄巾起义，此书便成为他们主要的思想武器与行动纲领。《太平清领书》虽

---

① 《后汉书》卷82《方术列传·高获传》，中华书局1965年，第2711页。
② 《后汉书》卷82《方术列传·解奴辜张貂传》，中华书局1965年，第2749页。
③ 《后汉书》卷82《方术列传·王乔传》，中华书局1965年，第2712页。
④ 《后汉书》卷82《方术列传·谢夷吾传》，中华书局1965年，第2715页。
⑤ 《后汉书》卷30下《襄楷传》，中华书局1965年，第1084页。

为中国道教初期的重要经典，却杂糅了儒、道等多种思想成分，其基本思想基调仍然是"天人感应，君权神授"的观念。《太平清领书》所讲一是奉天，认为"天者，至道之真也"，"众道之精也"，那么这个"道"究竟是什么呢？"道"是包含了阴阳五行以及"真人"法力在内的人神互通互感的一种精神世界。在天的背后，处处有"真人"活动的痕迹，故《太平清领书》表面上虽然标榜"奉天"，而实际上是崇拜天以外的所谓"真人"。二是尊君。君为天子，乃天之心、天之子。在《太平经·和三气兴帝王法》中，"真人问神人曰：'吾欲使帝王立致太平，岂可闻耶？'神人言：'但大顺天道，不失铢分，则立致太平'。"君王的命运，需由"真人"、"神人"具体把握，故《太平经》中所表现出的思想，是君权神授的观念，"真人"、"神仙"实际上成为超世间而又能主宰世间的一种精神存在。而这种所谓的精神存在，反过来又对封建政治起着重要的辅助作用，即"大神人时见教其治意，真人、仙人、大道人悉来为师，助其教化……"①《太平经》既然被黄巾起义所利用，故其又绝不是一部不食人间烟火的神书，它所讲的尊君、尚贤、崇儒、忠孝、仁爱的思想，又是入世颇深的。这种现象也正和秦汉以来用阴阳五行巫筮占卜解释人伦社会政治的学术风气相一致。鉴于此，任何一种宗教形式的存在，归根到底还是一个世俗的问题，这就像志怪小说，无论作者怎样利用时间与空间的幻想去勾画虚幻的神仙与灵鬼世界，但最终也不可能摆脱现实社会的某些痕迹。

### （三）

从总的情况来看，神仙传说成为汉魏志怪小说重要的题材来源。其中多以西王母、王乔、彭祖、安期生、汉武帝、东方朔等人为原型，故由此形成《列仙传》《神异经》《十洲记》《洞冥记》《汉武故事》《汉武内传》等志怪小说系列。从这些志怪小说中，可以看出"史氏流别，殊途并骛"②的史传与志怪杂糅混融的痕迹。故事所采大都为历史上的真实人物，或帝王将相，或名士达人，虽"非史策之正"，但却用虚幻的方式附会了历史。自《左传》以来，史家对杂传逸史的兼收并蓄，说明了正史不废野史之言的著史法则，对此，《隋书·经籍志》有较为详实地阐述。

---

① 王明编：《太平经合校》，中华书局1960年，第88页。
② （唐）刘知几、（清）浦起龙释：《史通通释》卷10《内篇·杂述》，上海古籍出版社1978年，第273页。

古之史官，必广其所记，非独人君之举。……是以穷居侧陋之士，言行必达，皆有史传。……汉初，……天下计书，先上太史，善恶之事，靡不毕集。司马迁、班固传而成之。……又汉时，阮仓作《列仙图》，刘向典校经籍，始作《列仙》《列士》《列女》之传。皆因其志向，率尔而作，不在正史。后汉光武，始诏南阳，撰作《风俗》，故沛、三辅有耆旧节士之序，鲁、庐江有名德先贤之赞。郡国之书，由是而作。魏文帝又作《列异》，以序鬼物奇怪之事。嵇康作《高士传》，以叙圣贤之风。因其事类，相聚而作者甚众。名目转广，而又杂以虚诞怪妄之说。推其本源，盖史官之末事也。

中国历史文化自上古以来便有神话传说与史传编纂互鉴互补的传统，汉魏以来的志怪小说，诸如《列仙传》《汉武故事》《汉武内传》以及《蜀王本纪》等，在创作上显然都沿用了史传的体例。汉武帝、东方朔、刘安等人进入志怪小说，作者将荒诞不经的故事附会于真实的历史人物身上，在虚幻与现实之间编造出的一系列仙道故事，也便具有了更强的说服力。汉武帝雄才大略，然其一生却笃好仙道，因此，在志怪小说与相关史传典籍中，有关汉武帝耽好神仙的事也便俯拾皆是。据《史记》记载：

是时而李少君亦以祠灶、谷道、却老方见上，上尊之。少君者，故深泽侯入以主方，匿其年及所生长，常自谓七十，能使物，却老。其游以访遍诸侯。无妻子。人闻其能使物及不死，更馈遗之。常余金钱帛衣食，人皆以为不治产业而饶给。又不知其何所人，愈信，争事之。

……少君言于上曰："祠灶则致物，致物而丹沙可化为黄金，黄金成以为饮食器则益寿，益寿则海中蓬莱仙者可见，见之以封禅则不死，黄帝是也。臣常游海上，见安期生，食臣枣，大如瓜。安期生仙者，通蓬莱中，合则见人，不合则隐。"于是天子始亲祠灶，遣方士入海求蓬莱安期生之属，而事化丹沙诸药齐为黄金矣。

居久之，李少君病死。天子以为化去不死也，而使黄锤史宽舒受其方。求蓬莱安期生莫能得，而海上燕齐怪迂之方士多相效，更言神事矣。[①]

李少君之所以使朝野人士对之趋之若鹜，原因不外有以下几点：一是世人不

---

① 《史记》卷12《孝武本纪》，中华书局1959年，第452—455页。

知其年岁几何。仙道文化中的年龄悬念，往往成为强化其仙道特征的重要依据。二是自称七十能使物却老。对信奉者来讲尤为重要，所以，"人闻其能使物及不死，更馈遗之"。三是丹沙为金铸器，用则益寿。"益寿而海中蓬莱仙者可见"，在道教丹鼎派中，此方法尤为世人所信服。四是由此所产生的所谓的李少君效应。正常的死亡也被笃信神仙道教的汉武帝视之为仙化轻举，因此，神仙道教所借用的这种传教方式，对普通信众来讲，真可谓是雾里看花。

李少君现象所引起的社会效应是"海上燕齐怪迂之方士多相效，更言神仙事矣"。这种风气的形成，严格说来并不利于宗教的发展，方士们利用宗教传播掺杂了过多的个人或政治的因素，比如说政治上的重用、世俗社会的认可乃至财物的馈赠等。汉武帝企慕长生，好尚神仙，故好事之徒争相附会，齐人少翁以善鬼神之方被汉武帝封为文成将军。后来汉武帝虽然识破少翁装神弄鬼的把戏而将其诛杀，但对神仙长生不死的追求却并未因此而终止。"其后则又作柏梁、铜柱、承露仙人掌之属矣"①，并以此寄托其强烈的宗教情感。汉武帝对神仙道教的追求，是基于对人生最为敏感的生命短暂的恐惧，在汉代，"生年不满百，何不秉烛游"等好生恶死、怜惜生命、及时享乐的思想十分普遍，而道教丹鼎派化炼金丹、服食长生，如此海中蓬莱仙人可见的承诺，恰恰迎合了世人的这种心理。

后来，汉武帝大病一场，巫与医药的救治皆不见成效，故其将生的希望寄托在神仙方术者身上。他幸甘泉宫，设置寿宫神君，"神君所言，上使人受书其言，名之曰'画法'。其所语，世俗之所知也，毋绝殊者，而天子独喜。其事秘，世莫知也"。后胶东宫地又出了一个叫栾大的人，还是老一套的骗术，自称：黄金可成，河绝可塞，不死药可得，仙人可致。结果又把汉武帝搞了个神魂颠倒，赐物、晋官、封爵等不一而足。虚妄之说终有其破绽，后栾大虽因虚妄欺君而被诛杀，但武帝并未因此而悔悟，又听信公孙卿"仙人好楼居"的建议，令长安作蜚廉挂观，甘泉作益延寿观，"使卿持节设具而候神人"，希望通过"通天茎台"这种类似于楼台的东西与神仙沟通对话。汉武帝一生曾多次封禅，这些封禅的仪式，实际上都与其企望成仙的愿望有关。司马迁在其《史记·封禅书》中说："今上封禅，其后十二岁而还，遍于五岳、四渎矣。而方士之候祠神人，入海求蓬莱，终无有验。而公孙卿之候神者，犹亦大人之迹为解，无有效。天子益怠厌方士之怪迂语矣，然羁縻不绝，冀遇其真。自此之后，方士言神祠者弥众，然其效可睹

---

① 《史记》卷12《孝武本纪》，中华书局1959年，第459页。

矣。"① 看来，封建帝王凭借其政治权势对神仙之事的耽好，不仅刺激了方术之士争言神仙长生之道的热情，而且也因为封建君主对神仙之道过于执著，使这些平时极善推演虚幻的方术之士有时也很难自圆其说，故纷纷露出破绽，到头来不仅不能使企慕者求有所得，而且连自己的性命也要赔进去了。

## 二、志怪小说虚演帝王名人事迹

### （一）

两汉志怪小说的产生，有着复杂的历史政治根源与宗教背景。汉魏以来，神仙方术传说似乎并不单纯局限于小说，在诗歌、散文、辞赋中也有许多有关神仙世界的描写。汉武帝好神仙，司马相如曾从讽谏的角度写过一篇《大人赋》，赋中对神仙之事的精彩描写，使武帝看后欲罢不能，反有一种飘飘欲仙的感觉。在汉魏以来的志怪小说中，与汉武帝等人有关的志怪篇目及内容特别多，像《汉武洞冥记》《十洲记》《汉武故事》《汉武内传》等，都涉及汉武帝求仙访道、追求长生不死的事，情节曲折，异彩纷呈。

署名郭宪的《汉武洞冥记》一卷，《新唐书·艺文志》将其归属为道家类。郭宪为东汉初年人，从其身份看，好像为一方术之士。据《后汉书·方术列传》记载："郭宪从驾南郊，忽向东北，含酒三噀。执法奏为不敬，诏问其故，宪对曰：'齐国失火，故以此厌之。'后齐果上火灾，与郊同日。"通常的方术之士，往往是先卜而后知，而郭宪却未卜先知，故此郭宪作《汉武洞冥记》也是可能的。《汉武洞冥记》有序云：

> 宪家世述道书，推求先圣往贤之所撰集，不可穷尽，千室不能藏，万乘不能载，犹有漏遗。或言浮诞，非政教所同经文，史官记事，故略而不取，盖偏国殊方，并不在录。愚谓古曩余事，不可得而弃。况汉武帝明俊特异之主，东方朔因滑稽浮诞而匡谏，洞心于道教，使冥迹之奥昭然显著。今集旧史之所不载者，聊以闻见，撰《洞冥记》四卷，成一家之书，庶明博君子，该而异焉。武帝以欲穷神仙之事，故绝域遐方贡其珍异奇物及道术之人，故于汉世盛于群主也。故编次之云尔。

---

① 《史记》卷28《封禅书》，中华书局1959年，第1403—1404页。

由于郭宪为方士，故其十分赞赏汉武帝的求仙活动，称汉武帝"洞心于道教"，"穷神仙之事"，所以"于汉世盛于群主"。郭宪搜集整理武帝时有关神仙传说的目的，一是为了补阙旧史；二是为了洞悉神仙冥迹之奥妙。《汉武洞冥记》通篇以汉武帝求仙为中心，并兼记各种奇闻逸事以及神仙之境与灵丹妙药，充满着仙道文化扑朔迷离的宗教色彩。另外，郭宪文中称"武帝欲穷神仙之事，故绝域遐方贡其珍异奇物及道术之人"。郭宪将汉武帝求仙访道的活动与绝域遐方的贡物联系起来，由此可知，汉代人求仙访道在很大程度上与开放通使的活动有关。尤其是文中所提到的那些来自遐方异域的道术之人，是否与来自西域的佛教僧侣有关，应该引起我们的充分关注。

有关佛教传入中国的时间，大致在两汉之际的哀帝与平帝之时，据《魏略·西域传》记载："……昔汉哀帝元寿元年，博士弟子景卢受大月氏王使伊存口授《浮屠经》……"可见，此时的汉地士人，对佛教已经有了一个长期认知与了解的过程，否则，一向对接受外来思想不太感兴趣的中国人，也不会派人去接受大月氏王使者伊存所授的《浮屠经》。汉武帝时那些通过绝境遐域来到中国的道术之人，是否就是佛教大规模传入中国之前那些前来布道传教的僧人？这个问题还有待于考察。但有一现象应该说对我们的这种推测不无裨益，那就是，佛教初传中国时，汉地人确实是将那些前来中国传教的僧人作为道术之士看待的。

《汉武洞冥记》卷3有"帝升苍龙阁，思仙术，召诸方士言远国遐方之事"的记载，故《汉武洞冥记》又称之为《汉武帝别国洞冥记》《别国洞冥记》等。《汉武洞冥记》所记异国绝域的珍闻奇事，无疑与汉武帝以来张骞等人出使西域的活动有关。据《史记》卷123《大宛列传》记载，汉武帝时张骞曾三次出使西域，足迹远至大月氏、大宛、康居、身毒等国，而"身毒"即是今天的印度，是佛教的发祥地。另据《西京杂记》卷2记载：汉武帝时身毒国曾献连环羁，可见，此时印度与汉朝已有贡物交通的往来。像张骞这样的使者，远涉异域，他国人物及风情必定会引以为奇，加之汉朝本土又大兴神仙方术之事，故附会道、佛之风也便兴于朝野。据《史记·大宛列传》记载："自博望侯开外国道以尊贵，其后从吏卒皆争上书言外国奇怪利害，求使。"而那些随汉使而至贡物的使者，很难说不包括佛教中的道术之人。因此，《汉武洞冥记》所表现出的神仙方术思想，似乎也有西域宗教文化浸润的痕迹。

## （二）

两汉以来的志怪小说，大部分篇目都被收入《道藏精华录》中，可见这些志怪小说与道家有着直接的渊源关系。托名东方朔的《十洲记》，被宋人王洙云称之为是"道书"，其内容记汉武帝既闻西王母向其称说八方巨海中有祖洲、瀛洲、玄洲等十洲后，向东方朔询问十洲的有关情况。东方朔于是便向其陈说方丈、蓬莱、昆仑等地的神仙之事，诸如太玄都、紫微宫、太帝宫、鬼谷先生、太上真人、西王母等人事，均为东方朔所言及。其中说到有关"祖洲"的事，尤为神奇。

> 祖洲，近在东海之中，地方五百里，去西岸九万里。上有不死之草，草形如菇，苗长三四尺。人已死三日者，以草覆之，皆当时活也。服之令人长生。昔秦始皇大苑中多枉死者横道，有鸟如乌状，衔此草覆死人面，当时起坐而活也。有司奏闻，始皇遣使者赍草，以问北郭鬼谷先生。鬼谷先生云："此草是东海祖洲上，有不死之草，生琼田中，或以为养神芝。其叶似菇，苗丛生，一株可活一人。"始皇于是慨然言曰："可采得否？"乃使使者徐福，发童男女五百人，率摄楼船等，如海寻祖洲，遂不返。

"祖洲"的神奇不外乎是其中所特有的长生不死之草。这种草有两种功能：一是能使人死而复生，二是服之能令人长生不老，而这些似乎都符合仙道理论的说教。另外，"祖洲"处在距东海西岸九万里，方圆五百里这样一个缅邈旷远的空间之中，且"不死草"又能在时间上产生一种凝住静止的效果，因此，这种时空界定的无限性，便为志怪小说仙道世界的夸张性描述，提供了无限的想象余地。在《十洲记》的"炎洲"、"凤麟洲"条中，同样也涉及类似的问题。其上的风生兽，火烧不死，斫刺不入，用铁锤锻其头数十下乃死，然后以菖蒲塞其鼻，取其脑，和菊花服之，尽十斤，便可得寿五百年。作者称洲之上多仙居之人，极尽渲染这里的仙道氛围。因此，清人陆绍明称："《海内十洲记》好言神仙，字字脉望"，乃"道家之小说"[①]。

在汉魏的志怪小说中，还有一些与史传有关的作品，这主要包含两方面的含义：一是这些志怪小说所涉及的对象多为实有的历史人物；二是志怪中所记载的故事，史传中也部分或全部有载。像《汉武帝故事》《蜀王本纪》《徐偃王志》《列仙传》等，即属此类。

晋葛洪《西京杂记题辞》说："洪家复有《汉武帝禁中起居注》一卷，《汉武故事》二卷，世人稀有之者。"《汉武帝禁中起居注》属史家之笔，但由于此书多记皇帝禁中之事，故其中附会有许多传奇故事与民间传说。葛洪《抱朴子内篇》

---

① （清）陆亮成：《月月小说发刊词》，《月月小说》第一年第3号，1906年12月30日。

引《汉武帝禁中起居注》说："少君之将去也，武帝梦与之共登嵩高山，半道有使者乘龙持节，从云中下，云太乙请少君，帝觉以语左右：'如我之梦，少君将舍我去矣。'数日而少君称病死。久之帝令人发其棺，无尸，唯衣冠存焉。"而《汉武故事》似乎就是这种极富传奇色彩故事的集成。作为志怪小说的《汉武故事》，虽然与历史有一定的联系，但其为了张扬小说所包含的宗教思想，故又与历史的记载有所区别。如《汉书·外戚传》载栗姬、钩弋夫人皆因失宠抑郁而死，《汉武故事》则称栗姬自杀，钩弋夫人自知死日而卒，尤其是后者，在描述上似乎就更具仙道文化的某些特征。《汉武故事》主要包括四个方面的内容：一是武帝幼时和即位之后与内宫后妃们的故事；二是汉武帝求仙的故事；三是汉武帝的其他逸事；四是汉武帝死后之事。其中二、四两方面内容，仙道色彩尤为浓厚。

汉武帝一生好神仙方术之事，于是汉武帝及其身边的一些同样带有"仙风道骨"的侍臣，也便成为神仙方术之士编造仙道故事的极好的素材。故汉武帝、东方朔、刘安、李少君等人，均成为志怪小说附会演义的对象。早在汉武帝之前，方士李少君即被神仙化，晋葛洪《抱朴子内篇》卷2《论仙篇》，引董仲舒《李少君家录》曰："少君有不死之方，而家贫无以市其药物，故出于汉，以假涂求其财，道成而去。"而汉武帝即是非常崇拜与企慕李少君的人，他曾梦中与之共登嵩岳仙途，在其身上寄予了自己成就仙道的深深的期望。在《汉武故事》中，甚至连大将军霍去病这样的人也被纳入到武帝故事传说的系列之中。《故事》称长陵有一女子，死后仙化是为神君，她装扮妖艳欲与霍去病私通，而霍不肯，故染病，后神君知霍去病生命不永，欲用太一精补之云云，真可谓欲言神仙，附会致极。在《汉武故事》中，有关汉武帝家世的承传也充满着道家神秘的色彩，这种起乎异常的传说，与帝王政治很好地结合在一起，是帝王政治宗教化或者说宗教欲依托帝王政治而神圣化的一种征象。

上古历史中的圣贤君子与君王，大多具有人神同构的宗教意象与生活经历，只不过随着历史的发展，这种意象也便随之逐渐淡化。无论是圣贤君了还是封建帝王，在其身上更加具备了正常人的特性，史前史中传说与推测的成分，决定了史家创作这一段历史的一种基本的原则。这种创作原则既有史家借宗教美化君王的目的，同时也带有政教合一的倾向。史前史中的这种附会总的来说是朴素的，它基本上反映了人们的一种朴素的史学观念，而后来的情况则有所不同，像志怪小说《汉武故事》中的那些附会，则带有更加明显的宗教传播目的。不同的时代，人们对历史认知与接受的标准也不尽相同，我们可以用一种非理性的观念去接受史前史中的某些传说与故事，但对后来历史中那些涉及封建帝王以及历史中真实人物的记载，如果记事的方法过于荒诞不经，则势必会引起后人对这一段历史的猜测与怀疑。我们并不排除像《汉武故事》的作者借一些荒诞不经的故事传说张扬宗教思想的目的，但有些故事素材被历史学家所采用，又说明历史写作除去遵循信、雅、达的原则之外，一些非信实的乃至荒诞不经的材料也可以写进历史之中，而这种创作趋向本身，则又带有明显美化圣贤君子与封建帝王的意向。当然，美化本身已经远远脱离了帝王家世承传的正常轨制，它的神秘性，不可考知性，也就会始终围绕着君主与神灵之间的关系来做文章。汉武帝与钩弋夫人的知遇，实际上已经脱离了凡俗人正常的交往。

> 上巡狩河间，见有青紫气自地属天。望气者以为其下有奇女，必天子之祥。求之，见一女子在空棺中，姿貌殊绝，两手一拳。上令开其手，数百人擘，莫能开。上自披，手即申。由是得幸，为"拳夫人"。进为婕妤，居钩弋宫。解黄帝素女之术，大有宠。有身，十四月产昭帝。上曰："尧十四月而生，钩弋亦然。"乃命门曰尧母门。从上至甘泉，因幸。告上曰："妾相运正应为陛下生一男。七岁妾当死，今年必死。宫中多蛊气，必伤圣体。"言终而卧，遂卒。既殡，香闻十里余，因葬云陵。上哀悼，又疑非常人，发冢，空棺无尸，唯衣履存焉。

关于钩弋夫人，《汉书》卷97《外戚传》有载，其大致情节与《汉武故事》相类似，只是《汉武故事》比正史的记载敷衍出更多的神异成分而已。如果钩弋夫人得幸是那些欲争帝庭之宠的权势之臣故意设下的玄阵的话，而这种玄阵所藉以立足的依据便是道教神仙传说。因为在汉武帝时代，神仙方术大盛，故武帝也就特别听信那些望气者事先编造的谎言。尤其是最后，武帝亲临发冢，以"空棺无尸，唯衣履存焉"的特有的道家"仙逝"方法来证明钩弋夫人的得道成仙，从而使真实的历史人物与事件成为道家仙逝理论演示的最好的凭借。这样不仅增强了仙道传说的可信性，而且也为封建帝王历史的演化蒙上了一层"君权神授"、"知遇异常"的宗教神秘色彩。

在《汉武故事》中，记述最为精彩的主要集中在有关汉武帝、东方朔以及西王母之间的那些传说与故事上。东方朔是汉武帝时期神仙家所极力点化渲染的人物之一。据传他是木星精，又是太白星精，《汉武故事》则说他是"非世中人"，是木帝精下游人世，以观天下。东方朔在历史上以滑稽善辩而得武帝宠幸，扬雄曾称之为是"滑稽之雄"。然而，他的这种特有的个性，即使在志怪小说中的帝乡仙境，似乎也难以改变。

> 东君送一短人，长七八寸，衣冠具足。上疑其山精，常令在索上行。召东方朔问。朔至，呼短人曰："巨灵，汝何忽叛来？阿母还未？"短人不对，因指朔谓上曰："王母种桃，三千年一作子，此儿不良，已三过偷之矣。遂失王母意，故被谪来此。"

这段记载的意图非常清楚，作者意在借短人之口说出东方朔仙道转为凡俗的机缘所在，这样东方朔虽名为汉臣，而实际上则具仙道之体。鉴于此，汉武帝也便成为神仙家所极力附会的对象。故在《汉武故事》中，涉及汉武帝与西王母会面的情节写得尤其精彩。

> 王母遣使谓帝曰："七月七日，我当暂来。"帝至日，扫宫内，燃九华灯。七月七日，上于承华殿斋，日正中，忽见有青鸟从西方来，集殿前。上问东方朔，朔对曰："西王母暮必降尊像，上宜洒扫以待之。"上乃施帷帐，烧兜末香。香，兜末国所献也。香如大豆，涂宫门，闻数百里。关中尝大饥疫，死者相系，烧此香，死者止。
>
> 是夜漏七刻，空中无云，隐如雷声，竟天紫色，有顷，王母至，乘紫车，玉女夹驭，载七胜，履云琼凤文之舄，青气如云，有二青鸟如乌，夹侍母旁。下车，上迎拜，延母坐，请不死之药。母曰："太上之药，有中华紫蜜、云山朱蜜、玉液金浆，其次药有五云之浆、风实云子、玄霜绛雪，上握兰园之金精，下摘园丘之紫奈。帝滞情不遣，欲心尚多，不死之药，未可致也。"因出桃七枚，母自啖两枚，与帝五枚。帝留核着前。王母问曰："用此何为？"上曰："此桃美，欲种之。"母笑曰："此桃三千年一著子，非下土所植也。"留至五更，谈语世事，而不肯言鬼神，肃然便去。东方朔于朱鸟牖中窥母，母谓帝曰；"此儿好作罪过，疏妄无赖，久被斥退，不得还天；然原心无恶，寻当得还，帝善遇之。"母既去，上惆怅良久。

此故事有四点应引起我们的注意，一是对西王母的描写，作者并没有刻意写其形貌，也就是说，并没有特别突出西王母仙道形象的外部特征，这样就使其与世俗之间的距离更加接近，形象更加世俗化，充满着人情味。二是对西王母降临人间以及施帷帐烧香的过程进行了极力渲染，其中特别写到不死药的问题。不死药为仙界独有，俗界追求的东西，对汉武帝这样祈求长生的人有着特殊的吸引力。因此，汉武帝向西王母乞求此药也是情理中的事。三是汉武帝求药不得，原因是其"滞情不遣，欲心尚多"，这既是西王母拒绝武帝求药的原因，实际上也是世俗通达仙界的主要的障碍。西王母给武帝的五枚桃子，是其拒绝武帝求药的一种融通的方式，然而武帝留桃核待种的举措，仍然是为了渲染其俗心未泯。四是西王母向汉武帝所介绍的东方朔的情况，无疑又为强调东方朔的仙道特征作了最具权威的交代，作为汉武帝身边侍臣，意味着武帝的仙道情结并未由此终结。

有关汉武帝好神仙的另一部志怪小说《汉武内传》，同样也曾收入《道藏》中，此书作者已难考知，明人胡应麟则认为是六朝时人所作。据李剑国《唐前志怪小说史》讲，《汉武内传》可能出于东汉末年，是时道教正兴，故道徒借此张皇神仙之道。此书主要写西王母会武帝之事，与《汉武故事》《十洲记》以及《汉武洞冥记》有许多类似之处。

《汉武内传》所记汉武帝与西王母会面的事，其宗教成分与文学色彩较以前更加浓厚，这说明两汉志怪小说在借历史名人演化神仙道教方面，加进了更多润色虚演的成分。道教认为，要想长生不死，与天地同寿，必须养精蓄锐，勿伤浑元之气。唐道士吕洞宾有一首《明胎息》的诗，其曰："密室静存神，阴阳重一斤，炼成离女液，咽尽坎男津。"集合阴阳二气，身处静密之室，故可辟绝五谷而不食人间烟火，吞津漱液，即可得道成仙。《汉武内传》也有类似于吕洞宾诗的记载。《内传》说："习闭气而吞之，名曰胎息，习漱舌下泉而咽之，名曰胎食。"这是道家闭气养精的内心修持，当然，如果金丹炼就，更可看出其道行之深。"丹鼎烹成汞，炉中炼就铅。依时服一粒，白日冲上天"。在汉魏的志怪小说中，不乏采药、炼丹的记载，充斥着道家修身达道的宗教机制，而在这种机制中，历史、现实、人间、仙境的混融谐和，均以志怪的形式表现出来。因此，汉魏志怪既充溢着道教神仙家的色彩，同时又借助于帝王名人传奇，深深烙上了历史的印痕。

[作者简介] 王连儒，聊城大学文学院教授，硕士生导师。郝明朝，聊城大学文学院教授，硕士生导师。

# 《山海经》与谶纬中的神仙方术

## 王守亮

先秦与汉初文献中，《山海经》最早较多记载有关神仙方术的内容，具有较为浓厚的神仙方术气息。尽管这些内容并非专门地集中记述，而散见于全书对山川物产、远国异民的叙说中，但它们在汉代为谶纬所继承、吸收和发展，遂成为谶纬自身内容的一个重要方面。谶纬的长生观念和昆仑仙山意象就较为明显地反映出同《山海经》之间的这种关系。

## 一、长生观念

《山海经》的神仙方术气息首先体现于那些叙说长生不死的内容。《西山经》云："又西北四百二十里，曰崉山，……丹水出焉，西流注于稷泽，其中多白玉，是有玉膏，其原沸沸汤汤，黄帝是食是飨。"我们知道，黄帝不仅是古史传说中的华夏部落首领，而且还是先秦两汉时期最著名的仙人，《庄子·大宗师》《在宥》《史记·封禅书》等都有关于他求仙、成仙的记载；再者，当时人们认为服食金玉可以长生不死。因此，联系起来看，《西山经》所谓黄帝食用"沸沸汤汤"的玉膏，已蕴含着服食长生的观念。

《海经》中有不少条目更为明显地体现了长生观念。请看以下文字：

> 不死民在其东，其为人黑色，寿，不死。一曰在穿匈国东。（《海外南经》）
>
> 轩辕之国……其不寿者八百岁。在女子国北。（《海外西经》）
>
> 白民之国在龙鱼北，白身被发。有乘黄，其状如狐，其背上有角，乘之寿二千岁。（《海外西经》）
>
> 开明北有……不死树。（《海内西经》）
>
> 开明东有巫彭、巫抵、巫阳、巫履、巫凡、巫相，夹窫窳之尸，皆操不死之药以距之。（《海内西经》）
>
> 犬封国曰犬戎国，……有文马，缟身朱鬣，目若黄金，名曰吉量，乘之寿千岁。（《海内北经》）

有巫山者，西有黄鸟，帝药八斋①。（《大荒南经》）

有不死之国，阿姓，甘木②是食。（《大荒南经》）

有人焉三面，是颛顼之子，三面一臂，三面之人不死，是谓大荒之野。（《大荒西经》）

流沙之东，黑水之间，有山名不死之山。（《海内经》）

华山青水之东，有山名曰肇山，有人名曰柏高③，柏高上下于此，至于天。（《海内经》）

以上各条文字叙说的中心在于远国异民、珍禽异兽、奇草异木等。虽然如此，其间连带显示的长生旨趣也是明显的：一是不死之人、不死之国、不死之树、不死之山以及仙人柏高等，能够长生不死；二是"不死之药"、"帝药"等，可以使人长生不死；三是"寿八百岁"、"寿千岁"、"寿二千岁"的异民，均具有令人瞠目的寿命长度，它虽不如臻于极致的长生不死，但也是一种长生形态。

西汉末年，谶纬兴起。谶纬承续了《山海经》中神仙方术的思维模式。一方面，如同《山海经》，谶纬文献在对山川道里、奇异物产、远国异民的叙述中，表达了长生不死的观念。例如：

少室之山巅亦有白玉膏，得服之即得仙道，世人不得上也。

太华之山，上有明星玉女，主持玉浆，得上服之而成仙，道险僻不通。（以上《诗含神雾》）

少室山有白玉膏，服即成仙。

玄州在北海中，去南岸十万里，上有芝生玄涧，涧水如蜜，服之长生。（以上《河图》）

有不死之国。（《河图括地象》）

负邱之山上有赤泉，饮之不老。神宫有英泉，饮之眠三百岁乃觉，不知死。（《括地图》）

从昆仑以北九万里，得龙伯国，人长三十丈，生万八千岁而死。（《河图

---

① 郭璞注："天帝神仙药在此也。"

② 郭璞注："甘木即不死树，食之不老。"

③ 郭璞注："柏子高，仙者也。"

玉板》)①

其中，太华之山早见于《山海经·西山经》："太华之山，削成而四方，其高五千仞，其广十里，鸟兽莫居。"少室之山则见于《中山经》："少室之山，百草成囷。其上有木焉，其名曰帝休，……。其上多玉，其下多铁。"这里均不涉及明星玉女、玉浆之说。《诗含神雾》对少室之山、太华之山的叙说承续《山海经》，增加了白玉膏、明星玉女、玉浆等有关长生的意象。《河图括地象》中不死之国的说法虽是残缺文字，但应当来源于《山海经》的同类记载。其他条目当为汉代谶纬所新创，但有的也和《山海经》具有较大相似性。如《河图玉板》中的龙伯国人寿长一万八千岁，略如《山海经》中的轩辕国人。可见谶纬与《山海经》在长生观念上具有内在关联与延续性。

另一方面，服食仙药以求长生的观念，在《山海经》黄帝食用玉膏的故事中已露端倪，而谶纬对服食仙药似有更为浓厚的兴趣。上述谶纬文献中的少室之山、太华之山、负邱之山、玄洲诸条文字，同时也表现出服食仙药的观念。但这些仙药都在险山殊方，须有仙缘者才可得到。对芸芸众生来说，它们是可以听闻、歆羡而永远不可得到的。谶纬显然注意到了这一问题。因为谶纬还谈到了可采得于世间的多种动、植、矿物类药物，称它们是可作仙药的。如《尚书考灵曜》："桑者，箕星之精。木虫食之，叶为文章，人食之，老翁为小儿。"② 《诗含神雾》："菖蒲益聪，茱萸耐老。"③《春秋运斗枢》："瑶光得，陵出黑芝"；"亦令人长生。以金投中，则名为金浆。以玉投中，则名为玉澧。服之，皆长生，又有取服。"④这几条文字讲服食桑叶、菖蒲、茱萸、黑芝等植物类药物可以长生。《春秋合诚图》："黄帝请问太一长生之道，太乙曰：食饮六甲。"⑤ 关于"六甲"，宋均在同书另一条文字下注云："饮六甲之精，可以长生。六甲，或谓神龟也。"⑥ 则"食饮六甲"为服食动物类药物。《孝经援神契》还开列了一份包括矿物、植物等多种药物名目的仙药方："仙药之上者丹砂，次则黄金，次则白金，次则诸芝，次则

---

① 董治安主编：《两汉全书》，山东大学出版社 2009 年，第 19040 页，第 19040 页，第 19611 页，第 19640 页，第 19667 页，第 19672 页，第 19728 页。

② 《两汉全书》，第 18985 页。

③ 《两汉全书》，第 19042 页。

④ 《两汉全书》，第 19305 页。

⑤ 《两汉全书》，第 19366 页。

⑥ 《两汉全书》，第 19353 页。

五玉，次则五云，次则明珠，次则太乙禹余粮，次则石中黄子，次则石桂英，次则石脑，次则石流丹，次则石饴，次则曾青，次则松柏脂、茯苓、地黄、麦门冬术、巨胜、重楼、黄连、石掌、杼石、家紫，一名托卢是也，或名仙人杖，或名西王母杖，或名天精，或名却老，或名地骨，或名枸杞也。"① 根据神仙家的理论，这些药物只要服食得法即可延寿长生。

这些仙药，尤其植物类药物，在普通人也是不难得到与服食的。在客观上，这就拉近了长生不死观念与普通人之间的距离，从而使追求长生不再是秦皇汉武等帝王的特权。不但如此，谶纬又向外延伸的一点是：单纯服食仙药也不见得能够延寿长生，服食者还需要有良好的道德品质。《河图纪命符》云："天地有司过之神，随人所犯轻重，以夺其算纪。恶事大者夺纪，过小者夺算。② 随所犯轻重，所夺有多少也。……又人身中有三尸，三尸之为物，实魂魄鬼神之属也。欲使人早死，此尸当得作鬼自放。纵游行飨，食人祭醮。每到六甲穷日辄上天，白司命道人罪过。过大者夺人纪，小者夺人算。故求仙之人，先去三尸，恬淡无欲，神静性明，积众善乃服药有益，乃成仙。"③ 在此，"积众善"的道德要求成为个体服食长生的前提。这是谶纬对服食长生思想的拓展，并为后来的道教及其信众所继承。

大约与这一长生观念中的道德要求相关，谶纬还编造了圣王长生的故事。西汉末年，刘歆创立了以五行相生为根基的新五德终始说，解释古今历史传承，构建了一套古史系统。在这一古史系统中，伏羲、神农、黄帝、尧、舜、禹、汤、周文王等，都是承天命兴起、有大德于天下、泽被后世的圣王，是世间道德的楷模。谶纬采纳了这一古史系统，并对圣王们加以神化，手段之一便是造作仙话，宣扬他们长生成仙。对此，我们从黄帝和禹的仙话中可以看到一些眉目。

《尚书中候·握河纪》云："（黄帝）乃铸鼎荆山之下，成，有龙下迎，黄帝上龙，群臣后宫从上天者，柒秩余人。小臣悉持龙髯，拔坠黄帝弓。"④ 这段文字显有脱讹，但它的资料来源是明确的。《史记·封禅书》载方士公孙卿云："黄帝采首山铜，铸鼎于荆山下。鼎既成，有龙垂胡髯下迎黄帝。黄帝上骑，群臣后宫从上龙七十余人，龙乃上去。余小臣不得上，乃悉持龙髯，龙髯拔，堕，堕黄帝

---

① 《两汉全书》，第 19522 页。
② 原文注云："纪，一年也"，"算，一日也。"
③ 《两汉全书》，第 19755 页。
④ 《两汉全书》，第 19007 页。

之弓。百姓仰望黄帝既上天，乃抱其弓与龙胡髯号，故后世因名其处曰鼎湖，其弓曰乌号。"① 故事的听者是汉武帝，公孙卿借此兜售自己的长生之术。但在此时，谶纬的古史系统尚未构建。因此，这则故事还没有与古史圣王说发生关联。但圣王古史系统一旦被谶纬所采纳，那么，在其圣王语境之下，黄帝成仙的故事便自然衍生出圣王成仙长生的新意蕴。

有关禹的一则仙话更为明白地显示了这一意蕴。《礼含文嘉》云："禹卑宫室，垂意于沟洫，百谷用成。神龙至，灵龟服，玉女敬养，天赐妾。"宋均注："玉女，有人如玉色也，天降精生玉女，使能养人，美女玉色，养以延寿也。"② 玉女即仙女。禹因治水而有大功德于天下，故上天遣降玉女以奉养之，使其长寿。这真是一则美妙的仙话！《易纬坤灵图》云："舜之菁，登天为神。夏后菁，乘飞龙登天，龟以类从也。"③ 文中"舜"与"夏后"对举，夏后为禹之称谓。单看这段文字，晦涩难懂。但若把它和《礼含文嘉》"神龙至，灵龟服，玉女敬养"之说综合分析，我们有理由认为，在当初的谶纬圣王仙话中，禹如同黄帝那样，最终也是飞升成仙了。另外，"舜之菁，登天为神"之说亦透露出舜也成为仙人的信息；可惜文献不足，已然难考。

# 二、昆仑仙山

袁珂先生指出，"昆仑山在中国神话中占有特殊重要的地位"④。昆仑山最早见于《山海经》，有十多处文字予以叙说，其中重要者如下：

> 西南四百里，曰昆仑之丘，是实惟帝之下都，神陆吾司之。其神状虎身而九尾，人面而虎爪；是神也，司天之九部及帝之囿时。有兽焉，其状如羊而四角，名曰土蝼，是食人。有鸟焉，其状如蜂，大如鸳鸯，名曰钦原，蠚鸟兽则死，蠚木则枯。有鸟焉，其名曰鹑鸟，是司帝之百服。有木焉，其状如棠，黄华赤实，其味如李而无核，名曰沙棠，可以御水，食之使人不溺。有草焉，名曰薲草，其状如葵，其味如葱，食之已劳。河水出焉，而南流东

---

① 《史记》卷28《封禅书》，中华书局1959年，第1394页。

② 《两汉全书》，第19070页。

③ 《两汉全书》，第18938页。

④ 袁珂：《中国神话史》，上海文艺出版社1988年，第48页。

注于无达。赤水出焉，而东南流注于氾天之水。洋水出焉，而西南流注于丑涂之水。黑水出焉，而西流于大杅。是多怪鸟兽。（《西次三经》）

海内昆仑之虚，在西北，帝之下都。昆仑之虚，方八百里，高万仞。上有木禾，长五寻，大五围。面有九井，以玉为槛。面有九门，门有开明兽守之，百神之所在。在八隅之岩，赤水之际，非仁羿莫能上冈之岩。（《海内西经》）

西海之南，流沙之滨，赤水之后，黑水之前，有大山，名曰昆仑之丘。有神人面虎身，有文有尾，皆白。处之。其下有弱水之渊环之，其外有炎火之山，投物辄然。有人，戴胜，虎齿，有豹尾，穴处，名曰西王母。此山万物尽有。（《大荒西经》）

这三段文字中，骇人的神怪意象与质实的地理记载兼而有之，混而为一，可谓光怪陆离。要而言之，无非是说高大的昆仑山为"帝之下都"、"百神之所在"、西王母之所居，多有神奇动、植物，且为河水、赤水、洋水、黑水等河流之发源。因此，昆仑山虽然雄伟神秘，但尚不脱一种朴野色彩，这与《山海经》总体的朴野风格是一致的。

西汉初年的《淮南子·墬形训》状昆仑之情形如下：

禹乃以息土填洪水，以为名山，掘昆仑虚以下地，中有增城九重，其高万一千里百一十四步二尺六寸。上有木禾，其修五寻。珠树、玉树、琁树、不死树在其西，沙棠、琅玕在其东，绛树在其南，碧树、瑶树在其北。旁有四百四十门，门间四里，里间九纯，纯丈五尺，旁有九井，玉横维其西北之隅，北门开以内不周之风。倾宫、旋室、县圃、凉风、樊桐在昆仑阊阖之中，是其疏圃。疏圃之池，浸之黄水，黄水三周复其原，是谓丹水，饮之不死。河水出昆仑东北陬，贯渤海，入禹所导积石山。赤水出其东南陬，西南注南海丹泽之东。赤水之东，弱水出自穷石，至于合黎，余波入于流沙，绝流沙，南至南海。洋水出其西北陬，入于南海羽民之南。凡四水者，帝之神泉，以和百药，以润万物。昆仑之丘，或上倍之，是谓凉风之山，登之而不死。或上倍之，是谓悬圃，登之乃灵，能使风雨。或上倍之，乃维上天，登之乃神，是谓太帝之居。①

---

① 何宁：《淮南子集释》，中华书局1998年，第322—328页

这是继《山海经》之后对昆仑山的再一次集中描述，所写主要以《山海经》为参考。例如：沙棠、木禾、九井分别见于上引《西次三经》和《海内西经》；至于昆仑为河水、赤水、洋水等河流之所出，亦本于《西次三经》。当然，《墬形训》对昆仑山描述的新变更值得注意：它不再叙说令人恐怖的鸟兽与状貌怪异的西王母，而三次提到"不死"，突出了"增城九重"、"帝之神泉"、"凉风之山"、"悬圃（之山）"、"太帝之居"等具有明显仙蕴的意象。因此，昆仑山已然脱去了原先的朴野色彩，变成了一座雄伟华丽、令人仰止的仙山。

汉代谶纬对昆仑山作了一番更为雄奇、阔大的想象性描述。这类文字主要见于《河图》类纬书。例如：

> 昆仑山有五色水，赤水之气，上蒸为霞而赫然也。（《河图》）
>
> 地南北三亿三万五千五百里，地祇之位起形高大者，有昆仑山，从广万里，高万一千里，神物之所生，圣人、仙人之所集也。出五色云气，五色流水。其白水南流入中国，名为河也。其山中应于天，最居中，八十城布绕之。中国东南隅，居其一分，是好城也。（《河图括地象》）
>
> 昆仑有柱焉，其高入天，即所谓天柱也。围三千里，圆如削。下有仙人九府治，与天地同休息。其柱铭曰："昆仑铜柱，其高入天，圆周如削，肤体美焉。"（《河图括地象》）
>
> 昆仑山，天中柱也。（《龙鱼河图》）
>
> 昆仑山北，地转下三千六百里，有八玄幽都，方二十万里。地下有四柱，广十万里。地有三千六百轴，犬牙相举。（《河图始开图》）
>
> 地之位，起形于昆仑，从广万里，高万一千里，神物之所生，众仙之所集也。其上有五色云气。（《河图录运法》）①

尽管以上文字散见于纬书各篇，但综合考察，可知谶纬中的昆仑山情形：（一）方圆"万里"，"高万一千里"，上有铜柱亦即"天柱"，地下有广十万里的四柱支撑；（二）山上彩气氤氲，为"神物之所生，众仙之所集"；（三）山北地

---

① 《两汉全书》，第 19610 页，第 19664 页，第 19665 页，第 19713 页，第 19720 页，第 19747 页。

下三千六百里处，是方圆二十万里、后土所治的"八玄幽都"①；（四）居大地中央，有八十城布绕之，中国居其东南方向；（五）河水（黄河）发源于此。要而言之，昆仑山居大地之中，连通天上、人间与地下三界，仙人云集于此，且为河水之所出的天地支柱。

相比《山海经》和《墬形训》，谶纬对昆仑山的想象性叙说中，省略了珍禽异兽、奇草异木乃至神怪传说，而以包括宇宙、总览天地之心，在无比巨大的空间上，以大手笔、粗线条勾勒出一个地理坐标式的昆仑意象。这一意象既有历史的传承，更有新变。一方面，它如同《山海经》《墬形训》所说，是一座雄伟的高山、仙山以及河水源头；另一方面，它雄踞大地之中，沟通三界，顶天立地，号称"天中柱"。这后一方面是昆仑神话中的重要新变，昆仑仙山意象至此达到了顶点。

由上可见，从《山海经》《墬形训》到汉代谶纬，昆仑仙山意象的演进之迹较为分明。在此过程中，谶纬也吸收了其他文化因素。例如，《河图始开图》说昆仑山"地下有四柱"支撑，这应当受到了鳌负蓬莱仙山仙话的影响。屈原《离骚》："鳌戴山抃，何以安之？"王逸注："鳌，大龟也。击手曰抃。《列仙传》曰：'有巨灵之鳌，背负蓬莱之山而抃舞，戏沧海之中，独何以安之乎？'戴，一作载。"②鳌负蓬莱仙山是从战国以来就流传的古老仙话，托名刘向的《列仙传》收录了这一故事。《河图括地象》还说昆仑山有"八十城布绕之。中国东南隅，居其一分，是好城也"。据《史记·孟子荀卿列传》，邹衍称"所谓中国者，于天下乃八十一分居其一分耳"③。《河图括地象》之说显据邹衍理论，其"八十城市"当为"八十一城市"传抄之误。

还需一说的是，两汉之后，谶纬虽屡遭禁毁，但并未完全禁绝，"一面为道教、佛教所吸取，在宗教笼罩下继续存在；一方面则在民间信仰中进行传播"④。因此，汉代以后谶纬中的昆仑仙山意象内涵亦继有增益。这由《尚书帝验期》的一段佚文可见一斑：

王母之国在西荒，凡得道受书者，皆朝王母于昆仑之阙。王褒字子登，

① 屈原《招魂》："魂兮归来！君无下此幽都些。"王逸注："幽都，地下后土所治也。地下幽冥，故称幽都。"

② （宋）洪兴祖补注：《楚辞补注》，凤凰出版社 2007 年，第 89 页。

③ 《史记》卷 74《孟子荀卿列传》，第 2344 页。

④ 钟肇鹏：《谶纬论略》，辽宁教育出版社 1991 年，第 241 页。

斋戒三月，王母授以琼花宝曜七晨素经。茅盈从西城王君，诸白玉龟台，朝谒王母，求长生之道。王母授以玄真之经，又授宝书，童散四方。洎周穆王，驾鼋鼍龟鳖，为梁以济弱水，而升昆仑玄圃阆苑之野，而会于王母，歌白云之谣，刻石纪迹于弇山之下而还。①

周穆王登昆仑、会王母、歌白云之谣、纪迹于弇山云云，本出于《穆天子传》。《穆天子传》于西晋太康二年（281 年）出土于汲郡战国古墓。或以《尚书帝验期》即光武帝刘秀立为定本的《尚书帝命验》。② 若此，则这段文字只能是西晋太康二年以后有人据《穆天子传》所增益。文中的王母即西王母，掌长生之道，王褒、茅盈等道士需于昆仑之阙朝拜之，方可得受其仙道真经，故西王母已然成为"仙灵之最"③。自《山海经》以来，昆仑山和西王母就是彼此相关的意象，因此，《尚书帝验期》的这段佚文虽以讲说西王母为主，但同时也强化了昆仑山的仙山意蕴。

[作者简介] 王守亮，文学博士，齐鲁工业大学文法学院副教授。本文为 2011 年度山东省高等学校人文社会科学研究项目（J11WD21）的阶段性成果。

---

① ［日］安居香山、中村璋八：《纬书集成》，河北人民出版社 1994 年，第 387 页。
② （清）赵在翰：《七纬》据《太平御览》辑录此文为："王母之国在西荒，凡得道受书者，皆朝王母于昆仑之阙。"并将其列于《尚书帝命验》中。
③ 《汉书》卷 57 下《司马相如传》颜师古注："昔之谈者咸以西王母为仙灵之最。"

# 嵇康仙缘考——以《道藏》文献为中心

### 郑 伟

　　魏晋名士嵇康，以神仙为必有①，"思欲登仙，以济不朽"（《秀才诗》)②。又"性好服食，常御上药"（《嵇氏谱》)③，志在养素全真，著"养生之论"④。嵇康生平与道教之关系，前贤已有考说，⑤ 至于其身后"仙缘"，⑥ 则尚有剩义可述。兹以《道藏》文献为中心，结合几处疑点问题，考论嵇康生前身后之"仙缘"。

## 一、"洛阳尸解"说与《神仙传》

　　魏景元四年（263 年）洛阳东市，嵇康临刑，"三千太学生为之请命"（《世说新语·伤逝篇》)⑦ 而不获许，嵇"顾日影而弹琴"（向秀《思旧赋》)，最终抱憾于"《广陵散》绝"。嵇康身后，"人琴俱亡"⑧ 的伤怀情绪在六朝时代流宕不

---

　　① 嵇康：《养生论》："夫神仙虽不目见，然记籍所载，前史所传，较而论之，其必有矣。"见戴明扬校注：《嵇康集校注》，中华书局 2014 年，第 252 页。

　　② 嵇康：《兄秀才公穆入军赠诗十九首》（其八），《嵇康集校注》第 14 页。

　　③ 《三国志》卷 21《魏书·王粲传》裴松之注引，中华书局 1959 年，第 605 页。

　　④ 《文选》卷 21 刘孝标注引孙绰《嵇中散传》："嵇康作《养生论》，入洛，京师谓之神人"（《文选》，中华书局 1977 年，第 303 页）；《世说新语·文学篇》："王丞相过江左，止道声无哀乐、养生、言尽意，三理而已。"见余嘉锡笺疏：《世说新语笺疏》，中华书局 2007 年，第 249 页。

　　⑤ 法国汉学家马伯乐遗著《中国宗教·历史杂考》（Mélanges posthumes sur les religions etd' histoire de la Chine, 1950）1971 年由康德谟重新整理出版，书名《道教与中国宗教》（Le Taoisme et les religions chinoises），1981 年由基尔曼（Frank A. Kierman）译成英文在美国出版，第六部分"诗人嵇康与竹林七贤"论述嵇康与道教之关系颇详；孙明君提出嵇康创立"文士道教"，可备一说，见《嵇康与文士道教》，《哲学研究》1996 年第 6 期；蒋艳萍：《论道教思想对嵇康的影响》（湖南师范大学文学院 2001 年硕士论文）考论嵇康与道教思想之关系，嗣后相关研究观点多有沿袭。

　　⑥ 《阅微草堂笔记》："仙有仙骨，亦有仙缘，骨非药物所能换，缘亦非情好所能结。"（清）纪昀：《阅微草堂笔记》，上海古籍出版社 1980 年，第 420 页。

　　⑦ 《世说新语笺疏》第 244 页。刘孝标注引王隐《晋书》，谓太学生"数千人请之"，《晋书·嵇康传》本传采《世说新语》"三千人"之说。

　　⑧ 《世说新语·伤逝篇》王徽之吊祭亡弟王献之语，《世说新语笺疏》第 759 页。

绝，凭吊之文屡作，题赞之诗迭出。正是在这样一种普遍缅怀的文化氛围中，[①] 嵇康静室抚琴、洛阳尸解的传说出现了，东晋顾恺之《嵇康赞序》：

> 南海太守鲍靓，通灵士也。东海徐宁师之。宁夜闻静室有琴声，怪其妙而问焉。靓曰："嵇叔夜。"宁曰："嵇临命东市，何得在兹？"靓曰："叔夜迹示终，而实尸解。"（《文选》颜延之《五君咏》李善注引）[②]

此说后世仙传多有采录，[③] 若推溯其来源，或本葛洪《神仙传》，该条见引于《太平御览》道部六，文字与《嵇康赞序》颇有异同：

> 鲍说，字太玄，琅邪人，晋明帝时人。葛洪妻父。阴君授其尸解法。一说云靓，上党人，汉司隶鲍宣之后，修身养性，年过七十而解去。有徐宁者，师事说。宁夜闻说室有琴声而问焉，答曰："嵇叔夜昔示迹东市，而实兵解耳。"（《太平御览》卷664引）[④]

本条引文不见于今本《神仙传》，今本乃后人纂录，已失旧貌，[⑤] 此条或其佚文。初唐僧人玄嶷《甄正论》云："晋朝嵇叔夜被钟会谮，见诛斩于都市，《神仙传》乃云得仙"[⑥]，所指嵇康"得仙"事应即本条。本条今本《神仙传》不肯辑入，其文或有可疑之处：一则，"葛洪妻父"显然后人语，并非葛洪自道；二则，"一说云靓，上党人，汉司隶鲍宣之后，修身养性"，穿插于阴君授法与鲍说形解之间，颇有割裂之嫌，以致前后文意不接。有研究者指出，《太平御览》引书常有

---

① 嵇康之死在六朝文士间的影响，可参郑伟：《论嵇康与六朝临终文学现象》，《古代文学理论研究》第34辑，华东师范大学出版社2012年，第214—222页。

② 《文选》卷21注引，第303页。

③ （宋）潘自牧：《记纂渊海》卷84，（元）赵道一：《历世真仙体道通鉴》卷34，（元）张天雨：《玄品录》卷2俱采。

④ （宋）李昉等：《太平御览》，中华书局1960年，第2963—2964页。

⑤ 日本学者福井康顺认为今本《神仙传》乃明人辑成，已失原貌，惟其辑自类书，资料可信，参《神仙传考》（《东方宗教》1951年），《神仙传续考》（《宗教研究》1953年）。国内有关今本《神仙传》版本系统的考论可参李剑国：《唐前志怪小说史》（修订版），人民文学出版社2011年，第399—417页。

⑥ 《碛砂大藏经》（影印宋元版）第100册，线装书局2005年，第459页。

"辑引他书"、"文字互窜"现象，称引一书，或有他书文字窜入。① "葛洪妻父"与"一说云靓"两句均见于陈代马枢《道学传》，② 此或为他书文字窜入之案例。剔除他书文字，本条可备《神仙传》辑佚之考。③

魏晋以来，世人皆知嵇康在洛阳东市身首异处，却无从想象他已形解化质，"假途托化"（东晋李充《吊嵇中散》文）④ "洛阳尸解"说承续了嵇康"顾日影而弹琴"的临刑情境，其琴艺之妙通过一位"通灵士"的异能再次获得确认。⑤ 鲍靓活动于两晋之交，其密鉴通灵、符箓道术，晋唐史志多有记载。⑥ 作为葛洪的师傅和妻父，⑦ 鲍靓在道教谱系中地位显要。如前所引《神仙传》，鲍靓最终尸解而去，其"尸解法"受之于阴君（阴长生）。⑧ 值得玩味的是，尽管阴君授习尸解

---

① 周生杰：《〈太平御览〉研究》，巴蜀书社 2008 年，"《太平御览》的缺陷"，第 455—457 页。

② "葛洪妻父"句见《道藏》洞玄部《仙苑编珠》卷下引《道学传》："鲍靓乃葛洪妻父，于罗浮山俱得道。"（《道藏》第 11 册，第 43 页）"一说云靓"句见《太平御览》卷 666 引《道学传》："鲍靓，字太玄，上党人也。汉司隶鲍宣之后，禀性清慧，学通经史，修身养性，……"（《太平御览》第 2973 页）又陈国符有《道学传辑本》，《道藏源流考》，中华书局 2012 年，第 452—500 页。

③ 《太平御览》"道部"时有经文与夹注相混同的情况，如卷 665《太极真人石精金光藏景录形神经》，本条《道学传》文字的窜入，或以注文形式出现，版刻时正文竟与注文不分。这一文献特点可参孙齐：《〈石精金光藏景录形神经〉与六朝制剑术》，《古典文献研究》第 16 辑，凤凰出版社 2013 年，第 490 页。

④ 《太平御览》卷 596 引，第 2586 页。

⑤ "通灵士"在中古时期乃"见鬼人"之属，与道教方术颇有瓜葛，参阅孙英刚：《幽明之间："见鬼人"与中古社会》，《中华文史论丛》2011 年第 2 期。

⑥ 鲍靓通灵之鉴，《晋书·艺术传》本传载其"符验前身"事；其符箓道术，《太平御览》卷 41 引晋袁宏《罗浮山记》载"腾空往返"事，卷 765 引南朝宋沈怀远《南越志》载"以履化鹊"事。相关研究可参王丽英《鲍靓符箓道术考论》，《湖北大学学报》（哲学社会科学版）2006 年第 5 期。

⑦ 《云笈七签》卷 79 叙述了一条完整的道法脉络："鲍为广州长史、南海太守，化行丹天，传授葛洪，洪传滕叔，叔传乐玄真，条流稍广"。（《道藏》第 22 册，第 563 页）葛洪与鲍靓师承关系的考论，可参王承文《葛洪早年南隐罗浮考论》，《中山大学学报》（社会科学版）1994 年第 2 期。

⑧ 《无上秘要》卷 83："鲍靓，字太玄，琅琊人，晋元明帝时为南海太守，阴君授其解法得道。"（《道藏》第 25 册，第 234 页）《太清金液神丹经》卷中记述阴君受法过程较详。（《道藏》第 18 册，第 755—756 页）

法，但他并非尸解成仙，而是"白日升天"。① 阴君著书云：

> 上古仙者多矣，不可尽论，但汉兴以来，得仙者四十五人，连余为六矣。
> 二十人尸解，余者白日升天焉。（《太平广记》卷8引《神仙传》）②

据此，汉初以至其身，得仙者四十六人，尸解仙未及半数，揣摩其语意，尸解仙与天仙似无轩轾。然而，根据魏晋以来的神仙观念，"仙"已有品次之分，尸解仙与"白日升天"实有霄壤之别。③ 葛洪《抱朴子内篇》引述"仙经"云：

> 上士举形升虚，谓之天仙；中士游于名山，谓之地仙。下士先死后蜕，
> 谓之尸解仙。（《抱朴子内篇》卷2"论仙"）④

按此，嵇康罹患斧钺之灾，"先死后蜕"，应属仙品之下第——"尸解仙"。
"尸解"是仙家得道方式之一，"尸解者，言将登仙，假托为尸以解化也"
（《后汉书》卷82李贤注）⑤。按魏晋以前的神仙信仰，尸解是成仙必由之路，"化形而仙"乃通行观念，即汉人所谓："委时去害，依托丘山。循游寥廓，与鬼为邻。化形而仙，沦寂无声"（《周易参同契》卷下）⑥。东汉后期天师道兴起，"不死成仙"成为神仙信仰的主流，尸解与飞升逐渐分离。⑦ "尸解仙"地位下降，堕入下品，或与形神之辩有关。陶弘景《登真隐诀》："尸解者，……既死之后，其神方得迁逝，形不能去尔"（《太平御览》卷664引）⑧；《养性延命录》卷上引《玄示》："以形化者，尸解之类，神与形离，二者不俱"⑨。按此，"神与形离"

---

① 有关阴长生传说之研究，可参日本学者土屋昌明：《真人・陰長生の伝説について》，《富士フェニックス論叢》1998，第195—214页；《四库本『神仙伝』の性格および構成要素——特に「陰長生伝」をめぐって》，《東方宗教》（87）1996，第39—55页。
② （宋）李昉等编：《太平广记》，中华书局1961年，第54页。
③ 参李丰楙：《神仙三品说的原始及其演变——以六朝道教为中心的考察》，收入氏著《仙境与游历：神仙世界的想象》，中华书局2010年，第1—47页。
④ 《道藏》第28册，第176页。
⑤ 《后汉书》卷82下《方术传下》，中华书局1965年，第2751页。
⑥ 《道藏》第20册，第94页。
⑦ 参见姜生：《汉墓的神药与尸解成仙》，《四川大学学报》（哲学社会科学版）2015年第2期。
⑧ 本条为《登仙隐诀》佚文，见《太平御览》第2963页。
⑨ 《道藏》第18册，第475—476页。

是尸解仙的重大缺陷，因其缺陷而造成了仙游的局限："尸解之仙，不得御华盖，乘龙登太极，但不死而已"（《真诰》卷5《甄命授》）①。

尸解仙的概念又与道教的"鬼官"体系相牵连，② 与"地下主者"相交错："白日去谓之上尸解，夜半去谓之下尸解，向晓向暮之际而谓之地下主者也。"（《真诰》卷4引《剑经》）③ 按六朝道教观念，诸尸解地下主者"乃仙之始也"④；按《四极真科》，地下主者又可以积年迁转，进阶为仙官、真官："一百四十年乃得补仙官，复一千三百年，乃得补真官，于是始得飞盖、乘群龙、登太极、游九宫也"（北周道书《无上秘要》引《洞真太上隐书经》）⑤。地下主者又可以进阶为地仙："自先世有功在三官，……皆受书为地下主者，二百八十年乃得进，受地仙之道矣"（《无上秘要》引《洞真藏景录形神经》）。⑥ 尸解仙与地下主者、鬼官相交错，《真诰》谓之："有先为地下主者乃进品者，有先经鬼官乃迁化者"⑦。鬼官可以进为地仙，也可以补为仙官、真官，道教神灵各层级之间的转化渠道为嵇康"尸解"说的异动提供了背景条件。

与"洛阳尸解"说大约同一时代，又有"中央鬼帝"说流传，嵇康的职属由此发生了微妙变化。不无巧合的是，"中央鬼帝"说同样与葛洪发生瓜葛，因为此说出自托名葛洪的《枕中书》。

## 二、"中央鬼帝"说与《枕中书》

嵇康"中央鬼帝"说见载于《道藏》洞真部谱录类《元始上真众仙记》，因列有东西南北及中央鬼帝，后人谓之"五方鬼帝"：

蔡郁垒为东方鬼帝，治桃丘山。张衡、杨云为北方鬼帝，治罗酆山。杜

---

① 《道藏》第20册，第520页。
② 道教鬼官体系的产生背景与内在逻辑，参都筑晶子：《关于南人寒门、寒士的宗教想像力——围绕〈真诰〉谈起》，刘俊文主编：《日本中青年学者论中国史》（六朝隋唐卷），上海古籍出版社1995年，第185—211页；赵益：《地下主者、冢讼、酆都六天官及鬼官：真诰冥府建构的再探讨》，《古典文献研究》第11辑，凤凰出版社2008年，第97—113页。
③ 《道藏》第20册，第515页。
④ 《真诰》卷13《稽神枢》，《道藏》第20册，第565页。
⑤ 《道藏》第25册，第246页。
⑥ 《道藏》第25册，第246页。
⑦ 《道藏》第20册，第584页。

子仁为南方鬼帝，治罗浮山，领羌蛮鬼。周乞、嵇康为中央鬼帝，治抱犊山。赵文和、王真人为西方鬼帝，治嶓冢山。（《元始上真众仙记》）①

明人陶宗仪所编《说郛》收录是书，题作"枕中书"；②《道藏》本题为"元始上真众仙记"，题下别标"枕中书"。"枕中书"遂为世所通称。是书旧题"葛洪撰"，后世多有质疑。明人王世贞指出书中人物有葛洪不及见者，斥为伪书（《弇州续稿》卷158"书道经后"）；③清四库馆臣亦断为"后人伪撰无疑"，余嘉锡《四库提要辨证》又有详考。④当代学人或折衷而论，谓其书前半篇"真书"本葛洪旧作，后半篇"真记"乃后人伪托；⑤然而，细绎书中"盖天说"、语涉佛理、抨击礼教诸问题，"真书"与"真记"俱为伪作，已成定谳。⑥

至于《枕中书》的成书时间，众说纷纭。王世贞以为作者"未见《真诰》全文"，⑦海外亦有勘定为梁陈时期者。⑧综合当前研究来看，《枕中书》应在陶弘景《真诰》之前，以"元始天王"与"元始天尊"称号之衍变为参照，石衍丰推测"真书"不晚于刘宋，⑨柳存仁则推测在南齐之前。⑩王皓月根据《枕中书》中的天文知识进行细致考量，推论其成书在刘宋末年至梁朝初期，或近是。⑪其书虽然晚出，但其中"五方鬼帝"说恐早已流传，陶弘景《真诰》：

———————————

① 《道藏》第3册，第271页。

② （明）陶宗仪编：《说郛》卷7上，《文渊阁四库全书》本。

③ （明）王世贞：《弇州续稿》，《文渊阁四库全书》本。按，今人梳理《枕中书》研究史均遗漏王世贞之考论。

④ 余嘉锡：《四库提要辨证》卷19，中华书局2007年，第1220—1222页。可参台湾学者林丽雪：《葛洪事迹与著述考》，《国立编译馆馆刊》1977年第2期，第179页。

⑤ 石衍丰：《〈枕中书〉及其作者》，《宗教学研究》1986年第2期；刘仲宇《〈枕中书〉初探》，《中国道教》1990年第4期。

⑥ 丁宏武：《葛洪论稿——以文学文献学考察为中心》，中国社会科学出版社2013年，第117页。

⑦ 王世贞谓："似未见《真诰》全文者，夫好夸饰而不核古，以是作伪书，久而始逗露，一何幸也！"《弇州续稿》卷158"书道经后"。

⑧ Kristofer Schipper（施舟人）and Franciscus Verellen（傅飞岚）（2004年），ed, *The Taoist Canon: A Historical Companion to the Daozang*（《道藏通考》），University of Chicago Press, p107.

⑨ 石衍丰：《〈枕中书〉及其作者》，《宗教学研究》1986年第2期。

⑩ 柳存仁：《道教前史二章》，《中华文史论丛》第51辑，上海古籍出版社1993年，第220页。

⑪ 王皓月：《「枕中书」の真伪に関する考察》，《早稻田大学大学院文学研究科纪要》2012年第1分册，第83—97页。

　　又《苏韶传》云：扬雄、张衡等为五帝。扬、张既非上圣，爵位亦卑，不应得与炎帝为俦，复当或有小五帝，不论耳。扬、张之事，亦或不然也。（《真诰》卷16《阐幽微》）①

　　扬雄字子云，《枕中书》中"杨云"乃其省称。② 文中所指摘"扬雄、张衡等为五帝"事，应即"五方鬼帝"说。《苏韶传》出自王隐《晋书》，《真诰》中另有三条引文。③《苏韶传》有清人辑本，记西晋苏韶之鬼讲述地府职事，"扬雄、张衡等为五帝"或在其中。④ 可见"五方鬼帝"说在《枕中书》之外另有传播渠道。⑤ 王隐《晋书》撰成于东晋初年，⑥ 可知此说在东晋之前已有流传。

　　对于"扬雄、张衡等为五帝"事，陶弘景不以为然，流露出强烈的清整意识。⑦ 扬、张等作为"才名人"，陶弘景本怀钦赏之情，有意将之"预于仙家驱任"：

---

　　① 《道藏》第20册，第587页。

　　② "杨云"即扬雄，例如葛洪：《抱朴子外篇》卷24："杨云酒不离口，而《太玄》乃就。"（《道藏》第28册，第291页）古人"姓名省文"考，可参清俞正燮《癸巳存稿》卷12"姓氏省文为辞学说"条，辽宁教育出版社2003年，第366页。

　　③ 《道藏》第20册，第580、581、584页。按，《苏韶传》三条引文均见引于《太平御览》，然"扬雄、张衡为五帝事"一条不见征引，或已佚。

　　④ 《苏韶传》见王隐《晋书》卷4，（清）汤球辑，杨朝明校补《九家旧晋书辑本》，中州古籍出版社1991年，第204—205页。

　　⑤ 日本学者都筑晶子认为东晋时人以冥府鬼官为主题的谈说有多种版本，并论及《苏韶传》的文本意义，参阅氏著《关于南人寒门、寒士的宗教想像力——围绕〈真诰〉谈起》，刘俊文主编《日本中青年学者论中国史》（六朝隋唐卷），上海古籍出版社1995年，第194页。承蒙孙齐博士提示，美学学者柏夷也曾论及酆都鬼官体系吸收了苏韶、郭翻故事，载有苏韶故事的《搜神记》、王隐《晋书》均成书于四世纪三十年代，郭翻之事（《幽明录》）亦在此后不久，下距上清经初降的兴宁三年（365年）仅二十余年，参阅 Stephen Bokenkamp（柏夷）（2007年），*Ancestors and Anxiety: Daoism and the Birth of Rebirth in China*（《祖先与焦虑：道教与投胎重生》），University of California Press，Accounts of underworld, P.96, Comparedwith Su Shao's, pp. 101—102.

　　⑥ 据《晋书·王隐传》，东晋成帝咸康六年（340年）"书乃得成，诣阙上之"。（《晋书》，中华书局1974年，第2143页）

　　⑦ （南朝梁）陶弘景：《真灵位业图序》："搜访人纲，究朝班之品序；研综天经，测真灵之阶业"（《道藏》第3册，第272页），即针对道教神灵系统的无序化。南北朝道教的自我清整，参葛兆光：《"清整道教"——关于二至六世纪道教思想、知识与技术的宗教化过程》，《学术集林》第13卷，上海远东出版社1998年，第91—137页。

三代乃远，而两汉魏晋，实有一段才名人，如刘向、董仲舒、扬雄、张衡、蔡邕、郑玄、王弼、阮、嵇之俦，并不应空散。数术有如管、郭，亦无标边，故当多不隶三官，颇得预于仙家驱任矣。（《真诰》卷16《阐幽微》）①

这一理念在《真诰》中一以贯之："凡在世有才识艺解，为一时所称者，既没，并即随才受其职位"②。然而，如前所指摘，尽管扬雄、张衡等俱有才名，但其"既非上圣，爵位亦卑"，鬼帝之号有如窃居；且扬、张为北方鬼帝，治罗酆山，与炎帝相抗，更为不类，因此遭致黜落。在《真诰》看来，炎帝（神农氏）有圣功，鬼帝之称未免委屈。③迨至《真灵位业图》中，炎帝进号为"酆都北阴大帝"④，治理天下鬼神，终于一家独尊，彻底剥夺了"五方鬼帝"的原有职能。

在《真诰》的清整之下，"五方鬼帝"撤离了道教的神灵谱系。尽管如此，它在边缘位置依然发挥着潜在的影响力，北朝道书⑤即有嵇康役使鬼神的描述：

嵇康，字叔夜，晋大夫也。时人称其流辈，山涛、向秀之徒，号为七贤。而康蕴业通经，博极群史，作养生之论，刊正典音，好属文笔，尤工诗赋，学亮多谦，英伟通识，黄老冲虚之教、玄洞秘要之书，莫不尽穷，贯之心胸。遂写斯文，畜之不倦，三年长啸，呼八神之名，神乃见形，为之驱役，预识未萌，坐延万物。神又授康琴曲《广陵散》，名传今日。康竟不行禹步，又不服药，直写禹步、服药之文，怀而兆疏，亦得见神，种种役问。（《洞神八帝

---

① 《道藏》第20册，第585页。

② 《真诰》卷16《阐幽微》，《道藏》第20册，第587页。

③ 《真诰》卷15《阐幽微》："炎庆甲者，古之炎帝也，今为北太帝君，天下鬼神之主也。炎帝神农氏，造耕稼，尝百药，其圣功不减轩辕、颛顼，无应为鬼帝。"（《道藏》第20册，第580页）刘莉《道教文化中的北辰与北帝》（《河北学刊》2010年第3期）考论道教"北帝"地位的上升，未见使用本条材料。

④ 《道藏》第3册，第280页。

⑤ 张泽洪谓之东晋道经，见氏著《道教礼仪学》，宗教文化出版社2012年，第116页。晋《大有三皇文》包括《八帝玄变经》三卷，然《洞神八帝元变经》卷末称北魏年号，故本经当源于晋，改写于南北朝。（朱越利：《道藏分类解题》，华夏出版社1996年，106页）笔者认为，依年号称引方式，可能为北朝道书。

元变经》)①

如所刻画，嵇康"博通二典，综贯道书"（明胡应麟评语）②，于经史文学之外，博通"黄老冲虚之教、玄洞秘要之书"，誊写符文，驱役鬼神。尽管这一形象已趋于"道士化"，但其驱役鬼神之能却与"鬼帝"身份仍相契合。

关于"鬼帝"职属与品秩，《枕中书》言之未详。《真灵位业图》将道教神灵分为七阶，第七阶以"鬼官之太帝"酆都北极大帝为首，③ 考虑到北帝与"五方鬼帝"的潜在承接性，"鬼帝"应为鬼官之属。然而，六朝以后也有道书对此产生"误读"，体现了鬼官与地仙观念的融合。④ 唐代道经《上清众经诸真圣秘》采录《枕中书》，文字较《道藏》本略有不同。在叙述"五方鬼帝"之后，云：

> 右各地仙，游五岳，朝朝王母，夕憩山丘，虽未升天，欢乐亦难言及，童初之府，易迁之官，唯有此乐也。（《上清众经诸真圣秘》)⑤

经此异文转换，"鬼帝"俨然地仙之属。仅就职能而言，"鬼帝"与晋人所说"地仙"特征恰相吻合。东晋华侨论神仙三品，⑥ "中仙"（地仙）又作析分：

> 游行五岳，或造太清，役使鬼神，中仙也；或受封一山，总领鬼神，或游翔小有，群集清虚之宫，中仙之次也。（《紫阳真人内传》)⑦

按此，嵇康对应着"中仙之次"，即地仙之次者；而地仙之次者"或受封一山"，《枕中书》谓嵇康"治抱犊山"，则抱犊山乃其治所也。

---

① 《道藏》第 28 册，第 405 页。

② （明）胡应麟：《少室山房笔丛》，上海书店出版社 2001 年，第 386 页。

③ 《道藏》第 3 册，第 280 页。

④ 依陶弘景《真诰》卷 16《阐幽微》，"仙"与"鬼"本有分界，但两者之间又有流转："此幽显中都是有三部，皆相关类也。上则仙，中则人，下则鬼。人善者得为仙，仙之谪者更为人，人恶者更为鬼，鬼福者复为人，鬼法人，人法仙，循还往来，触类相同，正是隐显小小之隔耳。"（《道藏》第 20 册，第 584 页）

⑤ 《道藏》第 6 册，第 794 页。

⑥ 《紫阳真人内传》托名西汉周义山，据陈国符考证（《道藏源流考》第 8—9 页），作者为东晋华侨。

⑦ 《道藏》第 5 册，第 543 页。

"治抱犊山"一说与嵇康生平行迹多有关合，见诸晋唐道书载记。葛洪《神仙传》记述王烈与嵇康之交游，事关抱犊山：

> 烈入河东抱犊山中，见一石室，室中有石架，架上有素书两卷，烈取读，莫识其文字。不敢取去，却著架上。暗书得数十字形体，以示康，康尽识其字。烈喜，乃与康共往读之。（《太平广记》卷9引《神仙传》）①

葛洪《抱朴子内篇》引《仙经》，列举名山"可以精思合作仙药者"二十余座，中有抱犊山，谓"此皆是正神在其山中，其中或有地仙之人"②。"地仙"之说又与"鬼帝"职属暗合。抱犊山在道教的神圣性或源于庄子，陶弘景《真诰》谓庄子"隐于抱犊山中"③，晚唐杜光庭《洞天福地岳渎名山记》将之列入"七十二福地"，④ 其神圣性得到强化。耐人寻味的是，清人嵇永仁别号"抱犊山农"，文集名《抱犊山房集》。据姜垕序文，⑤ 嵇永仁乃"晋侍中绍之后"，而嵇绍为嵇康之子。以先祖"鬼帝"治所为别号，亦为一种别致的体认方式。

随着"五方鬼帝"说的黜落，嵇康逐渐淡出了道教的神灵谱系。但"鬼帝"作为一种文化印记并未就此断绝。迨至元明时代，"鬼帝"说与"尸解"说分流而出，嵇康作为"得道仙真"重新回到道教神灵谱系中。

## 三、"得道仙真"说与《仙鉴》

元代道士赵道一有感于儒、释两家均有"通鉴"，惟道教独阙，遂搜集"古今得道仙真事迹"，纂成《历世真仙体道通鉴》（简称《仙鉴》），⑥ 辑录自远古至宋代"得道仙真"745人，嵇康赫然在列。继踵其后，元人张天雨《玄品录》、明

---

① 《太平广记》第61页。
② 《抱朴子内篇》卷4《金丹篇》，《道藏》第28册，第187—188页。
③ 《真诰》卷14《稽神枢》，《道藏》第20册，第576页。
④ 《道藏》第11册，第59页。
⑤ （清）姜垕：《嵇留山先生传》，《抱犊山房集》，《文渊阁四库全书》本。
⑥ （元）赵道一：《仙鉴序》："常观儒家有《资治通鉴》，释门有《释氏通鉴》，惟吾道教斯文独阙……因录集古今得道仙真事迹，究其践履，观其是非。"（《道藏》第5册，第99页）

人张文介《广列仙传》俱予收录，由此，嵇康宛然"仙真"了。①

《仙鉴》本"搜之群书，考之经史，订之仙传"② 而成，故"所据之书匪一"，③"嵇康"条拼合痕迹亦为明显。开篇叙述嵇康与孙登之交游，继之以晚唐五代"伶伦授曲"传说，又迻录《晋书》本传有关仙道者，结末附顾恺之《嵇康赞序》"洛阳尸解"说。由于拼合而成，具体内容难免有重叠或歧说，当然也可以看作互证或补充。嵇康与孙登之交游见诸六朝史传，④《仙鉴》所述与诸书略有不同：

> 嵇康字叔夜，向北山从道士孙登学琴，登不教之，曰："子有逸群之才，必当戮于市。"康遂别去，登乃冲升。（《仙鉴》)⑤

自《神仙传》以来，孙登一直被目为"仙者"⑥，其告诫嵇康之语在唐代已有敷演。⑦ 此处预言嵇康必将遭戮，证其"兆动初萌，妙鉴奇绝"（晋庾阐《孙登赞》)⑧。《仙鉴》记述嵇康被杀的原因，亦与他书不同，摆落了吕安家事的牵连以及魏晋易代的政治背景，向壁虚造晋文帝宫人事，将嵇康被杀归之于不肯教授琴曲：

> 帝（晋文帝）令康北面受诏，教宫人曲，康不肯教。帝后听佞臣之言，杀康于市中，康遂抱琴而死。葬后开棺，空不见尸。（《仙鉴》)⑨

① 《玄品录》卷2"道质"（《道藏》第18册，第111—112页）；《广列仙传》卷3（《藏外道书》第18册，第673—677页）。

② （元）赵道一：《仙鉴编例》，《道藏》第5册，第102页。

③ 刘师培：《读〈道藏〉记》，《刘申叔遗书》（下册），凤凰出版社1997年，第1995页。

④ 《三国志》裴松之注引《魏氏春秋》《康别传》《晋阳秋》《康集目录》（《三国志》第606—607页）；《世说新语·栖逸篇》、刘孝标注引王隐《晋书》、张骘《文士传》（（《世说新语笺疏》第649—650页）等。

⑤ 《道藏》第5册，第295页。

⑥ 《太平广记》卷9引"孙登"条（《太平广记》第63—64页）；《水经注》："山在国北，所谓共北山也，仙者孙登之所处。"（（北魏）郦道元注，杨守敬疏《水经注疏》，江苏古籍出版社1989年，第810页）

⑦ 《无能子》卷中，《道藏》第21册，第714页。

⑧ （唐）欧阳询：《艺文类聚》卷36，上海古籍出版社1982年，第650页。

⑨ 《道藏》第5册，第295页。

"葬后开棺，空不见尸"，属于仙家"尸解"的程式化话语。稽康"尸解"说经过东晋葛洪《神仙传》的载录，顾恺之《稽康赞序》的转述，南朝宋颜延之《五君咏》的推扬，① 至唐宋时期已深入人心。在流播过程中，稽康与汉刘安、晋郭璞、唐罗公远等人前后关联，构成一条代不乏人的"尸解仙"谱系②：

> 道中有尸解，剑解、火解、水解，唯剑解实繁有徒，稽康、郭璞非受戕害者，以此委蜕耳，异韩彭与粪壤并也。（唐高彦休《唐阙史》卷上"丁约剑解"条）③

> 按上经，尸解有四种：一者兵解，若稽康寄戮于市，淮南托形于狱；……（北宋陈景元《元始无量度人上品妙经四注》引唐人李少微注）④

> 虽死，神则不灭，名为尸解。如杨王孙、稽康、郭璞皆捐躯返真之道。（南宋青元真人《元始无量度人上品妙经注》）⑤

> 翌日道众下山视之，膏血不流，可谓纯阳之体，稽康、罗公远之流乎。（元李道谦《终南山祖庭仙真内传》载宋明一故事）⑥

至明代，稽康"尸解"说进入杂剧题材，有邓玄度《竹林小记》演"稽叔夜挟伎登仙"事，"文彩烨然，尽堪藻饰"；⑦ 又有小说家言，明末清初徐道《神仙全传》敷演孙登、王烈以"代尸法"度脱稽康故事，文辞更为诡诞：

---

① 《文选》卷26 南朝宋颜延之《五君咏·稽中散》："中散不偶世，本自餐霞人。形解验默仙，吐论知凝神。立俗迕流议，寻山洽隐沦。鸾翮有时铩，龙性谁能驯！"（第371页）

② "尸解仙"研究可参（日）毛利美穗：《尸解仙の系谱》，《东アジア比较文化研究》2006年第5期，第93—105页；（日）宫川尚志：《道教の神仙观念の一考察——尸解仙について》，《史林》1971第1期，第29—42页；（日）吉川忠夫：《日中无影——尸解仙考》，载氏编《中国古道教史研究》（京都大学人文科学研究所报告），同朋社1992年；萧福登：《周秦至六朝道经及上清派道经中所见的尸解仙》，载氏著《六朝道教上清派研究》，文津出版社2005年，第418—487页。

③ （清）鲍廷博：《知不足斋丛书》，嘉庆刻本。《太平广记》引戴孚《录异记》，与之文意颠倒："稽康、郭璞，皆受戕害，我以此委蜕耳"，或为校勘之误。（《太平广记》第280页）

④ 《道藏》第2册，第196页。

⑤ 《道藏》第2册，第258页。

⑥ 《道藏》第19册，第531页。

⑦ 邓玄度《竹林小记》今已失传，明人祁彪佳《远山堂剧品》著录，列入"能品"。参吴书荫：《〈竹林小记〉作者考》，《文献》1992年第1期。

顷之，竹林诸友携酒诀别，……乃与诸友从容话旧。司刑者驱众下手，康衔须受戮。人丛走出孙登、王烈。登以短柱插地，烈掣康走。回顾司刑，径挥刀断柱，提上小截奔走，众若不见者。康问烈何为，曰"此代尸法，隐身符也。"康始悟，随入山修道。①

肇端于两晋的嵇康"尸解"说至唐宋已经固化，杂剧小说未能增入新的内涵，"嵇康得仙，竟作剑解"（宋人章惇语）② 作为一个文化符号进入世人的知识体系中。

《仙鉴》"嵇康"条由"北山学琴"开启，至"静室抚琴"收束，以琴贯穿始终。有关嵇康琴艺的师承渊源，六朝时有异说，常谓其能通灵，妙得鬼神之助。即如东晋裴启《语林》所暗示，嵇康曾得到蔡伯喈的点拨；③ 又有晋荀氏《灵鬼志》谓嵇康夜宿华阳亭，《广陵散》乃由鬼授，④ 此为"华阳亭"故事一系；⑤ 另一系为"黄帝伶人"故事，如南朝宋刘敬叔《异苑》，谓嵇康受报于黄帝伶人：

嵇康少时，白日梦见丈夫，身长一丈，曰："我是黄帝时伶人，骸骨在君舍东，令荐露。能为葬埋，当求厚报。康觉后求骨，果见白骨，胫长一尺余，遂收葬之。至其夜，梦此人来，受《广陵散》。（（南朝宋）刘敬叔《异苑》）⑥

晚唐李良辅《止息序》⑦、五代窦俨《大周正乐》⑧、南宋施宿等撰《嘉泰会

---

① （明）徐道：《神仙全传》（中册），三秦出版社1992年，第514页。

② （宋）释惠洪：《西余端禅师》，载《禅林僧宝传》卷19，中国藏学出版社1993年，第111页。

③ 《太平御览》卷644引，周楞伽辑注《裴启语林》，文化艺术出版社1988年，第22-23页。

④ 《太平广记》卷317引，鲁迅校录《古小说钩沉》，齐鲁书社1997年，第122页。

⑤ 华阳亭故事考论，可参李剑国：《广陵散故事考析》，《文学与文化》2013年第4期。

⑥ 敦煌斯二〇七二号《佚类书·占梦》引《异苑》，黄永武主编：《敦煌宝藏》第二辑第15册，新文丰出版公司1981年，第693页。文字与今本《异苑》有所不同（《异苑》卷7，68页）。

⑦ 见《琴苑要录·善琴篇》引《止息序》（中国艺术研究院音乐研究所编《琴曲集成》，中华书局2010年，第464页）。按，《止息序》戴明扬疑为晚唐五代李良辅《广陵止息谱》之序，见戴明扬：《广陵散考》，《辅仁学志》1936年第5卷第1、2期。

⑧ （南宋）施宿等：《嘉泰会稽志》卷18，《宋元方志丛刊》，中华书局1990年，第705页。

稽志》① 等均从此说。"嵇中散所受伶伦之曲"② 至宋代成为一种通识。《仙鉴》在晋唐旧说的基础上踵事增华，伶伦授曲情节更为委婉：

> 康向南行，至会稽王伯通家求宿。伯通造得一馆，未得三年，每夜有人宿者，不至天明即死。伯通见此凶，遂尝闭之。至是，康留宿馆中，一更后乃取琴弹，二更时见有八鬼从后馆出。康惧之，微祝"乾元亨利贞"三遍，乃问鬼曰："王伯通造得此馆，成来三年，每夜有人宿者死，总是汝八鬼杀之？"鬼曰："我非杀人鬼，是舜时掌乐官，兄弟八人，号曰伶伦。舜受佞臣之言，枉杀我兄弟，在此处埋。主人王伯通造馆，不知向我上筑墙，压我问我。见有人宿者，出拟告之，彼见我等，自惧而死，即非我等杀之。今愿先生与主人说，取我等骸骨迁别处埋葬。期半年，主人封为本郡太守。今赏先生一《广陵曲》，天下妙绝。"康闻知大悦，遂以琴与鬼。鬼弹一遍，康即能弹。弹至夜深，伯通向宅中，忽闻琴声美丽，乃披衣起坐，听琴音，探怪之，乃问康。康答曰："主人馆中杀人鬼，我今见之矣。"伯通曰："何以见之？"康具言其事。明日伯通使人掘地，果见八具骸骨。遂别造棺，就高洁处迁埋。（《仙鉴》）③

嵇康形象呼应了北朝道书《洞神八帝元变经》中的"道士化"倾向，祝念"乾元亨利贞"咒以劾鬼，带有明显的符箓派色彩。值得注意的是，文中的嵇康夜见伶伦八鬼，惊惧不安，已与六朝时期流传的嵇康形象完全不同：

> 嵇康灯下弹琴，忽一人长丈余，著黑单衣，革带，康熟视之，乃吹火灭之曰："吾耻与魑魅争光。"（晋荀氏《灵鬼志》）④

---

① 《太平御览》卷 579 引，第 2616 页。
② 《太平广记》卷 203 引王生语，第 1541 页。
③ 《道藏》第 5 册，第 295 页。
④ 《太平广记》卷 317 引，（晋）荀氏《灵鬼志》，《古小说钩沉》第 122 页。这一传说东晋裴启《语林》（周楞伽辑注：《裴启语林》，文化艺术出版社 1988 年，第 22 页）；南朝宋刘义庆《幽明录》（郑晚晴辑注：《幽明录》，文化艺术出版社 1988 年，第 115 页）；南朝宋刘敬叔《异苑》（范宁点校：《异苑》，中华书局 1996 年，第 52 页）。诸书故事梗概一致，文字稍有异同。

其刚烈无畏之气，千载之下令人凛然。这种震慑鬼神的气魄，自晚唐以来荡然无存，嵇康形象变得世俗、平庸，这与"鬼帝"传说不见于唐宋流传恰相印合。

自中唐以至北宋末年，嵇康"鬼帝"说寂尔无闻，唐宋道书未见称引。① 宋徽宗政和年间，在道士林灵素的怂恿下，徽宗将道教分为五宗，五宗之外别立一宗，自称"昊天上帝元子，为大霄帝君"。(《老学庵笔记》卷2)② 为恢弘门庭，林灵素搜括了各种历史人物，并署以仙职：以屈原为海伯，萧何为昴星，杜甫为文星典吏，苏轼为奎宿、紫府押司，嵇康为中央鬼帝等。(《玉芝堂谈荟》卷7)③ 以此为契机，嵇康"鬼帝"说再次浮出水面。但是不久北宋亡国，林灵素饱受误国之责，他与徽宗所创立的宗派也灰飞烟灭。

徽宗教派搜括的历史人物多有文章之士，作为一种"谈资"，明人饶有兴趣。徐应秋《玉芝堂谈萃》之外，王世贞《艺苑卮言》、屠隆《鸿苞》④、胡应麟《少室山房笔丛》⑤ 均尽心搜罗，嵇康"鬼帝"说即在其列。王世贞《文章九命·证仙》胪列"众仙"，篇末论曰："自古文章之士以仙去者，理或有之。盖天地冲美秀特之气，见予独多。生有所自，出有所为，则去有所归，固其宜"。⑥ 简而言之："慧业文人，终归天上，于斯益信"((清)王晫《更定文章九命·神仙》)⑦，慧业成仙，当是出于对文士身份的认同与褒奖，已与道教神仙信仰没有太大关系。

# 结语

概而述之，嵇康的仙缘来源于多个方面：一则龙章凤姿，仙骨不凡；二则好道信仙，服食养生；三则与仙人孙登、王烈之交游。这几方面为嵇康"尸解"说酝酿了背景条件，"尸解"传说经过葛洪、顾恺之、颜延之等人的推扬，在唐宋时期定型为一个文化符号。嵇康"鬼帝"说则由其他方面的仙缘会聚而成：一则琴

---

① 道经《上清众经诸真圣秘》称引"五方鬼帝"，本经卷8引唐梁丘子注《黄帝内景经》，[日]吉冈义丰、石井昌子据此断其成书在中唐。(《道藏分类解题》，第195页)

② (南宋)陆游：《老学庵笔记》，中华书局1979年，第115页。

③ (明)徐应秋：《玉芝堂谈荟》，《文渊阁四库全书》本。

④ (明)王世贞：《新科增补艺苑卮言》卷4，《续修四库全书》第1695册，第595页。

⑤ (明)胡应麟：《少室山房笔丛》卷34，上海书店出版社2001年，第456页。

⑥ (明)屠隆：《鸿苞》卷20，《屠隆集》第8册，浙江古籍出版社2012年，第521页。

⑦ (清)王晫：《更定文章九命》，王水照：《历代文话》，复旦大学出版社2007年，第3860页。

曲通灵，妙得鬼神之助；二则沉勇无畏，俊烈之气震慑鬼神；三则行迹所至，关合道教名岳。经过陶弘景《真诰》的清整，嵇康"鬼帝"说一度淡出了道教的神灵谱系。后来经过宋徽宗、林灵素的发掘，"鬼帝"说再次浮出水面，并在明人谈议中被赋予了新的内涵。"尸解"说（仙官）与"鬼帝"说（鬼官）自六朝以来并相流传，期间并没有太多的瓜葛，伴随着各自文化意义的衍生，两者在不同的时代各有浮沉。迨至元明时代，嵇康作为"得道仙真"正式进入仙传，标志着多种文化因子汇入一个文化符号的最终完成。

［作者简介］郑伟，文学博士，东北财经大学新闻传播学院讲师，硕士生导师。本文为辽宁省教育厅人文社会科学一般项目"六朝临终文艺现象研究"（W2013223）阶段性成果之一。

# 论《搜神记》中"神化"类小说的故事来源

## 张传东

干宝《搜神记》中有关神仙道化的小说是专列一类的。《水经注》卷21《汝水注》引叶令王乔之事，末曰："或云即古仙人王乔也，是以干氏书之于'神化'。"① 今人辑校本的《搜神记》也基本继承此做法，这为我们研究此类小说提供了方便。② 关于《搜神记》故事来源，干宝在《搜神记序》中曰："虽考先志于载籍，收遗逸于当时，盖非一耳一目之所亲闻睹也，又安敢谓无失实者哉。……今之所集，设有承于前载者，则非余之罪也。若使采访今世之事，苟有虚错，愿与先贤前儒分其讥谤。"③ 北宋苏易简《文房四谱》卷4《纸谱》载干宝上表曰："臣前聊欲撰记古今怪异非常之事，会聚散佚，使自一贯，博访知古者。片纸残行，事事各异。"④ 从这两段史料看，干宝《搜神记》所集小说根据来源可以分为两大类，一是"承于前载"的"故事"和从"知古者"采访到的"旧闻"；二是"采访近世之事"所得的时事性"新闻"。

若将干宝所言分类标准揆诸《搜神记》"神化"类小说，也可适用。同时，我们还可在干宝观点基础之上对该类小说材料来源进行更深层的追问和分析。首先，针对第一类小说，干宝都从哪些载籍中选取"故事"，选取"故事"遵循什么原则？其次，第二类作品即"新闻"类作品明显是魏晋时期新出现、新创作的作品，这些作品是如何创作的？它们和先前的旧故事之间是何关系？下面结合具体作品，就上述问题对《搜神记》中"神化"类小说的材料来源及创新情况进行一次简要分析。

---

① （北魏）郦道元注、陈桥驿注释：《水经注》，浙江古籍出版社2000年，第329页。

② 今人的《搜神记》辑校本，主要指汪绍楹校注的《搜神记》（中华书局1979年）和李剑国校注的《新辑搜神记》（中华书局2007年）。二书皆将"神化"类小说集中安排在卷1至卷3，包括神仙、道术、卜筮等故事。本文以《新辑搜神记》前三卷45条为主要研究对象，同时参考汪本将"董永"、"成公智琼"、"杜兰香"等条目纳入，以求研究的相对全面。

③ 《晋书》卷82《干宝传》，中华书局1974年，第2150—2151页。

④ 苏易简辑：《文房四谱》，中华书局1985年，第52页。另外，《初学记》卷21，《太平御览》卷60亦引。

## 一、从"故事"、"旧闻"类小说看《搜神记》"神化"类小说的来源

今人研究魏晋志怪小说非常关注小说故事的渊源，汪绍楹、李剑国两先生各自所校《搜神记》就对大部分小说条目的故事渊源做了梳理。根据两位先生的研究，可考的"承于前载"的"神化"类小说有：

1. "赤松子"、"宁封子"、"赤将子舆"、"偓佺"、"彭祖"、"葛由"、"王子乔"、"冠先"、"琴高"、"祝鸡翁"、"凌阳子明"、"钩弋夫人"、"阴生"、"乡卒常生"、"寿光侯"等15条，采自西汉刘向《列仙传》。其中"钩弋夫人"同时见《汉书·外戚传》。

2. "崔文子"条，采自《楚辞·天问》王逸注。

3. "少翁"条，于《史记·封禅书》《汉书·郊祀志上》《汉书·外戚传·孝武李夫人传》均有记载。

4. "管辂筮怪"条采自三国时期的《管辂别传》。据此可推测记述管辂为人延寿祛灾的"南斗北斗"条也当源自此别传。

5. "河伯"条采自《淮南子·齐俗训》高诱注。

6. "许季山"、"童彦兴"和"叶令王乔"3条，采自应劭《风俗通义》。

7. "董永"条，曹植的《灵芝篇》、刘向的《孝子传》[①]等均有记载。盖干宝以为此故事民众皆已耳熟能详，故而依刘向《孝子传》简略叙之，并未作情节的增删和文字的润饰。另外，汉代画像石表现其内容者较多[②]。

另外，汪绍楹、李剑国未考证其渊源的小说，笔者分析其具体材料如下：

1. 见于先前典籍者有：

"淮南操"条，来源于汉乐府。这条记录包含了本事和诗歌两部分，应该是汉代乐府诗歌文事相依的特点的体现。[③]《乐府诗集·琴曲歌辞二·八公操》，郭茂倩题解曰：

---

① 《太平御览》卷411引刘向的《孝子传》《法苑珠林》卷49引刘向的《孝图》，皆载董永故事。

② 参看肖贵田：《汉至南北朝时期董永故事及其图像的嬗变》，载山东大学东方考古研究中心编《东方考古》（第7集），科学出版社2010年。文后附表"东汉、北朝董永事父图内容及出处"。

③ 汉乐府文事相依的特点可参看曾晓峰、彭卫鸿的论文《试析汉乐府文事相依的传播特点》，载于《中南民族大学学报》（人文社会科学版）2004年第2期。

一曰《淮南操》。《古今乐录》曰："淮南王好道，正月上辛，八公来降，王作此歌。"谢希逸《琴论》曰："《八公操》，淮南王作也。"①

"尹喜"条，出自《史记·老子韩非列传》："老子修道德，其学以自隐无名为务。居周久之，见周之衰，乃遂去。至关，关令尹喜曰：'子将隐矣，彊为我著书。'于是老子乃著书上下篇，言道德之意五千馀言而去，莫知其所终。"②

2. 以下诸条，均未见诸前代典籍记载，乃干宝访于"知古者"之事：

"鲁少千"条，《列异传》中已经载鲁少千以仙人符治蛇魅之事，此条当是关于鲁少千的另一传说。

"广陵子明"条，是"广陵"这个地名附着的"神化"传说；"丁令威"是"丁"这个姓氏附着的传说；"徐登赵炳"条是"祠堂"附着的传说。这类小说多解释人名、地名、古迹之源起，只有熟悉缘由的"知古者"才能提供。

从上述材料来源可以看出，干宝在搜集"故事"时是遵循了一定原则的。一是突出"主题"，根据前述《水经注》所言，"神化"篇中有记录"古仙人王乔"等神仙内容，故其中 15 条来自《列仙传》这部神仙专集。二、注重故事的"奇特"性。"许季山"、"童彦兴"和"叶令王乔" 3 条在应劭《风俗通义》中是作为荒诞不稽而被反驳、被批判对象的，只是因为故事本身的仙道奇特性而被选录。"管辂筮怪"条采自《管辂别传》而不采《三国志》卷29《魏书·方技传·管辂传》，也说明干宝对"奇"的关注。干宝在《搜神记》自序中也阐明了其"发明神道之不巫"外的另一个目的，即"幸将来好事之士，录其根体，有以游心寓目，而无尤焉"③。只有"奇"，才能"游心寓目"，才能吸引"好事之士"。

## 二、从"改编型"故事看《搜神记》"神化"小说的来源

魏晋时期新出现的志怪小说中有一类为"改编型"，即魏晋时人在保持旧小说基本情节不变基础上对故事细节进行了修改以呈现新面貌的创作类型。这类改编活动，是魏晋时期小说创作意识增强的体现。

---

① 《乐府诗集》，中华书局 1979 年，第 851 页。
② 《史记》卷 63《老子韩非列传》，中华书局 2014 年，第 2605 — 2606 页。
③ 《晋书》卷 82《干宝传》，中华书局 1974 年，第 2151 页。

首先，我们看一则"张冠李戴"式改编。《搜神记》"寿光侯"条曰：

寿光侯者，汉章帝时人也。能劾百鬼众魅，令自缚见其形。其县人有妇，为魅所病，侯为劾之，得大蛇数丈，死于门外。又有大树，树有精，人止者死，鸟过者坠。侯劾之，树盛夏枯落，有大蛇，长七八丈，悬死树间。

章帝闻之，征问，对曰："有之。"帝曰："殿下有怪，夜半后常有数人绛衣披发，持火相随，岂能劾之？"侯曰："能，此小怪耳。"帝伪使三人为之。侯劾三人，三人登时著地无气。帝惊曰："非魅也，朕相试尔。"即使解之。[①]

《太平广记》卷11引《神仙传·刘凭传》文字与此段略同：

或云：汉武帝时，殿下有怪常见，朱衣披发相随，持烛而走。帝谓刘凭曰："卿可除此否？"凭曰："可。"乃以青符掷之，见数鬼倾地。帝惊曰："以相试耳。"解之而苏。

此条云武帝刘凭事，与《搜神记》不同。葛洪《神仙传》自序说"昔秦大夫阮仓所记，有数百人。刘向所撰，又七十一人"[②]，可见他对古今神仙记载有明确的辨析，一般不会混淆。所以很有可能是刘凭故事在先，而被《搜神记》"寿光侯"的作者故意"张冠李戴"，将刘凭事安排到了寿光侯身上，完成了对"寿光侯"故事的改编。

再看一则"添枝加叶"式改编。《列异传》和《搜神记》均录"营陵道人"之事，分录如下：

北海营陵有道人，能使人与死人相见。同郡人妇死已数年，闻而往见之曰："愿令我一见死人，不恨。"遂教其见之，于是与妇人相见，言语悲喜，恩情如生。良久时乃闻鼓声恨恨，不能出户，掩门乃走；其裾为户所闭，掣绝而去。后岁余，此人死。家葬之，开见妇棺，盖下有衣裾。[③]

---

① 李剑国辑校：《新辑搜神记》，中华书局2007年，第47—48页。为方便论述，此处将故事分成两段。

② 《神仙传》，见《影印文渊阁四库全书》第1059册，台湾商务印书馆1986年，第257页。

③ 鲁迅：《古小说钩沉》，齐鲁书社1997年，第88—89页。

汉北海营陵有道人，能令人与已死人相见。同郡人，妇死已数年，闻而往见之日："愿令我一见亡妇，死不恨矣。"道人曰："可。卿往见之，若闻鼓声，疾出勿留。"乃语其相见之术。俄而得见之，于是与妇言语悲喜，恩情如生。良久，闻鼓音，声恨恨。不能得时出门，闭户掩婿，婿乃徒出。当出户时，忽掩其衣裾户间，掣绝而去。至后岁余，此人身亡。室家葬之。开冢，见妇棺盖下有衣裾。①

两相比较，一是《搜神记》故事逻辑性明显增强了：《列异传》中男子"闻鼓音"而走的情节非常突兀；《搜神记》添加了道人对男子关于鼓音作用的交代，这样就有了前后的呼应。二是《搜神记》添加细节描写，人物形象更加丰满了：男子之妻因不知鼓响之因，盖以为有异，竟"闭户掩婿"，其惊恐与难舍之情立见；丈夫闻鼓声则急于脱身，故匆忙"徒走"②。

## 三、从"创新型"小说的产生看《搜神记》"神化"小说的来源

魏晋时期新出现志怪小说中另一类创作方式为"创新型"创作，即魏晋时人根据当时之事新创小说的方式。《搜神记》"神化"小说中，有以晋朝郭璞和淳于智为中心人物的六则小说，明显是新作，但其内容皆为卜筮应验之说，故事性不强，故不细说。故事性强且影响深远的"神化"类新小说有"天竺胡人"、"焦湖庙巫"、"左慈"、"干吉"、"介琰"、"徐光"、"钱小小"、"董永"、"成公智琼"和"杜兰香"③诸条。现将其归为两类，试分析它们的创作情况。

### （一）对国外"幻术"的记录和描写

"天竺胡人"条，记录了天竺胡人的"幻术"表演，文中已言故事发生在"晋永嘉中"：

---

① 李剑国辑校：《新辑搜神记》，中华书局 2007 年，第 57 页。
② 《左传》襄公二十五年："齐师徒归。"杜预注："徒，空也。"故"徒走"之意，大概为"未穿鞋而走"。
③ "杜兰香"条，汪绍楹校注本《搜神记》辑入，而李剑国《新辑搜神记》未录。此处从汪本。

晋永嘉中，有天竺胡人，来渡江南。其人有数术，能断舌复续、吐火。所在人士聚观。将断时，先以舌吐示宾客，然后刀截，血流覆地。乃取置器中，传以示人。视之，舌头半舌犹在。既而还，取含续之，坐有顷，坐人见舌则如故，不知其实断否。其续断，取绢布，与人合执一头，对翦，中断之。已而取两断合视，绢布还连续，无异故体。时人多疑以为幻，阴乃试之，真断绢也。其吐火，先有药在器中，取火一片，与黍餹合之，再三吹呼，已而张口，火满口中，因就蒸取以炊，则火也。又取书纸及绳缕之属，投火中，众共视之，见其烧蒸了尽。乃拨灰中，举而出之，故向物也。①

《晋书·隐逸传·夏统传》记载女巫章丹、陈珠二人"拔刀破舌，吞刀吐火，云雾杳冥，流光电发"之事。② 可见晋代此类"幻术"已颇为流行。"天竺道人"的作者即对当时的幻术表演进行了记录。但是此小说也非完全的创新，东汉张衡《西京赋》已经有对"幻术"的记录和描写：

> 海鳞变而成龙，状婉婉以昷昷。舍利颬颬，化为仙车，骊驾四鹿，芝盖九葩。蟾蜍与龟，水人弄蛇。奇幻倏忽，易貌分形。吞刀吐火，云雾杳冥。画地成川，流渭通泾。……③

小说作者对这类"幻术"的关心无异于对道士"法术"的关心，这些非常的表演成为魏晋小说表现的内容。

### （二）方士道术小说的创作

1. 交通幽明类小说的创作

"焦湖庙巫"小说所述乃神道之士施法术导人入冥界的故事，类于今天之催眠术。现将其内容照录于下：

---

① 汪绍楹校注：《搜神记》，中华书局 1979 年，第 23 页。"永嘉"既是晋怀帝司马炽的一个年号，也是东汉冲帝刘炳的一个年号，因此需要谨慎判断。《艺文类聚》卷 17，《太平御览》卷 367、737、817 皆作"永嘉中"，《法苑珠林》卷 76 作"晋永嘉年中"，则"晋永嘉"的可能性最大。

② 《晋书》卷 94《隐逸传·夏统传》，中华书局 1974 年，第 2428 页。

③ 《文选》卷 1，上海古籍出版社 1986 年，第 77 页。

焦湖庙有柏枕，或云玉枕，枕有小坼。时单父县人杨林为贾客，至庙祈求。庙巫谓曰："君欲好婚否？"林曰："幸甚。"巫即遣林近就枕边，因入坼中，遂见朱门琼室。有赵太尉在其中，即嫁女于林。生六子，皆为秘书郎。历数十年，并无思乡之志。忽如梦觉，犹在枕旁，林怆然久之。①

此故事未见先籍载录，内容新颖，可读性强且影响深远。其创作目的可能是道术之士为自神其能，把某些从前小说或传说中灵异事件发生的关键，说成是自身的法术。

巫可以沟通人神，《国语·楚语下》曰："巫觋，见鬼者。"这应该是此小说产生的思想基础。同时，它也受到魏晋及其之前幽明相通类小说的影响，譬如：

《列仙传·邗子传》：邗子者，自言蜀人也，好放犬子。时有犬走入山穴，邗子随入十余宿，行度数百里，上出山头，上有台殿宫府，轻松树森然。……②

《列异传》"蔡支"条：临淄蔡支者，为县吏。会奉书谒太守，忽迷路，至岱宗山下，见如城郭，遂入致书。……③

《搜神记》"崔少府墓"条：卢充者，范阳人，家西三十里，有崔少府墓，充年二十，先冬至一日，出宅西猎戏，见一獐，举弓而射，中之，獐倒，复起。充因逐之，不觉远，忽见道北一里许，高门瓦屋，四周有如府舍，不复见獐。……④

《搜神记》中还有一则"胡母班"⑤的故事，胡母班"忽于树间，逢一绛衣驺"，在其完成泰山府君的传书任务回泰山回复时，乃"扣树自称姓名"得以进入冥府。这一小说，已经在幽明之间设置了一个物质的门户，很像焦湖庙巫的枕头。这些小说中的凡人误入幽冥世界的情节，应该对道教术士或者说小说创作者有所启发。对"焦湖庙巫"的创作有更为直接影响的，可能还是来自于民间的"断疟"习俗。据《述异记》记载：

武康徐氏，宋太元中，病疟，连治不断。有人告之曰："可作数团饭，出道头，呼伤死人姓名，云：'为我断疟，今以此团与汝。'掷之径还，勿反顾也。"病者如言，乃呼晋故车骑将军沈充。须臾，有乘马导从而至，问："汝

① 李剑国辑校：《新辑搜神记》，中华书局 2007 年，第 53 页。
② 王叔岷：《列仙传校笺》，中华书局 2007 年，第 161 页。
③ 鲁迅：《古小说钩沉》，齐鲁书社 1997 年，第 90 页。
④ 汪绍楹校注：《搜神记》，中华书局 1979 年，第 203 页。
⑤ 汪绍楹校注：《搜神记》，中华书局 1979 年，第 44 — 45 页。

何人，而敢名官家？"因缚将去。举家寻觅经日，乃于冢侧丛棘下得之，绳犹在时，疟遂获瘥。①

此小说虽讲述"宋太元中"事，但此民间祛病之法当由来已久。文中"有人告之曰"之语即是让生人与幽冥之界相通的"法术"。前述"营陵道人"故事，道人所用之法也是断疟思想的效仿。

所以，"焦湖庙巫"之作者融合了古代巫觋的教职以及从前沟通幽冥的民俗和小说，将交通幽明的关键法术化、物质化为枕头，从而创作了一则新的小说。

2. 表现方士与官方矛盾的小说创作

《搜神记》中"左慈"、"于吉"、"介琰"、"徐光"、"钱小小"诸条的共同特点是，均写三国时期的方士和官方的矛盾。曹植《辩道论》曰："世有方士，吾王悉所招致，甘陵有甘始，庐江有左慈，阳城有郗俭。始能行气导引，慈晓房中之术，俭善辟谷，悉号数百岁。本所以集之于魏国者，诚恐斯人之徒，接奸诡以欺众，行妖慝以惑人，故聚而禁之。"② 曹丕《典论》："颍川郗俭能辟谷，饵伏苓。甘陵甘始亦善行气，老有少容。庐江左慈知补导之术，并为军吏。初，俭至之所，市伏苓，价暴数倍。议郎安平李覃学其辟谷，餐伏苓，饮寒水，中泄利，殆至殒命。后始来，众人无不鸱视狼顾，呼吸吐纳。军谋祭酒弘农董芬为之过差，气闭不通，良久乃苏。左慈到，又竞受其补导之术。至寺人严峻往从问受，阉竖真无事于斯术也。人之逐声，乃至于是。"③ 可以看出曹魏统治者对方士的态度是批判的，并采取了类似监禁的措施。孙吴统治者的态度与曹魏大抵相同，《三国志·孙策传》孙策评于吉曰："此子妖妄，能幻惑众心。"④ 统治者对方士群体的打压，必使方士有所怨恨而造小说以泄愤。

这几篇小说在内容上夸张得反映了官方和方士的矛盾，且均有贬低官方褒扬方士的倾向，含有很强的报复心理。如"于吉"条，写孙策杀于吉而后于吉现形致孙策"创皆崩裂，须臾而死"；"徐光"条，小写吴大将军孙琳杀徐光，后光现形而"俄而琳殊"。小说不避讳曹操、孙策等统治者之姓名，故按常理推测，应当产生于三国之后。

---

① 鲁迅：《古小说钩沉》，齐鲁书社1997年，第115页。
② 赵幼文：《曹植集校注》，人民文学出版社1984年，第186页。
③ 魏宏灿：《曹丕集校注》，安徽大学出版社2009年，第318—319页。
④ 《三国志》卷46《吴书·孙策传》，中华书局1964年，第1110页。

### （三）仙女降真故事的创作

《搜神记》"神化"故事中神女降真的故事为"董永"、"成公智琼"和"杜兰香"三条。成公智琼故事的原作者为谁？《艺文类聚》等类书中有关成公智琼的故事后还附有一《神女赋》，此赋的作者当即为"成公智琼"故事的作者，而各类书关于赋作者有张敏和张茂先（即张华）两种说法。① 今人对"张茂先"之说提出了质疑，先是汪绍楹曰"《艺文类聚》79 作晋张敏《神女赋》……疑《法苑珠林》误作张华"②；后李剑国撰文再证此故事乃晋人张敏所作。③ 张华和张敏皆为晋人，撇开作者的甄辨不谈，成公智琼故事让我们看到了晋人自创小说的事实。从小说文本内容看，作者所据材料也是接近当世的"魏济北国从事掾弦超"。另一则小说"杜兰香"为晋人曹毗据当时传闻进行的创作，证据更为明晰。《晋书》曰：

> 毗少好文籍，善属词赋。郡察孝廉，除郎中，蔡谟举为佐著作郎。父忧去职。服阕，迁句章令，征拜太学博士。时桂阳张硕为神女杜兰香所降，毗因以二篇诗嘲之，并续兰香歌诗十篇，甚有文采。有著《扬都赋》，亚于庾阐。④

从小说文本看，杜兰香降遇张硕发生在"建兴四年"，即晋愍帝司马邺时代，于曹毗而言确为"近世之事"了。小说以近世之人物作为主人公，使之具有了时代的新风貌；小说中明显增添的男女主人公的赠诗酬答，则是其文人创作的明证。

仙女故事的出现当然和道教的勃兴有很大关系，同时也可以看出这些小说对前代经典的借鉴和继承。人神相恋的故事，肇端于战国宋玉的《高唐赋》《神女赋》，后经曹植《洛神赋》等仿作渐成模式。其基本情节因素包括：

1. 恋爱者女方为"神"，男方为人；
2. 故事发生在男方梦中；

---

① 《艺文类聚》卷 79 引作"张敏《神女赋》"。《太平广记》卷 61 曰"张茂先为之赋神女，其序曰"，并注此说出自《集仙录》；《法苑珠林》卷 9 曰"张茂先为作《神女赋》"。
② 汪绍楹校注：《搜神记》，中华书局 1979 年，第 16 页。
③ 参见李剑国：《〈成公智琼〉〈杜兰香传〉和〈曹毗传〉考论》，载《古稗斗筲录——李剑国自选集》，南开大学出版社 2004 年，第 226 — 234 页。
④ 《晋书》卷 92《文苑列传·曹毗传》，中华书局 1974 年，第 2386 页。

3. 女神主动示爱，自荐枕席；

4. 女神因"人神道殊"含恨而别。

显然，《搜神记》中的神女降真类小说均继承了上述四大情节。同时，继承基础上的新变有三：一是男方身份由君王降格为普通的士子平民，神女的意义由对君王的锦上添花变为对平民的雪中送炭。这一变化或与道教的民间性和平民关怀有关。二是由真梦变为了"白日梦"。在张敏《神女赋》序言中，故意说弦超与智琼之事"非义起淫惑梦想"，更说明了宋玉《神女赋》中的梦对此故事的影响。三是"成公智琼"和"杜兰香"两则小说中女方离去后再次回归，作者创造了团圆的结局，明显带有道教的世俗色彩。

另外，还有一个不易察觉的变化，即女方身份的明晰化。宋玉《高唐赋》巫山之女还是中国传统原始宗教中的人物，难辨其是鬼还是神仙。《文选》宋玉《高唐赋》李善注引《襄阳耆旧传》曰："赤帝女曰姚姬，未行而卒，葬于巫山之阳，故曰巫山之女。楚怀王游于高唐，昼寝，梦见与神遇，自称是巫山之女，王因幸之。遂为置观于巫山之南，号为朝云。后至襄王时，复游高唐。"① 《文选》江淹《别赋》李善注引宋玉《高唐赋》所述神女之言云："我帝之季女，名曰瑶姬，未行而亡，封于巫山之台，精魂为草，实曰灵芝。"② 两条材料皆曰瑶姬为"帝"之女，却如常人般会死亡，可见其身份的模糊性。闻一多先生《高唐神女传说之分析》论证说"楚民族的高唐（阳）以先妣而兼神禖"③，则言高唐神女即为楚地祖先之鬼。

细读关于成公智琼故事的相关资料④，会发现魏晋之人高度关注智琼的身份，多次强调成公智琼为神仙而非鬼魅：

> 弦超为神女所降。论者以为神仙，或以为鬼魅，不可得正也。著作郎干宝以《周易》筮之，遇《颐》之《益》，以示同寮郎，郭璞曰："《颐》，贞吉，正以养身，雷动山下，气性唯新，变而之《益》。延寿永年，乘龙衔风，乃升于天：此仙人之卦也。"——《太平御览》卷728引《智琼传》。

---

① 《文选》，上海古籍出版社1986年，第875页。

② 《文选》，上海古籍出版社1986年，第754页。

③ 闻一多：《神话与诗》，天津古籍出版社2008年，第133页。

④ 李剑国辑校《新辑搜神记》"成公智琼"条网罗了各类书关于《智琼传》《神女赋序》和《神女赋》的内容，较汪本全备，详见此书第125—128页。下引三条皆出自《新辑搜神记》。

　　……甘露中，河间往来和京师者，颇说其事，闻之常以鬼魅之妖耳。……夫鬼魅之近人也，无不羸病损瘦，今义起平安无恙，而与神人饮燕寝处，纵情兼欲，岂不异哉！——《神女赋》序。

　　于是主人怃然而问之曰："尔岂是周之褒姒、齐之文姜，孽妇淫鬼，来自藏乎？倘亦汉之游女、江之娥皇，猒真伴，倦仙侍乎？"——《神女赋》。

葛洪也曾特意对神仙之"玉女"与"鬼"进行了区分性说明，其用意盖与讨论成公智琼身份者相同：

　　玉女常以黄玉为志，大如黍米，在鼻上。是真玉女也。无此志者，鬼试人而。——《抱朴子内篇·仙药》。

这种非常的关注，绝非真出于魏晋人的疑惑。恰恰反映了小说创作者在借鉴传统人鬼恋的同时，由于崇神避鬼心理作用而极力涤清鬼魅影响的创新意识。也更说明"成公智琼"故事相对于《高唐赋》，确是继承基础上的新变。

## 结语

鲁迅先生曾曰："小说亦如诗，至唐代而一变，虽尚不离于搜奇记逸，然叙述宛转，文辞华艳，与六朝之粗陈梗概者较，演进之迹甚明，而尤显者乃在是时则始有意为小说。"[1] 今天看来，此说当重新评估其公允性了。首先，从创作观念上看，《搜神记》"神化"小说的"改编型"和"创作型"，确是当时人在继承前人基础上创作出来的小说，创作意识已经明显强于从前。其次，从小说体式上，如"成公智琼"和"杜兰香"两则小说已经走出了"粗陈梗概"、"丛残小语"的体式，而具有了唐传奇委婉曲折、长篇叙写的韵致。

[作者简介] 张传东，山东大学文学与新闻传播学院博士研究生。导师：廖群。

---

① 鲁迅：《中国小说史略》，齐鲁书社1997年，第59页。

# 陶渊明对西王母的重塑与转化

### 李剑锋

陶渊明的精神根须是深深扎入上古神话的，他的诗文作品饱含对上古时代的憧憬之情。其最典型的表现之一就是创作了《读山海经十三首》，直接抒发对神话世界的惊奇、赞叹和感慨。

《山海经》记载到昆仑之神西王母，陶诗中不止一次涉及西王母。陶渊明对于蓬莱仙话似乎也不陌生。南朝梁僧慧皎的《高僧传》卷 10《晋上虞龙山史宗传》记述到三位未卜先知的神异法师，其中的"蓬莱道人"很可能是安期生一类的神仙，这则故事曾被署名陶潜撰的《搜神后记》所录。① 陶诗云："即事如已高，何必升华嵩。"又云："帝乡不可期。"② 可见，陶渊明对神仙世界的熟悉，对西王母的熟悉。陶渊明如何重新塑造神仙之祖西王母形象并从中吸取精神的营养、陶诗中的西王母是否与蓬莱仙道文化有关联等疑问是深有兴味和有待深入讨论的话题。

一

陶渊明《读山海经十三首》多次提到西王母：

　　玉台凌霞秀，王母怡妙颜。天地共俱生，不知几何年。灵化无穷已，馆宇非一山。高酣发新谣，宁效俗中言！（第二首）
　　翩翩三青鸟，毛色奇可怜。朝为王母使，暮归三危山。我欲因此鸟，具向王母言。在世无所须，惟酒与长年。（第五首）
　　粲粲三株树，寄生赤水阴。亭亭凌风桂，八幹共成林。灵凤抚云舞，神鸾调玉音。虽非世上宝，爱得王母心。（第七首）③

---

① 参见李剑锋：《陶渊明及其诗文渊源研究》，山东大学出版社 2005 年，第 260 — 266 页。

② （晋）陶渊明：《五月旦作和戴主簿》《归去来兮辞》，逯钦立校注：《陶渊明集》，中华书局 1979 年，第 53 页、第 161 页。

③ 逯钦立校注：《陶渊明集》，中华书局 1979 年，第 134 页、第 135 页、第 136 页。

这是陶诗中直接提到的，有三首。

另外，陶诗还有四首间接提到。《读山海经十三首》之三云："恨不及周穆，托乘一来游。"① 按，据《穆天子传》，周穆王曾西游昆仑会见西王母。《述酒》诗云："三趾显奇文。"古直注云："三趾，谓三足乌。司马相如《大人赋》：'吾乃今日见西王母，暠然白首戴胜而穴处兮，亦幸有三足乌为之使。'成公绥《乌赋》：'有昆山之奇类，体殊形而三趾，凌西极以翱翔，为王母之所使。'"② 可见《述酒》里的三足乌是西王母的使者。《述酒》诗又云："峨峨西岭内，偃息常所亲。"古直注："西岭，指昆仑山，以其在西，故称西岭。……'西岭''偃息'，亦谓亲近西王母耳。《拟古九首》之四："迢迢百尺楼，分明望四荒。"古直注引《尔雅·释地》："觚竹、北户、西王母、日下，谓之四荒。"西王母所居为"四荒"之一。《连雨独饮》："世间有松乔，于今定何间。"古直引刘向《列仙传》云："赤松子，神农时雨师，服水玉，至昆仑山，常止西王母石室，仙去。"曹操《气出唱》云："遨游八极。乃到昆仑之山，西王母侧，神仙金止玉亭。来者为谁，赤松王乔。乃德旋之门，乐共饮食到黄昏。"③ 可知赤松子是与西王母交往频繁的神仙。

由此可见，陶渊明对西王母充满着浓厚的兴趣，西王母是引发诗人审美情感的神话女神。

## 二

西王母本为西方原始部族，陶诗"四荒"中的"西王母"还是用这个意义。陶渊明感兴趣的显然不是部族，而是作为这个部族神话形象代表的西王母。但陶渊明所理解的西王母与《山海经》实际所记有所不同。袁珂曾考察有关西王母神话的记叙，见于《山海经》的共有三处：

最先为《大荒西经》："西海之南，流沙之滨，赤水之后，黑水之前，有大山，名曰昆仑之丘。有神——人面，虎身，文尾，皆白——处之。其下有

---

① 逯钦立校注：《陶渊明集》，中华书局 1979 年，第 134 页。

② 古直：《重定陶渊明诗笺》未刊稿影印稿，原件藏广东省博物馆。下文所引古直注皆据此本，不再注出。

③ 《曹操集》，中华书局 1959 年，第 2 页。

弱水之渊环之，其外有炎火之山，投物辄然。有人戴胜，虎齿，豹尾，穴处，名曰西王母。此山万物尽有。"为穴居蛮人酋长之状。稍后为《西次三经》："玉山，是西王母所居也。西王母其状如人，豹尾虎齿而善啸，蓬发戴胜，是司天之厉及五残。"乃增其狞猛之气，升天而为神矣。再后为此经（剑锋按：指《海内北经》："西王母梯几而戴胜仗，其南有三青鸟，为王母取食。在昆仑虚北。"）……其形固未大易也。所微不同者，已刊略其"豹尾虎齿"等犷悍之状写，而著以"梯几"之描绘，几为古时年老而有德才者之所凭，则此处之西王母，实又俨然具有王者之风，可以与《穆天子传》所写相通矣。①

要之，《山海经》中的西王母居住昆仑神山、玉山等处，住所应有尽有，形象狰狞可怖，是"天之厉及五残"的凶神，不明性别，有三青鸟为之取食。陶渊明虽自白"好读书，不求甚解"，但读西王母相关内容还是读得很仔细。如他注意到了西王母既住在昆仑山，又居住在玉山，《穆天子传》云："乃纪名迹于弇山之石，……曰西王母之山。"② 陶渊明可能还注意到西王母居住"弇山"。古直注陶诗云："然则西王母虽居昆仑之宫，亦自有离宫别窟、游息之处，不专一山也。"故陶诗云西王母"馆宇非一山"。西王母的使者三青鸟，《山海经》在写西王母的时候并没有提到它住在三危山。而《西山经》曰："三危山，三青鸟居之。"郭璞注："三青鸟主为西王母取食者，别自栖息于此山也。"③ 可见，陶渊明爱屋及乌，连西王母的三青鸟也格外留意。所以，对于《山海经》中西王母的狰狞可怖，陶渊明不可能注意不到，但陶渊明却视而不见，舍弃了这种形象，把西王母想象成美丽的女神。按，"妙颜"犹言美妙容颜。如《汉书·孝武李夫人传》记李延年妹"妙丽善舞"④，《乐府诗集》引吴均《续齐谐记》"王敬伯"条所记少女"雅有容色"，名字叫"刘妙容"，又"清溪小姑"条云小姑："年可十八九许，容色绝妙。"萧衍《戏作诗》云："宓妃生洛浦，游女出汉阳。妖闲逾下蔡，神妙绝高唐。"⑤

在《读山海经十三首》中，第一首是序言，交代"泛览周王传，流观山海图"时的读书心情，没有写到《山海经》中的具体神人和事物，从第二首才开始

① 袁珂：《山海经校注》，巴蜀书社 1993 年，第 358 页。
② （晋）郭璞注：《穆天子传》，中华书局 1985 年，第 16 页。
③ 袁珂：《山海经校注》，巴蜀书社 1993 年，第 64 页。
④ 《汉书》卷 97 上《外戚传上》，中华书局 1962 年，第 3951 页。
⑤ 逯钦立辑校：《先秦汉魏晋南北朝诗》，中华书局 1983 年，第 1127、1372、1535 页。

写对具体神人和事物的感叹，而首先感叹的是西王母，仿佛西王母是《山海经》中众神的元尊，可见陶渊明对西王母的敬爱之情。通读《山海经》，我们发现西王母在《山海经》中并不是最尊贵的神，最尊贵的神是"帝"，绝大多数情况指的是黄帝，也指其他天帝。《汉书·司马相如列传》颜师古注云："昔之谈者咸以西王母为仙灵之最。"① 这一点显然与西王母在《山海经》中的地位不符合，实际说得是汉魏六朝时期的情况，而不是针对《山海经》。也就是说，陶渊明读《山海经》关注西王母并非直接起因于《山海经》中的西王母形象，而是受了当代关于西王母认识视野的影响。郭璞《山海经图赞》赞西王母曰："天帝之女，蓬发虎颜。穆王执贽，赋诗交欢。韵外之事，难以具言。"② 这更接近《山海经》和《穆天子传》所述，与陶渊明所理解的美丽女神形象多有不同。美丽女神的形象显然不是来自《山海经》，而是另有所自。这与《穆天子传》和汉代以来的西王母信仰中的西王母形象密切相关。

古直注陶诗引《庄子·大宗师》曰："夫道有情有信，未有天地，自古以固存，……西王母得之，坐乎少广，莫知其始，莫知其终。"又引《释文》云："西王母与上元夫人降帝，美容貌，神仙人也。"按，《释文》所引乃据《汉武帝内传》文字。《汉武帝内传》所记西王母的形象为美丽女神："可年三十许，修短得中，天姿掩蔼，容颜绝世。"③ 《四库全书总目》该书提要论证云："其文排偶华丽，与王嘉《拾遗记》、陶弘景《真诰体格》相同。……其殆魏、晋间文士所为乎？"④ 钱熙祚《守山阁丛书·汉武帝内传校勘记》、周中孚《郑堂读书记》卷66赞同之。日本学者小南一郎在《中国的神话传说与古小说·〈汉武帝内传〉的形成》中分析指出《汉武帝内传》与上清派道士之间有密切关系，台湾学者李丰懋进而论证《汉武帝内传》乃是东晋末年上清派道士王灵期所造。⑤ 今人李剑国《唐前志怪小说史》第三章则以为"可能是东汉末至曹魏间作品"⑥。由此推测，《汉武帝内传》乃汉末魏晋间作品，陶渊明即使没有读到它，也应具有该作品写作时代关于西王母形象的接受视野，即提到西王母神，脑子中关于她的形象首先不是豹尾虎齿之凶神，而是美丽窈窕的女神。

---

① 《汉书》卷57下《司马相如传》，中华书局1962年，第2598页。
② 周明初校注：《山海经》附录，浙江古籍出版社2011年。
③ 《汉武帝内传》，（宋）李昉等编《太平广记》卷3，民国景明嘉靖谈恺刻本。
④ （清）永瑢等：《四库全书总目》卷142，清乾隆武英殿刻本。
⑤ 李丰楙：《六朝隋唐仙道类小说研究》，学生书局1986年。
⑥ 李剑国：《唐前志怪小说史》（修订本），天津教育出版社2005年，第199页。

从汉代到六朝，西王母逐渐脱离半人半兽形象，退化为一法力巨大、影响无边的美丽女神。对此，茅盾、袁珂等学者已经多有论析。① 如茅盾认为"西王母的神话之演化，是经过了三个时期的。在中国的原始神话中，西王母是半人半兽的神。……到了战国，已经有些演化了，所以《淮南子》公然说'羿请不死之药于西王母'，而假定可算是战国时人所作的《穆天子传》也就不说西王母的异相而能与穆王歌谣和答了。我们从《淮南子》的一句'不死之药'，可以想见西王母的演化到汉初已是从凶神（司天之厉及五残）而变为'有不死之药'的吉神及仙人了。这可说是第一期的演化。汉武求神仙，招致方士的时候，西王母的演化便进了第二期。于是从'不死之药'上化出'桃'来；据《汉武故事》的叙述，大概当时颇有以西王母的桃子代表了次等的不死之药的意义，所以说西王母拒绝了武帝请求不死之药，却给他'三千年一著子'的桃子。这可算是第二期的演化。及至魏晋间，就把西王母完全铺张成为群仙的领袖，并且是'年可三十许'的丽人，又在三青鸟之外，生出了董双成等一班侍女来。这是西王母神话的最后演化。西王母神话的修改增饰，至此已告完成，然而也就完全剥落了中国原始神话的气味而成为道教的传说了。"② 《晋书·张骏传》录马岌《上言宜立西王母祠》曰："酒泉南山，即昆仑之体也。周穆王见西王母，乐而忘归，即谓此山。此山有石室玉堂，珠玑镂饰，焕若神宫。宜立西王母祠，以裨朝廷无疆之福。"③ 可见晋代西王母信仰之一斑。除《汉武帝内传》写到西王母女神形象外，《洞冥记》《汉武帝故事》等也写到时人所传西王母降真故事，虽然没有写到面部容貌，但就其描写文字足可想象非为狰狞畏兽。如前者云：

> 汉武帝使董谒，乘浪霞之辇以升坛。候王母，王母至，与宴，歌奏《春归》之乐，谒乃闻王母歌声，而不见其形；歌声绕梁三匝，乃上旁梁，草树枝叶皆动，歌之感也。④

---

① 参见茅盾：《中国神话的演变与解释》，以及袁珂：《中国神话史》，上海文艺出版社1988年，第50页。

② 王锺陵主编：《二十世纪中国文学史论文精粹·神话卷》，河北教育出版社2000年，第17页。

③ 《晋书》卷86《张骏传》，中华书局1974年，第2240页。

④ （汉）郭宪：《洞冥记》，据（宋）李昉等编《太平御览》卷572，四部丛刊三编景宋本。按，明董斯张《广博物志》卷33引作《述异记》。

这里虽然没有写西王母如何美丽，但从歌声优美动听来判断，只能是美丽女神，绝不会是狰狞之神。陶渊明接受了这一点，但更看重她的脱俗高雅。

当然，陶渊明在诗歌中把西王母想象成"妙颜"女神还与《穆天子传》所写西王母有密切关系。《穆天子传》云："天子觞西王母于瑶池之上，西王母为天子谣曰：'白云在天，山〔陵〕自出。道里悠远，山川间之。将子无死，尚能复来。'"① 西王母宴请周穆王颇有王者风范，但陶渊明更感兴趣的怕还是饮酒、赋诗和长生。所以其诗曰："高酣发新谣，宁效俗中言"，"在世无所须，惟酒与长年"。

要之，陶诗借读《山海经》的名义所咏叹的西王母却不全是该书中西王母的真实形象，而是受到时风左右下对于西王母形象先见的无形制约，茅盾所云魏晋时期"道教的传说"和《穆天子传》的描述起了关键作用。

## 三

需要特别指出的是，陶诗中"怡妙颜"的西王母形象除了道教和《穆天子传》的直接影响，还深隐着蓬莱仙道文化的影子。

《山海经》所记西王母属于昆仑山神话系统，至战国中后期，"方仙道"盛行②，昆仑山神话系统与蓬莱神话系统逐渐合并成为统一的神话系统，汉魏晋南北朝时期，两个体系中的神仙互相来往，表现出仙界一体化的倾向。如：班彪《览海赋》想象海中神仙云："松乔坐于东序，王母处于西箱。"③ 山地神仙安然在海中修道。葛洪《神仙传》卷3《王远传》记麻姑案行蓬莱，而与麻姑交往密切的王远常在昆仑山，所到之处，"山海之神皆来拜谒"④。吴均《续齐谐记》记载一黄雀化为黄衣童子云："我王母使臣，昔使蓬莱"⑤，又其《览古诗》云："安期反蓬莱，王母还昆仑。"⑥ 将昆仑西王母、蓬莱安期生并举，显示了两个地域神仙的密切关系。根据六朝时托名东方朔撰的《十洲记》等，西王母曾经向汉武帝陈说十洲之事，西王母自然已经熟知蓬莱等海中仙界，原来做过西王母侍从的东方朔

---

① （晋）郭璞注：《穆天子传》，中华书局1985年，第15页。
② 《史记》卷28《封禅书》，中华书局1959年，第1368页。
③ （唐）欧阳询编、汪绍楹校：《艺文类聚》卷8，上海古籍出版社1999年，第152页。
④ 胡守为校释：《神仙传校释》，中华书局2010年，第96页。
⑤ （南朝梁）吴均：《续齐谐记》，明顾氏文房小说本。
⑥ 逯钦立辑校：《先秦汉魏晋南北朝诗》，中华书局1983年，第1747页。

对十洲三岛如数家珍。可以说,到陶渊明的时代,西王母已经走出封闭的山地神话世界,与蓬莱海洋神仙世界建立起友好往来的联系。

汉魏以来,西王母和随从仙女的美丽动人、身上的珠光宝气以及饮食的非同寻常等都闪烁着东夷海洋文化奇异华丽的色彩和世俗生活的奢望。如汉扬雄《羽猎赋》称建章宫中:"泰液象海水,周流方丈、瀛洲、蓬莱。游观侈靡,穷妙极丽。"① 晋王嘉《拾遗记》卷10"蓬莱山"一则以近四百字的篇幅描绘了一个自足于人世之外的华贵神仙世界,与昆仑山地神话的朴质率直相比,蓬莱仙话有浓郁的大海气息,恢弘飘渺,富丽堂皇,世俗享乐的意味更加浓厚,凡人奢望的物产更加丰富和奇异,如云蓬莱山中有国"以金、银、仓环、水精、火藻为阶","有葭,红色,可以编为席,温柔如虿毳焉"②,神异奇丽至极;至于蓬莱仙境的饮馔,其奇异丰富也非《山海经》简单记述的"不死药"可以比拟,我很怀疑西王母钟爱的桃子是受了蓬莱仙人安期生钟爱的大枣的影响而诞生的。蓬莱仙境的神异物产远胜人间贵族的浮华奢侈之物,"可以看作蓬莱神话日益成熟的重要表现"。③《汉武帝内传》《汉武帝故事》等小说中西王母现身人间时的华丽排场、对世俗充满诱惑的饮宴享受等显然不是《山海经》昆仑神话的突出特点,而带有海上方士向人间夸耀神仙生活的鲜明色彩,也就是说西王母已经是濡染上海洋仙道文化色彩的神话人物形象,日益成为道教化、世俗化的传说形象了。再看西王母的美丽,也是海滨方士编制的仙话。《史记》《汉书》和《搜神记》等载齐国方士李少翁言能致武帝宠妃之神,"乃夜施帷帐,明灯烛,而令帝居他帐,遥望之。见美女居帐中,如李夫人之状,还幄坐而步,又不得就视。帝愈益悲感,为作诗曰:'是耶?非耶?立而望之,偏娜娜,何冉冉其来迟!'"④ 可望而不可即,可想而不可有,这个被魔术般幻化出来的美丽夫人形象自然是"神"的形象。《汉武帝内传》说仙女王子登乃"西王母紫兰宫玉女,常传使命,往来扶桑,出入灵州。"⑤ 扶桑、灵州乃泛指神仙世界,即托名东方朔撰《十洲记》所述祖洲、瀛洲、玄洲、

---

① 费振刚、胡双宝、宗明华辑校:《全汉赋》,北京大学出版社1993年,第186页。

② (晋)王嘉著、(南朝梁)萧绮录、齐治平校注:《拾遗记》,中华书局1981年,第223页。

③ 关于蓬莱仙话的奇异华丽特点可参看拙文《论蓬莱仙话对魏晋南北朝文学的影响》的相关论述,《鲁东大学学报》2013年第1期。

④ 汪绍楹校注:《搜神记》,中华书局1979年,第25页。"偏娜娜,何冉冉其来迟"原标点为"偏,娜娜何冉冉其来迟"。

⑤ 《汉武帝内传》,(宋)李昉等编《太平广记》卷3,民国景明嘉靖谈恺刻本。

炎洲、长洲、元洲、流洲、生洲、凤麟洲、聚窟洲等十洲和昆仑、方丈、蓬丘（即蓬莱）、沧海、扶桑等五岛等仙界，这位西王母使者"美丽非常"，令武帝见了惊愕不已，她的美丽和足迹已经光临过蓬莱仙境，染上了海滨方士幻想的色彩。西王母也是神的形象，其道教化、世俗化的美丽自然也是齐国方士李少翁之类或者受他们影响的文士幻化出来的新特点，是海洋仙道文化的产物。西王母形象的道教化、世俗化必须置于昆仑山神话系统和海洋神话系统融合的发展历程中加以审视，也就是说，西王母的世俗化形象受到蓬莱神话为代表的海洋仙道文化的无形浸润。陶渊明心目中的西王母既然不是《山海经》中山地女神的原貌，而是世俗化、生活化的神仙形象，那么这个西王母（尤其是她的美丽特点）难免就有了海洋文化的仙气。

陶渊明接受了世俗信仰把西王母想象成美丽女神的观念，保留了他脱俗的容色和神异，至于世俗信仰的庸俗化内容，陶诗却舍弃了。比如，陶渊明对西王母的敬爱不是宗教徒式的顶礼膜拜。面对如此一位美丽高雅的女神，如果像俗人（比如小说中的汉武帝）那样一味顶礼膜拜，为了追求长生，失去自我尊严，对于诗人来说真是大煞风景。因为对陶渊明而言，顺任自然是人生根本，让他舍弃饮酒等人生乐趣，去做神仙的奴仆，正像朋友刘柴桑让他舍弃妻儿老小去孤隐、做佛的奴仆一样，他是不会愿意的。陶渊明的叔父陶淡崇信道术，而陶渊明似乎与他没有交往。苏轼《书陶淡传》云："《晋史·隐逸传》：陶淡字处静，太尉侃之孙也。父夏，以无行被废。淡幼孤，好导养之术，谓仙道可祈。年十五六，便服食绝谷。不娶。家累千金，僮客百数，淡了不营问。好读《易》，善卜筮。于长沙临湖山中结庐居之，养一白鹿以自随。人有候之者，辄移渡涧水，莫得近。州举秀才，淡遂逃罗县埠山中，不知所终。陶士行诸子皆凶暴，不独夏也，而诸孙中乃有淡，曾孙中乃有潜。潜集中乃有仲德、敬通之流，皆隐约有行义，又皆贫困，何也？淡高逸如此，近类得道，与潜近亲，而潜无一言及之，此又未喻也。"① 史料中不见陶渊明与陶淡交往，苏轼于此感到困惑，但联系陶渊明理性清明、依恋人伦、不迷信虚妄神仙、不追求孤隐弃俗来看，他对陶淡的追求是持保留态度的。此可以旁证陶渊明对西王母不会秉持宗教信仰态度。又如，道教信仰有服用西王母符之事，陶渊明也不会迷信。《太平御览》卷738引谢绰《宋拾遗记》云："宋悫表曰：'臣昔贫贱时尝疾病，家人为臣斋，勤苦七日。臣尝夜梦，见一童子，青

① （宋）苏轼著、（清）王文浩辑注，孔凡礼点校：《苏轼文集》第五册，中华书局1986年，2047页。

衣，持缣广数寸与臣。臣问之，"用此何为？"答曰："西王母符也，可服之。"服竟便觉，一二日病差。'①陶渊明对于长年感兴趣，但对于信仰中可以获取长年的数术则未必感兴趣。此外，陶渊明对于蓬莱仙话的奢华享乐色彩也没有多大的兴趣。由此，我们也可以明白，陶渊明接受世俗化的西王母信仰是有保留态度的，他感兴趣的只是与自己兴趣相合、富有审美意味和人生兴味的因素，他关注的是仙界的奇异拔俗，如王母的歌声、三青鸟的"可怜"、得到王母欢心的"灵凤""神鸾"，借以表现的是脱俗的志趣、天真的心灵。

陶渊明敬仰西王母，但不迷信西王母。若迷信，则陶诗就变成降真诗之类的仙道宗教诗了。如北魏仙道《老子化胡歌》云：

> 我身西化时，登上华岳山。举目看昆仑，须弥了了悬。矫翼履清虚，倏忽到西天。但见西王母，严驾欲东旋。玉女数万千，姿容甚丽妍。天姿绝端严，齐执皇灵书。诵读仙圣经，养我同时妹。将我入天庭，皇老东向坐，身体皦然明。授我仙圣道，接度天下贤。②

这里不见自我，但见神仙，主要是宗教宣扬，罕见情趣表达，与审美相距甚远。陶渊明喜欢女神西王母，但不亵渎女神。若有亵渎意味，则陶诗写女神可能不是艳情诗就是类似宫体诗了。陶诗中的西王母不是被膜拜的神仙，更不是充满欲望的俗人，她饱含着作者的高雅情趣，是基于世俗信仰形象基础上的审美再创造。

一句话，陶渊明《读山海经》虽然明言为读《山海经》而作，但实在有些文不对题；诗中的西王母并非完全合乎所读《山海经》的原始形象，而是受到时风影响重新塑造的一位美丽女神的形象，质言之，即受到战国以来包括蓬莱仙道文化在内的海洋仙话的影响，具有了浓郁的世俗色彩。陶渊明虽未明言对于海洋仙话的兴趣，但实质上已经在无意中受到海洋仙道文化的浸润。陶渊明对西王母的基本态度是敬爱，只敬不爱则倾向于宗教化崇拜，只爱不敬则流于世俗化的亵渎，惟又敬又爱才可能成为审美的对象。

---

① （宋）李昉等编：《太平御览》，四部丛刊三编景宋本。斋，《太平御览》原字不清，又似"齐"。

② 逯钦立辑校：《先秦汉魏晋南北朝诗》，中华书局1983年，第2248页。

# 四

陶渊明对女神西王母既敬又爱的态度影响了他心中的理想女性形象。心中存此女神形象，既尊重之，又喜爱之，才可能产生《闲情赋》中爱情女性的形象：

> 夫何瑰逸之令姿，独旷世以秀群；表倾城之艳色，期有德以传闻。佩鸣玉以比洁，齐幽兰以争芬；淡柔情于俗内，负雅志于高云。悲晨曦之易夕，感人生之长勤。同一尽于百年，何欢寡而愁殷！褰朱帏而正坐，泛清瑟以自欣。送纤指之余好，攘皓袖之缤纷。瞬美目以流眄，含言笑而不分。曲调将半，景落西轩。悲商叩林，白云依山。仰睇天路，俯促鸣弦。神仪妩媚，举止详妍。激清音以感余，愿接膝以交言。欲自往以结誓，惧冒礼之为諐。待凤鸟以致辞，恐他人之我先。意惶惑而靡宁，魂须臾而九迁。①

《闲情赋序》虽然自白该赋创作是受了张衡《定情赋》、蔡邕《静情赋》等同类赋作的影响，但对待女性美的倾慕上与曹植《洛神赋》更接近，即都是尊重、敬仰与爱恋倾慕相结合。也就是说，陶渊明对待现实中的恋爱对象的态度与曹植面对神女的态度十分相似，与凡人抱了功利目的的宗教敬畏不同（如《搜神记》所载西王母弟子智琼、兰香降幸凡俗青年男子时，用"纳我荣五族，逆我致祸灾"，"从我与福俱，嫌我与祸会"相威吓，②而男子也只好因畏惧而敬从），与贵族名士轻佻的风流举动也不同（如《世说新语·赏誉》刘孝标注引《江左名士传》所载谢鲲因调戏邻女被打伤门齿后放言"犹不废我啸歌"③）。以陶渊明诗文中所写到的女性形象类比，陶渊明对待恋爱对象的态度与对待女神西王母的态度更接近，只是前者爱、敬交融，后者敬笼罩爱。在《闲情赋》中的爱自然不必说，单说敬：如云："独旷世以秀群……佩鸣玉以比洁，齐幽兰以争芬；淡柔情于俗内，负雅志于高云。"作者欲接近她不是轻率地调戏，而是"欲自往以结誓，惧冒礼之为諐，待凤鸟以致辞，恐他人之我先"。这与托三青鸟向西王母请求"惟酒与

---

① 逯钦立校注：《陶渊明集》，中华书局1979年，第154页。下文所引《闲情赋》皆此版本，不再注出。

② 汪绍楹校注：《搜神记》，中华书局1979年，第15—17页。

③ 龚斌校释：《世说新语校释》，上海古籍出版社2011年，第925页。

长年"的审慎态度是一致的，唯恐因礼数不周而遭到拒绝。在本质上，《闲情赋》中诗人所爱恋的女性也是一位女神形象，是一位需要"青鸟殷勤为探看"的人间女神形象，需要爱也需要敬的女神形象。她不是西王母，却类似西王母，是神在人间的女儿。

溯源而求，我们发现西王母在演化过程中，其身份实际与洛神等美丽女神十分相似。日本学者小南一郎在《中国的神话传说与古小说》中深入细致地论证了西王母与织女之间的关系。认为西王母头上所戴之胜为织布机卷丝的工具，从而推论西王母的前身的神话性格就是织女："在《穆天子传》里，西王母自称为'帝女'，又织女也被认为是天孙。这样西王母与织女作为与天帝亲近的女子，在从事纺织劳作这一点上，其神话上的性格是有所重叠的。"① 西王母头上所戴之胜是否为织布机卷丝的工具还值得再讨论，但指出西王母与织女同为天帝子孙却是神话传说中的事实，只是她因为法力的巨大而比织女更尊贵一些。同样，《洛神赋》中的洛神宓妃也是神话帝王之一伏羲的女儿。《文选·上林赋》李善注引如淳曰："宓妃，伏羲氏女，溺死洛，遂为洛水之神。"② 《中山经》所记"帝之二女""常游于江渊"，郭璞注云："天帝之二女而处江为神也"。③ 刘向《列仙传》所记郑交甫所遇二位汉水游女，刘向不明汉水女神出身，她们倒很类似于"帝之二女"。清人汪绂等认为就是尧帝嫁给舜的娥皇、女英，即屈原《九歌》中的湘君、湘夫人。陶渊明《读山海经十三首》之十所咏叹的精卫也具有类似的身份经历。据《山海经·北山经》，精卫是炎帝之少女，名曰女娃。游于东海，溺而不反，故为精卫。从曹植的《洛神赋》来看，对待洛神、湘江女神、汉水女神、女娃、织女等这些具有高贵身份的女神，人们的基本情感态度是尊敬和亲近的。南朝乐府《神弦歌》中有《青溪小姑曲》云蒋山神之妹青溪女神："开门白水，侧近桥梁；小姑所居，独处无郎。"④ 可以佐证江南祠神也对青年女神尊而能怜。对于美丽无偶的女神（包括天帝女儿），人们总愿意给她找一位男性配偶，而这位配偶可以是神（如西王母的配偶神东王公），也可以是人（如牛郎），关键是看女神意愿如何。因此，作为男性的人也可以对女神表示爱慕，但人就是人，可以爱慕，但不能亵渎，这恰好是近代意义上的爱情所以产生的基础。西王母的帝女身份足

---

① ［日］小南一郎著、孙昌武译：《中国的神话传说与古小说》，中华书局 2006 年，第 62 页。

② 《文选》，上海古籍出版社 1986 年，第 375 页。

③ 袁珂：《山海经校注》，巴蜀书社 1993 年，第 216 页。

④ （宋）郭茂倩编：《乐府诗集》，中华书局 1979 年，第 685 页。

以让凡人保持敬重的态度，而她的美丽又令人喜爱，是一个令人敬爱的女神，是后世天帝女儿类女神的元祖神。

精神分析学家指出："在精神生活中，一旦形成了的东西就不再消失了；在某种程度上，一切都保存了下来，并在适当的时候……它还会出现。"① 这仿佛是古代的建筑，虽然不断成为历史遗迹，但高明的历史学家会从后来的古代建筑遗迹中发现更古的建筑的痕迹和影响。就是当今的建筑也无不留有古人的影子，比如"古罗马的遗迹都与文艺复兴以来经过几个世纪发展起来的大都市混杂在一起了。"② 北京故宫也不是清朝人的独创，那上面积累着清代以前不知多少代古典建筑的精华。既然已经形成的记忆就不会消亡，而且在适当的时候灵光闪现，那么文艺创作作为精神生活中最富于灵感特性的一种记忆再现形式，它所涉及的精神现象肯定关联着作家所曾经经历和看到的一切历史文化传统和时代生活等因素。也就是说，但凡优秀的作品都不是凭空产生的，而是作者精神记忆在当下触发中的集中闪现。依据精神分析学的理论，这些闪现里不仅有个人的意识和潜意识，而且有遥远的族类生活留给后代子孙的集体无意识，那些远古生活中带有重大意义的族类的共同生活经验也会以遗传的方式留存在人的大脑和神经里。优秀的作品不但是个人意识和无意识的审美再现，而且也是集体无意识的审美闪现。既然一切优秀的作品必然留有它诞生以前人类文化和生活的某些影子，细心的批评家经过仔细考索和耐心的品味当然也可以从中辨别出来。③

从对待女性的爱慕和尊敬态度上来说，陶渊明的《闲情赋》在精神上与《洛神赋》等对待神女的态度更接近，陶渊明对待爱情的态度保持了对待女神西王母的敬爱态度，是对待天帝女儿应有的基本态度。在爱情没有取得独立地位的宗法社会里，爱情需要有神话精神的浸润，不论是单纯的世俗欲望、宗教迷信，还是道家理性、儒教礼仪，都催生不了神圣而炽热的爱情。陶渊明《闲情赋》爱情的文化源头只能从他对待神话的态度上寻找，而女神西王母恰好是一个典型的神话原型，是她照亮了他心中理想的女性形象，使之变得清晰纯美、可敬而又可爱起来。只是与《洛神赋》等神女赋不同，陶渊明去掉了神话的外衣，把恋爱的女神直接变为世间的理想女性，但对这理想女性的态度却仍然像对待女神一样既爱慕

---

① ［瑞士］西格蒙德·弗洛伊德著，傅雅芳、郝冬瑾译《文明及其缺憾》，安徽文艺出版社1987年，第7—8页。

② ［瑞士］西格蒙德·弗洛伊德著，傅雅芳、郝冬瑾译《文明及其缺憾》，安徽文艺出版社1987年，第8页。

③ 参拙著《陶渊明及其渊源研究》序言，山东大学出版社2005年。

又尊重，而这恰好表明了《闲情赋》的爱情精神与人神恋精神的贯通，是对以西王母为源头的美丽女神情感的现实转化。

［作者简介］李剑锋，山东沂水人，山东大学文学与新闻传播学院教授，博士生导师。本文为山东省社科规划项目"现代陶渊明接受史"（14CWJ19）相关研究成果。

# 魏晋南北朝诗歌中的蓬莱意象研究

王　敏

　　魏晋南北朝在社会割据混战、政权更迭不断、各种矛盾加剧的大背景下，文化却显示出高度的繁荣。儒释道的融合使思想呈现多元化的发展趋势，人的个体意识开始觉醒，并且各种文体都得到极大的发展和完善，开始进入"文学自觉"的时代。特别是在诗歌方面，五言诗发展成熟，七言诗和乐府诗同样得到了蓬勃发展，近体诗也开始萌芽。诗歌的繁荣，一方面发展了"诗言志"的文化传统，文人士子多用诗歌来感发抒怀，另一方面也使得入诗的意象不断扩大。意象的使用总是与作者的思想情怀相关联，并与当时的社会文化相触发。"蓬莱"意象在魏晋南北朝诗歌中，有其独特的社会内涵。

## 一、蓬莱意象的审美背景

　　谈及魏晋南北朝时期诗歌中的蓬莱意象，首先要了解当时文人的思想观念和生活状态。政治上的军阀混战、统治阶级内部政权更迭频繁而至民不聊生等因素造成了人们生命意识的觉醒，这主要表现在对生的渴求、对死亡的恐惧以及在乱世中建功立业的理想等方面；同时艰难的政治处境滋生了文人渴望保障生命安全和人格自由的精神需求。在当时文化相对开放的环境中，士族文人的基本取向就是淡化以忠君为核心的纲常理念，追求艺术化、个性化的人生。诸多新的文化因素互相影响、交相渗透，促进了"蓬莱"仙道文化的蓬勃发展。

### （一）"神仙"思潮弥漫

　　魏晋南北朝时期，神仙思想大行其道。段玉裁《说文解字注》对神和仙的解释分别是"神，天神，引出万物者也。""仙，长生仙去。老而不死曰仙。仙，迁也，迁入山也。"可见神和仙是不同的。神生而为神，是万物之根本，是掌管一切、创造一切的存在，是人不可达到的境界；而仙在山中，人可以通过修炼长生不死，羽化登仙。葛洪《抱朴子内篇·论仙篇》称人成仙有三种情况："上士举形升虚，谓之天仙；中士游于名山，谓之地仙；下士先死后蜕，谓之尸解仙。"①魏晋南北朝时期神仙道教的主要思想就是追求修炼成仙，因此，此时道教也可称作"仙教"。以葛洪为代表的方士对仙的阐述更加促进了仙的"人化"和"世俗化"，如"夫求长生，修至道，诀在于志，不在于富贵也。"②"仙人或升天，或住地，要于俱长生，去留各从其所好耳。又服还丹金液之法，若且欲留在世间者，但服半剂而录其半。若后求升天，便尽服之。"③"餐朝霞之沆瀣，吸玄黄之醇精，饮则玉醴金浆，食则翠芝朱英，居则瑶堂瑰室，行则逍遥太清。"④ 修炼要有坚定的意志，而不在于富贵，并且修炼成仙后，去留也可随心所欲，这无疑给社会中下层人民以莫大的鼓舞。成仙可以超越生死，超越人世间的种种束缚，到达极乐世界，实现精神和肉体的绝对自由。蓬莱作为仙境，环境璀艳，仙人遍布，生活富丽自由，仙人与仙人、鸟兽之间和谐相处，这都使其成为人所向往之地。

随着神仙思潮的发展成熟，"神仙"也成为士人群体谈论的重要内容。并且许多名士也进行了修仙实践，追求长生之风一时弥漫魏晋社会。"神仙"一词也成为魏晋南北朝时期形容士人经常使用的词语，以表现他们的非凡相貌和气度。以此为基础，蓬莱作为神仙居住之所走入文人的视野之中。

### （二）道教与玄学盛行

秦汉时期对于长生的追求和神仙的信仰就已延伸至整个社会，人们对宗教狂热追寻，文学中也出现了大量神仙、仙境、长寿无穷的内容，如汉乐府游仙诗《王子乔》《陇西行》和《郊祀歌》十九章等。到魏晋南北朝时期，神仙方术思想更加形成一股潮流，长期的社会动荡也为道教提供了成长的沃土。道教以神仙思想为基础和核心，广泛吸取原始宗教、神话传说、诸子学说等，融汇形成了系统的宗教思想体系，追求长生不死、得道成仙成为其根本宗旨。他们鼓吹世界上神仙实有，相信人可以通过修炼得道成仙，加大了整个社会对神仙的信仰力度。此时，玄学也以老庄哲学为基础，蓬勃发展起来。嵇康、阮籍、向秀等玄学名家不断涌现，形成一股强大的异端潮流。他们宣扬"越名教而任自然"、"非汤武而薄周孔"、"礼岂为我辈设耶"等，反对纲常礼教的束缚，重清谈，探讨人的自我意识与精神境界，放浪形骸，以精神的自由来弥补现实黑暗腐朽带来的苦难；并且

---

① 顾久译注：《抱朴子内篇全译》，贵州人民出版社1995年，第43页。
② 顾久译注：《抱朴子内篇全译》，贵州人民出版社1995年，第36页。
③ 顾久译注：《抱朴子内篇全译》，贵州人民出版社1995年，第75页。
④ 顾久译注：《抱朴子内篇全译》，贵州人民出版社1995年，第74页。

对神仙持肯定态度，如嵇康有语曰"夫神仙虽不目见，然记籍所载，前史所传，较而论之，其有必矣!"① 道教与玄学的融合，加之文学自觉时代的到来，大量以蓬莱仙境为意象的作品出现。

"既服膺道家哲学，以为人生信条；又信奉道教仙学，以为生命寄托。由此隐逸同时追求长生，修道兼得遁栖山林，两者联袂而进，这在中国古代很长一段时间内成为士人理想的生活方式。"② 在"神仙"思潮弥漫、道教发展成熟、"玄学"盛行的背景下，文学迅速沾染上新的时代气息，蓬莱作为仙山和仙境的代名词，随之成为魏晋南北朝诗歌中的重要意象。

## 二、蓬莱信仰对文人士子的影响

"蓬莱"二字最早现于《山海经》："蓬莱山在海中"③，郭璞解释说，在蓬莱山"上有仙人宫室，皆以金玉为之，鸟兽尽白，望之如云，在勃海中也。"④ 蓬莱，古时又称蓬岛、蓬丘、蓬台、蓬壶，瀛洲与方丈也是蓬莱三仙岛之一，通常我们认为都是蓬莱意象的代表，是虚无缥缈的令人神往的仙境。蓬莱仙境信仰的形成经历了漫长的过程。先民对自然的崇拜，方士、帝王将相的推动，道教文化的传播，儒家思想的渗透，佛教的融合等，促使蓬莱信仰发展成熟。例如，秦始皇相信只要找到蓬莱仙境就能永生不死，"于是遣徐市发童男女数千人，入海求仙人。"⑤《史记·封禅书》记曰："始皇自以为至海上而恐不及矣，使人乃赍童男女入海求之。船交海中，皆以风为解，曰未能至，望见之焉。"⑥ 汉武帝时期建造建章宫，《史记·封禅书》载："其北治大池，渐台高二十余丈，命曰泰液池，中有蓬莱、方丈、瀛洲、壶梁，象海中神山龟鱼之属。"⑦《三国志·吴书》载："二年春正月，魏作合肥新城。诏立都讲祭酒，以教学诸子。遣将军卫温、诸葛直将甲士万人，浮海求夷洲及亶洲。亶洲在海中，长老传言秦始皇帝遣方士徐福将童男童女数千人入海，求蓬莱神山及仙药，止此洲不还。世相承有数万家，其上人民。

---

① 韩格平：《竹林七贤诗文全集译注》，吉林文史出版社 1997 年，第 395 页。
② 汪涌豪、俞灏敏：《中国游仙文化》，复旦大学出版社 1997 年，第 163 页。
③ 袁珂：《山海经校注》，上海古籍出版社 1980 年，第 325 页。
④ 袁珂：《山海经校注》，上海古籍出版社 1980 年，第 325 页。
⑤《史记》卷 6《秦始皇本纪》，中华书局 1959 年，第 247 页。
⑥《史记》卷 28《封禅书》，中华书局 1959 年，第 441 页。
⑦《史记》卷 28《封禅书》，中华书局 1959 年，第 482 页。

时有至会稽货布，会稽东县人海行，亦有遭风流移至亶洲者。所在绝远，卒不可得至，但得夷洲数千人还。"① 由此可见，帝王的求仙活动一直在延续。社会上层的行为指引给了中下层人民莫大的感发，他们更加需要这种神仙思想来安慰贫苦的生活，神仙的日益平民化一定程度上助长了民间的求仙之风。压抑苦闷的现实与自由欢乐的蓬莱仙境形成了强烈的对比，仙界无拘无束，生活和乐富足，这给在封建统治桎梏之下的社会中下层人民以喘息的机会。艰难的政治环境促使文人士子寻找精神自由的突破口，道家神仙长生与玄学结合，更多的文人便将自己的生命理想寄托于蓬莱仙境，注重个体生命的自由与放达，促进了以个体的长生、自由愉悦为宗旨的神仙说在社会上的流行，以至于魏晋名士注重精神的修养与自由，"修形以保神，安心以全身"②。

这种蓬莱信仰渗透到文人士子的日常行为之中，便是服食以求长生。此时道教宣扬神仙可以通过学习修炼习得，这极大地鼓舞了文人士子的修仙实践。他们企图通过求仙求药的行动，实现不死成仙的美好愿望。葛洪《抱朴子内篇·论仙篇》载："若夫仙人，以药物养身，以术数延命，使内疾不生，外患不入，虽久视不死，而旧身不改，苟有其道，无以为难也。"③ 神仙之所以长生，是因为他们靠药物术数实现长生不老，并且修道求生要注重修养道德。《抱朴子内篇·金丹篇》云："夫金丹之为物，烧之愈久，变化愈妙。黄金入火，百炼不消，埋之，毕天不朽。服此二物，炼人身体，故能令人不老不死。"④ 当时服食的除了金丹，还有石芝、寒食散、草药等。服食以求长生之风的盛行，表达了时人对生命的强烈关注。竹林七贤之一的嵇康就热衷服食。他曾著《养生论》探讨养生长寿之法，还与道士孙登在山中服食修炼，而孙登是被收入《神仙传》的人物。嵇康说："饵术黄精，令人久寿，意甚信之。"⑤ 嵇康钟情于长生之术，所以有学者认为嵇康与神仙道教有着直接联系。王羲之也好服食，"又与道士许迈共修服食，采药石不远千里，遍游东中诸郡，穷诸名山，泛沧海，叹曰："我卒当以乐死。"⑥ 吴均的《采药大布山诗》也描写了采药求仙的生活。服食长生之气主要聚集在士人阶层，蓬莱信仰对修仙炼丹等行为的影响愈演愈烈，于是向蓬莱求仙求长生的主题自然而

---

① 《三国志》卷 47《吴书·吴主传》，中华书局 1982 年，第 1136 页。
② 韩格平：《竹林七贤诗文全集译注》，吉林文史出版社 1997 年，第 395 页。
③ 顾久译注：《抱朴子内篇全译》，贵州人民出版社 1995 年，第 22 页。
④ 顾久译注：《抱朴子内篇全译》，贵州人民出版社 1995 年，第 85 页。
⑤ 《晋书》卷 49《阮籍传》，中华书局 1974 年，第 1371 页。
⑥ 《晋书》卷 80《王羲之传》，中华书局 1974 年，第 2101 页。

然地反映在了文学作品中。

蓬莱信仰既加速了士人对精神自由的追寻，也促使了他们服食求仙的实践。同时扩大了诗歌题材，更多诗歌开始转向对蓬莱仙境的描写追寻，表达羡仙、求仙、游仙等时代意识，昭示神仙志趣及借蓬莱意象抒发感慨、寄托胸臆、参道明理等。

## 三、蓬莱意象的审美价值和主题分析

笔者据逯钦立辑校《先秦汉魏晋南北朝诗》统计，魏晋南北朝时期涉及蓬莱意象的诗歌近 50 首。蓬莱意象的运用也有不同的审美价值和主题内涵，具体可从以下三点进行分析。

### （一）表现列仙之趣

蓬莱居仙人，充满着神秘而浪漫的色彩。纵观中国历史，逍遥绮丽的仙界对人一直有不可阻挡的吸引力。魏晋时期的文人士子总体上疏远政治，加之神仙道教大肆宣扬神仙实有、修炼能致，形成了一种炼丹求仙的社会风气和追求长生永寿的神仙信仰。这股风气反映到文学作品中，便是对仙境的歌咏描绘及对神仙生活的叙写，表达对仙境的追寻。而蓬莱作为仙境的一个文化符号，也被反复吟唱。

1. 刻画蓬莱仙境，昭示神仙之乐。仙境之所以吸引人，在于其景色的秀丽缥缈，神仙众人的享乐和谐，宫殿居所的富丽堂皇等，这些都是对现实的超越。诗歌中对绚烂璀炯、水木清华的蓬莱仙境和上下飘举、自由融洽的仙界生活的描绘如同梦境一般。郭璞的《游仙诗十四首》其六，"高浪驾蓬莱。神仙排云出。但见金银台。陵阳挹丹溜。容成挥玉杯。姮娥扬妙音。洪崖颔其颐。升降随长烟。飘飘戏九垓。奇龄迈五龙。千岁方婴孩。"诸句写诗人想象驾高浪到达蓬莱，神仙云出，金银为台，景色繁盛。仙人容颜如孩童，飘摇嬉闹，所唱妙音在耳畔萦绕，置身于如画景中，喜不自禁。

阴铿的《赋咏得神仙诗》对神仙自由美好的生活作了细致描绘：

> 罗浮银是殿，瀛洲玉作堂。朝游云暂起，夕饵菊恒香。聊持履成燕，戏以石为羊。洪厓与松子，乘羽就周王。

诗中神仙所居蓬莱是银殿玉堂，他们朝游彩云、夕餐菊花，还拥有"持履成燕"、"以石为羊"的神奇法术，如此美景，如此生活，怎不教人日思夜想？

东晋道士杨羲的《梦蓬莱四真人作诗四首》写诗人梦中行至蓬莱，蓬莱仙公洛广休正待真仙张诱世、石庆安、许玉斧、丁玮宁。四人来到之后各作诗一篇，以见府君。四首诗都极尽铺陈蓬莱仙境之华丽，如"灵山造太霞。竖严绝霄峰。""紫云构灵宫。香烟何郁郁。""漱濯沧流清。遥观蓬莱间。屹屹冲霄冥。五芝被绛岩。四阶植琳琼。纷纷灵华散。晃晃焕神庭。"美景之外是仙人生活的自由无拘束和他们之间关系和谐，"离世四人用。何时共解带。有怀披襟友。欣欣高晨会。""相携四宾人。东朝桑林公。广休年虽前。壮气何蒙蒙。""弱冠石庆安。未肯崇尊贤。嘲笑蓬莱公。呼此广休前。"其乐融融。

这些美景与生活的描绘，无疑给处在水深火热中的人们以希望，美好而浪漫，诱导凡夫俗子修炼道教，长寿成仙。此时出现的描写蓬莱的诗歌大肆渲染其景之秀，其仙之乐，神仙境界中有现实生活中少有的富丽秀美，纯洁安和。文人士子通过丰富的想象塑造了一个奇谲瑰丽的蓬莱仙境。

2. 表达对仙界、长生等的企慕和向往。如此俊美的神仙世界成为了士族文人的精神寄托，通过歌咏蓬莱仙境，表现他们对于仙界的渴望和羡求。例如曹操的《气出倡》中"东到蓬莱山。上之天之门。王阙下引见得入。赤松相对。四面顾望。视正焜煌。开王心正兴其气。百道至。传告无穷。闭其口但当爱气。寿万年。""愿得神之人。乘驾云车。骖驾白鹿。上到天之门。来赐神之药。跪受之敬神齐。当如此道自来。"诸句写诗人幻想驾六龙、乘风云而行至蓬莱山，到达天之门，遇到赤松仙人，得长生之药。呈现在我们眼前的蓬莱仙境，一派焜煌璀璨、神光缭绕的壮丽气象，充满令人顶礼膜拜的神异特征。通过吟咏神仙生活，作者的向往企慕之情溢于言表。这首诗歌也充满了浓郁的道家思想，"百道至，传告无穷。闭其口但当爱气，寿万年"体现了道家的修炼之法，"道自来"体现出了曹操对道的理解。

曹植的《平陵东行》体现出对长生的追寻和浓郁的超现实主义浪漫色彩：

> 阊阖开，天衢通，被我羽衣乘飞龙。乘飞龙，与仙期，东上蓬莱采灵芝。灵芝采之可服食，年若王父无终极。

诗人披羽衣乘飞龙，与仙人会合，去到蓬莱山采取灵芝，服用后若王父一般长寿无极。他的《升天行》其一体现出对仙境的无限憧憬：

> 乘蹻追术士，远之蓬莱山。灵液飞素波，兰桂上参天。玄豹游其下，翔

鸥戏其巅。乘风忽登举，仿佛见众仙。

诗人想象着自己驾乘蹻之术远游蓬莱，置身于灵液飞溅、兰桂参天、玄豹闲游、翔鸥嬉戏等美景中，仿佛冥冥之中见到了众仙人，企盼自己也能生活在如此仙界之中。

### （二）借蓬莱意象言志抒怀

建安时期，士人由汉末崇尚隐逸的心态变为积极进取；而正始时期，士人出仕的积极性则被削弱；两晋南北朝时期，社会动荡的局面使得文人无心为政，更加转向文学创作。以蓬莱意象抒怀的游仙诗，也表现为不同的内容。

1. 表达自己摆脱世俗，淡泊隐逸的志向。如阮籍的《咏怀诗八十二首》其七十三：

> 横术有奇士，黄骏服其箱。朝起瀛洲野，日夕宿明光。再抚四海外，羽翼自飞扬。去置世上事，岂足愁我肠。一去长离绝，千岁复相望。

诗歌描写横术奇士驾车自由遨游，朝起瀛洲，夕宿明光。但这种游历似乎还因某种约束而不能尽兴，于是又展翅羽翼到四海之外，过完全自由的生活。诗人的遨游以远离尘世为目的，世俗之事如何能使我惆怅？游离而去，自由自在才是最好的归宿，诗人不愿被压抑苦难的尘世羁绊，追求无拘无束之隐逸人生。又如郭璞《游仙诗》其一：

> 京华游侠窟，山林隐遁栖。朱门何足荣，未若托蓬莱。临源挹清波，陵冈掇丹荑。灵溪可潜盘，安事登云梯。漆园有傲吏，莱氏有逸妻。进则保龙见，退为触藩羝。高蹈风尘外，长揖谢夷齐。

这首诗中，诗人开头就点明"山林隐遁栖"，表达了对"临源挹清波，陵冈掇丹荑"这样隐逸超脱生活的企盼。接下来说灵溪足可以隐世，何必要成仙呢？又引用古代贤人的事例：庄周曾经自比为宁愿在泥塘中生活也不愿意登上庙堂的灵龟，老莱子的妻子宁愿贫苦隐逸也不愿他接受楚王出仕之请。诗人以庄周、老莱子自比，表达了自己的孤傲隐逸立场。"进则"两句，表达了诗人深深的忧虑：如果出仕，则可能抱负施展，风光无限，但也可能犹触藩的羚羊，身陷困境。诗的最后两句，则是直接表达了诗人摆脱世俗的羁绊，高蹈遁世、栖逸山林的愿望。

2. 表达对自己政治理想抱负不得实现的悲愤与无奈，以及对建功立业的渴望。如曹植的《远游篇》：

> 远游临四海，俯仰观洪波。大鱼若曲陵，承浪相经过。灵鳌戴方丈，神岳俨嵯峨。仙人翔其隅，玉女戏其阿。琼蕊可疗饥，仰首吸朝霞。昆仑本吾宅，中州非我家。将归谒东父，一举超流沙。鼓翼舞时风，长啸激清歌。金石固易敝，日月同光华。齐年与天地，万乘安足多。

曹植的游仙诗大多作于其生命的后期阶段，心怀邦国，但理想却无法实现，深痛大功未竟，去日苦多，只能归栖于自己塑造的精神田园之中，借助道家求仙来调和安慰自己苦闷的灵魂。诗歌中诗人远游四海，看到了嵯峨的方丈山。仙人玉女自由飞翔嬉闹，食琼蕊，饮朝霞。忽然之间，诗人顿悟，"昆仑本吾宅，中州非我家"，想离开黑暗现实社会的愤懑之情跃然纸上。最后诗人舞风啸歌，与日月同光，与天地齐寿。曹植还是没有脱离世俗，所以他希望与天地同寿，盼望君王有朝一日能发现自己的治世才干，实现建功立业的理想。

鲍照的《白云诗》也是激愤于现实，借远游蓬莱抒发失志之悲：

> 探灵喜解骨，测化善腾天。情高不恋俗，厌世乐寻仙。炼金宿明馆，屑玉止瑶渊。凤歌出林阙，龙驾戾蓬山。凌崖采三露，攀鸿戏五烟。昭昭景临霞，汤汤风媚泉。命娥双月际，要媛两星间。飞虹眺卷河，泛雾弄轻弦。笛声谢广宾，神道不复传。一逐白云去，千龄犹未旋。

诗歌"情高不恋俗。厌世乐寻仙"两句表达了寻仙的原因。厌世是因为在豪门世族的压抑下，像诗人这种出身低微的寒士要靠自己的才能实现抱负几乎是不可能的。虽然后来进入仕途，也是艰难度日，不被重用。诗歌接下来是对蓬莱仙境的描写，逍遥自由，欢乐无极。诗人实质上是借蓬瀛仙境来抒发对门阀制度的种种不满和抗争，以及希望自己能够一展宏图，实现人生抱负。

### （三）参道明理，表现玄思理趣，人生感悟

在玄学道教渗透的背景下，文人也借助蓬莱意象来表达老庄玄理，或抒写自己的人生感悟。

曹操的《秋胡行》其二游至蓬莱仙山，探索了生命存在的意义与价值：

愿登泰华山，神人共远游。愿登泰华山，神人共远游。经历昆仑山，到蓬莱。飘飘八极，与神人俱。思得神药，万岁为期。歌以言志，愿登泰华山。（一解）天地何长久，人道居之短。天地何长久。人道居之短。世言伯阳，殊不知老。赤松王乔，亦云得道。得之未闻，庶以寿考。歌以言志，天地何长久。（二解）明明日月光，何所不光昭。明明日月光，何所不光昭。二仪合圣化，贵者独人不。万国率土，莫非王臣。仁义为名，礼乐为荣。歌以言志，明明日月光。（三解）四时更逝去，昼夜以成岁。四时更逝去，昼夜以成岁。大人先天，而天弗违。不戚年往，世忧不治。存亡有命，虑之为蚩。歌以言志，四时更逝去。（四解）戚戚欲何念，欢笑意所之。戚戚欲何念，欢笑意所之。壮盛智惠，殊不再来。爱时进趣，将以惠谁。泛泛放逸，亦同何为。歌以言志，戚戚欲何念。（五解）

诗歌一解写至蓬莱得神药，万寿无疆。二解中揭示时光如梭，人生短暂的道理。三解中"万国率土。莫非王臣。仁义为名。礼乐为荣"探讨仁义礼乐对于统治的重要性。"不戚年往。忧世不治。存亡有命"是诗人对于生命的独特感悟，人存于世，就要遵守自然规律，人各有天命。这首诗歌借蓬莱游仙表达出自己对于人生自然等事物的独特理解。

阮籍的《咏怀诗八十二首》其二十八更是用四海开若花、瀛洲长扶桑开头，借绚烂的蓬莱仙境对玄理作尽情的阐释：

若花耀四海，扶桑翳瀛洲。日月经天涂，明暗不相雠。穷达自有常，得失又何求。岂效路上童，携手共遨游。阴阳有变化，谁云沉不浮。朱鳖跃飞泉，夜飞过吴洲。俯仰运天地，再抚四海流。系累名利场，驽骏同一辀。岂若遗耳目，升遐去殷忧。

自古明暗不等同，穷达也自有常，那么又怎么能那么在乎得失呢？阴阳有变化，浮沉可交替，天地万物自有其运行的规律。因此人更不能被名利所羁绊，要追求精神的自由。

嵇康的《琴歌》借乘风憩瀛洲，表达了自己齐万物，与道逍遥的见解与精神追求。

凌扶摇兮憩瀛洲，要列子兮为好仇。餐沆瀣兮带朝霞，眇翩翩兮薄天游。

齐万物兮超自得，委性命兮任去留。

庾信的《道士步虚词十首》其一也是对蓬莱的向往，并且传播道教思想：

　　浑成空教立，元始正图开。赤玉灵文下，朱陵真气来。中天九龙馆，倒景八风台。云度弦歌响，星移空殿回。青衣上少室，童子向蓬莱。逍遥闻四会，倏忽度三灾。

"真气来"、"九龙馆"、"八风台""星移"等都是对神仙道教的描绘。蓬莱仙境可以"倏忽度三灾"，这是对道教度人远离灾难道义的阐释。

　　魏晋南北朝时期的诗人通过对蓬莱仙人、仙境、仙游等的描写，营造了一个神奇瑰丽的神仙世界。在此基础上，诗人们或通过奇异的想象展现一幅幅神幻缥缈的仙境图画，或淋漓尽致地表现他们对于远离凡俗的仙人生活的向往，或借蓬莱意象言志抒怀，或阐发他们对于哲理玄思的理解，蓬莱这一意象被赋予了更丰富的意义，并且对后世游仙诗的发展产生了深远的影响。魏晋游仙文学也以其独特的表现手法和丰富的思想内涵，成为我国文学史上的重要组成部分。

［作者简介］王敏，硕士研究生，鲁东大学文学院。导师：刘焕阳。

# 略论蓬莱仙话在中国古典文学中的流变

鞠 岩 刘珊珊

仙话是中国仙道文化的产物，经过道教对原始神话的改造利用，以长生不死、得道成仙、快乐自由为宗旨。蓬莱仙话是中国仙话的主体，是以蓬莱仙岛为中心，关于长生不老、修仙成仙的仙话。发源于东部沿海地区的蓬莱仙话与发源于西部高原的昆仑神话共同构成中国神话的两大系统①。与肃穆神秘的昆仑神话相比，蓬莱仙话更加活泼有趣，更加深入人心，受民众喜爱。随着后世的不断演变以及道教的改造利用，其传播和影响范围不断扩大，并在中国古典文学作品中大放异彩。

## 一、蓬莱仙话探源

蓬莱是中国古代神仙故事中长寿、安乐、自由的仙境，是世人所向往的可以摆脱生老病死、摆脱尘世间一切烦扰痛苦的乐土，代表了普通民众乃至帝王将相心中的美好理想。蓬莱仙境的传说早在先秦时代就广为流传，蓬莱仙话的起源，与海洋有密切的关系。

一是"蓬莱山"的传说。"蓬莱"一词最早见于《山海经·海内北经》："蓬莱山在海中。"② 蓬莱是海上的仙山，山上有仙人，有金玉建成的宫室。早期传说中的蓬莱神秘莫测，可望而不可即。《列子·汤问》也有记载：

> 渤海之东，不知几亿万里，有大壑焉，实为无底之谷，其下无底，名曰归墟。八纮九野之水，天汉之流，莫不注之，而无增无减焉。其中有五山焉：一曰岱舆，二曰员峤，三曰方壶，四曰瀛洲，五曰蓬莱。其山高下周旋三万里，其顶平处九千里。山之中间相去七万里，以为邻居焉。其上台、观皆金玉，其上禽兽皆纯缟。珠玕之树皆丛生，华实皆有滋味，食之皆不老不死。所居之人皆仙圣之种；一日一夕飞相往来者，不可数焉。而五山之根无所连

---

① 参见顾颉刚：《〈庄子〉和〈楚辞〉中昆仑和蓬莱两个神话系统的融合》，《中华文史论丛》1979 年第 2 期。

② 袁珂：《山海经校注》，上海古籍出版社 1980 年，第 324 页。

着，常随潮波上下往还，不得暂峙焉。仙圣毒之，诉之于帝。帝恐流于西极，失群仙圣之居，乃命禺强使巨鳌十五举首而戴之。迭为三番，六万岁一交焉。五山始峙而不动。而龙伯之国有大人，举足不盈数步而暨五山之所，一钓而连六鳌，合负而趣，归其国，灼其骨以数焉。于是岱舆、员峤二山流于北极，沉于大海，仙圣之播迁者巨亿计。①

渤海之东有五座仙山——岱舆、员峤、方壶、瀛洲、蓬莱，由巨鳌背负，漂移不定。后来龙伯连钓六鳌，岱舆、员峤无所依靠，最终沉入大海。《史记·封禅书》中记载战国时期齐王、燕王求访蓬莱仙山的事迹，山上有仙人和不死药，但是仙山"未至，望之如云；及到，三神山及居水下。临之，风辄引去，终莫能至云。世主莫不甘心焉。"② 燕、齐沿海是三神山仙话的发源地，而活动于燕齐之地的方士及阴阳家后学成为蓬莱仙话的主要传播者和发展者。

二是"蜃楼"传说。沿海居民的生活与大海息息相关，他们对神秘的大海充满好奇、敬畏和崇拜。《梦溪笔谈·异事》云：

> 登州海中，时有云气如宫室、台观、城堞、人物、车马、冠盖，历历可见。谓之"海市"。或曰蛟蜃之气所为，疑不然也。欧阳文忠曾出使河朔，过高唐县，驿舍中夜有鬼神自空中过，车马、人畜声一一可辨，其说甚详，此不具纪。问本处父老，云二十年前尝昼过县，亦历历见人物，土人亦谓之"海市"，与登州所见大略相类也。③

古代先民无法对海市蜃楼做出合理的解释，于是他们运用丰富的想象和联想，将海中的景象进行物化，认为虚无缥缈的蜃楼即是隐藏在大海中的仙境。人们相信海外有仙山、山上有仙人，并加以想象和描绘，使海上仙山的传说越来越丰富多彩。

三是"大人"传说。《山海经》中说"大人"生活在东海：

> 在东海，两山夹丘，上有树木。一曰嗟丘，一曰百果所在，在尧葬东。

---

① 杨伯峻：《列子集释》，中华书局 1979 年，第 151 — 154 页。
② 《史记》卷 28《封禅书》，中华书局 2014 年，第 1648 页。
③ （宋）沈括：《梦溪笔谈》，上海书店出版社 2009 年，第 182 页。

大人国在其北，为人大，坐而削船。①

蓬莱山在海中。大人之市在海中。②

东海之外，大荒之中，有山名曰大言，日月所出。有波谷山者，有大人之国。有大人之市，名曰大人之堂。③

《淮南子》卷4《墬形训》中也记载了"大人国"，高诱注云："东南墟土，故人大也。"④ 也说明在东部沿海地区有"大人"的传说。许慎《说文解字》云："夷，东方之人也，从大从弓。"段玉裁《注》云："唯东夷从大，大，人也。夷俗仁，仁者寿，有君子不死之国。"⑤ 所以，"大人"极有可能就是对体貌高大的东夷人的虚构。

汉代以后，儒家思想成为中国封建王朝的统治思想，儒家主张入世，崇尚实用，"不语怪力乱神"，然而，中国的神话仙话传说并没有因此消亡，除了保存在零散的史料中，还有两种主要的保存方式：一种是将神话历史化，以史传文学的方式保存记载下来；另一种是神话与志怪结合，以志怪小说的形式演绎和流传。蓬莱仙话在中国古典文学作品中屡屡出现，从秦汉史传文学中记载的帝王求仙事迹，到魏晋南北朝时期志怪小说中对仙境和仙人的大胆想象和丰富描写，再到唐代的凡人修仙故事，以及唐以后的文人诗词，蓬莱仙境逐渐现实化，由远变近，由神秘莫测的仙境逐渐成为世人摆脱凡俗，达到长生、自由的理想世界；仙人也由遥不可及变为可遇可求；求仙者由帝王降到凡人。

## 二、先秦两汉史传文学中的蓬莱仙话

先秦两汉时期，蓬莱仙话主要存在于史传文学中，主要记载了帝王诸侯海外求仙的事迹。帝王的求仙活动也是后世文学作品中渲染蓬莱仙境的重要灵感来源。

战国时期，燕、齐两国的求仙活动《史记·封禅书》有所记载：

---

① 袁珂：《山海经校注》，第 252 页。
② 袁珂：《山海经校注》，第 324 — 325 页。
③ 袁珂：《山海经校注》，第 340 — 341 页。
④ 刘文典：《淮南鸿烈集解》，中华书局 1989 年，第 147 页。
⑤ （清）段玉裁：《说文解字注》，上海古籍出版社 1981 年，第 493 页。

自威、宣、燕昭，使人入海，求蓬莱、方丈、瀛洲。此三神山者，其传在渤海中，去人不远；患且至，则船风引而去。盖尝有至者，诸仙人及不死之药皆在焉。其物禽兽尽白，而黄金为宫阙。未至，望之如云，及到，三神山反居水下，临之，风辄引去，终莫能至云。世主莫不甘心焉。①

民间本来就有蓬莱仙境的传说，上层阶级热烈的求仙活动，以及方士的大肆渲染，更加激起了民众对仙山的关注，对仙山的描述也更丰富多彩，使得蓬莱更加神秘莫测、令人神往。

秦始皇为求长生，派徐福等人入海求仙，"始皇自以为至海上而恐不及矣，使人乃赍童男女入海求之。船交海中，皆以风为解，曰未能至，望见之焉。"② 但是秦始皇并没有访到仙人，后来，他引渭水为池，修建蓬、瀛二仙岛，以人工的方式，将传说中的蓬莱仙境搬到了现实的统治中。

汉武帝建造建章宫，"其北治大池，渐台高二十余丈，命曰太液池，中有蓬莱、方丈、瀛洲、壶梁，象海中神山龟鱼之属。"③《西都赋》与《西京赋》也有描写："滥瀛洲与方壶，蓬莱起乎中央"，"列瀛洲与方丈，夹蓬莱而骈列"。

但是，这些求仙活动无一例外全部以失败告终，帝王们没有找到仙山，没有访到仙人，更没有寻得不死之药。

人们逐渐认识到求仙无望，帝王的求仙活动几乎绝迹，蓬莱转而成为美丽、自由的理想乐土。人们将遥不可及的仙境搬到人间，以人工的方式修建起人间仙境。园林中"三山一水"的仙境模式即是人们寄托仙境信仰的一种载体。乾隆皇帝在《圆明园四十景·方壶胜境·诗序》中说："海上三神山，舟到风辄引去，徒妄语耳。要知金银为宫阙，亦何异人寰？即境即仙，自在我室，何事远求？此方壶所为寓名也。"帝王通过在园林中筑建蓬莱仙境，将原本不可触及的仙家世界纳入统治范围之内。隋炀帝曾在西苑中筑建蓬莱等仙岛；唐高宗曾将大明宫更名为"蓬莱宫"，唐玄宗命方士建造蓬壶；宋徽宗在苑池中建筑瀛洲、方丈；明清建有西苑三海，颐和园中的三个岛屿也都是"一池三山"的规制。

---

① 《史记》卷 28《封禅书》，第 1647 — 1648 页。
② 《史记》卷 28《封禅书》，第 1648 页。
③ 《史记》卷 28《封禅书》，第 1683 页。

## 三、魏晋南北朝游仙诗和志怪小说中的蓬莱仙话

魏晋南北朝时期，政权迭变，战乱频仍，民不聊生。士人思治世而不得，苟全性命于乱世，具有强烈的生命意识和忧患意识。在这样的背景下，儒家的入世思想开始动摇；佛家的轮回报应思想让人们寄希望于来世，人们仍无法解除现世的苦难。于是，崇尚自然、无为的黄老思想逐渐盛行，神仙术、长生之说在民间广为流传。而蓬莱仙境，则成为普通民众对海外仙境、仙人的信奉崇拜的寄托。一方面，蓬莱仙境成为士人逃离黑暗现实的精神避难所，在游仙诗中屡屡出现；另一方面，民间对仙境、仙人的信仰与流传已久的仙话故事以及前朝的帝王求仙故事融合到志怪小说中。

魏晋南北朝的游仙诗时常涉及蓬莱，例如：

> 志意在蓬莱。（曹操《精列》）
>
> 经历昆仑山，到蓬莱，飘飖八极。与神人俱，思得神药，万岁为期。（曹操《秋胡行》其二）
>
> 乘蹻追术士，远之蓬莱山。灵液飞素波，兰桂上参天。玄豹游其下，翔鹍戏其巅。乘风忽登举，仿佛见众仙。（曹植《升天行》其一）

蓬莱在建安诗人的笔下是长生不死的仙界，诗人对传说进一步想象、描绘，寄托着诗人对生命流逝的感伤和对长生仙界的向往。

到了郭璞笔下，蓬莱成为诗人胸臆的寄托，其《游仙诗》十四首之六云：

> 杂县寓鲁门，风暖将为灾。吞舟涌海底，高浪驾蓬莱。神仙排云出，但见金银台。陵阳挹丹溜，容成挥玉杯。姮娥扬妙音，洪崖颔其颐。升降随长烟，飘飖戏九垓。奇龄迈五龙，千岁方婴孩。燕昭无灵气，汉武非仙才。①

郭璞发挥恢弘的想象力，诗中描绘的蓬莱是异彩纷呈、美轮美奂的洞天福地，仙人云集、金玉满堂、长寿快乐，是士人心驰神往的精神天堂，其中寄寓的是怀才不遇、挣扎着逃离现实的士人情怀。

---

① 逯钦立辑校：《先秦汉魏晋南北朝诗》卷 11，中华书局 1983 年，第 866 页。

老庄之学的盛行，道教的迅速传播，仙道文化、长生之说在民间的广为流传，使得蓬莱传说在志怪小说中被描述得更丰富生动。

首先，运用文学手段对蓬莱仙境的描绘更加系统、具体形象。如《拾遗记·高辛》载：

> 三壶则海中三山也。一曰方壶，则方丈也；二曰蓬壶，则蓬莱也；三曰瀛洲也，形如壶器。形如壶器。此山上广、中狭、下方，皆如工制，犹华山之似削成。①

《海内十洲记》还有对仙山环境的详细描述：瀛洲"上生神芝仙草，又有玉石，高且千丈。出泉如酒，名之为醴泉，饮之，数升辄醉，令人长生"；方丈洲则"专是群龙所聚，有金玉琉璃之宫，三天司命所治之处"；蓬莱山被黑色的圆海环绕着，"无风而洪波万丈"②。仙境不再那么可遇不可求了，普通人或者误入仙境，或者被仙人引入仙境，看到了仙境环境和神仙生活。有固定的情节结构：海上遭遇风浪——偶然进入仙界，见到仙人，被赐仙药、仙食——重返人间，好乐仙道。这也成为唐代小说的主要题材。

第二，将原有的历史故事加以渲染，使之更具传奇性。《列仙传》将《史记》中安期生食枣的故事描绘得更丰满：

> 安期生者，琅琊阜乡人也。卖药于东海边，时人皆言'千岁翁'。秦始皇东游，请见，与语三日三夜，赐金璧度数千万。出于阜乡亭，皆置去。留书与赤玉鞋一双为报，曰：'后数年求我于蓬莱山。'始皇即遣使者徐福、卢生等数百人入海。未至蓬莱，辄遇风波而还。"③

更有《汉武故事》《汉武内传》等一系列以真实历史人物为原型的志怪小说，亦真亦幻。例如，《汉武故事》中对东方朔的一段演绎：

---

① （晋）王嘉著、王根林校点：《拾遗记》（外三种），上海古籍出版社 2012 年，第 13 页。

② （晋）张华著、王根林校点：《博物志》（外七种），上海古籍出版社 2012 年，第 105—109 页。

③ 王叔岷：《列仙传校笺》，中华书局 2007 年，第 70 页。

东君送一短人，长七八寸，衣冠具足。上疑其山精，常令在索上行。召东方朔问。朔至，呼短人曰："巨灵，汝何忽叛来？阿母还未？"短人不对，因指朔谓上曰："王母种桃，三千年一作子，此儿不良，已三过偷之矣。遂失王母意，故被谪来此。"上大惊，始知朔非世中人。①

再有继承先秦两汉的"大人"传说和史传文学中的帝王求仙故事，对秦始皇、汉武帝海外求仙故事加以渲染。如《拾遗记·秦始皇》载：

始皇好神仙之事，有宛渠之民，乘螺舟而至。舟形似螺，沉行海底，而水不浸入，一名"沦波舟"。其国人长十丈，编鸟兽之毛以蔽形。始皇与之语，及天地初开之时，了如亲睹。②

## 四、唐代笔记小说中的蓬莱仙话

"唐时佛道思想，遍布士流，故文学受其感化，篇什尤多。"③ 唐人小说中渗入了大量的道教元素，这与道教思想及仙道文化在唐朝的盛行有直接关系。唐代的道士更为世俗，他们出入宫廷，结交文人，走访民间，客观上促进了道教与神仙术的广泛传播。例如，刘肃《大唐新语》卷1《隐逸》"司马承祯"条，写司马承祯深受皇帝礼遇，"睿宗雅尚道教，稍加尊异，承祯方赴召。睿宗尝问阴阳术数之事"。④ 陈鸿《长恨歌传》中，临邛道士能"游神驭气，出天界没地府以求之"，可以到海上仙山去寻访杨妃；郑处诲《明皇杂录》写到玄宗向道士张果寻求返老还童之术，都可以反映出神仙道教的影响之广。

唐代小说对魏晋志怪小说进一步发展。第一，对仙人的描写更加细致、丰满、典型化，仙人谱系更加分明，男仙人多年老体健、器宇不凡，女仙人多容貌美丽、服饰华丽，例如《长恨歌传》中对杨太真的描写：

---

① （汉）刘歆著、王根林校点：《西京杂记》（外五种），上海古籍出版社2012年，第98页。

② （晋）王嘉著、王根林校点：《拾遗记》（外三种），第32页。

③ 汪辟疆：《唐人小说》，上海古籍出版社1978年，第48页。

④ （唐）刘肃：《大唐新语》，中华书局1984年，第158页。

> 冠金莲，披紫绡，珮红玉，曳凤舄。①

第二，蓬莱仙话更加现实化、平民化。仙境不再是巨鳌背负、飘忽不定的了，而像是富丽堂皇的人间宫殿，例如《广异记》中，描写盗贼袁晁之徒船遇海风，漂至慈心道人修炼的仙山：

> 有城壁，无色照曜。回舵就泊，见精舍，瑠璃为瓦，玳瑁为墙。……房中唯有胡猭子二十余枚，器物悉是黄金，无诸杂类。又有衾茵，亦甚炳焕，多是异蜀重锦。又有金城一所，余碎金成堆，不可胜数。②

仙人的日常如同上层阶级的高雅生活，如《博异志》中描写了诸仙君的一次夜间集会：

> 其殿东廊下，列玉女数百人，奏乐。白鹤孔雀，皆举翅动足，更应玄歌。……至申时，明月出矣，诸真君各为迎月诗。……赋诗罢，一真君乃命夜戏。须臾，童儿玉女三十余人，或坐空虚，或行海面，笙箫众乐，更唱迭和，有唱步虚歌者，数十百辈。③

第三，魏晋的志怪小说是以陈述者的身份来介绍蓬莱仙境，让读者感到仙境是凡人不可涉足的，只能远远观望。唐代小说则以亲身经历的主人公的身份描写仙境，推动故事发展。求仙活动的主体也逐渐由帝王变为普通人，多写普通人遇仙、修炼、成仙的故事。例如《博异志》记有白幽求亲临仙境的故事。白幽求"从新罗王子过海，夜遭风。与徒侣数十人为风所飘。南驰两日两夜"④，来到仙岛上，跟随朱衣人入水府，亲身经历了诸真君歌舞、赋诗等活动。

## 五、唐及后世诗文中的蓬莱仙话

在唐以后，关于三神山的传说渐渐销声匿迹。因为人们逐渐认识到海市蜃楼

---

① 汪辟疆：《唐人小说·长恨歌传》，第118页。
② （宋）李昉等编：《太平广记》卷39《慈心仙人》，中华书局1961年，第249页。
③ （宋）李昉等编：《太平广记》卷46《白幽求》，第286页。
④ （宋）李昉等编：《太平广记》卷46《白幽求》，第285页。

只是一种幻景，而传说中的海上仙山不过是海市蜃楼一样的幻象而已。例如元代于钦在《齐乘》卷1《沙门岛（海市附）》中对海市蜃楼加以解释：

> 盖海市常以春夏晴和之时，杲日初升，东风微作，云脚齐敷于海岛之上，海市必现，现则山林城郭，楼观旌幢，毡车驼鸟，衣冠人物，凡世间所有，象类万殊……呜呼神哉！然则《史》《汉》所称三神山，蓬莱、方丈、瀛洲，望之如云，未能至者、殆此类耳……且秦、汉入海方士，仅能往来于矶岛之间，偶见此异，慕之为仙，亦不为过。非若今人航海远泛黑水洋外，或飘荡岁月而后返，果有蓬莱仙山，何不闻也？斯言足破千古之惑矣。①

认为仙山的传说源于蜃楼景象，是解了"千古之惑"。

然而，虽然人们对海市蜃楼有了渐趋理性的认识，并认识到仙山、仙人只是传说，是不存在的。但是，人们的思想仍是浪漫的，人们不执著于成仙，但依然把蓬莱视为仙境，是人们厌倦凡世时所心驰神往的精神避难所，是人们对美好理想的寄托。蓬莱仙话不只在普通民众中广为流传，也被文人所接受。唐宋以后，除了戏曲小说外，蓬莱仙话更在诗词大放异彩。

一方面，逝者如斯，对生命的疑问始终是一个大的困扰，文人所生出的强烈的生命意识与逃避意识，催使他们向神仙道教寻求安慰，渴望得到长生。例如：

> 一从换仙骨，万里乘飞电。（刘长卿《自紫阳观至华阳洞宿侯尊师草堂简同游李延陵》）
>
> 白日与明月，昼夜尚不闲。况尔悠悠人，安得久世间。传闻海水上，乃有蓬莱山。玉树生绿叶，灵仙每登攀。一食驻玄发，再食留红颜。吾欲从此去，去之无时还。（李白《杂诗》）

另一方面，现实生活中诸多不如意，理想难以实现，转而追求精神层面的想象虚构中。例如：

> 吾闻三神山，恍恍银宫阙。便随长风去，发轫首溟渤。倘逢方平生，海底探明月。坐待清浅时，归来未华发。（方一夔《观兼山黄公河海图二首》其二

---

① （元）于钦著、刘敦愿等校释：《齐乘校释》，中华书局2012年，第61页。

《海》)

表达对朝廷偏安一隅，自己的报国理想难以实现，只好寄情山水的无奈。仙境中可以尽情享乐，没有世俗的纷扰，正是仕途中人所向往的摆脱俗务的乐园，也是还未入仕之人所假想的功成名就之后富足自由的理想国，总之，它带给文人以精神的自由和安宁，是文人想象中美好的世界，是文人的精神寄托。

此外，汉代时人曾称藏书之地为"蓬莱山"，《后汉书·窦章传》载："是时学者称东观为老氏藏室，道家蓬莱山。"[1] 后来，唐宋的三馆也常被称作"蓬莱"或"蓬山"。宋代对文士及馆阁之臣的重视，也让士大夫视馆阁为蓬莱仙境，每每在诗作中吟诵。例如：

晓趋蓬阁暮还家，坐览图书见海涯。（李至《至启伏以摇落九秋正怜残菊凄清四韵忽及弊庐》）

曾入翰林批凤尾，每瞻云气想蓬莱。（王庭珪《送王舍人赴明州过阙二首》其二）

隽游追幕府，高步集蓬莱。（曾巩《送郑州邵资政》）

## 六、结论

蓬莱仙话是中国古典文学作品中的重要主题。蓬莱仙话的传说广为流传，深受民众喜爱，因为仙境、仙人的传说寄托了上层阶级渴望长生不老、永享人间富贵的愿望，也寄托了下层民众能够摆脱疾病劳苦、获得快乐自由的愿望。所以，上有帝王求仙，下有民间祈福。人们想象的仙境越是美好，越表现出人们对现实的痛苦和不满，表现出人们对自由、幸福、安乐、长生的理想世界的向往。蓬莱仙话在古典文学作品中也经历了逐渐具体化、现实化的流变过程，从遥不可及、可遇不可求，到有机会进入仙境、见到仙人；从帝王大规模的海外求仙以失败告终，到普通人可以遇仙、成仙；从神秘莫测的传说到以现实为模本的仙境和仙人描写，蓬莱仙话越来越丰富、丰满，并在诗文中成为文人逃离现实，寄托精神理想的乐土。

---

① 《后汉书》卷23《窦章传》，中华书局1965年，第821—822页。

　　［作者简介］鞠岩，文学博士，中国海洋大学文学与新闻传播学院讲师，硕士生导师。刘珊珊，中国海洋大学文学与新闻传播学院中国古代文学专业硕士研究生。

# 蓬莱阁诗与仙道文化情结

## 洪树华

　　"蓬莱"一词为中国古代文人所青睐，它在中国古代诗文中出现的频率之高相当惊人。单就《文渊阁四库全书》集部检索获悉，就有5350条含"蓬莱"（其中有的一条含1次，有的含数次）。关于"蓬莱"，朱处约在《蓬莱阁记》中说："世传蓬莱、方丈、瀛洲，在海之中，皆神仙所居，人莫能及。其处其言，恍惚诡异，多出方士之说，难于取信。而登州所居之邑曰'蓬莱'，岂非秦汉之君东游以追其迹，意神仙果可求也？'蓬莱'不得见，而空名其邑曰'蓬莱'，使后传以为惑据。方士三山之说，大抵草木鸟兽神怪之名。又言仙者宫室伟大气序和平之状；餐其草木，则可以长生不死。长往之士，莫不欲到其境，而脱于无何有之乡。际海而望，翕然注想物外，不惑其说者有矣。"① 至于"蓬莱阁"，检索获悉《文渊阁四库全书》集部就有199条（含浙江绍兴的蓬莱阁）。山东半岛的蓬莱阁，据宋应昌《重修蓬莱阁记》说："按史，秦皇东游海上，登之罘，以冀与神仙遇。汉武时，燕、齐迂怪之士扼腕言：海上有蓬莱、方丈、瀛洲三神山之属，仙人可致。帝欣然，庶几遇之，即其地以望蓬莱，则蓬莱阁之名实防此焉。说者曰：兹名也，秦汉之侈心也。"② 又据陈钟盛《蓬莱阁记》说："夫蓬莱境界号称仙居，其说见于《山经》《水注》所记。载骚士韵客所托兴，不一而足。而是阁之构，乃以此名，其有慕而为之耶。抑将以形破影，以迹蹈空，使登此阁者悟蓬莱亦如此阁，不必更从阁外觅蓬莱耶。"③ 可以看出，蓬莱阁的命名与传说中的海上仙山蓬莱有关。中国古代文人骚客不乏歌咏蓬莱阁的诗篇。在这些歌咏蓬莱阁的诗篇中，有的是描写登阁观望美景，有的是歌咏眺望蓬莱仙岛的迷人景色，有的是歌咏海市蜃楼，等。本文拟从蓬莱阁诗篇入手，考察诗人的仙道文化情结，进而透视其中的文化心理。

---

① 蔡启伦等选注：《蓬莱阁诗文选注》，山东人民出版社1983年，第185页。
② 蔡启伦等选注：《蓬莱阁诗文选注》，山东人民出版社1983年，第190页。
③ 蔡启伦等选注：《蓬莱阁诗文选注》，山东人民出版社1983年，第207页。

# 一

笔者在翻阅资料时，无意之中看到了蔡启伦等选注的《蓬莱阁诗文选注》（山东人民出版社 1983 年），该选集共选注历代诗人、文人描写蓬莱阁的诗 154 首，文 21 篇。据宋协周介绍这些诗歌："其中品颂海市的十三首，陈述登州的十三首，描绘大海的二十六首，咏唱仙阁的五十四首，讴吟亭台、庵寺的三十二首，亨哦山岩、井泉的十三首。"① 另据该书选注者在《后记》中说："这些诗文选自有关专集、地方志和碑刻等。诗歌部分在编排上尽量按题材分类，如海市、登州、大海、楼阁、亭台、庵寺、井泉等。各类尽量按作者先后年代为序。……本书的选注工作，初由山东社会科学院语言文学研究所助理研究员蔡启伦同志主持，他搜集、查阅了大量资料，并注释了部分篇章。"②

细读这些诗歌，发现只有一小部分诗歌包含了对求仙长生的否定，如陈缵绪《登蓬莱阁观海》："一上重楼意自闲，凭栏西望石斓斑。俯临丹崖浑无磴，仰眺青旻疑可攀。学海几年窥三酉，求仙何处觅三山。古今多少荒唐事，尽付沧桑潮汐间。"③ 诗人在诗末直言"古今多少荒唐事"，包含了对求仙的否定。阮元《按试登州听海潮》末尾两句诗："人生不俗即仙骨，岂有大药真长生。"又如塞达《登蓬莱阁》："阁俯沧溟接混茫，相将词客兴飞扬。波涛今古吞元气，岛屿东西挂夕阳。仙圃几人求大药？孤根何处托扶桑？万流转识朝宗意，并倚危栏望帝乡。"上述两首诗中的"大药"是长生不老之药。可以看出，这两首诗歌的作者对长生不老药进行了质疑。吴家均《蓬莱阁诗四首》其四："隔断云山一万重，峰头顿失碧芙蓉。秦皇枉慕神仙术，海水茫茫何处踪。"作者在诗尾指出秦始皇"枉慕神仙术"，海水茫茫哪有仙人的踪迹。显然，作者对秦皇求仙作了质疑，否定了长生不老的思想。蔡永庄《题海潮庵壁》："华阁空明四望闲，朝霞日射五云斑。天低若有衢堪步，地绝疑无磴可攀。槛外沋寥通八极，座中缥缈识三山。荒唐秦汉求仙事，未许留传海岳间。"诗人直言秦始皇、汉武帝来蓬莱求仙事是很荒唐的。据笔者统计，《蓬莱阁诗文选注》共有 5 首诗涉及对求仙长生的否定。

---

① 蔡启伦等选注：《蓬莱阁诗文选注》序言，山东人民出版社 1983 年，第 4 页。
② 蔡启伦等选注：《蓬莱阁诗文选注》，山东人民出版社 1983 年，第 262 页。
③ 蔡启伦等选注：《蓬莱阁诗文选注》，山东人民出版社 1983 年，第 73 页。下文除特别注明外，其余引诗均出此书，不再一一注明。

　　然而,《蓬莱阁诗文选注》有相当一部分诗歌包含了求仙、慕仙的诗句,蕴含了诗人的仙道文化情结。如下表所列:

### 表一　隐含求仙、慕仙的诗句一览表

| 序号 | 诗　句 | 出　处 |
|---|---|---|
| 1 | 闻道仙人侣,安期到此游。……芝童终不返,惆怅望仙楼。 | 慕维德《登州杂诗·仙迹》 |
| 2 | 吕仙祠外避风亭,云烟飘缈风无声。中有人焉呼欲出,羡门齐楚安期生。 | 孙敕《七绝三首》其二 |
| 3 | 孤槎无客更犯入,三岛有仙常驻颜。 | 王廷相《海望》 |
| 4 | 秦皇汉武亦雄才,海上求仙竟不来。 | 王崇庆《海上二首》其二 |
| 5 | 秦皇古碣苔痕满,汉帝高台草色萋。 | 张作砺《望海岭》 |
| 6 | 的的群仙见,蓬壶不可攀。 | 施闰章《望海岭》 |
| 7 | 忽讶蓬莱仙灶火,丹成一粒海东红。(注:形容日出时满天红光) | 佚名《日升高阁》 |
| 8 | 莫道沧溟隔烟雨,蓬壶咫尺是仙宫。 | 廖腾煃《蓬莱阁》 |
| 9 | 呼吸通仙境,蓬瀛一望收。 | 甘国璧《蓬莱阁观海》 |
| 10 | 曾闻观海难为水,又说仙人海上多。 | 陈东光《登蓬莱阁》其二 |
| 11 | 蓬莱阁上起鸾笙,碣石云红峤气清。海水冥冥春又绿,至今无处问徐生。 | 吴维岳《登蓬莱阁六首绝句》其一 |
| 12 | 群山映带曙霞开,千尺巉岩水上台。仙驭有无春色里,长空云尽鸟飞回。 | 吴维岳《登蓬莱阁六首绝句》其二 |
| 13 | 万里晴空波蜃雾消,迎仙犹识汉皇桥。琼楼半倚空明上,日晚微风落洞箫。 | 吴维岳《登蓬莱阁六首绝句》其三 |
| 14 | 微茫气色闪金银,岛屿桃花细浪春。酒洽正临遗枣地,月明疑见弄珠人。 | 吴维岳《登蓬莱阁六首绝句》其五 |
| 15 | 绛节秋逢鸾鹤群,安期遗信欲相闻。袖中亦有千年枣,不羡瀛洲五色云。 | 王世贞《和吴峻伯蓬莱阁六首绝句》其三 |
| 16 | 君泛仙槎拟问津,我从东海学波臣。 | 王世贞《和吴峻伯蓬莱阁六首绝句》其六 |
| 17 | 若遇安期须乞枣,莫教秦帝石空驱。 | 王世懋《寄讯蓬莱阁》 |
| 18 | 等闲长啸东风外,可是蓬壶跨鹤翁? | 马思才《登蓬莱阁》 |
| 19 | 望里仙门真可接,空中龙势未全收。 | 彭舜龄《登蓬莱阁》 |
| 20 | 嵯峨丹阁倚丹崖,俯瞰瀛洲仙子家。 | 徐人凤《仙阁凌空》 |

| 序号 诗句出处 | 诗　　句 | 出　　处 |
|---|---|---|
| 21 | 一水自往还，三山时隐见。我欲往从之，浮槎去已远。 | 任璇《登蓬莱阁，观日月初出，莫可形状，信笔赋之，以抒己意云尔》 |
| 22 | 珠宫月出来仙驭，见阙波平奠巨鳌。 | 丁蕙《登蓬莱阁》 |
| 23 | 朱颜大药求难得，碧海青山境即仙。 | 崔应阶《登蓬莱阁二首》其一 |
| 24 | 二竺三山迷宿雾，神仙每隐水云乡。 | 李文潭《蓬莱阁下二首》其二 |
| 25 | 柳巷莎滩钓者居，蓬壶仙境古华胥。 | 吴家均《蓬莱阁诗四首》其一 |
| 26 | 几许鲛人泣得出，但凭仙吏袖将归。寻真穿洞芒鞋湿，采药攀藤竹杖违。 | 陈梦璧《寻幽珠玑岩饮甘泉》 |
| 27 | 成连移吾情，安期逝超忽。 | 施闰章《宿海潮庵》 |
| 28 | 信是神仙瀛岛住，炉中真火变丹成。 | 吴昶《宾日楼望日》 |
| 29 | 楼影空门里，门开望众仙。 | 李愿《望仙门》 |
| 30 | 悠哉蓬壶人，欲往寻不得。 | 喻成龙《同素林和尚铁营州钱幼青诸子历天成诸崖》 |
| 31 | 天空连积水，地尽接神山。 | 任璇《题海镜亭壁》 |
| 32 | 仙人丹灶知何在，分得烟云拥碧岑。 | 徐人凤《狮洞烟云》 |
| 33 | 当年若使秦皇见，不遣徐生海峤行。 | 徐人凤《神山现市》 |

从表上看，所列举 33 篇与"仙"字有关的诗句，显然这些诗人或多或少受了神仙论、道家或道教思想的影响。细看列举的诗句，值得读者注意的是：

（一）涉及古仙人名

有的古代作家迷恋古仙人，如孙敕《七绝三首》其二："吕仙祠外避风亭，云烟飘缈风无声。中有人焉呼欲出，羡门齐楚安期生。"王世贞《和吴峻伯蓬莱阁六首绝句》其三："绛节秋逢鸾鹤群，安期遣信欲相闻。袖中亦有千年枣，不羡瀛洲五色云。"王世懋《寄讯蓬莱阁》："若遇安期须乞枣，莫教秦帝石空驱。"又如施闰章《宿海潮庵》："成连移吾情，安期逝超忽。"上述诗中提及了羡门、安期生、成连等名字。羡门，据《史记·秦始皇本纪》记载："三十二年，始皇之碣石，使燕人卢生求羡门、高誓。"① 羡门、高誓，传说为碣石山上的两个仙人。安期生，即安期，秦汉间传说中的仙人，人称千岁翁，原是秦琅琊人，据《史记·

----

① 张大可注：《史记今注》（第 1 册），凤凰出版社 2013 年，第 108 页。

封禅书》载，方士李少君对汉武帝说："臣尝游海上，见安期生，安期生食巨枣，大如瓜。安期生仙者，通蓬莱中，合则见人，不合则隐。"① 至于成连，春秋时的名琴师，相传是伯牙的琴师，后得道成仙，据《乐府解题》曰："《水仙操》：伯牙学琴于成连先生，三年不成，至于精神寂寞，情之专一，尚未能也。成连云：'吾师方子春今在东海中，能移人情。'乃与伯牙俱往。至蓬莱山，留宿，伯牙曰：'子居习之，吾将迎师。'划舡而去，旬时不返。伯牙近望无人，但闻海水洞滑崩澌之声，山林宎寞，群鸟悲号，怆然而叹曰：'先生将移我情！'乃援琴而歌，曲终，成连回。划船迎之而还。伯牙遂为天下妙矣！"② 上述蓬莱阁诗篇提及了羡门、安期生、成连等仙人的名字，说明了文人骚客对仙人的典故了如指掌，蕴含了中国古代某些诗人的慕仙思想。

**（二）述及秦皇、汉武求仙事**

秦皇汉武求仙事也是古代作家常常提及的。秦始皇求仙事，见于司马迁《史记·秦始皇本纪》记载："齐人徐市等上书，言海中有三神山，名曰蓬莱、方丈、瀛洲，仙人居之。请得斋戒，与童男女求之。于是遣徐市发童男女数千人，入海求仙人。"③ 又旧题刘向撰的《列仙传》卷上"安期先生"条载："安期先生者，琅琊阜乡人也。卖药于东海边，时人皆言'千岁翁'。秦始皇东游，请见与语三日三夜，赐金璧度数千万。出于阜乡亭，皆置去，留书以赤玉写一双为报，曰：'后数年求我于蓬莱山。'始皇即遣使者徐市、卢生等数百人入海，未至蓬莱山，辄逢风波而还。立祠阜乡亭海边十数处云。"④ 又据《史记·封禅书》记载，汉武帝也曾派方士到海上寻觅仙人安期生而不得⑤。秦始皇、汉武帝求仙不成，也见于蓬莱阁诗中，如王崇庆《海上二首》其二："秦皇汉武亦雄才，海上求仙竟不来。千古风流等春梦，碧桃岩下花自开。"徐人凤《神山现市》："跨海空濛驾五城，依稀冠盖递将迎。当年若使秦皇见，不遣徐生海峤行。"这两首诗都充满了对秦始皇、汉武帝海上求仙不成的惋惜之情。

**（三）涉及使用"蓬壶"一词**

蓬莱、方丈、瀛洲这三座神山，被秦、汉方士称为东海中仙人居住之处。因

---

① 张大可注：《史记今注》（第 2 册），凤凰出版社 2013 年，第 605 页。

② （宋）李昉等：《太平御览》卷 578，见《太平御览》（三），中华书局 1960 年，第 2608 页。

③ 张大可注：《史记今注》（第 1 册），凤凰出版社 2013 年，第 105 页。

④ （汉）刘向：《列仙传》，上海古籍出版社 1990 年，第 10 页。

⑤ 张大可注：《史记今注》（第 2 册），凤凰出版社 2013 年，第 606 页。

其形状像壶，所以又为人称为"三壶"。据王嘉《拾遗记》卷1记载："三壶，则海中三山也：一曰方壶，则方丈也；二曰蓬壶，则蓬莱也；三曰瀛壶，则瀛洲也。形如壶器。此三山上广、中狭、下方，皆如工制，犹华山之似削成。"① 蓬壶，是神仙所居之处。高莉芬认为："《拾遗记》中蓬莱三壶山的发展，以及与西王母、东王公的联结，又与道教的宇宙观有密切的关系，蓬莱神山神话增染了更深的道教宇宙论色彩。"② 笔者查阅《蓬莱阁诗文选注》，发现有些文人骚客喜用"蓬壶"代称蓬莱，如：施闰章《望海岭》："的的群仙见，蓬壶不可攀。"廖腾煃《蓬莱阁》："莫道沧溟隔烟雨，蓬壶咫尺是仙宫。"马思才《登蓬莱阁》："等闲长啸东风外，可是蓬壶跨鹤翁？"吴家均《蓬莱阁诗四首》其一："柳巷莎滩钓者居，蓬壶仙境古华胥。"喻成龙《同素林和尚铁营州钱幼青诸子历天成诸崖》："悠哉蓬壶人，欲往寻不得。"以上诗中的"蓬壶"，即蓬莱。"蓬壶人"就是仙人。文人骚客在诗中将蓬莱称为蓬壶，显然受到王嘉《拾遗记》的影响。而"《拾遗记》以神山为三壶之状，应与道教神仙思想有关。"③

**（四）多处使用与"仙"（神）关联的词语**

从上表看，蓬莱阁诗篇多达23处使用了与"仙"（神）关联的词语。其中含有"群仙"（"众仙"）各1处，如：施闰章《望海岭》："的的群仙见，蓬壶不可攀。"李愿《望仙门》："楼影空门里，门开望众仙。"含有"仙灶火"1处，如：佚名《日升高阁》："忽讶蓬莱仙灶火，丹成一粒海东红。"含"仙宫"1处，如：廖腾煃《蓬莱阁》："莫道沧溟隔烟雨，蓬壶咫尺是仙宫。"含"仙境"2处，如：甘国璧《蓬莱阁观海》："呼吸通仙境，蓬瀛一望收。"吴家均《蓬莱阁诗四首》其一："柳巷莎滩钓者居，蓬壶仙境古华胥。"含"仙人"2处，如：陈东光《登蓬莱阁》："曾闻观海难为水，又说仙人海上多。"徐人凤《狮洞烟云》："仙人丹灶知何在，分得烟云拥碧岑。"含"仙槎"1处，如王世贞《和吴峻伯蓬莱阁六首绝句》其六："君泛仙槎拟问津，我从东海学波臣。"含"仙门"1处，如：彭舜龄《登蓬莱阁》："望里仙门真可接，空中龙势未全收。"含"仙子家"1处，如：徐人凤《仙阁凌空》："嵯峨丹阁倚丹崖，俯瞰瀛洲仙子家。"含"神仙"2处，如：李文潭《蓬莱阁下二首》其二："二竺三山迷宿雾，神仙每隐水云乡。"吴昶

---

① （晋）王嘉著、齐治平校注：《拾遗记》，中华书局1981年，第20页。

② 高莉芬：《蓬莱神话——神山、海洋与洲岛的神圣叙事》，陕西师范大学出版社2013年，第86页。

③ 高莉芬：《蓬莱神话——神山、海洋与洲岛的神圣叙事》，陕西师范大学出版社2013年，第86页。

《宾日楼望日》："信是神仙瀛岛住，炉中真火变丹成。"含"仙吏"1 处，如：陈梦璧《寻幽珠玑岩饮甘泉》："潮生汐落漱渔矶，贝阙珠宫此处稀。几许鲛人泣得出，但凭仙吏袖将归。寻真穿洞芒鞋湿，采药攀藤竹杖违。"含"神山"1 处，如：任璇《题海镜亭壁》："天空连积水，地尽接神山。"含"仙楼"、"仙人侣"各 1 处，如：慕维德《登州杂诗》中的《仙迹》："闻道仙人侣，安期到此游……芝童终不返，惆怅望仙楼。"上述诗句含有"群仙"、"众仙"、"仙灶火"、"仙宫"、"仙境"、"仙人"、"仙槎"、"仙门"、"仙子家"、"神仙"、"仙吏"、"神山"、"仙楼"和"仙人侣"等词语，均与"仙"字有关。

另外，还出现了蕴涵长生不死的采药词语，如崔应阶《登蓬莱阁二首》其一："朱颜大药求难得，碧海青山境即仙。"诗句中的"朱颜大药"，就是不死之草一类的红色仙药。陈梦璧《寻幽珠玑岩饮甘泉》："寻真穿洞芒鞋湿，采药攀藤竹杖违。"此处诗中的"采药"，指仙人采不死之药。

## 二

通过上述的解读，发觉蓬莱阁诗歌隐含了求仙、慕仙的诗句。从这些诗句之中，我们不难看出中国古代文人骚客对仙道文化的迷恋与钟情，也能透视出古代文人骚客的文化心理：

### （一）信仙慕仙的意识

蓬莱，自古以来是一个令人向往的地方，也是文人骚客梦寐以求之处。古代文人骚客满怀热情吟唱蓬莱，除了它的美丽景色吸引人的因素外，很大的原因在于蓬莱与方丈、瀛洲一起被视为海上神山仙境，传为仙人所居之地。文人骚客羡慕神仙生活，向往神仙世界。这种"信仙"、"慕仙"的心理在吟唱蓬莱的作品中往往有所体现。不过，需要读者细加品味，方能识其"真味"。如廖腾煃《蓬莱阁》："嵯峨高阁逼层空，极目沧茫意不穷。北去幽营千尺雪，南通闽粤一帆风。波澄岛屿晴光远，屐敛楼台晚照红。莫道沧溟隔烟雨，蓬壶咫尺是仙宫。"显然，这首诗写在嵯峨的蓬莱阁上远望美丽的景色。不过最后两句"莫道沧溟隔烟雨，蓬壶咫尺是仙宫"，作者把距离很近的蓬莱（蓬壶）当作"仙宫"看待。又如甘国璧《蓬莱阁观海》："偶来高阁上，极目海天秋。朝夕潮会至，乾坤水分流。帆樯云际下，岛屿浪中浮。呼吸通仙境，蓬瀛一望收。"该诗写秋天在蓬莱阁上欣赏大海、岛屿的美景，末两句把眼前的美景看作"仙境"，蓬莱、方丈、瀛洲三神山尽收眼中。所引的上述诗句把"蓬壶"看作"仙宫"，把眼前的美景看作"仙境",原因在于"仙宫"、"仙境"的概念已积淀在文人骚客的内心深处。同样,诗句含有"群仙"、"众仙"、"仙灶火"、"仙人"、"仙槎"、"仙门"、"仙子家"、"神仙"、"仙吏"、"神山"、"仙楼"和"仙人侣"等与"仙"字有关的词语,隐含了"信仙"、"慕仙"的意识。

当然,古代文人骚客"信仙"、"慕仙",除了羡慕长生之外,还存在以下两大根本的原因:一方面是仙人居住的迷人环境,即仙境。一般来说,天下仙人居住的环境要么是奇异的海岛或海上神山,如蓬莱、方丈、瀛洲在大海之中,皆神仙所居,常人难以抵达。要么是名山胜地,如道教信仰者迷恋神仙,把位于风景秀丽的名山之间的"洞天福地"视为仙人所居之处。无论是海岛或海上神山,还是名山胜地,都是奇异美丽,清闲空幽,空气清新,是最适合人们养生的好去处。那些身负一官半职、书写蓬莱阁诗的诗人,如明、清两代的王廷相、王崇庆、王世贞、慕维德、孙敉、张作砺、施闰章等出使登州,公务缠身之余登上蓬莱阁观瞻风光,暂时解脱了尘世的烦恼,忘却了俗世的劳累,身心获得了安适、放松。另一方面是文人骚客迷恋仙人。如宋人释惠洪的《冷斋夜话》卷8《梦游蓬莱》云:

> 黄鲁直,元祐中昼卧蒲池寺。时新秋雨过,凉甚,梦与一道士褰衣升空而去,望见云涛际天。梦中问道士:"无舟不可济,且公安之?"道士曰:"与公游蓬莱。"即袜而履水。鲁直意欲无行,道士强要之。俄觉大风吹鬓,毛骨为战慄。道士曰:"且敛目。"唯闻足底声如万壑松风,有狗吠,开目不见道士,唯见宫殿,张开千门万户。鲁直徐入,有两玉人导升殿,主者降接之。见仙官执玉麈尾,仙女拥侍之,中有一女,方整琵琶。鲁直极爱其风韵,顾之,忘揖主者,主者色庄,故其诗曰:"试问琵琶可闻否,灵君色庄伎摇手。"顷与予同宿湘江舟中,亲为言之,与今《山谷集》语不同,盖后更易之耳。①

北宋诗人黄庭坚,字鲁直,号山谷道人,又号涪翁,为江西派宗祖,有《山谷集》传于后世。《冷斋夜话》卷8记载黄庭坚梦游蓬莱,刚开始"意欲无行",而道士"强要之"。后来进入宫殿,见到"方整琵琶"的女仙时,表现出十分喜

---

① (宋)释惠洪、朱弁、吴沆著,陈新点校:《冷斋夜话·风月堂诗话·环溪诗话》,中华书局1988年,第63页。

欢女仙的优美姿态（"风韵"），这说明了梦中的黄庭坚具有好色的审美心态。虽然书写蓬莱阁诗的诗人没有在诗中直接涉及迷恋女仙，但是使用"仙子家"、"仙宫"、"仙人"、"众仙"等词语，可能与古代文人骚客内心深处存在迷恋女色的心态有关，而迷恋美女又是自古以来男人的一种情结。

### （二）长生久视的心理

自古以来，人们都希望健康长寿。长生久视一直是人们想追求的，对中国古代文人骚客而言也不例外。但是，"生年不满百，常怀千岁忧。"① 他们在歌咏蓬莱时，流露出长生久视的心理。如王廷相《海望》："少海南回千嶂隔，青丘东去十洲环。未妨日驭低天柱，直恐鳌峰触帝关。孤槎无客更犯入，三岛有仙常驻颜。久矣沧溟遥结梦，兹游真共水云间。"诗中的"三岛有仙常驻颜"句是说三岛上有容颜不老的神仙在居住，说明了诗人意识到神仙长生久视。又如慕维德《登州杂诗·仙迹》："闻道仙人侣，安期到此游。秦皇能不死，徐福亦何求？日主荒祠废，芝罘古岛留。芝童终不返，惆怅望仙楼。"不死的仙药能令人童颜长驻，诗末流露出对徐福寻求仙药不成的复杂之情。"惆怅"一词，既包含了对寻求仙药不成的伤感之情，也有对生命短暂的叹息，对长生不老的恋想。王崇庆《海上二首》其二："秦皇汉武亦雄才，海上求仙竟不来。千古风流等春梦，碧桃岩下花自开。"全诗透露出秦始皇、汉武帝求仙不成的惋惜之情，对人生易老的感慨。又如张作砺《望海岭》："苔峣峻岭海天西，海上烟波入望迷。万堞参差孤阁迥，三山咫尺五云齐。秦皇古碣苔痕满，汉帝高台草色萋。最是咸池飞旭早，每从清夜听天鸡。"这首诗写作者在望海岭上，看到海上烟波无际、参差不齐的城墙、远处的蓬莱阁，发出了对秦始皇、汉武帝求仙不成的感慨，包含了对人生短暂的无奈之情。

尽管许多人希望长生不老，但是现实生活中不可能存在违背自然规律的现象。长生不老的现象只有在神话或传说中的仙境出现。关于神话，顾颉刚指出中国古代的神话有两大系统，他说："中国古代留传下来的神话中，有两个很重要的大系统：一个是昆仑神话系统；一个是蓬莱神话系统。昆仑的神话发源于西部高原地区，它那神奇瑰丽的故事，流传到东方以后，又跟苍莽窈冥的大海这一自然条件结合起来，在燕、吴、齐、越沿海地区形成了蓬莱神话系统。"② 在蓬莱神话系统中，仙境与大海联系在一起，就有"三神山"之说，《史记·封禅书》载："自

---

① 《文选》（下册），岳麓书社 2002 年，第 916 页。

② 顾颉刚：《〈庄子〉和〈楚辞〉中昆仑和蓬莱两个神话系统》，钱小柏编《顾颉刚民俗学论集》，上海文艺出版社 1998 年，第 41 页。

威、宣、燕昭使人入海求蓬莱、方丈、瀛洲。此三神山者，其传在勃海中，去人不远；患且至，则船风引而去。盖尝有至者，诸仙人及不死之药皆在焉。其物禽兽尽白，而黄金银为宫阙。未至，望之如云；及到，三神山反居水下。临之，风辄引去，终莫能至云。"①传说中的"三神山"是长生不老的神仙居住的地方，是人们想成仙、求长生之处。中国古代文人注重养生、企求长生，如元好问《薛继先小传》云：

> 仲振字正之，系出辽东，其兄领开封镇兵。正之幼就举选，年四十后，即以家业付其兄，挈妻子居嵩山。于书无不读，而以易、皇极书为业，安贫乐道，不入城市，山野小人，亦知敬之。王汝梅、张潜从之学，三人行山谷间，人望正之风袖翩然，如欲仙而未举也。张、王说正之尝遇异人，教之养生，呼吸吐纳，日以为常。灵气时至，安坐不动，而骨节戛戛有声，恍惚中时与真灵对接。所谈皆世外事，既不以语人，故无得而传。②

辽东人仲振（字正之）就是一个摆脱尘世的烦恼、寻求幽静环境、注重养生的文人。他师从异人，学习养生，"呼吸吐纳"。这就是企求长生的实践行为。从上述所举王廷相《海望》、慕维德《登州杂诗·仙迹》、王崇庆《海上二首》（其二）、张作砺《望海岭》等诗看，都是对秦皇汉武求仙不成的叹惜，却委婉地表达了对长生久视的迷恋与企盼。

总而言之，从蓬莱阁诗篇看，诗句多处提及古仙人名、述及秦皇汉武求仙事，以及多处使用"蓬壶"、"仙"（神）、采药等词语，表明了中国古代作家具有浓厚的仙道文化情结，蕴涵着文人骚客信仙慕仙及企求长生不老的文化心理。

[作者简介] 洪树华，文学博士，山东大学威海校区文化传播学院副教授。

---

① 张大可注：《史记今注》（第2册），凤凰出版社2013年，第597—598页。
② 吴文治主编：《辽金元诗话全编》（第1册），凤凰出版社2006年，第412—413页。

# 宋徽宗崇道及词坛创作

## 诸葛忆兵

历代帝王尊奉道教，以宋徽宗最为痴迷。李唐一朝，称老子李耳为祖先，推尊道教。赵宋一朝效仿此举，自称是玉皇赵玄朗的后裔，因此也给予道教以充分的地位。此皆历代帝王制造"君权神授"的举措，明智的君主将此控制在一定范围。宋徽宗极想大有作为、留名青史，然而，他在治理国家方面则昏庸无能，故只得经常装神弄鬼，自神其说。政和年间，徽宗称老君托梦，嘱托云："汝以宿命，当兴吾教"（《资治通鉴后编》卷98）由此，"诏天下访求道教仙经"，"置道阶凡二十六等"，"置道学"，"会道士于上清宝箓宫"，"讽道录院上章，册己为教主道君皇帝"，"以林灵素为通真达灵元妙先生，张虚白为通元冲妙先生"，"诏班御注《道德经》"（以上均见《宋史》卷21《徽宗本纪三》）。道教之盛，空前绝后。凡此种种，对当时的词坛也产生了深刻的影响。这是历代论词者所疏忽的。

## 一、宣扬道教

宗教劝世，其目的是劝说广大阶层的普遍接受，所以语言的通俗易懂是最为关键的。唐代的俗讲、变文，乃至敦煌出土的与宗教相关的诗词，都以浅俗平易为其语言特征。宋词起源于市井，俚俗乃其天然创作特征，是北宋市井流行的文学形式，为不同社会文化层次的人们所喜爱。道教信徒时而借助歌词，宣扬宗教教义。

其中有较多作品传世的是正一天师道三十代天师张继先。继先字嘉闻，又字道正。崇宁四年（1105年），宋徽宗赐号虚靖先生。靖康二年去世，年仅36岁。有《虚靖词》，存词56首。其词多写道家修炼之术。为了宣扬自己的学说，张继先词中有许多浅俗的作品。在徽宗年间俗词创作的大环境中，张继先如鱼得水。其《沁园春》云：

> 急急修行，细算人生，能有几时？任万般千种风流好，奈一朝身死，不免抛离。蓦地思量，死生事大，使我心如刀剑挥。难留住，那金乌箭疾，玉兔梭飞。　　早觉悟，莫教迟，我清净，谁能婚少妻？便假饶月里，姮娥见

在，从他越国，有貌西施。此个风流，更无心恋，且放宽怀免是非。蓬莱路，仗三千行满，独跨鸾归。

人生苦短，是宗教宣扬教义的一个基本立足点。在世之际，哪怕享尽荣华富贵，"一朝身死"，嫦娥、西施便与己无缘，美貌少妻也终归他人，所谓"任万般千种风流好，不免抛离"。这里明显融入佛教"色空"理念。世俗渴求摆脱"金乌箭疾，玉兔梭飞"的无奈和苦恼，只有"急急修行"，放宽心怀，追求"蓬莱"永生仙境。

再以其《临江仙》为例，词云：

蠢动含灵天赋与，逍遥性分元均。莫生异见乱吾真。只今中有主，浑与化为人。　　那更徽词清彻底，轻埃欲染无因。惟应得此便凝神。百魔咸息战，六道永停轮。

宗教皆强调信仰的坚贞和纯洁，此词以之为主题思想。凝神静心，守住真元，轻埃不染，便可以百魔咸息，六道永驻。

以词说教，枯燥乏味，缺少文学性，只是让文化层次低下的信徒容易接受。所以，当然不会引起历代文学研究者的注意。然而，一旦将宗教的哲理意蕴融入歌词，且通过比拟等形象思维的手段加以表达，张继先的作品可读性就增强了。如徽宗曾戏问张继先所带的葫芦为何不开口，张继先便作《点绛唇》答之，词曰：

小小葫芦，生来不大身材矮。子儿在内，无口如何怪？　　藏得乾坤，此理谁人会？腰间带，臣今偏爱，胜挂金鱼袋。

这首词从题材分类应该是咏物词，所咏之物又是针对徽宗的提问。其实，徽宗的问话就带戏谑成分，词人以同样语调作答，最能博取皇帝欢心。道家讲究炼取丹药，以求长生。腰间葫芦时常是盛放这类丹药的。葫芦身材矮小，质朴无华，木讷无言，腹中却"藏得乾坤"，道家修炼功夫内敛其中。葫芦似乎真正懂得了潜藏隐退之道，这就是道家修炼的境界。张继先能借咏物，巧妙地说明道家学说。而且是即席写作，可见作者对小词形式的熟练掌握。

张继先又回答他人有关修炼的提问时说：

长生之话口相传，求丹金液全。混成一物作神仙，丁宁说与贤。　　休嗑气，莫胡言，岂知造化玄。用铅投汞汞投铅，分明颠倒颠。

作者在语气之间对道家的炼丹也有隐隐的不信任。恐怕张继先身在其中，最能明白个中奥秘，故以此戏谑口吻劝说世人不必过于固执。修道修身，不在执着于长生丹药的提炼，那是一种有所图的急功近利的做法，作者并不同意。作者的旨意恐怕是劝世人应该真正做到身心修炼，超脱尘俗。其他如写自己的日常生活："独自行兮独自坐，独自歌兮独自和。日日街头走一过，我不识吾谁识我。"（《度清霄》）这是一种修道寂寞的生活，修炼到一定境界，已经物我两忘，不知己身为何物。写降魔的结果说："立活化民，摄邪归正，生息熙熙享太平。"（《沁园春》）自神其说，煞有其事，同时也捎带讴颂了徽宗年间的太平盛世，与"宫廷御用文人"殊途同归。写修炼过程说："调理三关，安和四体，静无忧扰相煎。太微冥契，元始语诸仙。"（《满庭芳》）其说渐入玄境。

释、道修行，必须超脱尘世之外，其生活方式与隐士类似。当他们将宗教说理与隐逸生活环境结合起来描写，就具有了一定的形象性。当时，佛教徒同样借助歌词传教。举一首释净端之作，以为对比。崇宁二年（1103 年），净端一日辞众，歌"渔夫"数声坐化。存《渔家傲》四首，其一云：

斗转星移天渐晓，蓦然听得鹈鹕叫。山寺钟声人浩浩。木鱼噪，渡船过岸行官道。　　轻舟再奈长江讨，重添香饵为钩钓。钓得锦鳞船里跳，呵呵笑。思量天下渔家好。

清晨时刻，鸟鸣声、木鱼声、山寺钟声，浑融成一片和谐的自然音响，反衬出环境的清幽静谧。词人轻舟垂钓，无拘无束，摆脱尘累。"呵呵笑"之际，显示了佛门清修生活给词人所带来的愉悦。词人是比较喜欢用景物来烘托自己的心境的，如"浪静西溪澄似练，片帆高挂乘风便"等。词人在另一首《渔家傲》里归结这种随意垂钓的乐趣之根源时说："不是修行何得到？一般好，西方净土无烦恼。"还是在劝说人们修行出家，但是，词人在词中所描述的生活方式，不象一位苦行僧，更象一位传统的隐士。

张继先有类似作品，亦颇具文学色彩。如《雪夜渔舟》云：

晚风歇，谩自棹扁舟，顺流观雪。山耸瑶峰，林森玉树，高下尽无分别。

性情澄彻，更没个、故人堪说。恍然身世，如居天上，水晶宫阙。　　万尘声影绝，透尘空无外，水天相接。浩气冲盈，真宫深厚，永夜不愁寒冽。愧怜鄙劣，只解道、赴炎趋热。停桡失笑，知心都付，野梅江月。

雪夜棹舟，顺流观雪，是多么富于诗意的一幅场景。"山耸瑶峰，林森玉树"之雪景，让人恍如置身"水晶宫阙"。观赏者由此悟道，以外景明吾心志。"透尘空无外"，秉心澄澈，"浩气冲盈，真宫深厚"，便能超然尘俗，"水天相接"，物我浑化。由此旁观世俗"赴炎趋热"，当然叫人"停桡失笑"。结句表达心愿："知心都付，野梅江月"，与释净端《渔家傲》同意，所表现都是隐逸情怀。

释、道之外，士大夫也有用小词的形式诉说宗教悟道心得的。如邹浩的《渔家傲》说："慧眼舒光无不见，尘中一一藏经卷。闻说大千摊已遍。门方便，法轮尽向毫端转。月挂烛笼知再见，西方可履休回盼。要与老岑同掣电。酬所愿，欣逢十二观音面。"这首词与张继先及其他释道的小词一样，更多的是抽象说理，语言枯燥乏味，不堪卒读。虽然直白如话，却依然不能给人以深刻的印象。张继先《水调歌头》上阕说："高真留妙诀，达士济群迷。心清行洁，天人凡圣尽皈依。不在搬精运气，不在飞罡蹑斗，心乱转狐疑。但要除邪妄，心地合神祇。"写修道驱魔过程，其间没有太多的形象。与其说是文学创作，不如说是有韵的说教文字。

## 二、讥刺崇道

徽宗痴迷道教，利用帝王之尊，有许多随心所欲的怪诞举动。如，徽宗独尊道教，排斥释佛，居然以行政命令改佛入道。宣和元年正月乙卯，诏："佛改号大觉金仙，余为仙人、大士之号。僧为德士，易服饰，称姓氏。寺为宫，院为观，即住持之人为知宫观事。所有僧录司可改作德士司，左右街道录院可改作道德院。德士司隶属道德院，蔡攸通行提举。天下州府僧正司可并为德士司。"（《续资治通鉴》卷93）洪迈《夷坚志》卷7也记载说："政和间改僧为德士，以皂帛裹头项，冠于上。"简单的行政命令不能改变人们的信仰，于是只有这种称呼与服饰的改变，不伦不类，无事生非。徽宗诸多自以为是的荒唐举止，皆成为民间词人讥刺的对象。有无名氏作词两首，嘲弄改佛入道说：

因被吾皇手诏，把天下寺来改了。大觉金仙也不小，德士道：却我甚头脑。　　道袍须索要。冠儿戴，怎且休笑？最是一种祥瑞好。古来少，葫芦

上面生芝草。(《夜遊宫》)

　　早岁轻衫短帽，中间圆顶方袍。忽然天赐降辰毫，接引私心入道。
可谓一身三教，如今且得逍遥。擎拳稽首拜云霄，有分长生不老。(《西江
月》)


　　和尚光头，道士蓄发，将和尚改为道士，就得掩饰如此尴尬景况。朝廷居然
能够异想天开，让和尚用皂帛裹头，将光秃秃的脑袋遮盖起来。《夜遊宫》就抓住
这一滑稽可笑的举止，尽情嘲讽。徽宗年间君臣为了证明当今确实是太平盛世，
圣王再出，便大量编造祥瑞事迹，如甘露降、黄河清、玉圭出、嘉禾芝草同本生、
瑞麦连野、野蚕成茧等，史不绝书。词人在结尾便抓住这一点，让和尚蓄发，如
同"葫芦上面生芝草"，也不是旷世难遇的"祥瑞"？这里，庄重神圣的"吾皇"
就成了昏庸可笑的小丑，其荒诞无稽，令人捧腹。这样的嘲讽，真够犀利辛辣的。
这与文人士大夫只敢将朝政腐败黑暗的原因归之于奸佞小人当道的作风，截然不
同，词中对皇帝已经没有丝毫尊重。
　　《西江月》所描写的对象，身份经历数次变化：最初是"轻衫短帽"的秀才，
后削发为"圆顶方袍"的和尚，最终又因"天赐降辰毫"而被迫改作道士。这一
对象的选择非常具有典型意义。中原自唐朝武则天时开始，讨论儒、道、佛三教
合一的问题，屡有争议。想不到在这首词的主人公身上轻易地解决了三教合一的
问题。作者好像是在讥讽这位摇身数变的士人，矛头依然指向举止荒唐的帝王。
"天赐"云云，直接将帝王揪出来示众。下阕进一步说：拜君王所赐，词中主人公
居然也有了长生不老的希望。当时朝廷将道教吹嘘得神乎其神，妖孽左道兴风作
浪，甚得皇帝宠信，如王老志被赐封为"洞微先生"、王仔昔被赐封为"通妙先
生"、林灵素被赐封为"通真达灵先生"等。词中的"长生不老"是正话反说，
是对这一系列丑恶现象的揶揄嘲讽。
　　唐僧一行西去取经，路过车迟国，国王敬道灭僧，有种种残暴怪异的国家政
令。其生活原型，当来自徽宗。
　　徽宗年间词人，对遵道灭佛以外的朝廷荒诞行为，也多有讥讽。如宣和时，
徽宗又下旨逼迫"士人结带巾，否则以违制论，士人甚苦之"(《中吴纪闻》卷
6)，士人便作词讥刺说："头巾带，谁理会？三千贯赏钱，新行条例。不得向后长
垂，与胡服相类。法甚严，人尽畏。便缝阔大带向前面系。和我太学前辈，被人
叫保义。"朝廷政务甚多，不去理会正事，却在这些小事上斤斤计较，且大动干
戈，悬赏奖惩，严法苛求，确实可笑。其新装饰"与胡服相类"，也非常不成体

统。只要将这些可笑现象罗列出来，就是最辛辣的针砭。

讥讽徽宗痴迷道教的词作，以及当时其他题材批判现实的词作，形成一股创作潮流。这些词浅俗易懂，无所顾忌，容易流传人口，体现了民间的智慧，有很强的战斗力，能产生广泛的社会影响。南渡后，词人们时而用俗词讥讽、批判现实，形成一个良好的创作传统。如醴陵士人所作的《一剪梅》说："宰相巍巍坐庙堂，说着经量，便要经量。那个臣僚上一章，头说经量，尾说经量。　轻狂太守在吾邦，闻说经量，星夜经量。山东河北久抛荒，好去经量，胡不经量?"南宋度宗咸淳年间，朝廷实行田地"经量"。进一步搜刮民脂民膏，供统治者奢侈无度的挥霍。而对外，统治者则一味卑躬屈膝，不思收复北方大片国土。于是醴陵的下层知识分子便在墙壁上题写此词，辛辣地讽刺和有力地鞭挞了当时的统治阶层。围绕着"经量"一事，通篇采用重辞叠句的修辞方法。短短篇幅，连用八个"经量"，主语不同，含义亦不同。刻画了从中央到地方，各级官员的丑恶面目。又如杨金判所作的《一剪梅》说："襄樊四载弄干戈，不见渔歌，不见樵歌。试问如今事若何? 金也消磨，谷也消磨。　柘枝不用舞婆娑，丑也能多，恶也能多。朱门日日贾朱娥，军事如何? 民事如何?"襄樊攻守之战是南宋末年抗击元兵南侵斗争中最壮烈的一幕。当时襄樊军民数年浴血苦战，粮尽援绝，频频告急。而独揽朝政的贾似道却隐瞒军情，置之不理，继续过着荒淫无耻的生活。暗中并输金纳币，卑躬求和。目睹耳闻这一切，下层便出现了这样一首辛辣的讽刺词。它抨击贾似道之流的祸国殃民，深忧襄樊的战事和国家的安危。作品对比鲜明、大胆激烈。巧妙地运用了该调重叠的章法，加强语气和情感的深度，富有民歌风味。虽然语意直露，但入木三分的揭露，刚劲泼辣的风格，皆新人耳目。这些词皆承继了徽宗年间民间俗词的传统，这是徽宗年间俚俗词留给后世最光辉的一章。

[作者简介] 诸葛忆兵，中国人民大学国学院教授，研究方向为中国古代文学、宋史。

# "神仙道化"剧之神仙情结与道教文化简论

## 徐雪辉

中国人普遍怀有"神仙情结"。神仙最令人羡慕的是：居福地，享受清净快乐的生活；长生不死，超越时空，享受极乐永恒；逍遥自在，完全不受自然力和社会力的约束。由此"神仙情结"可概括为：仙境福地的"桃源情结"；仙风道骨、闲云野鹤、老而不死的"仙人情结"；御风飞行、法术变化的"逍遥情结"。

现实中遇到挫折，修道成仙就成为避世的最好方法；国家民族受到压迫刺激时，对神仙的向往愈加强烈普遍，反映在文学作品中就是大量神仙题材的书写。元代蒙古族入主中原，民族矛盾尖锐，统治者野蛮专横、吏治腐朽，造成中原人民的精神忧愤。因此"一代之文学"的代表元杂剧中出现了大量度脱升仙戏，被称为"神仙道化"剧。①

"神仙道化"剧在元杂剧中所占比例较高，《录鬼簿》存目中约占十分之一，现存剧本则占到八分之一。又因其渊源绵长，宋代就有优伶演说道教经旨，金代有院本流行②，所以"神仙道化"剧是一个重要的文化现象，理应受到重视。不过，这类戏曲长期以来却被认为是在"宣扬道教教义，代表杂剧创作中的一股消极影响"③，并因其思想性不高而受到学术界的冷落；90年代以来才开始被学界关注，或对其兴盛原因进行探究，或就道教影响，或从内容反映生活角度进行研究。总体来说，"神仙道化"剧受关注的程度远不及"三国戏"、"水浒戏"、"公案戏"、"才子佳人戏"。

笔者曾经对元杂剧做过全面的整理分类，依据是该类剧作体贴人情的生存之道。人活在世上就是在各种"关系"之中，或"人"或"出"或"玩"世间。

---

① "神仙道化"之名出之元代夏庭芝的《青楼集志》，夏庭芝将元杂剧分为"驾头、闺怨、鸨儿、花旦、披秉、破衫儿、绿林、公吏、神仙道化、家长里短"十类；明代朱权《太和正音谱》把元杂剧分为十二科："一曰神仙道化，二曰林泉丘壑，三曰披袍秉笏，四曰忠臣烈士，五曰孝义廉节，六曰叱奸骂谗，七曰逐臣孤子，八曰拨刀赶棒，九曰风花雪月，十曰悲欢离合，十一曰烟花粉黛，十二曰神头鬼面。"

② 宋代人洪迈《夷坚志》有《优伶箴戏》，陶宗仪《南村辍耕录院本名目》记载了金代流行的院本《庄周梦》《瑶池会》《蟠桃会》等。

③ 游国恩：《中国文学史》，人民文学出版社2007年，第35页。

成仙得道类戏曲的"神仙情结",成为"出世戏"的主流表达,其中有内容可考者 27 种①。

## 一、入仙境遇仙人的"桃源情结"

因为道教的理论基础是神创论,认为"道"亦即神创造了天地万物,也创造了人类本身,是为宇宙的主宰,因而也就把神仙居住之地美化为长生不死、其乐无穷的理想境界。于是杂剧中就有凡人入仙境、遇仙人一类的情节。

马致远《误入桃源》,亦名《桃源洞》,陈伯将、汪元亨名下也有著录,均佚,赵景深《元人杂剧钩沉》仅辑得第四折残曲一支。但其故事在《幽明录》《续齐谐记》《神仙传》《名山记》《天台山志》均有迹可寻。明初王子一有同名剧作。马致远的《误入桃源》之故事梗概当与小说、王作相似:刘晨、阮肇因晋室衰颓、政治腐败、社会动乱,不愿为官,隐居天台山下。暮春时节,二人入山采药。日暮,太白金星化身樵夫,指引二人到桃源洞借宿。洞中二仙原是上界紫霄仙女被谪人间,遂设宴款待刘、阮,并与之结为夫妇。一年之后,刘、阮思归回乡。结果发现,刘晨之子刘弘已故去多年,刘弘之子刘德不愿相认,刘、阮无奈,再入山寻找桃源,却又不得。进退维谷之际,太白金星告知原委,引其复与二仙相会。最终同赴蓬莱,复归仙位。"蓬莱"即"仙境"的代名词,"桃源洞"为神仙居住,令人联想到陶渊明《桃花源记》所描写的美丽和谐、自由闲适的生活场景。

王伯成《泛浮槎》,剧佚,天一阁本《录鬼簿》正名作"张骞泛浮槎",本事见《博物志》卷 10:传说天河与海相通,有人居海上,每年八月见浮槎来,于是备粮以待。一日乘槎去,十余日中可观日月星辰,十余日后茫然不觉昼夜。忽至一处,屋舍甚盛,宫中有妇人织,复见丈夫牵牛饮。问此何处,曰:之蜀问严君平则知。乘槎还家,径入蜀问君平,君平曰某年月日,客星犯牵牛。计年月,正是此人到天河时。杂剧作者将此事附会于张骞,无非是假借历史人物,表明言之不虚。天河、月宫、织女、牵牛、星象、神仙云云,道藏之中,每有记载。

庾吉甫《骂上元》,剧佚,曹楝亭本《录鬼簿》《今乐考证》《曲录》正名作"封陟先生骂上元"。本事见宋皇都风月主人编《绿窗新话·封陟拒上元夫人》:封陟居于少室山,夜将午,有仙姝来就,陟正色以对,姝留诗而去;后七日又至,

---

① 有些佚目剧情节根据其他材料推测补充。

陟又正色辞；后七日夜又至，陟怒叱退。后二年，陟病死，魂被鬼使追往泰山，押至幽府，忽遇上元夫人游泰山，召使与囚俱来，陟仰窥，乃昔日仙姝。姝索状判曰："封陟操坚，实由朴憨，难责风情，更延一纪。"使者去锁，陟遂跪谢，良久苏息。《太平广记》卷68收裴铏《传奇·封陟》，《古今说海·少室仙姝记》亦载封陟事。"少室山""泰山"乃神仙游历之地。

庾吉甫《兰昌宫》，剧佚，曹本《录鬼簿》《今乐考证》《曲录》正名作"薛昭误入兰昌宫"。本事见宋李昉等《太平广记》卷69《张云容》：薛昭者，唐元和末为平陆尉。因夜值宿，因有为母复仇杀人者，与金而逸之，坐谪为民于东海。有客田山叟素与昭洽，赠药一粒，曰：非唯去疾，兼能绝谷。又约曰，此去但遇道北有林薮繁翳处，可且暂匿，不独逃难，当获美姝。昭辞行，过兰昌宫。逾垣而入。及夜，见阶前有三美女。长曰云容，自言为开元中杨贵妃之侍儿，曾服申天师所与绛雪丹，曰服之则虽死不坏，后百年，得遇生人交精之气，或可再生。昭诘天师之貌，乃田山叟。遂同寝处数夕，容曰："吾体已苏，但启梓，当自起。"昭如其言，果见容体已生。遂与同归金陵幽栖。薛昭在林薮繁翳的"兰昌宫"得遇神仙。

庾吉甫《凌波梦》，剧佚，曹本《录鬼簿》《今乐考证》《曲录》正名作"秋夜凌波梦"。本事见宋李昉等《太平广记》卷420《凌波女》：玄宗在东都，昼寝于殿，梦一女子自称凌波池中龙女，知陛下洞晓钧天之音，乞赐一曲，上于梦中为鼓胡琴，拾新旧之声，为《凌波曲》。及觉，尽记之。因命禁乐，与琵琶习而翻之，遂宴于凌波宫，临池奏新曲，池中波涛起复定，有神女出于波心，乃昨夜之女子也，良久方没。因遣置庙于池上，每岁祀之。

庾吉甫《蕊珠宫》，佚，曹栋亭本《录鬼簿》题作"秋月蕊珠宫"，本事未详。元人赵汸《秋风诗》："秋气平分月正明，蕊珠宫阙对蓬瀛。已驱急雨销残暑，不遣微风点太清。帘外清风飘桂子，夜深凉露滴金茎。圣朝不奏霓裳曲，四海讴歌即乐声。"可知"蕊珠宫"与《霓裳羽衣曲》相关，似乎是关于唐玄宗秋夜游月宫，听乐而制曲的传说。道家认为天上上清宫有蕊珠宫，神仙所居。

吴昌龄《辰勾月》，或名《张天师》，今存《元曲选》本、脉望馆钞校本，题目正名均作"长眉仙遣梅菊荷桃，张天师断风花雪月"。剧写：书生陈世英上朝取应，途经洛阳，留住叔父陈全忠太守府中。中秋节于后花园吟诗抚琴，琴声上达天厅，解得桂花仙子之难，桂花感激，邀风神封姨与桃花仙子降凡，感谢世英搭救之恩，并约来年此日再聚。其后世英思念仙子，染病卧床，太守延张天师为侄治病。天师结坛，拘来桂花仙子以及荷、菊、梅、桃诸仙与风雪大王，证实桂花仙子思凡之罪，将诸仙发往西池长眉仙处惩治。桂花仙子恳请饶恕，长眉仙将其训斥释放，其他各仙也重返本位。陈世英抚琴无意间得遇"花仙"。

石君宝《岁寒三友》，正名作"张天师断岁寒三友"，岁寒三友当为松、竹、梅，亦记张天师事。或疑此剧与吴昌龄《辰钩月》杂剧内容相类。

郑廷玉《孙恪遇猿》，剧佚，题材源于唐裴铏《传奇·孙恪》：广德中，有孙恪秀才者，因下第游于洛中。至魏王池畔，入袁氏之第，得美女子，结为夫妇。三四岁后，遇表兄张闲云处士，赠宝剑降妖，反被其寸折之，张惧，不敢再来。后十余年，鞠育二子。后恪谒旧友，荐于南康为经略判官，挈家而往，过端州峡山寺，妻化为老猿而去。老猿得到"变化"之仙术，变为美女并与孙恪结为夫妇，虽为传奇，也与遇仙类似。

杨景贤《红白蜘蛛》，剧佚，故事情节可参见明冯梦龙《醒世恒言》第三十一卷《郑节使立功神臂弓》：郑信下得一口古井，看验妖异，遇日霞仙子与月华仙子，二女斗法，现出原型，却是红白蜘蛛。日霞予郑信神臂弓，射杀白蜘蛛。日霞收其本相，变作美女，与郑生下一男一女。宋元南戏有《郑将军红白蜘蛛记》，钱南扬辑其残曲二支，亦可参考。日霞仙子与月华仙子为红白蜘蛛变化。

凡神仙之所，往往为名山、青流、洞府、海上，其境幽静娴雅，"地无尘，草长春，四时花发常娇嫩，更那翠屏山色对柴门，雨滋棕叶润，露养药苗新，听野猿啼古树，看流水绕孤村。"（《黄粱梦》第一折）"苍松偃蹇蛟龙卧，有青山高耸烟岚泼，香风不动松华落。"（《竹叶舟》第二折）"草舍花栏药畦，石洞松窗竹几。"（《陈抟高卧》第三折）"洞云迷，野猿啼，柴门半倚闻鹤唳，菊芷丛丛绽竹篱，松花点点铺苔砌。"（《刘行首》第四折）马致远晚年"东篱本是风月主，晚节园林趣。一枕葫芦架，几行垂杨树。是搭儿快活闲住处""卧一榻清风，看一轮明月，盖一片白云，枕一块顽石"。神仙居所的描写，大多继承《桃花源》的"土地平旷，屋舍俨然，有良田美池桑竹之属"所体现的志趣：地偏心远，不必理会世事纷扰；任真自得，简朴自然友善和谐；自然环境幽静雅放。从此桃源仙化，或仙境桃源化，都成为中国人"乐土"的寄托，成为中华文化里一直存在着的"桃花源情结"。

## 二、仙风道骨、闲云野鹤、长生不死的"仙人情结"

《庄子·齐物论》："至人神矣，大泽焚而不能热，河汉沍而不能寒，疾雷破山，飘风振海，而不能惊，若然者，乘云气，骑日月，而游乎四海之外，死生无变于己,而况利害之端乎。"① 生死不相干,不生不死;物质世界的变化更不相干。"仙人"不但超越生死,还能御风飞行,打破时空限制而进入"自由"状态,葛洪《神仙传·彭祖传》:"仙人者,或竦身入云,无翅而飞;或驾龙乘云,上造太堦;或化为鸟兽,浮游青云;或潜行江海,翱翔名山;或食元气;或茹芝草;或出入人间则不可识,或隐其身草野之间。"② 或驾云乘龙,或变化鸟兽,不受局限凌空飞升。神人仙子自然超凡脱俗,具有无穷法术和神通,可以随意变化;凡人通过修炼或者被神仙高道度脱,也可以成为神仙。在"神仙道化"剧中,此类题材较发达。

马致远《陈抟高卧》,今存《元曲选》本、《古名家杂剧》本、《元刊杂剧三十种》本、息机子《元人杂剧选》本。剧写:赵匡胤未发迹时,与同伴郑恩到汴京竹桥让陈抟占卜,陈占赵必当皇帝,郑当大臣。后果应验。赵派使臣诏请陈抟来京,邀陈做官,陈则讲述隐居修仙之乐,赵百般劝导、外加美女诱惑,陈不为所动,无奈赵封为宫中道观主持。陈"本不是贪名利世间人,则一个乐琴书林下客,绝宠辱山中相推开名利关,摘脱英雄网,高打起南山吊窗,常则是烟雨外种莲花,云台上看仙掌"。陈抟,五代宋初道士,《宋史》卷457《隐逸列传上·陈抟》有记载,此外,宋刘斧《青琐高议》、邵伯温《邵氏闻见录》等书,也有记载。此剧所写不同于一般的书生落第,不得已而出世。陈抟本有机会做官,而以"丹砂好炼养闲身,黄金不铸封侯印。戴不得幞头紧;穿不的公裳窄。不如我这拂黄尘的布袍,漉浑酒的纶巾",逍遥自在,豁达出世。陈抟"看透一切,敝屣富贵,恬淡散朗,不慕荣利","读之令人有出尘之想"③。

李寿卿《叹骷髅》,存残曲,天一阁本《录鬼簿》题目正名作"南仙华不朝赵天子,鼓盆庄子叹骷髅";《今乐考证》《元人杂剧钩沉》正名作"鼓盆歌庄子叹骷髅"。庄子故事有"不朝天子"事,《庄子·外篇·秋水第十七》,述庄子钓于濮水,楚王使大夫二人往聘,庄子以神龟作喻,不朝楚王,而宁自由自在,曳尾涂中。有"叹骷髅"事,《庄子·外篇·至乐第十八》,庄子妻死,庄子箕踞鼓盆而歌,表达其"齐生死"观;又有,庄子之楚,见空骷髅,问及何至于此。遂枕骷髅而卧,骷髅言死之乐胜于南面而王,表达生不如死之乐。杂剧残曲在对比

---

① 王叔岷:《庄子译诠》,中华书局2007年,80页。
② 滕修展等注译:《列仙传神仙传注译》,百花文艺出版社1996年,第165页。
③ 贺昌群:《元曲概论》第六章《元曲的艺术》,《贺昌群文集》(第2卷),商务印书馆2003年,第744页。

中，描述了出家儿"无荣无辱，无烦无恼"闲云野鹤的散淡、舒心、惬意生活；抒发了不愿出仕，"拜辞了皇家宣诏"，一心向道的志诚志向。

王仲文《张良辞朝》，剧佚，天一阁本《录鬼簿》正名作"从赤松张良辞朝"。曹本《录鬼簿》《今乐考证》《曲录》作"汉张良辞朝归山"。本事见《史记》卷55《留侯世家》：张良辅佐刘邦灭秦平楚，封为留侯，却表示："愿弃人间事，欲从赤松子游耳。"于是弃官学道。

纪君祥《松阴梦》，存残曲，天一阁本《录鬼簿》题目正名作"李元贞正果碧云庵，陈文图误（悟）道松阴梦"；曹本《录鬼簿》《今乐考证》《曲录》作"李元真松阴记"。当与金文质已佚杂剧《松阴记》为同一题材。残曲歌颂弃官避世的逍遥适意，认为"为官爵，富贵奢豪，未若贫而乐"，感叹"光阴急急"，勘破"荣华富贵"，称"富贵是惹祸题目，荣华是种祸根苗，酒色是斩身之剑，财气是致命之刀"。追求"五七亩闲庭小院，两三间茅舍萧萧"，无拘无束、闲适自由。

照道教教义解说，认为凡人情愿或者违心地脱俗离尘，除了本人的修炼之外，还需要神仙高道加以超度荐引，于是就有不少"度脱剧"，被超度者既有凡人，也有修炼得道却尚未正果朝元的精怪。

马致远《马丹阳》，或称《任风子》，今存《元曲选》本、《元刊杂剧三十种》本、脉望馆抄校《古今杂剧》本、《酹江集》本。剧写：高道马丹阳知甘河镇屠户任风子有半仙之分，欲行度脱，于是在甘河镇，规劝人们吃斋戒荤，致使众屠生怨，提议任屠去杀马丹阳。谋害不成，反被马丹阳借神仙法术砍下任屠之头，又能使其复活，任屠敬伏，愿拜马丹阳为师，随其出家修道。马丹阳以"十戒"警示，任屠一一谨记施行：毅然休妻摔子。马丹阳特使"六贼"魔障任屠，向其索要金银珠宝、猿、马，他都送与；又有任子索物索命，任也照办。证明已经度过"酒色财气，人我是非"之关，自然终于得道成仙。剧中所谓十戒："一戒酒色财气，二戒人我是非，三戒因缘好恶，四戒忧愁思虑，五戒口慈心毒，六戒吞腥啖肉，七戒常怀不足，八戒克己厚人，九戒马劣猿颠，十戒怕死贪生"，包括一切欲求，显系彻底虚无，亦无是非，逃避现实之意，十分明显。

马致远《岳阳楼》，今存《古名家杂剧》本及《元曲选》本。剧写：吕洞宾正在蟠桃宴上饮宴，忽见下界岳阳一道青气，知有神仙出现，于是假扮卖墨先生来至岳阳楼，原是楼下柳树修炼成精，杜康庙前梅花成精，于此作祟。吕欲带二人出家，苦其为土木形骸，于是命柳精托生为男性郭马儿，梅精托生为女性贺腊梅，二人结为夫妻。三十年后，吕来度脱。郭执迷不悟，邀郭出家，郭难舍妻子，及至家中，见妻被杀，告至官府，吕用法术换了文书，郭成杀人贼，郭氏大惊，随吕来至仙境。见妻在此，忽又被吕用法术变没，郭又告官言道士拐骗其妻。官府问罪，吕又使郭妻出现，州官斥郭诬告，便要问斩。郭求吕搭救，八仙出场，郭方顿悟，遂皈依入道，夫妻同登仙路。此剧演述度脱故事，意在反映现实的苦闷、烦恼，向往神仙生活。其特点是："度脱的对手是无情的草木，所以是神仙道化剧中的异味，兴味深长。在'超世'里面，寓有'世间的'人情味。柳树的性格，也在从无情的草木，逐次转化为妖精、人类、神仙的时候，呈现着一种复杂的趣味。"①

谷子敬《城南柳》，今存脉望馆钞校《古名家杂剧》本、息机子《古今杂剧》本、《元曲选》本、《柳枝集》本。剧写：吕洞宾奉师钟离子之命，去岳州度脱柳树，来到岳阳楼饮酒，以王母所赐蟠桃下酒，食毕将桃核扔在东墙下，桃树长成，与老柳结为夫妇，二妖白天潜藏深山，夜间到岳阳楼歇宿。一日正遇吕洞宾，要求度脱，洞宾因命他们先托生，于是，柳托生在酒保杨家，桃托生在东邻李家，两人长大配成夫妻，继承父业，经营酒楼。吕再来度脱，柳却难舍家产与夫妻恩爱。柳又杀妻小桃，被官府拿住，柳诬洞宾，被查证诬陷，命洞宾杀死柳，正在柳待死之际，众人现出原形，原来是八仙作法。老柳醒悟，终列仙班，同赴王母蟠桃会。故事源自叶梦得《岩下放言》，关于吕洞宾在岳州城南寺逢大古松精的传说，明杂剧《升仙梦》与该剧关目大同小异，皆源于此。故吴梅云："元剧多演吕仙度世事，重见叠出，强半雷同。此剧与谷子敬之《城南柳》，不唯事迹相似，即其中关目线索，亦大同小异，彼此可以移换。"②

李时中等《黄粱梦》，今存脉望馆《古名家杂剧》本，题目正名作"劝修行离却利名乡，别尘世双赴蓬莱洞；汉钟离度脱唐吕公，邯郸道省悟黄粱梦"；《元曲选》本，题目正名作"汉钟离度脱唐吕公，邯郸道省悟黄粱梦"。此剧为四人集体创作，天一阁本《录鬼簿》著录在李时中名下，注曰"一折马致远、一折花李郎、一折经（红）字李二、一折李时中"。剧写：东华帝君命其弟子钟离权度脱吕岩，钟离权在王婆店里遇到上朝取应的吕岩，劝其出家，吕不肯。王婆煮黄粱米饭未熟，吕岩"神思困倦"而睡。钟离权使其睡梦中中举，拜兵马大元帅，娶高太尉女翠娥，生一儿一女。吕领皇命往蔡州平乱，临行高太尉饯行，吕酒醉呕血，戒酒上路；战场上，吕接受敌人贿赂，卖阵而获珍珠、黄金，领兵回朝；

---

① ［日］青木正儿著、隋树森译：《元人杂剧概说》，中国戏剧出版社1957年，第90页。
② 王卫民编：《吴梅戏曲论文集》，中国戏剧出版社1983年，第393页。

回到家中，却发现妻与魏尚书子有染，妻索要休书，任凭改嫁；吕卖阵事发，被充军沙门岛，途中一双儿女被人摔死，吕岩也被杀死。突然惊醒，原来只是一梦，梦中历十八载，遍经酒色财气，吕幡然醒悟。东华帝君率群仙至，吕岩列入仙班，号"纯阳子"，成为八仙之一。吕岩醉心功名，一心要上朝取应，而"历尽妻女家庭之苦，引起出世之心"（吴梅《瞿安读曲记》）。意在劝戒士子，戒掉酒色财气，心灵便得升华，人生便如神仙。此剧故事出于《列仙全传》，唐沈既济小说有《枕中记》，元谷子敬有佚目杂剧《枕中记》，当与此大致相同。

岳百川《铁拐李岳》，今存《元刊杂剧三十种》本，题目正名作"岳孔目借尸还魂，吕洞宾度脱李岳"；《元曲选》本、《酹江集》本题目正名作"韩魏公断借尸还魂，吕洞宾度铁拐李岳"。剧写：仙人吕洞宾知六案孔目岳寿具有仙缘，欲行度脱，便化作颠道，到岳家门前笑骂，言其子为无父儿，言其妻为寡妇，言其本人无头将死。岳寿愤而将洞宾吊在门首，适韩魏公巡察郑州，放走洞宾，寿便吊起韩魏公，得知其身份后，惊吓病死，魂到阴司受罪。洞宾赶至地府，岳寿情愿出家。阎君放走寿魂，可以找到自己尸体复活。然寿尸已被火化，只好假借李屠尸体还魂。李尸身瘸貌丑，洞宾为之起名李岳，点化入道，后为八仙之一，亦即铁拐李。

范康《竹叶舟》，今存《元刊杂剧三十种》本，题目正名作"吕纯阳显化沧浪梦，陈季卿悟道竹叶舟"；《元曲选》本题目正名作"吕洞宾显化沧浪梦，陈季卿误上竹叶舟"。剧写：余杭书生陈季卿，应举不第，来至终南山，投奔同窗故友惠安长老，留住寺中，以待选场。一时思归，书词于壁。吕洞宾奉师法旨，前来度脱。告其若愿出家，能以借舟相送。于是，将一竹叶粘于墙壁，竹叶立即变成小舟，季卿梦中登舟前行，忽迷道路，焦急不安，却见吕洞宾、列御寇、葛洪赶来，各说弃官修道之好，季卿执意不从，吕指点回家，见过父母妻儿，怕误试期，又乘原舟赴京赶考。路遇风暴，坠入水中，一惊而醒，见吕留诗，述其梦中经历，乃知洞宾仙人，急忙追赶，拜求度化。洞宾引之，得见东华帝君以及八仙，于是共赴蟠桃宴会。梁廷楠《曲话》卷2云："元人杂剧多演吕仙度世事，迭见重出，头面强半雷同。"《黄粱梦》《岳阳楼》《城南柳》《铁拐李》是也。是剧吕仙用变化之术，显示神仙神通，度脱凡人陈季卿。

赵明道《牡丹亭》，存残曲，天一阁本《录鬼簿》正名作"韩湘子三赴牡丹亭"，《也是园书目》正名作"韩退之雪拥蓝关记"。《元人杂剧钩沉》辑有《蓝关记》残曲，收在无名氏目下。纪君祥有《韩湘子三度韩退之》杂剧，今佚；陆进之《升仙会》，天一阁本《录鬼簿》题目正名"陈半街得悟到蓬莱，韩湘子引度升仙会",均演韩湘子度脱事。本事见唐段成式《酉阳杂俎》、宋李昉编《太平广记》及刘斧《青琐高议》:韩愈从子侄韩湘自江淮来,有奇术,言能令牡丹开花如所需,及花发,每朵有一联诗,其一即"云横秦岭家何在?雪拥蓝关马不前"。后韩愈因谏佛骨事被贬潮州,至蓝关,见一人冒雪前来,即是韩湘,应验花上诗句。韩湘趁机度化韩愈。

赵敬夫《张果老》,剧佚,《说集》本、孟本、《太和正音谱》作"哑观音";曹本、《今乐考证》《曲录》作"张果老度脱哑观音";《录鬼簿续编》题目正名作"西王母归元华阳女,张古老度脱哑观音"。当演八仙之一的张果老度脱事。又据宋元话本有《种瓜张老》推测,可能与《太平广记》卷16《张果》类似:梁代扬州有灌园叟张果,听说韦恕为女择婚,托媒求之,韦以其穷老,戏以钱五百缗方可,张即奉送,女亦同意,两人成亲,张迁回望屋山,后女兄寻至,见其家富丽堂皇,夫妇衣食世上无双,乃知神仙。

杨景贤《刘行首》,今存《元曲选》本和《古名家杂剧》本。剧写:重阳真人王喆奉师法旨度脱七真,至西安城外北邙山口,遇鬼仙要求度脱,王嘱她去汴梁刘家托生,做二十年行首,还五世宿债,遇三个丫髻的马真人,方可得道。重阳节刘行首被唤官身,路遇奉命前来度脱的马丹阳,马要度脱,刘执迷不悟。刘一心要嫁林员外,无奈马丹阳使其入睡,命东岳案神梦化于她,东岳案神告知前因,刘行首醒悟,愿跟师父去。鸨母、林员外又来纠缠,还打死马丹阳,六贼拿住员外,这时马丹阳再次现身,引刘行首见众仙证果。此剧与佛教剧《度柳翠》颇相类,"被度脱者是迷惑不悟,不肯出世。度她的却三番两次的定要度她。终于度人者如愿以偿,被度者也恍然大悟。一念之转,便得证果朝元,立地成仙。"[1]

史九敬先《庄周梦》,今存脉望馆钞校《古今杂剧》本,题目正名作"太白星三度燕莺忙,老庄周一枕胡蝶梦";天一阁本《录鬼簿》著录,题目正名作"去酒色财气漆园春,破莺燕蜂蝶庄周梦";曹本、《今乐考证》《曲录》作"花间四友庄周梦"。本事源自《庄子》卷2《齐物论》。剧写:大罗神仙被贬在庄氏门中为男,名庄周。太白金星奉玉帝之命下来度脱,让蓬壶仙长领风花雪月四仙往杭州,迷庄周,庄周醉酒,太白金星来点化他,劝其做神仙。又演示时光易逝,庄仍不悟,睡梦中被四仙推下山涧,庄周又遇一道士,劝其出家,庄仍不肯,来到李府尹宅中,李为太白金星幻化,言说神仙好处,又唤出莺燕蜂蝶四女劝庄周戒酒色财气,庄不肯。李府尹去洛阳做官,留家产给庄周,太白金星又差春夏秋

---

[1] 郑振铎:《中国文学史》下册,陕西师范大学出版社2009年,第531页。

冬四仙女，化为桃柳竹石来点化庄周，庄周认出仙女，太白金星再化李府尹来见庄周，庄早已醒悟，至此功成行满，得以升天。

无名氏《玩江亭》，今存脉望馆钞校本，题目正名"牛员外得悟平康巷，瘸李岳诗酒玩江亭"。贾仲明的《金童玉女》略同。剧写：西王母殿前金童玉女，因一念思凡，谪降下届，金童托生为牛璘、玉女托生为赵江梅，二人成婚，牛璘为赵江梅在江对面盖了一座玩江亭。江梅生日，在玩江亭安排酒肴庆贺。东华帝君派铁拐李下界超度二人，牛璘夫妇不肯出家，但从此牛璘便"睡里梦里，但合眼便则是那个先生"。为摆脱铁拐李，牛璘到郊外散心，谁知刚到，铁拐李早已等候在此，铁拐李施法术，荒郊见殿宇、裂地出美酒、枯树生了花，牛璘恍然大悟，于是随师父出家。江梅想劝丈夫回家，牛璘却要度江梅出家，牛璘梦中点化江梅，他变化为艄公，江心打江梅落水，这时铁拐李出现，江梅亦醒悟，铁拐李遂带领江、赵二人证果朝元。青木正儿云："度脱剧里面，有一种谪仙投胎式，就是他的前身本是神仙，因为起了思凡之念，被贬谪到尘世中，经验人生的乐事。等到后来省悟其为泡沫梦幻，便又被见许还仙界了。拿这种的教理，包围剧之外廓者，成了一种定型。"①

无名氏《蓝采和》，今存脉望馆钞校《古名家杂剧》本，题目正名作"引儿童到处笑呵呵，老神仙捆手醉高歌；吕洞宾点化伶伦客，汉钟离度脱蓝采和"。赵景深的《元人杂剧钩沉》辑有《蓝采和锁心猿意马》，当与此剧演同一题材。剧写：钟离权赴天斋回来，见洛阳梁园棚内有一伶人蓝采和有神仙之分，便去度脱他。钟离权到勾栏内扰了一日做场，劝其出家，蓝采和不肯。钟离权便让吕洞宾下界，让蓝采和见见恶镜头。次日，蓝采和生日，钟离权来到门首哭哭笑笑，吕洞宾幻化官府人等，说蓝采和"失误官身"，要责打四十大棒，钟离权答应解救，但救出后要随他出家，蓝采和答应。三十年后，蓝采和再见妻子、伙伴年已老迈，而自己却容颜未改，在别人劝说下欲再做几日杂剧，受到钟离权责备，于是随师父赴瑶池，同登仙界，成为八仙之一。

道教是华夏民族文化形成的宗教，它"以《老子》《庄子》为根本经典，也融汇《吕氏春秋》《淮南子》，提炼民间巫术，吸收《山海经》《楚辞》等神话传说，整治医学、保健、化学、物理成果，筑构了中国式的宗教。"② 苏轼在《上清储祥宫碑》中说："道家者流，本出于黄帝老子，其道以清静无为为宗，以虚明应

---

① ［日］青木正儿著、隋树森译：《元人杂剧概说》，中国戏剧出版社1957年，第127页。
② 张立文、刘大椿主编：《道教与中国文化》，人民文学出版社1978年，第30页。

物为用，以慈俭不争为行，合于《周易》'何思何虑'、《论语》'仁者静寿'之说。"其主旨是让人在修道升仙的幻想中，达到对生命的超越。并且每当现实受挫，理想不能实现之时，这种道家的避世思想就得到发展。

北宋兴崇道之风，《宋史·选举志》载：政和七年，"朝散郎、知兖州王纯，乞于《御注道德经》注中出论题。范致虚亦乞用《圣济经》出题"。政和八年，朝廷下诏有司，"使学者治《御注道德经》，间于其中论题。"① 道教经典成为科举考试内容的一部分。又有规定让学校诸生学习道教经典，"令天下学校诸生，于下项经添大小一经，各随所愿分治，大经《黄帝内经》《道德经》，小经《庄子》《列子》，……兼通儒书，俾合为一道，大经《周易》，小经《孟子》。"学道成为时好。宋末更有一些无以归附的遗民、处士，怀着"不食周粟"的信念，创立影响深远的全真教，"情窳之人，翕然从之，南际淮，北至溯漠，西向秦，东向海，山林城市，庐舍相望，什佰为隅，甲乙授受，牢不可破"②，意在"苟全性命于乱世，不求闻达于诸侯"。

元代统治者全力扶植全真教，丘处机曾应成吉思汗之诏，于元太祖十四年（1219 年）率弟子 18 人西行万余里，途经数十国，历时四年始达"雪山"（今阿富汗境内）面见太祖。1222 年 4 月，丘处机达成吉思汗行营，为其讲道，成吉思汗深契其言。曰："天锡（赐）仙翁，以寤朕志。"命左右书之，且以训诸子焉。于是锡之虎符，副以玺书，不斥其名，惟曰'神仙'命他掌管道教。全真教受到礼遇。元太祖蠲免全真道士的差役赋税，允许其广招信徒："时国兵践蹂中原，河南、北尤甚，民罹俘戮，无所逃命。处机还燕，使其徒持牒招求于战伐之余，由是为人奴者得复为良，与濒死而得更生者，毋虑二三万人。中州人至今称道之。"③ 全真教教徒能洁身自好，"渊静以明志，德修而道行……耕田凿井，自食其力，垂慈接物，以期善俗"④，朴实无华、平易近人。使全真教在元代不仅获得了空前的发展还享有良好的声誉，成为身处战乱频仍、倍受压迫的广大下层群众的避难所。

元代汉人不仅要承受民族压迫，还要面对异族文化的种种不适，人们在痛苦中挣扎而得不到现实的救助，于是宗教就成为其精神上的寄托，宗教使其忍受现

---

① 《能改斋漫录》卷 13。
② （元）元好问：《紫微观记》，《遗山先生文集》卷 30，四部丛刊初编本。
③ （元）王恽：《奉圣州永昌观碑》，见《秋涧集》卷 58，四部丛刊初编本。
④ （元）王恽：《奉圣州永昌观碑》，见《秋涧集》卷 58，四部丛刊初编本。

实的痛苦而在精神上获得永生。元代声势浩大的道教成为人们寄托美好理想的光辉彼岸。元代"神仙道化"剧的大量出现，正是同这一时期的社会现实有着密切的关系。儒学精神所赋予文人的理想得不到实现，无奈之余他们只能用戏曲来作为精神补偿。

　　为逃避现实，道教剧创设了虚幻的精神乐园。首先，在杂剧中人获得了充分的自由，人世间的一切束缚包括时间和空间的，都失去了意义。陶渊明在《桃花源记》中描绘的"桃源"、"洞天"，在元杂剧中已成仙界的同名，《刘晨阮肇误入天台》，演述汉代天台人刘晨阮肇在仙翁指引下进入桃源洞，二人在洞中不过生活了一年，等到出山回家，情况竟是："往时节将嫩苗跑（刨）土栽，今日呵，见老树冲天立！"回到家中，儿子早已亡故，孙子都老大了。于是感叹："山中方七日，世上已千年，信有之也。"正是迎合了国人长生观念来构建的，人在自然中的渺小软弱，现实瘟疫、饥饿、战乱、灾荒，迫使人们产生生命忧患，于是"不死之国"、"不死之药"、"不死之山"、"不死之民""长生不老"等，就自然成为人们梦寐以求的晨曦霞光。

　　其次，对仙境的向往描绘，《庄周梦》中，来自太虚仙境的太白金星对迷恋花酒的庄周描述自己所生活的仙境："俺那里灵芝常种，蟠桃初红；云鹤翔空，白云迎送；玉女金童，紫箫调弄；香霭澄澄，紫雾濛濛；瑞气腾腾，罩着这五云楼观日华东。俺那里有神仙洞。"《陈抟高卧》中陈抟这样描述他所生活的仙境："俺那里云间太华烟霞细，鼎内还丹日月迟；山上高眠梦寐稀，殿下朝元剑佩齐；玉阙仙阶我曾履，王母蟠桃七曾吃；欲醉不醉酒数杯，上天下天鹤一只；有客相逢问浮世，无事登临叹落晖；危坐谈玄讲《道德》，静室焚香诵《秋水》；滴露研硃点《周易》，散诞逍遥不拘系。"《误入桃源》中的东汉人刘晨、阮肇，误入仙境，只见："霞光风驭，羽盖霓旌，笙歌缭绕，珠翠妖娆"。《黄粱梦》中钟离权描述："俺那里地无尘，草长春。四时花发常娇嫩，更那翠屏般山色对柴门。雨滋棕叶盛，露养药苗新。听野猿啼古树，看流水绕孤村"。《任风子》中任屠进入蓬莱仙境后唱道："再谁想泥猪疥狗生涯苦，玉兔金乌死限拘。修无量乐有余，朱顶鹤献花鹿。喉野猿啸风虎，云满窗月满户。花落溪酒满壶，风满廉香满炉。看读玄元道德书，习学清虚庄列术。小小茅庵是可居，春夏秋冬总不殊。春景园林赏花木，夏日山间避炎暑。秋天篱边玩松菊，冬雪檐前看梅竹。皓月清风为伴侣，酒又不饮色又无，财又不贪气不出"。《邯郸梦》："俺那里自泼春醪嫩，自折野花新，独对青山酒一尊，闲将那朱顶仙鹤引，醉归去松荫满身，冷然风韵，铁笛声吹断云根"。高贵、祥和、自由、清爽、闲适，这不正是人所理想的境界吗？与此相比，红尘中的人们可谓苦不堪言。

第三，度人成仙，神仙道化剧大部分剧目为度脱剧，其内容或敷演道祖、真人悟道飞升，或描述真人度脱精怪鬼魅、书生员外、屠户妓女。其主旨是宣扬功名利禄无可留恋，出家皈道才是正途，但其表现又不是作一般的宗教宣传，而是始终伴随着儒家入世的未了情缘，是始终以实用为目的，掺杂着功利主义的皈依。显示作者那种内心充满着入世不能、出世又不甘心，出世而又恋世的矛盾心态。所以在度脱剧中一方面表现对功名利禄的否定，《黄粱梦》钟离权劝吕洞宾："你只顾那功名富贵，全不相想生死事急，无常迅速"，"功名二字，如同那百尺高竿上调把戏一般，性命不保，脱不得酒色财气这四般儿，笛悠悠，鼓咚咚，人闹吵，在虚空，怎如的平地上来，平地上去，无灾无祸，可不自在多哩"，吕洞宾梦中中状元，做高官，娶美妻，依靠上有权有势的高太尉，过上了自己理想的生活。然而，美酒伤身，妻子不贞，因贪财卖阵差点送命，流放途中子女被杀，自己也被杀掉，功成名就并没有带来幸福，反而更加痛苦。《陈抟高卧》中陈抟对当官的下场，这样概括："三千贯二千石，一品官二品职，只落的故纸上两行史记，无过是重裀卧列鼎而食。虽然道臣事君以忠，君侍臣以礼，哎，这便是死无藏身之地，敢向那云阳市血染朝衣"。《竹叶舟》中说"你待要名誉兴，爵位高，那些儿便是你杀人刀，及时得舒心快意宽怀抱，常则是，焦蹙损两眉梢"。一方面又突出被度者对尘世的深深眷恋：如《黄粱梦》中钟离权说尽入道成仙的好处："长生不老，炼药修真，降龙伏虎，到大来悠哉也啊"，"神仙的快乐与你俗人不同，俺那里自泼村醪嫩，自折野花新，独对青山酒一尊。闲来将那朱顶鹤引，醉归去松阴满身。泠然风韵，铁笛声吹断云根"吕岩却回答："俺做了官，也有受用。""俺为官居兰堂，住画阁，你出家人无过草衣木食，干受辛苦，有什么受用快活。俺为官的，身穿锦轻纱，口食甜美味；你出家人草履麻绦，餐松啖柏，有什么好处"。《竹叶舟》里陈季常也说："小生学成满腹文章，正要打点做官哩。老实对你说，小生出不的家！""我做官的，身上穿的是紫罗兰，头上戴的是乌纱帽，手里拿的是白象笏，何等荣耀，你们出家的，无过是草衣木食，到得那里"。就连个《岳阳楼》里的郭马儿，《任风子》里的任风子，《兰采和》里的兰采和，《度柳翠》里的柳翠，无不是神仙通过幻化手法，将他们逼入绝境，才不得不弃世入道。

"中国传统文人对于'明道救世'的社会责任和历史使命，保持着一种近乎宗教般的迷狂情操。他们一方面从文献史鉴中拼命吸取政治知识，以便使自身通股劲'决然否'的宏才大略，一方面则以道的承担者自居、自持、自重，理所当然地参与其时代的社会政治。""这就是元杂剧作家的汲汲于政治和功名的文化和心理内涵。这种内涵如此富有历史厚度，因而如此死死地困扰在他们的内心，以致使他们不能在任何一种人生哲学中获得解脱。无论是荡入红尘深处，还是遁出人世之外，他们都无法抗拒它的吸力。"① 真正道出了道化剧的矛盾主题，文人们既摆脱不了对现实今生的系念，又不能忍受残酷现实带来的精神苦闷，所以它们在出世与入世中苦苦挣扎，现实并不幸福，弃世也不轻松。道教作为民族文化的宗教，它是以现实幸福和当世得道成仙为目的，对人生抱有现实主义的态度。修道不仅可以避祸免灾，还可以进入神仙境界，可以长生不老，它与世俗不是对立的而是调和的。一个人如果生活的舒适、顺利，精神上也没有苦闷，他就会安于现状；如果现实混乱、丑恶，精神苦闷空虚，他必然去寻求精神寄托。元杂剧中的道化戏，正是适应此要求而兴盛的。

［作者简介］徐雪辉，曲阜师范大学文学院教授。

---

① 刘彦君：《栏杆拍遍——古代剧作家心路》，文化艺术出版社 1995 年，第 21 页。

# 王重阳与全真七子的"蓬莱"书写

蒋振华

## 一、"蓬莱"的历史变迁与全真教的"蓬莱"书写

"蓬莱",无论是作为一个中国区域中的地理概念,还是作为中国传统文化中的一个符号定义,从文献记载看,均由来已久,而且经历着历史变迁与概念衍化的动态轨迹。先秦文献如《山海经》《列子》等已具列其名,《山海经·海内北经》云:"蓬莱山在海中。"① 《列子·汤问》则首次把"蓬莱"与方丈、瀛洲等并称三山,如云:"渤海之东,不知几亿万里,有大壑焉,实惟无底之谷,其下无底,名曰归墟。八纮九野之水,天汉之流,莫不注之,而无增减焉。其中有五山焉:一曰岱舆,二曰员峤,三曰方壶,四曰瀛洲,五曰蓬莱。其山高下周旋三万里,……珠玕之树皆丛生,华实皆有滋味,食之皆不老不死,所居之人皆仙圣之种。一日一夕飞相往来者不可数焉。而五山之根无所连著,常随潮波上下往返,不得暂峙焉。仙圣毒之,诉之于帝。帝恐流于西极,失群仙圣之居,乃命禹强使巨鳌十五举首而戴之,……五山始峙。后岱舆、员峤二山流于北极,沉于大海。"② 这就是后来文献所云渤海三山的来历。

自《列子》始肇三山与神仙之关系后,秦汉以来的文献典籍就越来越将地理概念与神仙内涵糅合起来,以致从文化意义上看,"蓬莱"或三山作为神仙符号的象征意义则越来越凸显。如司马迁《史记·封禅书》云:"自威、宣、燕昭使人入海求蓬莱、方丈、瀛洲。此三神山者,其传在渤海中,去人不远。"③ 又《史记·秦始皇本纪》则更敷衍仙人之说:"齐人徐市等上书,言海中有三神山,名曰蓬莱、方丈、瀛洲,仙人居之。"④ 而《汉书·郊祀志上》所载渤海中有三神山及仙人之事与《史记》同。三山有仙人居住以致后世所云神仙在渤海三山之中的说法

---

① 袁珂:《山海经校注》(修订本),巴蜀书社 1992 年,第 378 页。
② (晋)张湛注:《列子》,中华书局 1985 年,第 61 – 62 页。
③ 《史记》卷 28《封禅书》,中华书局 1959 年,第 1369 页。
④ 《史记》卷 6《秦始皇本纪》,中华书局 1959 年,第 247 页。

从此广为流传，"蓬莱"作为神仙的象征符号自此定格。魏晋以后，又有将三山称为"三壶"的，如王嘉《拾遗记》云："东方朔《宝瓮记》云：'宝云生于露坛，祥风起于月馆，望三壶如盈尺，视八鸿如萦带。'三壶，则海中三山也，一曰方壶，则方丈也；二曰蓬壶，则蓬莱也；三曰瀛壶，则瀛洲也，形如壶器。"① 东方朔所撰《宝瓮记》不传，王嘉引其《记》所云三壶，解释为三山，应该不错，所以后来三山、三壶通称。虽然上述关于"蓬莱"作为地理名字的记载已多不胜举，所涉关于史料与传说，但有一个共同之处则是此类文献关于"蓬莱"还是一个虚拟缥缈中的地名，即可望而不可及的海上幻境。真正作为齐鲁大地上的行政地理范畴或名称，始于汉武太初元年（前104年），汉武帝第五次巡狩，东至海上，远望海上"蓬莱"，然后于现今蓬莱地面上筑城一座，称之为"蓬莱"，从此，人间便有了一个实实在在的地名了。

道教产生以后，尤其是西晋葛洪在《抱朴子内篇》中提出了神仙道教理论之后，"蓬莱"作为一个概念，在融合了上述虚幻的神仙含蕴与实在的地理范畴之后，以蓬莱仙境为追求目标的神仙信仰几乎指导中国道教走完了她两千年的历史进程，山与仙的关系自西晋以来就捆绑得极其严密了，唐宋八仙的传说中，就有吕洞宾、铁拐李从渤海西岸入海去三神山的说法。而道教发展到金元时期，全真教的出现，是中国道教发展到繁盛的标志，作为以神仙信仰为中心教义的道教组织，全真教创始人王重阳和他的七位高足弟子围绕"蓬莱"这个宗教与地理相统一的符号创作了大量的诗词作品，表达他们对于全真教思想理论的诗性阐释，抒发和书写其对于"蓬莱"符号解读的多元指向。统计表明，在关于"蓬莱"记载或书写的文献史上，没有哪个时期的文献资料或文学作品像王重阳和七真子那样如此频繁地表现他们的"蓬莱"情结，更有趣的是，他们所有"蓬莱"书写的诗词，每一首，每一篇都有"蓬莱"或其他与此相关的字眼，具体情况是：《全金诗》所录王重阳诗553首，而属于"蓬莱"书写的有诗43首，词76首。其中对于"蓬莱"或"三山"的称呼有："三岛""三座""三鳌""蓬岛""海岛"等。《全金诗》所录七真弟子之一马钰诗530首，属于"蓬莱"书写的诗有33首，词128首，其对于"蓬莱"或"三山"的称呼有："蓬岛""蓬瀛""三岛""蓬庄""蓬宫""蓬府"，而以"蓬瀛"出现的频率最高计126次。《全金诗》所录七真子者谭处端诗歌87首，属于"蓬莱"书写的有10首，词18首。《全金诗》所录七真子者丘处机诗426首，属于"蓬莱"书写的有21首。《全金诗》所录其他弟子

---

① （东晋）王嘉：《拾遗记》，中华书局1981年，第20页。

如刘处玄诗505首，属于"蓬莱"书写的有51首，词10首；王处一诗526首，属于"蓬莱"书写有34首，词8首；郝大通诗31首，属于"蓬莱"书写的有1首；孙不二诗22首，属于"蓬莱"书写的有2首。关于上述数字统计，我们不妨列表示之则更直观清晰。

| 作者 | "蓬莱"诗作（篇） | "蓬莱"词作（篇） |
|------|------|------|
| 王喆 | 43 | 76 |
| 马钰 | 33 | 128 |
| 谭处端 | 10 | 18 |
| 丘处机 | 21 | |
| 刘处玄 | 51 | 10 |
| 王处一 | 34 | 8 |
| 郝大通 | 1 | |
| 孙不二 | 2 | |
| 合计 | 195 | 240 |

## 二、理想的生命境界

"蓬莱"作为中国古代神仙信仰的符号标志，一个重要的文化内涵就是对于作为超越现实的人类生命境界、生存状态的一种界定，这可以换称为"神仙生活"、"神仙境界"之类的表述。这种"神仙生活"是以超越凡人世界为分水岭的，它的相关生活状态的词素是逍遥、快活、自由、真切；这种"神仙境界"是以远离尘世环境为参照系的，它的相关生命境界的词语为幻化、虚无、飘逸、神奇。王重阳及其七真弟子所创建的全真教，以保全人类真性（全真保性）为宗教追求鹄的，期待人类远离动乱、苦难，不羁绊于酒色财气这些伤真害性的世俗杂物，因此，隐括了上述两重意义的"蓬莱"生活和"蓬莱"仙境，自然成了他们诗词作品中反复吟咏、表达的内容，在作品体裁或题材上，仙乐诗、游仙诗（记游诗）、写景诗是他们创作得较为丰富多样的诗体诗题。

所谓仙乐诗，质言之，就是指写神仙快乐的诗或词。这种快乐是指生命体在灵与肉上的逍遥，洒脱，无拘无束，天马行空，来去自由。他们的仙乐诗具有极高的宗教与文学审美价值。如王重阳《刮鼓社》云：

> 刮鼓社，这刮鼓本是仙家乐。见个灵童，于中傻俏，自然能做作。长长把、玉绳辉霍。金花一朵头边烁。便按定、五方跳跃，早展起踏云脚。
>
> 会戏谑，正洽真欢乐。显现玲珑，玎珰了了，遍体缨络。遂引下、满空鸾鹤。迎来接去同盘礴。共舞出、九光丹药，蓬莱路有期约，蓬莱路有期约。①

在所有王重阳及其全真七子的"蓬莱"书写诗词中，几乎无一例外地在作品的尾句将"蓬莱"字符标上，这个字符就是对前面语意、词意、句意的提升、隐括、总归。王重阳这首词也如此，末句嵌进的"蓬莱"字符，其隐括的意义就是神仙快乐。而"快乐"的瓜熟蒂落或水到渠成，是在前面诸多文字对于"快乐"的分解基础上演绎而成的。前面所写的，就是一群仙童执持仙类鼓乐打击、跳跃、手舞足蹈所展示的一片快乐情景，不难想象，诗人正也置身在这个欢乐至极的行列中，最后引来满空仙鹤，把诗人引领到蓬莱仙境作快乐神仙去了。显然，本词"蓬莱"符号的文化含义、文学意蕴和宗教审美意蕴就是快乐人生的艺术化。

王重阳《醉蓬莱》云：

> 整六十三岁，三月良辰，十一日贺。瑞气祥云，香烟重锁。此际高穹，选降星郎，又天花乱妥。冰玉形容，神仙标格，有谁知那。
>
> 谨告贤兄，今为见在，名利荣华，石中明火。猛出凡笼，顿悉除人我。自在逍遥，全真真乐，把无死趁。埀摘蟠桃，蓬莱旧路，同行则个。②

只有全真保性，人之真乐才能体现出来，而这乐的意思就是"自在逍遥"，这是归路蓬莱的前提与要求，亦即只有逍遥自在者，才有资格进入蓬莱仙境，做快乐神仙。

王重阳又有《惜黄花》云：

---

① 《道藏》，上海书店出版社1988年，第25册，第714页。
② 《道藏》，上海书店出版社1988年，第25册，第750页。

主人居屋，绛宫长住。日行持，常关锁，封门闭户。里面种金钱，个个堪分付。好缘顾、即时觉悟。

行到清凉处，并无思虑。妙中妙，机密自通玄语。来时复还来，去后复还去，再休回、入蓬莱路。①

"蓬莱"符号的含义就是那种无忧无虑、来去自由的洒脱与放达，这就是神仙的神秘与奥妙，用王重阳自己的话来说就是"机密""妙中妙"。

这种内隐着"神仙快乐"的"蓬莱"符号意蕴的仙乐诗在王重阳第一弟子马钰作品里也为数不少，如其百首《丹阳神光灿》之九十九云：

人生七十，罕希寿数，我今四旬有五。一个形骸，便是七分入土。其余晚霞残照，遇风仙、才方省悟。好险咱，争些儿失脚，鬼使拖去。

本合阴司受苦，却如今、物外修行得做。自在逍遥，掌握幽微妙趣。枯树再生花卉，占长生、性命坚固。将来去，向蓬瀛，添个仙侣。②

怎样才到得蓬瀛"添个仙侣"？词人将自己近半世以来的生活做了前后对比，发现过去是错，现在是对，对者在于要"自在逍遥"，方能对应"蓬瀛"的符号含义——快活神仙。

如上所述，所谓快乐神仙，是一种人的灵与肉的超现实的欢愉快悦，亦即精神与物质的全面升华。但是，作为对于灵与肉的欢悦最直接的表现形态的人的各种感官如眼耳鼻口舌，也往往参与到愉悦的活动之中，因此，全真教的创立者们在建构"蓬莱"符号含蕴的价值体系时，也往往赋予它感官享受的快乐神仙内涵，这样，他们就津津乐道于对"蓬莱"仙境甚至幻境的游历、观览、描绘和想象，因此，游仙诗（记游诗）、写景诗也就多了起来。我们的不完全统计表明，此类诗词王重阳 11 首，马钰 9 首，谭处端 3 首，丘处机 11 首，刘处玄 6 首，王处一 12 首，郝大通、孙不二两人缺如。

王重阳《青玉案》云：

上元佳致真堪看，更片片、行云散。现出天如青玉案。放开心月，慧灯

---

① 《道藏》，上海书店出版社 1988 年，第 25 册，第 752 页。
② 《道藏》，上海书店出版社 1988 年，第 25 册，第 634 页。

明照，两曜交光灿。

　　球装七宝玲珑焕。把性烛、当中按。一对金童呈手段。琼杵推转，顺风归去，滚入那蓬莱观。①

　　这是词人对于上元佳节的艺术描写，通过想象幻化的手法使人间仙境化，因此，"蓬莱"仙境仿佛搬到了现实人间，创作的意图在于鼓吹成仙的可实行性，仙境就是人间，正好像佛就在众人心里一样，众人皆可为佛，凡人皆可为圣，那么，凡人也皆可为仙，这种儒道佛三教合一的思想，正是全真派一个重要的宗教特征。值得注意的是，王重阳这里写到的蓬莱观，就是现在还保留的山东省蓬莱市北丹崖山顶上的蓬莱阁，始建于北宋嘉祐年间（1056 — 1063），明代扩建，清代重修。该阁居高临海，阁高 15 米，重檐八角，绕以回廊。主阁配有三清殿、吕祖殿、天后宫、龙王宫等道院，景致宏伟，俯观大海，有凌空欲仙之势。全真七子之一的丘处机有《蓬莱阁》两首专事写此景，详后述。

　　王重阳的另一首《离别难》将游历、写景结合起来，赋予"蓬莱"符号以仙人仙境融合的道教含义：

　　游历水云两郡，人休起舞寥。看清轮、认取风飙，晃琼瑶、嘉气满丹霄。玉花吐、馥郁金莲，馨香二物谁消。随缘从覆焘，红霞缭绕，翠雾不相饶。

　　时得得，日昭昭，准蓬莱、定人言频招。见空中、彩凤来往，又金童、前捧紫芝苗。此却要、再睹吾颜，除非能续，弦断重调。劝汝等，各各修持。一去洞天遥。②

　　正因为是蓬莱仙境，琼楼玉宇，紫气清香，红霞翠雾，金童玉女，一派神仙盛象，所以值得游历，这种将写景与记游相结合的书写方式正是汉代记游赋产生以后传统文学体式和描写形式对全真道教影响所致。

　　马钰对于蓬莱仙境之美妙的描写，最有成就的诗作便是《宁海军判官乌延乌出次韵》：

　　腊八海市现寒空，虚无气象杳冥中。紫雾化成蓬岛洞，红霞变作宝瓶宫。

--------

① 《道藏》，上海书店出版社 1988 年，第 25 册，第 758 页。
② 《道藏》，上海书店出版社 1988 年，第 25 册，第 764 页。

隋珠照海相连蚌，蜀锦牵船岂见工。风光摇曳奔山虎，云彩横斜出水龙。遥观引鹤垂髫子，远望披蓑策杖翁。乘鸾玉女异中异，扑象金狮雄更雄。便是坡公吟不尽，直绕道子画难穷。劝人回首投嘉趣，顾我修真炼气融。投玄幸悟无生理，救命能趋过世钟。常有慈心扶众弱，却无俗念愿家丰。殷勤进道绝纤虑，点检行囊没个铜。掌握斡旋颠倒法，狂歌狂舞且佯风。①

蓬莱仙境，虚无幻化，紫雾红霞，明珠蜀锦，七彩添光，金童玉女，鹤发童颜，垂髫蓑翁，各得其乐，如此迷人的仙界胜景，无疑引得欲摆脱世俗烦恼者为之折腰。而从此诗作者马钰弃尘从王重阳入全真道的经历看，他出身山东宁海州的豪门巨富之家，富甲州里，人称"马半州"，自王重阳来宁海传道，经过王的一番宣传鼓动后便弃财离家，无心家业与继承财运，开始以济穷扶弱为己任，广纳信徒，劝说凡人爱身养命，于是便可知此诗中所云"常有慈心扶众弱，却无俗念愿家丰"之深刻背景，这也就是他向往蓬莱仙境故不惜浓墨重彩描写它的引人入胜的原委。

谭处端《水龙吟》所写蓬莱仙风道景与上引马钰《次韵》有异曲同工之妙：

瑞云捧出三峰，上真下化宸游地。祥云深锁，琼楼宝殿，琳宫幽邃。万顷岚光里。依稀降、玉泉莲水。望仙人掌上，弯弯初月，常晶莹，无瑕翳。

碧嶂层层苍翠。乱峰巅、猿叫鹤唳。我来感叹，尘中缰绊，恩情名利。滚滚甘随，逝波流转，几人攀跻。现停停云汉，安然不动，作阴阳髓。②

"三峰"即三山，该词上下阕前三句均专事写景，其写法是空中与山峰交替描写，宫殿与山峦交相映带，构成仙界胜境。其所云三山上有玉泉莲水，出自旧题东方朔作《十洲记》："瀛洲在东海中，地方四千里……上生神芝仙草。又有玉石，高且千丈，出泉如酒，味甘，名之曰玉醴泉，饮之数升辄醉，令人长生。洲上多仙家，风俗似吴人，山川如中国也。"

丘处机也是七真人中写记游诗、风景诗较多的全真派人物，其对于"蓬莱"符号所赋予的内涵更集中表现在对于"仙"的向往和成仙的渴望。如《夏游崂山留题二十首》（其一）云：

---

① 《道藏》，上海书店出版社 1988 年，第 25 册，第 583—584 页。
② 《道藏》，上海书店出版社 1988 年，第 25 册，第 855 页。

醮罢归来访道山，山深地僻海湾环。槎船即向波涛看，化出蓬莱杳霭间。①

作罢道教斋法寻访道教名山，登上崂山之巅远眺神山蓬莱，一种羡仙、希望成仙的情感油然而生。该组记游诗前面有作者序言，序云："大安己巳，胶西醮罢，道众相邀再游鳌山，复留题二十首。"从诗题与序文来看，崂山和鳌山或为一山两名，今仍有崂山在山东青岛境内，面向东海，故丘氏另一首《赴蓬莱狄氏醮，踏晓登山》诗则云"披云直下关东海，绝顶孤高映北辰"②，可知登山所面对者就是东海，所以又有蓬莱在东海之说，这又可以旧题东方朔《海内十洲记》为证："蓬丘，蓬莱山是也。对东海之东北岸，周回五千里，外别有圆海绕山。圆海水正黑，而谓之冥海也。无风而洪波百丈，不可得往来，上有九老丈人，九天真王宫，盖太上真人所居。唯飞仙有能到其处耳。"

丘处机往往用赋的手法极尽铺陈之能事来描写蓬莱仙境的引人入胜，这种手法尤以他的诗歌用得最多，如《望海吟》，几与北宋柳永《望海潮》铺陈写景相似，其诗云：

蓬莱东南隅，壮观天下绝。地邻仙圣域，山枕鱼龙穴。凭高望羲和，目极犹未彻。苍苍天水回，泛泛云霞泄。长风起波涛，万里卷霜雪。凭凌登岛屿，混漭失丘垤。时有灵气和，变化非常别。森罗无限景，欲辨难措舌。大哉百谷王，沉沉洞清彻。随时潮有信，历代旱无竭。人间顷亩池，是处广开列。比之鲸波大，壮若蛙井劣。望洋不见端，？天自严洁。众流莫浑浊，万古超生灭。③

该诗不直接写蓬莱仙境景色如何，而是通过对它周围的汪洋大海的壮阔景色的描写以渲染蓬莱的非凡气氛，从而表达其对于神仙境界的情感。

前已述及，丘处机有《蓬莱阁》词二首描写"蓬莱阁"的飞动之势，亦构成丘氏蓬莱书写的重要内容。其一云（仙山）：

---

① 《道藏》，上海书店出版社 1988 年，第 25 册，第 820 页。
② 《道藏》，上海书店出版社 1988 年，第 25 册，第 814 页。
③ 《道藏》，上海书店出版社 1988 年，第 25 册，第 822 页。

蓬莱阁，漫漫巨海深难越。深难越，洪波激吹，怒涛翻雪。

玉霄东畔曾闻说，虚无一境天然别。天然别，鳌山不动，蜃楼长结。①

这是比较早的关于海上三岛乃海市蜃楼所致的科学解释。

至于七子之另二人刘处玄、王处一关于"蓬莱"的写景记游诗，亦构成全真派"蓬莱"符号书写的重要组成部分，其包含的神仙生活、神仙境界的符号意义，限于篇幅，此处不再赘析。

## 三、宗教的终极追求

"蓬莱"作为王重阳和其七真弟子的书写符号，正由于赋予了生命以神仙生活和神仙境界的意义，因此，从逻辑进展的必然性来看，把这个符号赋予一种生命归宿的内涵则是顺理成章的事，职是之故，在他们的"蓬莱"书写中，蓬莱就成了他们追求的生命归宿的代名词，换句话说，"蓬莱"这个符号代表的是全真道的终极归依：归仙、做仙、成仙，以此为内涵的"蓬莱"诗词，在他们那里俯拾皆是。

王重阳"蓬莱"书写中所涉终极归依的诗词约略 26 首，在全真派中为数较多。其《不饮酒》云：

> 醒来不饮尘中酒，达后别传物外杯。莫衒白云随处有，自然举步到蓬莱。②

显然，"举步到蓬莱"是一种生命归宿的表白，归依了仙，做成了仙，就是达到了蓬莱仙境。王重阳《活死人墓赠宁伯功》（其十六）云："风月为邻也是人，水云作伴得真饮。便携鸾鹤归蓬岛，此去无由却堕尘。"③ "归蓬岛"，归宿很明确，当然是指人（生命）的归宿地。又《赠丘处机》云："细密金鳞戏碧流，能寻香饵会吞钩。被余缓缓收纶线，拽入蓬莱永自由。"④ 进入蓬莱，无疑也是回归到达之谓。又如《赠李道友》云：

---

① 《道藏》，上海书店出版社 1988 年，第 25 册，第 843 页。
② 《道藏》，上海书店出版社 1988 年，第 25 册，第 701 页。
③ 《道藏》，上海书店出版社 1988 年，第 25 册，第 702—703 页。
④ 《道藏》，上海书店出版社 1988 年，第 25 册，第 704 页

见公逸乐乐无涯，道在真全去世华。雅句公明谪仙子，遗风正是老君家。须知文苑高韩愈，垒作琴堂感伯牙。有个王乔还识否，同归蓬岛跨云霞。①

王乔，仙人，与之同归蓬岛，终极归依是在仙境做仙人。此外，王重阳明确提出来要做蓬莱仙人的诗是《赠童子修行》："白袍青包宿世因，有缘遇我脱迷津。虽然未达玄中妙，已作蓬莱小道人。"② 王重阳其他书写蓬莱终极归依的诗词，其关键语包括"到蓬莱""指路蓬莱""蓬莱路""归去蓬莱岛""如归蓬仙岛""到蓬莱""赴蓬莱""云步归蓬岛""抱一归蓬岛""赴蓬瀛""携手归蓬岛""趋蓬莱"等。

马钰对于全真教终极归依的书写，在诗词作品的立意与结构安排上与其祖师王重阳完全一致，词素构成上与王重阳也差不多，只是作品数量上大大多于乃师，统计表明，此类诗歌共 16 首，词作共 47 首，下面略举数例以说明。《开州道友求》：

> 马风东去决西来，道上诸公却要猜。异日重阳师再遇，携云同去赴蓬莱。③

诗人东奔西走就是为了寻找生命的最终归宿，不但自己要有终托，也奉劝同志朋友共同找到归所，这最终的栖息地当然是仙人所居之仙境蓬莱。

王重阳和马钰开创建立的全真教主张以明心见性的修炼操持实现做仙成仙的宗教理想，最终安放生命的肉体与灵魂的所在便是幻象与现实模糊地交织在一起的蓬莱仙境，因此，其对于全真教终极归依的书写，仍然是寻找一个"蓬莱"符号来表示，故马钰《自述》（其二）云：

> 万缘堪破总归空，从此修行早见功。意马难为迷爱欲，心猿易得做愚蒙。气神安净金丹结，龙虎澄清玉性红。奉报同流凭妙用，大家修炼赴蓬宫。④

---

① 《道藏》，上海书店出版社 1988 年，第 25 册，第 744 页。
② 《道藏》，上海书店出版社 1988 年，第 25 册，第 745 页。
③ 《道藏》，上海书店出版社 1988 年，第 25 册，第 566 页。
④ 《道藏》，上海书店出版社 1988 年，第 25 册，第 579 页。

全真教不是只为单个的个体或部分群众组成的团体寻找最终的归依，天下大家共赴蓬宫，才是这个教派的终极关怀。

在词作方面，马钰书写归愿蓬莱终做神仙的词多半为以一个词牌连写十首甚至更多的组词，如《十报恩》（本名瑞鹧鸪）就有词作 10 首外 8 首；又如《行香子》多至 24 首；而《战掉丑奴儿》（本名添字丑奴儿）亦多至 23 首，其他如《斗修行》《捣练子》《临江仙》《清心镜》等，亦有多至 86 首者，只是每首前有一个小题而已，如《清心镜》之《道友问予甚家门》（小题）之二云：

> 涌醴泉，降甘露。上下升降，不曾停住。得自然、滋润三田，紫灵芝敷布。
>
> 善芽生，慧苗吐。泼焰焰兮，晃摇琼路。便化为、一粒神珠，指蓬瀛归去。①

以一个词牌构成数量众多的联词，而且不同的词牌又组成群体性词作共同表达归宿蓬莱的信仙情感，是马钰词在蓬莱书写中关于终极依归内涵的显著特点，从宗教主题来看，这是他作为王重阳第一个弟子以及全真教创始人之一着意要宣传神仙道教旨趣的表现。

被称为王重阳四大弟子马谭丘刘之一的谭处端，其诗词也有数首以"蓬莱"符号表达其神仙信仰之终极归依思想，如《述怀》（其六）云：

> 天机深远少人知，一粒刀圭午上持。雾卷古潭秋静夜，云收碧嶂月明时。蛟龙捉得囚高鼎，猛虎擒来锁坎池。炼就仙丹超造化，去奔蓬岛礼真师。②

在书写终极归依时，作品的构词安排也多为"到蓬莱""赴蓬莱""指蓬莱路"等。再来看谭处端的相关词，如《云雾敛》云：

> 匿光辉，认愚鲁。兀兀腾腾，闲里寻闲步。垢面蓬头衣褴褛。乞食忘惭，方称烟霞侣。
>
> 绝骄矜，趣真素。不受人钦，不择贫卑处。认正丹阳师父语。了了惺惺，

---

① 《道藏》，上海书店出版社 1988 年，第 25 册，第 606 页。
② 《道藏》，上海书店出版社 1988 年，第 25 册，第 847 页。

功满归蓬路。①

刘处玄作为全真派的重要骨干成员，名列四大弟子之中，亦极力宣传和提倡其教旨中的终极归宿思想，这方面的"蓬莱"诗词也为数不少，如《白莲花词》（其四）、《五言绝句颂》（其三十五、五十三、一零八、一四一）、《述怀》（其一、三、十、十六、十七、二十六、二十七、二十八）等，如《五言绝句颂》（其三十五）云：

敬心办真斋，清通免去来。始终心不变，脱壳到蓬莱。②

这种执着不舍，矢志不渝的宗教情怀和意志，且又伴随着夺胎换骨的宗教革新思想，则最终归宿的实现丝毫不成问题。

## 四、成仙的不二法门

王重阳及其七真弟子的蓬莱书写，把自由快活潇洒的神仙生活作为扣住凡品心弦的吸力，把美妙清爽明媚的神仙世界作为与丑恶浑浊黑暗的现实社会相对立的"佳境"，这无疑会催生出神仙信仰者对于最终归宿的思考与追求，这种水到渠成的必然逻辑又自然而然地引发了另一个不可回避的宗教问题：如何才能"赴蓬莱"、"到蓬莱"，即如何才能实现最终的归宿。因此全真教的创始者们在"蓬莱书写"中，又生发出了第三重"蓬莱"符号的深刻涵义：怎样成神仙，怎样做仙人。从宗教、文学之关系处理上来说，他们所面临的，就是要借用文学创作即诗词构思的方式来论证他们以成仙证真为宗教信仰追求鹄的的实际可能性，质言之，成仙致仙的方法在哪里，否则全社会会无一人相信你全真教的无稽之谈。

然而，全真教又不是那种相信肉体可以不死，躯壳可以永驻的妄想邪教，他们所主张的成仙致仙是继承唐宋钟吕内丹说的保全人之真性、元神即重视修心见性即可成仙的灵魂不灭型宗教，因此，向内求真，体认人的本来真性才是成仙致仙之法。具体来说，有如下一些修炼操持之法：守清静；炼内功（保养精气神）；守戒律。因此，王重阳及其七真弟子对于"蓬莱"符号的第三义的书写基本围绕这几种成仙致仙之法来建构"蓬莱"符号的象征意义，最后完成他们对于"蓬

---

① 《道藏》，上海书店出版社1988年，第25册，第857页。
② 《道藏》，上海书店出版社1988年，第25册，第429页。

莱"情结的完整塑造。

王重阳作为全真教的创始人，对于"全真"教旨的最核心的意义即全真保性的第一妙法是最心中有数的，因此，他在《重阳全真集》卷1的第一首七言律诗《结物外亲》中，首提"清静"（守静）的操练之法是归宿蓬莱做成神仙的根本大法，该诗云：

> 一侄一侄两个儿，和余五逸做修持。结为物外真亲眷，摆脱尘中假合尸。
> 周匝种成清静景，递相传授紫灵芝。山头并赴龙华会，我趁蓬莱先礼师。①

"做修持"是讲的神仙信仰的操练功夫，其方法就是守清静，于静处下功夫，最后依附神仙三岛之蓬莱，亦即做成了神仙。而"清静"之法，源于对老庄道家"致虚极，守静笃"的道家思想的理解，尤以庄子所说的"心斋""坐忘"的内涵诀窍作为全真教修炼成仙、追求仙人仙境的基本理论基础，这种"心斋""坐忘"就是对一切外物欲望名利的摒弃。庄子说："若一志，无听之以耳，而听之以心；无听之以心，而听之以气。听止于耳，心止于符。气也者，虚而待物者也。唯道集虚，虚者，心斋也。"②（《庄子·人间世》）虚以观物，将外物的一切（名利富贵，财气酒色）目之以空，自然进入绝对清静安谧之境，一切无动于衷（心），故能练成精神通达神仙境界的功夫，这种"心斋"的功夫，王重阳、谭处端称之为"除妄心"，而且只有除掉"妄心"，才见人的本心，本心即真心，但功夫方法却在"清静"，故谭处端《示门人语录》云："如何名见自性？十二时中，念念清静，不被一切虚幻旧爱境界朦胧了真源（心），常处如虚空，逍遥自在。"③ 故他作诗《赠黄县马从仕》云：

> 为人须要笑哈哈，对月临风好把杯。闲闷闲愁闲放下，自宽自乐自无灾。
> 无为清静登仙路，坦荡逍遥上宝台。若悟如斯为活计，大家云步赴蓬莱。④

说得很清楚，"清静"乃登仙之路，而仙境何在？"蓬莱"是也，因此，与其

---

① 《道藏》，上海书店出版社1988年，第25册，第691页。
② 《道藏》，上海书店出版社1988年，第25册，第852页。
③ 《道藏》，上海书店出版社1988年，第25册，第851页。
④ 《道藏》，上海书店出版社1988年，第25册，第851页。

说蓬莱为仙境，不如说"蓬莱"的意蕴就是成功之方法——清静。

马钰的词也同样宣传清静的全真操练之法，以诠释其蓬莱书写的成仙方法论含蕴（第三含蕴），如《十报恩》（本名《瑞鹧鸪》）云：

> 山侗九愿报师恩，意净心清路坦平。便把无为为造化，不凭有作作经营。
> 恰如逗引龙和虎，还似般调姹与婴。活乐丹成蓬岛去，和公师叔远来迎。①

"清静无为"是蓬岛归去的唯一坦荡平安之出路，它就是成仙致仙之妙法。

又如马钰的《临江仙》（杨待诏求问）：

> 杨待诏，塑得好。弄泥弄水，何曾养浩。休厮哄，休乞诗词，好留心向道。
> 细研穷，细寻讨。净里清中，自通玄奥。气神精，无漏丹成，跨云归蓬岛。②

只要能做到实行净里清中的玄奥之法，归蓬岛指日可待。

至于丘处机所阐述和推介的修仙的"清静"之法，在他的"蓬莱"表述中，从老子的由无入有的哲学方法论，到继承钟吕内丹"静修"的内丹说，提出了一条神仙信仰的历史因革之路径，这在其词《青莲池上客》其一"入关"中最具典型性，该词云：

> 重阳羽化登仙路，兄弟如何措。各各勤修生觉悟，通无入有，静思忘念，密考丹经祖。
> 浩劫真容露，放荡情怀住佳句，直待人间功行具。云明霞友，爽邀风月，笑指蓬瀛去。③

"清静"的修炼之法或练养功夫，其实是一种讲究心性修养的功夫，全真教称

---

① 《道藏》，上海书店出版社 1988 年，第 25 册，第 595 页。
② 《道藏》，上海书店出版社 1988 年，第 25 册，第 604 页。
③ 《道藏》，上海书店出版社 1988 年，第 25 册，第 840 页。

之为"明心见性"，它源自于老庄对于心的要求，这除了前面庄子所说的"心斋"修造，还包括"坐忘"的励练活动，即心里达到如死灰止水般的安静状态，这样，一切外界欲望名利就不致攻心掠魄，对此，谭处瑞将这种操持修炼的方法指称为"真功真行"，他的《述怀》诗其十一云：

> 真功真行密安排，十载殷勤细细栽。俗境心忘超彼岸，凡情意灭到蓬莱。地理宝剑光冲斗，蚌隐明珠暗养胎。修炼须凭真造化，欲穷造化炼心灰。①

心如死灰，身如槁木，灵如止水，方可到得蓬莱，才能做得真神仙。

全真之"真"，以笃养清静作为一种真功真行即真行历久的修炼取向，也包含了对于人之本真之性的颐养，在他们看来颐真养性也是通达"蓬莱"的不二途径，故刘处玄《定风波》（其三）下阙乃云："清静身心无病苦，颐真保命运三台，功行周圆何处去，哈哈，携云跨鹤去蓬莱。"② 守清静是为了颐真保性，当然也可调理人的阴阳两气，两气平和顺达，自然到达蓬莱，故刘处玄《五言绝句颂》第一百一十首云："苦行浊念无，世梦转虚魔。清静调婴姹，云归蓬岛居。"③

王处一作为王重阳的第五位进门弟子，也曾在师父的派遣命令之下于七宝云光洞苦修清静功夫，因此，对于这种方法致仙的经历体会最深，故其《居尘不染》直言清静无为乃成仙修仙的结缘之法："虚无凝秀结灵胎，虽在尘寰道眼开。酒色气财佗活计，精神血脉字根荄。都教元海同居住，任使昆仑恣往回。此个因缘真得得，无为清静到蓬莱。"④

全真教在追求成仙致仙的信仰过程中，把清静无为、内修心性作为内炼成丹的前提和首选窍门，但是对于构成人的精神与灵魂的精气神的修炼也极其重视，因此，练内功（保养精气神）作为成仙致仙的第二方法，是王重阳及其七真弟子蓬莱书写之第三义的主要内容。他们都主张炼化人体的精气神，认为固精、理气、守神可以让人体内炉结成永久的内丹保证生命长存以致成仙。全真教把人的真性比喻真丹，练真性就是练真丹，识好自己的真性，保住好精气神，就会结成金丹，正如王重阳说："莫问龙儿与虎儿，心头一点是明师。气调神定呼交媾，心正精虔

---

① 《道藏》，上海书店出版社1988年，第25册，第847页。
② 《道藏》，上海书店出版社1988年，第25册，第477页。
③ 《道藏》，上海书店出版社1988年，第25册，第451页。
④ 《道藏》，上海书店出版社1988年，第25册，第649页。

做煦煦。平等常施为大道，清静不退得真慈。"① 龙虎交媾是指神与气交融。在具体对于精气神的保养和交合练造上，全真教又设计出了许多步骤和法则如龙虎交媾、周天火候、肘后飞精、金液还丹、太阳炼形、三田既济、炼神入鼎、炼神合道等。这些方法、步骤，共同构成一个炼丹成仙的系统工程，在他们的蓬莱书写中，触处皆是，值得研讨。从引用诗词来说明全真派蓬莱书写内涵的方便性出发，我们在这里对他们的作品只例证两个最具代表性的诗和词的例子。

王重阳《阎都监问长生》诗云：

> 阎公忠显问长生，方是高楼打一更。时刻分明全五气，甲庚颠倒炼三彭。愿求当日黄金器，须出今朝赤火坑。认取蓬莱真正路，瑶台稳坐泛琼舠。②

该诗所云"全五气""炼三彭"，就是炼精气神，是全真守性的炼内丹以成仙的方法，一旦精固气通神凝，则去蓬莱仙山稳坐神仙宝座。而他的词《黄莺儿》（其二）则更是其金丹理论的艺术描述：

> 心中真性修行主，锻炼金丹，津液交流，浇淋无根，有苗琼树。常灌溉润瑶枝，密叶黄莺语。莹灵声韵明眸，正觑婴儿，兑方骑虎。
> 堪诉，姹女跨青龙，四个同归去。本元初得，静里还辉，回光使胎仙舞。应出上现昆仑，得复蓬莱处。我不妄想云霞，鸾鹤天然与。③

检点词中字眼，金丹、津液、婴儿、骑虎、姹女、青龙、本元，诸如此类，都是全真教内炼法中的步骤原则之体现。

马钰对王重阳的全真教派理论阐发最深最全面系统，梳理他关于内功练法的蓬莱书写的诗词作品，发现其数量多到80余首。如《自述》其二云：

> 万缘勘破总归空，从此修行早见功。意马难为迷爱欲，心猿易得做愚蒙。气神安静金丹结，龙虎澄清玉性空。奉极同流凭妙用，大家修炼赴蓬宫。④

---

① 《道藏》，上海书店出版社 1988 年，第 25 册，第 693 页。
② 《道藏》，上海书店出版社 1988 年，第 25 册，第 695 页。
③ 《道藏》，上海书店出版社 1988 年，第 25 册，第 708 页。
④ 《道藏》，上海书店出版社 1988 年，第 25 册，第 579 页。

怎样才能结成金丹？精气神的炼造修养才是结丹成仙的关键之法。另一首《勉门人》（其二）干脆大声疾呼劝告门弟子"固精气神"就能立赴蓬庄做得神仙：

> 争名竞利苦忙忙，不觉容衰两鬓苍。贪为妻男身受苦，怎知道德事偏长。愿公速固精气神，学我勤修铅汞霜。功行积成真性显，大家同共赴蓬庄。①

此外，马钰还有一首《寄呈高陵刘伯虎殿试》云"九转丹成蓬岛去，去参的祖海蟾刘"②也介绍了九转丹成的成仙之法。

至于马钰的词，则有《清心镜》（赠马守清）云：

马姑姑，复归去。日用无为，清闲养素。休讲论、女姹婴娇，更龙虎斗处。屏尘缘，得真趣，火灭烟消，气神坚固。内云游、功满三田，上蓬莱仙路。③

显然，"气神坚固"，固守三田，炼成丹功，方能去蓬莱成仙。

相对来说，丘处机关于内丹功法的诗词较少一些，但其《杂咏》（第九）则宣传以金丹大道之法圆做蓬莱仙人之梦：

> 叹世纷纷逐利名，阿侬独欲脱凡尘。本来嗜好类，莫怪惊疑不易成。苦海舟中无路出，蓬莱山上少人行。一朝跨鹤超三界，方显金丹大道深。④

在前引谭处瑞的诗作中，如《述怀》（其六）中述及炼就仙丹奔赴蓬莱做仙人的内功之法，而其词《酹江月》（其四）则介绍了丹功法中的九转丹成的步骤：

> 玉花渐吐，被清风、催结金莲光聚。历劫昏迷齐照破，直透无为门户。七返回光，三空觉照，间隔金花处。殷勤锻炼，自然婴姹常住。
> 些子端的幽奇，自从下手，永永基坚固。莲结琼芳灵蕙长，深感慈悲频顾。鼎内云收，炉中丹结，九转终重遇。参师云步，会游蓬莱仙路。⑤

① 《道藏》，上海书店出版社1988年，第25册，第580页。
② 《道藏》，上海书店出版社1988年，第25册，第580页。
③ 《道藏》，上海书店出版社1988年，第25册，第604页。
④ 《道藏》，上海书店出版社1988年，第25册，第853页。
⑤ 《道藏》，上海书店出版社1988年，第25册，第435页。

　　七真之中，刘处玄有用传统四言诗来宣道布教的写作习惯，而且多长篇之作，又以同一题目串联成多首甚至数十首，如《述怀》（其十）强调内外双修，性命双修，其中就有主张铅汞内丹法的思想，如云："认得亘灵，永弗生老。顿觉微光，云路便到。松峰乐道，随缘一饱。结就汞铅，养成内貌。功行双全，真升蓬岛。"①

　　王处一对于结丹内练之法的理解是犹如母怀子的孕育活动，子者，是将体内的精气神固聚为永恒活泼之胎，母者，即身体犹如一座丹炉，母子结成神胎就能永享生命，归宿蓬莱仙乡，其《化蓟州玉田县田先生》诗云："玉田灵宝结神胎，天地光明内往来。四大无生真了了，方知处处是蓬莱。"② 而他的《满庭芳》（心爇真香）则把复杂的内功练习，阴阳结合，神气固守的灵宝丹法诗意化，让信仰者如痴如迷，词云：

　　　　心爇真香，神排妙供，满空遥送丹方。收藏灵宝，嘉瑞自呈祥。一点穿联浩劫，两仪内、反复阴阳。全真乐，团团性月，光散满空看。

　　　　搜详玄妙理，根源无漏，道德芬芳。聚神砂玉液，无致倾亡。结果真仙妙道，超三界、无极清凉。全家悟，颐神养浩，皆得到蓬庄。③

　　这里阐释的丹方就是阴阳交媾、神气融合的内功修炼，其作用是固精健体强身，"颐神养浩（气）"，神仙自成。

　　全真教的这种内炼功夫和方法，在郝大通为数不多的蓬莱书写的诗词里，也渲染得隐秘神奥，其《金丹诗》第四云："黄羊化作白猿猴，猛虎留踪待赤羊。兔在穴中狸在火，玄通妙处道根由。诞灵降迹推迁运，十二春还六十秋。道气归身逢至友，蓬莱会上约瀛洲。"④ 该诗运用许多道教隐语词汇，写炼神固气练内丹时的动作、火候以及要领，融会贯通后则神仙可致，蓬莱可归。

　　全真教在中国道教史上以其刻苦自律的教风教戒著称于世，影响于时，其苛守戒律，遵约守戒也成为一种成仙致道的有效方法，因此，王重阳及其七真弟子

---

① 《道藏》，上海书店出版社 1988 年，第 25 册，第 661 页。
② 《道藏》，上海书店出版社 1988 年，第 25 册，第 680 页。
③ 《道藏》，上海书店出版社 1988 年，第 25 册，第 879 页。
④ 《道藏》，上海书店出版社 1988 年，第 25 册，第 716 页。

也将此法视为实现最终依归的重要途径，他们创作了大量诗词来表现这种"蓬莱书写"的象征意义。

全真教的戒规主要是王重阳倡导的天仙之戒，行十善，除十恶，后来弟子们基本定位在杀盗饮酒食肉破戒犯愿上。如前引王重阳《不饮酒》诗云："醒来不饮沉中酒，达后别传物外杯。莫炫白云随处有，自然举步到蓬莱。"不饮酒，酒伤性，当然不利身体健康，否则做不成蓬莱仙了。美食佳肴，五谷杂粮，亦是伤神害体之物，因此，要练成神仙归赴蓬莱，也在戒事之列，故王重阳《苏幕遮》（劝同流）云：

> 教门人，听我告。清涕稠津，吃了成虚耗。五谷滓余难化造，恰是隗催，惹许多烦恼。
> 会修行，知颠倒。别有一般，滋味天然好。神水华池通正道。灌溉丹田，指日归蓬岛。①

饮食以天然物质为尚，清茶淡饭，成仙之秘诀。

马钰积极主张修道炼仙者必须严格遵守道戒，他的《劝门人》（其一）当头棒喝：

> 修行须弃色和财，慎勿贪杯惹祸灾。速把我人山放倒，急将龙虎穴冲开。丹成雪弹明金鼎，性结霜球晃玉台。常有白云飞洞口，行动圆备赴蓬莱。②

这里，戒酒色财气与固精炼气的内丹功法是相辅相成的成仙双刃剑，缺一不可。

谭处端亦倡遵戒守律的重要性，其《瑞鹧鸪》（五）云："修行心炼似寒灰，放下贪痴气色财。人我怎生成道果，是非难得产真胎。无明灭尽朝金阙，情欲具忘拜玉阶。修炼直须烟火灭，当心低处有蓬莱。"③ 修心的内丹法同样要与放下酒色财气同步而行，才能抵到仙岛蓬莱（成仙）。

七真人中刘处玄在《惜黄花》中亦云："饮酒休乱作，肯忘贪闲论今古。仙

---

① 《道藏》，上海书店出版社1988年，第25册，第580页。
② 《道藏》，上海书店出版社1988年，第25册，第860页。
③ 《道藏》，上海书店出版社1988年，第25册，第446页。

家乐处，逍遥云路，隐世外修性，金乌随兔，行就访蓬山，功了离尘所。"在前引王处一《居尘不然》诗中也谴责酒色财气伤害精神血脉，提出无为清静才到得蓬莱。

历史积淀与地理沿革而成的中国地方区域，或者承载着太多太深的文化内涵，如中原文化、齐鲁文化、吴越文化、湖湘文化……或者演变与定格为一个符号象征，含蕴着某种约定俗成，为普遍认同的价值取向，如"蓬莱"，人们一提到这个历史名字、地理名字，马上就联想到神仙的概念，就认同她所承载的文化内涵即为中国神仙文化的缩影。而王重阳及其七真弟子的"蓬莱书写"，已将蓬莱定格在如下的逻辑链上："蓬莱"是一种快乐神仙的生活状态和美妙仙境的事实存在，她是如此美妙绝伦，令神仙道教信仰者如痴如醉，则理所当然地要将她作为人类生命的终极归依，因此，"蓬莱"就意味着一种最终最理想的归宿，而要实现这种理想归宿，则必须为之千方百计、想方设法寻找实现的途径。职是之故，"蓬莱"又成了道教仙法、仙术的异名（代名词）。

［作者简介］蒋振华，湖南师范大学文学院教授。本文系国家社科基金项目"近古道教文学理论概论"（14BZW014）的阶段性成果。

# "七真" 诗词论略

## 王 勇

全真教是道教的一个派别，由王喆创立。王喆（1113 — 1170），原名中孚，字允卿，后更名喆，字知明，一字德威，号重阳子，咸阳（今属陕西）人。金海陵王正隆四年（1159 年），他自称在甘河镇（今陕西户县）遇异人，得修炼秘诀，于是弃妻离子，往终南山一带修道。金世宗大定七年（1167 年），又焚庵出关，迁住昆嵛山（位于今山东牟平境内），在宁海（今山东牟平）、文登（今属山东威海）及莱州、福山（今俱属山东烟台）等地云游讲道，创立全真教。事见金源璹《终南山神仙重阳真人全真教祖碑》等。著有《重阳全真集》。

大定年间，王喆收马钰、谭处端、刘处玄、丘处机、王处一、郝大通、孙不二（女）七人为徒，号称"七真"。"七真"宗法老子，兼重儒释，同时又受墨家等思想影响。他们不尽赞同道众学文①，却个个都能作诗填词，有的还取得了一定成就，以下分别略论。

## 一、马钰

马钰（1123 — 1184），初名从义，字宜甫，入道后改名钰，字玄宝，号丹阳子，宁海（今山东牟平）人。金世宗大定七年（1167 年），王喆过宁海时，与之相识。家产颇富，不忍割舍，经王喆赐梨芋栗并赠诗词多时点化觉悟，随其赴昆嵛山烟霞洞修道。十年，王喆卒，马钰与谭处端、刘处玄、丘处机等扶枢归葬终南刘蒋村，并庐墓三年。其后，奔走各地传道。元世祖至元六年（1269 年），赠"丹阳抱一无为真人"。事见张子翼《丹阳真人马公登真记》等。著有《洞玄金玉集》。

---

① 如马钰《和宁海孙公执殿试》诗之二："劝君回首早知空，绝学无为保守中。"见赵卫东辑校《马钰集》，齐鲁书社 2005 年，第 25 页。再如丘处机《长春丘真人寄西州道友书》："尔不识字，休学文，乱了修心。且发三五年苦志，莫言是非，且搜己过，休起无明，休爱华丽，绝尽贪嗔，屏除色欲，潇潇洒洒，便是道人。"见赵卫东辑校《丘处机集》，齐鲁书社 2005 年，第 143 — 144 页。

马钰自称"恣情吟咏谩成章"（《上丹霄·次重阳韵》），是"七真"中流传作品最多的诗人，今存583首。除五七言诗外，还有大量三言诗，但游戏之作多，说教色彩浓，艺术成就不高。需要注意的是，马钰曾任教主，交往十分广泛，且与王喆唱和甚多，这对研究全真教乃至金代文坛都有一定价值。

马钰也是"七真"中流传作品最多的词人，今存881首，远过另外六真的总和。马氏有过"时时诗词劝化，启丹诚、阐开玄经"［马钰《满庭芳》（山侗马钰）］的人生经历，所以他对王喆特别敬重，反复诉说对王氏的感激，如："深谢本师钧，钓向关西界"（《遇仙槎·继重阳韵》）、"若非风仙救度，定将来、参谒阎罗"［《满庭芳》（波波劫劫）］。他对教规极其虔诚，告诫妻子"而今非妇亦非夫"（《炼丹砂·赠清静散人孙不二》），甚至立下"毒誓"："如退道，愿分身万段，永镇黄泉。"（《满庭芳·立誓状外戒》）。而对门徒与朋友，他也格外耐心，嘱咐他们"同心同德，同搜玄理"（《满庭芳·赠路宿刘先生》）、"劝公早把家缘弃"（《惜芳时·赠李官人》）。即使在传统的咏物词中，他也不忘阐述教理，劝化众生，如《战掉丑奴儿·咏筇杖》："愿君妆点逍遥客，鹤膝同随。闲步云霓。笑傲清风明月溪。乐希夷。　　海芦尚有三三节，阳数明知。与道相宜。好伴云游风马儿。莫推辞。"当然，马氏也有较为成功的咏物词作，如《踏云行·茶》《踏云行·葡萄》《瑞鹧鸪·咏茶》等。他的部分景物词，虽涉议论，却不无描绘，值得一读，如《黄县金玉庵》：

> 东寺西城，南山北海，心中好结良因。庵名金玉，堂建号全真。廊舍清风明月，圆无漏、不落沉沦。门清净，云朋霞友，燕处得申申。无为环堵里，小松疏竹，初种新新。向宝花台上，异事惊人。眺望蓬莱山岛，又何必、别觅长春。堪图画，芝川一境，马钰略铺陈。

通篇叙议交融，浑成一片。此外，《玩丹砂·自咏》二首，有如联章体，分咏世风险恶、道友纯真，也值得注意。

马词体裁多样，兼有小令、中调与长调，有时也能讲究含蓄与铺叙。风格借鉴多家，总体偏于柳永一路，以通俗为尚。部分作品表明"借柳词韵"等，有的还改变调名，运用藏头、嵌字、叠字等多种手法，为元代词曲的发展提供了可资借鉴的经验。

## 二、谭处端

谭处端（1123—1185），本名玉，字伯玉，后改处端，字通正，号长真子，宁海（今山东牟平）人。十岁即学诗，博览经史，尤工草隶书法。金世宗大定七年（1167年），往马钰处拜王喆为师。王喆卒后，庐墓三年，而后云游他方。大定二十一年（1181年），至华阴纯阳洞，后又到洛阳朝元宫之东筑庵。二十五年，留颂而逝。元世祖至元六年（1269年），赠"长真云水蕴德真人"。事见金源璹《长真子谭真人仙迹碑铭》等。著有《水云集》。

谭处端诗现存84首，基本内容是反映作者的教徒生活、阐述全真教的世界观。如《示门人》七首、《畅道三首》《颂》十首写求道生活，《劝众修持》《述怀》十一首、《游怀川》之二讲全真教理。它们一般缺乏形象，亦难令人卒读。但也有例外，如《述怀》九首之六：

> 蝶恋灯光焰不知，鱼贪香饵亦如斯。蛾焦鱼烂君知否，好向祇园寄一枝。

作品运用传统的比兴手法，说明了贪恋眼前利益容易导致覆亡的道理。我们从中还可看到，诗人之所以遁入全真教门，还在于世风的每况愈下与个人的忧谗畏讥。

谭氏还有几首写景、咏物诗，代表作是《游灵山寺》《咏孤竹》，前者描绘山寺的环境，后者刻画孤竹的形象，而都寄托着作者清静无为、傲岸不群的高洁理想。观察与体悟结合，景物与哲理交融，使得诗歌声色俱佳，而又充满机趣。此外，写景的《游刘公花园》《游怀川》之三，咏物的《咏丹桂》《咏鹤》，也较有韵味。

谭处端词现存156首，也以记录修行生活、讲解全真教理为主要内容，它们不仅枯燥、松散，而且时常重复。像"全真妙，无我亦无人"（《望蓬莱》)、"全真门户，静静清清无作做"（《减字木兰花》）之类的篇什比比皆是，"吾门三祖，是钟吕海蟾，相传玄奥"（《醉江月》)、"处端稽首，上覆刘仙，一别候忽三年"（《神光灿·寄长生刘师兄》）之类的词句络绎笔端；"意上有尘山处市，心中无事市居山"（《瑞鹧鸪》之八)、"意上有情山处市，心中无欲市居山"（《瑞鹧鸪》之十)，"得便宜是落便宜"（《望蓬莱》之一、二）之类的套话亦复不少。

当然，谭氏也有一些较为优秀的词。一类是讽世之作，如《神光灿》：

奔名逐利，爱欲牵缠，昏昏转转迷蒙。虚幻浮华，不觉暗易颜童。百岁云间电闪，限临头、那肯从容。不肯悟，到如斯悔懊，个个还同。　　速悟前途险路，早回头步步，却入仙踪。袍布青巾，结交霞友云朋。休外他搜密妙，认灵源、莲结丹红。趣真处，玩山头明月清风。

上片讽刺世人追逐名利，虚度光阴；下片规劝他们及早醒悟，皈依道门。尽管语言过于直露，出路未必可取，但其揭露时弊、劝善惩恶的主旨还是值得肯定的。与此相似的作品，还有《连理枝》（浮世愚痴辈）、《黄莺儿令》（活鬼活鬼）、《长思仙》（道人心）等。

谭氏词篇中较为优秀的另一类是咏物之作。如《酹江月·咏竹》《阮郎归·咏茶》以及《酹江月·上元夜观月》等，都较为出色。后者云："上元佳节，正一轮西步，天渠飞跃。素魄当空澄湛湛，独现寒光无着。皓彩乾坤，无私遍照，万古无瑕膜。浑如宝鉴，莹然悬向寥廓。　　姑射绛阙琼楼，群仙赴会，云坠停鸾鹤。瑞气祥烟笼宝殿，金碧霞辉交错。烂醉蟠桃，彩云归去，殊袂飘香络。嵩山遥对，烂银盘里期约。"全词浮想联翩，异彩纷呈，富有浓厚的浪漫韵味，在古代咏月词中也堪称佳构。

# 三、刘处玄

刘处玄（1147－1203），字通妙，号长生子，东莱（今山东莱州）人。金世宗大定九年（1169年），拜王喆为师，并随其游汴。王喆卒后，庐墓三年，后迁莱州。金章宗承安二年（1197年），奉召进京，敕寓天长观庵，礼部给观额五：灵虚、太微、龙翔、集仙、妙真。泰和二年（1202年），主滨州醮事。元惠宗至正六年（1346年），赠"长生辅化明德真人"。事见秦志安《长生真人刘宗师道行碑》等。著有《仙乐集》。

刘处玄诗现存502首，几乎全是论道劝化之作。少数作品抒发政治怀抱，值得注意。如：

为官清正，真无罪病。上有四恩，积行普敬。忠孝治民，静心养性。意不外游，自然神定。掩恶扬善，非言莫听。去除憎爱，常行平等。弗恋世华，闲步松径。绿水青山，洞天仙景。本来面目，炼磨如镜。明今照古，守道自省。功德周圆，大罗朝圣。迷著似灯蛾，油窝焦烂多。孤云伴野鹤，自在出娑婆。

前者为《述怀》之六，见其民本思想，应予肯定；后者为《五言绝句颂一百八十九》之九十五，见其政治识见，令人钦佩。

刘诗只有 15 题，除 5 首单篇外，其余均为不同形式的组诗，多非一时一地之作。其中，三言组诗《藏头拆字诗》有 41 首；四言组诗《辛酉岁下元滨州放箓，立余为度师，余不从，酬赠五首》有 5 首，《述怀》有 11 首，《出家冷七翁升化，亲族重办斋道场，叮嘱道人不得要看经钱》《上敬奉三教道众并述怀十三首》各有 13 首，《四言绝句十四首》有 14 首，《马姑到东莱州近二载，满郡奉道之家各见敬爱，却要去都下，所言有些小事未了，中秋旦后相辞，信笔数言，自知未达，二十一首》有 21 首；同题五言组诗《五言绝句颂》分别有 161 首、189 首；六言组诗《白莲花词》有 29 首。在"七真"中，刘处玄的组诗是最多的。

刘处玄词现存 65 首，几乎全是修道之作。"也曾牒发，曾受帝王宣"（《满庭芳》）之类的炫耀，"处玄稽首，库使尊官，一别又过三年"（《神光灿》）之类的问候，"道释与儒门，真通法海"（《感皇恩》）之类的议论，可谓连篇累牍。值得一读的是《定风波》：

甘雨及时贵似油，今朝欢乐便无愁。明夜耕田野外唱，嗔牛，动鞭轻打胜余修。　　过了天元难积行，一麻一麦寸中收。养就姹婴云外去，优游，命光圆若月新秋。

词从甘雨带来的欢乐写到优游岁月的遐想，别有一番情趣。

# 四、丘处机

丘处机（1147—1227），字通密，号长春子，登州栖霞（今属山东）人。出身于农家。自幼聪敏，日记千余言。未及弱冠开始学道，隐居于昆嵛山。金世宗大定七年（1167 年），在宁海全真庵拜王嚞为师。九年，随王嚞往汴。王嚞卒后，庐墓三年，后奔他方传道。二十八年，世宗召至中都，掌行万春醮事，住全真庵。章宗明昌年间（1190—1196），居于滨都太虚观。后奉元太祖成吉思汗命掌管天下道教。元世祖至元六年（1269 年），赠"长春演道主教真人"。《元史》有传。

著有《磻溪集》。

在"七真"中，丘处机诗成就最高，传世之作共 407 首[①]，内容较为丰富。其中，抒发个人志向的作品尤其值得注意。与马钰多参佛理、强调独善、偏重心性修炼不同，丘处机多参儒术、强调兼善、偏重外在真行真功。[②] 如《三太子之医官郑公途中相见，以诗赠之》就明确地表达了作者"有为"、"兼善"的人生理想："自古中秋月最明，凉风届候夜弥清。一天气象沉银汉，四海鱼龙耀水精。吴越楼台歌吹满，燕秦部曲酒肴盈。我之帝所临河上，欲罢干戈致太平。"此外，像《以诗再寄燕京道友》《十二月既望，醮于蔚州三馆，师于龙阳住。冬，旦夕常往龙冈闲步，下视德兴，以兵革之后村落萧条，作诗以写其意》哀叹"十年兵火万民愁，千万中无一二留"、"无限苍生临白刃，几多华屋变青灰"，《出峡作诗二篇》之一、《小暑后大雨屡至，暑气愈炽，以七言诗示众》期盼"早晚回军复太平"、"百姓共忻生有望"，《跋阎立本太上过关图》之一向往"群胡皆稽首，大道复开基"，也都体现了诗人爱国敬民的思想感情。

刻画自然风光的作品，在丘处机的诗歌中也占有相当的比重。丘氏生长在美丽的胶东半岛，浩瀚的海洋赋予其宽广的胸怀与创作的灵气；他"四山五岳都游遍"（《自叹》），雄伟的山峰又赋予其高大的志向与坚韧的毅力。山山水水既培养了他的艺术个性，又成为其诗歌的重要题材。像写海的《望海吟》《海上观涛》《秋风海上》《海上述怀》《望海》，写山的《雪峰》《复归陇山》《雪山纪行》《望阴山》，纪行的《自金山至阴山纪行》，都较出色。《望海吟》云：

> 蓬莱僻东隅，壮观天下绝。地邻仙圣域，山枕鱼龙穴。凭高望羲和，目极犹未彻。苍苍天水回，泛泛云霞泄。长风起波涛，万里卷霜雪。凭凌登岛屿，溟漭失丘垤。有时灵气和，变化非常别。森罗无限景，欲辩难措舌。大哉百谷王，沉沉洞清澈。随时潮有信，历代旱无竭。人间顷亩池，是处广开列。比之鲸波大，状若蛙井劣。望洋不见端，弥天自岩洁。众流莫浑浊，万古超生灭。

---

① 阎凤梧、康金声主编《全辽金诗》统计丘处机诗"共二百二十八题二百九十二首"有误。该书实收丘诗233题（不含子题，含子题234题），407 首。山西古籍出版社 1999 年，中册，1039 页。

② 参阅钱穆：《中国学术思想史论丛》第 6 册，安徽教育出版社 2004 年，第 202 页。

这是一首五言古诗，系在山东蓬莱的望海之作。作品立足眼前，而又浮想联翩，呈现出亦真亦幻、虚实交映的鲜明特色。丘处机写雨景的《春晓雨》《秋雨》，写雪景的《雪霁》《初雪一》，以及写郊野的《冬日郊外闲步》、写道观景的《题莱州招远县云屯山观》，亦各具特色。

丘处机曾经横穿中国，远赴西亚，创作了一些反映边疆与异域生活的诗歌。代表作是《回纥纪事》："回纥丘墟万里疆，河中城大最为强。满城铜器如金器，一市戎装似道装。剪镞黄金为货略，裁缝白毡作衣裳。灵瓜素椹非凡物，赤县何人购得尝。"诗写回纥的城市与商品，令人耳目一新。《三月竟，草木繁盛，羊马皆肥。及奉诏回，四月终矣，百草悉枯，又作诗》描绘"外国深蕃事莫穷，阴阳气候特无从"的生活环境，《泺驿路以诗纪实》反映"饮血茹毛同上古，峨冠结发异中州"的异域风情，也都引人入胜。

丘处机的咏物诗《王宅月桂》《灵虚观赏梨花》《芭蕉》《鹤》，以及题扇诗《题杨五纸扇》、送友诗《送陈秀才完颜舍人赴试二首》、怀乡诗《东行书教语一篇示众》、哲理诗《师鲁先生有宴息之所，榜曰中室，又从而索诗》，也都值得一读。

丘处机是个多面手，他能驾御各种诗体。据统计，其现存诗歌有七绝142首、七律101首、五绝92首、五律42首、七古14首、五排6首、七排3首、杂言3首、五古2首、四言2首。体裁的多样，在"七真"中首屈一指。他长于近体，所作绝句含蓄凝练，律诗工稳流畅，排律一气呵成。如《武官梨花》：

> 白帝离金阙，苍龙下玉京。地神开要妙，天质赋清英。色贯银蟾媚，香浮宝殿清。参差千万树，皎洁二三更。艳杏无光彩，妖桃陪下情。梅花先自匮，柳絮敢相轻。最好和风暖，尤佳丽日晴。游人期放旷，羽客贺生平。未许尘埃染，常资雨露荣。郭西傅旧迹，山北耀新声。烂漫莺穿喜，扶疏鹊踏惊。琳宫当户牖，芝室近檐楹。绰约姑山秀，依稀华岳精。会看年谷熟，普济法桥成。

咏物要求既不离物体，又不粘着物体；排律要求除首尾联外，其余各联对仗。本篇兼具二难，却又体物工细，铺叙有致，属对精密，音律谐婉，显示出诗人驾御近体的高超能力。

丘处机诗的风格以豪迈飘逸为主，也有婉丽清秀之作，如《春寒》"海上春风日日颠，山头春色几时妍？清明过了朱明近，未有红芳到眼前"就以清明过后不见鲜花来描写春日苦寒，含蓄婉转，而又清新自然。设问的句式，复沓的语言，则又见出民歌的影响。

丘处机传世词作共 152 首，尽管"十九作道家语"，却又"有精警清切之句"①。丘词成就最高的是咏物、写景与述怀三类作品。咏物词以《无俗念·月》为代表，词云：

> 偎岩傍陇，扼长更、萧索昏魔非一。皓月澄澄山上显，天角辉辉初出。露结霜凝，金华玉润，淡荡何飘逸。清临寰宇，发扬神秀姿质。　　凄怆六合群情，淹沉幽昧，惨怛劬劳疾。大阐良因弘济度，皆得逍遥宁谧。浩气腾腾，余光蔼蔼，至性那亏失？圆明法界，法轮常自充实。

本篇咏月，"尤能写出月之神韵"②，在林林总总的古代咏月词中独占一席之地。另外，咏月的《月中仙·赏月》，咏松的《月中仙·对松》，咏杜鹃的《万年春·杜鹃》，咏竹的《无俗念·竹》《望蓬莱·南溪竹磵溪旧隐也》，也较精彩。咏梨花的《无俗念·灵虚宫梨花词》致使明人杨慎慨叹道："长春，世之所谓仙人也，而词之清拔如此！"③

写景词在丘处机的作品中也不乏佳作，如描绘夜景的《水龙吟·夜晴》、描绘雪景的《渔家傲》（夜来又见银河绽）、描绘旱景的《金莲出玉花·夏旱》、描绘山景的《金莲出玉花·青峰》、描绘村景的《金莲出玉花·西虢南村》、描绘仙景的《无俗念·仙景》。他如"点点苍苔，漫漫朝露，渐结清霜白"（《无俗念·暮秋》）、"向虚亭东望，平川似锦，洪波泛，渺天际"（《水龙吟·西虢》）、"含风翠柏，双崖争长，千株竞秀"（前调《春兴》）、"夕阳红，秋水淡，雨过碧天如鉴。篱菊绽，塞鸿归，长郊叶乱飞"（《无漏子·秋霁》）、"红白野花千种样，间关幽鸟百般啼，空翠湿人衣"（《望江南·四时四首》之一）、"白酒黄鸡新稻熟，紫茱金菊有清香，橘绿满林霜"（同上之三）之类的写景佳句，在丘词中也俯拾可得。

丘处机述怀词的代表作是《满庭芳·述怀》，抒发作者一心修道的情怀，妙用

---

① 况周颐：《蕙风词话》卷 3，见唐圭璋编《词话丛编》第 5 册，中华书局 1986 年，第 4487 页。

② 况周颐：《蕙风词话》卷 3，见唐圭璋编《词话丛编》第 5 册，第 4487 页。

③ （明）杨慎：《词品》卷 2，见唐圭璋编《词话丛编》第 1 册，第 453 页。

比喻，巧使典故，笔调轻松而流畅。丘氏题为《述怀》的词篇还有几首，如《无俗念》（群山四渎）、《凤栖梧》（西转金乌朝白帝）、《好离乡》（独坐向南溪）、《蓬莱阁》（蓬莱阙）等，大都与此同调。他的那些题为《苦志》《自述》《自咏》的词篇，也与此相仿。而《水龙吟·警世》则通过"六朝五霸"、"三分七国"与"唐朝汉市"、"秦宫周苑"的深情回顾，抒发了作者的历史兴亡之感。

丘处机还有一些描绘日常生活的词作，如《下手迟·自咏》叙漂泊、《报师恩·削发留髭》记理发、《无梦令》（皇统年时饥饿）忆饥饿、《武陵春·渭南杨五生朝》贺寿辰等。《无俗念·枰棋》刻画与"幽人"下围棋的场景，尤为论者称道。词云：

> 前程路远，未昭彰、金玉仙姿灵质。寂寞无功天赐我，棋局开颜销日。古柏岩前，清风台上，宛转晨餐毕。幽人来访，雅怀闲斗机密。　　初似海上江边，三三五五，乱鹤群鸦出。打节冲关成阵势，错杂蛟龙盘屈。妙算嘉谋，斜飞正跳，万变皆归一。含弘神用，不关方外经术。

上片叙述下棋的原因、对手，描绘交战的环境；下片渲染棋势的错综变化，阐述下棋的体会。通篇融记叙、描写、议论为一体，虚实相生，动宕有致，远胜马钰《满庭芳·看围棋》"争名竞利，恰似围棋"之类的议论。况周颐称其"形容棋势，如见开奁落子时"[1]，确非过誉。

"七真"之中，丘处机词的成就也是最高的。虽然它们仍以记录修行生活、阐述全真教理为主，但比之另外六家词毕竟有了较大突破，最明显的就是宗教色彩减少、艺术品位提高。他善于观察生活，吸收前人成果，说理时注意形象，议论中讲究铺垫。有的甚至脱尽全真教气，俨然一般文人之作，如《忍辱仙人·春兴》："春日春风春景媚，春山春谷流春水。春草春花开满地，乘春势，百禽弄古争春意。　　泽又如膏田又美，禁烟时节堪游戏。正好花间连夜醉，无愁系，玉山任倒和衣睡。"全词物象密集，情趣盎然，毫无宗教意味，反有民歌之风，"置于任何一位文人词集中，都不会有突兀不称之感"[2]。加之"春"字的层见叠出，"玉山"典故的信手拈来，更为作品锦上添花。

---

① 况周颐：《蕙风词话》卷3，见唐圭璋编《词话丛编》第5册，第4487页。
② 陶然：《金元词通论》，上海古籍出版社2001年，第233页。

## 五、王处一

王处一（1142－1217），字子渊，号玉阳子，又号伞阳子，宁海（今山东牟平）人。金世宗大定八年（1168年），在文登拜王喆为师，并受道名。其母亦于此时入道，并被王喆赐名德清，号玄靖散人。二十二年，王处一与马钰会于金莲堂，共探道旨。二十七年，被召阙庭，并馆于天长观。二十八年，建修真观，主万春节醮事。金章宗承安二年（1197年），召问养生之道、性命之理、治国之法，所答通俗易懂而意味深长。三年，在亳州太清宫主普天醮事，戒度道士千余人。金宣宗贞祐四年（1216年），被文登令温迪罕龟寿迎至天宝观。元世祖至元六年（1269年），赠"体玄广度真人"。事见姚燧《玉阳体玄广度真人王宗师道行碑铭并序》等。著有《云光集》。

王处一的诗今传522首①，多是说理议论、颂圣谢友、劝善惩恶之作，如"全真内外功圆聚，万里回光透碧天"（《寄莱阳宋二先生》)、"清净无为行大道，不须苦苦问青天"（《达本》)、"伏愿天皇万万岁，回心三宝结嘉祥"（《宣诏》)、"公书香果已亲收，回奉俱无阙拜酬"（《谢人寄物》)、"一切女男如父母，自然心地得澄澄"（《赠在都修真观大众》)、"耗散圆明无倚托，死生灾厄紧相随"（《叹人未悟》)。即使《寄呈母亲》这样的亲情诗，也不忘"化缘处处神明助，劝善重重福寿加"之类的祝福；《咏桃园》这样的咏物诗，仍不脱"奉劝诸公归物外，洞天深处更堪夸"之类的生发。甚至诗歌的标题都像口号，如《无争》《顺天者昌》《逆天者亡》。

不过，王处一也有部分较为优秀的作品，如《赠安丘县令》在对循吏的赞美中，表达了诗人期盼官忠粮丰、国泰民安的政治理想。《海市诗》描绘海市蜃楼的奇景，也颇为精彩：

> 水晶宫殿锁晴空，万象澄澄碧海中。月里姮娥观宝鉴，日中仙子玩珠宫。乾坤斡运明真理，混沌重开越胜工。万道毫光攒坎虎，千条赤气罩离龙。满空圣众扶圆盖，玉女金童策主翁。紫雾红霞才绽处，玲珑七宝现威雄。神风静默惊山鬼，万化参差世莫穷。光压水天无势力，吾真三界得冲融。放心天

---

① 《全辽金诗》统计王处一诗共"五百零一首"有误。该书实收王诗522首。山西古籍出版社1999年，中册，第893页。

下无违碍，四大神洲饮几钟。虽说东坡真上士，足知大定胜元丰。古今诸胜钓鳌手，不论泥沙碎铁铜。以道治身功行满，大罗天上一家风。

诗序云："暂别东牟，西游登郡，渐叩古黄西皋，遇海市垂光显异，乃与道合真也。故曰皇天发泄，大道舒张，披三光而下降，禀一气而上升，万化人间，莫知其道也。是乃长养诸天，大地冲和，四序炎凉，洞焕太空，化生玄象，混同万法之根源，符合大罗之眼目。因借东坡韵述怀。"叙议结合，骈散相间，又与诗作相得益彰。

王处一兼善多种诗体，尤长七言律绝。现存522首诗，计有七绝286首，七律83首，五绝58首，五律35首，四言19首，七古、六言各12首，三言10首，五古4首，杂言3首；七绝、七律共369首，合占全部诗歌的约71%。他精于对偶，且能熟练运用句中自对的"当句对"，如"玉坛瑞象埋仙迹，宝鼎祥辉隐化生"（《赠助缘道众二首》之二）、"霓旌绛节朝金阙，羽盖云旗映宝台"（《仙境》）、"五行四象明交泰，万劫千生灭祸殃"（《兴题》）、"宝鉴神珠遭汩没，风灯石火不牢坚"（《劝人弃假归真》）、"焚香祝寿功无失，报德酬恩道自昌"（《赠关西吕清元充宁海威仪》）、"日魂月魄依时取，汞髓铅精用力收"（《赠李节判明威二首》之一）。还善于使用叠词与数词，如"紫府飘飘飞玉雪，瑶台渐渐吐金莲"（《脱世网二首》之二）、"素光渺渺开心月，红艳辉辉覆性珠"（《赠远来道众二首》之二）、"五脏辉辉生玉蕊，三田涌涌吐金莲"（《劝众化缘二首》之二）、"一点圆明真了了，两回遭遇性融融"（《自咏二首》之二）、"千祥丹谷收真彩，万派银霞注逆流"（《赠门人南吕哥》）、"玲珑霞彩通三界，踊跃圆明出六尘"（《赠日照县水车沟会众》）。又如《登州高左衙索神灵诗》《徐福店小宫姑毁容截鼻，处志慕道，赠之》：

灵灵无相物，悄悄独歌欢。默默重玄悟，停停万化安。盈盈离九地，了了入三坛。浩浩朝元去，腾腾跨彩鸾。

毁容截鼻志弥坚，为脱尘缘结道缘。一著根源超等辈，两通盟誓透青天。三光密照开灵慧，四大冲和道渐传。光绽五明常不夜，六波罗密吐金莲。七情除灭圆明聚，八洞神仙同受宣。九曲明珠穿顶过，十方世界任周旋。

前者句首运用叠词，无一间断；后者嵌"一"至"十"，一气直下。内容无甚新意，形式却很工巧。

王处一的词现传95首，内容不外阐述全真教理、记录修行生活、规劝他人入道，以及歌颂帝王、道友之类，大都枯燥乏味。但《苏幕遮·劝修炼三首》却是例外，其三云：

> 白莲池，金液沼。龙戏明珠，紫雾常围绕。虎撞群羊山下闹。惊起白牛，九曲江边跳。　　赤鸾飞，朱凤啸。海底婴儿，抱定龟蛇笑。长就黄芽通节要。阴里生阳，几个人知道。

通篇写修炼生活，而能精雕细刻，妙用比喻，唤起读者的无穷想象。

王处一词中部分写景的片段也相当精彩，如《满庭芳·住铁查山云光洞作》上片的"俯视沧溟，屏山掩映，万重松桧森然。金波滚滚，云锁翠峰巅。昼对清光浩渺，更阑显、月印新鲜。圆明聚，红霞影里，捧出洞中仙"，把修道所居的环境刻画得历历在目。又如《满庭芳·黄县久旱，请作黄录醮，得饱雨作二首》之二上片的"龙转西江，金光摇曳，踊身飞上穹苍。兴云吐雾，威力大施张"，写电闪雨倾的景象亦极生动。

# 六、郝大通

郝大通（1140—1213），字太古，号广宁子，宁海（今山东牟平）人。出身世宦家庭，精于易学与阴阳、律历、卜筮之术。金世宗大定七年（1167年），于宁海拜王喆为师。次年随王喆至昆嵛烟霞洞。王喆赐名璘，号恬然子。大定二十二年（1182年），居真定讲道。元世祖至元六年（1269年），赠"广宁通玄太古真人"。事见徐琰《广宁通玄太古真人郝宗师道行碑》等。著有《太古集》。

现存郝大通《金丹诗》30首，全为炼丹论道之作。现引其七，可略见其特色：

> 三月雷轰一二声，始知天下鬼神惊。风乘云势三千里，虎假龙威九万程。万化门中为主宰，八纮镜里作经营。震之内象爻俱动，上德皇君具姓名。

其余诗作，大抵如此。

《金丹诗》均为七言律诗。它们中的绝大多数作品都合乎格律要求。但也有失对之作，如："兔在穴中狸在火，玄通妙处道根由。诞灵降迹推迁运，十二春还六十秋"（其五颔、颈二联）、"金铉玉质通嘉致，供圣养贤炼瑞丹。风火家人能返照，变形易体改容颜"（其九颔、颈二联）等。此外，尚有《献重阳先生诗》1首，为七言绝句。

郝大通词现存《无俗念》《南柯子·示众》2首，均为歌颂业师之作。但前者下片的几句景语却生动形象，颇为出色："放开匝地清风，迷云散尽，露出青宵月。万里乾坤明似水，一色寒光皎洁。玉户推开，珠帘高卷，坐对千岩雪。"

## 七、孙不二

孙不二（1119—1182），号清静散人，人称孙仙姑，宁海（今山东牟平）人。豪族孙忠翊幼女。自幼聪慧，工于吟咏。父因马钰有仙才而以其嫁之，并生三子。马钰入道次年，亦弃子皈依。王喆卒后，独自传道至洛阳风仙洞。金世宗大定二十二年（1182年）冬，作诗遗世，踟蹰而化。事见秦志安《清静散人》等。著有《孙不二元君法语》。

孙不二诗现存22首，全是传道论理之作。五律《坤道功夫次第十四首》依次介绍收心、养气、行功、斩龙、养丹、胎息、符火、接药、炼神、服食、辟谷、面壁、出神、冲举十四步坤道功夫，虽少文学意味，却也清楚明白。七绝《女功内丹七首》除介绍女功内丹外，还讲述道家的哲理，其二的写景也较为出色。她的《辞世颂》系绝笔，有达观之态，而无悲哀之气，其八云：

> 三千功满超三界，跳出阴阳包裹外。隐显纵横得自由，醉魂不复归宁海。

孙不二的词只存《卜算子·辞世》《绣薄眉》2首，前者写"万道霞光海底生"的炼丹场景，后者讲"修行脱免三途苦"的修行道理，韵味都嫌不足。

"七真"都曾得到王喆真传，甚或相继掌教，在道教特别是全真教发展史上做出了重大贡献。这已得到宗教界的广泛认同，并取得了不少研究成果。但是，"七真"均能作诗填词，并且数量众多①，不乏佳篇，在中国古代诗词特别是金代诗词发展史上占据着一席地位，却未引起文学界的足够重视。几部影响较大的《中国文学史》教材对"七真"只字未提，迄今收录汉语词汇最为丰富的《汉语大词

① 如《全辽金诗》录金诗11546首，其中"七真"诗2150首，约占所录金诗的19%；《全金元词》录金词3572首，其中"七真"词1353首，约占所录金词的38%。

典》失收"七真"诗词的重要书证①，都令人遗憾。笔者认为，认真考察"七真"的诗词，对推动中国古代文学与宗教的深入研究都将产生积极影响。

［作者简介］王勇，山东师范大学文学院副教授。

---

① 如意为"得道仙去"的"升霞"一词，马钰词中屡见，《汉语大词典》只收唐中癗《赠王仙柯》诗作孤证。

# 明清蓬莱寺观及其文学记忆

## 赵红卫

自唐神龙三年（707 年），登州治所移至蓬莱，其后，历宋金元明清几朝，登州虽行政辖区有所更易，但治所一直在蓬莱，长期的历史文化沉淀，使蓬莱彰显出自己独特的城市个性。其中蓬莱寺观与蓬莱海洋文化、仙道文化一起构筑了蓬莱城市空间的基础。蓬莱寺观兴建于唐，至明清臻于稳定和鼎盛，明清文人以其身处目接的文学抒写与想象，塑造着独特的蓬莱印象，为蓬莱寺观构筑的宗教空间留下了最为生动的影像，形成这座美丽的海洋城市最为鲜活的文学记忆。

## 一、明清蓬莱寺观考原

蓬莱自唐初直到明清一直为登州治所，蓬莱古城寺观格局的形成，起于唐初，经宋金元历代建构，至明清两朝大量新建、重修寺观，蓬莱寺观形成了相对稳定、颇具规模的格局。寺观建筑相对集中在登州府城及蓬莱水城中，唐开元间所建开元寺、祐德观（万寿宫）、贞观间建水城广德王庙（龙王宫）；宋元丰间建后土宫、东岳庙（天齐庙）；元至正间建关帝庙、真武庙，都是蓬莱较有影响的寺观。至明清时期又历经修缮，香火长盛不衰。明洪武九年，"改登州为府，置蓬莱县，时上以登、莱二州皆濒大海，为高丽、日本往来要道，非建府治，增兵卫，不足以镇之。"[①] 登州由州升格为府，清朝沿袭明制登州仍为府，明清时期，尤其是明前中期，蓬莱新建诸多寺观。明洪武年间于府城内建成城隍庙、观音堂、火德庙、元坛庙、三元宫、都土地庙、晏公庙、旗纛庙，永乐年间建成文昌宫、龙王宫等，明清时期府城内有 39 座寺观，其中 10 余座庙宇为明代始建，这与登州由州改府应当有较直接的关系。建于宋嘉祐中的蓬莱阁，也是在明洪武九年扩建为蓬莱水城，与登州府城相为犄角，蓬莱水城中的庙宇建筑群也主要是在明清时扩建完成。

---

① 《明太祖实录》洪武九年五月壬午，上海书店 1982 年。

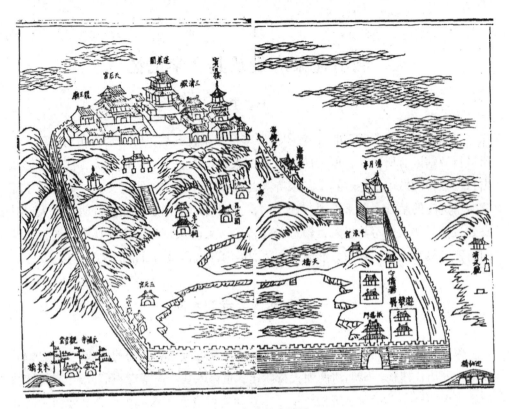

图一　古登州水城图

表一　明清蓬莱寺观分布情况表

| 位　置 | 寺　数 | 观　数 | 合　计 | 备　注 |
|---|---|---|---|---|
| 水城内 | 10 | 10 | 20 | |
| 府城内 | 19 | 20 | 39 | |
| 府城及水城外 | 71 | 53 | 124 | 其中城关庙宇12座。 |
| 蓬莱境 | 100 | 83 | 183 | |

表二　明清蓬莱寺观分布及其沿革情况表（见附录）

蓬莱登州古城城区总体呈方形，如图二"古登州府城图"① 所示，有东南西

---

① "古登府府城图"及"古登府水城图"，参见（清）周悦让、慕荣榦纂《增修登州府志》，清光绪七年（1881年）刻本。

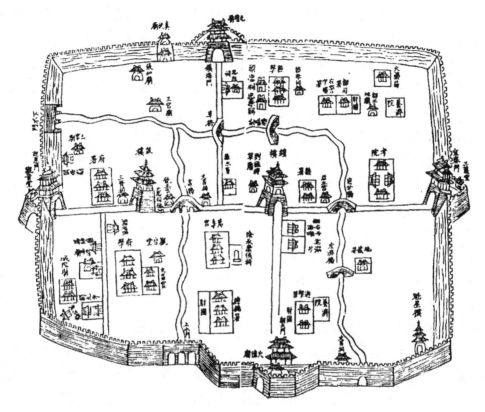

图二　古登州府城图

北四座城门，分别为东门宜春门，南门朝天门，西门迎恩门，北门镇海门。蓬莱水城如图一"古登州水城图"所示，负山控海，南宽北窄，有一南门振扬门坐北朝南，城北为丹崖山蓬莱阁庙宇建筑群。由表一"明清蓬莱寺观分布情况表"及附录表二"明清蓬莱寺观分布及其沿革情况表"① 可以看出，蓬莱境内，寺观集中分布在水城、府城及城郭。明清时期蓬莱县境内共有寺观约180余座，其中登州府城内的寺观有39座，府城城关有12座，蓬莱水城内有20座，共计71座，约占蓬莱境内寺观的40%，相对于府城及水城外蓬莱境内区域广阔、相对分散的寺观分布，蓬莱水城、府城及城郭是蓬莱县境内寺观分布最为密集的区域。

蓬莱地处齐鲁，民风朴素，尊儒尚礼，原非崇巫淫祀之地，"然而菩萨低眉，

① 表一"明清蓬莱寺观分布情况表"及附录表二"明清蓬莱寺观分布及其沿革情况表"主要参考清康熙《蓬莱县志》《登州府志》，道光《重修蓬莱县志》，光绪《蓬莱县续志》，民国《蓬莱县志》等史料。

窃愿皈依有路，金刚怒目，惧为谴责所加，神道设教意如是也。"① 人们仍然希冀在神灵信仰中找寻精神的慰藉。蓬莱寺观所祀神灵，兼涉儒教、佛教、道教的神祇，以道教、佛教居多，也有许多民间信仰的神灵。有一些庙宇所祀神灵甚至是三教一体的，如三教堂、众神庙等。祭祀神灵中最为普遍的就是朝廷允许的正祀神，诸如城隍庙、观音堂、关帝庙、火德庙、元坛庙、三元宫、泰山行宫、都土地庙、雷神庙、文昌宫、真武庙、东岳庙、旗纛庙、马神庙等。

在祭祀诸神中，因蓬莱濒海，百姓多以渔盐为业，受泽于海洋，因此对海神的祭祀尤为虔敬。刘遵鲁《漠密记》言："东镇区域最巨，泽润生民最溥惟海而已。历代秩祭，其来尚矣，故民间多立行祠。登州，青之鱼盐地也，县治蓬莱，民濒海者奉海神尤切。"② 蓬莱水城是明朝时在宋代军港刀鱼寨的基础上扩建而成，是明清时期的海防要塞，其上建有广德王庙（龙王宫）、海潮庵、海城隍庙、海神庙（天后宫）、平浪宫等祭祀海神的寺观，是蓬莱城祭祀海神寺观比较集中的区域。水城之外，蓬莱境内又有龙王宫四座、镇水庵三座、镇海庵二座，均为祭祀海神的寺观，体现了蓬莱民众"奉海神尤切"的崇祀习尚。

美国历史学者、城市规划学者刘易斯·芒福德（Lewis Mumford）在其著作《城市发展史》中言："历史性城市，凭它本身的条件，由于它历史悠久、巨大而丰富，比任何别的地方保留着更多更大的文化标本珍品。"③ 时至今日，蓬莱古寺观有一些仍然庄严伫立，向人们展示着蓬莱历经沧桑的历史内蕴。又有更多古寺观或已倾颓，但其曾经阅历的一幅幅世态画卷，构成了蓬莱绚丽的历史人文。

## 二、明清蓬莱宗教空间与文人活动

明清蓬莱寺观不唯是祭祀神灵之地，因为蓬莱濒临海洋，自古为游览胜地，尤其以蓬莱水城为代表，寺观与园林交相辉映，即为宗教空间，亦为览胜之地。历代文人于此求仙访道，吟赏烟霞，明清蓬莱宗教活动空间因为蓬莱特殊的人文地理景观，而有了自己的独特性，使得蓬莱寺观与文人的生活创作发生了非常密

---

① （清）王文焘修：《重修蓬莱县志》卷2《地理志·庙宇》，清道光十九年（1839年）刻本。

② （清）王文焘修：《重修蓬莱县志》卷12，清道光十九年（1839年）刻本。

③ ［美］刘易斯·芒福德著，宋俊岭、倪文彦译：《城市发展史起源、演变和前景》，中国建筑工业出版社2004年，第573页。

切的关系，以寺观庙宇为中心，演绎着一幕幕生动的文人活动场景。

文人雅士在蓬莱寺观的活动是与欣赏蓬莱山海胜景紧密联系在一起的，甚至祀神活动，也是为了一睹海洋变幻莫测的胜景而祷。明代招远举人阎祺有一首诗名《游普照寺》，诗题是写佛寺，但却冠一"游"字，诗言："上方深处隔红尘，信步来游似有因。小犬吠人缘地僻，老僧延客倍情亲。风清自觉炉烟细，昼静偏知案雀驯。谈竟不知归辔晚，何防返照挂城闉。"普照寺位于登州府城东门内，诗中的普照寺一派静谧，诗歌呈现的不是神佛的肃穆压抑之境，而是安闲适意的游赏之情。蓬莱水城寺观神佛更因其与海市蜃楼景观的关联，见证了文人们的风流雅韵。宋代文豪苏轼曾任五日登州太守，五日后即将被调任他处，为一睹海市蜃楼之瑰丽，苏轼专门祈祷于海神庙，他在《登州海市并序》记："予闻登州海市久矣，父老云尝出于春夏，今岁晚不复见矣，予到官五日而去，以不见为恨，祷于海神广德王庙，明日见焉，乃作此诗。"海神满足了这位大文豪的祈祷，苏轼得观海市胜景，并写下了《海市》等诗歌名篇，蓬莱山海为之增色，从此也更为文人雅士所珍重。五百多年后，又一位成就斐然的文学家清代山东学政施闰章来到蓬莱，和苏轼一样，施闰章也是因公务，到登州考评士子，既想一观海市，又不能任意滞留，于是他洋洋洒洒，声情并茂的写了一篇祭文《登州祭东海广利王文》，祭祀于海神庙：

> 惟神涵育万灵，吐吸百谷，沐日浴月，化无为而自成，出雨兴云，诚有祈而斯应，乃有蜃楼海市飘忽迷离，既隐见之靡常，亦淹速之莫测，达者愿见而不得至，至者屡月而不得见，闰章待罪于斯，不揣固陋，窃欲寓目俄顷，快意平生，是用斋沐洗心，肃将牲帛，维春夏既交之节，乃鱼龙吐气之期，伏兽鞭蛟驾螭，现神奇于翌日，行将洞心骇目，著词赋于将来，昔子瞻获觐于非时，事为创见，岂今日告虔而不贶，神或弃予闰章，渎冒尊严，不胜惶悚，谨告。①

施闰章言往昔苏子瞻能够一睹海市，"获觐于非时"，如果他的祭祀不灵，岂不是"神或弃于闰章"，或许海神也难舍施闰章的才华，祈祷的第二日，施闰章将离登州之际，海市奇观呈现，施闰章为此赋七言古诗《蓬莱看海市歌》以纪其事。

---

① （清）施闰章：《登州祭东海广利王文》，《施愚山先生学余文集》卷23，清康熙四十七年刻本。

文人们在寺观宗教空间内，诗情或许会不期然而然带上了宗教哲思，而他们对自然山水胜境的崇拜又往往占了上风，如清代博山诗人赵执信《海潮庵观出月》：“万里青莲色，虚空拥化城。人随海鸟至，僧带磬声迎。梵呗潮相应，楼台蜃不争。登临悟无住，浑欲厌浮生。”① 清代蓬莱诗人葛忠弼《海潮庵》：“栏外生潮汐，庵开轩豁中。楼台秋不夜，天水碧无穷。旧有高僧在，今余石壁空。回思看日出，万里晓云红。”② 把海潮庵内外的景色描摹的空灵宁静，疏朗高远。他若明代黄克缵《谒海神庙》、陶朗先《朝海庵》，清代诗人丁蕙《海潮庵》、申修《中元日潮海庵次韵》，都显示了蓬莱寺观与文人活动及创作的关联。

蓬莱寺观建置于蓬莱山光海色之中，其幽雅宁静、风光绝美的环境，成为文人们进行雅集酬唱的空间。清徐绩《蓬莱阁阅水操记》载：“登州北濒大海，其山曰丹崖，其最胜者曰蓬莱阁。士大夫燕游歌咏必集其处。盖不独海市幻形，荡摇万象，有珠宫贝阙之奇，而风帆沙屿，灭没于沧波浩渺之区，云物诡殊，顷刻百变。意古高世隐德之士，若安期、羡门之徒，犹有往来栖息于是中者。”③ 蓬莱阁胜景被历代文人题咏吟唱，佳作无数。“胜流名侣，自遥而集者，游趾恒交错其间。”④ 兹不妨看一南北文士酬唱之雅举，楚南名士邓显鹤游蓬莱阁，感于其景观之胜，请人绘制成图，携至京师，既引发了一次热闹的文人酬唱，清嘉庆间登州栖霞学者郝懿行在其唱和诗《题蓬莱阁画册》小序中记：“邓子湘皋（邓显鹤字）南楚清韵士也，诗笔故多奇崛，盖尝登斯阁，并倩人制图，甲戌夏，余于都门览焉，纸墨纷披，题咏殆遍。”⑤ 邓显鹤在其友唐仲冕题诗后亦记：“嘉庆庚午春，余游登州，登蓬莱阁观海，绘为图，一时名流题咏满幅。”⑥ 世言“登州有蓬莱阁，天下皆知之。”⑦ 可以说蓬莱阁胜景正与文士们“纸墨纷披，题咏殆遍”的雅集唱和互为增色。

访仙问道，借宿寺观，是文人抒写中常见的活动，蓬莱寺观清幽静谧的环境

---

① （清）赵执信：《观海集》，清乾隆刻本。

② （清）葛忠弼：《秋虫吟草》卷3，清稿本。

③ （清）徐绩：《蓬莱阁阅水操记》，盛立军编著《蓬莱阁碑刻诗文赏析》，文物出版社2013年。

④ （清）郝懿行：《晒书堂文集》卷2，清光绪十年（1892年）东路厅署刻本。

⑤ （清）郝懿行：《晒书堂文集》卷2，清光绪十年（1892年）东路厅署刻本。

⑥ （清）唐仲冕：《题邓湘皋孝廉蓬莱观海图》后邓显鹤按语，《沅湘耆旧集》卷118，岳麓书社2007年。

⑦ （清）惠言：《增修瀛洲书院碑记》，（清）王文焘修《重修蓬莱县志》卷12，清道光十九年（1839年）刻本。

也成为许多文人雅士宦游借宿的首选。清代山东学政施闰章宦游中曾借宿于蓬莱水城海潮庵，他的《海镜亭记》记载："登州临观之胜曰蓬莱阁……有折而下为海潮庵，庵左侧有亭皎然，轩楹四厂……丁酉夏四月十有四日，予夜宿亭畔，水月空明，毛发可数. 书其上曰'海镜'"① 这也是海镜亭得名之缘起。施闰章还有一首《宿蓬莱海潮庵》诗，表达了他在海潮庵海天空明的宗教氛围中"眷兹物外游，宁辞云际歇"的淡远心怀。明清两朝一直与邻国朝鲜保持着宗藩关系，朝鲜每年都有使节入华，他们进京途经蓬莱，也往往留宿于府城寺观中，这些来华的朝鲜使节大都为饱学之士，留下了许多在蓬莱寺观访道借宿的诗文创作。明熹宗天启年间朝鲜使臣、著名诗人李民宬来华，他在《题开元寺》一诗小序中记："寺在登州城中，唐开元中所创也，一行寓焉。"朝鲜使团这一次寓宿在了登州府城开元寺中，其诗言："开元皇帝好神仙，竺教兼崇结胜缘。沙界众生仿佛日，龙伦八部护诸天。远人来讨客尘喻，老衲空参鬼窟禅。面壁妨调摩诘病，朝朝车马寺门前。"② 天启元年（1621 年）朝鲜贡使安璥曾访道于府城万寿宫，有《登州万寿宫》一诗："横槎跨海挟天风，来入蓬莱万寿宫。道士说经闲日永，乡人祈福屡年丰。草煎不老茶尝熟，砂炼长征药有功。自古燕齐多异事，神仙如在杳茫中。"③ 天启四年（1624 年）朝鲜使臣吴肃羽曾访府城普静寺，有诗《普静寺赠明宇上人》："蓬莱不必问群仙，逢着西来第一禅。香满古寮三籁静，海天无际月轮圆。"④ 文人们在寺观宗教空间中所写的作品，往往天然带着浓郁的宗教哲学意味，访仙问道，借宿寺观的活动与他们的诗歌创作由此也发生了密切的关联。

蓬莱寺观在某种意义上也是文人的一个非常重要的公共活动空间，文人们文雅风流，他们既可以在其中抒写情志，又通过这个公共空间扩大了自己的文学影响，其中题壁诗成为寺观这一公共空间发挥诗歌传播作用的流行方式之一。蓬莱寺观多集宗教与景观与一体，人文荟萃，题诗于寺观之壁，更能增益文声。如明清时期蓬莱阁东侧海潮庵，观海位置绝佳，是许多文人漫游蓬莱的借宿之地，庵中也留下了许多精彩的题壁诗。如明代诗人万代尚、清代诗人张延基、任琪、蔡永庄、刘复昆等都曾写下同名题壁诗《题海潮庵壁》，清初进士、山东蓬莱知县张

① （清）施闰章：《海镜亭记》，《施愚山先生学余文集》卷 12《记》，清康熙四十七年（1708 年）刻本。

② ［朝鲜］李民宬：《朝天录》，林基中编《燕行录全集》，韩国首尔东国大学校出版部2001 年。

③ ［朝鲜］安璥：《驾海朝天录》，林基中编《燕行录续集》，韩国首尔尚书院 2008 年。

④ 袁晓春编注：《朝鲜使节咏山东集录》，黄河出版社 2007 年，第 120 页。

延基《题海潮庵壁》诗云："灵窟盘旋绝巘东，此身疑幻入鲛宫。欲烹白石偕真隐，且合明砂赋有蓬。奇出袖中三度玩，携回天上一槎通。于今尚有珠邱在，何必求仙蹑雾濛。""珠邱"原指传说中的古迹，此处借指海潮庵等蓬莱胜迹。清初高密进士任琪，曾任登州府教授，其《题海潮庵壁》诗云："空明生屿浪生烟，古塞于今识姓田。一带金沙分去住，千岩玉骨乱中巅。摩云高阁无多磴，煮石顽仙尚有踪。可惜珠玑炊不尽，犹余万斛琢天然。"带着仙道气息的宗教空间，启发着诗人丰富的文学想象，令诗人虽处人间而如置身仙境。

## 三、"城南旧事"——明清蓬莱寺观的文学记忆

通常状况下，人们通过历史学家的记录来了解历史，而对于一座历史悠久，人文厚重的城市来说，文学的记忆，却使后人对于一座城市的文化印象更为立体而生动。对于蓬莱寺观及与寺观相关信息的文学性描写，向我们展示着蓬莱城一部分令人难忘的"城南旧事"。

在蓬莱寺观兴废盛衰的历史变迁中，几乎每一座经历朝代更替而能幸存屹立的寺观都有它的一部修缮变迁史，而其中经由文学抒写的修缮史更具有某种人文情怀的温热。蓬莱阁所在旧址本为海神广德祠，宋登州太守朱处约"因思海德润泽为大，而神之有祠俾，遂新其庙，即其旧以构此阁，将为州人游览之所。"[①] 明洪武九年，依丹崖山构筑海防，建为蓬莱水城，广修寺观庙宇，成为蓬莱集寺观园林于一体的名胜之地，明朝洪武年间朝鲜使臣权近《谒龙神庙（广德王庙）》："断峰临海阆宫深，肃肃令人起敬心。风送舟航祈必应，日修香火祀时忱。"[②] 还曾记载了广德王庙的庄严和旺盛的香火。明清交替之际，蓬莱水城亦历兵燹，明崇祯九年（1636年）陈钟盛知登州，登临水城蓬莱阁"初一登临，见荒烟蔓草，颓垣裂瓦，满目萧条，感极而悲。盖以崇祯五年燹于兵故也……因葺治城垣，修建海神、天妃诸庙，以为国祝厘，为民祈祷，用纪其事与予之意以告登众，以贻后来有如此者。"[③] 陈钟盛修缮蓬莱阁、修建寺庙有在其位谋其政的官员职责，也

---

① （宋）朱处约：《蓬莱阁记》，（清）王文焘修《重修蓬莱县记》卷12，清道光十九年（1839年）刻本。

② ［朝鲜］权近：《奉使录》，林基中编《燕行录全集》，韩国首尔东国大学校出版部2001年。

③ （明）陈钟盛：《蓬莱阁记》，（清）王文焘修《重修蓬莱县志》，清道光十九年（1839年）刻本。

饱含着一个士大夫悲天悯人的心怀。许多寺观的修缮往往由官民捐资而成，成为一座庙宇非常有情味的沧桑记忆。明陈鼎《重修真武神祠记》记载了他和僚属捐俸修祠的经过："吾郡介山海间，城垣多枕山而起，迤逦几十里。城之北上尤高广可屋。正统年间，备倭都督李公福，因建祠于兹，屹然为东方镇，迄今凡百祀，而栋宇肖像皆为风雨所薄，剥渀几尽。登州卫指挥王公璋，因缮城徐及此，遂捐俸以为军民先。一时僚属并有力者咸附焉。"陈鼎还记述了修缮后的真武神祠之宏伟规制："祠北正中为正殿，东西两翼为斋房。凡若干楹。南为中门，南之南为甬道，为三门。凡若干丈。乃所由以上城者。其规制甚伟，或可以供眺望，而由知未炊烟之家也。鼎不拒里人之请而予之文者，盖亦因人心向慕而为之也。是为记。"① 人们之所以祀于神，缘于人心向慕，陈鼎之所以慨然捐资，欣然为序，亦因其心之向慕而为之，后人读之颂之，又何尝不是人心向慕呢。宋徽宗朝敕立的天后圣母庙，位于蓬莱阁之西，"居贾行商，有祷辄应，水旱偏灾，有祷辄应。"后因正殿历火灾，清代登州知府英文上任后"都人士咸请更新之，因捐俸以为倡，阅若干月而赀集若干月而工竣。"② 他如张辅《改建文昌祠记》、诸镇《文昌祠新修后殿记》、潘滋《登州府重修城隍庙记》、贾瑚《增修吕祖阁碑记》等，无不以声情并茂的笔触记载了蓬莱寺观的变迁史。

蓬莱的寺观庙宇曾经的规模庙貌，也在文学记忆中呈现。诸如建于唐开元年间的蓬莱名寺开元寺，日本高僧圆仁用汉文写的日记体著作《入唐求法巡礼记》描摹了唐代蓬莱开元寺及登州府城的景况。唐文宗开成五年（840年）圆仁和弟子到达登州城，寓住在府城西南开元寺。圆仁《入唐求法巡礼行记》卷2记：

> 开成五年三月二日，日本国求法僧圆仁状：
> 登州都督府城东一里，南北一里。城西南界有开元寺，城东北有法照寺，东南有龙兴寺，更无别寺。城外侧近有人家。城下有蓬莱县开元寺，僧房稍多，尽安置官客，无闲房，有僧人来，无处安置。城北是大海，去城一里半。海岸有明王庙，临海孤标。城正东是市，粟米一斗三十文，粳米一斗七十文。城南街东有新罗馆、渤海馆。从登界赤山到登州，行路人家希，是山野。牟

---

① （明）陈鼎：《重修真武神祠记》，（清）江瑞采修：《蓬莱县续志》卷12，清光绪刻本。

② （清）英文：《重修天后宫记》，（清）王文焘修《重修蓬莱县志》卷12，清道光十九年（1839年）刻本。

平县至登州，傍北海行。比年虫灾，百姓饥穷，吃橡为饭。

圆仁高僧的描述向读者呈现了人间烟火气息中的开元寺。他还曾见到开元寺壁上日本人的诸多题壁留名，"壁上书着缘起……于佛像左右书着愿主名，尽是日本国人官位姓名"① 这样的描述让我们可以想见开元寺在当时的庄严辉煌。

明末朝鲜使臣赵濈也曾在他的《燕行录》中描述过开元寺法：

> 食后周览开元寺，法堂匾额以空天廓字刻金字悬之庭际。两边立大碑，堂上坐三大佛。四面列立观音，罗刹之像极其怪诡。关羽之像亦在东边。屋瓦以青琉璃覆之。夜则张灯鸣鼓击锣，焚香礼佛，一日不懈。昼则封门，必索钱然后开示。②

这一段描述向我们展现了明代开元寺法堂的神像位置，并记述了开元寺白昼封门，夜则喧闹的礼佛规矩。又如蓬莱海中有座山名为漠岛，其上建有海神庙，明刘遵鲁《漠密记》记这座海神庙："庙曰灵祥，神曰显应神妃，耆民相传为东海广德王第七女。"③ 明万历知府阎士选《镜石记》又言："海中有山名为漠岛，因建海庙于其上，土人又称为庙岛，峭石当前，光明如鉴，金谓灵气所钟也。"④ 介绍了灵祥庙所处之地钟灵毓秀，地势峻拔。这些珍贵的记述成为蓬莱寺观鲜活的文学记忆。

寺观作为宗教空间，因其信仰，本来就有着神秘的氛围，文人对蓬莱寺观的文学抒写，也充满了丰富的想象和奇异的色彩，令蓬莱寺观宗教空间因此而具有了生命的温度，具有了生动的记忆和特殊的魅力，以下兹举几例，以飨读者。

《增修登州府志》卷15"寺观"，蓬莱县修真观：

> 王重阳尝栖于此，城中画桥高峻，王语人曰，此桥逢河必坏，金大定二年，

---

① ［日］圆仁：《入唐求法巡礼行记》，上海古籍出版社1986年。
② ［朝鲜］赵濈：《燕行录》，林基中编《燕行录全集》，韩国首尔东国大学校出版部2001年。
③ （明）刘遵鲁：《漠密记》，（清）王文焘修《重修蓬莱县志》卷12，清道光十九年（1839年）刻本。
④ （明）阎士选：《镜石记》，（清）王文焘修《重修蓬莱县志》卷12，清道光十九年（1839年）刻本。

州守何邦彦恶其不便，改造之，王语验，人始悟其为仙。①

明万历年间阎士选《新建水城武安王庙记》：

> 芝山故有武安王祠，其袍服岁为镇府所供，每致失去，庙祀以神莫享也。欲择地更建，环水城耆老谓宜请命于神，以筊投之，神以吉应。又祷以籤，有枯木逢春之句，众莫知所谓。择地得水城东隅，适海中浮巨木至，与籤语合，众取为竿。悬神旗于上，兵民聚观。鸠工聚材，掘土定基。见灰一窖，从土涌出，不知何年所留藏，若以待今日用也。②

《增修登州府志》卷15"寺观"，蓬莱县万寿宫：

> 在画桥南东岸，旧名祐德观，唐开元间建……明有耍子者，幼从师修真于此，遇异人，至师不为礼，私食之，异人授以术，点铁成金，师觉，异人遂去，耍子沐浴趺坐而化，遗一履，是日城西三十里有人见其赤一足，逐一鹅行，曰烦寄吾师吾寻异人去矣。③

明陈鼎《重修真武神祠记》：

> 据小说家云，神乃青池长者夫人梦吞日光而娠，生于开皇元年甲辰之岁三月三日午时，后入清冷山。四十二年，龙汉元年，有天关地轴之妖，即今所谓龟蛇者，尔时神结起五方金轮，执三元斗印仗七星宝剑大败关轴于翠龙山。冠履俱丧，披发跣足，一时池鱼化屐皆来衬足，雁叫长空皆来助力。若舞转黑旗，收日月毒火入莲藕孔，脚踏祥云之说，不一而足。后世因之，未之有改，至我文祖靖难之时，英宗朔漠之行，皆以梦寐仿佛意得神助，是亦未可知也。据经传所载，每以元武与朱鸟青龙白虎并论，以此乃四方之宿名，

---

① （清）周悦让、慕荣榦纂：《增修登州府志》卷15修真观条，清光绪七年（1881年）刻本。

② （明）阎士选：《新建水城武安王庙记》，清江瑞采修《蓬莱县续志》卷12，清光绪刻本。

③ （清）周悦让、慕荣榦纂：《增修登州府志》卷15万寿宫条，清光绪七年（1881年）刻本。

取之以为军旅旗章之用，他未之前闻也。后宋真宗崇道教，避圣祖讳改元为真，遂号真武，而是名实昉于此。其云开皇龙汉之年，未之合，但元武乃龟蛇之属而亦肖人像披衣冠，至今仍旧，即新而庙貌有严者，盖亦人心向慕而为之也。①

这些带着宗教色彩，充满丰富想象的寺观故事抒写为蓬莱阁丰厚的文化底蕴又抹上了一笔浓郁的神异奇诡的色彩。

蓬莱寺观借其信仰和胜景，吸引着历代文人汇集于此，他们借助丰富的文学抒写与想象，生成蓬莱寺观鲜活生动的文学记忆，寺观历经岁月流逝，或许会陈旧，或许会倾塌，但这些文学记忆却构成了蓬莱城市历史文化不可或缺的一部分，对当代城市建设和旅游资源的开发具有着重要的现实启示意义。

[作者简介] 赵红卫，文学博士，潍坊学院文学与新闻传播学院副教授。

---

① （明）陈鼎：《重修真武神祠记》，（清）江瑞采修《蓬莱县续志》卷12，清光绪刻本。

# 附录

## 表二　明清蓬莱寺观分布及其沿革情况表

| 方位 | 数量 | 寺名 | 观名 | 位置及沿革 |
|---|---|---|---|---|
| 府城内 | | 开元寺 | | 城内西南隅，唐开元年间建，明永乐八年天顺间重修，顺治十七年，住持僧报凤重修，有邑人沙澄碑记。 |
| | | 普照寺 | | 府城东门内，明嘉靖九年改为县学，万历十九年移建，县学仍废为寺。 |
| | | | 城隍庙 | 登州府治西南，明洪武元年知州李思齐建，三十四年，知府毕汝舟修，万历二十七年知府徐梦麟重修，崇祯五年毁于兵，十二年知府陈钟威重建，乾隆五十二年毁，邑人张春泉、慕成文、曲剑重修，三年工竣。 |
| | | | 关帝庙 | 府治南。元至正元年建，明洪武十七年重修，成化十一年总督备倭永康侯徐安改建，今址成化间知府张萧重修，崇祯（五年，登州府志记）间毁于兵燹，七年重修，有兵科给事中冯可宾碑记，道光八年登镇总兵成玉重修。 |
| | | 马神庙 | | 有三，一在府治南，一在府治内，一在县治内，岁一祀。 |
| | | | 万寿宫 | 画桥南东崖，旧名祐德观，唐开元间建。 |
| | | 观音堂 | | 有三，一西门楼侧，明洪武十一年建，邑人陈梦龙重修，久废。一画桥河南西岸；一画桥河北岸。 |
| | | | 火德庙 | 南门楼侧，明洪武十一年建。 |
| | | 元坛庙 | | 北门楼侧，明洪武十一年建 |
| | | | 财神庙 | 府城内钟楼西，即防抚署故址，俗犹以军门宅呼之。 |
| | | | 三元宫 | 有三，一西门北，明洪武六年建，与关帝庙邻，俗呼三步两庙。一南门楼，一画桥河北北岸。 |
| | | | 都土地庙 | 密水桥北，明洪武十一年建。 |
| | | | 后土宫 | 密分桥西，宋元丰二年建，嘉庆二十二年邑人张杰重修，同治九年重修。 |
| | | | 文昌祠 | 有三，一画桥东；一南城上火德庙东，一佑德观二门内西偏。 |
| | | | 文昌宫 | 旧在万寿宫西偏，官致祭者在画桥东偏。明永乐五年建，道光二十三年知府张辅以庭宇湫隘，移万寿宫西之祠，于府学东偏，即义学旧址创建殿庑，二十四年知府诸镇建后殿及奎光阁，咸丰七年，知府汪承铺复筹百金发商生息为岁修费，岁以二月初三日致祭。咸丰六年更增春秋二祭。并用太牢，皆地方正印官主祭，武官陪祀。 |
| | | | 晏公庙 | 西南城角胭脂冈上，明洪武十一年建。 |

| 方位 | 数量 | 寺名 | 观名 | 位置及沿革 |
|---|---|---|---|---|
| 府城内 | | | 张仙庙 | 北城下北极庙右，知府徐应元重修。 |
| | | | 真武庙 | 北门楼西，旧名北极庙，元至正四年建，明正德二年邑人陈鼎重修，国朝顺治间加封佑圣真君，春秋致祭。 |
| | | 白衣庵 | | 西门内东南。光绪五年重修，又白衣阁在城南六十里。 |
| | | | 龙王宫 | 画桥西，永乐五年建，祭以春秋仲月。 |
| | | | 泰山行宫 | 画桥河北岸三官庙西。 |
| | | 地藏庵 | | 宏济桥东，后建地藏殿，中建三官庙、观音堂，俗名十王庙。 |
| | | 圆通庵 | | 府城东门内西北，清道光年间已圮。 |
| | | 吉祥庵 | | 密分桥北，清道光年间已圮。 |
| | | 弥陀庵 | | 府城北门内西南。 |
| | | 镇水庵 | | 在搭地桥。 |
| | | 回龙庵 | | 县学后迤东，清道光年间已圮。 |
| | | 旗纛庙 | | 教军场内，洪武三年知州李思齐建，每年春分霜降二祭，有事动众祀纛出师，俗呼姜太公庙。 |
| | | | 福神庙 | 县治内，岁一祀。 |
| | | 狱神庙 | | 有二，一在府治狱内，一在县治狱内，岁一祀。 |
| 府城及水城外 | | | 关帝庙 | 有二，一府城北关，一西门北，与三元宫邻俗呼三步两庙。光绪七年，驻防淮军记名提督吴兆有重修。 |
| | | | 观音堂 | 一在东关俗呼倒坐观音堂，其四乡又有九处。 |
| | | | 三元宫 | 一在东关，一在刘家沟，一在城南三里檠阿沟庙内，其四乡及各岛又二十七处。 |
| | | 二圣庙 | | 在城东南一里，明洪武四年建。 |
| | | | 泰山行宫 | 有三，祀天妃玉女碧霞元君，一城南七里许，密神山之巅，嘉靖十六年知府王允修建，光绪六年重修。一城西二十五里；一西关，光绪五年重修。 |
| | | 祗园寺 | | 西关迤北，俗名给孤寺，其各乡又数处。 |
| | | 药王庙 | | 有二，一在城西南半里许，明万历三十八年建，国朝光绪七年驻防淮军记名提督黄仕林重修，费用千金。一在北沟。 |
| | | 普静寺 | | 北关，北门外迎仙桥东。明正统十年建。 |
| | | 普镇庵 | | 城西三十里。 |

| 方位 | 数量 | 寺名 | 观名 | 位置及沿革 |
|---|---|---|---|---|
| 府城及水城外 | | 永福寺 | | 来宾桥侧。 |
| | | 圆通庵 | | 在城西三十五里。 |
| | | 镇水庵 | | 有二，一在北关，一在城东二十里。 |
| | | 回龙庵 | | 在城东五十里。 |
| | | 芝山庙 | | 在城东南十三里，元大德间建，祀神孚佑侯。 |
| | | 龙山庙 | | 城东南四十里，宋元丰间建，祀神孚应侯。 |
| | | 羽山庙 | | 城东南二十里。元大德七年建，清道光年间已废。 |
| | | | 王母庙 | 城西南四十里苇阳山上。 |
| | | 龙泉寺 | | 城南三十里。 |
| | | 古城寺 | | 城南二十里。 |
| | | 石柱庵 | | 城南四十里，玉皇顶下。 |
| | | 金鸡寺 | | 城南六十里。 |
| | | 北林寺 | | 城西三十里。 |
| | | 沙诸寺 | | 城东八十里。 |
| | | 义昌寺 | | 城东南六十里，元至元四年建。 |
| | | | 显应宫 | 在沙门岛（庙岛），祀天后圣母。 |
| | | 铁佛寺 | | 在钦岛。 |
| | | 石佛寺 | | 在鼍矶岛（今名砣矶岛）。 |
| | | 八蜡庙 | | 旧址在赤山，明嘉靖六年知府游涟移置阳关之西亭，去郡城五里许，崇祯五年毁，于兵后移置西关，祀八神，祭以季冬八日。 |
| | | | 电神庙 | 东关外，乾隆五十二年定期每年六月祭，自嘉庆七年祭以春秋仲月。 |
| | | | 天后宫 | 一在栾家海口，一在长山岛。 |
| | | | 东岳庙 | 府城南关外，俗名天齐庙。宋开宝间建，万历中知府徐梦麟重修，崇祯五年毁于兵，知县刘邦弼重建，乾隆年间重修，每岁春秋戊日是致祭。又一在城东九十里柳桁村。 |
| | | 普照寺 | | 城东四十五里。 |
| | | 尉迟庙 | | 城西南三十五里。 |
| | | 镇河庵 | | 城西南三十五里。 |

| 方位 | 数量 | 寺名 | 观名 | 位置及沿革 |
|---|---|---|---|---|
| 府城及水城外 | | 峰埠顶庙 | | 城西三十五里。 |
| | | | 天清宫 | 即王母庙。在城西南三十八里蔚阳山上。 |
| | | 松柏寺 | | 城西二十里。 |
| | | 寿安寺 | | 城西三十五里。 |
| | | 释迦佛庙 | | 一在西郑村，一在唐家村，一在横溝，又有木梁殿。 |
| | | 准提庙 | | 城西四十里。 |
| | | 兴隆寺 | | 城西四十五里。 |
| | | | 修真观 | 城南，久圮，王重阳尝棲于此。 |
| | | 白马庙 | | 城南二十五里。 |
| | | 太平庵 | | 一在城南四十里，一在城东南三十八里，一在城东南六十里。 |
| | | 普教寺 | | 城南四十五里。 |
| | | 贯法寺 | | 城南六十里。 |
| | | 三教堂 | | 一在城南六十里，一在城东九十里，一在长山岛。 |
| | | | 三皇庙 | 城南六十里辛店。 |
| | | 慈云庵 | | 城南七十里。 |
| | | 兴龙寺 | | 城南九十里。 |
| | | 兴福寺 | | 在城南百里，一名崮山院。 |
| | | 龙兴寺 | | 城南一百十里。 |
| | | 白佛院 | | 在羽山。 |
| | | 金果山庙 | | 城东南五十里。 |
| | | | 邱祖殿 | 城东南邱山上。 |
| | | | 玉皇庙 | 城东南七十里，又一在长山岛。 |
| | | 湧金寺 | | 城东二十里。 |
| | | 镇海庵 | | 一在湾子口，一在城东六十里。 |
| | | 清泉庵 | | 城东三十五里。 |
| | | | 修真庵 | 城东三十五里。 |
| | | 富荣庵 | | 城东三十五里。 |

| 方位 | 数量 | 寺名 | 观名 | 位置及沿革 |
|---|---|---|---|---|
| 府城及水城外 | | 大胜寺 | | 城东四十五里。 |
| | | 圣寿寺 | | 城东六十里潮水集。 |
| | | 天镜庵 | | 在潮水集。 |
| | | 文王庙 | | 城东六十五里。 |
| | | 胜兴寺 | | 城东八十里。 |
| | | 祈雨顶庙 | | 城东九十里。 |
| | | | 太公庙 | 城外东北演武厅后。 |
| | | | 真武庙 | 在长山岛 |
| | | | 龙王宫 | 有三，一在刘家汪；一在长山；一在城南文峰顶前五龙潭，光绪四年知府贾瑚、知县郑锡鸿建。 |
| 水城内 | | | 关帝庙 | 水城守府东，有副使阎士选碑记。 |
| | | 观音堂 | | 在水城 |
| | | | 三元宫 | 在水城 |
| | | | 泰山行宫 | 水城振扬门内。 |
| | | 祇园寺 | | 在水城。 |
| | | 弥陀庵 | | 在水城蓬莱阁前。 |
| | | | 白云宫 | 蓬莱阁前，万历三十一毁，总兵李承勋重建，顺治年间防院朱国柱重修，道光十八年知府英文重修。 |
| | | 千佛寺 | | 蓬莱阁前。 |
| | | 弥陀寺 | | 蓬莱阁前。 |
| | | 毗卢阁 | | 丹崖山南麓。 |
| | | 海潮庵 | | 蓬莱阁东侧。初名潮海庵，清山东学政施闰章改今名。 |
| | | | 广德王庙（龙王宫） | 即龙王宫，水城天后宫西，唐贞观年建，元中统三十八年修，明洪武十八年指挥谢规监修，学士谢溥记万历中参政李本纬、知府徐应元重修，即今龙王宫。 |
| | | | 海城隍庙 | 水城关门上。 |
| | | | 海神庙（天后宫） | 即天后宫，本名灵祥庙，在丹崖山，宋崇宁间赐庙额曰灵祥，元天历间改额灵应，颍至正间加感应神妃碑额，顺帝元统十三年加号为辅国护圣庇民广济福惠明著天妃，康熙十九年封护国庇民妙灵昭应宏仁普济天妃。二十三年封天后。乾隆三年封护国庇民妙灵昭应宏仁普济福佑群生天后圣母。二十二年封护国庇民录灵昭应宏仁普济福佑群生诚感咸孚天后。五十三年加封显神赞顺慈惠碧霞元君，嘉庆五年加封垂慈笃佑天后圣母元君，道光六年加封安澜利运匾额，颁降祭文，春秋致祭，十六年毁，十七年知府英文重修，有记。光绪六年，邑人司铭三、张建封、黄宗敬、张吉甫等募禄重修。 |

| 方位 | 数量 | 寺名 | 观名 | 位置及沿革 |
|---|---|---|---|---|
| 水城内 | | | 吕祖祠 | 在水城蓬莱阁东，旧名吕公亭，额曰纯情阳洞，后亭圮，祀于望日楼，移吕公像碑于楼侧。光绪三年巡抚丁宝桢、知府贾瑚、总兵成道济世元封纯阳演正警化孚佑帝君。嘉庆九年敕封变元赞运纯阳演正警化孚佑帝君，列于祀典，各省原有庙宇令地方士民自行供奉。 |
| | | 菩萨阁 | | 北关关帝庙后 |
| | | | 三清殿 | 水城天后宫东，明万历三十一年毁，总兵李承勋重建，顺治间防抚朱国柱重修。 |
| | | 云昙庵 | | 在水城，光绪七年重修。 |
| | | 众神庙 | | 在水城 |
| | | | 平浪宫 | 在天桥口南，俗呼"小圣庙"，同治七年重修，光绪七年驻防淮军记名总兵候补副将方正祥重修。岁一祀。 |

# 蓬莱阁道教吕祖扶箕初探
## ——以明朝李承勋《吕祖咏海市诗》为例

**范惠泉**

蓬莱阁依山傍海，风景秀美，素有"人间仙境"美誉，与黄鹤楼、岳阳楼、滕王阁并称为中国古代四大名楼。早在秦汉时期，秦始皇、汉武帝两位帝王因神秘莫测的登州海市，都曾来此寻访求仙。唐朝时，丹崖山上便陆续兴建起弥陀寺、海神广德王庙、三清殿等宗教建筑。宋朝嘉祐六年（1061年），登州郡守朱处约将渔民所建的海神广德王庙移至丹崖山巅西侧，在原址始建蓬莱阁，"为州人游览之所"，吸引着古今游人来此游玩观赏。三教九流囿于其中，儒、释、道文化在此融合与碰撞，逐渐形成了以道家思想和民间传说为设计主题而构建的蓬莱阁古建筑群，体现了成仙得道的神玄思想。本文试从蓬莱阁珍藏的明朝李承勋《吕祖咏海市诗》碑刻实物入手，初步探析碑文中显现的吕祖扶箕特点及在蓬莱仙道文化中占有的地位。

## 一、扶箕的含义与道教扶箕的起源

扶箕也叫扶乩、扶鸾，今天同为道教一种降神或通达神明的方法，但在古代三者之间存在很大的差异。

1. 扶鸾，即飞鸾，是通过拜祭召请鸾鸟降临传达神谕的仪式，它由古代占卜演变而来。在中国古代神话传说中，鸾鸟是一种神鸟，相传它是西王母的使者，专门负责给人间带来神明讯息。扶鸾时使用的法器是一种前端削成笔状，尾部有两叉，形如鸾鸟双翼的桃李树枝。《图书集成神异典》卷310引《江西通志》：文孝庙在吉安府东，祀梁昭明太子统。有"飞鸾"，判事甚灵应。[1] 因为它宣称有神仙凭乩显灵，而神仙是可以驾凤乘鸾从天而降的，故有此名。

2. 扶乩是原始巫术仪式中，以乩童作为灵媒的方式召请鬼神指示。正规的道教与佛教都不承认属于本教内仪式，起源可推至殷商时代。乩童现今主要活动于

---

[1] 许地山：《扶箕迷信的研究》，台湾商务印书馆股份有限公司出版社1966年。

广东、福建、台湾和东南亚华侨聚集国家，在乩童仪式上台湾与泰国一带最为盛行。

3. 扶箕起源自民间请紫姑的习俗，最早出现在南北朝时期，而唐宋以后愈益兴盛。据南朝宋代刘敬叔《异苑》卷5记载："世有紫姑神，古来相传是人家妾，为大妇所嫉，每以秽事相次役，正月十五日感激而死。故世人以其日作其形，夜于厕间或猪栏边迎之，亦必须净洁。祝曰：'子胥不在——是其婿名也，曹姑亦归——曹即其大妇也——小姑可出戏。'捉者觉重，便是神来。奠设酒果，亦觉貌辉辉有色，即跳蹿不住。能占众事，卜未来蚕桑。又善射钩，好则大儛，恶便仰眠。平昌孟氏恒不信，躬试往捉，便自跃茅屋而去，永失所在也。"① 此后世人在每年的这一天，为了纪念她，便仿照她的样子做成草人，穿上衣服，在厕所或猪栏旁祭祀她，有什么心愿，可以借机说一说，请紫姑帮忙完成。期后，唐朝民间改为以筲箕代替木偶。据《集说诠真》记载，此种拜祭后来变成将筲箕扶在供案上的形式，拜祭亦从厕中祭祀移到正房。扶箕作为一种术数而出现，主要是两宋以后的事情。《苏轼文集》中有《紫姑神记》记述：元丰三年正月朔日，予始去京师来黄州。二月朔至郡。至之明年，进士潘丙谓予曰："异哉，公之始受命，黄人未知也。有神降于州之侨人郭氏之第，与人言如响，且善赋诗，曰，苏公将至，而吾不及见也。已而，公以是日至，而神以是日去。"其明年正月，丙又曰："神复降于郭氏。"予往观之，则衣草木为妇人，而寘箸手中，二小童子扶焉，以箸画字曰："妾，寿阳人也，姓何氏，名媚，字丽卿。自幼知读书属文，为伶人妇。唐垂拱中，寿阳刺史害妾夫，纳妾为侍妾，而其妻妒悍甚，见杀于厕。妾虽死不敢诉也，而天使见之，为直其冤，且使有所职于人间。盖世所谓子姑神者，其类甚众，然未有如妾之卓然者也。公少留而为赋诗，且舞以娱公。"诗数十篇，敏捷立成，皆有妙思，杂以嘲笑。问神仙鬼佛变化之理，其答皆出于人意外。坐客抚掌，作《道调梁州》，神起舞中节，曲终再拜以请曰："公文名于天下，何惜方寸之纸，不使世人知有妾乎？"余观何氏之生，见掠于酷吏，而遇害于悍妻，其怨深矣。而终不指言刺史之姓名，似有礼者。客至逆知其平生，而终不言人之阴私与休咎，可谓知矣。又知好文字而耻无闻于世，皆可贤者。粗为录之，答其意焉。② 与后来的扶箕十分相似，可视为紫姑之俗转化为扶箕术的最早记载。这样，从南朝迎紫姑，发展到宋朝，已经完全演变出扶箕的基本模式。

① 陈文新：《六朝小说》，文化艺术出版社1997年。
② （宋）苏轼著、孔凡礼点校：《苏轼文集》，中华书局1999年。

紫姑神虽然早在南朝宋时就已经享受了民间香火，但她并没有被列入道教神谱中。紫姑神进入道教神谱，是明朝《三教源流搜神大全》一书出现以后。在这部书中，紫姑神于神荼郁垒，司命灶君等同列于第四卷，是为厕神。明陈耀文《显异录》（金末明初成书）中这样记载："唐紫姑神，莱阳人也。姓何氏，名媚，字器卿（他书皆作丽卿），自幼读书辨利。唐垂拱三年（687 年），寿阳刺史李景纳为妾，妻妒杀之于厕，时正月十五日也。后遂显灵云。"①（《天中记》卷 4 引）首次赋予紫姑神明确的姓名、夫家和年代，并把紫姑神纳入道教诸神系列。这种民间祭祀活动后来被归纳为道教的祭典后，扶箕所召请的神明就不再单纯的是紫姑神了，道教神谱中的一些神仙如玉虚真人，太乙真人、南华真人及传说中的八仙等，经常出现在扶箕术中，而且道教的符箓有时也被借用过来。

## 二、道教吕祖崇拜与明清箕仙信仰

吕祖名喦或琼，字洞宾或伯玉，幼名绍先或煜，道号纯阳子，也有称回道人，道教传说中的神仙，全真道奉为"五祖"中的第三祖。历代皇帝对他诏封圣号：北宋著名的道君皇帝宋徽宗，于宣和元年（1119 年）赐封吕洞宾为"妙通真人"。元世祖至元六年（1269 年）正月，忽必烈诏曰："大道开名，可致元为之化；至真在宥，成不宰之功。朕以祖宗获成基构，若稽昭代，雅慕玄风。"②故赐封吕洞宾为"纯阳演正警化真君"。元武宗至大三年（1310 年），又赠吕洞宾封号为"纯阳演正警化孚佑帝君"。

据考，吕洞宾为唐末河中府永乐县人，先世均在朝里当过大官名臣。上祖吕子臧，隋末拜登州刺史，又为南阳郡丞，后封为南阳郡公。至唐朝，高祖吕湮，官同中书门下平章事，赠吏部尚书。曾祖吕延之为浙东节度使。祖父吕渭为礼部侍郎。吕渭生四子，温、恭、俭、让皆居显位。让为元和进士，任海州刺史，是吕洞宾的生父，高氏则为吕洞宾的生母。吕洞宾生于唐贞观十四年（798 年），卒年不详，自幼熟读经史，长大后"身长五尺二寸，喜顶华阳巾，衣白黄襕衫，系大皂绦，状类张子房。二十不娶。"③唐宝历元年（825 年）中了进士，曾任五峰、庐山、浔阳县令。后来，他因厌倦兵起民变的混乱时世，抛弃人间的功名富贵，

①（明）陈耀文：《天中记》卷 4，《景印文渊阁四库全书》，台湾商务印书馆 1986 年。
② 卿希泰：《元代前期统治者崇道政策初探》，《宗教学研究》1999 年第 1 期。
③ 南怀瑾：《中国道教发展史略述》，东方出版社 2014 年。

隐居于九峰山潜心修道十九年，曾遍游江、淮、湘、鄂、鲁、豫、粤、浙等地，为百姓解除疾病，从不要任何报酬。吕洞宾一生乐善好施，扶危济困，深得百姓敬仰。唐末五代后，吕纯阳济世度人的故事便开始在民间流传，其形象常被描绘为手持拂尘，背负宝剑，意欲斩除贪嗔痴欲等烦恼及世间不平事，以慈悲度世，因而受到民间信众的广泛尊崇，一度成为明清时期民间信仰中最受欢迎的神真。清朝学者刘献廷在《广阳杂记》卷4指出："予尝谓佛菩萨中之观音，神仙中之纯阳，鬼神中之关壮缪（关羽），皆神圣中之最有时运者，莫知其所以然而然矣。举天下之人，下逮妇人孺子，莫不归心向往，而香火为之占尽。"① 的确道教的吕洞宾，佛教的观音菩萨和关羽在明清社会是最走红的，它们的庙宇宫观遍及中国大地，几乎无人不知无人不晓。

明清时期，吕祖信仰活动特色之一就是扶箕，吕祖经常降于箕坛，信众将其箕示编辑成书。明朝江苏人陆西星，曾称有吕洞宾仙人下降予金丹大道，《三藏真诠》正是一部扶箕的箕文汇集。最早编集刊行成书的吕祖道书是于清朝乾隆八年（1743年）编汇成书、在乾隆十年（1745年）刊行流通的《吕祖全书》，共32卷，由湖北江夏（今武昌区）吕祖道坛涵三宫弟子刘体恕、刘荫诚、刘允诚及黄诚恕等编汇并付梓刊行。32卷本《吕祖全书》在1745年刊行之后，影响很大，在不同地区和时期的吕祖道坛都有重刊本。

## 三、《吕祖咏海市诗》的主要内容与显现特点

蓬莱阁丹崖山上古建筑群中，有一处吕祖小像碑亭，位于苏公祠和宾日楼之间，建于明代，为轩亭木结构建筑，坐南面北。筒瓦半坡式建筑，面阔2.3米，进深1.8米，高3.8米，建筑面积4.1平方米，形制小巧，别具一格。亭内立有一方汉白玉石碑，碑顶直达亭子望板，高2.86米，宽0.99米。正面雕刻着八仙之首吕洞宾的肖像，画面上吕祖头戴上清芙蓉冠，身穿得罗道袍，交颈、宽袖、抄手而立、赤着双足，面容庄重，仙风道骨。束冠跣足，面容庄重，衣袂飘飘，仙风道骨。背面镌刻明朝抗倭将领李承勋的《吕祖咏海市诗》，笔法苍劲有力，结构饱满匀称，为蓬莱阁碑刻中的珍品，具有较高的艺术与历史价值。

李承勋，字锡庸，浙江省处州人，世袭指挥同知。明朝万历元年（1573年），因东南沿海受倭寇侵扰，奉命前往浙江行省抚标练兵，法令严明，倭寇不敢进犯。

---

① 金正耀：《中国的道教》，商务印书馆出版社2004年。

十一年春（1583 年），因功荐升游击将军。十六年（1588 年），将戚继光所撰的《纪效新书》十四卷刻本发行。二十年（1592 年），率南方士兵出征倭寇，首驻登州。二十三年（1595 年），升备倭参将，再守登州。二十四年（1596 年），任备倭副总兵，因倭警，率水师加固蓬莱水城，用砖、石砌筑水城墙体，并在水城东、南、西三面增设敌台。二十六年（1598 年），荐为镇守山东总兵官署都督佥事，赐一品服，率军一万余人驻防朝鲜，协助朝鲜防备倭寇。治军严明，严禁部下索取民间一物。二十七年（1599 年）三月，神宗命征倭总兵麻贵、陈璘、董一元等从朝鲜撤兵回国，任命李承勋以原官提督水路官军，充任防海御倭总兵官，入驻朝鲜。倭寇闻李承勋日夜操演，不敢再来犯。二十八年（1600 年），率军班师回朝。朝鲜大臣尹根寿赋诗赞扬他"昭代须名将，求忠孝亦俱。每怀酬顾复，何暇惜肌肤。"三十一年（1603 年），蓬莱阁古建三清殿、白云宫失火焚毁，李承勋捐资重建。

《吕祖咏海市诗》碑刻，为李承勋于万历二十年（1592 年）创作，诗文琅琅上口，意境深远。

万历二十年（1592 年），登州沿海一带倭寇猖獗。《登州府志》记载"倭寇沙门岛及大竹、砣矶诸岛，火光彻南岸，倭舟至以千计，郡城戒严。"当时，李承勋正在浙江训练新兵，积极防御倭寇侵扰，他多次率兵打败倭寇，倭寇闻风丧胆。一天，李承勋突然接到皇上圣旨，皇上因他的丰功战绩，任命他到登州，抵御沿海一带的倭寇。李承勋领旨后，内心激动不已，他早就听说登州出现过海市，曾惹得秦皇、汉武多次到登州寻求长生不老药的事情。于是李承勋当即率领士兵，从浙江来到登州，在知府大人的安排下，住入黑山公署（今后勤司令部）处。一日，李承勋来到蓬莱阁，见到苏轼的《海市诗》后，被其诗文倾倒，久久徜徉在海市的绝妙意境中。他也想一睹渴盼的海市蜃楼迷人景色，可惜正值冬天，不是海市出现的季节，他便信步来到吕公亭，祈祷吕洞宾，希望来年春天让他见到海市。吕公亭为蓬莱阁古建筑群原有建筑，门上悬挂"纯阳洞"匾额，亭内立吕洞宾像碑，后来亭子倒塌，将像碑移于今天位置，并重建碑亭。第二年开春的一天，晴空万里，微风浮动，李承勋正在蓬莱阁北侧丹崖山上，眺望对面的长山列岛，思索防御倭寇之事。忽见海面上涌来一团雾气，不久对面的长山列岛在雾气中若隐若现，海面上出现了从未见过的楼台殿阁。李承勋内心一片欣喜，吕祖让他见到了梦中的海市蜃楼。为了酬谢吕祖，李承勋对吕祖进行重大的祭祀，然后依照苏东坡《海市诗》的韵律，在住房书屋内写下《吕祖咏海市诗》。

吕祖咏海市诗

（明）李承勋

时年壬辰一阳始朔后四日，书于黑山公署，于弟子李承勋随侍。

万历壬辰冬，承勋奉旨督南兵征倭。癸巳春中，□□守登莱，缘素蒙吕祖默契，许奉侍为随□□火，令儿大生扶乩，而咏海市诗一律，咸称绝唱。业已镌入玄都第一关槁内，其时方拟勒之石以助蓬莱之胜。勋寻量移京营不果，至乙未年九月，蒙两院会荐复改备倭参将，再抵登州，得竟前愿，岂偶然哉。敬述始末以纪其胜云。

青天忽见动东风，一望三山雾气中。

万丈晴光疑有蜃，四迥苍色岂无龙。

已开城郭三千界，又见楼台十二重。

要识人间总虚幻，不须翘首对长空。

大明万历丙申闰八月吉旦钦差登莱青等处地方总督备倭副总兵弟子李承勋立

该诗即为扶乩诗，诗中在海市的描写上，作者运用佛教"三千界"与道教"十二重"的用语，将海市描绘的既宏大又深邃，因为借助了吕祖的威望，作者还自视该诗为"绝唱"，早就心存将该诗勒石刻碑，助胜蓬莱山海风光的意愿，结合海市的虚幻，文末作者表达了要理性面对现实，看淡世间成败的人生感悟。

## 四、吕祖扶乩在蓬莱仙道文化中的地位

吕祖扶乩在蓬莱仙道文化中占有至高重要的地位。在道教文化中，扶乩是其最根本、最重要的宗教仪式，是道友与仙尊人神交感的重要途径。它不仅是道教创立的依据，在发展过程中也一直被奉为圭臬。明清时代，社会剧烈变动，传统威信动摇，扶乩比较复杂而极具神秘感，遂成为民间宗教通达神明、创新教义基本手段之一。通过对蓬莱阁道教吕祖扶乩的考察，可以看出，其中既有宣扬鬼神迷信等荒诞愚迷的一面，又有弘扬和传承中国优秀传统文化和美德的积极内容。

[作者简介] 范惠泉，蓬莱阁管理处。

# 常伦慕仙崇道思想论析

## 刘英波

　　常伦（1492 — 1525），字明卿，号楼居子，山西沁水县人。他自幼警敏，五六岁便能诵书赋诗，为时人称赏。正德庚午（1510 年）举乡试第二，辛未（1511 年）进士及第，授官大理寺评事。由于他生性拓落豪放，耻为拘检，负才凌傲，得罪了同僚，乙亥（1515 年）夏，考察京官时被借故外放补官。当时，常伦非常气愤，随即告病归家。丁丑（1517 年）冬，丁父忧。直到辛巳年（1521 年），他才补寿州判官。嘉靖甲申（1524 年）春，常伦因不满上官言语之辱，弃官归田。第二年，他跨马舞剑于郊外，马渴赴饮，不幸坠水而死，年仅 34 岁。① 综观常伦今存作品，除了使人感受到"骄嘶自赏"、"气骨高朗"② 的诗风与"豪放不羁"、"率真爽直"的曲风外，还让人深深地感受到了一种充斥其间的"仙道"之气，而这一文风的形成与常伦的"慕仙崇道"思想有着密不可分的关系。

## 一、常伦"慕仙崇道"思想的基本表现

　　常伦是明代中期一位颇具个性特点的文人，然因其在世时间较短，加之地位卑微等因素，致使有关他的史料现存较少。不过，阅读他现存的文、赋、诗、曲（散曲）作品，仍能使我们感受到浓浓的"慕仙崇道"（这里的"道"包括道家与道教）思想。依据《常评事集》《全明散曲》，我们对常伦蕴有"慕仙崇道"思想内容的篇目做出了统计，见下表：

---

　　① 《大理寺右评事常君墓志铭》《常评事传》，见（明）南大吉：《常评事集》卷 4 "附录"，山西人民出版社 1986 年影印本（山右丛书初编）；（清）秦丙煃修、李畴纂：《沁水县志》卷 6 "选举"、卷 8 "人物"，清光绪七年（1881 年）刻本；（明）栗永禄编：《寿州志》卷 5 "官守纪"，明嘉靖二十九年（1550 年）刻本。

　　② （清）永瑢：《四库全书总目》卷 176，中华书局 1995 年。

| 文体、作品数量与百分比<br>作品数量与百分比 | 文 | 赋 | 诗 | 曲 | 作品数量与百分比 |
|---|---|---|---|---|---|
| 各类文体的作品总量 | 6 | 4 | 165 | 178 | 353 |
| 涉及仙道内容的作品数量 | 3 | 1 | 41 | 55 | 100 |
| 百分比 | 50% | 25% | 24% | 30% | 28% |

由上表，我们不难看出，在常伦仅存的 6 篇文中有 3 篇明显涉及仙道内容；在其现存的 4 篇赋中有 1 篇《丹赋》专论丹道；165 首诗歌中有 41 首述及仙道内容；169 首散曲小令中有 51 首，9 篇套曲中有 4 篇套曲涉及仙道内容。各类文体涉及仙道内容的作品数量占现存篇目数量的比例较高，因此全部涉及仙道内容的篇目数量占现存全部作品数量的比例也相对较高。仅就散曲文体而言，涉及仙道内容的曲作数量比例竟达到了 30%。据笔者所知，常伦这类曲作的数量及占全部曲作的数量比在元明两代散曲家中也是首屈一指的。细读常伦的这类作品，其中反映出的慕仙崇道思想主要表现在以下几个方面：

**（一）"慕仙"思想**

这里的"慕仙"思想是指常伦借助作品中的相关意象，通过对神仙生活的描述所表达出来的一种向往、追慕神仙生活的思想情怀，体现出来的是他在肉体与精神层面对自由的无限渴望。翻阅常伦的相关作品，像仙、仙家、仙乐、仙翁、仙曹、仙样、仙骨、仙路、群仙、神仙、谪仙、颠仙、真仙、蓬莱、蓬壶、蓬阙、瀛洲、蟠宴、十二楼、瑶池、王母、鸾鹤、白鹤、青鸾、姑射山、六鳌、鹤背、琼京、瑶京、雨师、风伯、赤松等意象触目皆是。而且，在作品中常伦还每每以仙人自比，让读者感受到处处仙风扑面的同时，也让人体悟到常伦对神仙生活的热烈渴盼。如《仙人好楼居篇》：

> 蓬莱何所有，晔晔多灵芝。金银为楼观，海气欲差池。玉阶镂起凤，宝柱刻盘螭。明月交绮疏，白榆驰四逵。下载神鳌首，上拂扶桑枝。枝间两烛龙，照耀黄金墀。中有神化翁，绰约好容姿。橐籥鼓大块，元气由嘘吹。逍遥先浩劫，来去方无涯。①

---

① （明）南大吉：《常评事集》卷 1，山西人民出版社 1986 年影印本（山右丛书初编）。

在这里，作者为我们描述出了想象中的蓬莱仙境。其中，对灵芝、楼观、玉阶、宝柱的描绘，对月、星的刻画，对神鼋、扶桑的记写，对神化翁绰约之姿的赞许等，使我们感受到了圣境之美妙，也体悟到作者对这一逍遥自在生活的向往之情。结合作者号"楼居子"，这里又以"仙人好楼居"为题，更能加深人们对其慕仙情怀的理解。又有《醉时行》：

> 黄鹤弃我去，于今二十年。尚忆风露夕，饮啄下芝田。谪来人世不得返，日飞月转时相煎。欲隐金马门，薄俗憎高贤。草衣藜杖谢诸吏，珠宫贝阙期群仙。吾兄凤夕有仙骨，骨肉与我为世缘。即欲摄景凌青烟，待君献策承明前，拂衣携手长飘然。①

这里以"醉时行"为题，他把自己幻化为谪居人世间的神仙。既写出了自己对世俗的不舍，也道出了对世缘的鄙薄态度。重要的是作品中用黄鹤、风露、芝田、群仙、珠宫、贝阙、仙骨等意象，为我们描摹出了自己拂衣飘然的仙风道气。

再有，如诗句"丹丘日夜琅玕长，松枢石洞多幽爽。白龙黄鹤纷下来，仙翁羽客时常往。"（卷3《敬亭行奉赠张中丞》）"河东城西姑射山，莲花秀出洞云闲。欲借使君行乐处，吾将从此谢人间。"（卷4《和王公游藐姑射山作》二首之二）曲句"回首蓬壶旧仙侣，缥缈处烟霞万缕。凭高耸翫清虚，散诞萧疏。笑日月搬朝暮，正苍海拍天浮。转眼桑田一万古。"（套曲《无题》【北黄钟·醉花阴】）等，处处可见丹丘、石洞、白龙、黄鹤、仙翁、姑射山、莲花、蓬壶、烟霞、苍海等与神仙生活相关的词语意象。他常在作品中用这类意象描绘仙境，有时还直呼自己是仙人，把自己比作飘然脱俗的散神仙，比作谪居人间的老神仙，由此可以看出常伦内里有种好仙、慕仙的情结。

### （二）"丹道"思想

常伦在宣扬自己好仙、慕仙情怀的同时，作品中还存有大量记述丹术内容的篇章，其中主要描述了内丹术。"内丹修炼，即是依据道教传统的'人身一小天地'的天人合一观念，以'逆'炼归元为基本思路，把人体作为'炉鼎'，通过对人体固有的精、气、神的修炼和调节，使之凝而结'丹'，以达到使修炼者归本初之'道'，进而实现长生不死的宗教目标。"② 其精要之处在于"养气守静"。对

---

① 《常评事集》卷3。

② 荀波：《道教与明清文学》，巴蜀书社2010年，第342页。

"丹"之特点，常伦拟荀卿体写有《丹赋》一篇：

> 有物于此，产于北坎，交于南离。耆可少艾，朽可神奇。无父无母，先天而生。非日非月，焕赫其明。乾坤不能包其大，鬼神无以测其灵。为道之祖，亘万古而莫能名。凡愚蠢蠢瞢然无觉，就正圣师愿闻崖略。曰：此夫浩浩广博不择人者，与神而有信静蕴真者，与先死而后生者，与得类而同征者，与潜伏而竢时者，与日暮途倒行而逆施者。与息以为祖，天以为师，日以为符，月以为期。动赤敛黄，藉玄为基。其甘若醴，其滑若脂。一获永获，龙师云驰。百昌莫殚，请归之丹。①

其中，对内炼"仙丹"的神奇、玄妙、幻化的特点予以了具体形象地描绘，恍恍惚不可言其妙，不可知其大，不可名其状，不可绘其形，冥冥之中获其真意。还有的作品直接记述了内丹修炼的方法与情形，如散曲小令【北双调·折桂令】十二首之十二：

> 玉炉中火煖如春，汞里煎砂，铅内抽银。红黑相投，阴阳相恋，子母相亲。玄牝成绵绵息泯，宝珠圆久久阳纯。换鼎移神，身外生身。名列仙曹，位证真人。②

再有【南商调·黄莺儿】七首之三：

> 和气满三田，抱元精守自然。降魔全仗三清剑。将日月手抟，把乾坤踢翻。颠来倒去千千徧。大功圆，婴儿出现，飞上大罗天。③

其中，玉炉、汞、砂、铅、银、鼎、三田、元精、日月、乾坤、婴儿、大罗天等道教丹经惯用的内丹术语，在道教内丹学中有其固定的含义。另外，像"赤松子留诀在人间，说嫩龙娇虎是金丹。一炉神火中宵见，握鸡卵重登彼岸，著人道拔宅向三山。"（【北双调·风入松】）"神仙妙诀谁知道，配婴儿和姹女只咱

---

① 《常评事集》卷1。
② 谢伯阳：《全明散曲》，齐鲁书社1994年，第1524页。
③ 谢伯阳：《全明散曲》，第1527—1528页。

瞧。"(【北南吕·干荷叶】)"一炉恶咤虎龙争，玉蕊才生。"(【北双调·庆宣和】)等作品中，龙虎、丹鼎、丹砂、青袍、红缨、白马、内丹、神丹、丹梯、丹山、丹书、金丹篇、火记图、偃月炉、婴孩、玉炉、金炉、婴儿、姹女、猿声、玄珠等内丹术语频繁出现。由此，我们不难看出常伦对丹道术的喜好与重视，以及希望借助内丹之术修炼成仙的思想。

### （三）隐逸思想

常伦在其作品中大肆宣扬自己慕仙、丹道思想时，还表达出了对道家宣扬的避世隐逸思想的倾慕。其中，最为常见的意象沧洲、东山、彭泽、陶潜、陶令、五柳、东篱、谢安、桃源梦、武陵源、康乐、范蠡舟、袁安被等时见笔端。如诗歌《岩居》：

> 岩石新发兴，野趣旧相谙。万物皆中赏，寸心胡不甘。虞卿书自著，陶令酒常酣。何限狂夫意，当从智者谈。①

又有《寄黄少府》：

> 白发未满镜，青袍遮解归。鹤翔违雉堞，鸥狎泛渔矶。藜杖寻丹丘，荆扉偃翠微。长辞彭泽粟，闲采首阳薇。昔仕琴为乐，兹还金莫挥。高风清薄俗，怀子思依依。②

再如，散曲小令【北双调·雁儿落带得胜令】六首之一：

> 林泉拂袖归，云雨抽身退。晴风范蠡舟，雪夜袁安被。鹓鹭罢追随，麋豕与徘徊。自得闲中趣，浑忘醉后思。崔嵬，四面山常对；摧颓，千杯酒莫辞。③

从以上作品中，我们可以体会到常伦崇尚自然、追求自由、寻求安闲的隐逸思想，也使我们领悟到一种高洁、清狂、鄙俗的气节。像"何限狂夫意，当从智

---

① 《常评事集》卷3。
② 《常评事集》卷3。
③ 谢伯阳：《全明散曲》，第1542页。

者谈。"故爱思林竹，能容小阮狂。"便疏泄出了一种超俗不羁之情。

借用常伦本人曲作中的咏唱："慕长生，学仙道。烟霞快乐，云水逍遥。把功名一旦抛，早唤起黄粱觉。薄利虚名空拖调，枉担阁一段清高。今朝悟了，闲烹龙虎，稳跨鸾鹤。"（【北中吕普天乐】）倒是能基本概括他慕仙、学道、隐逸的思想情怀，也在一定程度上交待了自己产生这一思想的原因："慕长生"、"今朝悟了"。

## 二、常伦"慕仙崇道"思想的成因

一种思想的形成，决非一朝一夕之功，也不是一两种原因影响所致。关于常伦产生"慕仙崇道"思想的原因，可分为外因、内因两个方面。外因主要表现在传统仙道文化的影响与时代、区域氛围的熏染两个方面，内因则主要表现在仕途坎坷、家庭变故、个人喜好与对人生易失的感叹等诸方面。

### （一）外因：传统"仙道"思想与时代、区域氛围的影响

仙道文化源远流长。在其产生、发展、流变过程中，虽然历经各代人们的丰富与传承，但其主要的思想精髓并没有发生质的变化。在一定意义上讲，它应是人类自己在对生死问题做出思考的基础上，所构设的富有智慧性、世俗性、幻化性等特点的一种文化。它的产生与长期存在，表明人类为赢得更长久的生存时间与更广阔的生存空间而做出的努力。其中，对仙境美好的描绘，对神仙逍遥悠闲生活的刻画，对炼丹术的孜孜追求，对符箓、斋醮的推崇等，固然有其消极、错误的一面，但也有值得肯定的地方，尤其是寄寓了人们对生存的更美好、更长久、更自由的向往。不过，因时代氛围、生活环境与个体秉性的差异，这一思想对人们的影响不一，人们对它的态度也各有不同。出于不同的目的，上至皇帝大臣，下至黎民百姓，对于"仙道"思想的态度：有迷狂者，有排斥者，也有介于二者之间者。像唐太宗李世民、唐玄宗李隆基、明世宗朱厚熜等可谓是推崇道教文化的最高层代表，他们或利用它驾驭臣民，或乞求长生不死；至于民间的信奉，则更多的是从世俗层面以期达到乞求平安、消灾避祸的目的；对于文人士夫而言，有如东晋时期葛洪（284 — 364）《抱朴子内篇》中对金丹、神仙的论述，金元时期王喆（1112 — 1170）开创了风靡金元的全真教等，无不大大推动了仙道思想的发展。可对于大多数文人士夫来讲，他们对待仙道的态度与北宋文人苏轼对待仙道的态度更为相像：既对各种幻术、符咒、斋醮仪式等具有巫觋底色的道教形式予以蔑视，也对其中融有老庄、禅宗、传统养生术等部分思想方法予以认同。苏

轼曾作诗讥讽道:

> 天师化去知何在,玉印相传世共珍。故国子孙今尚死,满山秋叶岂能神。①

但他也有论道的诗句:"少微处士松柏寒,蓬莱真人冰玉清。山是心兮海为腹,阳为神兮阴为精。渴饮灵泉水,饥食玉树枝。白虎化坎青龙离,锁禁姹女关婴儿。楼台十二红玻璃,木公金母相东西。纯铅真汞星光辉,乌升兔降无年期。停颜却老只如此,哀哉世人迷不迷。"② "离南为室坎为家,先凝白雪生黄芽。黄河流驾紫河车,水精池产红莲花……水一丹休别内外砂,长修久饵须升遐。肠中澄结无余祖,俗骨变换颜如花。"③ "养成丹灶无烟火,点尽人间有晕铜。寄语山神停伎俩,不闻不见我何穷。"④ 等。作为生活于中国仙道文化这一场域之中的常伦,其"慕仙崇道"思想的产生与形成无疑也受到了古代传统仙道思想文化的影响,虽然他在自己的著述中并没有像苏轼那样诋毁仙道文化中的一些符箓、斋醮仪式,但从他现存记述仙道的篇目来看,全是对丹术、神仙的描述,对隐逸情怀的书写,鲜明地表达出了他重视养生修炼之术、倾慕神仙自由生活、宣扬隐逸避世的思想。其实,常伦对待仙道文化的态度与苏轼的思想并不矛盾,只是强烈、集中地表现出了他慕仙崇道的一面罢了。另外,像常伦在作品中时常提到的陶令、谢安、李白等历史人物及其发生在他们身上的隐逸、脱俗故事,显然对常伦慕仙、隐逸思想的产生与形成也有着直接的影响。《常评事传》中说常伦:(家居期间)"放情山水,流连声伎,常以安石(谢安)、太白(李白)自比,"⑤ 便是明证。

时代环境与区域氛围对常伦"慕仙崇道"思想的产生与形成也具有一定影响。常伦主要生活于明代弘治、正德年间,此时的政坛相对混乱(尤其是正德年间),士人们所秉持的儒家"治世"观念受到了重挫,于是他们开始调整自己的价值取向,一些人把自己的志趣投入了道教的"怀抱",以此来排遣忧烦、平衡内心,也

---

① (宋)苏轼著、(清)王文浩辑注、孔凡礼点校:《苏轼诗集》卷1《过安乐山,闻山上木叶有文,如道士篆符,云,此山乃张道陵所寓》二首之一,中华书局1982年,第15页。

② 《苏轼诗集》卷40《赠陈守道》,第2210—2211页。

③ 《苏轼诗集》卷40《辨道歌》,第2211—2212页。

④ 《苏轼诗集》卷39《十一月九日,夜梦与人论神仙道术,因作一诗八句,既觉,颇记其语,录呈子由弟。后四句不甚明了,今足成之耳》,第2155页。

⑤ 《常评事集》卷4"附录"《常评事传》。

借此表达自己"不事王侯，高尚其事"、"隐逸清洁，佯狂避世"的高雅脱俗的精神志趣。可以说，弘治、正德时期的文人士夫，普遍有着慕仙崇道的心理情结。①例如，明代心学大师王阳明（1472 — 1529）在"龙场悟道"之前曾一度沉迷于道教神仙之学，湛若水（1466 — 1560）曾"伏火烧丹汞，跌坐三十春"②溺于神仙之习，前七子之一的徐祯卿也曾不止一次表露过慕仙学道的心迹，诗人郑善夫也一度沉迷于服饵炼丹之术。另如，顾璘、方豪、殷云霄，等。③ 由此，我们了解到当时在文人士夫中间慕仙崇道现象存在的普遍性。再有，山西浓郁的道教文化氛围也不容忽视。山西是中华文明的重要发祥地之一，也是道教活动和传播的主要地区。山西道教在其发展过程中，出现了诸多有影响的道教人物，如东汉时的赵昉，李唐时期的王知远，金元时期的丘处机，明初的张三丰等，他们修真服气，修炼丹法，弘扬道场。在以名山大川为修行和传教场所的同时，也修建了许多闻名于世的道观，留下了许多富有艺术性的道教文化，诸如造像、绘画、石窟、音乐、雕刻等，还有以北岳恒山、五台山为中心有西北部庞大的道教古建筑群，山西西部吕梁山中段的北武当山，再有山西中部的介休绵山、太原龙山，以及山西西南部芮城的永乐宫和河东道观、东南部的晋城玉皇庙和珏山等均有道场分布。④这一土生土长的传统文化——山西道教在其发展过程中，对当地民众的日常生活产生了广泛而又深刻的影响。面对当时不少士人喜好慕仙学道的时代氛围，山西长期流传下来的丰厚的道教文化，对于生活于其时、其间的常伦而言，并没有采取熟视无睹、排斥拒绝的态度，而是给予了积极的有选择的接纳，因此，我们认为他"慕仙崇道"思想的形成与这些外因的引导、熏染有着一定的关系。

**（二）内因：仕途困顿、家庭变故与个人性情的影响**

自幼受儒家用世思想的教育与影响，加之仕宦家风的影响，早年的常伦也像其他的士子一样，抱有"打叠起山野风骚，报不尽皇王圣，报不尽慈母劳，尽忠孝正当吾曹"（《北双调·水仙子》）"壮心感激图死报，欲请长缨分北忧"（《忆昔行》）的雄心壮志。可是，在他二十岁进士及第得授大理寺评事之后，却因个性落拓豪放，恃才放旷，为官仅四年左右的时间，便被借考功例谪外补寿州判官，这无疑对年轻气盛、颇具个性的常伦来说是一个不小的打击。随后五六年的时间，

---

① 黄卓越：《明永乐至嘉靖初诗文观研究》，北京师范大学出版社 2001 年，第 229 — 232 页。

② （明）郑善夫：《少谷集》，文渊阁四库全书本，上海古籍出版社 1991 年，第 34 页。

③ 蔡一鹏：《弘、正士人与道教——以诗人郑善夫为例》，《浙江社会科学》2007 年第 5 期。

④ 贾发义：《山西道教历史发展特点析论》，《宗教学研究》2010 年第 1 期。

他以病为由，加之丁父忧，一直闲居在家。直到正德辛巳年（1521 年），他才去寿州任州判，其间虽有政绩，可终因不堪上官语气不逊之辱，于嘉靖甲申年（1524 年）春弃官归田。第二年（1525 年），便不幸去世。总体而言，常伦的仕途是失败的。面对官场上的打击，常伦曾感"叹人世阴晴不定"，也道出了"讲甚么官卑官大，说甚么位高位下，叹浮生梦景把往事休牵挂"的消极情怀，甚至表达出了"任披襟任散发"、"到处撒清狂"①"红尘不与俗人争"（《咏笔山》）的脱俗避世思想。由此，我们可以说官场的不幸打击了常伦的用世情怀，使他在无奈中转变了自己的心态与生活趋向，促使他向慕仙崇道的道路上转换，进而影响到了"仙道"类作品的创作。

常伦走上慕仙崇道之路，与其家庭变故应有一定的关系。由于常伦的史料现存较少，对其家庭的变故我们仅从其现存的诗歌《重感》中，可窥知一二。

> 两地看儿女，三年尽丧亡。永怀常忽忽，不敢问苍苍。莺语警回首，猿啼愁断肠。那堪启巾笥，时见故衣裳。②

由其中的诗句，我们可知常伦的儿女曾在三年内先后夭亡，这种痛苦使其终生难忘，甚至不敢、不忍看孩子原先的衣物，因为这常常使他肝肠寸断、痛苦不已。仕途的打击对于古代重视功名的士子来说已经是够大了，可其家中又发生了先后丧子的悲剧，这对于作者而言无疑是雪上加霜。转求仙道之路，可能对当时的常伦来说是最好的一种选择，他以此麻醉自己的神经、抚慰自己的伤痛，使自己一时忘却烦恼与忧愁。

常伦选择慕仙崇道之路，与他个人的性情与喜好是分不开的，而这一因素在影响其仙道思想产生、形成的过程中所起到的作用最为重要。原因是，不管外在的寻仙尚道氛围如何浓厚，个人的生活道路如何曲折，如果常伦对仙道文化没有兴趣，甚至是排斥，那么他便很难再去追寻仙道之事了，也就不可能书写出大量记述仙道文化的篇章。据《常评事传》后所附赞曰："余常闻长老言，先生好谈神仙，曰：'仙人好楼居'。因自号楼居子。"③《列朝诗集小传》也云："好彭老

---

① 谢伯阳：《全明散曲》，第 1526 — 1527 页。

② 《常评事集》卷 3。

③ 《常评事集》卷 3 "附录"《常评事传》。

房中法，谓神仙可立致。"① 而且，他本人在散曲作品中，也有"慕长生，学仙道。烟霞快乐，云水逍遥。""任人呼平地神仙"、"与后人立意学仙样"等曲句。由此，我们可以推断：不管常伦是否真的信奉仙道，事实上或者说表面上他的确有过这方面的行为发生，也说明他的性情与喜好的确影响到了其慕仙崇道类作品的创作。

还有，朋友的影响也值得重视。从目前所存史料，我们获知常伦交游的范围相对较窄，而且交游之士多正直尚节之人，如南大吉、王溱、刘成德、党承志、韩邦奇等。不过，与他交往的还有一类朋友，即崇尚隐逸思想的隐居者，以山西曲沃人李镔为代表。李镔读《易》数年，不履户外，因父亲功获得封赏，力辞不就，卜居景明山庄，凿白石洞，优游其中。② 常伦曾写有两首诗作《答李仲南》《别李仲南》，对李镔悠闲卜居生活予以称颂，如"翩翩李公子，琪树临风前。""茂陵惭小技，海岳忆真仙"③，表达了他对这种生活方式的向往。人们常说："近朱者赤，近墨者黑。"常伦与这类朋友的交往，应在一定程度上影响到了他内心深处的隐逸情结与实践行为，进而影响到他的文学创作。

另外，从个体对人生苦短的感悟来讲，也恰好与仙道文化中宣扬的修仙道、求长生的主旨相契合。对于求长生的追求，前文我们曾引述常伦曲作中"慕长生，学仙道"的宣言。对于人生的感叹，常伦曾有"叹人生有限杯，能几度舒眉笑"（《北中吕·普天乐》）"朱颜去了不重来，有千金难买"（《北正宫·醉太平》）"叹人生屈指谁百岁"（《北正宫·连珠塞鸿秋》）的感慨。对"光阴有几"的叹问，使他珍惜眼前的时光，追尚"千杯酒莫辞"、"一要一个天大晓"、"无劳睡得牢"的生活，也促使了他对人生道路与生存方式的思考，加之仕途困顿、家庭变故、个体性情等因素，对于常伦产生慕仙崇道的思想与避世隐逸的情怀似乎并不难理解。

---

① （清）钱谦益：《列朝诗集小传》丙集，上海古籍出版社1983年，第358页。

② （清）张鸿逵、茅丕熙修，韩子泰纂：《续修曲沃县志》卷27"人物志"，清光绪六年（1880年）刻本；（清）张兆衡纂修，《新编曲沃县志》卷8"人物"，清道光二十二年（1842年）刻本。

③ 《常评事集》卷2。

## 三、常伦的慕仙崇道之路：中国古代文士的一种存在方式

"中国根柢全在道教"①，鲁迅先生强调了道教在中国文化中的地位与影响。综观中国道教的发展史，虽然有盛有衰、派别各异，但是对我国民众生活影响深远却是不争的事实。它袭用"道——阴阳——五行——万物"的"同源同构互感"理论，并与神鬼谱系拼合，又根据巫觋、方士、谶纬家的法术等建立了斋醮、祝咒、符箓，还创造出了炼丹术。② 这种把科学与迷信、理想与感情、自然与社会、心理与物理等混融为一体的本土文化，曾使得上至皇帝、王爷、各级臣工，下到凡夫、走卒为之倾倒的地步，他们更多地是从实用的角度乞求长生不死、消灾避祸、益寿延年。同时，我们还应清楚在道教的形成、发展过程中，始终没有离开过古代大量文人参与的身影，也正是他们的信奉、实践、建构与鼓吹，才使得道教文化得以不断地发展与传承。反过来讲，一代代被丰富、被传承的道教文化对古代文人思想、生活的影响也显而易见，而且自觉不自觉地成为一种他们追求、实践的生存方式，其中在学仙、炼丹、隐逸方面的表现相对突出，常伦便是古代士人中的一个典型代表。

"从老庄到道教一贯的思想，把自然恬淡、少私寡欲的生活情趣，清净虚明、无思无虑的心理境界，神清气朗、健康长寿的生理状态联系在一起，作为人生理想，则是唐宋以来道教的核心哲学，也是士大夫在唐宋以来越来越强烈的追求方向。"③ 葛兆光先生在这里为我们道出了唐宋以来的士大夫为何追崇这一染有儒、道、佛色彩的人生哲理的原因。从常伦作品中所表现出来的慕仙崇道思想看，他仍没有跳出这一具有中国式思维方式的人生哲理的藩篱，依然是通过倾慕神仙表达一种对无虑、自由、清狂生活的渴盼，通过对内丹术的描述表达出一种玄妙与对长生的渴望，通过对历史隐逸人物与意象的描绘表达出对恬淡、自适生活的向往。常伦选择这种方式的存在与表达，的确在一定程度上能帮助他达到"至人无梦"④ 的境界，使他摆脱因仕途困顿、家庭变故、世事艰辛、人心险恶等所带来的痛苦，进入一种轻松、自由的境界，完成短暂的超脱。

---

① 鲁迅：《鲁迅全集》卷9《许寿裳》（书信），人民文学出版社1958年，第285页。
② 葛兆光：《道教与中国文化》序，上海人民出版社1987年，第5页。
③ 葛兆光：《道教与中国文化》，第320页。
④ 转引自葛兆光：《道教与中国文化》，第317页。

　　从目前所掌握的史料看，我们相信常伦对仙道方面的知识有所学习与掌握，在修炼内丹方面也有所实践与感悟。不过，我们体悟到常伦对道教的信奉度并不高，很大程度上讲，他是借用神仙、丹术、隐逸意象等寻求一种心理的释放、安慰与解脱，表达一种清狂不羁、清高不俗的古代士人之气，也是在世人面前呈现一种超俗的姿态，事实上儒家的用世思想在其思想中仍占有主导地位。在常伦的诗曲中，有不少表达报国志向与不满现实的诗句，如"报国恨无地，扼腕气不平。"（《闻大同变有感》）"丈夫志四海，拔剑远从征。报君期马革，忧国舞鸡声。"（《军中示所知》）"大若不制不可制，何时赫赫天兵至。消息不忍问路人，清夜空山泣狂士。"（《闻大同事重感》）"少年豪气访孙吴，满腹经纶天地补，羞与儿曹争快睹。"（《北仙吕·一半儿》）等，这在一定程度上表明他并不是一个真正的道教徒，也并不是真正的人间"神仙"。而且，在常伦同乡张铨所撰《常评事传》后面的赞语中有言："余常闻长老言，先生好谈神仙，曰：'仙人好楼居'，因自号楼居子。以今考其生平，盖有玩弄宇宙飘飘出世之意焉，倘亦东方太白之流耶！世每訾文士无行。先生视亲孝，交友信，居官廉，所由与放弃礼法者，异矣！豪气未除，骯髒以死，人至以侠名之，呜呼！是未可与耳食者道也。"① 此段张氏的肺腑之语可谓是常伦的知音，也为我们道出了常伦的另一面，这既加深了我们对常伦思想与其为人的理解，也有助于对常伦在作品中不时大呼神仙的认识。

　　综之，常伦慕仙崇道思想的产生与形成是多种因素影响所致，这一思想的存在及在作品中的表现有其一定的表层性，其内心深处仍是儒家用世思想占据主导地位，但我们并不排除他的思想深处存有慕仙崇道的情结。因此，我们要认识到常伦"慕仙崇道"思想形成与存在的复杂性、阶段性、变化性特点，还应知道常伦仙道思想的存在情形与表现特点在古代文人身上具有一定的普遍性。

　　[作者简介] 刘英波，文学博士，山东师范大学文学院副教授，硕士生导师。本文系山东省社科规划项目"地域文化与明代散曲"（14CWXJ10）阶段性研究成果。

---

① 《常评事集》卷4"附录"《常评事传》。

# 清代《红楼梦》评点论"一僧一道"

**何红梅**

据统计,《红楼梦》中写有三十多名僧道,主要是凡僧凡道,如"勘破三春景不长,缁衣顿改昔年妆"(第 5 回)①的惜春;因"不合时宜,权势不容"(第 63 回)而"带发修行"(第 17 回)的妙玉;"现掌道录司印","又常往两个府里去"(第 29 回)的张道士;口念"阿弥陀佛",却伙同凤姐弄权,为三千银子害死两命的老尼净虚(第 15 回);高唱"佛法平等",却立意"拐两个女孩子去作活使唤"(第 77 回)的智通、圆信;"明不敢怎么样,暗里也就算计了"(第 25 回)害人的马道婆;既为女尼又渴望跳出道院"牢坑"(第 15 回)的智能;被逐出府,"剪了头发作尼姑"(第 77 回)去了的芳官、蕊官、藕官等。还有神僧神道,如访道求仙途中,因阅《石头记》而"易名为情僧"(第 1 回)的空空道人,"司人间之风情月债,掌尘世之女怨男痴"(第 5 回)的警幻仙姑,以及痴梦仙姑、钟情大士、引愁金女、度恨菩提等众,至于将顽石"携入红尘、引登彼岸"(第 1 回)②的茫茫大士、渺渺真人,则作为"一僧一道"拟入本文题中。这"一僧一道",在脂本八十回书中共出现 9 次,涉及的人物有石头、甄士隐、英莲、黛玉、宝钗、贾瑞、宝玉、凤姐、柳湘莲等,程高本后 40 回提到二仙的文字主要在第 115、116、117、120 回,涉及的人物只有宝玉。他们或同时登场,或单独行动,作用和地位之特殊不言自明,而清代《红楼梦》评点③于此"一僧一道"亦多有索解,梳理如次。

## 一、关于双真幻像——"这是真像,非幻像也"

清代《红楼梦》评点关注"一僧一道"的形貌较少,除了脂砚斋,他者几近

---

① 本文小说引文皆据郑庆山校:《脂本汇校石头记》,作家出版社 2003 年。特殊情况另注。

② (清)曹雪芹:《红楼梦》(三家评本),上海古籍出版社 1988 年,第 5 页。

③《红楼梦》评点,从乾隆十九年(1754 年)脂砚斋重评《石头记》,到完成于 1938 年的王伯沆评点《红楼梦》,40 多家中可见者有 20 多家。本文"清代《红楼梦》评点"是指其中最有代表性的脂砚斋、东观主人、王希廉、陈其泰、张子梁、哈斯宝、张新之、黄小田、姚燮、佚名氏、王伯沆等十余家。张子梁《评订红楼梦》,今藏于山东省图书馆。

忽略。"一僧一道"是书中出场最早的一对人物,标题所示是脂砚斋关于他们的第一则批语①,而且直注形貌。

在第 1 回初,小说借用青埂峰下石头的视角写道:

> 俄见一僧一道远远而来,生得骨格不凡,丰神迥别,说说笑笑,来至峰下。

这块石头即因"无补天之用"(甲戌本眉批)而"嗟悼"(第 1 回)不已的顽石,"一僧一道"即空空道人检阅石上字迹时,"看"到的茫茫大士和渺渺真人。"一僧一道"最先来到原始神界大荒山,遭遇弃在此山青埂峰下的顽石。在石头看来,两位大师"仙形道体,定非凡品"(第 1 回)。脂砚斋认为,这一"骨格不凡,丰神迥别"的表象,正是二仙的"真像"(王府本双行批),在稍后的情节即甄士隐梦后现出的则是"幻像"。

同回稍后,一日甄士隐抱着女儿英莲在街前"看那过会的热闹"——

> 只见从那边来了一僧一道。那僧则癞头跣足,那道则跛足蓬头,疯疯癫癫,挥霍谈笑而至。

红楼叙事中,"一僧一道"来自神界,奔走于俗界。这段文字中事件发生地是甄家门前,属于小说中的现实世界即俗界。"一僧一道"分别以"癞头跣足"、"跛足蓬头"的形象出现在甄氏父女面前,脂砚斋认为"此是幻像"(王府本双行批),也是直注形貌。而"一僧一道"由神界"真像"变化到俗界"幻像",中间曾经甄士隐的梦境。也就是说,"一僧一道"来甄家之前先是出现在了甄士隐的梦中——

> 一日,炎夏永昼,士隐于书房闲坐,至手倦抛书,伏几少憩,不觉矇眬睡去。梦至一处,不辨是何地方。忽见那厢来了一僧一道,且行且谈。

针对甄士隐梦中出现的"一僧一道",脂砚斋批道:

---

① 本文凡引脂批皆据〔法〕陈庆浩编:《新编石头记脂砚斋评语辑校》(增订本),中国友谊出版公司 1987 年。特殊情况另注。

是方从青埂峰袖石而来也，接得无痕。（甲戌本夹批）

甄士隐梦中，"一僧一道"带了"蠢物"——化为通灵玉的顽石，赶往太虚幻境。遥接上文，文心奇幻。脂砚斋之批"方从青埂峰袖石而来"，指出甄士隐梦中"袖石而来"的"一僧一道"，即于神界幻化顽石的"一僧一道"。甄士隐街前遇二仙后，自忖"这两个人必有来历"（第1回），陈其泰也认为甄士隐所见与其梦中情形"若即若离"（第1回眉批）①，暗示甄士隐梦后见到的"癫头跣足"僧、"跛足蓬头"道，实即梦中见到的"一僧一道"，亦即来自神界"骨格不凡，丰神迥别"的"一僧一道"。曹公对甄士隐梦中"一僧一道"的形貌略而未写，似与梦境仍是游离于小说中现实世界的幻境有关；是否已是平平常常的僧道装扮，书中未写，脂砚未批，故不得而知。只知甄士隐也"是神仙一流人品"（第1回），可惜梦一醒来，"梦中之事便忘了对半"（第1回），可惜"醒时见解，反不如梦中矣"（王伯沆第1回批）②，不然，与那僧道何无似曾相识之惑？或者梦中僧不"癫头"、道不"跛足"？

小说第25回"魇魔法叔嫂逢五鬼"，"一僧一道"以癫头和尚、跛足道人的幻像再次同时现身，在脂本八十回书中这是第4次也是最后一次。有诗写道：

那和尚是：鼻如悬胆两眉长，目似明星蓄宝光，
　　　　　破衲芒鞋无住迹，腌臜更有满头疮。
那道人是：一足高来一足低，浑身带水又拖泥。
　　　　　相逢若问家何处，却在蓬莱弱水西。

这一组幻像较前甄士隐见到的"癫头跣足"、"跛足蓬头"略有变化。关于癫僧、跛道的这番"模样"，脂砚斋未下批语，大概"一僧一道"的来龙去脉在第1回已经揭出，之后出现的无非还是二仙的幻像。联系后文癫僧接玉叹道："青埂峰一别，展眼已过十三载矣"，以及脂砚斋之批"正点题，大荒山手捧时语"（第25回庚辰本夹批）的提点，可知前言不虚。还有小说第25回回目中，谓前来解救凤

---

① 本文凡引陈其泰评语皆据《桐花凤阁评红楼梦辑录》，刘操南辑，天津人民出版社1981年。

② 本文所引王伯沆评语皆据《王伯沆红楼梦批语汇录》，江苏古籍出版社1985年。

姐和宝玉的癞僧、跛道为"双真",亦是小说中的点睛之笔。如此,一芹一脂,相互发明。而其他各家评点,只有张新之对此处二仙的形貌有所发挥:"一癞一跛,所谓天缺地陷,故各以诗重顿。"① 如此"浅入深出"的解说,聊可一观。再者,跛道诗中言说家在蓬莱,似又表明其与跛足又蓬发的铁拐李不止存在形象关联,因为铁拐李乃八仙之一,而传说中的"八仙过海"即发生在蓬莱。惜乎清代《红楼梦》评点未及于此。

## 二、关于度脱情事——"点明迷情幻海中有数之人也"

清代《红楼梦》评点解析"一僧一道"度脱情事的相对较多,且言人人殊,"各自都有深奥重大的情由"(哈斯宝《新译》第 1 回批)。②

黄小田认为,《红楼梦》所叙乃"本朝事也,托之渺茫,以浑其迹,故曰'茫茫大士'、'渺渺真人'"(第 1 回夹批)③,王希廉也说茫茫大士等"俱是平空撰出,并非实有其人,不过借以叙述盛衰,警醒痴迷"(《〈红楼梦〉总评》)④;姚燮则认为,《红楼梦》"欲唤醒世人,故作迷离幻渺之谈。然皆实情实理,河汉荒唐,何可挽入!"(第 116 回回末评)⑤ 一重运实于虚,一重虚者亦实,然皆缘于"一僧一道"的真人⑥本质。而东观主人的以"一僧一道是此书枢纽"凸出情幻(第 1 回批)⑦,陈其泰的以"出僧道是一部大线索"(第 1 回眉批)强调真情,更多是从"一僧一道"的结构地位出发,评点其于红楼尘世的"仙佛工夫"(王希廉第 25 回回末评)。至于张新之抽象出来的"是书经纬,而乃借径二氏,以演儒学"(第 1 回夹批),因附说性理,一定程度上偏离了文学批评。

标题所示批语出自脂砚斋,完整的表述是:"通部中假借癞僧跛道二人,点明

---

① 冯其庸:《八家评批〈红楼梦〉》,文化艺术出版社 1991 年,第 576 页。按:张新之评语皆据此本。

② 哈斯宝:《新译〈红楼梦〉回批》,亦邻真译,内蒙古人民出版社 1979 年,第 27 页。

③ 本文所引黄小田评语皆据黄小田评点《红楼梦》,李汉秋、陆林辑校,黄山书社 1989 年。

④ 冯其庸:《八家评批〈红楼梦〉》,文化艺术出版社 1991 年,第 3 页。按:王希廉评语皆据此本。

⑤ 冯其庸:《八家评批〈红楼梦〉》,文化艺术出版社 1991 年,第 2852 页。按:姚燮评语皆据此本。

⑥ 据《辞海》(1994 年):《庄子·大宗师》云"且有真人而后有真知。何谓真人?古之真人,不逆寡,不雄成,不谟士。"道教相沿称所谓修真得道者为真人。

⑦ 本文所引东观主人评语皆据曹立波《东观阁本研究》,北京图书馆出版社 2004 年。

迷情幻海中有数之人也。"（甲戌本第 3 回双行批）①"一僧一道"乃神僧神道，看红尘凡世自是慧眼见真：

> 那红尘中有却有些乐事，但不能永远依恃；况又有"美中不足，好事多魔"八个字紧相连属，瞬息间则又乐极悲生，人非物换，究竟是到头一梦，万境归空。（第 1 回）

二仙的这段话和跛足道人唱的《好了歌》，在脂砚斋看来，都是曹公所要表现的主旨，因而批此"四句乃一部之总纲。"（甲戌本第 1 回夹批）红楼叙事中，"一僧一道"奉命奔走于俗界，是"去下世度脱几个"（第 1 回），点化红尘迷者。如前所述，涉及的红尘人物有：甄士隐、英莲、黛玉、宝钗、贾瑞、宝玉、凤姐、柳湘莲等，然而清代《红楼梦》评点却不是一一有批的。分述如下。

点化甄士隐。在甄士隐的生活中，"一僧一道"曾出现三次。一次是"梦"中，一次是"梦"后，一次是"贫病交攻"之际。"梦"后的那次，"一僧一道"同至甄家门前，甄氏父女正"看那过会的热闹"，那僧先是"大哭"，继而劝告，最后"大笑"讽谕。东观主人、姚燮一致认为，这是僧道的第一次现身，但是接下来只言英莲不及士隐，还是王伯沆一语中的："分明为士隐而来。"（第 1 回批）所以在第三次的时候，即"贫病交攻"之际，来了一个跛足道人，"疯狂落脱，麻屣鹑衣"，唱着《好了歌》；甄士隐本有宿慧，竟"同了疯道人飘飘而去"（第 1 回），皈依空门。清代《红楼梦》评点对于跛道的这一次出现，除了东观主人点明"又来了一个跛足道人"（第 1 回批），姚燮侧批直录之外，众家无批。

点化英莲。"一僧一道"度脱英莲，是在甄士隐梦后遇见二仙的那次。看见甄士隐抱着英莲，僧便大哭起来，劝告甄士隐："你把这有命无运、累及爹娘之物，抱在怀内作甚？""舍我罢，舍我罢！"甄士隐不耐烦，僧便大笑念道：

> 惯养娇生笑你痴，菱花空对雪澌澌。
> 好防佳节元宵后，便是烟消火灭时。

这四句言词预言甄家将因元宵节葫芦庙一场大火而破产；英莲将被拐卖为奴，之后薛蟠占以为妾，改名香菱，死于夏金桂之手（程高本改变了这一结局），即脂

---

① 俞平伯：《脂砚斋红楼梦辑评》，香港太平书局 1975 年，第 43 页。

批所谓的"生不遇时","遇又非偶"（甲戌本第1回夹批）。东观主人认为，香菱终身尽此一语（即"有命无运累及爹娘"），姚燮则引申为"有命无运"一语，不只为英莲而言，也为全书总提。从"一僧一道"立意度脱"又将造劫历世"的"一干风流孽鬼"（第1回）来看，姚燮的引申颇有见地。

点化黛玉。第3回写荣府收养黛玉，众人询问她的不足之症，黛玉自言自来如此，一个癞头和尚为她诊病，不让她吃药，却要化她"出家"。无奈父母"固是不从"，那和尚只好留言：

> 既舍不得他，只怕他的病一生也不能好的。若要好时，除非从此以后总不许见哭声；除父母之外，凡有外姓亲友之人，一概不见，方可平安了此一世。

脂砚斋认为，癞僧要化黛玉出家，意在"点明迷情幻海"。黛玉开口说病，说癞头和尚，说不要见哭声，说不要见外亲等语，已经逗明一生因缘结果。因为黛玉一见外亲，即起情缘，"正触和尚外亲之戒也"（张新之第3回夹批），而黛玉"既不能忌此，那得不死"（张子梁第3回夹批）。东观主人、姚燮二人感叹情关难破，王伯沆则会心提醒："这和尚也是提'好'、'了'二字为言，句读者莫滑过。"（第3回批）颇得癞僧度脱之意。

点化宝钗。一是宝钗的"病"。第7回据宝钗说——

> 为这病请大夫、吃药，也不知白花了多少银子钱呢。凭你什么名医仙药，从不见一点儿效。后来还亏了一个秃头和尚，说专治无名之症，因请他看了。他说我这是从胎里带来的一股热毒，幸而我先天结壮，还不相干；若吃凡药，是不中用的。他就说了一个海上方，又给了一包末药作引，异香异气的，不知是那里弄来的。他说发了时吃一丸就好。倒也奇怪，这倒效验些。

二是宝钗的"金锁"。第8回据宝钗主仆说，一个癞头和尚奉赠宝钗"不离不弃，芳龄永继"八个字，"必须錾在金器上"，叫她天天戴着，是为"金锁"。针对秃头和尚云云，脂批曰："奇奇怪怪，真如云龙作雨，忽隐忽现，别人逆料不到。"（有正本第7回夹批）针对癞头和尚云云，脂批曰："和尚在幻境中作如此勾当，亦属多事。"（王府本第8回夹批）这两则批语，意在提示现身宝钗情事中的和尚实是神僧幻像。关于"金锁"，张新之认为"恰是人工"（第8回夹批）；

所谓"是个癞头和尚送的"（第8回莺儿语），陈其泰认为"明是依草附木之谈"（第8回行间评）。关于"热毒"之病，依王伯沆之见，羡人富贵曰"热"，破人姻缘而自为谋曰"毒"，"凡胎所以如此也"。和尚是为宝、黛而来，非为宝钗而来。细察钗、黛所说大致相同，可知宝钗非他，"乃黛玉随身业障耳。"所以"非癞头和尚见不到此，亦说不到此。"（皆见第7回批）可是，王伯沆批语中无"秃头和尚"，只有"癞头和尚"①，虽略有不同，然以神僧幻像视之，谅亦无碍。

点化贾瑞。第12回"王熙凤毒设相思局"，跛足道人在贾瑞垂危之际，应贾瑞之求将褡裢中的一面镜子即风月鉴给他，并谆谆切嘱：

> 这物出自太虚玄（幻）境空灵殿上，警幻仙子所制，专治邪思妄动之症，有济世保生之功。所以带他到世上，单与那些聪明杰俊、风雅王孙等看照。千万不可照正面，只照他的背面，要紧，要紧！三日后吾来收取，管叫你好了。

贾瑞照背面，见一个骷髅立在镜中。照正面，见凤姐在镜中招手叫他。自觉进境与凤姐云雨，如此三四次送了命。代儒夫妇大骂道士，遂命火烧"妖镜"，跛足道人跑来"救"镜而去。关于跛足道人及其褡裢，脂砚斋以两句发问，即"自甄士隐随君一去，别来无恙否"，"此搭连犹是士隐所抢背者乎"（有正本双行夹批），来遥接神界，暗点神道度化之意。王伯沆认为，跛道的谆谆告诫，不仅"表示警幻功德"，还有其中的"'好了'二字跟歌来。"而神仙之鉴，亦如温峤之犀，魑魅魍魉莫能逃遁。姚燮在眉批中憾言贾瑞倘"能于此得大解悟，当增无量寿福"，然贾瑞必要送死，令诸家评者徒唤奈何。尽管张新之有此一问："代儒之骂，原自非冤，跛足道人何能辞咎？"还是更愿认同黄小田评的说法："此即所谓皮肤滥淫，故至死不悟耳。"

点化宝玉和凤姐。第25回"魇魔法叔嫂逢五鬼　通灵玉蒙蔽遇双真"，宝玉和凤姐为贼婆所害中了邪祟，百般医治总无效验，癞僧和跛道说是通灵玉为声色货利所迷所致，需要"持诵持诵"：

> 当时的通灵玉：天不拘兮地不羁，心头无喜亦无悲；

① 据《王伯沆红楼梦批语汇录》第92页，第7回小说原文中宝钗言病提到的是"癞头和尚"。

> 却因锻炼通灵后，便向人间觅是非。

今朝的通灵玉：粉渍脂痕污宝光，绮栊昼夜困鸳鸯。

> 沉酣一梦终须醒，冤孽偿清好散场！

癞僧念毕，言道：

> 此物已灵，不可亵渎，悬于卧室上槛。将他二人安在一室之内，除亲身妻母外，不可使外人冲犯。三十三天之后，包管身安病退，复旧如初。

脂砚斋指出：二师解释邪祟，"僧因凤姐，道因宝玉，一丝不乱。"（甲戌本双行批）而双真特来解救，王希廉认为是宝玉尘缘未断、凤姐恶贯未盈之故。不过，王伯沆所谓的"应机而至"，则有更多来自神界全知的意味。此后，僧道度脱宝玉的文字集中在程高本第115、116、117、120回。宝玉病倒极危之时，忽有和尚送还通灵，后随和尚魂游幻境，跳出情关，意欲反真还原，"不复作红楼之恋"（张子梁第117回前评）。特别是第120回，宝玉"俗缘已毕"，与"一僧一道"飘然登岸而去。王伯沆直道"完了事了"。相形之下，陈其泰评于回末的"若必寻根究底，作痴人说梦，则请问之茫茫大士，渺渺真人"，反倒令人顿觉烟云满纸，心骨俱振。

点化柳湘莲。第66回尤三姐"耻情归地府"，柳湘莲于新房梦见三姐后惊觉，睁眼看时，不见薛家小厮，所处亦非新室，竟是一座破庙，旁边坐着一个跏腿道士捕虱——

> 湘莲便起身稽首相问："此系何方？仙师仙名法号？"道士笑道："连我也不知道此系何方，我系何人，不过暂来歇足而已。"柳湘莲听了，不觉冷然如寒冰侵骨，掣出那股雄剑，将万根烦恼丝一挥而尽，便随那道士，不知往那里去了。

用佛家术语说，柳湘莲是顿悟，走出凡尘出家去了。历数脂本中僧道度化红尘迷者八人七次，脂砚斋独于此处无批。王希廉认为，烦恼丝无影无形，与头发绝不相干，剑锋虽利也不能一挥即断，进而提醒"柳二郎是否果真出家？抑何别样结局？"（第66回回末评）东观主人确定柳湘莲去了"别有天地非人间"（第66回批）的地方，姚燮侧批直录。关于前来度脱的跏腿道士，张新之认为，看柳湘莲跟道士出家,而必去发,"可见不脱茫茫大士也"(第 12 回夹批),似有指引神界僧道之意。甄士隐、柳湘莲出家,都是后文宝玉出家的引子。由神界仙师示以菩提之路,"自无歧途之虑矣"(张子梁第 117 回回前评)。至于王伯沆将跛腿道士判为空空道人,认为是"空空道人于此一现",应该不确。因为书中的空空道人,只是检阅、抄录《石头记》,使问世传奇,并没有度脱任何一个造劫历世的情痴色鬼。另外,书中僧道现身时或挥霍谈笑,或口念言词;或说专治无名之症,或称专治冤业之症;或敲木鱼,或捕虱子。此处张新之望"虱"生义,认为书中经纬,作大结束必曰捕虱,因为"虱"字乃缺左之"风",所以"全书无非捕风,以演缺陷而已。"此说附会难凭。

于今来看,《红楼梦》中的"一僧一道"以其忽隐忽现、外丑内慧的非凡魔力,将原始神界大荒山青埂峰下,灵性已通、凡心已炽的顽石变形为通灵玉携入红尘,经十九个春秋的红尘历劫后,又将其携回神界本源,尽显佛骨仙心。"一僧一道"之于《红楼梦》结构模式的重要性非常明显,隐含其中的深层内涵也侧面映出红楼世界的整体意义。然而,清代《红楼梦》评点却于"一僧一道"的真人幻像及度脱情事更为乐道。关于双真幻像。"一僧一道"多以癫僧、跛道的形象出现,几乎每次显化都有脂批给予提示,其他评家则几无关注。而"一僧一道"的形象塑造,系由庄子所推崇的真人、畸人两类超人形象复合而成。"一僧一道"之"骨格不凡,丰神迥别"的神界形象,是《庄子》中"真人"(或称神人、圣人)形象系列的继承与变形;《庄子》中出现的一类奇丑无比、性格怪诞的"畸人"形象,则是"一僧一道"俗界形象的范本。① "一僧一道"以一癫一跛的形象示人,不见得具有张新之所谓"天缺地陷"(第 25 回夹批)那样的微言大义。关于度脱情事,多家有评:或以叙盛衰,警醒痴迷;或借径二氏,以演儒学;或为凸显情幻出之以"此书枢纽",或为强调真情出之以"一部大线索"。如此等,不一而足。然而"欲深魔重复可疑,苦海冤河解者谁?"(有正本第 25 回回末总评)迷时师渡,点明迷情幻海当是渺茫二仙要务,亦属红楼叙事要旨。因此,张子梁的一段评语——"僧道者谁?茫茫渺渺是也。夫渺茫者梦也,此书既以《红楼梦》为名,即随处少他不得,是书中点睛处,是作者欲唤醒世人处"(第 1 回回前评),或可解释"写幻人于幻文"(庚辰本第 25 回眉批)的这部"情书"(陈其泰第 112 回回末总评)。至于"一僧一道"的具体活动,在第 25 回僧道双至,脂砚斋批曰"僧因凤姐,道因宝玉,一丝不乱。"今人进而发现僧因红楼女子,道因

---

① 梅新林:《〈红楼梦〉中一僧一道的智慧与悖论》,《北方论丛》1996 年第 1 期。

红楼男子。历数八位红尘迷者，凡是癫僧出场所度者均为女子，跛道出场所度者均为男子。在度脱英莲时，癫僧、跛道一起出现，也是癫僧在当场"大哭"又"大笑"，不见跛道作为。故而推测程高本后40回中由癫僧度化宝玉与曹公原意不符。① 而"一僧一道"的关系亦可于此略见一斑，可惜清代《红楼梦》评点不曾有论。再者，在第1回，癫僧、跛道作别时相约三劫后会面，脂批有曰："佛以世谓劫。凡三十年为一世。三劫者，想以九十春光寓言也。"（甲戌本第1回眉批）然程高本第120回，宝玉遁迹太虚，贾政感叹："那宝玉生下时，衔了玉来，……岂知宝玉是下凡历劫的，竟哄了老太太十九年！"初者九十年，终者十九年，难道竟如空空道人所言，红楼叙事从一开始就"果然是敷衍荒唐"，"不过游戏笔墨"②而已（第120回）？

[作者简介] 何红梅，文学博士，曲阜师范大学文学院讲师。

---

① 王旭东：《〈红楼梦〉中癫僧、跛道度人考》，《南京师范大学文学院学报》2006年第4期。
② 曹雪芹：《红楼梦》（三家评本），上海古籍出版社1988年，第1985页。

# 清代山东庙会演戏与道教文化关系研究
## ——以城隍庙为例

范丽敏　王玉华　冯文龙

　　清代山东庙宇甚夥，民间所祀亦多，道教神祇、佛教神祇及民间俗神皆有，然从方志来看，以演戏为视角，则道教神祇最受百姓欢迎——所建庙观最多，时间最久，演戏活动最为频繁。可见其时在山东地域，对道教的信奉要高于对佛教及其他神仙之信奉（其原因另有专文介绍）。据宋以前的几种道教典籍《列仙传》《神仙传》《续仙传》等及南朝梁陶弘景《真灵位业图》记载，道教神祇共有四百余位，任继愈主编的《宗教词典》也收录道教神二百余位。据研究，这些道教神祇共可分为天神、地祇、人鬼和仙真四类。天神主要为玉皇大帝、太上老君等，地祇主要是城隍和土地，人鬼多为历史上声名显赫的英烈如关羽、秦叔宝、尉迟敬德等，仙真为各种来历的仙人和真人，如鬼谷子、张天师和八仙等。[①] 据山东方志，山东所祀道教神，天神主要有玉皇大帝、真武大帝、东岳大帝、碧霞元君、三官（天官、地官、水官）等，地祇主要为城隍、土地、地藏王菩萨，人鬼主要为关帝，仙真主要是八仙之一的吕洞宾。而在这所有的道教神祇中以城隍信仰最盛，也许，这与山东百姓对"死"最为重视及与城隍所司有关（城隍是案件的最终审判者）。

　　对于城隍神的起源与所司，金泽《中国民间信仰》云："城隍信仰起源于古代的城市守护神水庸的信仰，南北朝以后正式以城隍神的身份出现，并逐渐形成正人直臣死后成为城隍神的观念。城隍神也由自然神转变为社会神，不仅守御城池，保障治安，而且主管当地水旱凶吉及冥间事务，成为地方神（原注：参见宗力，刘群《中国民间诸神》）。"[②] "唐宋之际，随着城镇实力的增长，城隍信仰异军突起。相形之下，城镇中原有的土地神职能缩小，朝着'当坊土地'的方向发展，在神属关系上，城镇中的土地神成为城隍神的下属。"[③] 马书田：《华夏诸神》

---

① 刘守华：《道教和神仙》，载中华书局《文史知识》编辑部编《道教与传统文化》，中华书局1992年，第217—218页。

② 金泽：《中国民间信仰》，浙江教育出版社1990年，第164页。

③ 金泽：《中国民间信仰》，浙江教育出版社1990年，第164页。

亦云："城隍是由'水庸'衍化而来。由最初的护城沟渠水庸神，而为城市守护神——城隍神。"① "因城隍是人们心目中的阴间长官，故各处城隍常以人鬼充之，即去世的英雄或名臣，把他们立为当地城隍，希冀他们的英灵能同生前一样，护佑百姓，打击邪恶。"② 近代英国来华传教士麦嘉湖（John MacGowan）在其所著的《中国人的生活方式》（Men and Manners of Modern China）第十章"城隍庙"亦幽默地介绍道："在中国，每一座有城墙的城市都有一座城隍庙，城隍庙与本地区其他每一座庙有着显著的不同。其余的庙都是以它平凡普通的方法对待生活。城隍庙有更严峻的工作要做，它的本职工作是处理流氓行径和坑蒙拐骗，处理人类生活中那些更阴暗的方面，而那些体面正派的人，甚至还有菩萨，比如观音、关公以及诸如此类，都跟这些没什么关系。……疯病、瘫痪和瘟疫都被认为是恶鬼的作用，这些病属于城隍的工作范围。"③

古代民间在遇到各种灾难如旱灾、水灾及疾病、瘟疫时，首先是认为这一定是由于自己的行为不当而获罪于天的结果。其解决办法是先到预先建起的各寺观（寺观实在是解决百姓面对大自然的、社会的各种"压迫"无助时的一种心理抚慰载体）祈祷求免。若碰巧"应验"了，则先备礼（食物）满足神仙的口腹之欲，然后再演剧满足神仙的娱乐需求。这实在是百姓以己之心度神仙之腹，将自己最喜爱的物事——食物和戏剧奉敬神仙的结果。民国《增修胶志》卷10"风俗"："农民专靠天时为丰歉，不讲防备水旱诸法，遇旱则祈雨，遇涝则祈晴，遇蝗雹则许愿于神，有应则各村醵钱演戏以酬谢神佑，此风至今犹然。"④《泗水县志》云："祭礼，除元日祀神，祭先与春露秋霜外，或遇亢旱，或因灾札疾病，先谒各寺观祝祷祈免，如验，即具牲醴祭之，或演剧以报赛，间有信士出资为香社者，春间以其息具香楮赴泰山焚烧。"⑤

与岁时令节、婚丧喜寿和集市贸易时的演戏相比，清代山东地区庙会演剧是最为普遍的，也是民众最为热衷的。民国《东平县志》卷5"风土"云："邑人故

---

① 马书田：《华夏诸神》，北京燕山出版社1999年，第271页。

② 马书田：《华夏诸神》，北京燕山出版社1999年，第273页。

③ ［英］麦嘉湖、秦传安译：《中国人的生活方式》，电子工业出版社2012年，第86页。

④ （清）叶钟英修、匡超纂：《增修胶志》，民国二十年（1931年）铅印本，见中国地方志集成编辑工作委员会编《中国地方志集成·山东府县志辑》（版本下同），凤凰出版社2004年，第120页。

⑤ 《泗水县志》卷9，清光绪十八年（1892年）刻本，载丁世良、赵放主编，哈特·玛特、季红、白玉新等编《中国地方志民俗资料汇编》（华东卷上），书目文献出版社1995年，第294页。

习，酷嗜戏剧，或藉酬神，或因集会，往往酿资演唱，届时红男绿女，如醉如痴，伤风败俗，莫此为甚。"① 虽然修志者措辞严厉地斥责酬神集会演戏为"伤风败俗，莫此为甚"，然"红男绿女，如醉如痴"更是当时的实际情况。因为此关系到老百姓的精神生活——信仰。民国《清平县志》"礼俗·节序"亦云："此间（按，即清平县）庙宇林立，春秋佳日，往往演剧赛神，年有定期，谓之'庙会'，每届期会，则商贾辐辏，士女如云，车水马龙，奔赴络绎，极一时之盛，亦地方之特殊情形也。"②

据方志，关于清代山东之城隍庙及其演戏情况，主要有以下几个特点。

第一，分布广。城隍庙在清代山东可以说是遍布城乡的。乾隆《平原县志》卷10"艺文"之国朝知县汤溪张祖阜所撰《重修城隍庙记》云："邑必有城，城必有隍，有城有隍即有神，建庙以祀，官民胥赖焉。旱涝则祷，疾疫则禳，捍患御灾，祸淫福善，惟神至正而公，亦惟神最亲且久"。③ 《续修汶上县志》卷6"艺文"所载西泠闻元炅（邑令）《重修城隍庙记》亦云："寰区庙祀各殊，而惟城隍之祀则周天下而无异。盖治分幽冥，教别阴阳，而城隍则职阴教而实资乎阳教者也。"④

第二，历史悠久。城隍庙在山东各地的创建甚早，据方志，有的建于元代，乾隆《掖县志》卷1"坛庙"云："城隍庙县治西北，元大德十年建……"，⑤ 有的建于明代初年，道光《巨野县志》卷8"秩祀"云："城隍庙，县治内西北隅，明洪武乙酉间建，隆庆辛未重修。"⑥ 民国《德县志》卷4"舆地志·祠庙"云："城隍庙在喧哗角西，明永乐九年知县何原建"。⑦

---

① （清）张志熙修、刘靖宇纂：《东平县志》，民国二十五年（1936年）铅印本，见《山东府县志辑》，第53页。

② 梁钟亭、路大遵修，张树梅纂：《清平县志》，民国二十五年（1936年）铅印本，见《山东府县志辑》，第303页。

③ （清）黄怀祖修、黄兆熊纂：《平原县志》，清乾隆十四年（1749年）修，民国二十五年（1936年）铅印本，见《山东府县志辑》，第128页。

④ （清）闻元炅纂修：《续修汶上县志》，康熙五十六年（1717年）刻本，见《山东府县志辑》，第308页。

⑤ （清）张思勉修、于始瞻纂：《掖县志》，载乾隆二十三年（1758年）修、光绪十九年（1899年）刻《掖县全志》本，见《山东府县志辑》，第215页。

⑥ （清）黄维翰纂修、袁传袭续纂修：《巨野县志》，道光二十六年（1846年）续修刻本，见《山东府县志辑》，第138页。

⑦ （清）李树德修、董瑶林纂：《德县志》，民国二十四年（1935年）铅印本，见《山东府县志辑》，第109—110页。

城隍庙在创建后往往屡加修葺，相关方志有一半的内容是记城隍庙的创建和重修情况及空间布置的。以光绪《寿张县志》卷2"建置"和民国《商河县志》卷2"建置志"为例，重修情况如下表：

| 府属 | 重修时间、捐修人及所修工程 | 文献来源③ |
|---|---|---|
| 兖州府 | **明知县张玉林、马时叙重修；**<br>顺治十七年，知县陈璜、典史陈三才重修，又建仪门；<br>乾隆元年知县刘元锡、儒学丁午、郭玑修葺两廊寝室（有碑记）；<br>乾隆十九年知县福昌重修，（有碑记）；<br>嘉庆二十三年知县倪彤书祈祷屡应，重修；<br>道光元年复修戏楼、大门、垣墙，僧大法募劝，邑人阎炜功等重修禅房、大门外旗杆，（有碑记，今无）；<br>同治五年邑人阎东川等修戏楼（有图）；<br>光绪八年知县马人龙修两廊，塑诸像，绘戏楼；<br>光绪十一年知县文荃增绘各像；<br>光绪二十三年知县庄洪烈重修； | （清）刘文煃修，王守谦纂《寿张县志》卷2"建置"，清光绪二十六年（1900年）刻本，见《山东府县志辑》，第373页。 |
| 武定府 | **明洪武四年知县叶安建；**<br>**明嘉靖间知县周冕修；**<br>**明万历间知县朱希召重修，建聪明正直坊于二门外；**<br>**康熙六年邑人王永熙倡捐重修，建戏台；**<br>雍正七年知县崔鸿讯重修东西廊；<br>乾隆元年知县黄讷、王年、范从律先后倡捐重修大殿、寝宫三门；<br>（乾隆）二十年陈锟募资重修，一如旧制，耆民刘德荣捐资助修； | 石毓嵩修，马忠藩、路程海纂《商河县志》卷2"建置志"，民国二十五年（1936年）铅印本，见《山东府县志辑》，第84页。 |

第三，具有官方性质。城隍庙向为官民所倚重，其创建与维护具有官方性质。城隍神一定程度上可说是官员审判各种疑难杂案的顾问、最后裁决者，官员不能解决的案件多到城隍庙来审理，问策于城隍；民间百姓蒙受了冤屈和损失，也往往要到城隍庙来诉说，求城隍神主持正义，使己冤屈昭雪或弥补损失。民国《商河县志》卷2"建置志"云："《大清会典》：府州县城隍庙，令有司岁时致祭。"②

---

① 为了节省篇幅，表格中凡引自中国地方志集成编辑工作委员会编《中国地方志集成·山东府县志辑》（凤凰出版社2004年）的皆简称为"《山东府县志辑》"；引自台湾成文出版社编辑的《中国方志丛书》（成文出版社1966—1985年出版）的皆简称为"《中国方志丛书》"；引自《中国国家数字图书馆·数字方志》的不变。余表皆同。

② （清）石毓嵩修，马忠藩、路程海纂《商河县志》，民国二十五年（1936年）铅印本，见《山东府县志辑》，第84页。

近代英国来华传教士麦嘉湖（John MacGowan）所著的《中国人的生活方式》（Men and Manners of Modern China）第十章"城隍庙"云："城隍是一个无所不知的家伙，能够弄清楚犯罪的错综复杂，能够对付那些走上邪恶和堕落之路的人的诡计和花招。而像这样的工作，其他那些头脑更简单、更无猜疑心的菩萨没有一个做得了"，"老百姓都认为，城隍是惩罚一切罪恶的伟大报复者。他与阎王爷直接通信，后者委任他充当自己在人间的代理人，为那些被他在另一个世界宣判有罪的人准备各种各样的惩罚，还有这些倒霉的家伙在这个世界要忍受的种种惩罚。"①

第四，多建有戏楼。城隍庙戏楼一般建在其大门之上。乾隆《平原县志》卷10"艺文"之国朝知县汤溪张祖阜所撰的《重修城隍庙记》云"大门三间，上起戏楼，宽长各一丈八尺"，②光绪《宁津县志》卷5《经政志·祀典》云："又前为山门，上为戏楼，东西并列两门"。③具体情况见下表。

| | 所属府 | 所属州 | 戏楼或戏台建制（原文） | 文献来源 |
|---|---|---|---|---|
| 1 | 济南府 | 德州 | 《重修城隍庙记》（国朝知县汤溪张祖阜）……大门三间，上起戏楼，宽长个各一丈八尺…… | （清）黄怀祖修、黄兆熊纂乾隆《平原县志》卷10"艺文"，清乾隆十四年（1749年）修，民国二十五年（1936年）铅印本，见《山东府县志辑》，第129页。 |
| 2 | 济南府 | 德州 | ……又前为山门，上为戏楼…… | （清）祝嘉庸修、吴浔源纂《宁津县志》卷5"经政志·祀典"，光绪二十六年（1900年）刻本，见《山东府县志辑》，第101页。 |
| 3 | 兖州府 | | 西泠闻元炅（邑令）《重修城隍庙记》……由正殿而两庑，而大门戏楼…… | （清）闻元炅纂修《续修汶上县志》卷6"艺文"，康熙五十六年（1717年）刻本，见《山东府县志辑》，第308页。 |

① ［英］麦嘉湖、秦传安译：《中国人的生活方式》，电子工业出版社2012年，第86、88页。
② （清）黄怀祖修、黄兆熊纂：《平原县志》，清乾隆十四年（1749年）修，民国二十五年（1936年）铅印本，见《山东府县志辑》，第129页。
③ （清）祝嘉庸修、吴浔源纂：《宁津县志》，光绪二十六年（1900年）刻本，见《山东府县志辑》，第101页。

| | 所属府 | 所属州 | 戏楼或戏台建制（原文） | 文献来源 |
|---|---|---|---|---|
| 4 | 兖州府 | | 城隍庙在县治西，大门、戏楼、正殿，东西廊、神像，（丰碑四座），寝室、司香火室……道光元年复修戏楼、大门、垣墙……；同治五年邑人阎东川等修戏楼（有图）；光绪八年知县马人龙修两廊，塑诸像，绘戏楼…… | （清）刘文焴修，王守谦纂《寿张县志》卷2"建置"，清光绪二十六年（1900 年）刻本，见《山东府县志辑》，第373页。 |
| 5 | 泰安府 | 东平州 | 城隍庙在县署西北，正殿五楹，寝宫三楹，东廊七楹，西廊七楹，前为戟门，门前有戏楼，向南三门。 | （清）凌绂曾修、邵承照纂《肥城县志》卷4"礼仪"，清光绪十七年（1891 年）刻本，见《山东府县志辑》，第 71 — 72 页。 |
| 6 | 泰安府 | 东平州 | 城隍庙在县治西，即元铁冶提举司故址。正殿三楹，寝殿三楹，东西廊各五楹。有戏楼、大门…… | 《莱芜县志》卷8"建置志·署廨五"，见《山东府县志辑》，第44页；《续修莱芜县志》卷6"舆地志·祠坛三"，见《山东府县志辑》，第227页。 |
| 7 | 曹州府 | 濮州 | ……西列廊房各五间，以南正中戏楼三间，楼旁为角门各一间……道光七年，知县袁章华重修大殿前轩两廊戏台。 | （清）袁章华修、刘士瀛纂《城武县志》卷2"建设志·坛庙"，道光十年（1835 年）刻本，见《山东府县志辑》，第364页。 |
| 8 | 曹州府 | 濮州 | 城隍庙，县治内西北隅，明洪武乙酉间建，隆庆辛未重修，正庙五间，寝庙三间，联以川廊，中奉本郡城隍之神，东西两廊各五间，中为拜亭，甬道前为戏楼…… | （清）黄维翰纂修、袁传裘续纂修《巨野县志》卷8"秩祀"，道光二十六年（1846 年）续修刻本，见《山东府县志辑》，第138页。 |
| 9 | 曹州府 | 濮州 | 门可荣《重修城隍庙碑记》（节录）……有陈福者，施财重修土地、五道、两司、戏楼数间…… | （清）陈嗣良修，孟广来、贾酒延纂《曹县志》卷17"艺文"，光绪十八年（1892 年）刻本，见《山东府县志辑》，第454页。 |

| | 所属府 | 所属州 | 戏楼或戏台建制（原文） | 文献来源 |
|---|---|---|---|---|
| 10 | 登州府 | 宁海州 | 国朝王柭（邑人）《募修城隍庙仪门兼建戏楼疏》<br>……诸邑人尊亲之戴仍未尽焉，于是有重修仪门，创建戏楼之役…… | （清）何乐善修，萧劼、王积熙纂乾隆《福山县志》卷11下"文翰·疏"，乾隆二十八年（1763年）刻本，见《山东府县志辑》，第660—661页。 |
| 11 | 登州府 | 宁海州 | ……又前为福谦门，其左侧为感应门，门南为孤魂所，所东为戏楼…… | 梁秉锟修、王丕煦纂《莱阳县志》卷1之2"建制·坛庙"，民国二十四年（1935年）铅印本，见《山东府县志辑》，第248页。 |
| 12 | 莱州府 | 平度州 | 城隍庙在县治西……乾隆十七年知县郑燮倡捐，合邑绅士添建戏楼一座于庙前。 | （清）张耀璧修、王诵芬纂乾隆《潍县志》卷2"坛庙四"，乾隆二十五年（1760年）刻本，见《山东府县志辑》，第45页。 |
| 13 | 莱州府 | 平度州 | ……乾隆三年里人增建左右簃楼，规模更为完备。……二门三间，前为门楼，后为戏楼…… | （清）张思勉修、于始瞻纂乾隆《掖县志》卷1"坛庙"，载乾隆二十三年（1758年）修，光绪十九年（1899年）刻《掖县全志》本，见《山东府县志辑》，第215页。 |
| 14 | 武定府 | 滨州 | ……康熙六年邑人王永熙倡捐重修，建戏台…… | 石毓嵩修，马忠藩、路程海纂《商河县志》卷2"建置志"，民国二十五年（1936年）铅印本，见《山东府县志辑》，第84页。 |

第五，城隍庙会及其演剧例有定期。首先是在城隍神生日演戏，其次亦在特定的时间演戏。各不同地区城隍神生日和祀城隍神的时间不一，有三月十三日、三月二十五日、四月五日、五月十一日，还有的在正月十三日。甚至城隍夫人也有诞辰，有的在六月一日，有的在六月九日（见下表）。由上可以看出，城隍生日之月日基本为奇数，甚少为偶数，这反映了民间对这位阴间神的敬畏心理和数字文化。

其演剧情况，记载较详细的程序为先建醮，然后抬神像出巡，再然后演戏。乾隆《博山县志》卷4下《风俗》云："三月二十五日，俗谓城隍神诞辰，奉神

者咸集庙酬醮，即于是日奉本神出巡，并陈优戏三日。"① 记载较简略的谓"城隍
生日，演杂剧，建醮事。"② 具体情况见下表。

| | 所属府 | 所属州 | 演戏时间（原文） | 文献来源 |
|---|---|---|---|---|
| 1 | | 直隶州：临清 | （三月）十三日，祀城隍庙，演剧 | （清）王辂修，韩思圣、刘秉礼纂雍正《邱县志》卷1"地理志·风俗"，雍正六年（1728年）刻本，见《中国国家数字图书馆·数字方志》，第15、33 — 34页。 |
| 2 | | 直隶州：临清 | （三月）十三日祀城隍庙演剧 | （清）黄景曾修、靳渊然纂乾隆《邱县志》卷1"地理志·风俗"，乾隆四十七年（1782年）抄本，见《中国国家数字图书馆·数字方志》，第29 — 30页。 |
| 3 | | 直隶州：临清 | （三月）十三日，祀城隍庙，大会，演剧。 | 薛如华修、赵又杨纂《邱县志》卷13"风俗志·岁时礼节"，民国二十三年（1934年）铅印本，见《中国国家数字图书馆·数字方志》，第239页。 |
| 4 | 青州府 | | 三月二十五日，俗谓城隍神诞辰，集庙酬醮三日，或陈优戏。 | （清）富申修、田士麟纂乾隆《博山县志》卷4下"风俗"，乾隆十八年（1753年）刻本，见《山东府县志辑》，第42页。 |
| | | | 三月二十五日，俗谓城隍神诞辰，奉神者咸集庙酬醮，即于是日奉神出巡，并陈优戏三日。 | 王荫桂、张新曾等《续修博山县志》卷2"方舆志二·风俗"，民国二十六年（1937年）铅印本，见《山东府县志辑》，第204页。 |

① （清）富申修、田士麟纂：《博山县志》，乾隆十八年（1753年）刻，见《山东府县志辑》，第42页。

② 杜子楙修、贾铭恩纂：《朝城县续志》卷1"风俗"，民国九年（1920年）刻本，见《山东府县志辑》，第204页。

续表

| | 所属府 | 所属州 | 演戏时间（原文） | 文献来源 |
|---|---|---|---|---|
| 5 | 武定府 | 滨州 | 四月五月，赛城隍，祷药王，或扮杂剧以符乡傩，或讨灵签，而免祸罪。 | 朱兰修；劳乃宣纂《阳信县志》卷2"风俗志"，民国十五年（1926年）铅印本，见《山东府县志辑》，第121页。 |
| 6 | 武定府 | 滨州 | 五月十一日为城隍寿诞，六月初一为城隍夫人寿诞，赛神演剧。 | 盛赞熙修、余朝菜等纂《利津县志》卷2"舆地图第一"，光绪九年（1883年）刻本，见《山东府县志辑》，第296页。 |
| 7 | 武定府 | 滨州 | 城隍夫人相传白姓，于六月初九日诞，是日土人演剧作会。 | （清）沈世铨修、李勖纂《惠民县志》卷末"杂记"，光绪二十五年（1809年）柳堂校补刻本，见《山东府县志辑》，第522页。 |
| 8 | 曹州府 | 濮州 | 节序：正月……十三日赛城隍神，新弁服，有傩事；上元张灯，火树银花三日不绝。 | （清）陈嗣良修，孟广来、贾乃延纂《曹县志》卷1"风俗"，光绪十年（1892年）刻本，见《山东府县志辑》，第44页。 |
| 9 | 曹州府 | 濮州 | 夏之节四，首曰……；次曰城隍生日，演杂剧，建醮事…… | 杜子枞修，贾铭恩纂《朝城县续志》卷1"风俗"，民国九年（1920年）刻本，见《山东府县志辑》，第204页。 |

除了在城隍生日演戏外，一地的百姓也往往在一年当中定期举行城隍庙会。具体情况见下表。

| | 所属府 | 所属州 | 演戏时间 | 文献来源 |
|---|---|---|---|---|
| 1 | 济南府 | 德州 | （光绪十七年）九月二十八日县署被劫。是晚城隍庙演剧，土匪数十人入城劫县署而去，一月营汛高凤春赴曹属，获案，知县张楚林坐是调遣。 | 栾钟垚、赵咸庆修，赵仁山纂《邹平县志》卷1"总纪"，民国三年（1914年）修，民国二十年（1931年）重印本，见《山东府县志辑》，第36页。 |

| | 所属府 | 所属州 | 演戏时间 | 文献来源 |
|---|---|---|---|---|
| 2 | 东昌府 | 高唐州 | 五月二十八至六月一日，九月二十八至十月一日，城隍庙会。 | 梁钟亭、路大遵修，张树梅纂《续修清平县志》"礼俗志二·节序"，民国二十五年（1936年）铅印本，见《山东府县志辑》，第302、303页。 |
| 3 | | 直隶州：临清 | 城关镇南街，六月初五日至初八日，十二月初七至初十日，演城隍（该会现移于火神庙）。 | 谢锡文，许宗海《夏津县志续编》卷5"典礼志·赛会"，民国二十三年（1934年）铅印本，见《中国国家数字图书馆·数字方志》，第33—34页。 |

  一时代有一时代之信仰与道德，这是由当时的各种主客观条件所决定的，对于今天的我们而言具有重要的认识价值，是我们认识当时时代文化的一个重要切入点。本文通过对清代山东庙会演戏与道教文化关系的探讨，使我们了解到清代山东百姓的宗教信仰喜好及其文化生活、经济生活和休闲生活，这对于我们今天传统戏剧在农村的复兴和精神文化建设当具有些许的启发意义。

  [作者简介] 范丽敏，文学博士，济南大学文学院教授，硕士生导师。本文为2012年度教育部人文社会科学研究项目（12YJC760016）"清代山左演剧史——以史志类文献为考察中心"阶段性成果。

# 论清代英雄传奇小说的"深山学艺"模式

**刘相雨**

在清代英雄传奇小说中，有一种现象值得关注：许多英雄都曾经跟随某一神仙在深山学艺。虽然这些神仙的形象并不是特别鲜明，但是他们的出现，却对英雄的命运有着重要影响。

## 一 "深山学艺"的基本模式

为了弄清英雄"深山学艺"的基本模式，我们先将清代英雄传奇小说中女英雄学艺的情况列表如下①：

| 书名 | 徒弟 | 女仙 | 学艺情况 | 地点 | 出现回次 |
|------|------|------|----------|------|----------|
| 说唐三传 | 薛金莲（平辽王女） | 桃花圣母 | 炼就六丁六甲，金甲神符，精通武艺。 | 桃花山 | 17、22、40 |
| | 窦仙童（夏明王孙女） | 黄花圣母 | 精通武艺，有捆仙绳。 | 九龙山 | 18 |
| | 刁月娥（总兵女） | 金刀圣母 | 文武双全，有摄魂铃。 | 竹隐山 | 37、39 |
| | 盛兰英（总兵女） | | 善用双刀，会法术，有法宝仙圈。 | 竹隐山 | 84、85 |
| | 陈金定（总兵女） | 武当圣母 | 精通武艺 | 武当山 | 27 |
| 飞龙全传 | 董美英 | 盘陀老母 | 精通武艺，能剪草为马，撒豆成兵。 | 九盘山 | 10、11 |
| 五虎平西前传 | 双阳宫主（国王女） | 庐山圣母 | 十二岁上山，学习三年，精通武艺，有八件法宝。 | 庐山 | 8、12、13 |
| 五虎平南后传 | 段红玉（总兵女） | 云中子 | 八岁学艺，学习三年，会腾云驾雾、隐身遁逃、撒豆成兵等。 | 中南山金针洞 | 2、4 |

---

① 关于骊山老母及其女弟子的情况，如《说唐三传》中的骊山老母与弟子樊梨花，《宋太祖三下南唐》中的骊山老母与弟子刘金锭，笔者已经有专文论述，本文不再涉及。可参看刘相雨：《古代小说中骊山老母形象的演化及文化阐述》，《阜阳师范学院学报》2004年第2期。

说明：

1. 在《征西全传》和《混唐后传》中，薛金莲的师父都为长眉大仙，教会了她"抢枪舞剑，弯弓搭箭，呼风唤雨，腾云驾雾，金木水火土五遁之法"①，《征西全传》第9回也有类似的介绍，只有《说唐三传》中薛金莲的师父为女仙桃花圣母。

2. 表中的八位女性，只有段红玉的师父云中子为男性，其他人的师父均为女性。段红玉为在家学艺，并未走出家门。

3. 除了董美英为反面人物，其他均为正面人物。

从上表我们可以看出，这些在深山学艺的女英雄，大都出身于武将世家，家庭条件比较优越。她们一般在很小的时候就上山学艺，学成后下山回家，并没有在深山长期居住下来的念头。她们的师父大都是得道的女仙，生活于深山之中，不但武艺高强，而且精通法术。女仙们除了教给这些弟子武艺，还教给弟子"剪草为马、撒豆成兵"之术和"腾云驾雾、上天入地"之法；在弟子下山之时，她们还会赠给弟子各种法宝。如窦仙童的捆仙绳，刁月娥的摄魂铃，双阳宫主的乾坤索、锁阳珠等，都是师父所赠。这些法宝，成为弟子们在关键时刻克敌制胜的工具。她们的对手在这些法宝面前往往乖乖认输、束手就擒。

这些在深山学艺的女英雄，后来大多是自择婚姻。她们的情人大都是自己战场上的对手，在交战时她们对容貌英俊、武艺高超的男英雄一见倾心，便当面向男方求亲，或者把男方生擒后逼迫男方答应婚事，经过种种波折，终于结为美满的婚姻。如窦仙童与薛丁山、双阳公主与狄青、盛兰英与薛孝、段红玉与狄龙的婚姻，都是如此。她们的师父大多支持她们的选择，有时候还亲自为她们主婚。当然，有时候，女仙也充当了不光彩的角色，如在薛金莲与窦一虎、刁月娥与秦汉的婚姻中，桃花圣母、金刀圣母都明明知道自己的徒弟看不上对方，但是为了给窦一虎、秦汉的师父王禅老祖一个面子，就同意了她们的婚事，并亲自劝告徒弟，实际上充当了封建家长的代言人。

如果我们将这些女英雄，与同样在深山学艺的男英雄相比较，就会看出他们之间存在着不小的差异。为了便于比较，我们将清代英雄传奇小说中的男英雄的情况，也列表如下：

———————

① 见《混唐后传》第4回。

| 书名 | 徒弟 | 师父 | 学艺情况 | 地点 | 出现回次 |
|------|------|------|----------|------|----------|
| 说唐三传 | 薛丁山 | 王敖老祖 | 十三岁被救上山，七年后下山，有十件宝贝。 | 云梦山水帘洞 | 17 |
| | 秦汉 | 王禅老祖 | 三岁被风刮去，十三年后下山，有宝贝。 | 双龙山莲花洞 | 5 |
| 宋太祖三下南唐 | 郑印 | 陈抟老祖 | 十三岁被神风吹上山，三年后下山，会双鞭、飞锤，会法术。 | 华山 | 25 |
| | 冯茂 | 黄石公 | 十二岁被老虎衔上山，在山上学习八年，会法术。 | 黄花山 | 26 |
| 混唐后传 | 薛丁山 | 王敖老祖 | 十二岁被救上山，十六岁下山，有神箭等宝贝，能腾云驾雾、呼风唤雨。 | 云梦山水帘洞 | 4 |
| 说呼全传 | 呼延庆 | 王禅老祖 | 十岁上山，三年后下山，武艺过人。 | 终南山万花谷 | 22 |
| 万花楼 | 狄青 | 王禅老祖 | 九岁时遇水灾，在山上学习七年，精通武略。 | 峨眉山 | 4 |

从上表可以看出，这些男英雄大多在十岁左右的时候，就在山上学艺了，而且学艺的时间大多比女英雄要长，如薛丁山、狄青都学艺七年，冯茂学艺八年，秦汉学艺十三年。从内容来看，他们大都因为个人或家庭生活的不幸被仙师搭救上山，与女英雄主动上山学艺有所不同。如薛丁山是因为被薛仁贵射死、冯茂是因为被猛兽衔走、郑印是因为父亲被杀、狄青是因为家乡发生了水灾而分别被救上山。师父搭救他们的目的，就是让其学好武艺，等待时机建功立业或报仇雪恨。他们在山上学会了武艺和法术，下山以后在战场上屡经磨难，终于完成了任务，实现了自己的愿望。与女英雄不同的是，他们在战场上主要以自己的武艺取胜，实在打不过对方时，才使用法术。同时，他们的师父也极少过问他们的婚姻之事。这反映出在男英雄的心目中，建功立业才是最重要的，婚姻和家庭则是次要的。

从上面的两个表格，可以看出，英雄"深山学艺"模式的共同特点是：学艺的地点在高山深谷；学艺的内容为武艺和法术；师父都为神仙或神秘的世外高人等。其中，最为关键的情节就是神仙师父的出现，他们虽然隐居深山，但时刻关注着尘世。他们悉心传授武艺和法术给男女英雄，并在英雄遇到困难的时候出手相助；如果没有他们的帮助，英雄们往往很难实现自己的愿望。不过，女英雄与男英雄学艺的模式略有不同。女英雄学艺的基本模式包括：上山学艺，下山后用法术打败对手，成就婚姻。男英雄学艺的基本模式包括：被救上山，学成武艺和法术，下山立功或报仇。

## 二 "深山学艺"模式的成因

"深山学艺"模式的出现，其原因是复杂的。既与我们民族的山神崇拜思想有一定关系，也与隐逸文化及道教的影响有密切的关系，也受到小说自身的发展规律的影响。

据研究，"在卜辞反映的殷人崇拜中，除了先王先公以外，最多的就是山川之神了"。在卜辞中，受祭祀最多的是华山，其次是嵩山、昆仑山等①。在周代，对山川的崇拜开始有了等级的划分。"溥天之下，莫非王土；率土之滨，莫非王臣。"（《诗经·北山》）周王拥有天下，只有他有权力祭祀天下的名山大川，诸侯只能祭祀境内的山川。这里，对山神的祭拜又成为君主权力的象征。随着人们思维能力的提高，自然神逐渐转化为人格化的神。有学者就认为，屈原《九歌·山鬼》中的那位"被薜荔兮带女罗。既含睇兮又宜笑"的少女就是巫山的山神。

在自然神转化为人格神以后，人们对山神的祭拜活动就更多了。封建帝王即位后举行封禅仪式，或在重要的节日进行郊祭，既是为了表明他对山川的崇拜，也是为了在天下臣民面前确认自己的权力。在古人的心目中，山神除了能够兴云致雨、保佑年年风调雨顺外，也能够给人们带来灾难，因此必须虔诚地对待他们。

在清代英雄传奇小说中经常出现的女仙，如庐山圣母、桃花圣母、武当圣母等都带有女山神的性质和特点。出于对山神的崇拜，人们赋予她们以高超的武艺、高强的法术和奇异的宝贝。

另一方面，在中国古代，隐士在人们心目中的地位一直都比较高。陈伯海先生认为，山林文化（也就是隐逸文化）与乡镇文化、江湖文化、都市文化共同构成了了我们民族文化的四维结构，并认为隐士的出现是"出于对礼教伦常的失望"②。隐士一般居住于高山深谷或偏僻的乡村等远离世俗的地方，他们有着独立不倚的人格，逍遥自适，恬淡自然，对功名利禄不屑一顾，在普通人的心目中显得高深莫测。传说中的隐士巢父、许由都很受后世推崇③。司马迁在《史记》中将"伯夷列传"置于"列传"之首，表达了他对隐士人格的向往和追求。在西汉

---

① 此处采纳了詹鄞鑫先生的意见。见詹鄞鑫《神灵与祭祀》，江苏古籍出版社1992年，第66—74页。

② 陈伯海：《中国文化精神之建构》，《中国社会科学》1988年4期。

③ 《史记》卷61《伯夷列传》《正义》引皇甫谧《高士传》，中华书局1959年，第2122页

初年争立太子的事件中，太后吕雉听从了张良的建议，从山中请到了"年皆八十余，须眉皓白"的四位隐士——东园公、甪里先生、绮里季、夏黄公，就使刘邦认为太子"羽翮已就，横绝四海"，打消了重立太子的念头①。在晋代，桓玄为了显示国家的政治清明，竟然出钱鼓励一些人去"充隐"②。

道教兴起后，不断地把一些著名的隐士拉到自己的神仙谱系中，以自神其教。于是，这些本来普普通通的隐士变得人人武艺精通、法术高明，并且还能够预知过去未来之事。道教神仙们多住到了深山幽谷之中，有所谓的十大洞天，三十六小洞天，七十二福地等。在清代的英雄传奇小说中，以神仙的身份出现的黄石公、王敖老祖、陈抟老祖等人，都曾经是著名的隐士。

对山神的崇拜也好，对隐士的推崇也好，道教自身的宣扬也好，都指向了一个共同的观念——深山中居住着高人逸士。这也许是众多的男女英雄，不约而同地奔向深山学艺的根本原因。

从文学渊源上说，唐传奇《聂隐娘》中聂隐娘的学艺方式，对"深山学艺"模式有着重要影响，表现在：

首先，聂隐娘学艺的地点，在远离世俗的深山洞穴中，"寂无居人，猿狄极多，松萝益邃"③，很是荒凉、神秘。她的师父，是一位高深莫测的尼姑，以至于我们连她的姓名、身世、外貌、经历等都一无所知，只知道她精通剑术，喜欢行侠仗义、惩罚恶人。她似乎未能忘怀世事，希望以个人的力量来惩治社会上的恶势力。这都与英雄"深山学艺"模式中的神仙师父很相似。

其次，聂隐娘出身于武将之家，父亲聂锋为魏博大将，她十岁被带往深山学艺，五年后才下山回家。"深山学艺"模式中许多女英雄的家庭情况、生活经历等与此相似。

再次，聂隐娘高超的武艺，对清代英雄传奇小说有着重要的启发。聂隐娘在师父的训练下，"一年后，刺猿狄，百无一失；后刺虎豹，皆决其首而归。三年后，能飞，使刺鹰隼，无不中"。这里，有着明显的想象和夸张的成分。我们知道，一个人即使经过严格的训练，不凭借任何工具想飞上天也是不可能的。因此，清代的英雄传奇小说，没有照搬这一方式，而是借助了"席云帕"、"钻天帽"、"入地鞋"、"破

---

① 《史记》卷55《留侯世家》，中华书局1959年，第2046页。

② 见《晋书·桓玄传》"玄以历代咸有肥遁之士，而己世独无，乃征皇甫谧六世孙希之为著作，并给其资用，皆令让而不受，号曰高士。时人名为充隐。"

③ 张友鹤选注：《唐宋传奇选》，人民文学出版社1982年，第155页。

浪履"等神仙的法宝，来完成人们上天、入地、下水来去自由的幻想①。

最后，聂隐娘的自择婚配，对清代的英雄传奇小说也有影响。聂隐娘见到一位"但能淬镜，余无他能"的磨镜少年，就要求嫁给此人，她的父亲也没有进行干涉。这种自择婚姻的行为，是十分大胆的。清代英雄传奇小说中的那些在深山学艺的女将，大多数也是自择婚配的；不过，为了给她们的行为披上一件合法的外衣，小说常常以"宿世姻缘"为她们的行为开脱。

这样，中国古代的山神崇拜、隐士文化和道教的共同影响以及文学内部的发展规律等各种因素的整合，共同了完成了英雄传奇小说中"深山学艺"模式的塑造。该模式在不同的小说中反复出现，形成了小说史上一道独特的风景线。

## 三 "深山学艺"模式的文化意蕴

"深山学艺"的女英雄，以曲折的方式表达了她们摆脱家庭禁锢，争取婚姻自由的愿望。中国古代特别重视"男女之大防"，在明清时期表现得尤为突出。在日常生活中，青年男女之间缺乏正常交往的机会；而且出身越是高贵的女性，与家庭以外的男性交往的机会就越少。在深山学艺的女英雄大多出身于贵族、官僚家庭，在现实中她们一般是没有机会走出家庭的，只能整日待在深闺之中，甚至连自己家的花园也不能随便去。明代汤显祖的《牡丹亭》中的杜丽娘，就因为到花园中去了一次，就受到父母的责备。清代陶贞怀的弹词《天雨花》中左仪贞的母亲，也因为去了一次花园，就被其父亲锁禁在家中。因此，在现实生活中，这些姑娘是不可能孤身一人到深山中去学习武艺的。深山学艺，只不过是她们的一种精神幻想罢了；她们渴望从沉闷乏味的家庭中逃离出来，去呼吸呼吸外面的新鲜空气，去欣赏欣赏大自然的美丽景色。她们从锦衣玉食的贵族之家来到了深山之中，并未感到这里的荒凉与冷落，而认为这里是一片自由的乐土，是令人向往的世外桃源。她们到深山学艺，并没有比较明确的学习目的；在学习完毕以后，她们仍然要回到家庭中去。不过，她们希望借这种机会，来改变一下自己原来的生活状态，特别是希望能够找到一个称心如意的丈夫。她们也明白，自己虽然学习了武艺，但是要战胜身强力壮的男性还是不容易的，因此，她们都有一件护身的法宝，在危急时刻，只要亮出宝贝，就可以轻易地制服对方，这当然也是处于弱

---

① "席云帕"见《万花楼杨包狄演义》第25回；"钻天帽"、"入地鞋"见《说唐三传》第25回；"破浪履"见《说岳全传》第51回。

势群体的女性的一种幻想，是她们欲摆脱受轻视、受压迫地位的一种表现。她们在战场上大都打败过她们的丈夫，这使她们以后能够在丈夫面前扬眉吐气。至于许多女性在战场上一遇到令自己满意的男青年，便热情主动地去追求，甚至不惜脱离家庭、背叛国家，这正是她们长期受压抑的感情突然爆发时的一种表现。

"深山学艺"模式以幻想的方式诉说了女性的梦想和追求，鼓励女性去大胆地追求自己的幸福生活。同时，女性的"深山学艺"也反映出她们对传统女性社会角色的不满，她们渴望打破原来的生活方式，跨入男性活动的领域，在那里重新发现自我，认识自我。同时，这一模式在清代的反复出现，与清代妇女文化教育水平的提高以及女性独立自主意识的增强也有着密切的关系①。

"深山学艺"的男英雄，大多经历了家庭或人生的变故，他们能够从大难中逃生，并且得到意外的机缘——神仙或世外高人传授武艺，可以说是因祸得福。这些男英雄，大多负有神圣的使命，仙师搭救他们，并授之以武艺和法术，是希望他们下山后能够为国建功立业，为家报仇雪恨。这一模式反映了我们民族"善有善报，恶有恶报"的传统观念，也反映了人们对那些无辜的受害者的同情，对社会恶势力的憎恨。另外，男英雄的最后的成功，既安慰了那些无辜的受害者，也起到了惩恶扬善的效果。

从艺术上来说，"深山学艺"模式中神仙师父的出现，使小说中男女主人公的命运发生重大的转折。在许多小说中，女英雄的师父同时亦是她们精神导师，在她们遇到人生困惑时，为她们指点迷津。男英雄的师父则会在他们战场失利时为他们出谋划策，甚至直接出手相助。同时，神仙师父的出现，也增强了英雄传奇小说的"传奇"色彩，拓宽了小说的艺术空间，满足了人们求奇求幻的审美倾向。

综上所述，"深山学艺"模式是清代英雄传奇小说的一种重要的结构模式，这一模式的形成深深地植根于我们民族的文化传统，艺术上也有着独特的价值。

[作者简介] 刘相雨，文学博士，曲阜师范大学文学院教授，"孔子与山东文化强省战略协同创新中心"研究人员，硕士生导师。本文为 2012 年教育部人文社会科学研究规划基金一般项目（12YJA751040）"明清世情小说中的民俗研究"和山东省社会科学规划项目"中国古代小说中的民俗意象"（08JDC103）的阶段性成果。

---

① 可参看刘相雨：《清代英雄传奇小说中的女性形象研究》，吉林文史出版社 2004 年，第 22—29 页。

# 王渔洋文言小说中的仙道文化

辛明玉

道教是在中国文化土壤上土生土长的宗教，是中国的本土宗教。它起源于中国古代先秦王朝的道家，奉老子为教祖和最高天神。道教文化是中国传统文化的重要组成部分，集中国古代文化思想的大成，以道学、仙学、神学和教学为主干，并融入医学、巫术、数理、文学、天文、地理、阴阳五行等学问，形成其博大精深的思想体系。道教在中国发展的几千年来，形成了自己特有的文化，其中一部分内容已演化为民间世俗，成为社会各方面精神生活的组成部分。作为一代诗宗、文坛领袖的王渔洋生长于富有仙道文化氛围的齐地，一生仕宦经历丰富、见闻广博，他的文言小说间举神仙怪异之说，体现了丰富的仙道文化内涵。

## 一、记录了丰富多彩的道教法术

道教的最高信仰是道，道法也即道教法术是行道的体现。道教法术是展现道教文化的重点，王渔洋笔下道家术士很多，涉及法术很多，按照刘仲宇先生《道教法术》中控制自身的修仙术、通灵术和控制鬼神外物的召役鬼神、变化外物之术的划分。长寿、辟谷、服食修炼、飞升等属于前者；驱役符箓、行医治病、占卜神算、变化之术等属于后者。① 这些王渔洋小说中均有涉及，故事往往写得生动活泼，而且一定程度上蕴含着王渔洋的生活理想。王渔洋文言小说中的道教法术主要有下面几种：

第一，养生术。道教以"道"为基本信仰，其基本宗旨是延年益寿、羽化登仙。延年益寿是延长生命存在的时间，羽化登仙所追求的目标不仅是延长生命，更是超越自然局限，达到与大道合一、永生不死的境界，能达到这一境界的人就是神仙，神仙信仰是道教文化的核心。生命观的核心问题，按照大自然的规律，个体生命有一个从诞生走向消亡的过程，这是不以人的意志为转移的，但道教的神仙方术觊觎获得延续生命的奥妙，面对自然灾害、病痛疾苦、人生短促，道教告诉人们，只要修炼有术、持之以恒，就可以长存不死、与天相齐。

---

① 刘仲宇：《道教法术》，上海文化出版社 2002 年，第 354 页。

如《浦回子》：

> 浦回子者，固原人，业染，所居对城隍庙。一道士夜坐庙门，火光绕身。浦意其异人，献以茗果，不纳，浦益恭，道士乃食其一枣，谓曰："子诚信有根器，他日访我罗山。"浦如其言访之，逾年归，以道授其妻，复去。王辅臣乱后还家，容色如少年。邻人曹文斑者叩之，曰："久居终南山，山中老人多眉长过面，扱之两耳间者。洞中有二黑猿，见我执手甚欢，其言即不能辩，饮以瓢水，清甘如醴。由此不饥不寒，雪天可着单衣，旬日不食，自若也。"归数日，求见其妻，妻拒之曰："各做自家事，何必相见。"浦因别去，徐步出郭门，邻人送之，奔驰不及而返。

再如《崂山道士》：

> 崂山又名劳山，在即墨界，山中多一二百岁人。

道教神仙往往远离尘世、隐居修行，《汉书·艺文志》述神仙家时写到：神仙者"所以保性命之真而游求于其外者也"，遨游于世俗之外"寡情浅欲"不为尘世干扰，修行处所往往是人迹罕至的深山密林。罗立群《道教文化与明清剑侠小说》指出，我命在我不属天地，道虽然看不见、摸不着，但可以通过修行获得，一旦得道以后，便可长生成为神仙，修道成仙是道教为信众勾画的人生永恒的境界，也是道教徒毕生追求的终极目标。①

道教从古代哲学、原始宗教及古人的养生锻炼等文化传统中吸取了有益成分，形成了独有特色的神仙信仰理论体系，奠定了道教神学发展的基础。在神仙信仰的核心之下，道教徒创建出一个庞杂的道教文化体系。要实现成仙的目标，必须借助飞仙等法术。庄子描绘的真人、至人、神人"不食五谷"、"吸风饮露"、乘云气御飞龙而游乎四海之外，自由自在、神通无限。道教以道家为其渊源，道家主张清静无为、重道贵生、不累于俗、不嗜于物，追求寡情绝欲、融于自然、与世无争、逍遥无待的精神自由境界，试图以此摆脱一切世俗羁绊，遨游于天地之间。佛教追求解脱之道"超越轮回"，摆脱肉体对精神的束缚，道教则不同"追求个体长生"，企图维持形体永存"必须形神兼备"、"举形升虚"，所谓"欲合则

---

① 罗立群：《道教文化与明清剑侠小说》，《西南大学学报》2013 年第 4 期。

乘云驾龙",但修炼到一定程度,"修道者就可以超越凡人的生存方式",精神可以自由地离开肉体"飞升上界",所谓"欲离则尸解化质",亦离亦合的状态是指修道者可以对形神自我控制"自由分离、自由整合",从而达到冲破生存困境、超越生命极限的理想境地,已经具备了道教神仙的特征。

例如《熊仙人》,楚人熊生在某公家塾为童蒙师,一天对其亲戚某生说:"我修真有年,合得仙道,明日我午刻当逝。"过了一会,果然听到霹雳声响,开窗一看,熊生已端坐化去,现形云端。

第二,医术。自道教创立之日起,道教就把医术作为传道、救生、济世的工具。在魏晋时期神仙道教理论体系逐步建立,道教将医药纳入实现其追求、获得长生的必要手段和必备知识。经过长期济世行医的实践活动,道教医学以"道法自然"的思想为理论根基,形成了极富特色的道教医学思想,积累了丰富的医疗经验。

《孙真人》写了孙思邈救人的故事:三原民苟氏妇者,得了个蛊胀的病,医生束手无策快气绝了。过了二鼓后忽然还醒了,他自己说梦中遇一老人,延请孙思邈真人给他治病,孙真人以连环针针心窍上,久之遂醒,身上果然有上下二孔,七日始合,又十一年而终。《颍州道士》讲了用锤治病的骇人故事:颍州有一个少年为邪所侵,疾入膏肓,家人认为他活不成了,把他放置路旁,后来一道士经过时命取铁锤重数十斤锤病者头面,锤下病者若无所知,却有一美妇人长二寸许自口中跃出而灭。凡百锤,口出百妇人,大小形状如一,少年竟然马上病愈。这真是古往今来治病的最怪的办法。《老神仙》写了一位善于外科手术的神医:献贼军中有老神仙者,在终南山遇道士教授异术,能使死人复活,贼监军孙可望刃其嬖妾,老神仙用刀圭药投之立刻就好了,后来献贼误杀其爱妾,洞胁溃腹,复俾老神仙救治,把其肠子用针缝上,敷上药粉夹以木板,七日之后就恢复了。《静宁州道士》讲了一位卖金丹的道士:陕西静宁州有一道士卖药于市,手持仅寸许的小葫芦,但倾倒出土数升,土都变成金丹,病人吃了马上好了。以麈尾一挥,人人袂间各得三粒,用小瓢贮丹任人自取,极力多攫也每人只得三粒。最奇怪的是数百人都拿了药后而瓢仍没有不空。从这些故事可以看出,这些事例是非常之医者、非常之工具、非常之手法、非常之过程构成,营造出一个神奇的故事情节,展现了道教医术的独特功效。

第三,预言术。预言是对未来将发生的事情的预报或者断言,一般来说预言指的不是通过科学规律对未来所作的计算而得出的结论,而是指某人通过非凡的能力出于灵感获得的预报,一切宗教都将预测未来、预知命运为重要法术,这在道教故事中也不例外。

《李坤》写了一位道士精通易经的故事。蔡琰于市肆独饮，忽有道人虬髯伟干、顾盼甚异，自称秦人李坤，对蔡琰关于《周易》的理解和运用不以为然。然李坤为蔡琰剖晰河洛精义，皆出程朱之外，而且还涉及天文、乐律、奇门、太乙、六壬诸术。他还预测到两人二十年后在京师再次相见，而且预测到了妖人杨起龙之变，最后两人在房山相见。

《李神仙》写了一位料事如神的道士。利津有位李神仙，占卜射覆多奇中。在沾化李吉津问前程事时，李书一联云："洗耳目同高士洁，披襟不让大王雄。"后来宫詹以建言流徙出关，遇到了一名高士洁的秀才，及出关时又遇到了一位叫王雄的守备。李公叹息，以为定数不爽如此。《郝氏遇仙》写一位老妪预言尚在母亲腹中的郝恭定公将来是大贵之人。

第四，变化之术，指各种用人工控制的隐遁易形、变化万物的法术。《崂山道士》讲了百里送牛的故事，高密张生读书于道观，道观里有位老道士，形貌怪丑且执樵苏之役，张生一日买二牛，要送到百里之外家去却无人遣送，道士忽然对张生说：你似有所思，是因为牛的事情，吾给你送回去，谈话之间将牛送回张生家。《张谷山》讲了千里送馄饨的故事：张谷山是颍州人，人不知其有道者也。张谷山有表兄客于蓟州，除夕夜嫂方制馄饨祭祀先人，想起丈夫远在他乡甚为挂念，张谷山日而行二千余里至兄所探视，回来后有兄书及所着絮衣为证。后入武当山不知所踪，是典型的道家人物，但整个故事充满了生活气息。这几个故事都比较有意思，故事中的道徒都身怀绝技，但却隐藏身份、不露声色，长期不为人所知，当别人面临生活困难的时候，却主动施展绝技，从而让人刮目相看。这类故事一方面体现了道教修养方式的独特之处，也反映了社会民众渴望神仙救赎的心理。

《何老庵》讲了驾驭蛇虎的故事：吾邑东六七里，有何老庵。何老是元时人，每夜有蛇虎伴之，庵后有积水，曰豢龙池，相传何老扰龙处。《交趾老道士》写了一位善养动物的道士：交趾老道士结庐潮州之金山，养一鸡大如么凤，置枕中鸣即睡觉；一胡孙小如虾蟆，以线系在几上；一龟如钱大，置金盒子中。昌平人有到吴郡去游历的，一位老翁让他送一函书信，到清凉洞后敲击洞外石鼓，就会有人来迎接。洞中一位长髯瘦癯的神仙，以白石为食，并获赠菽一升，回家之后菽变为黄金。

道术的灵验也需要条件，如昌平红崖谷，有道人戒行甚严，有美妇人叩门求宿、妇以言挑、忽言腹痛就盆产一儿，但道人不为所动。结果道人五指皆金色，沙石亦皆金色矣。这个故事出现了一个令人惊异的结果。相反如果破戒，那么就会失去法术，如《张道人》：商丘高辛镇有道人，曾居少林若干年，武当若干年，崂山若干年，屈指百数十年矣。一日，募修某祠庙需石灰千斤，人问所出？曰自有之。忽至一寡妇姑媳门求布施，能够预测邻人先祖建楼时余下的石灰，日可行三百里。但在崇祯末年，袁贼乱梁宋间，驱所掠妇女裸体淫乱道人，遂败其道，日行仅百五六十里，亦谷食矣。这个故事则写出了道教戒律的作用，特别是不可淫人妻女的道教戒律，通过道徒丧失特异功能来达到宣传戒律的目的。道教一方面以长生成仙的美好幻想来引导人们自觉地遵守伦理道德；另一方面又用赏善罚恶的神灵威力来迫使人们遵守伦理道德。

## 二、塑造了具有鲜明时代特点的道士形象

王渔洋文言小说中许多篇目以神仙为题，描述他们求道的决心、修道的经历和得道飞升的经过，这些神仙形象是道教济世精神的体现者和执行者，也是民间信众崇拜信仰的具体对象，形象地展现了传统道教文化的巨大影响。此外，王渔洋小说中的道士形象多具有鲜明的时代特点，他们的身世经历带有明清易代的特殊时代烙印。

如《成御史遇仙》：

> 前御史乐安成公宝慈（勇），明崇祯中，以疏救黄公石斋（道周）谴戍。鼎革后，隐昆仑山中。一日大雪，登绝顶，遥见松林中有人僵卧，意其冻死，趋而视之，四面皆积雪，无人迹。其人衣木叶，卧处丈许独无雪，见公至；蹶然而起，曰："候公久矣。"问其年，云："不记年岁，只忆少在京师见杨椒山赴西市，遂发愤出家学道耳。向见左萝石、沈周泉二公，托讯公起居，故候于此。"问二公何在？曰："在上帝左右。"因又言，二公每欲荐公自代，沈公云："成公正人，顾尝疑我，今其疑须释。"成公闻之，惘然有间，曰："昔沈公疏论漳浦，遗书及我，我不答。此事人无知者，诚不妄矣！"道人自言有长生术，当授公。公曰："吾陈人也，以速死为幸，长生何为？"道又曰："聊试公耳。二年后清明日，当偕二公候公。"言毕谢去，步履如飞。公果以康熙戊戌清明无疾而逝。

明朝御史成勇不愿降清，隐居昆仑山，遇到因杨椒山被冤杀愤而出家学道的神仙，以遇仙的情节展现了对成勇、杨椒山、左懋第等明朝忠义之臣的崇敬之情。

李皓白是明末清初一位著名的高道，王渔洋对他的事迹也有记载：

> 李皓白，道士也。顺治中，居南岳之九仙观。一日，与巴陵举人李粲立
> 观前，忽见水帘洞口有殿阁廊庑三四重，前后皆松杉，历历可数。久之，乃
> 不见，即朱陵宫故址也。

李皓白前半生出入于农民军将领和明王朝抗清人将左良玉、何腾蛟军幕中，参佐戎机，历经战伐；后半生又遁迹名山，振兴古观，清修自励，遵循全真教义性命双修。对南岳道教的兴盛起了重要作用。

王渔洋文言小说在一定程度上反映了明清时期官员修道的社会现实。这些小说故事情节完整。人物形象突出，补充了历代道士形象。如《居易录》卷22中记载，李振雅是万历年间进士，喜好道术，能降吕仙于室。他能未卜先知、隔物而视、预知生死。故事是他的族孙进士李聘讲述的。王渔洋的同年王胎仙，是景州人，有道术，并且能用他的道术来处理政事。任湖州知府时，有老虎吃人，王以符咒召来老虎杖杀。弁山每年稻子成熟的时候就会云雾大作，稻穗一空，王命人在山上结坛，自具衣冠书符篆，从此之后岁岁丰稔。

## 三、体现出三教融合倾向

例如《居易录》卷30中任中麟的故事：

> 中麟，幼不与群儿嬉戏。稍长好读书，间为诗作画。娶妇生二子。其兄
> 殁，中麟当袭世职，力辞。日兀坐小园，繙道书，凤奉吕真人甚虔诚。一日，
> 闭门坐观想，欲为真人写照于缣素，移时不能下笔，隐几而卧。及觉，则缣
> 上画像已就，浓眉短须，与俗所传真人像迥殊。自此世缘益淡，告其母欲往
> 庐山。母不许曰："吾老矣，汝忍绝裾往乎？"中麟谨受教，曰："天上固无
> 不忠孝神仙。"遂止不行。

后中麟在母亲寿终后，尽粥其田宅，携妻子三人往游庐山，买茅屋八九间，石田十余亩于山中，安置好妻儿。中麟自己身居观中，日惟兀坐，后来沐浴更衣、敷坐而逝，乘白鹤挥手而去。

这个故事勾画了任中麟的一生，写他修道的故事一波三折，对母亲之孝、夫

妻父子之情都得以顾全，由此也可看出儒道两种文化相互交融的特点，道教的伦理道德思想，反映在道教的教规、戒律当中。道教的伦理道德观念，既吸收了道家的伦理道德观念，同时也吸收了儒、释二家的，因此其内容愈来愈多、愈来愈复杂，对道教伦理观念影响十分显著的是儒家以忠孝为主轴的三纲五常思想。但和儒家不同的是，道教的伦理道德，主要是靠神灵的威力来贯彻的。

渔洋深受儒释道思想影响，他相信因果报应，善有善报，认为积德行善是为后世造福，这是佛家的果报思想，而行善的方式主要是恪守儒家伦理道德。而道家的道术经常是实现这一目标的必要手段，例如《张尧文再生》篇："张克文、尧文兄弟友爱。隆庆丁卯同计谐至桃源，尧文病革未殁，夜梦有神人语之曰：君弟且不死，关帝以君友爱，特令相报。克文惊且喜，舁弟尸庙中，身诣关公祠拜祝。历十有五日，尸尚不变。克文复祷于神，捧明水一盂，爇祝词水中，归以沃尸……服汤数日而复。……克文戊辰进士，官刑部郎，尧文万历癸未进士，官山东副使。尧文长子叔镗，镗子寿祺，同登天启乙丑进士。寿祺官御史。次子叔鉴、三子叔铣，俱举人。"再如《密都统》《乔仲伦》等篇，他们或孝悌、或忠义，恪守儒家伦理道德，后都在道家神仙关公、东岳神等的帮助下得到延寿、生子、得官甚至成神的善报。王渔洋笔下的神仙多教人忠孝节义，洛阳吕维祺花费三十年的时间撰写《孝经大全》，神人赐给丹篆和孝芝。《花仙》中的神仙"与之言，但劝以孝弟，更无他语。"这种以儒家伦理道德为核心价值观、儒释道三教合一的思想在整部小说中得到集中体现。

[作者简介] 辛明玉，济南大学文学院讲师，研究方向为区域文化与文学流派。本文为山东省社科规划项目"王渔洋文言小说研究"（14CWXJ03），济南大学教研项目（J1440）"文学经典与大学写作课程建设"阶段性成果。

# 论孔尚任的隐逸思想

**颜 健**

纵观孔尚任一生，他不算一位隐士，但他却隐居山林达 3 年之久；他湖海漂泊仕宦 14 年，为官期间却时时有着隐士的情怀；甚至罢官归乡后，首先迫不及待的就是重游他魂牵梦绕的地方——石门山；在暮年乡居的 16 年里，又曾多次对石门山重游、重访乃至建亭立碑，了却自己的宿愿。可以说石门山是孔尚任梦中的桃花源，隐逸思想是孔尚任思想的重要侧面。

## 一、归隐理想与入世之举

在康熙十七年（1678 年）八月，孔尚任去济南参加乡试，不久，年已而立的他就得到乡试败北的消息。他带着科举失利的愤懑与落魄，决意要隐居深山，做一名隐士。在曲阜一带，石门山无疑是孔尚任首屈一指的选择。其原因在于，石门山在曲阜城北仅五十里，这里"群山抱持，据势甚全，晦明远近，无不佳绝"①，曾是历代文人贤士隐居的处所。早在春秋时期就有晨门吏隐居于此。子路负笈从师孔子就要途经此地，而且要夜宿于此。到了唐代，又有"竹溪六逸"之一的张叔明隐居此山，李白、杜甫皆曾游览此山并与张氏有唱和之诗。孔尚任带着由来已久的向往，在 1678 年 9 月 12 日游览了石门山，他在《游石门山记》中这样描述：

> 石门山一拳石，具五岳之威仪，令游者目不给景，足不给目，直作五岳观，斯奇幻无伦矣……过此入大壑，山势藉以尊，光景浮动，乱人心目。吾已皮相此土，有山自东来，险怒横阻，乃石门之前障。人从西南入，是钻其隙也，故处子无遁美。跨薅草河而上，阡陌交错，禾黍气蒸，人按辔容与，如未登山；反顾城市，已混入烟雾，真引人入胜者……故鲜花异鸟，不足为其艳，其艳在胎；密树浓云，不足为其苍，其苍在气；红叶清泉不足为其洁，

① 徐振贵：《孔尚任全集辑校注评》，齐鲁书社 2004 年，第 1900 页。

其洁在骨；枯木危石，不足为其冷，其冷在神。①

孔尚任果然不虚此行，石门山的胜景彻底征服了他。这里"春风澹荡，夏云变相；秋扬满月之辉，冬映积雪之亮"②，一年四季，景色绝佳。于是立志要隐居于此，并建孤云草堂，高结数椽，吟诵不息。

隐居石门山之后，自号云亭山人，把自己的诗文集命名为《石门山集》。他在《告山灵文》向山神表白心迹道："在昔晨门张叔明辈，俱隐兹山，继其芳躅，尤所素愿。况林壑幽窈，俗迹罕及，实足以迓天和，益道德，又非但为游览憩息之藉。"③

在《募修玉泉寺疏》中孔尚任也写道："余读书石门山，凭高俯深，搜奇探胜"，自己也因此而"文胎秀骨"。可见孔尚任隐居石门山的初衷是效仿古之隐士，用隐居读书来"迓天和，益道德"，达到之修身养性之目的。

入山之后，孔尚任也在追求着他所向往的隐士心境。《会心录》是孔尚任在石门山隐居时的作品，孔氏在自序中说此书："不考出处，不次先后，不分体例，间有复写者，亦懒于删。盖林居多暇，姑以寄意而已，非有意于著书也。"④ 其中写道：

> 园花按时开放，供吾玩赏，因即其佳称，待之以客焉。梅花，索笑客；桃花，销恨客；杏花，倚云客；水仙，凌波客；牡丹，酣酒客；芍药，占春客；萱草，忘忧客；莲花，禅社客；葵花，丹心客；海棠，昌州客；桂花，招隐客；菊花，东篱客；兰花，幽谷客；茶蘼，清叙客；腊梅，远寄客；须是身闲，方可称主人。
> ……
> 谢安之屐也，嵇康之琴也，陶潜之菊也，皆有托而舒其癖者也。古未闻以色隐者，然宜隐孰有如色？一遇冶容，令人名利心都澹。视世之奔蜗角蝇头者，殆胸中无癖，卒怅怅靡托者也。真英雄豪杰能把臂入林，借一个红粉佳人作知己，将白日消磨。有一种解语言的花竹，清消魂梦，绕几多枕席上

---

① 徐振贵：《孔尚任全集辑校注评》，齐鲁书社 2004 年，第 1891 页。
② 徐振贵：《孔尚任全集辑校注评》，齐鲁书社 2004 年，第 1901 页。
③ 徐振贵：《孔尚任全集辑校注评》，齐鲁书社 2004 年，第 1900 页。
④ （清）永瑢：《四库全书总目》卷 133《子部·杂家类存目一〇》，中华书局 1965 年。

的烟霞。须知色有桃源绝胜，寻真绝欲以视买山而隐者若何？①

可见，孔尚任是用"桃源绝胜"的石门山美景来净化思想、陶冶心灵，整日游山赏花，忘却名利，忘记声色，似乎达到了古之隐士的精神状态，他真的能"身闲"、"绝欲"，做一真正的隐士吗？绝非如此！

这在入山之初孔尚任的思想就存在着矛盾：石门山距曲阜城五十里，在清初交通还相当不便，人烟稀少，荒芜偏僻，在这样的地方隐居生活条件自然非常艰苦。如果长期隐居于此，不免要老死山林，不为人知。孔尚任对此不无担忧，他在《游石门山记》中写道："地僻，贤豪不至，则赏识难"②，表现出对不为时人赏识的担忧。

当获取功名的机会来临时，孔尚任就难于安心隐居了。由于清政府平叛三藩之乱需要大量军需，颁布了捐监事例，允许生员捐纳钱币获取功名。孔尚任在康熙二十年（1681 年）春就典卖郭田，捐纳了一个国子监生的功名。然而他很快在思想上出现反拨，他在《与颜修来书》中说："弟近况支离可笑，尽典负廓田，纳一国子生，倒行逆施，不足为外人道，然亦无可告语者。"③ 认为这是"倒行逆施"，思想与行动出现了严重的不统一，他在这次"倒行逆施"之后，是否就闭门读书，安心隐居了呢？机会很快又一次来临，那就是康熙二十一年（1682 年）秋，衍圣公孔毓圻的夫人张氏逝世，孔毓圻首先想到了孔尚任，于是"束书加币"，敦请孔尚任出山代为张氏治丧。孔尚任在"隐居"石门山三年之后，得到衍圣公的"重用"，便出山了。办完丧事以后，在衍圣公的安排下，修订了《孔子世家谱》和《阙里志》。

由此可见，孔尚任隐居石门山时，其心态是矛盾的。一方面，科举失利仕途无望，需要找一个"桃花源"来平复内心的伤痛和落寞，实际上他在石门山隐居期间，也过了一段时间的读书创作的生活，并著成了《石门山集》《节俗同风录》《会心录》等著作，尤其是创作了《桃花扇》初稿。另一方面，隐居期间孔尚任内心潜藏着强烈的入世动机。无论是捐纳功名、还是出山治丧，隐居山中的孔尚任任何一个机会都不会错过。孔尚任并不是安心要做一名深山隐士，作为孔子的第六十四代孙，"穷则独善其身，达则兼济天下"的儒家入世精神，已深深扎根于

---

① 徐振贵：《孔尚任全集辑校注评》，齐鲁书社 2004 年，第 2535－2536 页。

② 徐振贵：《孔尚任全集辑校注评》，齐鲁书社 2004 年，第 1897 页。

③ （清）颜光敏：《颜氏家藏尺牍》，中华书局 1985 年，第 200 页。

他的内心深处。

## 二、出仕宏愿与旧山之思

康熙二十四年（1684年）十一月，康熙南巡，致祭孔子，彻底改变了孔尚任的命运。这次康熙是南巡北归，为了笼络汉族知识分子，树立圣主明君的形象，专门祭拜了孔子，听了儒生讲述的儒家经典，期间孔尚任即为讲经人之一，并且引导康熙拜谒孔庙、孔林。孔尚任的博学与练达，博得了康熙皇帝的赏识，于是立拜为国子监博士，孔尚任作为一名监生，受到康熙的垂青，得到破格提拔，其感激之情溢于言表："霁堂陛之威严，等君臣于父子，一日之间，三问臣年，真不世之遭逢也。"①

孔尚任此时的出仕之志彻底战胜了归隐之情，他马上就要实现儒生的治平宏愿了。孔尚任于次年正月乘传入京任国子监博士。后来，他把自己的"不世"遭遇称为"异数"，并撰写了《出山异数记》，把自己的出仕命之为"出山"。然而，从他1685年正月入京，到1699年罢官，在朝为官前后达14年之久，期间并非一帆风顺，反而是波折坎坷，劳碌困顿。这时，归隐石门山成了他思想上的慰藉和难以割舍的情结。

1. 湖海治河期间他多次表达归隐之愿，他在给友人的信中道："仆乘槎湖海，风雨劳劳"、"抑郁穷愁，莫可言状。"② 向友人诉说自己治河的辛苦和精神的压抑。"湖烟海雨无穷路，难乞眠云屋半间"③ 是他治河的真实写照。

1687年秋，孔尚任在《昭阳城南晚泊分韵，同缪墨书、柳长在、黄交三、冒青若、朱天锦赋》中写道：

> 野水边城郭，寒窗似画图。一船分夜火，两岸响秋庐。
> 岁月音书阔，逢迎发宾殊。旧山丛桂在，归计笑奚奴。④

这里的"旧山"即指石门山，因为在孔尚任出山时所写的《出山异数记》中

---

① 徐振贵：《孔尚任全集辑校注评》，齐鲁书社2004年，第2344页。
② 徐振贵：《孔尚任全集辑校注评》，齐鲁书社2004年，第1213、1214页。
③ 徐振贵：《孔尚任全集辑校注评》，齐鲁书社2004年，第704页。
④ 徐振贵：《孔尚任全集辑校注评》，齐鲁书社2004年，第814页。

也同样的文句："梦寐之间，不忘故山；未卜何年，重抚松桂！石门有灵，其绝我耶？""旧山丛桂在，归计笑奚奴"，明确表达了对石门山的思念。

1688 年冬，孔尚任与"春江社"诗友集会于吴绮"种字林"，谈起石门山之胜景，怀念之情溢于言表。作诗曰：

> 已负逃名学道心，不堪重话旧烟林。旋开溪水曾为圃，才创书堂未挂琴。
> 秋夜雨连窗易坏，樵人路近树难深。出山岂是迷津者，拜别孤云竟到今。①

"已负逃名学道心，不堪重话旧烟林"，表达出对出山的后悔之情。"出山岂是迷津者，拜别孤云竟到今"，表达了对石门山隐居生活的向往。

湖海治河还受到朝廷政治斗争的影响。由于朝廷内部在治河方法上存在分歧，以至于互相参讦攻击，这激怒了康熙皇帝。1688 年 3 月于是他干脆下旨："谕吏部……总河靳辅、总漕慕天颜、侍郎孙在丰，相互讦参，靳辅、慕天颜不便留任，孙在丰亦不便修河……"，②把靳辅、孙在丰统统撤职，另行委派官员前去。随后，治河诸员被撤回，孔尚任也被召到扬州。他深感到治河形式的复杂，写道："下河一案，千变万化，虽智者不能测其端倪。弟浮沉于中，莫知抵止，盖宦海中幻海也。"③

在治河后期，他的功名之心淡薄了许多，已全然没有了当初的那种"疏河浚海"的豪情。

他在治河期间生活也非常艰难。他身为朝廷的治河使臣，甚至乞米于友人，还典羊裘、卖坐骑，艰难情形可见一斑。在《与李厚余刑部》中说自己："淹留湖海，未卜归期，出无车，食无鱼，宁止黑貂裘敝哉！"④有一段时间他居住在扬州天宁寺内，自称处于僧丐之间。"天宁寺内，僧居也；寺外，丐居也。我两人寓馆，处僧、丐之间，其孤寂饥寒相似者，居相似也。"⑤是年年底的春联，便是"问字诗坛僧弟子，听钟兰院丐宾朋"⑥，表达了诗人自嘲的心情。

---

① 徐振贵：《孔尚任全集辑校注评》，齐鲁书社 2004 年，第 1897 页。
② 徐振贵：《孔尚任全集辑校注评》，齐鲁书社 2004 年，第 890 页。
③ 徐振贵：《孔尚任全集辑校注评》，齐鲁书社 2004 年，第 1222 页。
④ 徐振贵：《孔尚任全集辑校注评》，齐鲁书社 2004 年，第 1211 页。
⑤ 徐振贵：《孔尚任全集辑校注评》，齐鲁书社 2004 年，第 1212 页。
⑥ 徐振贵：《孔尚任全集辑校注评》，齐鲁书社 2004 年，第 1212 页。

2. 经历了四年之久的淮扬治河、湖海漂泊之后，孔尚任终于"泊船靠岸"，重回京师，因此他特意为自己的书斋起名"岸堂"。孔尚任于 1690 年 2 月返京，仍任国子监博士，本指望来到京城能得到重用，但来到北京却是："重趋北阙官仍冷"，① 仍得不到重用。他在《燕九竹枝词》中写道："人人夸你春来早，欠我风筝五丈风。"② 他想象风筝一样乘风高飞，但谁来助他"五丈"春风呢？从诗中可以看出诗人在仕途上仍不得意。

作者从康熙二十四年（1685 年）正月入京任国子监博士，直至康熙三十四年（1695 年）春才升任福建清吏司户部主事。从正八品升为正六品官员，花费了他整整十年时间。可这时他已经头发花白，两鬓苍苍了，在这一年三月他在一首给友人的赠别诗写道："桑麻有业留秦洞，黄绮何功出汉时？闻说东南天目好，孤云从此系相思。"③ 表达对归隐的向往。这一年秋天，作《寄青沟和尚书》道：

> ……弟潦倒金门，已逾十载，闭斋高卧，寂若空山。昔人所称大隐者，弟无乃似乎？然不得趺坐青松白云间，出不成出，处不成处，究竟自欺欺人。④

孔尚任十年为官，难得进展，以"大隐"自嘲表达了对生活的无奈与尴尬处境，以及对"青沟和尚"身处山林的羡慕。

孔尚任在京城任国子监博士及其任职户部主事期间，生活是非常清苦的。在 1694 年，孔尚任的母亲曾带他的两个儿子孔衍谱和孔衍志到京城来。7 月，正赶上小儿子的生日，而孔尚任甚至连肉都买不起，他作诗自责道："食肉肠翻鄙，无钱囊不羞。吾穷连汝辈。齠龀便知愁。"⑤ 在 1697 年春，升为户部监铸，但依然贫寒如故："予畏监仓而得监铸，免累可矣，寒如故也。"⑥

3. 《桃花扇》创作与石门山情结：在户部任上孔尚任在公事之外主要忙于什么呢？那就是修改《桃花扇》剧本，可以说，《桃花扇》从写作到修改再到定稿都与石门山有密切联系。在 1699 年所写的《桃花扇小引》中，孔尚任这样记述

---

① 徐振贵：《孔尚任全集辑校注评》，齐鲁书社 2004 年，第 1317 页。
② 徐振贵：《孔尚任全集辑校注评》，齐鲁书社 2004 年，第 2548 页。
③ 徐振贵：《孔尚任全集辑校注评》，齐鲁书社 2004 年，第 1583 页。
④ 徐振贵：《孔尚任全集辑校注评》，齐鲁书社 2004 年，第 2551 页。
⑤ 徐振贵：《孔尚任全集辑校注评》，齐鲁书社 2004 年，第 1489 页。
⑥ 徐振贵：《孔尚任全集辑校注评》，齐鲁书社 2004 年，第 1800 页。

《桃花扇》初稿的写作：

> 盖予未仕时，山居多暇，博采遗闻，入之声律，一字一句，抉心呕成。……

在孔尚任出山之前由于"山居多暇"的缘故，而创作了《桃花扇》初稿。然而这部"传奇"之作，仅"画其轮廓"，而"未饰藻采"，只是一个初稿。这其中原因便是孔尚任地处山中，"恐闻见未广，有乖信史"。直到1687年，孔尚任在泰州治河署中，与友人一起观剧，而见到"桃花扇"，引发他修改原作的念头，《元夕前一日，宗定九、黄仙裳、交三、闵义行、王汉卓、秦孟岷、柳长在集予署中，踏月观剧，即席口号》中写道：

> 箫管吹开月倍明，灯桥踏遍漏三更。今宵又见桃花扇，引起扬州杜牧情。①

这里的"桃花扇"是实物抑或剧中之道具，已不可确知，但是正是由于见到"桃花扇"，引发了孔尚任重新修改旧作《桃花扇》的念头。

在《桃花扇》剧本中，体现出孔尚任归隐的思想。孔尚任在《桃花扇小引》中交待写作《桃花扇》的目的是"救末世之人"，而他为剧中人物指出的出路就是归隐。第一出《听稗》就说"但是桃花误处，问俺渔郎"，兰雪堂眉评曰："此《桃花扇》大旨也，细心领略，莫负渔郎指引之意。"② 预示了《桃花扇》男女主人公最终归于归隐的结局。最终无论是张薇、蔡益所、卞玉京、丁继之，还是打柴樵子苏昆生、撑船鱼郎柳敬亭都最终归隐栖霞山。康熙三十四年（1695年），正值他创作《桃花扇》之时。这年6月，他写给友人林桐叔的一首诗中道："古人踪易追，时局老难料！吾辟有石门，与君颇同调。登岱遥相期，过岭终践约。鸡肋何足贪，儒冠将弃溺。……"③

对旧时自己的隐居之所——石门山产生怀念之情，为宦之心在逐渐淡化，归隐之意在潜滋暗长，重新流露出归隐石门山的愿望。而这时他正应田纶霞的要求，

---

① 徐振贵：《孔尚任全集辑校注评》，齐鲁书社2004年，第743页。
② 王季思：《中国十大古典悲剧集》，上海文艺出版社1982年，第784页。
③ 徐振贵：《孔尚任全集辑校注评》，齐鲁书社2004年，第1377页。

"挑灯填词"，忙于《桃花扇》第三稿的修改，《桃花扇本末》中写道：

> 少司家田纶霞来京，每见必握手索览，乃挑灯填词以塞其求，凡三易其稿而书成，盖已卯之六月也。

田纶霞入京是在康熙三十三年（1694 年）正月，而作家长期的归隐石门山的愿望不能不对《桃花扇》产生影响。

## 三、重访石门与修缮碑亭

孔尚任在康熙三十九年（1700 年）被罢官，他在很长一段时间里心灵不能平复，归隐成为他的唯一慰藉。1700 年暮春，作有《酬金素公作序送余还山》，"还山"即隐居山林，罢官不久的孔尚任重新以隐者身份自居。他自我安慰说："毋惜也。吾母老矣，不能养，今归养母。且得葺吾孤云草堂著书终余年，幸耳，何惜为？"① "故山今日真归去，上马吟鞭猛一抽"，他终于可以真正重温旧梦了！于是就有了对石门山的 6 次重访。

1703 年秋，孔尚任和友人有张晓岩、乐塊然重游石门山，并作有《同张晓岩、乐塊然游石门山》：

> 高贤踪迹杳难求，石上泉声依旧幽。
> 自创书堂迷径路，常眠僧舍指墟丘。
> 峰高尚爱看云立，洞冷偏宜避暑游。
> 故国名山来胜友，探奇不买五湖舟。②

1705 年春，他又一次登临石门山，并作诗两首，其一《冒雨过石门山后，由横岭口转寺前》：

> 山尾山头拖翠长，吟鞭摇雨路苍苍。不成村舍三家住，稍有田塍半段荒。

---

① （清）王源：《居业堂文集》，转引自李季平：《孔尚任与桃花扇》，齐鲁书社 2002 年，第 73 页。

② 徐振贵：《孔尚任全集辑校注评》，齐鲁书社 2004 年，第 1673 页。

铺地云容如海市，遮天峰势似边墙。溪回岭转无穷态，直到门前见夕阳。①

其二《登玉笋峰》中有"逢着樵人闲指点，千寻尖处有谁攀?"②借玉笋峰山高路险表达归隐之愿。

1708 年 9 月 6 日，孔尚任从平阳返回曲阜，途经石门山，这次是与故交顾彩等人一起，而此时离他首次畅游石门山近 30 年了。重回故山，见到青山雾岚、绿水怪石，月色苍茫、流萤飞舞，此时的孔尚任与友人联床对吟、缅怀杜李，不禁感慨万千!《重九前三日，陪顾天石游石门，止宿，分韵》记述了这次游历的经过：

> 时节近重阳，碧空海云退。发兴游石门，拂衣谢时辈。
> 独与长康期，车马结小队。遥遥指霜林，红紫珊瑚碎。
> 山骨秋逾青，岚气晴亦晦。登岭复降溪，渐入画图内。
> 晨门无遗踪，列石如阛阓。犹记张氏居，墙根欹古碓。
> 攀藤卧寒岩，流泉耳畔汇。饮馔借香厨，鸡黍味加倍。
> 峰影月已斜，晚烟径茫昧。扶杖冒险幽，漫不听人诲。
> 平生爱兹山，何暇惜腰背。微月澹流萤，僧察茶复焙。
> 挑灯续余饮，联吟床相对。缅怀李杜游，诗篇常置喙。
> 筑室祀逸贤，尔我亦相配。何妨三日留，便采茱萸佩。③

1710 年暮春，孔尚任久怀游山之愿，又与同人游览了石门山。面对石门山美景，他诗兴大发，聊发少年狂，放浪形骸，乐以忘忧，并且表示"选地拟结庐，平生愿已涸。殷勤谢晨门，付我司山钥"④。可见，孔尚任想结庐隐居于此的愿望一如其旧。

1714 年暮春，时年 67 岁的孔尚任和朋友再次登临石门山，作有《甲午暮春，同人游石门山，往来即事四十韵》：

---

① 徐振贵：《孔尚任全集辑校注评》，齐鲁书社 2004 年，第 1692 页。
② 徐振贵：《孔尚任全集辑校注评》，齐鲁书社 2004 年，第 1693 页。
③ 徐振贵：《孔尚任全集辑校注评》，齐鲁书社 2004 年，第 1409 页。
④ 徐振贵：《孔尚任全集辑校注评》，齐鲁书社 2004 年，第 1416 页。

出门树影斜，过岭云气湿。崖险免颠翻，履艰强匍匐。……

订期再而三，反顾十之七。筑堤谋津津，禁樵意汲汲。

隐客无今贤，守吏称古逸。我纵筋骨衰，住山愿岂毕。①

"我纵筋骨衰，住山愿岂毕"，虽然石门山荒芜，古迹逐渐掩灭，佛寺年久失修，但她清幽的景色、造化的神奇以及桃源般的生活仍然吸引着这位年近古稀的诗人。

1714 年暮冬，孔尚任从曲阜泛舟南下，访问了他的诗友淮徐观察使刘廷玑。这次南行的目的便是请刘廷玑资助在石门山上建秋水亭。孔尚任在刘廷玑处住了三个月，详细谈到了石门山的美景和他多年来的一个愿望——在石门山上建亭立碑。很快得到了刘廷玑的资助，即为选材，并撰写了《建秋水亭记》，刻于碑上，舟载北上。于是在石门山龙泓之上，修建了"秋水亭"，孔尚任多年的夙愿，终得实现。②

总之，石门山三年的隐居生活是孔尚任出仕的基点，他曾在这里苦读并著述。在十四年的宦海风云中，孔尚任时常体现出对归隐山林的渴望，归隐也慰藉了诗人困顿的心灵。晚年罢官归乡之后，他念念不忘的还是故山。因此，可以说石门山是孔尚任思想中最难以割舍的情结。

[作者简介] 颜健，《济宁学院学报》编辑部社科室编辑，主要从事明清戏曲小说研究。

---

① 徐振贵：《孔尚任全集辑校注评》，齐鲁书社 2004 年，第 1425 页。
② （清）刘廷玑：《在园杂志》，中华书局 2005 年。

# 蓬莱阁首建者朱处约生平考

## 刘洪强

宋代朱处约在丹崖山第一次建造了凌空欲飞的蓬莱阁，并留下了脍炙人口的《蓬莱阁记》。今天我们缅怀先辈留给我们的宝贵遗产，前贤泽被百代，后人怅望千秋，人代冥灭而清音独远。然而我们对朱处约生平等情况的了解却相当模糊。由于史料缺少，许多书籍提到朱处约时大都语焉不详。如《全宋文》卷989收有朱氏两篇文章——《北严定林禅院藏经殿记》与《蓬莱阁记》，并介绍朱氏如下：

> 朱处约，皇祐中为承奉郎、太常博士、通判泸州。嘉祐中为侍御史，迁司封员外郎，出知登州。后迁祠部郎中。见所撰《北严定林禅院藏经殿记》《蓬莱阁记》，《续资治通鉴长编》卷185、189，《临川文集》卷5。①

其他的与此大同小异。杨猛先生《侍御史朱处约二三事》考证了嘉祐二年到四年朱氏的三件大事，对朱氏生平研究不无裨益②。但是还有许多材料有待于考索，如朱处约的家世、生平、交游等，当下都付之阙如。这种状况为研究蓬莱阁的历史也带来一定的障碍。下面简单梳理一下朱处约的家世、生平、交游等。

苏舜钦《歙州黟县令朱君墓志铭》（下简称《墓志铭》）对朱处约的家世介绍得较为详细：

> 先君讳咸熙，字某，其先宣城人也。曾祖训，唐末事李氏至歙州刺史。生景勋，弘毅尚气节，阴知世将有变，遂徙挈山东，占营丘。生保衡，少明孔氏《尚书》，太平兴国中登本科，授冀州司理参军，再选达州东乡主簿。③

《墓志铭》是苏氏应朱处仁的要求而写的。从中可知：朱家最早是宣城人。朱处约的曾祖训，李唐末年歙州刺史，生子景勋，也就是处约之祖父，朱景勋弘毅

---

① 《全宋文》第46册，上海辞书出版社、安徽教育出版社2006年，第100页。
② 杨猛：《侍御史朱处约二三事》，《经济研究异刊》2011年第33期。
③ （宋）苏舜钦著、沈文倬校点：《苏舜钦集》，上海古籍出版社2011年。

尚气节，知世要大变，携全家来到山东，定居营丘，就是今天的淄博临淄附近①。景勋生咸熙，字保衡，即朱处约的父亲。

据《墓志铭》又得知，当时王小波、李顺起义，邑令吕逃跑，朱景勋不屈遇害，时朱咸熙十三岁，机智逃脱，变名姓。后来遇到邑令吕，吕非常赞赏其谨强好学，咸平三年（1000 年）冬十一月以女妻之。后敕赐同学究出身，"授濠州定远主簿、绵州司法参军、博州司理、濠州录事、耀州淳化令，五任十有五年"，天禧三年（1019 年）罢官淳化，授歙州黟县令。1020 年五月去世，享年 39 岁。

朱咸熙有二位夫人，"夫人后君一年卒。母李氏，后三年亦殁"，这里的夫人即为吕氏。四个儿子，"四子：长即处仁，泗州判官，监楚州；次处约，登进士甲科，知南安军上犹县；处中、处厚，皆夭"。

由上可知，朱处约是咸熙次子，进士，他的母亲是李氏。朱咸熙生于 982 年，卒于 1020 年，假设他于 20 岁生长子朱处仁，22 岁生次子朱处约，则处约生年当为 1003 年。父亲去世后，朱处约兄弟在舅舅家生活。《墓志铭》"诸孤家白沙，从吕舅之庇也"。处约字纯臣。（见后）朱处约作《北严定林禅院藏经殿记》，最后有"皇祐四年八月十五日，承奉郎、太常博士、通州泸州军州兼管内外农事、借绯朱处约记"，校记"通州"疑当作"通判"②，朱氏作过泸州通判。下面按时间顺序来排比朱氏的生平。

宋胡宿《文恭集》卷 15《朱湜、李随并可虞部员外郎、刘袭礼可太常博士、黄淳、朱处约并可殿中丞、张赴可太子中舍人制》：

敕某等：详试则吏职修，叙进则官治劝，考课之法，若天下之砥石，所以耸行义而激节廉也。尔等或治经素明而食惟旧德，或进以文雅而拔诸畯良，参服王官，分条民政，历三期而成最，用群吏之计治。钩覆中典，差次命秩。进山虞以承务，陪野蒐而相仪。盾省入丞，储禁升属，且申吾赏，弥劝尔劳。③

---

① 营丘在历史上一指山东临淄，一指山东昌乐，从《墓志铭》中提到"母妹在青州"，这里的营丘当指临淄。《宋史·地理志一》临淄属于青州，昌乐属于潍州。历史上辽宁省也有营丘县或营丘郡，这里当不是指辽宁。见史为乐《中国历史地名大辞典》，中国社会科学出版社 2005 年，第 2279 页。

② 《全宋文》第 46 册，上海辞书出版社、安徽教育出版社 2006 年，第 101 页。李之亮《欧阳修集编年笺注》认为"朱处约，皇祐四年任泸州通判。《全宋文》989 谓'通州泸州军州'，是未晓宋朝官制而误也"。李先生意见可从。

③ （宋）胡宿：《文恭集》，文渊阁四库全书第 1088 册，第 751—752 页。

则朱处约曾作过殿中丞，揣摩语气当作于朱氏刚入仕不久，姑列于此年。

康定元年（1040 年），与兄处仁葬父母于真州。《墓志铭》："长官没踰二十年，仁、约以俸卜葬于真州某县某乡，举夫人以祔焉。又复东乡之魂，以太王母李氏合葬于兆之北，中与厚又属于旁。"其父没于 1020 年，又过 20 年，为 1040 年，当然这只是个约数。

嘉祐二年（1057 年）夏四月，朱处约为荆湖北路体量安抚使，平定下溪州叛乱。宋李焘《续资治通鉴长编》卷 185："癸酉，侍御史朱处约为荆湖北路体量安抚使，以下溪州蛮彭仕羲未附也。"[1]

嘉祐二年夏五月，朱处约向皇帝上言，赐任伯传钱五万。宋李焘《续资治通鉴长编》卷 185："戊寅，赐太常博士任伯传钱五万，令梓州敦遣赴阙，与堂除差遣。伯传丁母忧，自京师徒步护丧归永泰县，庐墓三年，留乡里久之不起。御史朱处约为言，故有是命。"[2]

嘉祐二年八月，朱处约往视反叛的彭仕羲，但未能平定。宋李焘《续资治通鉴长编》卷 186：

> 乙亥，殿中丞、权发遣盐铁判官雷简夫体量辰、澧州盗贼公事。先是，彭仕羲纳其子师宝之妻，师宝忿恚，遂与其子师党举族趋辰州，告其父之恶，言仕羲尝设誓下十三州，将夺其符节，并有其地，贡奉赐与悉专之，自号"如意大王"，补置官属，谋为乱。于是李肃之与宋守信合议，率兵数千深入讨伐，以师宝为乡道，兵至，而仕羲遁入内峒，不可得，俘其孥。及铜柱，官军战死者十六七，肃之等皆坐贬。朝廷更委王绰、窦舜卿经制之，间遣吏谕旨，许令改过自归，辄不听。官军久无功。又出御史朱处约往视，仕羲乃自陈本无反状，其僭称号、补官属，特远人不知中国礼义而然。守信等轻信师宝之谱，擅伐无辜，愿送还师宝等，复贡奉内属。宰相文彦博将许之，枢密使韩琦曰："师宝等还，则为鱼肉矣，必先与约毋杀师宝等，乃可听。"故再命简夫体量。简夫，盖琦所荐也。[3]

《宋史》卷 278："既而辰州蛮酋彭仕羲内寇，三司副使李参、侍御史朱

① （宋）李焘：《续资治通鉴长编》，中华书局 1993 年，第 4475 页。
② （宋）李焘：《续资治通鉴长编》，中华书局 1993 年，第 4476 页。
③ （宋）李焘：《续资治通鉴长编》，中华书局 1993 年，第 4491 页。

处约安抚不能定，继命简夫往。"①

皇祐四年（1052 年）八月，朱处约作《北严定林禅院藏经殿记》。

嘉祐三年（1058 年）春正月，祭奠契丹国母。宋李焘《续资治通鉴长编》卷187："己亥，雄州言契丹国母丧。诏侍御史朱处约为祭奠使。宫苑使潘若冲副之。度支判官、兵部员外郎、集贤校理李中师为吊慰使，六宅副使雍规副之。"②

嘉祐三年二月，梅尧臣有赠诗。梅尧臣《送朱纯臣端公使契丹奠祭》：

> 汉庭遣奠阕支幔，二月阴山雪未销。行尽黄沙春不见，哀缠碧眼魄谁招。已将厚礼施殊俗，更录专辞入本朝。名马赠归多爱惜，北风嘶处竞萧萧。③

朱东润先生《梅尧臣集编年校注》注释：朱纯臣名处约。《墓志铭》开头就说：沛国朱处仁表臣。长兄朱处仁字表臣，则朱处约字纯臣，合理合情。

朱处约还与苏颂有交往。宋苏颂《苏魏公文集》卷 8《和朱纯臣兵部上巳锡宴》：

> 故事修春禊，恩筵启凤林。风光来莽苍，和气动幽沈。六豆分肴贵，千锺酌醴深。执兰游洧水，忘味听韶音。凫藻群官意，云天上帝心。叨陪宴滑召，非服愧华簪。④

苏颂（1020 — 1101），字子容，泉州同安（今福建）人，进士。以太子少师致仕。有《苏魏公集》传世⑤。

嘉祐三年五月，朱处约过汝州，上书言京西出现饥荒。李焘《续资治通鉴长编》卷 187 "五月庚午朔……时侍御史朱处约奉使过汝州，言京西岁饥"。⑥

嘉祐三年八月，命侍御史朱处约等人考试开封府举人。清徐松《宋会要辑稿》选举一九："三年八月十二日，命侍御史朱处约、太常博士、秘阁校理陈襄、集贤

① 《宋史》卷 278《雷德骧传附曾孙简夫传》，中华书局 1977 年，第 9464 页。
② （宋）李焘：《续资治通鉴长编》，中华书局 1993 年，第 4502 页。
③ 朱东润：《梅尧臣集编年校注》，上海古籍出版社 2006 年，第 997 页。
④ （宋）苏颂：《苏魏公文集》，中华书局 1988 年，第 89 页。
⑤ 钱仲联等：《中国文学大辞典》，上海辞书出版社 2000 年，第 483 — 484 页
⑥ （宋）李焘：《续资治通鉴长编》，中华书局 1993 年，第 4509 页。

校理钱公辅、史馆检讨韩维考试开封府举人。集贤校理江休复、沈遘、邵亢，秘阁校理李縕考试国子监举人。秘阁校理吴及、集贤校理滕甫考试锁厅举人。"①

嘉祐四年（1059年），朱处约赴登州，梅尧臣《送朱司封知登州》相送：

> 驾言发夷门，东方守牟城。城临沧海上，不厌风涛声。海市有时望，闾屋空虚生。车马或隐见，人物亦纵横。变怪其若此，安知无蓬瀛。昨日闻公说，今日闻公行。行将劝农耕，用之卜阴晴。②

这里的朱司封就是朱处约。光绪《增修登州府志》卷24："朱处约，司封员外郎，五年任。"③

嘉祐四年六月，朱处约讨贼戴小八等。宋李焘《续资治通鉴长编》卷189："己巳……遣司封员外郎朱处约督江南西路兵讨虔州盐贼，戴小八等聚党攻剽。杀虔化知县赵枢故也。"④

嘉祐五年，欧阳修给朱处约书信。欧阳修《欧阳文忠公文集》书简卷第八《与朱职方处约嘉祐五年》："某启：久不奉状。夏热，公外窃惟体履休胜。陈铣寺丞，佳士也，曾在滁州同官。今其南归，愿拜识，幸希留念也。属《唐史》终篇忙迫，作书不谨备，恕之。方暑，慎爱。"⑤

嘉祐六年，修建蓬莱阁。

嘉祐七年，作《蓬莱阁记》。《蓬莱阁记》作于何年呢？清周悦让《登州金石志》认为《修蓬莱阁碑记》是"嘉祐六年朱处约撰"⑥，光绪《增修蓬莱府志》卷66《修蓬莱阁碑记》也认为是"嘉祐六年撰"。但是《全宋文》却说作于"嘉祐七年"。我们看一下《蓬莱阁记》"嘉祐辛丑治邦踰年……即其旧基，以构此阁"，

嘉祐辛丑为嘉祐六年（1061年），逾年当为1062年。嘉祐八年（1063年），

① （清）徐松：《宋会要辑稿》（五），中华书局1957年，第4568—459页。
② 朱东润：《梅尧臣集编年校注》，上海古籍出版社2006年，第1131—1132页。
③ （清）方汝翼等纂：光绪《增修登州府志》，清光绪七年刻本。
④ （宋）李焘：《续资治通鉴长编》，中华书局1993年，第4569页。
⑤ （宋）欧阳修：《欧阳文忠公文集》，四部丛刊初编本。李之亮：《欧阳修集编年笺注》（八）题目作《与朱职方》，巴蜀书社2007年，第246页。
⑥ （清）周悦让：《登州金石志》，《石刻史料新编》第三辑（27年），新文丰出版公司1982年，第88页。

升祠部郎中。王安石《朱处约祠部郎中制》：

> 敕某：尔尝为御史，持论不阿；出守方州，稍迁使任。序功增秩，邦法有常。往懋厥修，以须进选。可。①

李之亮先生《王荆公文集笺注》认为“嘉祐八年知制诰时作”。

宋郭祥正《踸踔行送裴山人》“元通献甫侻不遇，况有特达朱纯臣”②，不知这里的朱纯臣是否就是朱处约。郭祥正（1035 — 1113），字功甫（父），太平州当涂（今安徽当涂），历仁宗至徽宗五朝，有《青山集》《青山续集》等。③

朱处约除《全宋文》收录文外，至少还有两篇文章，可惜未能传世。宋何预《濂溪先生祠堂记》“按太常博士朱处约记：其始至也，以嘉祐改元年十一月初十日，迨其去，实五年六月初九日。”④ 可知朱氏曾作过一篇关于周敦颐的文章。

宋周必大《闲居录》：

> 游赏之地今转而为北邙矣，子澄自此入螺冈门先归，予与二兄季怀复行二三里入北庵招义寺。按庆历间朱处约记文云：祥符中，僧守至首创精舍。后三十余年而成。景物幽寂，近城不易得也。门有水松三株可观。自此度云腾岭观沸塘，塘可半亩，瀵沸如鱼沫，傍有小亭，上直云腾，庙盖玉笥山九峰之支岭也。初有吴史君隐居得道。天宝中，见梦明皇云，吾今为金天神，有诏即宅立庙。土人呼为南祠。水旱祈祷甚验。此其别祠也，故其岭亦号云腾云。
>
> 谒庙毕，日已晚，绕城问归路，至南栅门，暮色苍然，复登舟小酌。是日，舟车所历殆遍四郊，到家将二鼓矣。⑤

关于周必大的记载，断句是一个问题。我们不清楚以上哪些文字是朱处约写的，录此待考。但可以肯定的是朱氏作有一篇关于招义寺的文章。

---

① 李之亮：《王荆公文集笺注》，巴蜀书社 2005 年，第 461 页。

② 北京大学古典文献研究所编：《全宋诗》第 13 册，北京大学出版社 1993 年，第 8743 页。（宋）郭祥正：《青山集》，文渊阁四库全书第 1116 册，第 658 页。

③ 赵济凯：《郭祥正及其〈青山集〉研究》，硕士学位论文，西北师范大学 2014 年，第 1 页。

④ （宋）周敦颐：《周敦颐集》，岳麓书社 2007 年，第 249 页。

⑤ （宋）周必大《文忠集》，文渊阁四库全书第 1148 册，第 797 页。

我们细赏《蓬莱阁记》发现它在写景状物上模仿范仲淹《岳阳楼记》，如"浮波湧金"、"鱼浮上下，钓歌互应"等就明显借鉴了《岳阳楼记》。

朱处约与宋初诗文革新运动的领导者欧阳修、梅苏都有联系，朱氏的文章写得文从字顺，不知他在诗文革新运动中处于何种地位。

需要说明的是，有宋一代，有两个朱处约，另外一个是江西大庾人，嘉靖《江西通志》卷之 37："绍兴 30 年庚辰梁克家榜，朱处约，大庾人迪功郎，海丰主簿。"① 民国《大庾县志》卷之 6："绍兴 30 年庚辰梁克家榜，朱处约，大庾人迪功郎，海丰簿历府判。"② 此朱处约并非我们讨论的人。

[作者简介] 刘洪强，文学博士，山东师范大学文学院讲师，主要从事古代小说研究。

---

① （明）林庭㭾修、周广纂：《江西通志》，明嘉靖刻本（雕龙电子版）。
② 吴宝炬修、刘人俊等纂：《大庾县志》，民国八年刻本（雕龙电子版）。

# 浅论朝鲜文学视阈中的张果老

## 刘京臣

唐宋以来，张果老神通广大、精妙绝伦的仙家道法，便被众多文献所记载，学界对此颇有研究①。浦江清先生首发其覆，《八仙考》②对八仙的真实历史，因何因缘而会合，又会合在何时等问题进行了详尽考证；吴光正《道教与文学互动关系个案分析——张果老故事考论》③则详尽地梳理出了张果老在历代的典籍中如何被一步一步神化、仙化的过程。

据吴光正先生研究，"张果老的有关事迹，最早最真实的记载见于刘肃的《大唐新语》"、"自《大唐新语》《国史补》记载张果老事迹后，李德裕《次柳氏旧闻》、郑处诲《明皇杂录》、张读《宣室志》、李伉《独异志》、沈汾《续仙传》相继记载了张果老故事"④，并将上述各书所载情况制成表格，兹转引吴先生所制表格如下：

| 情节 | 书名 | | | | | | |
|---|---|---|---|---|---|---|---|
| | 大唐新语 | 国史补 | 次柳氏旧闻 | 明皇杂录 | 宣室志 | 独异志 | 续仙传 |
| 佯死气绝 | √ | | | √ | | | √ |
| 自神其年 | √ | | | √ | | | √ |
| 胎息 | √ | | | √ | | | √ |
| 服食 | √ | | | √ | | | √ |
| 噀水成驴 | | | | √ | | | |
| 去发牙齿 | | | | √ | | | |
| 预知尚主 | | | | √ | | | |
| 杯化道士 | | | | √ | | | √ |

① 张崇福《八仙研究学术史说略》（《老子学刊》第五辑，2014年）对此有详细研究，可参看。

② 浦江清：《八仙考》，《清华学报》1936年第1期。

③ 吴光正：《道教与文学互动关系个案分析——张果老故事考论》，《哈尔滨工业大学学报》2003年第5期。

④ 吴光正：《道教与文学互动关系个案分析——张果老故事考论》，《哈尔滨工业大学学报》2003年第5期。

| 情节 | 书名 | | | | | | |
|------|------|------|------|------|------|------|------|
| | 大唐新语 | 国史补 | 次柳氏旧闻 | 明皇杂录 | 宣室志 | 独异志 | 续仙传 |
| 屡试仙术 | | | √ | √ | | | |
| 下诏赐号 | √ | | | √ | | | √ |
| 辨仙鹿 | | | | √ | √ | | |
| 白蝙蝠精 | | | | √ | | √ | |
| 归山 | √ | | | √ | | | √ |
| 遗留物 | | √ | | | | | |

由此可见，《明皇杂录》基本上涵盖了张果老故事的所有要素。

众所周知，中华传统文化对朝鲜半岛产生了极其深远的影响。那么，八仙故事，或者说更为具体的张果老这一由人而仙的传奇人物，是否也如《诗经》《史记》《文选》、杜诗、苏诗等为朝鲜文人所熟知？其在朝鲜文献中是如何被记载，在朝鲜文学中又是如何被描述的？他国的记载有没有新的要素蕴含其中？

通过对文献进行爬梳，我们发现十余种朝鲜文献中包含与张果老相关的内容，大致可分为四大类。

首先进入朝鲜文人视野的倒不是以上的神奇传说，而是地理学意义上的坐标——这些坐标皆因张果老的"仙迹"而首先为中国文献所记载，从而成为朝鲜文人记录在华行程的坐标参照物。

我国方志文献中有不少与张果老仙迹相关的记载，弘治《永平府志》中就有四处：

> 张果老河，在抚宁县东五十五里，世传果老骑驴，尝陷此河。①
>
> 张果老铺，在（抚宁）县东五十五里。②
>
> 张果老墓，在抚宁县东南七十里，故老相传张果老葬于此。③
>
> 石槽，在府城东五里，大石盘礴，上低陷如槽，相传唐张果老饲驴于此，蹄迹宛然。④

---

① （明）张廷纲修：《永平府志》卷1，弘治间刻本。
② （明）张廷纲修：《永平府志》卷3，弘治间刻本。
③ （明）张廷纲修：《永平府志》卷6，弘治间刻本。
④ （明）张廷纲修：《永平府志》卷6，弘治间刻本。

《永平府志》所记四处与张果老有关的遗迹，也多见于其他方志文献中。但首先将张果老饲驴之石槽写入诗歌的，在明代，似乎要首推张宇。

明英宗天顺四年（1460年）二月，张宇出使朝鲜，集中诗歌对其经行之处进行了较多描写，如《晚发丰润》《次永平发抚宁》《蓟州》《滦河有张果老喂驴石榆关有张果老铺不知何由得名二首》《宿芦峰驿》等诗描写了出山海关之前的故国风物。《滦河有张果老喂驴石榆关有张果老铺不知何由得名二首》是笔者所见最早的将"喂驴石"、"张果老铺"写入诗歌的作品，其云：

嶙岩白石藓痕滋，斧凿何缘偶见施。声迹由来俱是幻，不须回首重兴思。
木栅标题迹已陈，短墙衰柳未胜春。停鞭欲问当年事，翘首斜阳不见人。

肩负使命，去国怀乡，诗人多有"千里驱驰怀国事"（《宿芦峰驿》）的责任感，所以在张宇看来，无论是嶙岩、白石，还是短墙、衰柳，呈现出来的多是萧索之境。下图是据《中国历史地图集》截取出的明代永平府图，通过此图，我们可以看到张宇出使朝鲜时出山海关之前的经行路线：蓟州→丰润→永平府→抚宁，滦何（河）流经永平府府治卢龙，而这也正与"石槽，在府城东五里，大石盘礴，上低陷如槽，相传唐张果老饲驴于此"（弘治《永平府志》卷6）的记载相吻合。

万历十二年顺天府附近地图，据《中国历史地图集》

二十九年之后，明孝宗弘治元年（1488年），崔溥（1454－1504）自中国返归故国朝鲜时，对其在华之经行所记甚详。特别是五月四日行抵抚宁卫时，言及张果老喂驴之石槽：

（五月）初四日，至抚宁卫，是日晴。过东关递运所。至驴槽河，河之北岸有大石如槽，号为石槽，谚传唐张果饲驴之器。又过国家铺、十八里铺、双望铺、仪院岭铺、芦峰口铺……至阳河。河源出列陀山，经抚宁县城西八里许，又过民壮教场门，入抚宁县城西门。过关王庙，寓于抚宁卫。兔耳、铧子、大崇、连峰诸山，围城之南北，治西有西关递运所。①

崔溥《漂海录》所记，大多围绕着坐标、方位、名物、建筑、里程、民俗等展开。也许在他看来，驴槽河与其他河流没有什么明显区别，只是多了一个与张果老有关的故事而已。但这笔记载，却是笔者所见最早的将张果老喂驴石槽写入集中的朝鲜文献。在这里，它是作为一个地理标识出现的。

巧合的是，六十七年之后的明神宗万历二年（1574 年），许箈（1551－1588）、赵宪（1544－1592）自朝鲜一同出使明朝，七月二十二日这天，他们抵达张果老饲驴石槽，二人皆在行录中记载了这个遗迹：

二十二日甲午，或阴或晴。朝将发，车辆多在后者，留安廷兰催来。过碧霞元君行祠，涉杨河，历兔耳山、背阴铺。午饷于双望铺周文相家。过郭家铺、十八里铺、八里铺。路傍岩石乱布。一石隆然，号"李广射虎石"，刻为虎头；一石凹容数升，号"张果饲驴石槽"，世人之好怪可笑。又过东关递运所、碧霞元君行祠、养济院、玉皇祠。僦于南门外秀才朱大宝家。安廷兰至，说车毕到而先来。主人之子景晦，点茶来待余等。闻金参判启之卒，深为吁叹。②

二十二日甲午，晴。自城西渡阳河，历芦峰口驿、背阴铺，憩于双望铺城中。（朱文尚者家也。朱是蠢贸人，而云为乡约副正。每以朔望相会，戒人恶行，云子能读书。）历郭家铺石槽（唐张果饲驴之器云）、虎石（李广为右北平太守，醉归见之，以为虎而射之。朝看是石，而矢入半箭），宿永平府。（汉之右北平，城峻濠深。）城门南朱大宝家。（朱是士人也，有子景晦，本国使臣金启所命之名也。闻金之死，为之嘅叹。其意甚厚。主家将设酒馔以馈之。使实靳费。令退行于明日。尽费其熟食于下人。）③

①　［朝鲜］崔溥：《锦南集》卷5《漂海录》，《韩国文集丛刊》，景仁文化社1990年。
②　［朝鲜］许箈：《荷谷集·朝天记中》，《韩国文集丛刊》，景仁文化社1990年。
③　［朝鲜］赵宪：《重峰集》卷10《朝天日记上》，《韩国文集丛刊》，景仁文化社1990年。

当万历四十二年（1614 年），金中清（1566－1629）再次经过此地时，仍将张果老喂驴石槽载入行录中：

> （七月）十日庚申晴，早发过芦峰驿。渡杨河（青杨簇立），过石槽（仙人张果喂驴处云）、芦谷口、背阴铺（榆林成阴，桃李夹溪）。中火于双望铺，铺之东门外有碑，一面书"昌黎县西界"，一面书"卢龙县东界"。昌黎县在昌黎山下，即抚宁县南四十里。今有韩家店，文公后裔居之云。从十八里铺过射虎石（汉李广所射石，形如虎蹲，后人刻作虎头）、万柳庄（光禄李浣别墅）、住春苑（在永平城内，翰林白俞亭榭极华侈），投宿永平府南门外张姓人家（此距抚宁七十里），本府汉之右北平、唐之卢龙。①

自弘治元年（1488 年）至万历四十二年（1614 年）一百二十余年间，朝鲜文人数次出使明朝，四次将张果老石槽载入行录之中，这或许是一种偶然，但却体现出这一"仙迹"在地理坐标上的意义——而这首先是拜张果老传说所赐。

身列仙籍的张果老，自然也成了朝鲜文献中描写长寿的典范。例如时年七十二岁的李敏求，有《同年申子长今七十二岁髭发不变蹈履颜貌如四五十人因其来访作诗志异》（《东州集》卷 11）诗。据"东州翁亦自号观海道人，万历己丑正月十四日生"（《东州先生前集序》）知李敏求生于万历十七年（1589 年）正月，则作此诗时当为清顺治十七年（1660 年）。诗云：

> 臞形秀骨走尘缘，张果先生是列仙。七十二年人世事，君看松柏茂陵烟。

诗歌用语简单，先写同年申子长臞形秀骨，有张果老之仙态；再写七十余个春秋，他物或化烟尘，同年却如松柏弥坚。诗中用张果老典，取长寿之意。

但是，仙苑虽好，却也有人不羡求仙，反而"贪恋"世俗之好，赵秀三（1762－1849）《闲居漫笔二首（其二）》诗中流露出来的大抵就是此种情怀：

> 痴孙呼我地行仙，仙即而翁所岂然。未信丁威归日鹤，谁知张果古时蝙。

---

① ［朝鲜］金中清：《荀全集·朝天录》，《韩国文集丛刊》，景仁文化社 1990 年。

本来顽骨能无病，毕竟贫人不爱钱。雨后樱桃珠点缀，明朝饷汝腹便便。①

"先生真是地行仙，住世因循五百年"（苏轼《乐全先生生日以铁拄杖为寿》），这是东坡对乐全先生张方平的礼赞，赵秀三因孙儿称其为长寿的地行仙，赶忙解释神仙只可能是神通广大、变幻莫测的丁令威、张果老等高人，岂是我辈所能希冀的？所以，还是看看雨后的樱桃，想想明天的大块朵颐吧。赵寅永《茂长使君族侄（秉常）适至，拈韵共赋（其十三）》诗称："长林茂草郁葱青，中有真人玉版局。玄鹤不来云外界，白鸥犹待水边亭。陈抟罢睡谁千日，张果登仙但五星。若道还元非凿空，也应昭载圣门经。"② 以陈抟与张果老对举，写成仙需有机缘，并非一般尘俗之人所能求取，同样将关注点集中在凡俗世界。由此见出，神仙未必是人人所期待、所仰慕的，诗中从"列仙"身份抽取出来的，可能只是期待长寿之意，至于能否长寿、能否成"地行仙"云云，则大多以恬淡的心态应之。

《明皇杂录》中首次将张果老与白蝙蝠精联系起来，借叶法善之口称张果老为混沌初分时的白蝙蝠精。据笔者爬梳，未见唐诗中化用此事，宋诗之中用此事也不多，仅黄庭坚、薛季宣与刘克庄三人：

十一月鼠，列十二辰配龙虎。二十二年看仙飞，一朝化作蝙蝠去。③

我骑一纸白驴子，跂梯跂塔走上南山头。万里以意行，一息不暂留。谽谺到空洞，且作秉烛游。呼来混沌老蝙蝠，尔作精怪我则不。④

或说自竺乾至，或云先混沌生。貌似金毛狮子，心疑白蝙蝠精。⑤

---

① ［朝鲜］赵秀三：《秋斋集》卷6《闲居漫笔二首（其二）》，《韩国文集丛刊》，景仁文化社1990年。

② ［朝鲜］赵寅永：《云石遗稿》卷2《茂长使君族侄（秉常）适至，拈韵共赋（其十三）》，《韩国文集丛刊》，景仁文化社1990年。

③ （宋）黄庭坚：《长短星歌》，《全宋诗》卷1026，北京大学出版社1998年，第17册，第11735页。

④ （宋）薛季宣：《孙元可赋张公石室诗句语险怪辞峰秀拔读之如神游洞府而陵果为之奔属也非身行此洞不知此诗之工盖其质似卢仝而文丽多之如又加鞭当千里一瞬其视刘叉马异得名浪矣诗文与我过当诚无足以当之牵韵勉酬真添薪煮篑之举》，《全宋诗》卷2474，第46册，第28692页。

⑤ （宋）刘克庄：《释老六言十首·其六》，《全宋诗》卷3075，第58册，第36692页。

刘克庄之诗以佛家"竺乾"、"金毛狮子"与道家的"混沌"、"白蝙蝠精"相对,最见对属之功。但与其他二诗一样,了无深意,仅是就事论事,没有跳出故事本身。倒是朝鲜诗人李建昌（1852－1898）诗歌中化用白蝙蝠之事,更见新意。李建昌与郑绮堂、洪汶园相友善,多游宴、唱和之事。如三人曾一同游青莲寺,其后汶园、绮堂过访,会李氏有特进之命,汶园寄诗有"北山之讽",李氏次韵,以明心志。《自衣制有碍,与汶园、绮堂过从,多卜夜。适得洪三泉书,有云"丈夫岂可为蝙蝠",戏书如此》云:

> 茫茫宇宙欲何言,寂寂云山但闭门。世似残棋都变黑,身如秋柳未经髡。
> 有时但与良朋话,无路堪酬圣主恩。一笑骑驴老张果,仍为蝙蝠到黄昏。

洪三泉即洪承逊,李氏有《洪三泉承运寄书劝勿吟诗以此报之》诗,开篇即言"我师渊泉文,我友渊泉孙",见出二人之间颇有渊源。"一笑骑驴老张果,仍为蝙蝠到黄昏",是对洪三泉来书所用之典的复用。洪氏称"丈夫岂可为蝙蝠",有希望李建昌积极用世之意;李氏的"一笑",逗漏出许多纠葛情怀。如上文所言,李氏方有特进之命,汶园即有北山之讽;洪三泉"蝙蝠"之喻,鼓励仕进,更令其焦灼不已:是如老张果一样骑驴逍遥,还是把握住"有路堪酬圣主恩"的机会呢? 相对而言,李建昌用此事写仕进与归隐的纠葛,典故本身虽不新颖,但用之凸现纠葛,较之宋人更见当行本色。

还有一类作品,既非如地理行录般写实,亦非用列仙、蝙蝠故事,而是广引文献,直接复述张果老事迹,如申纬（1769－1845）的《八仙庆寿墨》:

> ……通元先生纸驴骑,开元天子致丹墀,银青光禄爵虚縻（《旧唐书》:开元二十二年,征恒州张果先生,授"银青光禄大夫",号"通元先生"）……八仙庆寿昉元时,戏台旧本颂颐期,何年摹画入阴麋（今戏有"八仙庆寿",尚是元人旧本,则八仙之说,出于元人）。有客祝嘏送书帷,八铤一意不可亏,磨人磨墨且歌诗。①

《八仙庆寿墨》将汉锺离、张果老、韩湘子、铁拐李、曹国舅、吕洞宾、蓝采和、何仙姑八位神仙主要事迹隐括诗中,在这一过程中,诗人旁征博引,先后征

---

① ［朝鲜］申纬:《警修堂全稿·八仙庆寿墨》,《韩国文集丛刊》,景仁文化社1990年。

引《宋史》《旧唐书》《左迁至蓝关示侄孙湘》《与子由同游寒溪西山》《神仙传》《道山清话》《太平广记》《刘贡父诗话》《续文献通考》《独醒杂志》以及胡应麟之说等。就此诗而言，诗歌的主体远少于诗歌的注释，其中或有作者露才扬己、有意铺展的意味，但侧面展现出来的对中国文献的熟稔却是不争的事实。再如李学逵（1770－1835）《与金天一论星曜书》描绘道：

> 张果特一方士耳，隐于中条山，往来汾晋间。开元中相州刺史韦济荐之，上遣玺书，迎入禁中，拜光禄大夫，号"通玄先生"。后死，好事者以为尸解云。果之始末，不过如是。而所谓嘌纸为驴、命榼为童、遇毒齿焦、用铁如意击之齿复再生者，皆吊诡不近理。设有之，亦不过杜七星、胡媚儿之属耳，何足奇哉。①

在李学逵这里，张果老已然走下神坛，被还原为一普通方士。这背后，亦能见出作者对中国典籍的熟稔程度。

张果老对于朝鲜文学的首要意义，或许并不是他的法术，也不是他的长寿，而是他作为神仙时给中国本土留下的"遗迹"，正是这个带有浓郁传说色彩、并不完全被朝鲜诗人所认同的遗迹，先后四次出现在不同时期的燕行录中。如果我们把燕行录看成是朝鲜人理解中国的方式，那么他们不约而同选择的张果老遗迹，是不是可以视为带有格外意味的中国印记，是不是可以视为他们试图用中国人的思维方式和言说口吻来记载并试图回传中国人的言说模式？

当然，作为神仙，张果老的长寿与白蝙蝠幻化的传说，也多少成为朝鲜诗歌中的关注点。与之相对应的，是申纬、李学逵等在熟知大量中国典籍的前提下，开始勇于对张果老进行解构——方式就是将张果老在中国典籍中的形象如实呈现在自己的作品中，既不再如燕行录般载入行录，也不去夸大其神仙的、长寿的一面，而是以一方士目之。这种转变的背后，或许有更为复杂的因素，留待以后进一步的研究。

［作者简介］刘京臣，文学博士，中国社科院文学所副研究员，主要从事唐宋文学、数字文献学研究。

---

① ［朝鲜］李学逵：《洛下生集·与金天一论星曜书》，《韩国文集丛刊》，景仁文化社1990年。

# 日本汉文小说《浦岛子传》《续浦岛子传记》与中国蓬莱仙道文化

孙虎堂

## 一、关于《浦岛子传》与《续浦岛子传记》

"浦岛传说"是日本著名的民间传说,《浦岛子传》《续浦岛子传记》是该传说之古代书面文本中的两个。有关"浦岛传说"的记载,比较早的见于日本上世和歌集《万叶集》和史书《日本书纪》。《万叶集》卷9"杂歌"中有一首长达九十三句的《咏水江浦岛子》,开篇"春日光弥漫,漫步墨吉岸,飘荡见渔舟,遐想古老传"四句显示此歌所据乃是一则古老传说,其后依次咏叹渔夫浦岛子与海神之女恋爱、婚配、分离及其返乡后的孤独。《日本书纪》则于卷14"雄略天皇廿二年"有一段记载丹波国余社郡管川人瑞江浦岛子钓得大龟、龟化为女及同抵蓬莱历睹仙众的文字。较晚的记载见于《古事谈》与《丹后国风土记》①。前者卷1"王道后宫"部中记有浦岛子于淳和天皇天长二年(825年)回故乡、开神女所与玉匣、紫云西去的故事,并且指明"此事《浦岛子传》云"。后者中亦有一篇有关浦岛子的传记,讲的也是一个大致相同的故事,但在结尾增加了"飞升"的情节与两首和歌。除《万叶集》外,其他三个书面叙事文本中出现的灵龟化女、蓬莱遇仙、白日飞升的情节,展示出了中国仙道文化影响的痕迹。

今见《浦岛子传》《续浦岛子传记》均存于江户时代著名学者塙保己一(1716 — 1821)所编纂的大型类书《群书类丛》卷135。《浦岛子传》讲的是这样一个故事:

> 雄略天皇廿二年(478 年),住在丹后国水江边的浦岛子,乘船钓得一只

---

① 《古事谈》是镰仓时代的六卷本说话集,约成书于建历二年(1212 年)至建保三年(1215 年)之间。《丹后国风土记》原本早佚,今本乃从《释日本纪》卷12 中辑录而成,《释日本纪》原为卜部兼文在文永十一年(1274 年)和建治元年(1275 年)为关白一条实经讲述《日本书纪》的讲稿,后由其子卜部兼方编辑成书。

灵龟，灵龟变为仙女，自云是蓬山女，与浦岛子有俗境之缘，携之至蓬莱仙宫。蓬山女得父母应允，与浦岛子共入玉房，结为夫妻。久之，浦岛子魂浮故乡，欲暂归旧里探视，临别获蓬山女所赠玉匣一只，其云"若欲见再逢之期，莫开玉匣之缄"。浦岛子乘船，须臾归里，然寻七世之孙而不得，不堪之余遂开玉匣，但见紫烟升天，浦岛子则"忽然顶天山之雪，乘合浦之霜"，由青年变为老人。

文末附江户时代著名学者木下顺庵（1621 — 1699）的一段话：

　　右《浦岛子传》，不知何人所作，奇闻华靡，无检束，想夫古之缙绅家学白香山而失于俗者也。而传写年久，其间误字阙文，往往有不可读而通焉。余暇日，反复考订，误者证之，阙者补之，为一篇文字也。盖取其事之本《万叶》歌词，而有可传者尔。文之巧拙不在所论云。

这段话说明《群书类丛》所收的正是经木下顺庵订正过的文本。《续浦岛子传记》的内容与《浦岛子传》大致相同，只是篇幅更长，文字更细腻。题目之后有段文字云"承平二年（932 年）壬辰四月廿二日甲戌，于勘解由曹局注之，阪上家高明耳"[①]，之后是正文，正文后又一段文字：

　　所谓《浦岛子传》，古贤所撰也。其言不朽，宜传于千古；其词花丽，将及于万代。而只纪五言绝句、二首和歌，更无他艳，因之不堪至感，代浦岛子咏七言廿二韵，以三百八字成篇也，名曰《续浦岛子传记》。于时延喜二十年（920 年）庚辰八月朔日也。虽思风发于词林，而纤枝不振叶；虽言泉添于笔海，而查浪未开花。当时之墨客，后代之词人，幸恕素怀，莫以虑胡。其辞曰：

其后为廿二韵七言排律诗，诗后有文字"依有余兴，咏加和歌绝句各十四首"，

---

　　① 勘解由曹局是日本奈良、平安时代管理地方行政机构"国"之行政长官交接文件的朝廷衙署，其成员多由世家子弟担任，阪上高明当时任勘解由次官。参阅［日］渡辺秀夫《漢文伝と唐代伝奇・物語——〈続浦嶋子伝記をめぐっで〉》，《和汉比较文学》第44号，2011年2月1日。

以下是十首和歌，最后以"以上龟媛之咏四首讫"一句束尾。文后附记"永仁二年（1294 年）甲午八月廿四日，于丹州筒河庄福田村宝莲寺如法道场，依难背芳命，不顾笔迹狼藉，驰紫毫了"。据此我们推测，公元 920 年 8 月某人咏廿二韵七言律诗和十四首和歌附于《浦岛子传》后，谓之《续浦岛子传记》，932 年 4 月由任职勘解由曹局的阪上高明"注之"（即增补），文字较之《浦岛子传》更加华靡细腻，1294 年 8 月某人在宝莲寺抄写了阪上氏的注本，该抄本后被编入《群书类丛》。

## 二、"蓬莱"意象——从中国到日本

"蓬莱"是中国古代仙道思想的一个重要文化符号，《史记·封禅书》载云："蓬莱、方丈、瀛州，此三神山者，其传在渤海中，……，诸仙人及不死之药皆在焉，其物禽兽尽白，而黄金银为宫阙。"[①] 再如《列子·汤问》："（蓬莱）台观皆金玉，其上禽兽皆纯缟，珠玕之树皆丛生，华实皆有滋味，食之皆不老不死，所居之人皆仙圣之种。……使巨鳌十五，举首而载之。"[②] 受仙道文化影响，"蓬莱"成为很多中国古代文学作品中常见的故事发生场所，在日本汉文小说《浦岛子传》《续浦岛子传记》中，它也是男女主人公活动的舞台。如小说所述，浦岛子于澄江浦钓得灵龟，其化为仙女并自称"蓬山女"，又谓与岛子有俗境之缘，邀其共入仙宫做神仙，二人遂同抵蓬莱，登丹墀，入玉房，服金丹石髓，饮玉酒琼浆，修延龄之术，得不老之方。凡此种种描写，都显示出典型的中国仙道文化语汇特征，以下略举数例列表说明：

| 《浦岛子传》 | 《续浦岛子传记》 | 中国道教书籍 |
| --- | --- | --- |
| | 服气乘云，出于天藏之间；陆沉水行，閟于地户之扉。 | 欲令百邪虎狼毒虫盗贼不敢近人者，出天藏入地户，凡六癸为天藏，六己为地户也。<br>所谓白日陆沉，日月无光，人鬼不能见也。<br>抱朴子曰："以葱涕和桂，服如梧桐子大，七丸日三服，至三年，则能行水上也。"<br>（《抱朴子内篇·登涉》） |

① 《史记》卷 28《封禅书》，中华书局 1975 年，第 1369 — 1370 页。
② 《列子》，中华书局 2005 年，第 108 页。

| 《浦岛子传》 | 《续浦岛子传记》 | 中国道教书籍 |
|---|---|---|
| 妾在世结夫妇之仪，而我成天仙，乐蓬莱宫中，子作地仙，游澄江浪上。 | 妾在昔之世，结夫妇之义。而我成天仙，生蓬莱之宫中；子作地仙，游澄江之波上。 | 按仙经云：上世举形升虚，谓之天仙；中士游名山，谓之地仙；下士先死后蜕，谓之尸解仙。（《抱朴子内篇·论仙》） |
| 衣香馥馥，似春风之送百合香；珮声锵锵，如秋调之韵万籁响。 | 衣香馥馥，似春风之送百合香；珮声锵锵，如秋调之韵万籁响。 | 登思仙之台，张锦绮之帐，设象牙之床，烧百合之香。（《神仙传·刘安》） |
| 其宫为势，金台玉楼，隆崇而崔嵬，绀殿绮窗，花丽而焕烂。 | 西方千里，城上安金台五所、玉楼十二所。（《云笈七签》卷26"昆仑"） | |
| 或读六甲灵飞之记，或诵万毕鸿宝之书。 | 作内书二十二篇，又中篇八章，言神仙黄白之事，名为鸿宝。（《神仙传·刘安》） | |
| | 子英之赤鲤，逐波而飞升。 | 子英者，舒乡人也。善入水捕鱼，得赤鲤，爱其色，好持归住池中，数以米谷食之。一年，长丈余，遂生角，有翅翼。子英怪异，拜谢。鱼言："我来迎汝，汝上背，与汝俱升天。"（《列仙传·子英》） |
| 朝服金丹石髓，暮饮玉酒琼浆。 | 朝服金丹石髓，是分百种千名也；暮饮玉酒琼浆，亦有九醖十旬也。 | 《列仙传》曰：邛疎者，周封吏也，能行气练行，煮石髓而服用之，谓之石钟乳。（《北堂书钞》卷160"石"）<br>饮则玉醴琼浆，食则翠芝朱英。（《抱朴子内篇·对俗》） |
| 千茎芝兰，驻老之方；百节菖蒲，延龄之术。 | 九光芝草，驻老之方；百节菖蒲，延龄之术。 | 仙人曰："吾九嶷神也，闻中岳石上菖蒲，一寸九节，食之可以长生，故来采之。"（《神仙传·王兴》） |
| 与送玉匣，裹以五彩，缄以万端之金玉。 | 送玉匣，裹以五彩之锦绣，缄以万端之金玉。 | 仙经云：九转丹、金液经、守一诀，皆在昆仑五城之内，藏以玉函，刻以金札，封以紫泥，印以中章焉。（《抱朴子内篇·地真》） |

实际上，最初的浦岛传说中并没有"蓬莱"意象，但到了《日本书纪》《古事谈》《丹后国风土记》里，"蓬莱"成为主人公活动的舞台，特别是在《浦岛子传》《续浦岛子传记》中，作者大量使用仙道文化语汇描写仙界生活场景，这显然与中国神仙思想的传入有着密切关系。

我们由此看到，作为纯粹的中国特产的"蓬莱"及相关仙道文化意象被成功移植到了日本本土民间传说及其衍生的汉文小说作品中。特别是，"灵龟"、"玉匣"的意象还显示出了中日跨文化的色彩。中日都有"龟崇拜"的观念，中国古代典籍《尚书》中有类似"灵龟玄文五色，为神灵之精，上圆法天，下方法地"式的众多记载，《列子》中神仙的居处蓬莱山也是由许多大龟所托的。而在日本，据史料记载，元明天皇和铜七年（714年），京都御手洗川之上有灵龟现身，其首有三星，脊有七星，朝廷以此为祥瑞的征兆，遂改"和铜八年"为"灵龟元年"，此后几个世纪之内，又相继有"神龟"、"宝龟"年号的出现。13世纪中期，皇室还以"龟山"来命名天皇，御手洗川被称为"灵龟之泷"，受世代瞻仰。此外，日本古代从丹后国至平安京（京都）琵琶湖沿岸一带有一系列诸如"龟岛"、"龟山"等地名，显示出日本上世"龟崇拜"观念的痕迹。《浦岛子传》《续浦岛子传记》中的"灵龟"意象无疑也受到了这种"龟崇拜"观念的影响。而"玉匣"的意象，与日本古代"魂函"的观念有一定的关系，《神道名目类聚抄》《古今神学类编》中都有"玉匣锁魂"的观念。关于这个问题，江户时代的学者饭田蓑笠翁在《燕石杂志》中曾指出，"玉匣"的原型来自《搜神后记》中"袁相根硕"故事中的"腕囊"，此说有一定的道理，这说明古代中日两国民间有关"宝物锁魂"的观念具有一定的共通性①。

就小说题材而言，《浦岛子传》《续浦岛子传记》属于所谓"仙界淹留谭"。此种题材类型在中国小说里并不鲜见，最典型的是东晋陶渊明《搜神后记》中的"袁相根硕"故事、南朝刘义庆《幽冥录》中的"刘晨阮肇"故事，其故事发生场所乃在"山中"，与之相对，日本的浦岛传说则发生在"海中"。在《万叶集》里，浦岛子与海神之女的婚恋故事反映了日本上古沿海居民的"泛海洋崇拜"信仰，之后在《日本书纪》《浦岛子传》等文本中故事发生地确定为"蓬莱"。"蓬莱"意象说明浦岛故事中加入了中国仙道文化的因子，但总体上仍旧反映了这种海洋崇拜。可见，同样的题材类型，故事发生场所"山中"与"海中"的不同，

---

① 严绍璗、中西进主编：《中日文化交流史大系·文学卷》，浙江人民出版社1996年，第161页。

反映了大陆文化和海洋文化对文学创作影响的差异，而"海中蓬莱"将中国的仙道文化与日本本土信仰巧妙绾结在了一起。

## 三、玉房之爱——道教房中术的反映

《浦岛子传》《续浦岛子传记》中都有一段描写男女主人公玉房性爱的文字，后者有一部分内容由中国道教房中术书籍《洞玄子》移植而来，具体关系如下表所示：

| 《浦岛子传》 | 《续浦岛子传记》 | 《洞玄子》 |
| --- | --- | --- |
| 岛子与神女共入玉房。薰风吹宝衣，而罗帐添香；红岚卷翡翠，容帏鸣玉。金窗斜素月射幌，珠帘动松风调琴。 | 岛子与神女共入于玉房，坐绮席，廻肠伤肝，抚心定气。薰风吹宝帐，而罗帷添香；兰灯照银床，而锦筵加彩；翡翠帘寒，而翠岚卷筵；芙蓉帐开，而素月射幌。不欲对玉颜以同临鸾镜，只愿此素质以共入鸳衾。抚玉体，勤纤腰，述燕婉，尽绸缪。鱼比目之兴，鸾同心之游。舒卷之形，偃伏之势，普会于二仪之理，俱合于五行之教。无劳萱草，是可忘忧；不服仙药，忽应验龄也。 | 鱼比目，男女俱卧，女以一脚置男上，面相向嗫口咂舌，男展两脚，以手担女上脚，进玉茎。<br><br>鸾同心，令女仰卧展其足，男骑女伏肚上，以两手抱女颈，女两手抱男腰，以玉茎内于丹穴中。<br><br>其坐卧舒卷之形，偃伏开张之势，侧背前却之法，出入深浅之规，并会二仪之理，俱合五行之数，其保者则得保寿命，其违者则陷于危亡，既有利于凡人，岂无传于万叶。① |

隋唐之际进入中国的遣隋使、遣唐使带回日本的大量书籍中有不少是房中书，其中很可能就包含隋代的名著《洞玄子》。道教修炼的方法有所谓"丹石之炼"与"内气之炼"之分，《浦岛子传》中的"朝服金丹石髓，暮饮玉酒琼浆。千茎之兰，驻老之方；百节菖蒲，延龄之术"，非常接近丹石之炼；《续浦岛子传记》对男女性爱场景的描写，如上表所示，接近内气之炼的房中术。显然，《续浦岛子传记》中的性爱描写受到了中国仙道文化的影响。

实际上，从"蓬莱"到"玉房之爱"，都带有中国道教神仙思想的痕迹，日本学者中村宗彦认为，《浦岛子传》《续浦岛子传记》中一系列的道教文辞与意

---

① 引自公元 984 年日本名医丹波康赖所撰《医心方》卷 28《房内》，

象，说明这两部作品贯穿着中国道教著作《列仙传》系、《抱朴子》系的神仙思想，这种说法确有道理①。另外，浦岛传说在海洋崇拜的底色上所表达的追求自由、爱情的朴素主题，当书面叙事文本融合了中国道教神仙思想之后，客观上加进了富足、长生、至乐的世俗主题，这也是《浦岛子传》《续浦岛子传记》充满跨文化色彩的一个侧面。

［作者简介］孙虎堂，山东理工大学文学与新闻传播学院副教授。

---

① ［日］石原昭平：《浦島說話の異郷——富·長壽·悅樂の國》，参见日本文学资料刊行会所编《日本の古典と口承文藝》，东京：有精堂出版株式会社昭和58年，第136页。

# 论小说《古船》中的仙道文化意蕴

## 秦　彬

《古船》是张炜重要的长篇小说，该小说叙述了胶东半岛洼狸镇隋、赵、李家族四十年多年来的怨恨情仇，并以此来写出那段时期的历史浮沉，作品塑造的赵多多、赵炳、隋抱朴、隋见素等人物形象深入人心，该小说既是一部家族小说，通过家族故事来演绎历史，又是一部文化生态小说，通过大工业时代对传统农耕文明的压制和逐步取代来展现传统文化的沦落，并呼吁重新审视传统文化。作者有着"史诗性"的追求，同时在文本细读的基础上我们发现，小说有着鲜明的仙道文化烙印，仙道文化在其作品中占据着重要位置。

胶东半岛北部沿海一带很早就盛行"蓬莱、方丈、瀛州"三神山的传说，这些传说给世人很大刺激，他们争相追求"自由自在"的生命状态，并将现世的幸福寄托彼岸，总的来说是实然与应然的关系。他们从不同角度和渠道寻求对生命有限性的超越。

"与鲁文化相比，齐文化是生命的扩张"、"像神仙方术这些都是齐文化特有的"①。在张炜的文化视野中，仙道文化举足轻重。在小说《古船》中，张炜通过人物命名的仙道化、地缘和人物的神秘化、求仙问道的世俗化展现出独特的仙道文化景观，这深刻体现出仙道文化对其文学创作的影响。

## 一、人物命名上的仙道气

名字是小说人物的标志和象征，名字"是一些缩略的或伪装的限定摹状词，或者至少这些摹状词是同义的。命名活动就能在思想上把一组限定摹状词或一组特性与一个名称相关联"②。比如中国古代小说《水浒传》中的一百零八将，命名上就非常讲究，个个都有绰号，让读者一下子就记住了姓名和性格特征，现代的作家赵树理也吸收了传统小说技法，创作了"小腿疼"、"吃不饱"等人物形象。

---

① 唐小惠：《齐文化流淌在我的血管里——访作家张炜》，《金融时报》2007 年 9 月 14 日。
② ［美］索尔·克里普克著、梅文译：《命名与必然性·中译本序》，上海译文出版社1988 年。

《古船》中的人物命名不光有起绰号的人物，如人物"胡言乱语"，而是综合运用多种修辞手法，比如比较形象的"长脖吴"，取名因姓吴脖子较长；再比如取自表面之意的"大喜"，经常给人带来意想不到之惊喜。性格比赋的"隋大虎"，则比较勇猛如虎。然而更多的人物名字趋向于道，多少有些仙道气息，充满着浓郁的传统文化色彩，这也表明作者对传统文化的谙熟。从小说中比较具有代表性的人物身上，可以找到这种仙道气人物命名的轨迹。

隋抱朴、隋见素，名字来自《道德经》第十九章："绝圣弃智，民利百倍；绝仁弃义，民复孝慈；绝巧弃利，盗贼无有。此三者，以为文不足，故令有所属：见素抱朴，少私寡欲"。寄寓纯朴、本真的人生理想，是文化保守主义的体现。

隋恒德，名字来自《道德经》第二十八章："知其雄，守其雌，为天下溪。为天下溪，常德不离。常德不离，复归于婴儿。知其荣，守其辱，为天下谷。为天下谷，常德乃足。常德乃足，复归于朴。知其白，守其黑，为天下式。为天下式，常德不忒。常德不忒，复归于无极。朴散则为器，圣人用之，则为官长。故大制无割。"恒德即取自"常德"，昭示道德的恒定性。

隋迎之，名字来自《道德经》第十四章："视之不见，名曰微；听之不闻，名曰希；搏之不得，名曰夷。此三者，不可致诘，故混而为一。其上不皎，其下不昧，绳绳兮不可名，复归于物。是谓无状之状，无物之象，是谓惚恍。迎之不见其首，随之不见其后。执古之道，以御今之有。能知古始，是谓道纪。"表明一种积极的人生态度。

隋不召，名字来自《道德经》第七十三章："勇于敢，则杀，勇于不敢，则活。此两者，或利或害。天之所恶，孰知其故？天之道，不争而善胜，不言而善应，不召而自来，姗然而善谋。天网恢恢，疏而不失。"万物自归其所，自有归宿。

隋含章，名字来自《易经》坤六三："含章可贞。或从王事，无成有终"；《易经》传文·象传·上篇："履霜坚冰，阴始凝也。驯致其道，至坚冰也。六二之动，直以方也。不习无不利，地道光也。含章可贞，以时发也。或从王事，知光大也。括囊无咎，慎不害也。黄裳元吉，文在中也。龙战于野，其道穷也。用六永贞，以大终也。"含章有低调行事之意。

李玄通，名字来自《道德经》第十五章："古之善为道者，微妙玄通，深不可识。夫唯不可识，故强为之容：豫兮，若冬涉川；犹兮，若畏四邻；俨兮，其若客；涣兮，其若凌释；敦兮，其若朴；旷兮，其若谷；混兮，其若浊。孰能浊以止？静之徐清。孰能安以久？动之徐生。保此道者，不欲盈。夫唯不盈，故能蔽而新成。"深奥而灵通，寓意一种神秘而又智慧的人生状态。

李知常，名字来自《道德经》第十六章："致虚极，守静笃。万物并作，吾以观复。夫物芸芸，各复归其根。归根曰静，静曰复命。复命曰常，知常曰明。不知常，妄作凶。知常容，容乃公，公乃王，王乃天，天乃道，道乃久，殁身不殆。"能够通晓天地常规，遵循自然之法。

通过以上的归纳与追本溯源我们可以看出，作者对传统文化具有很深入的研究，人物名字富有仙道气，且直接来源于古代道家典籍，这种仙道文化印记伴随着人物活动贯穿作品始终。仙道文化因素使得作品充满对现实的关怀与超越，可以说《古船》就是一部道家学说的形象演绎，他立足于理想中的乡土世界，建构起一种传统的道德理想主义，为传统文化的现代转型提供范式。

## 二、地缘与人物的神秘色彩

蓬莱三山孕育了齐文化的神秘与玄虚，齐国是神仙方士的诞生地，齐文化是齐鲁文化中的重要一脉，我们多熟知以儒家文化为代表的鲁文化，而齐文化也同样不容忽视，齐文化的典型特点是放浪、缥缈与神秘，齐文化孕育下的古代小说家蒲松龄的《聊斋志异》就体现出这种神秘与灵异气质。这种传统一直延续到当下，影响到了当代中国小说家。张炜就多次表达过对齐文化以及仙道文化的喜爱，张炜说"我从小在林子里生活，到了海边举目四望，无边的海。齐文化，简单地概括一点，就是放浪的、'胡言乱语'的、无拘无束的文化，是虚无缥缈的、亦真亦幻的、寻找探索开放的文化，很自由、很放浪的文化。""齐文化比较浪漫，重商，能幻想，有异想天开的气质，胆大，善于发明创造。""齐文化神神道道的，其中又有许多实用主义的部分，所以今天的人很感兴趣。"[①] 齐文化中的重要代表东莱文化深深影响到张炜的创作。

小说《古船》开篇从城墙写起，写出了齐长城、齐国古城，这给作品很厚重的历史感，作者写齐国的建筑与文化，是寄寓了作者的文化理想的，作者对齐文化十分推崇，尽管他出身齐鲁大地，可总的来说，齐文化对他的影响很深，接下来作者写出了"东莱子故城"，这里也流露出作者对东莱文化的关注，东莱文化是东夷文明的重要组成，起源于商周时代，古莱子国是神仙说最盛行的地区，《史记·封禅书》记载："公孙卿言见神人东莱山"，说明东莱子地区很早有仙道传统，

① 《张炜解读〈刺猬歌〉呼吁人们认知"齐文化"》，新浪读书频道，2007 年 4 月 24 日，http://book.sina.com.cn/author/subject/2007 — 04 — 24/1435213994.shtml。

是一片神秘之地，作者也把这种传说放置到小说中，渲染了一种神秘的气息，更增加了人们对洼狸镇的好奇。"齐魏争夺中原，洼狸人助孙膑一臂之力，齐威王才一飞冲天，一鸣惊人。秦始皇二十八年先到鲁南邹峄山，再到泰山，最后来到洼狸，修船固锚，访蓬莱、方丈、瀛洲三神山。孔子四方传礼唯独不来齐东，野人知礼。圣人尚有遗落未知之礼，派颜回、冉有来夷族求礼。他两人在芦青河上猎鱼，学圣人钓而不纲。有一洼狸镇人听墨子讲经十年，出自他手的飞箭能行十里，而且骚然有声。他磨一面铜镜，可以坐观九州。洼狸镇还有出名的僧、道。李安，字通妙，号长生；刘处玄，字长真，号广宁；皆洼狸人。万历年间飞蝗如云，遮天蔽日，人食草、食树、食人。镇上一高僧静坐入定已经三十八天，后经徒弟用铜铃引醒。高僧直奔城头，手搭晾棚道一声'罪过'，满天蝗虫收入袍袖，又被他抖入河底。长毛造反，四村八乡的百姓跑到洼狸城下，危急时城门大开，救了四村八乡……如净琉璃，内现精金，以前妙心，履以成地！"[1] 这段话出现在小说的第一章，在文首作者就把小说置身于一种玄妙的背景下，这种地理位置下的洼狸镇有着浓郁的历史文化传统，增添了一种神秘色彩，让读者不免去探索洼狸镇人的前世今生。

不光在地缘上，作品中的人物也体现出这种神秘气息，人物性格多有隐逸特征。整天坐在磨屋里的隋抱朴，可以对着老磨待上一天，当与弟弟隋见素论证"洼狸粉丝大厂"的领导权时，他表现出了难得的豁达，他认为厂子不属于赵家也不属于隋家，是属于洼狸镇的，谁要是不能带领大家共同致富就不配拥有粉丝厂，所以在家族仇恨时刻，赵多多经营的"洼狸粉丝大厂"发生"倒缸"时，他总能耐心细致地去"扶缸"，挽救洼狸镇的损失。海上归来的隋不召，也有种神秘色彩，作者认为隋不召回来这一年该记入镇史。"这年春天，有一个巨雷竟然打中了老庙。半夜里庙宇烧起来，全镇人出来救火。大火映亮了整个洼狸镇，有什么在火里像炮弹一样炸着，老人们说那是和尚盛经的坛子烧碎了。古柏像是有血脉有生命的东西，在火焰里尖声大叫。乌鸦随着浓烟飞到空中，悬巨钟的木架子轰隆一声倒塌了。……天放亮时老庙也正好烧完，接着大雨浇下来。""十天之后，有一条远道来的船在芦青河搁浅了。全镇人惊慌地跑到岸边：河心里停了一条三桅大船。河水分明是变得浅窄了，波浪微微地拍打着堤岸，很像是打着告别的手势。大家帮着拽那条大船了。"[2] 庙宇被烧在这里可以看作是文化的陨落，在海边庙宇

---

① 张炜：《古船》，人民文学出版社2013年，第6页。
② 张炜：《古船》，人民文学出版社2013年，第4—5页。

是祈福海上平安的场所，庙宇的倒塌预示着航海业的沧丧，终于轮船搁浅了。隋不召的生命是属于海洋的，海洋有广阔的胸襟，有虚无缥缈与放浪形骸，所以他来到陆地上也保持了这种"自由自在"的生命状态，他常"一丝不挂地仰躺在细细的白沙上，舒服地晒着太阳"①，而这在当地却与伦理有别。

他整天看《海道针经》，诉说着郑和大叔的故事，仿佛是另一个世界的人，给长期生活在陆地上的人无限的遐想。隋不召一心想回到海上，一次真的弄到了一条船，当人们争相催促船下水时候，他却不以为然，认为应该先念"神文"，接着他念了这么一段："某年某月今日今时四直功曹使者，有功传此炉内香，奉请历代御制指南祖师，轩辕皇帝、周公圣人、前代神通阴阳仙师、青鸦白鹤仙师、王子乔圣仙师、李淳风仙师、陈抟仙师、郭朴仙师，历代过洋知山知沙知浅知深知屿知礁精通海道寻山认澳望斗牵星古往今来前传后教流派祖师，祖本罗经二十四向位尊神大将军，向子午酉卯寅申巳亥辰戌丑未乾坤艮巽甲庚壬丙乙辛丁癸二十四位尊神大将军，定针童子，转针童郎，水盏神者，换水神君，下针力士，走针神兵，罗经坐向守护尊神，建橹师父……千里眼顺风耳部下神兵，擎波喝浪一炉神兵，本船奉七记香火有感明神敕封护国庇民妙灵昭应明着天妃，海洋屿澳山神土地里社正神，普降香筵，祈求圣杯。或游天边戏驾祥云，降临香座以蒙列坐，谨具清樽。伏以奉献仙师酒一樽，乞求保护船只财物，今日良辰下针，青龙下海永无灾，伏望圣恩常拥护，东西南北自然通。伏以三杯美酒满金钟，扯起风帆遇顺风。海道平安往回大吉，指东西南北永无差，朝暮使船长应护往复过洋行正路，人船安乐，过洋平善，暗礁而不遇，双篷高挂永无忧！……"② 至此，隋不召的神秘色彩更加浓重。

《古船》中地缘和人物的神秘感来自于作者所处的生活环境，张炜曾说"当年方士的看家本领，其实就是孔子不愿谈论的那些'怪力乱神'！这些方士从齐国大学者邹衍那儿得来灵感，采纳和实践了他的'大九洲'学说，幻想寻找海外天地，认为海中真的藏有神仙！这些方士主要的聚集地就在今天的蓬莱龙口莱州一带，还有东边昆嵛山和荣城海角那些地方！"③ 一方水土养育一方人，长期生活于此的张炜无疑会受到仙道文化的影响，仙道文化成为他小说创作的原动力和表现元素。

---

① 张炜：《古船》，人民文学出版社 2013 年，第 5 页。
② 张炜：《古船》，人民文学出版社 2013 年，第 48 — 49 页。
③ 张炜：《芳心似火——兼论齐国的恣与累》，作家出版社 2009 年，第 19 页。

## 三、求仙问道的世俗化

"齐地仙道文化早在东周就已颇为盛行，而且形成了以服饵为主要方式的地域特色。"[①] "服饵"即服食丹药，是追求长生的一种途径，古代人认为只要服用灵丹妙药，就能得以长生。不仅如此，仙道讲究炼气，也就是重视精气神，这是人体中的三大要素。很早以来，人们就追求肉体的长生不老，尤其是在达官贵人中表现更为明显，中国古代秦始皇、汉武帝都对胶东半岛的仙道文化产生浓厚兴趣并付诸实践。秦始皇曾求仙问药，并派徐福东渡，他自己也曾奔波千里、三次东巡，寻求长生不老之灵丹妙药。尽管一再追求长生之药，却也没有能让秦始皇、汉武帝得以长生，但这并没有阻止人们求长生的脚步，此后对长生的追求不仅在统治阶层，下层民众也渗透着这种长生法则，这种法则渗透至民众的日常生活，与统治阶层众里寻他千百度不同，民众对长生的理解趋于理性化，他们更多的是对修身养性的重视，讲求食物养生、气功养生等可以触摸到的通达途径。《古船》中的人物多持有这种养生之道，比如赵炳，即文中多次以洼狸镇权威人物出现的四爷爷，他就很注重养生，下面就以四爷爷为例来窥探民间社会的求仙问道特点。

四爷爷的养生之道是这样的："每天凌晨即起，闭目端坐，轻轻叩齿十四下，然后咽下唾液三次；轻呼轻吸，徐徐出入，六次为满；接着半蹲，狼踞鸱顾，左右摇曳不息；如此从头做完三次，才下炕走到院里，立定，三顿足；提手至肩，前后左右推揉二次。此法贵在坚持，四爷爷一年四季从不间断。"这种坚持源自于一个健身口诀，也就是长寿秘诀："算来总是精气神，谨固牢藏休漏泄。休漏泄，体中藏，汝授吾传道自昌，口诀记来多有益，屏除邪欲得清凉。得清凉，光皎洁，好向丹台赏明月，月藏玉兔日藏乌，自有龟蛇相盘结。相盘结，性命坚，却能火里种金莲，攒簇五行颠倒用，功完随作佛和仙。"[②] 道教内丹学称精、气、神为人的"三宝"，他的健身之道在于练就精气神，这成为求仙问道世俗化的典型特征。

四爷爷的养生之道在食补。他"讲究养生，一切水果皆分为正气、湿热、寒凉。他身体燥热之时从来不食柿李。秋冬气候，他乐于剥吃柑桔香蕉。近来四爷爷身体微躁，张王氏手指在背上活动不止，已经心中有数。所以她择了性属凉寒的雪梨柚子。但不可过，于是她思忖半天，又减去一只雪梨。平常的日子里，四

---

① 赵卫东：《山东仙道文化资源及其开发利用》，《齐鲁文化研究》2010年第9辑。
② 张炜：《古船》，人民文学出版社2013年，第158页。

爷爷多食一些甜橙黄皮，它们性属正气。他更多地吃些南方水果，并且从不让别人剥皮。他用肥胖的手指缓缓地将果皮与果肉分离开来，心中愉快。南北两分，地气不同，多吃一些南方果实，大有益于'精气神'。每当秋凉，四爷爷开始进补。蛤蚧泡酒，桂元煮汤，团鱼每周一只，绝不多食。四爷爷摒弃药补，相信食补，每至大雪封门天景，就用沙锅煨一只参鸭。"①

不仅如此，四爷爷的养生之道还在于读书，他常跟吴脖饮茶品书，有一次他们讨论的是清代李汝珍的小说《镜花缘》，四爷爷动情处不免轻轻咳一声说："真是好书，百遍咂嚼，百样滋味。神仙的事情让咱们凡人来想一想，也糊糊涂涂做一会儿神仙。"② 可见，书籍也能让人在"书中自有千钟粟，书中自有黄金屋，书中自有颜如玉"之外，找到书籍的另一个功效：做神仙。

然而四爷爷的求长生之道并没有渐行渐远，终于饱尝了自己酿造的苦果。"求仙与隐居都是现实的困厄与生之维艰的产物"③，四爷爷常在屋里不出门，是对现实的逃避，是对自己罪恶的遮蔽，与真正的求仙问道还有很大的区别，他只是在外形上追求，而未在内在上契合。这也充分说明，要追求长生首先要有德，德性高尚才有可能趋向于仙道，如果德出了问题，这就从根基上推倒了长生殿堂。四爷爷原是洼狸镇上的一霸，与赵多多做过很多不可饶恕之事，只不过在晚年才选择了退居二线，然而其心并未得到清净，所以长生之路难以实现。

不仅四爷爷讲究养生，洼狸镇镇上有名的中医郭运，也很讲究养生和气韵疗法，他多次给隋抱朴和隋见素看病，他认为治疗最重要的是"呼吸精气，独立守神"，隋见素在各大医院都无法治愈之时，跟郭中医做气功才保全了性命，这无疑加深了读者对"精气神"的认知，体现出神秘气息。近代以来的求仙问道之路逐渐回归民间，呈现出世俗化特征。

总体而言，成长于齐鲁大地的张炜却承传齐文化较多，齐文化中的胶东地区仙道文化对张炜创作的影响不言而喻，深深影响到作品人物的命名以及人物性格与形象刻画，并在作品中营造出一种飘逸的浪漫主义文风和独特的神秘主义色彩，从仙道文化入手或许可以为解读张炜文学世界提供一条新的通道。此后他的《刺猬歌》《你在高原》等作品更加亲近自然、融入野地，也更彰显出仙道文化特色。

---

① 张炜：《古船》，人民文学出版社 2013 年，第 154 页。
② 张炜：《古船》，人民文学出版社 2013 年，第 159 页。
③ 卢晓河：《求仙与隐逸——神仙道教文化对山林隐逸之士的影响》，《宁夏社会科学》2010 年第 4 期。

　　〔作者简介〕秦彬，文学博士，鲁东大学文学院讲师，主要从事现代中国文学与文化研究，鲁东大学胶东文化研究院"胶东仙道文化与现代中国作家的精神取向"课题负责人。

# 蓬莱神仙文化与神仙题材影视剧创作探析

### 韩红梅

党的十八大强调，要建设优秀传统文化传承体系，弘扬中华优秀传统文化。要深化文化体制改革，解放和发展文化生产力，发扬学术民主、艺术民主，为人民提供广阔文化舞台，让一切文化创造源泉充分涌流，开创全民族文化创造活力持续迸发、中华文化国际影响力不断增强的新局面。神仙文化作为中国传统文化的重要分支，一方面不仅为影视创作提供文化资源储备，另一方面通过神仙主题的影视创作，又加大了优秀文化精神的传承，因此二者关系相得益彰，相辅相成。因此，深入探究中国神仙文化的神仙内核精神及其价值，探究二者关系，对于影视创作更好的传播神仙文化具有重要的意义。

## 一、神仙文化与神仙内核精神

早在人类告别野蛮时代之后，各民族都先后迈进神的信仰时代，产生了人类最初的神仙思想，其内核精神是以"长生不死"和"快乐自由"为宗旨。神仙思想的产生究其根源是人们逐渐由生命的短促感和不自由感带来的悲剧意识，促使人们努力寻求一种新的精神解脱方式，从而寻求人类灵魂的精神慰藉；其次是远古神话的刺激与培养，中国收录神话最多的就是《山海经》，书中讲述了大量的有关长生不死和自由飞行的神话故事，他是催生人类追求不死与自由的直接源泉；催生中国神仙思想的还有一个因素就是山海幻景，山川大海变幻迷离的自然景观极易诱发人们关于神仙的幻想和联想。中国有很多神话传说就产生于高高的昆仑山上和蓬莱海岛，高山云雾缭绕，大海烟波渺茫，充满了神秘气息，自然引发了人们对于神仙的种种幻想。这几种基本因素相互融汇、互相结合，经过长期的酝酿发展便逐渐形成了神仙思想。

在漫长的人类历史长河中，神仙思想不断酝酿、升华，与道家、儒家、佛家等思想结合经过历史的积淀已形成一种神仙文化，成为中国传统文化的特殊产物，同时又给予传统文化以广泛而深远的影响。神仙文化中表达古人对理想社会、理想生活、理想人格苦苦追寻的积极、健康的内容就不断积淀、保存下来，不断向以文学为代表的各种艺术形式渗透、扩展，诸如影视、音乐、绘画、舞蹈、建筑、雕塑、工艺等。以文学艺术形式为例，神仙文化主要集中在主题、人物形象、创作方法三个方面进行演绎创作。在主题方面，主要创作了人仙鬼三角关系演绎出的凡人求仙得道故事，人仙婚恋故事以及神仙除妖济世故事，都曾被反复演绎，譬如蓬莱八仙过海、柳毅传书、嫦娥奔月、牛郎织女等，故事在经过不断修饰、改创、传播，越来越动听。在人物形象方面，中国文学艺术为我们塑造了一系列超现实的艺术形象，可分为神仙与鬼怪两大类。神仙超越生死，自由快乐，具有高强法术，主持人间正义，为人类消灾赐福，能够上天入地，宿于天上仙宫、海中仙岛，譬如蓬莱八仙——铁拐李、汉钟离、张果老、何仙姑、蓝采和、吕洞宾、曹国舅。相比之下，鬼怪们一般都外形丑陋、诡计多端、邪道高绝、为害人类，譬如宁采臣对峙的千年树妖、八仙对峙的通天妖道，这些鬼怪形象丰富了文学艺术形象画廊。在创作方法方面，主要采用超现实的创作手法，开启人类的想象世界，丰富了文学创作的创作手法。

## 二、蓬莱神仙文化精髓

从上面的论述中，可以看出神仙文化成为建构中国传统文化的重要文化资源，其中，蓬莱神仙文化更是其中非常重要的文化分支。神仙文化发轫于先秦时期，当时神仙信仰分为昆仑山神话系统与海上蓬莱仙岛神话系统两大系统[①]。昆仑山"西海之南，流沙之滨，赤水之后，黑水之前"，是"百神之所在"，是神仙之都。山上聚集了无数的神禽异兽，奇花异草，还有令人长生不死的不死之药，西王母统治着这里。另一大神仙分支是东方蓬莱神话，源于齐鲁一带的"大人"神话。齐鲁一带濒临大海，海市蜃楼幻景时常出现，这种幻景给古人一种幻觉，认为海上仙岛是神仙之府，不死之乡。相传蓬莱仙岛也聚集着众仙人，也有不死之药。蓬莱仙道离人世很近，但人永远无法真正靠近，船只一靠近就会被怪风引开。蓬莱仙岛远望如云霞飘渺，但一靠近就没入水中。昆仑山的神奇迷幻，蓬莱仙岛的虚无缥缈以及岛上"不死之药"的传说，都给人们带来无限的遐想。

虚无缥缈的蓬莱仙岛吸引世人入海求"长生不死药"，战国时期齐威王、燕昭王、齐宣王，秦朝秦始皇、汉朝汉武帝都非常笃信神仙，东巡海上，以求"长生不死药"，伴随着这种求仙热潮，衍生了许多求仙、遇仙的神话传说，在这些求仙遇仙传说中，可见"神仙"形象不仅具有长生不死、自由自在的特点，具有异于

---

① 王汉民：《传统文化与八仙的兴起》，《湘潭师范学院学报》2009 年第 9 期。

人类的仙人之气。随着汉末魏晋道教兴起，促进了神仙信仰的广泛传播"，神仙形象开始从昆仑山和蓬莱海岛移到了真实的人间，产生了"现实仙境"模式——"洞天福地"，王屋、青城等"十大洞天"，五岳、峨嵋等"三十六小洞天"，矛山、武当等"七十二福地"，都是神仙所在，神仙仙境的下移使神仙与凡人的距离越来越近，使神仙世界与现实世界保持了时隐时现的关系，从而使神话增添了更为丰富的故事，使其充满了活力。

恰恰神仙文化的这种从"天上到人间"的嬗变，催生了一些让人不断传说的经典神话。昆仑山子牙下山"封神传说"，"凡间"与"人间"之间的大门打开了，开始了绵延几千年的"人神时代"。蓬莱"八仙"传说就源于民间，八仙形象来自于当时社会的各个阶层，曹国舅、汉钟离来自于上层阶层，分别是皇亲国戚和将军，吕洞宾是文人，韩湘子是年轻出身的富贵子弟，蓝采和、何仙姑来自底层是优伶和民间子弟，而铁拐李则是以乞丐面目出现的官吏，连接了上下阶层，他们代表了世俗社会的不同阶层。"八仙"不仅神通广大，还非常具有善心，关心民间疾苦，寻找有缘人成仙。"八仙"形象是世俗社会人们寄寓美好愿望的化身，是神仙文化的精髓所在。

## 三、"神仙主题"影视文化的传播

采用超现实主义的创作手法将原始神仙故事、神话传说、传奇文学改编成影视剧（电影），成为一种特殊的影视类型——神魔剧（片），具体来讲，"神魔片是由个人或群体虚构的世界，人、鬼、神、魔、佛及各式各样的精灵妖怪是其故事的主角。这个世界勾勒的依据其实是人类真实的世界，甚至沿袭了人类真实社会的观念和组织结构，人格化的妖魔鬼怪，神仙圣佛借各种离奇的方式演绎着人的思维"[1]。中国早在 20 世纪 20 年代就出现过这种类型，是对现实主义题材类型的有效补充。

神仙文化精髓融入影视创作中，再经过改编创作了大量的神魔剧（片）。1925年上映的《三奇符》成为中国第一部真正意义上的神魔片，电影中关于魔法宝器，人吃了森林仙果头上长角，是典型的神仙文化元素。此外，动画版本的神魔剧（片）创作颇多。1946 年，大陆拍摄的动画片《铁扇公主》是我国第一部神魔动

---

① 成乔明：《从电影〈白蛇传说〉看中国魔幻电影的未来》，《电影评介》2012 年第 15 期。

画片，开启了动画神魔剧的先河。1965 年拍摄的动画片《大闹天宫》因为使用了色彩将中国神魔动画片推到了一个新的高度。后来改编自白话小说《聊斋志异》的电影《倩女幽魂》，改编自《白蛇传》的电影《青蛇》，改编自小说《西游记》的电视剧《西游记》，改编自昆仑山神仙传说的电视剧《封神榜》，还有源于蓬莱神话改编的《八仙过海》，这些神魔剧（片）都取得了很高的艺术评价和市场效益。到了 90 年代，刘镇伟导演的《大话西游》三部曲《月光宝盒》《大圣娶妻》《仙履奇缘》取得了非常好的喜剧效果，标志着传统神魔片向现代神魔片的转型。到了 2000 年之后，中国神魔剧（片）进入了创作旺盛期，从徐克《蜀山传》、再到香港和大陆合拍的《魔域僵尸》，神魔剧出品了《欢天喜地七仙女》《封神榜》《聊斋》《济公新传》《红孩儿》，产生了较好的市场效应。

这些题材源于神仙传说的神魔剧（片）一方面有效扩大了优秀神仙文化资源的传播与影响，另一方面的将追求"自由自在"、关心"民生疾苦"的神仙理念深入人心，获得了好评。

## 四、蓬莱神仙文化的影视创作存在的问题

从上面的论述中可见，取材于中国神仙文化的神魔剧取得了很大的成就，但主要集中于《西游记》《封神演义》《聊斋志异》等古代神魔小说，其中引起较大市场效应和反响并且多次被改编的是《西游记》，这部神魔小说曲折离奇的叙事情节，一方面比较适合长篇电视剧制作的叙事结构，许多精彩章节也可以摘出来改编为短篇神魔电影传奇，长篇神魔剧《西游记》，电影《大话西游降魔篇》都是经典改编之作。《西游记》中的神仙故事为人们构画了神仙、凡人、魔怪为主角的三元世界，孙悟空不折不饶的斗争精神、济世助人的精神感动了观众。

通过梳理，蓬莱八仙故事也被改编为不同版本的神魔剧，最为经典的是 1985 年香港丁亮执导的《八仙过海》，其演绎的八仙神话故事，创造了一个收视热潮。2011 年，内地导演王强、王刚执导的同名神魔剧《八仙过海》播出，1998 年由新加坡与中国合拍《东游记》（此剧改编于明代吴元泰的小说《东游记》），2009 年罗福执导《八仙全传》，2014 年王淑志、杨建武拍摄《剑侠》（又名《八仙前传》），由黄健中执导《蓬莱八仙》预计于 2015 年下半年上映。

可以看出，"八仙"题材的电视剧是非常受观众喜爱和欢迎的，在电视剧市场上也取得了一定的成就。但细究起来，存在的问题也比较突出。

首先，缺乏电影品牌与精品，"八仙"故事的改编与传播缺乏深度与广度，影

视创作仅有多部电视剧作品，目前并没有改编成电影作品，产生市场效力，其传播力度弱。在目前播放的关于"八仙"故事的电视剧中，缺乏精品，新剧播出效果难以超越 1985 版《八仙过海》。

其次，神仙内核精神的游离。面对中国如此丰富的神话故事题材，影视创作面临的最紧迫的问题就是现代化的重新架构与重新解释。新媒体的传播渠道、年轻的受众群体、快节奏的生活环境都要求对神魔剧（片）的改编创作要做到与时俱进。但目前存在的问题是神仙文化精神内核的缺失。通过解读古代神魔小说，蓬莱神仙文化的神仙精神内核具有这样几个特点：

一是追求长生不死、自由自在的理想。蓬莱仙境以其生命不死的延续性与超越尘世的极乐性成为安顿生命悲剧的绝佳归宿，对生死悲剧有一种消解作用。如学者张法所言，"当现实世界的人把它作为一个确实存在的世界而相信的时候，它就对现实世界的人们发挥着作用和影响，神仙超世观念与执著于世的悲剧意识是对应的，它在本质上对悲剧意识有一种消解作用。"①

二是关心民间疾苦，济世救人，普度众生的民生理念。与其他神仙相比，蓬莱仙境中的神仙更加偏向于人性化与平民化。在描述蓬莱仙境的唐人小说中，"不仅神仙具有了人的品行与喜怒哀乐的情感表达，而且得道长生不再是帝王的奢望，百姓经过勤心修行或奇遇仙人从而成仙的事例也有许多。"②

三是"和合文化"理念的传达，"八仙"的"八"是一个和谐数字，是和合精神的浓缩，八仙和谐相处，给人们带来幸福。而现在为了迎合新的年轻观众的审美接受口味，"八仙"故事神魔剧的改编创作单纯依靠数字技术，过分突出画面的奇幻效果，加强情节叙事的游戏性，而对上述的神仙精神内核多少有些游离，这也是当前神魔剧的创作症结所在。

再次，文化宣传力度不够，缺少对广泛受众群体的培养。蓬莱市政府非常重视本地文化资源的开发利用，大力开发旅游产业，但就蓬莱"八仙传说"的影视创作来说缺乏有效的宣传，在全国，甚至世界上影响甚微。为了迎合当前的年轻受众群体，关于"蓬莱神仙文化"的影视剧作流于娱乐化，甚至为了取得一定的收视效果，异化经典神仙形象，流于庸俗化，这样的创作很难培养更为广泛的受众群体，也很难推向国际市场。只有那些追求真善美、智慧、爱、正义、勇敢、执著、坚强等全人类共通的价值观念的神魔剧作才能获得民心。

---

① 张法：《中国文化与悲剧意识》，中国人民大学出版社 1997 年，第 199 页。
② 刘晓清：《唐人小说中的蓬莱仙境》，辽宁大学 2014 年硕士学位论文。

## 五、神仙故事影视改编创作的应对策略

首先，着力培养神魔剧改编创作的专业编剧。神魔剧的改编创作与一般的现实题材影视剧的改编创作不同，需要编剧熟悉中国古代浩瀚丰富的神话故事与传说，需要编剧深厚的文学底蕴，编剧不仅要能精确抓住神魔题材的内核精神，还要积极与现代精神积极对接。中国千年文明的积淀拥有最古远最丰富的神话题材和故事。这些神话故事正是"先民们在生产劳作中代代传扬，表达着自己的生活愿望、对人性的洞察、对世俗的认知和对不可掌握的宇宙自然的幻想"①，是先民们思想价值的艺术性凝练。蓬莱神仙精神内核与社会主义核心价值观有着高度的一致性，那就是以民为本、关心民生疾苦，而这恰恰是蓬莱神仙故事能获得成功改编的前提。同时，要大力推进"蓬莱八仙"题材的电影改编创作。

其次，大力推进蓬莱"神仙文化"的宣传。蓬莱神仙文化博大精深，除了我们所熟知的"八仙"形象，还有很多普通观众不熟悉的其他经典故事。最好的宣传方式就是推进一系列关于"蓬莱神话故事"的神魔剧（片）的创作，把他们融入整个神魔剧（片）的创作类型中去，继而形成一个巨大的神魔剧（片）产业链条。

## 结语

中国神仙文化资源丰富多彩，但却没有引起轰动效应的神魔电影（电视剧），不得不说是一个遗憾，立足于本土"神仙文化资源"做到"看透、挖深、做活"，创作出大气、接地气、贯通中西的神魔巨作，是我们追求的目标。立足于蓬莱神仙文化资源，做精、做细，力求出精品，将有助于推动中国神魔剧（片）的繁荣昌盛。

［作者简介］韩红梅，硕士研究生，天津师范大学新闻传播学院讲师。

---

① 张弛：《论神话在电影中的转化与发展》，《长春教育学院学报》2014 年第 6 期。

# 蓬莱仙道文化对鲁剧定位及发展的启示

## 冯淑静

蓬莱仙道文化是齐文化的重要内容，在齐鲁文化的发展过程中，鲁文化中发展起来的儒家文化，逐渐成为中华民族的主流文化。所以历代评价齐鲁文化时，多对严正的儒家文化为核心的内容比较看重。蓬莱仙道文化因为具有迥异主流文化的特点，历代关注较少。随着山东对仙道文化为主题的文化产业的重视，探求蓬莱仙道文化在鲁剧创作中的价值及意义显得尤为必要。

鲁剧作为山东大地上土生土长起来的地域影视品牌，20世纪80年代曾凭借《武松》《今夜有暴风雪》《高山下的花环》，连续三年获得"飞天奖"、"金鹰奖"一等奖的桂冠，"三连冠"为鲁剧在全国诸多影视品牌中树立自己的影响和地位打下了良好的基础。进入21世纪以来，鲁剧创作迎来了另一个高峰，《大法官》《誓言无声》《大染坊》《闯关东》《沂蒙》《南下》等三十多部鲁剧，先后在"五个一工程奖"、"飞天奖"、"金鹰奖"、"华表奖"、"金鸡奖"中斩获佳绩，鲁剧作为齐鲁文化滋养下产生的影视品牌，逐渐成为中国影响力较大的影视品牌之一。

从鲁剧的即得成就看，偏重于主流文化的继承和宣扬，对齐鲁文化中诸多非主流文化的内容很少涉猎。为了更好地发展这一地域影视品牌，突破在题材、风格等方面太单一的困境，鲁剧有必要对齐鲁文化中不同领域的内容进行挖掘。

## 一、蓬莱仙道文化——齐鲁文化中独具一格者

蓬莱仙道文化作为齐鲁文化的一部分，具有迥异于主流文化的特点。首先，蓬莱仙道文化的源头内容，多是由神话和仙话组成，这些内容与蓬莱海滨地区流传的神仙说关系密切。《山海经》中出现的"大人之国"及与蓬莱相关的神话，是中国上古神话的重要内容。围绕蓬莱、方丈、瀛洲三仙山不断丰富演绎出来的仙岛仙人、长生不老药、蓬莱仙境等内容，则渐渐向仙话方向发展。这些神话、仙话内容，在中国文化中属于俗文化范畴，而俗文化在中国历史上，向来是不被看重的。

儒家文化是齐鲁文化中最突出的文化现象，受孔子"不语怪力乱神"的影响，文人雅士崇尚雅正的文化态度，对不入流的俗文化持否定、回避态度。如司马迁整理资料撰写《史记·五帝本纪》过程中发现了大量的神话资料，除了将那些五

帝相关的内容历史化外，对一些俗文化内容进行了舍弃，认为"其言不雅驯，缙绅先生难言之"。这种态度对蓬莱仙道文化的传承评定有一定影响，蓬莱仙道文化中出现的大量神话仙话内容，没有在主流文化中大量宣传记录，主要还是在民间流传发酵。

除了众多神话、仙话内容外，方士文化是蓬莱仙道文化中的重要内容。战国秦汉时期在燕齐海滨地区出现了众多方士，他们以长生不老的方术为研究对象，宣扬长生不老的神仙理论，并以此干人主、求富贵。比较有代表性的如齐威王、齐宣王、燕昭王时期的方士宋毋忌、羡门高、充尚、正伯侨等；秦始皇时期的徐福、卢生、韩众、侯公等；汉武帝时的公孙卿、少翁、栾大等。他们有的自称见过仙人或上过仙岛，有的拥有一些极具迷惑人的方术，如汉武帝时的方士少翁能召鬼神、栾大能让棋子互相碰撞、李少君对古铜器非常熟悉，这些帮助他们获得了统治者的信任，加官晋爵，享受荣华富贵。为了满足统治者长生不老的愿望，他们积极参与入海求仙、访仙寻药等活动。但是从威、宣王时期到汉武帝时期，并没有一个方士真正能替帝王求得长生不老的仙药。

方士们手中的神仙方术都是些骗人的把戏，但他们不惧穿帮的危险，抱着火中取栗的冒险态度，游说人主。他们对功名利禄飞蛾扑火的态度与齐人缺少对周礼的尊奉，注重功利，讲求实际的思想有关。这些方士体现的个性特点与中国主流文化中宣扬的君子品格相差甚远，但他们丰富的想象、亦真亦幻的方术、极具传奇色彩和冒险精神的经历都具有特殊的魅力。他们的言行使得蓬莱仙道文化更具有神秘色彩。

蓬莱仙道文化还包括历代帝王访求长生不老药，入海求仙内容。从战国时期齐威王、齐宣王、燕昭王，秦国的秦始皇，到汉代汉武帝等，为了长生不老，达到长久统治的目的，他们多次派遣方士求仙，甚至亲自东巡海上，访求长生不老药。这些基于帝王私欲基础上的求仙访道活动，劳民伤财，与主流文化倡导的国计民生没什么关系，与修身齐家治国平天下的修身原则也完全相背离，但却极大地丰富了蓬莱仙道文化。随着汉末道教出现，道教思想与燕齐方士思想融合，尤其是黄老思想与燕齐方士的养生术结合，形成的神仙方技家，对以后道教的发展影响深远。

蓬莱仙道文化涵盖的神仙文化、方士文化、寻仙养生文化及与其密切相关的道教文化，都不属于主流文化范畴。这些使得蓬莱仙道文化在齐鲁文化中具有别样的风采。

## 二、鲁剧对齐鲁文化的传承和发扬

鲁剧在挖掘齐鲁文化方面，偏重齐鲁文化中有代表性的大题材，而且这些大题材都与主流文化、主旋律相迎合。主旋律的含义主要是指国家的主要意识形态。具体到影视剧创作，则是指那些以革命历史重大题材，或贴近老百姓生活的现实主义题材为创作依据，以弘扬主流价值观、讴歌积极正面的思想情感为主的创作。鲁剧从三连冠时期的《今夜有暴风雨》《高山下的花环》，到探索摸索时期的《孔繁森》《鲁氏兄弟》，再到鲁剧风格逐渐鲜明的二十一世纪的诸多代表作，如《大染坊》《闯关东》《沂蒙》《南下》等，无不体现了一种家国情怀。

鲁剧在弘扬主旋律的同时，传承、弘扬了诸多中华民族的传统美德，这些美德大都与儒学关系密切。儒家学说中的重要理念，如忠、孝、仁、义、信等已经融入到齐鲁文化的血脉之中，儒家学说中重视的入世精神、修身齐家治国平天下的积极人生态度，在诸多鲁剧中都得到了很好的体现。这一方面体现在以齐鲁文化为蓝本创作的影视剧中，如《闯关东》中朱开山，虽是一介平民百姓，但却以自己不平凡的经历体现了仁、义、智、勇、信等优良传统美德。另一方面，那些与齐鲁文化关系不密切的鲁剧，其承载的精神内涵也与齐鲁文化的精神内核关系密切，如《大法官》宣扬的中正廉洁思想、《钢铁年代》中钢铁工人身上体现出来的淳朴、善良、仁义、忠诚等，大都与儒家核心理念关系密切。

由于鲁剧题材偏重宣扬重大题材、主流文化，紧扣主旋律，这影响到其整个的风格特色——现实主义特征明显。从鲁剧几十年的发展看，大都是在现实主义创作原则基础上进行的艺术创作。表现在具体的创作手法上，首先，故事情节大都基于作品所反映时代的社会现实，进行冷静客观再现和描写。以《沂蒙》为例，其影片真实再现了抗战年代沂蒙老区的生存状况，以及沂蒙老区人民在抗战时期爱党爱军、无私奉献、艰苦奋斗的沂蒙精神。其次，鲁剧善于选择典型人物典型事件刻画故事情节。《大染坊》中的商业奇才陈寿亭、《闯关东》仁义智勇信俱全的平民英雄朱开山、《沂蒙》中大智大勇无私忘我的于大娘，无不具有典型性。再次，鲁剧在人物形象塑造、故事情节交代中，以客观冷静的表达为主，创作者的思想情感主要通过人物形象、故事情节表现，不做主观情感的直接抒发和结论性论断。《大染坊》是为数不多的鲁商题材影视剧中最成功的一部。商业奇才陈寿亭身上承载了众多鲁商特有的精神和智慧，如吃苦耐劳、知恩图报、爱国顾家等。这些内容主要通过一个又一个的事件，客观真实地再现出来。

## 三、蓬莱仙道文化的影视创作元素探求

影视产业是山东文化产业发展的重要一环，经过梳理，蓬莱仙道文化在以下几个题材领域，很有影视开发的可能：

### （一）迷离惝恍的神仙国度

1. 大人国

最早与蓬莱有关的当属《山海经》中记述的"大人国"："在东海，两山夹丘，上有树木。……大人国在其北，为人大，坐而削船。（《海外东经》）""蓬莱山在海中，大人之市在海中。（《海内北经》）"关于大人国的内容在一些古籍，如《国语》《史记·孔子世家》中都有出现，内容不断丰富、不断演绎，发展到张华的《博物志·外国》："大人国，其人孕三十六年，生白头，其儿则长大，能乘云雨而不能走，盖龙类。去会稽四万六千里。"这里的大人俨然成了龙类之属。此类内容，加以发挥编撰，通过迷离惝恍的光影艺术表达出来，这一"大人国度"创造出来的艺术效果绝不比好莱坞的《阿凡达》逊色。

2. 东方鸟国

少昊部族是东夷古部落中的一支，由于秦人始祖伯益是少昊之后，所以少昊被秦人奉为始祖，成为西方之神。但在《山海经·大荒东经》中记载："东海之外大壑，少昊之国。"《列子·汤问》对东海仙山做过详细描述："渤海之东，不知几亿万里，有大壑焉，实为无底之谷，其下无底，名曰归墟。……其中有五山焉：一曰岱舆，二曰员峤，三曰方壶，四曰瀛洲，五曰蓬莱。"这些资料揭示了少昊既是西方之神又是东方之神的双重身份，同时也揭示了少昊族与蓬莱地区关系密切。

少昊部族以鸟为图腾，据《左传·昭公十七年》云："少皞挚之立也，凤鸟适至，故纪于鸟，为鸟师而鸟名。凤鸟氏，历正也；玄鸟氏，司分者也；伯赵氏，司至者也；青鸟氏，司启者也；丹鸟氏，司闭者也。祝鸠氏，司徒也；鴡鸠氏，司马也；鸤鸠氏，司空也；爽鸠氏，司寇也；鹘鸠氏，司事也。五鸠，鸠民者也。五雉，为五工正，得器用，正度量，夷民者也。九扈，为九农正，扈民无淫者也。"

据此可知少昊部族创建了一个官职系统以各种鸟命名的奇幻鸟国，从影视创作角度看待少昊部族与鸟图腾崇拜的文化遗留，则充满了神秘浪漫色彩，不管是一群神秘的鸟捕食者，还是容止服饰如鸟的异族文化特色鲜明的鸟人，再添加上些许诡异奇妙的鸟语因素，少昊其人其族都充满了丰富的、特异的神秘浪漫色彩，足以为影视剧的创作提供一个开发挖掘的宝库。

### 3. 蓬莱仙境

顾颉刚在《〈庄子〉和〈楚辞〉中昆仑和蓬莱神话两个神话系统的融合》中提出中国古代神话可以分为昆仑神话和蓬莱神话两大系统。如果说昆仑是地上仙乡，那么蓬莱就是海上仙乡。它远离陆地，在飘渺的大海之上，显得更加虚幻难测。在海市蜃楼自然现象及燕齐方士的玄虚怪谈的促进下，一个美丽迷人的仙境逐渐丰富起来。这个仙境主要围绕着古代神话传说中的"蓬莱、方丈、瀛洲"三座仙山展开。许多文献都对这一仙境有过描述。《山海经·海内北经》记载："蓬莱山在海中。"郭璞注："上有仙人，宫室皆以金玉为之，鸟兽尽白，望之如云，在渤海中也。"不仅如此，在《列子·汤问》中，对其进一步丰富，"其上台、观皆金玉，其上禽兽皆纯缟。珠玕之树皆丛生，华实皆有滋味，食之皆不老不死。所居之人皆仙圣之种，一日一夕飞相往来者，不可数焉。"

在蓬莱仙境里，宫室、台、观都是金玉砌成，何其辉煌夺目。生活其中的鸟兽迥异于陆上生灵，皆为白色，在渤海之中，一眼望去，如片片白云，不杂尘色。岛上仙人飞相往来，无以数计，这分明是天国的胜景。更令人称羡的则是岛上的仙树，花与果实不仅味美还能长生不老，这让人间帝王艳羡不已。不仅如此，在以后的流传中，蓬莱仙境还成了仙人藏书之所，《后汉书》卷53："是时学者称东观为老氏减室、道家蓬莱山。"注解道："蓬莱，海中神山，为仙府幽经秘录并皆在焉。"

蓬莱仙境不仅美好，而且迷幻难至，《史记·封禅书》记载："此三神山者，其在渤海中，去人不远，患且至则船风引而去。……未至，望之如云；及到，三神山反居水下。临之，风辄引去，终莫能至云。"

如果蓬莱仙境太过美好，似乎缺乏戏剧性，那么《列子·汤问》中的一段足以弥补这个缺憾。据其可知，仙山最初有五座，分别为"岱舆、员峤、方壶、瀛洲、蓬莱"，但因为五山没有根基，随波飘荡，"仙圣毒之，诉之于帝。帝恐流于西极，失群圣之居，乃命禺强使巨鳌十五举首而戴之，迭为三番，六万岁一交焉，五山始峙。"但是龙伯之国的大人们，钓走了六鳌，导致"岱舆、员峤二山流于北极，沈于大海，仙圣之播迁者巨亿计。"岱舆、员峤二山沉海的情节不仅具有灾难大片的动荡惊险，还增加了蓬莱仙境的玄幻色彩。

大人之国、东方鸟国、蓬莱仙境，任何一个题材与现代化影视特效手段结合，融合中国特有的文化元素，创造出来的作品都将是震慑人心的东方玄幻剧大片。

### （二）亦真亦幻的仙人仙迹

蓬莱仙道文化虽然在秦皇汉武等时期，受帝王求仙活动影响而达到高峰，但它毕竟是从民间宗教信仰、神话传说中发展起来的。所以在古籍中记述的很少，这并不妨碍其在民间大量流传，因此形成了丰富的民间仙道文化。如出现在汉朝的《列仙传》，记录了三位与蓬莱有关的仙人：与秦始皇打过交道的古仙人安期生、以仙药救济百姓的负局先生、因机缘巧合成仙且品行不端的服闾，这些内容多来自民间传说，但却使得高高在上的仙人形象更丰富起来，具有了影视创作的可能性。此类内容在魏晋南北朝志怪小说中也有大量的遗留。

蓬莱仙人仙话中最为人津津乐道的，当属"八仙过海"传说，八仙是民间传说中八个得道的仙人，具体包括的仙人有几种版本，流传比较广的一个版本是：汉钟离、张果老、韩湘子、铁拐李、吕洞宾、何仙姑、蓝采和及曹国舅。他们拥有不同的神通，不同的法器，"八仙过海"传说将他们与蓬莱联系起来，上演了一场各显神通，与东海龙王斗法的精彩仙斗戏。使得蓬莱仙话也因之大放异彩。

### （三）入海求仙的探索活动

战国时期，齐威、宣王及燕昭王就曾派人"入海求蓬莱、方丈、瀛洲"（《史记·封禅书》），但无果而终。秦始皇时期，由于他对长生不老的执着，及宋毋忌、正伯侨、羡门高等方士的推波助澜，先后多次东巡求仙，还多次派方士代为入海访求不死之药。其中最有戏剧性的当属徐福（市）为他求仙的活动，他第一次入海求仙，前后几年，耗资众多，为了交差，便谎称"蓬莱药可得，然常为大鲛鱼所苦，故不得至，愿请善射者与俱，见则以连弩射之"（《史记·秦始皇本纪》）。受了他的蛊惑，秦始皇甚至梦到与海神大战一场。据《史记·淮南衡山列传》记载，徐福再次入海求仙，谎称见到了海中大神，当得知他是为了"请延年益寿药"时，海神指出秦王礼薄，所以神药他只能"得观而不得取"。并提出"以令名男子若振女与百工之事，即得之矣。"秦王居然信以为真，"遣振男女三千人，资之五谷种种百工而行。"而徐福则带着这些，"得平原广泽，止王不来。"徐福作为一介平民，凭借自己的智慧，敢于跟强大的秦始皇斗智斗勇，利用秦始皇对蓬莱仙药的痴迷，不仅大捞一把，还带着众多男女迁往他乡，这是多么富有戏剧性和传奇色彩的斗争故事，给影视创作也提供了很好的题材来源。

汉武帝的求仙活动比秦始皇有过之无不及，受方士公孙卿蛊惑，认为黄帝成仙与获得宝鼎封禅泰山有关，所以汉武帝不仅多次东巡海上，为了求仙，他还封禅泰山，让方士上山入海为他访求仙人。期间方士们为了交差，给他捏造了一个又一个离奇的情节，让汉武帝欲罢不能，这些求仙故事，都具有影视创作的因素。

除了以上三方面的内容外，道教发展中出现的天师道、全真道与齐文化关系密切。尤其是全真道祖师王重阳收的全真七子都是胶东人，其中丘处机影响最大。

他通过对成吉思汗的影响，把全真道发展到全国，这些都可以看作是蓬莱仙道文化的传扬及影响。鲁剧创作偏重大题材大制作，而非主流文化中也有大题材可挖。丘处机作为道教发展史上的重要人物，对其传奇一生挖掘整理，改编成影视剧，将是一部反映道教文化的重头戏。

以上论述可知，与中规中矩的中国主流文化相比，蓬莱仙道文化显得格外不拘一格。神奇浪漫的神话仙话、极具探险精神的入海求仙、奇人术士的奇思怪谈、道教人物的传奇人生，都使得蓬莱仙道文化为鲁剧创作提供了大量非主流文化方面的题材来源。

## 四、蓬莱仙道文化对鲁剧定位、发展的启示

鲁剧作为山东大地上出现的地域影视品牌，创作多以正剧为主，内容以弘扬主旋律，紧扣主流文化为主，表现风格主要是现实主义风格特点，这一方面成就了鲁剧当前的成就，却限制了鲁剧未来发展的手脚。对蓬莱仙道文化的了解及影视创作元素的挖掘，不仅让我们了解到蓬莱仙道文化是齐鲁文化中别具一格的一支，更能为鲁剧突破当前的创作藩篱、开辟新的发展方向提供有益启示。

首先，突破主旋律题材藩篱，向非主流文化、俗文化领域挖掘影视素材。蓬莱仙道文化中大量神话仙话、民间传说属于非主流文化、俗文化领域。但这些内容提供了丰富的影视素材。齐鲁历史源远流长，不仅蓬莱仙道文化中包含丰富的俗文化内容，山东大地许多地区的民间文学里都遗留了大量的民间神话、传说、故事及歌谣。以泰山地区为例，泰山诸多名胜古迹都有民间传说存在，几乎一步一景，一景一故事甚或是多个传说故事，如围绕着黑龙潭和白龙池就有多个版本的民间传说存在。除此之外，泰山娘娘的传说、泰山石敢当的传说、能工巧匠鲁班的传说等更是广为流传，影响深远。除了泰山地区，山东各个地区几乎都有民间文学存在，其中不乏著名的民间传说，如董永与七仙女的传说、秃尾巴老李的传说等。这些都为鲁剧突破主流文化藩篱，并拓新的领域提供了题材来源。

目前鲁剧创作多以正剧风格为主，受此影响，其类型剧多集中在历史剧、革命题材剧、伦理剧等范畴，通过对俗文化、非主流文化的题材挖掘，许多类型剧都可以尝试。蓬莱仙道文化大部分内容都适合玄幻剧的创作，受其启发，鲁剧完全可以在其他类型剧方面大胆进行探索。如偶像剧似乎与鲁剧绝缘。当前中国的偶像剧盲目跟风韩剧俊男美女的方向，但对什么是中国的偶像剧，中国偶像应该是什么标准没有明确概念。

山东在发展偶像剧上具有得天独厚的条件和资格。龙山文化第一遗址的发现者吴金鼎曾花了两年多的时间研究山东人的体质，著有《山东人体质之研究》。日本著名"面相学"家坂元宇一郎，在《面相与中国人》一书中指出，最标准的中国人的相貌就是山东人那种类型。① 诸多研究总结下来，秉承齐鲁文化的山东人，具有许多偶像的特征：首先，相貌堂堂，阳刚之美。其次，齐鲁作为礼仪之邦，山东人也以懂礼仪，最正统为表征。钱穆"若把代表中国正统文化的。譬之于西方的希腊般，则在中国首先要推山东人。自古迄今，山东人比较上最有做中国标准人的资格。"② 再次，粗犷、豪放，仁义，淳朴厚道。在齐鲁文化基础上，将这种标准的中国元素的偶像美贯穿在偶像剧创造中，打造出代表中国审美特色的中国偶像剧，鲁剧具有很大的优势。

再次，鲁剧可以突破现实主义创作风格藩篱，尝试浪漫主义的创作风格。蓬莱仙道文化中包含了诸多浪漫主义风格的创作元素。如大人国、东方鸟国、蓬莱仙境等内容，在其基础上可以创作出极具东方玄幻色彩、风格浪漫的作品。而此类内容在齐鲁文化中包含很多，如泰山文化中对泰山神、碧霞元君、泰山石敢当等的崇拜及民间神话传说；运河文化中对金龙四大王的崇拜、天妃崇拜及关帝的崇拜等民间宗教信仰中，都具有丰富的浪漫主义创作元素。这些内容的挖掘，可以改变鲁剧以现实主义为主的创作风格，尝试完全不同的浪漫主义创作手法。

以蓬莱仙道文化的影视开发为切入点，我们会发现，当前鲁剧在题材、风格等领域存在的诸多局限和问题，都能凭借齐鲁文化丰富多彩的文化优势得到解决。这给予鲁剧创作足够的信心，可以在多题材多风格的路上开拓发展。

因此鲁剧的定位应立足于齐鲁文化丰厚内涵的开拓和传承，秉承"弘扬主旋律，坚持多样化"的创作原则展开创作。未来的鲁剧应当既是中国影视弘扬主旋律的主力军，也是在齐鲁文化基础上多方开拓，艺术风格多变、题材类型多样化的地域影视品牌。

[作者简介] 冯淑静，文学博士，济南大学文学院讲师，主要研究方向为中国传统文化与文艺学。本文为山东省社会科学规划研究项目"齐鲁文化视域下鲁剧品牌的定位及发展研究"（13CWYJ01）的阶段性成果。

---

① [日] 坂元宇一郎：《面相与中国人》，学林出版社 1989 年，第 102 页。
② 钱穆：《论中国历史精神》：台湾东大图书股份有限公司 1986 年，第 104 页。

# 古代小说与当代旅游

## 王恒展

中国是一个文明古国，文化资源非常丰富。在实现中国梦的过程中，旅游已经成为一个公认的新兴产业。而怎样保护和开发利用中国古代文化资源，为经济建设尤其是旅游业服务，便成了摆在各级领导和相关专家学者面前的一个重要课题。纵观中国古代文化资源的开发利用，最受重视的应该是被列入联合国世界文化名录的物质文化遗产，其次则是近年来颇受重视的"非物质文化遗产"。而真正代表中国传统文化主流的"经、史、子、集"，到现在为止，则还没有引起足够的重视，更不用说为正统文人所不齿的"小说"了。

然而纵观中国古代小说史则可以发现，从很久很久以前，小说这种文体就与今天所说的旅游业具有了各种各样的联系。在小说文体刚刚成型的魏晋时期，许多作品便具有了旅游业的种种要素：如《隋书经籍志·史部杂传类》著录的魏文帝撰《列异传》中的《望夫石》，便是一篇典型的以民间传说为素材写成的地理博物类志怪小说。作品记武昌新县北山望夫石的传说，既歌颂了夫妻之间的生离死别之情，又赋予山石诗情画意的故事性，使原无人情的自然山川具有了人类的情感意蕴。今天，许多旅游景点的象形山、象形石等，如巫山的神女峰、武夷山的美女峰、大王峰等，显然都属于这种情况。另如《隋书经籍志》已经列入"小说家"类的西晋张华撰《博物志》十卷，已经是一部典型的地理博物类志怪小说，"天地之高厚，日月之晦明，四方人物之不同，昆虫草木之淑妙者，无不备载。"[1] "张氏鉴省《禹贡》《山海经》、地志而作是志，故于地理特详。"[2] 这样一部仿《禹贡》《山海经》和各种地志而作的，"于地理特详"的地理博物类志怪小说，自然会与今天的旅游业具有千丝万缕的联系。如卷3"异兽"类之《蜀山猱玃》记蜀山南高山上有物如猕猴，长七尺，能人行，健走，……同行道妇女有好者，辄盗之以去，人不得知。……取去以为家室，其年少者终身不得还。显然即

---

① （明）崔世节：《博物志跋》，湖广楚府刻本，转引自《博物志校正》，中华书局1980年，第149页。

② 《博物志跋》，（清）王谟刻《增订汉魏丛书》本，转引自《博物志校正》，中华书局1980年，第151页。

神农架野人一类的故事。此类故事不但影响了后世《补江总白猿传》《申阳洞记》《陈巡检梅岭失浑家》《西游记》等小说的创作，显然也会增加某些高山大川的神秘感，从而具有了吸引游客的旅游要素。另如卷 10 "杂说"之《八月槎》，将古老的海槎传说与牛郎织女的故事巧妙地结合到一起，使之成为我国著名的四大民间传说之一。再加上鬼董狐干宝《搜神记》中的《董永》故事加以补充，使"牛郎织女"的故事情节更加完善，以至于成为今天旅游业的一张名牌。中新社太原 2006 年 8 月 29 日电——《谁能抢得"牛郎织女"发源地》，就报道了中国十余地方争"牛郎织女"发源地的消息。计有山东省淄博市沂源县牛郎织女风景区（有织女洞、牛郎庙等遗迹）、山西省晋中市和顺县牛郎织女文化之乡（有牛郎峪村、南天池村等遗迹）、河南省鲁山县辛集乡露峰山牛郎织女文化基地（有牛郎庄、织女庄等遗迹）、河北省石家庄市鹿泉区城西抱犊寨风景区牛郎织女家（有天池等遗迹）、河南省南阳市牛郎织女旅游项目（有牛郎庄、织女庄等遗迹）、陕西省长安县斗门石婆庙（又称织女寺）等。另外参加争夺的还有湖北郧西、江苏太仓。就连毫不沾边的浙江金华也建了牛郎织女彩虹桥。由此可见古代小说与当代旅游的关系。

到南北朝时期，随着小说文体的快速发展，小说中的旅游因素，小说与旅游的关系也一步步发展。如由晋入宋的著名诗人陶渊明的《搜神后记》中，便有许多颇具旅游因素的作品。尤其是卷 1 中的十一篇作品，或记"嵩山北有大穴，莫测其深。百姓岁时游观。"或记"南阳刘麟之，字子骥，好游山水。"或记"中宿县有贞女峡，峡西岸水际有石，如人形，状似女子，是曰'贞女'。"或记"临城县南四十里有盖山，百许步有姑舒泉。"显然都与旅游有关。而其中的"百姓岁时游观"和刘麟之"好游山水"，显然已是旅游了。当然，其中最具旅游因素，与当代旅游业关系最为直接的要数其中的千古名文——《桃花源》。这篇作品不但记述了武陵渔人的一次旅游，描述了一个人们心中的世外桃源，还为今天的旅游业创造了无限商机。今天湖南省已经将湖南省常德市桃源县桃花源旅游管理区作为湖南省旅游的重点项目进行进一步的重点开发。而重庆市酉阳县的桃花源旅游区也不甘落后，不但大力宣传，还投资兴建了古桃源、桃花源广场、桃花源国家森林公园、桃花源风情小镇、二酉山世外桃花源文化主题公园等一系列旅游设施。而一个浙江省就有金华桃花源休闲旅游群（有桃花源古镇、桃花源广场、桃花溪、五柳河等），上虞桃花源生态旅游区、杭州市萧山区桃花源旅游度假区等多处"桃花源"旅游区。另外像山东泰山，江苏苏州，河北邢台、沙河，安徽黟县等许多地方都有"桃花源旅游区"。可见一篇古代小说对当代旅游的巨大影响。

当然，相对于"牛郎织女"、"桃花源"等自古以来就著名的作品，绝大部分文言小说还没有引起今人的足够重视，还沉睡在故纸堆中。在这种情况下，蒲松龄的《聊斋志异》就相对好一些。因为学术界对蒲松龄、《聊斋志异》的研究比较关注，因为文艺界尤其是影视界对《聊斋志异》中的花妖狐魅比较感兴趣，《聊斋志异》中的许多作品被搬上舞台，被搬上银幕，所以《聊斋志异》的影响就比较大，虽不能说是家喻户晓，也可以说是妇孺皆知。而蒲松龄故乡的领导又比较重视，很早就成立了蒲松龄研究所，出版了《蒲松龄研究》，从而奠定了蒲松龄、《聊斋志异》研究的基础，也从而奠定了《聊斋志异》与当代旅游的关系。在这一前提下，蒲松龄研究所与蒲松龄故居成为一体，形成了一个具有深邃的文化意蕴的旅游景点。而蒲松龄的故乡——蒲家庄，又依托《聊斋志异》，依托聊斋志异研究，依托《聊斋志异》深厚的文化意蕴和巨大影响，建设了"聊斋园"，将一条荒凉的山沟变成了一个颇具特色的著名的旅游景点，并与蒲松龄故居成为一体，从而形成了一个 AAAA 级旅游景点。可以说是一个将古代文学与当代经济建设相结合，将古代小说与当代旅游形结合的成功范例，为今天旅游业的发展树立了榜样。

当然，相对于不为广大人民群众所熟悉的古代文言小说，对当代旅游业影响更大的还是古代白话小说，尤其是长篇章回小说。纵观古代章回小说对当代旅游的影响，大致有这样几类：首先是以《三国演义》为代表的历史演义小说。这类作品大都以历史事实为素材写成，所以作品中的许多历史故事以及这些故事所涉及的历史人物、地理环境、历史遗存等便成了当代旅游的重要内容。如《三国演义》中的一个诸葛亮，便为今天的旅游业提供了大量的旅游资源。不要说至今尚未开发的山东临沂诸葛亮故乡游，诸葛亮指挥的许多著名战役的战争战例游，诸葛亮曾经生活过的诸葛亮故居游等，就是已经开发的旅游项目已非常可观。如河南南阳诸葛亮隐居躬耕的卧龙岗、武侯祠旅游景区；四川省成都市的武侯祠旅游景区；陕西省汉中市的勉县武侯祠、定军山、诸葛亮墓等构成的旅游路线等，可以说都全国知名。尤其是成都武侯祠，始建于公元 223 年，为修建刘备惠陵时修建，是全国唯一一座君臣合祭的祠堂，是诸葛亮著名的纪念地。1961 年被国务院公布为国家级文物保护单位，2008 年被公布为国家首批一级博物馆。这样的地方成为全国著名的旅游景点自然是顺理成章的事。而勉县的武侯祠更是由当年诸葛亮的行辕改建，大门北向，表现了诸葛亮当年北伐的决心。直通成都的大道从院子中间穿过，表现了诸葛亮对刘备朝廷的忠贞，更增添了无尽的历史沧桑感。定军山是诸葛亮当年练兵的地方，当年的练兵场与武侯祠一水之隔（汉水），可见诸葛亮当年为了练兵备战而操劳的情形。诸葛亮墓由其当年亲自选址，青山绿水与五十余株诸葛亮安葬时栽下的汉柏相辉映，自然会让游人肃然起敬。这样的旅游胜地显然与小说的艺术渲染分不开。另如东吴的孙权，也留下了许多著名的历史遗迹。今天，与其有关的雄瓜地、孙氏祠堂、孙权后代聚居的龙门古镇等，都是著名的旅游景点。试想，一部《三国演义》会涉及多少历史遗迹，若仔细研究，会开发多少旅游景点？

其次是以《水浒传》等为代表的英雄传奇小说。这类小说虽然也有一定的历史依据，但更多的则是民间传说和作家的艺术创造，因此不受真人真事的局限，更有想象的空间，给今天的旅游开发留下了更多的余地。早在十几年以前，山东师范大学齐鲁文化研究中心编著《齐鲁历史文化丛书》，笔者承担了《水浒传》部分，编著了《梁山伯与〈水浒传〉》一书，便对《水浒传》与当代旅游进行了初步的探讨。因为《水浒传》的广泛影响，今天的水泊梁山早已经蜚声海内外，为旅游业的发展打下了坚实的基础。笔者当时只探讨了四个方面：一是梁山。梁山地处今东平县西南，原属寿张、郓城等县，新中国成立后始设梁山县，由原郓城、寿张、汶上、东平等县部分地区组成。原属山东省菏泽地区，后划归济宁市。梁山虽然并不高大，但因为历史上的宋江起义尤其是《水浒传》的巨大影响，因而名声却非常大。从而使这座矗立在鲁西南黄河淤积平原上颇有气势的历史名山成了一笔巨大的无形资产。山上本来就有虎头崖、宋江马道、宋江寨等历史遗迹，山周围也有许多与水浒故事有关的民间传说和地名故事。如梁山东麓至今仍有大片的杏花林，传说就是水浒故事中王林酒店的旧址。梁山西南60余华里的黄堆集（金属郓城），传说就是水浒传中晁盖等人智取生辰纲的黄泥岗。这一切，都很有历史文化底蕴和传奇色彩。解放以后，尤其是改革开放以来，当地政府正是抓住了这一点，积极发展旅游事业，使梁山焕发了青春。如今的梁山已经成了一个著名的旅游景点，不但在山上重修了"忠义堂"，在山下重修了"断金亭"，而且旅游配套设施也一应俱全。今天，当您在山下的水浒宾馆里美美地睡上一觉，再吃上一顿可口的水浒宴，沿着梁山蹬道拾级而上的时候，相信内心深处一定能够会涌起阵阵思古幽情。当您在黑风口看到黑旋风李逵手持两把板斧的巨型石雕的时候，内心深处一定会涌起"一夫当关万夫莫开"的雄心壮志。当您登上山顶，看到忠义堂内的一排排交椅，仰望杏黄旗上"替天行道"四个大字，耳听猎猎旗声的时候，相信内心深处一定会想起水浒英雄们的英雄事迹。二是东平湖（梁山泊）。在今山东省泰安市东平县。历史上的梁山泊在金代已经干涸，剩余的沼泽水面在清代咸丰年间定名为东平湖。今天的东平湖位于东平县西部，濒临黄河与京杭大运河，总面积626平方千米，需水量40亿立方米，是黄河下游的重要滞洪区，山东省第二大淡水湖。东平湖群山环抱，山水相映，菱荷铺绿，芦苇连天。浩渺的湖面，就是当年水浒英雄经常出没的地方。岸边的棘梁山，相传就是水浒英雄最初聚义的地方，山顶有梁山好汉的第一座聚义厅遗址。与棘梁山相连的腊山林木葱茏，当年也是梁山好汉出没之所，是水泊梁山的北大门。离西岸不远的石庙村，相传是阮氏三雄的故里。东岸的店铺村，据说就是当年朱贵开设酒店，接待英雄豪杰的地方。湖心岛又名聚义岛，就是当年七雄聚义之地。新修的水浒新城，全是仿宋代建筑，是68集新版水浒传电视剧的主要拍摄地。另外新修的六工山水浒山寨、水浒水寨，东平古城，罗贯中纪念馆等旅游点，显然也与《水浒传》有关。三是聊城市的阳谷县。这里最著名的水浒旅游景点是景阳冈和狮子楼。景阳冈是水浒英雄武松打虎的地方。今天，不但冈下仍矗立着镌有"武松打虎处"五个大字的古碑，山上仍保留着水浒故事里的山神庙，而且在相邻处修建了景阳冈森林公园。公园里不但绿树成荫，曲径通幽，随处点缀着许多具有水浒风味的酒馆、饭店、射箭场等休闲娱乐场所，而且积土成山，在山上修建了武松庙，进一步增加了水浒文化的韵味。狮子楼在阳谷县城内，是在原有的狮子楼旧址上重建的。因为这里曾经是水浒传中武松斗杀恶霸西门庆的地方，所以也理所当然地成了一处著名的水浒旅游景点。如今，这里已经建起了一条具有宋代建筑风格的古街，建起了《水浒传》《金瓶梅》里西门庆的府第，当人们悠闲地走在古街上的时候，自然会情不自禁地浮想起《水浒传》《金瓶梅》中那一幕幕与武松、西门庆、潘金莲、武大郎等人物有关的故事。四是郓城县。这里不但是托塔天王晁盖、及时雨宋江、智多星吴用、美髯公朱仝、插翅虎雷横、扑天雕李应、一丈青扈三娘等众多水浒英雄的故乡，而且自古以来便以民风剽悍豪爽著称，是著名的武术之乡。今天，郓城除有许多水浒人物、水浒故事的传说、遗址外，更为著名的是以《水浒传》中水泊梁山山寨寨主宋江命名的宋江武校和流传至今的系列武术套路——宋江阵。宋江武校建于1984年，素以武德高尚、技艺精湛、管理科学、师资雄厚著称。曾经被评为首批全国先进武术学校、全国群众体育先进单位。2003年10月《中华武术》进行20年武术学校工作总结，宋江武校居全国武术十大名校榜首。1999年以来，该校曾经获得山东省"希望杯"散打比赛六连冠，拳击比赛四连冠。多年来，宋江武校不但培养过康永刚、袁新东等世界武术冠军和全国武术冠军，而且因中央电视台1994年春节晚会一出"狗娃闹春"而蜚声海内外。而由宋江武校学生主演的电视连续剧《水浒少年》不但获得了飞天奖一等奖，同时也将水浒文化、水浒旅游推上了一个新的高度。除上述四个方面之外，其他如聊城市莘县的十字坡、野猪林，潍坊市青州的清风寨等，都是可以开发的水浒文化旅游景点。

第三是以《西游记》等为代表的神魔小说。这类作品虽然也有一定的历史依据，但主要是作者在民间传说基础上的艺术创作。因此，相关的旅游景点就更具随意性。纵观与这类小说有关的旅游景点，大致有四大类：一类是作品中的故事发生地。这可以江苏省连云港市的花果山风景区和山东省烟台市蓬莱市的八仙过海风景区为代表。小说《西游记》中对孙悟空的花果山、水帘洞有详细的描写，而连云港的花果山、水帘洞便恰恰对应了这些描写，因此便理所当然地成了一个与《西游记》有关的著名旅游景点。今天的连云港花果山是国家 4A 级旅游景区，号称《西游记》取材地、"孙大圣故里"。著名的景点有水帘洞、老君堂、仙人桥、南天门、唐僧家世碑等，显然都与《西游记》有关。而同为神魔小说的《八仙出处东游记》中的八仙过海之处，小说中虽未明写是今天的蓬莱，但小说中吕洞宾曾言："久闻东洋广阔，其中蜃气楼台时出，不如今日乘兴东游，以观其景何如？"联系蓬莱阁上宋代苏东坡的对联"海市蜃楼皆幻影，忠臣孝子即神仙。"联系民间流传的八仙过海传说，那么八仙过海的地方显然就在今天的蓬莱。在这里修建八仙过海风景区便毫无争议了。一类是某些地方的自然地理环境类似于小说故事情节中的描写，因而当地政府和旅游部门便因势利导，修建与《西游记》有关的旅游景点。此类最典型的就是湖北省随州市随州县洪山镇温泉村的"西游记公园"。因温泉环境类似于《西游记》中女儿国洗澡的地方，所以也顺理成章。公园中有女儿国温泉、西游记怪街、火焰山石林、红孩儿游乐场、蟠桃园、大闹天宫、八戒艺术中心、西游记夜景、西游记洞天等诸多景点，所以大受游客尤其是儿童欢迎。一类是与小说有关的影视拍摄基地和曾经的拍摄地。前者如浙江的西游记游乐园，原为著名导演张纪中版西游记电视连续剧拍摄而建，内有花果山水帘洞、蟠桃园、高老庄、白骨岭、白骨洞、阴曹地府等诸多西游记景点，电视剧拍完之后成为旅游风景区自然便是水到渠成了。其他如泸沽湖，本来与西游记并无关系，但因是西游记电视剧女儿国的拍摄地，因而也就与《西游记》有关了。最后是与《西游记》并无关系的地方修建的西游记景点。这有两种情况：一种是西游记主题公园，一种是全国各地不胜枚举的"西游记宫"。

第四是以《金瓶梅》《红楼梦》为代表的世情小说。说实在话，此类小说与旅游业的关系并不密切。然而由于许多小说的巨大影响，从而便具有了广告效应，因而对旅游业也会产生一定的影响。阳谷县城狮子楼毗邻的西门大官人府第，虽说有《水浒传》的影响，但更确切地说应该主要是《金瓶梅》的影响。至于《红楼梦》的影响，那就更为广泛、更大了。仅仅一个大观园，百度搜索就有 76 个网页。不但像北京、上海、广州、南京等大城市建有仿《红楼梦》的大观园，就是许多中小城市，像沈阳、苏州、宿州、正定等都有受《红楼梦》影响的大观园。至于什么花卉大观园、冰灯大观园、大观园商场、大观园酒店之类，那就更是不胜枚举了。

　　综上所述，足见古代小说与当代旅游的关系，足见古代小说对当代旅游业的重大影响。相信加强对古代小说的研究，加强对古代小说与当代旅游关系的研究，一定会促进当代旅游业的发展。一定会为当代的社会主义经济建设、中国梦的实现增加一份力量。一定会成为文化创意产业的一个组成部分。同样，如果加强对以经、史、子、集为代表的中国传统文化中的主流文化的研究，加强对传统主流文化与当代旅游关系的研究，一定能为强国梦作出巨大的贡献。

　　[作者简介] 王恒展，山东师范大学文学院教授、博士生导师，主要从事中国古代小说、元明清文学方向的研究。

# 清华简《尹诰》与《咸有一德》相关文献梳理及其关系考论

## 张 兵

《尹诰》是清华简《尚书》类文献之一，于 2010 年 12 月随《清华大学藏战国竹简（一）》的出版而公诸于世，共有竹简四枚，简长约 45 厘米，三道编线，每简书写 31 到 34 字，总计 120 字。自公布以来，受到学界的广泛关注，《尚书》及其相关问题亦再次引起人们的研究和讨论。如《尹诰》篇的命名是否合适？《尹诰》篇与《咸有一德》篇有何关系？其本身是否是真古文《尚书》中的《咸有一德》？其与今传世本《尚书》中的《咸有一德》又是什么关系，能否更加证明今本《尚书·咸有一德》之伪？等。如清华简编者认为"《尹诰》为《尚书》中的一篇，或称为《咸有一德》"①，似乎是说既可称《尹诰》，又可称《咸有一德》，且认为《咸有一德》是真古文，持这一观点的还有廖名春《〈尹诰〉研究》②、杜勇《清华简〈尹诰〉与晚书〈咸有一德〉辨伪》③，但这一观点遭到一些学者的反对，如杨善群《清华简〈尹诰〉引发真古文〈尚书〉真伪之争》"把两篇不相干的篇名说成同一篇文字，从而把古文《尚书·咸有一德》指为'伪作'。这是违背《尚书》一篇一名的通则的"④，其争论的焦点在于《尹诰》篇是否能够独立成篇，如果独立成篇则与真古文《咸有一德》没有关系，也就不能证明今本《咸有一德》之伪；反之，如果不能独立成篇，则就是真古文《咸有一德》，从而可证明今本《咸有一德》之伪，廖名春、杜勇等主后说，杨善群则主前说且认为今本《咸有一德》不伪。同样认为今本《咸有一德》不伪，同时《尹诰》又单独存在的，还有黄怀信《由清华简〈尹诰〉看〈古文尚书〉》，他以《尚书·咸有一德》及《礼记·缁衣》和郭店楚简《缁衣》所引《尹诰》"惟尹

---

① 清华大学出土文献研究与保护中心编、李学勤主编：《清华大学藏战国竹简（一）》下册，中西书局 2010 年，第 132 页。

② 廖名春：《〈尹诰〉研究》，《史学史研究》2011 年第 2 期。

③ 杜勇：《清华简〈尹诰〉与晚书〈咸有一德〉辨伪》，《天津师范大学学报》（社会科学版）2012 年第 3 期。

④ 杨善群：《清华简〈尹诰〉引发真古文〈尚书〉真伪之争——〈咸有一德〉篇名、时代与体例辨析》，《学习与探索》2012 年第 9 期。

躬暨汤咸有一德"，清华简《尹诰》无"躬"又衍"及"字且只独立一句等为据，判定清华简《尹诰》引用了《咸有一德》，从而得出"今本《咸有一德》当不晚于简书所出之公元前305±30 年，不可能是魏晋之人伪造"① 的结论，值得肯定的是作者认为《尹诰》独立成篇，但认为《尹诰》首句摘自《咸有一德》等观点却有待商榷。综上所述，清华简《尹诰》的相关问题似乎仍未解决，相关争论还在延续。本文力图在文献梳理的基础上对这些问题再做进一步探讨，以期对问题的最终解决有所助益，不足之处尚祈方家教正。

## 一、清华简《尹诰》篇及其相关文献的梳理

清华简《尹诰》篇原文如下：

> 惟尹既及汤咸有一德，尹念天之败西邑夏，曰："夏自绝其有民，亦惟厥众，非民亡与守邑，厥辟作怨于民，民复之用离心，我捷灭夏。今后胡不监？"
> 挚告汤曰："我克协我友，今惟民远邦归志。"汤曰："呜呼！吾何祚于民，俾我众勿违朕言？"挚曰："后其赉之，其有夏之金玉实邑，舍之吉言。"乃致众于亳中邑。②

《礼记·缁衣》中的相关记载：

> 《尹吉》曰："惟尹躬及汤，咸有一德。"③

郑玄《注》曰："吉当为告。告，古文诰字之误也。尹告，伊尹之诰也。"④
郭店楚简《缁衣》中的相关记载：

---

① 黄怀信：《由清华简〈尹诰〉看〈古文尚书〉》，《鲁东大学学报》（哲学社会科学版），2012 年第 6 期。
② 清华大学出土文献研究与保护中心编、李学勤主编：《清华大学藏战国竹简（一）》下册，中西书局 2010 年，第 133 页。
③ （唐）孔颖达等：《礼记正义》，上海古籍出版社 1997 年，第 1648 页。
④ （唐）孔颖达等：《礼记正义》，上海古籍出版社 1997 年，第 1648 页。

《尹诰》云：“惟尹允及汤，咸有一德。”①

上博简《缁衣》中的相关记载：

《尹诰》云：“惟尹允及康，咸有一德。”

由以上文献可知，《尹诰》的第一句“惟尹既及汤咸有一德”又见于《礼记·缁衣》，不同的是后者名之为《尹吉》。对此，郑玄在《礼记注》中指出“吉当为诰”，而恰恰郭店简、上博简《缁衣》中就为《尹诰》，这完全证实郑玄的注解是正确的。因此，可以说清华简对《尹诰》篇的命名是准确的。然而，《礼记·缁衣》篇还有另外一处引用了《尹吉》，云“惟尹躬天见于西邑夏，自周有终，相亦惟终”，虽然郑玄注“《尹吉》，亦《尹诰》也。……见或为败，于或为予”，但清华简《尹诰》篇相关内容与此又有很大不同。这又如何作解？我们知道古人引书不同于今人，断章取义的情况时有存在，个别字句与原文不一也就不难解释。另外，《礼记》、郭店简、上博简《缁衣》所引《尹诰》在个别字句上的不同，以及他们与清华简《尹诰》篇的不同，也充分说明，在当时可能会流传有不同的版本。不管是共时层面还是历时层面，由于传抄引用之原因，不同版本之间其文字皆有可能存有差异。而这种差异性仅仅属于量变，并不会引起质变，“三本《缁衣》所引，虽部分字略有不同，然无本质区别”②，故从称名上称之为《尹诰》是没有问题的。

## 二、《咸有一德》篇及其相关文献的梳理

《咸有一德》有真古文与伪古文之分，其真古文已经亡佚，现在我们所看到的今本《咸有一德》是伪古文《尚书》中的一篇，处于《太甲》三篇之后，其文如下：

伊尹作《咸有一德》。

伊尹既复政厥辟，将告归，乃陈戒于德。曰：“呜呼！天难谌，命靡常。常厥德，保厥位。厥德匪常，九有以亡。夏王弗克庸德，慢神虐民。皇天弗保，监于万方，启迪有命，眷求一德，俾作神主。惟尹躬暨汤，咸有一德，

---

① 荆门市博物馆：《郭店楚墓竹简》，文物出版社 1998 年，第 129 — 132 页。
② 姚苏杰：《清华简〈尹诰〉“一德”论析》，《中华文史论丛》2013 年第 2 期。

克享天心，受天明命，以有九有之师，爰革夏正。非天私我有商，惟天佑于一德；非商求于下民，惟民归于一德。德惟一，动罔不吉；德二三，动罔不凶。惟吉凶不僭在人，惟天降灾祥在德。今嗣王新服厥命，惟新厥德。终始惟一，时乃日新。任官惟贤材，左右惟其人。臣为上为德，为下为民。其难其慎，惟和惟一。德无常师，主善为师。善无常主，协于克一。俾万姓咸曰：'大哉王言。'又曰：'一哉王心。'克绥先王之禄，永底烝民之生。呜呼！七世之庙，可以观德。万夫之长，可以观政。后非民罔使；民非后罔事。无自广以狭人，匹夫匹妇，不获自尽，民主罔与成厥功。"①

《史记·殷本纪》中关于《咸有一德》的相关记载：

汤归至于泰卷陶，中垒作诰。既绌夏命，还亳，作《汤诰》："维三月，王自至于东郊。告诸侯群后：'毋不有功于民，勤力乃事。予乃大罚殛女，毋予怨。'曰：'古禹、皋陶久劳于外，其有功乎民，民乃有安。东为江，北为济，西为河，南为淮，四渎已修，万民乃有居。后稷降播，农殖百谷。三公咸有功于民，故後有立。昔蚩尤与其大夫作乱百姓，帝乃弗予，有状。先王言不可不勉。'曰：'不道，毋之在国，女毋我怨。'"以令诸侯。伊尹作《咸有一德》，咎单作《明居》。汤乃改正朔，易服色，上白，朝会以昼。②

郑玄在《礼记·缁衣》注中对《咸有一德》的相关表述，《礼记·缁衣》："《尹吉》曰：'惟尹躬及汤，咸有一德。'"郑玄注云：

吉当为告。……《书序》以为《咸有一德》。今亡。③

孔颖达在《礼记·缁衣》疏中对《咸有一德》的相关表述，《礼记·缁衣》："《尹吉》曰：'惟尹躬及汤，咸有一德。'"孔颖达《疏》曰：

吉当为告，是伊尹诰大甲，故称尹诰，则《咸有一德》篇是也。言惟尹

---

①　（唐）孔颖达等：《尚书正义》，上海古籍出版社1997年，第165页。

②　《史记》卷3《殷本纪》，前四史缩印本，中华书局1997年，第97页。

③　（唐）孔颖达等：《礼记正义》，上海古籍出版社1997年，第1648页。

躬身，与成汤皆有纯一之德，引者证上君臣不相疑惑。①

唐司马贞在《史记·殷本纪》索隐中对《咸有一德》的相关表述，《史记·殷本纪》："伊尹作《咸有一德》。"《史记索隐》按：

> 《尚书》伊尹作《咸有一德》在太甲时，太史公记之于斯，谓成汤之日，其言又失次序。②

以上文献，以晋梅赜所上《古文尚书》为限，可分为两类：一是梅赜上《古文尚书》之前，二是之后。之前的有司马迁、郑玄所言及《咸有一德》的材料，时间较早，是伪古文之前的真古文；二是梅赜之后的，孔颖达、司马贞所言及《咸有一德》的材料，时间较晚，属于伪古文的范畴。司马迁认为，伊尹作《咸有一德》是在商汤伐夏桀后不久，《汤诰》之后。而司马贞则认为，司马迁不该把《咸有一德》系与此，而应系之于太甲之世。司马贞生活的年代较之孔颖达稍晚，司马贞此论当依据《尚书正义》，而《尚书正义》正以晋梅赜《古文尚书》为本。

今本《古文尚书》中的《咸有一德》处于《太甲》三篇之后，是伊尹劝诫太甲之作。梅赜所上《古文尚书》之伪已被前人证明，其作伪手段亦被逐一揭露。但公认的一点，就是也并非全伪，比如一些篇名、一些语句皆有出处可考。那么，梅赜在对《咸有一德》创作时间的考量上是否具有较大合理性？系之于太甲之世是否有较为可靠的依据？因文献不足，我们只能做下推测。"伊尹既复政厥辟，将告归，乃陈戒于德"，如果梅赜没有见过类似文献，很难想象能够这么明确地陈述《咸有一德》撰写的主旨与目的。《咸有一德》既是篇名，也是篇旨。而考伊尹代政之事，唯有太甲时。太甲为汤之嫡孙，汤崩后，太子太丁未立，而立其弟外丙，外丙即位三年崩，立外丙之弟中壬，即位4年崩，伊尹乃立太丁之子太甲为帝。元年，伊尹作《伊训》等，劝诫勉励。太甲立三年，暴虐，放之桐宫三年悔过，乃迎之还政，并作《咸有一德》以劝诫之。从这一点来说，梅赜《古文尚书》在考量《咸有一德》的时间上并非空穴来风，是有所依据，更是费了一番脑筋的。

而反观司马迁把《咸有一德》系之于汤即位之前，从逻辑上来说，存在问题。因为，汤初绌夏命作《汤诰》以令诸侯，其后不久改正朔、即位。而中间，伊尹

---

① （唐）孔颖达等：《礼记正义》，上海古籍出版社1997年，第1648页。
② 《史记》卷3《殷本纪》，前四史缩印本，中华书局1997年，第98页。

作《咸有一德》。这一时机是否不对？再者，目的何在，是警策诸侯、还是汤王？开篇内容宣扬的是伊尹与商汤皆有纯一之德，由此看来似非警告诸侯、群臣之作，亦非劝诫汤王。且前有《汤誓》《仲虺之诰》《汤诰》等，伊尹再发表相关言论则略嫌多余，况且警告群臣亦非其职。而结合太甲初摄政之时的种种不良表现，如果说是为劝诫太甲而作则更为合理，因此系之太甲更符合逻辑。

那么，又如何解释为什么《史记·殷本纪》中司马迁把《咸有一德》系之于汤即位之前呢？对此，郑玄已经给出了答案。从上文《礼记·缁衣》郑注可解读出如下信息：1. 郑玄以《尹吉》为《尹诰》；2. 《尹诰》已经亡佚，郑玄未见；3. 郑玄所见《书序》中无《尹诰》篇名；4. 认为《书序》把《尹诰》错当作了《咸有一德》。尤其是第4条，郑玄认为司马迁所见的《书序》就已经没有《尹诰》这个篇名了，因《尹诰》《咸有一德》中"惟尹躬及汤，咸有一德"的几个重复文字，《书序》把本该冠名为《尹诰》的却冠名为《咸有一德》，把本该系之于太甲的《咸有一德》错误地系之于本该属于《尹诰》的位置与时代。对这个错误，郑玄明确指出是源于《书序》，因其所见《书序》如此，故推论司马迁所见《书序》也是如此。这显然是很有道理的，《尹诰》不在百篇《书序》中，《书序》中仅有《咸有一德》，司马迁又没有见过《尹诰》原文。但是，何时，又是何人把《书序》中《咸有一德》的年代与《尹诰》的年代、名称相混淆，则不得而知。清人毛奇龄《古文尚书冤词·咸有一德是告成汤文非告太甲文》云"《史记·殷本纪》以伊尹作《咸有一德》与咎单作《明居》叙法相似，误列之汤崩之前。而杜林漆书遂以《咸有一德》接《汤诰》后，谓伊尹告汤之文，致辟古文者谓告太甲即是伪书"①，对真古文《咸有一德》位置的考辨无误，但把《咸有一德》的位置之误归咎于司马迁、杜林却没非，如其能够见到清华简《尹诰》篇的存在，相信此说会有所改变。

## 三、清华简《尹诰》与《咸有一德》之关系

清华简《尹诰》与《咸有一德》只有一句相类，即"惟尹躬暨汤，咸有一德"，也就因这一句，有人就认为清华简《尹诰》就是早已亡佚了的真古文《咸有一德》，又因其内容与今本《咸有一德》完全不同，认为因而更可证今本《咸有一德》之伪，或为证其伪添加了有力证据。岂不知，《尹诰》是《尹诰》，《咸有一德》是《咸有一德》，各不相干。

---

① （清）毛奇龄：《古文尚书冤词》，文渊阁四库全书本，第66册，第593页。

　　上文已在清华简《尹诰》篇的命名问题上阐述清楚，说到清华简整理小组对这一命名是准确的，而唯一不该含糊其辞的，就是不该云"或称《咸有一德》"。郭店简、上博简等已经证明，当为《尹诰》，独立成篇无任何问题。《清华简〈尹诰〉篇名拟定之商榷》① 从"诰"体的行文要求和《尹诰》的内容上存有矛盾性，认为《尹诰》的命名不够科学，有待商榷。其不知，"诰"体的使用范围和行文特点是后人总结《尚书》中的文体得出的结论，未必能全面体现和概括当时的文献状况？而在文章中，作者也认识到《仲虺之诰》这个特例，也正说明了这一点。

　　之所以有人以其为真古文《咸有一德》，大概是出于"惟尹躬暨汤，咸有一德"这一句的考量，但《尹诰》通篇内容除了这两句以外，几乎没有很明显地涉及"一德"这个主题。今本《咸有一德》则始终围绕"一德"中心展开论述，重点突出，主题明确。而反观《尹诰》，内容却是分散凌乱，中心不够凸显。《尹诰》为商汤灭夏之后不久而作，是伊尹告汤如何处理灭夏后的一些安民事务，而处理事务的原则，就是"德"，以德服人，还远未凸显"纯一之德"的主题。而今本《咸有一德》却是，商汤死后，太甲即位后为了告诫太甲而作，内容丰满，自成体系，一气呵成。如抛开今本《咸有一德》的伪作这一话题，《咸有一德》当是不错的一篇政论文章。而以之推论，或者仅由篇名推论，真古文《咸有一德》的内容大概也应如此，凸显的主题、内容的浑然一体，等也应非《尹诰》篇所能比。《尹诰》是伊尹早期的文献载录，《咸有一德》是后期的文献载录，其思想是发展变化的，"一德"的思想萌芽在其早期的文献中出现且未被详细阐述符合事物发展之规律，也符合其不同时期的文献之特点。《咸有一德》本就在《书序》中，其系统性与高度凝练性不排除是经过后人整理的结果，而清华简《尹诰》本不在《书序》中，不排除是未被整理的原始文献。清华简《耆夜》《金縢》等其他《尚书》类文献，在竹简的背面皆有篇题，而《尹诰》没有，这也从另一方面表明其文献的原始性。另外，《尹诰》《咸有一德》中皆含有"一德"之思想，也正说明了他的思想的延续与一脉相承性。

　　《尹诰》非真古文《咸有一德》，其单独成篇，不能为证明今本《咸有一德》之伪提供有力证据，此自不待言。

　　[作者简介] 张兵，文学博士，济南大学文学院、济南大学出土文献与文学研究中心教授，主要从事先秦两汉文学与文化、出土文献与文学研究。

------

① 鲁普平：《清华简〈尹诰〉篇名拟定之商榷》，《哈尔滨学院学报》2014 年第 2 期。

# 蓬莱与仙道文化

蔡玉臻

蓬莱，从地理意义上来说，自它诞生那一天起，便与仙道文化结下了不解之缘。因为它是从神山仙岛的名字演变而来的，因此，蓬莱便有了仙境之称，抑或说，蓬莱就是仙境的代名词。提起蓬莱，人们便常常把仙山蓬莱与人间蓬莱混在了一起，不分虚实地把此蓬莱当成了彼蓬莱。也因为它是仙境，人们也便把它又和神仙联系在了一起，也就和仙道文化形成了一个紧密的结合体。不妨从几个方面进行一下分析，对这一现象进行简单的梳理与阐述。

## 一、东方海上神山与仙话的源头

在中国的文化观念里，一提"蓬莱"二字，人们自然想到山东半岛的蓬莱市，并由此联想到自古盛传的海中神山、仙人、仙境和东海巡幸访仙求药的齐威王、齐宣王、燕昭王以及秦始皇汉武帝等，还有他们在这一带所留下的众多遗迹与传说。

《史记·封禅书》说："自威、宣、燕昭使人入海求蓬莱、方丈、瀛洲。此三神山者，其传在勃海中，去人不远，患且至，则船风引而去。盖尝有至者，诸仙人及不死之药皆在焉。其物禽兽尽白，而黄金银为宫阙。未至，望之如云；及到，三神山及居水下。临之，风辄引去，终莫能至云，世主莫不甘心焉。"这是说齐威王、齐宣王、燕昭王的时代已经派了许多探险家到海里去寻求仙山了，也是关于三神山较早的记载。依据今日的考定，威王在位为公元前357至320年，宣王为前319至301年，昭王为311至279年，这一时期是前四世纪的前半至前三世纪的后半。

威、宣是齐王，燕昭是燕王，燕齐沿海是神山仙话的发源地，燕齐方士及阴阳家后学是蓬莱仙话的主要传播者和发展者。至少在齐威王之前，三神山之说应该已经存在。战国中期，齐国设立稷下学宫招徕文学之士，临淄稷下成为百家争鸣的中心。百家之中，阴阳家是显学，创始人邹衍。邹衍的学说惊世骇俗，宏大不经，为神仙故事的产生提供了前提。所以，邹衍之后，仙话故事发展极快。阴阳家的后学非常多，但很少有人能全面掌握和发展他的学说，而是把阴阳家学说导向了神仙方术之学，"燕齐海上之士传其术不能通，然则怪迂阿谀苟合之徒自从兴，不可胜数也"①

　　"蓬莱"信仰起源于古人对大海浩渺无垠、神奇变幻的认识。海市蜃楼本来是一种大气光学现象，通常发生在海滨地区，蓬莱沿海就经常出现这种奇妙景像，引起了人们的极大兴趣。对于这种复杂的大气光学现象，现代科学已能作出完备的解释，然而在遥远的古代，人们受科学水平的局限，还无法恰当地去认识这一自然现象，因此导致了许多荒诞不经的臆想，同时把海市蜃楼涂抹上了一些神化色彩。于是便产生了神山仙岛的幻想和追求，以及神灵偶像的信仰和传说，一切民俗信仰多半缘于对这种美丽的幻象的追求，这也正是民俗生活的意趣所在。在《列子·汤问篇》中保留了关于海中仙山的传闻："渤海之东不知几亿万里，有大壑焉，实惟无底之谷，其下无底，名曰归墟。八肱九野之水，天汉之流，莫不注之，而无增无减焉"，"其中有五山焉：一曰岱舆，二曰员峤，三曰方壶，四曰瀛洲，五曰蓬莱。其山高下周旋三万里，其顶平处九千里。山之间相去七万里，以为邻焉……所居之人，皆仙圣之种，一日一夕飞相往来者，不可数焉。而五山之根无所连著，常随潮波上下往还。……诉之于帝，帝恐流于西极，失群仙圣之居，乃命禺疆使巨鳌十五举首而戴之，六万岁一交焉。五山始峙，而龙伯之国有大人，举足不盈数步而暨五山之所，一钓而连六鳌，合负而趣，归其国，灼其骨以卜焉。于是岱舆、员峤二山，流于北极，沉于大海，仙圣之播迁者巨亿计。"最迟从新石器时代起，这种视海中某些生物为灵物的民俗信仰就已经产生，并且物化为民俗生活内容了。人们相信，海中的蚌是通神的，《国语·晋语》就说："雀入于海为蛤，雉入于难为蜃。鼋鼍鱼鳖，莫不能化。"海市蜃楼现象之所以名之为蜃楼，就是相信这是海中"大蜃"即"大蛤"的吐气造"市"为楼所致。人们相信，海物即能化而飞升，神力无边，非人所及，而滨海常以海物为食者，所得营养丰富，滋补有道，长胡子老翁不乏其人，因而更能推及海物的长生不死。

　　春秋战国时期，山东沿海一带便兴起修仙之风，人们都渴望着有一个超凡脱俗的仙境，既可避开一切灾害，又可修身养性、延年益寿。于是便在神话幻想的启发下，想象出一个仙界。秦、汉统一之后，最高统治者为了能够永享安乐和长生不老，便自上而下地掀起了狂热的神仙信仰。由巫士转变而来的方士们，为了名利，不惜去迎合最高统治者，大肆宣扬传闻中的海上蓬莱、方丈、瀛洲，这便是东方的"三仙山"，也有"五神山之说"，总称为东方的蓬莱仙境。

---

　　①　袁珂：《山海经校译》，上海古籍出版社1979年。

所谓的海上方士，即齐地山东沿海等滨海之地的方术医士。这些方士得以大行其道，为这种海中仙山、仙人、仙药信仰推波助澜，也是当时的时代使然。蓬莱者，就是这些方士们所创造的许多神山仙境中的一个最被人们所熟知、最为普及的一个。方仙道作为道教的雏形，它的形态是很不完备的，没有形成一个宗教组织，没有一套宗教仪式，只是一个没有组织的信仰集团而已。但它已具备许多宗教特征，譬如：它已经有了宗教信仰，即信仰人可长生不死，经过修炼成为神仙；有了宗教理论，即邹衍的阴阳五行学说；有了崇奉的祖师——黄帝，在战国中期诸子争言黄帝时，道家和神仙家最突出，以此来表现出他们是把黄帝看作自己的祖师爷；有了修炼方术，最早见于《庄子》的有行气、吐纳、辟谷等。到汉武帝时，方术有了增多，如李少君除行辟谷、祠灶以外，又能化丹砂为黄金，即能搞炼丹。李少君是较早的炼丹术发明者。集古代和西汉神仙方术之大成的是汉武帝的叔父淮南王刘安。他"招致宾客方术之士数千，作《内书》二十一篇，《外书》甚众，又有《中篇》八卷，言神仙黄白之术，亦二十余万言。"① 这个言神仙黄白之术的《中篇》八卷是总结神仙方术的书，不过它早已佚失，不能见到它的全貌。清人辑录的《淮南万毕术》，可能有该书遗留下的内容。

蓬莱信仰及蓬莱仙话之说，作为文字记载的典籍，比较集中的是成书于战国时代的《山海经》，里面有许多可称为"海上奇闻录"或"海外奇闻录"的关于四海海神的记载。其中关于海外或海中的"大人之国——大人之市"之说，平添了人们关于信仰和艺术的无穷想象力。《山海经》中就有许多关于不死之山、不死之国、不死之树、不死之民、不死之药的记载，成为后来的"蓬莱仙人"、"仙境"之说的滥觞。而以其浪漫情怀、出世思想影响了千秋万代人的庄子，则用其道家哲学的思辨能力和文学光彩，为海上之乐的逍遥思想及其仙道信仰之说的普及与传播，打开了更为宽阔的天地。

蓬莱等三神山，传说是在渤海中，那里住着一批仙人，同昆仑一样，有壮丽的宫阙，珍异的禽兽，还有长生不老之药。但是没有脱胎换骨的凡人是去不了的，他们虽然已在船上望见了灿烂如云的美景，可是到了那里，神山就潜藏到海底，这岂不同昆仑一样地可望而不可即？不过凡人固然到不了，可是这不死之药的引诱力实在太大，所以帝王们还是派人去寻找。这寻找三神山的活动延续了二百余年，到秦始皇、汉武帝时达到了高潮。当我们在细细读了《山海经》之后再来看这些话，可以说，西方的昆仑之说传到了东方，东方人就撷取了这一中心意义，

---

① 《汉书》卷 44《淮南王传》，中华书局 1962 年，第 2145 页。

加上了自己的地理环境，创造出一种说法。西方人说人可成神，他们的神有黄帝、西王母、禹、羿、帝江等，是住在昆仑等山的。东方人则说人可成仙，他们的仙有宋毋忌、正伯侨、羡门高等，是住在蓬莱等海岛的。西方人说神之所以能长生久视，是由于"食玉膏，饮神泉"，另外还有不死树和不死之药；东方人说仙之所以能永生，是由于"餐六气、饮沆瀣、漱正阳、含朝霞"，另外还有"形解销化"，并藏着不死之药，所以"神"和"仙"的名词各异，而他们的"长生不老"和"自由自在"的两个中心观念则没有什么两样。所以这种东方的仙岛是由西方的神国脱化而出，及其各自发展之后，两种传说又被人们结合起来，更活泼了战国人的脑筋，想在现实世界之外寻找一个神仙世界。

著名学者顾颉刚先生认为，中国古代留传下来的神话中，有两个很重要的大系统：一个是昆仑神话系统，一个是蓬莱神话系统。昆仑的神话发源于西部高原地区，它那神奇瑰丽的故事，流传到东方以后，又跟苍莽窈冥的大海这一自然条件结合起来，便在燕、吴、齐、越沿海地区形成了蓬莱神话系统。此后，这两大神话各自在流传中发展，到了战国中后期，在新的历史条件下，又被人结合起来，形成一个新的统一的神话世界。这个神话世界的故事和人物，在它的流传过程中，有的又逐步转化为人的世界中的历史事件和人物。而王昆吾先生却认为，昆仑神话和蓬莱神话本是同一个神话系统的两个分支，神话中的"东"、"西"等方位只是一种象征，代表生和死两种现象。然而，不管两位先生的观点如何对立，作为地域名称的蓬莱，它的东方海上神山与仙话的源头地位却是应该予以肯定的。

## 二、古登州——全真道的发祥地

自唐至清的一千二百多年间，蓬莱一直是古登州的府署所在地，是胶东政治、经济、军事、文化中心，由于先秦以降的仙道文化的影响，这里也成了全真道的发祥地。

全真道的祖师王重阳一生的布道活动，可以分成四个阶段：悟道、传道、创教、开拓。悟道在关中，传道、创教皆在胶东，他的大本营昆嵛山属于古登州的辖地。

为什么道风深厚的关陇地区却不能使王重阳广收门徒、大兴教宗呢？在很大程度上是由于当地教派老化，思想保守，道徒不愿意接受新生事物。关陇文化孕育了王重阳，却无法为他的传道事业提供广阔的发展空间。于是，他便把目光投向胶东，开始了与海岱仙文化的交往。本来异人指点中已启示过他赴东海寻觅道友，如醴泉"秘语五篇"的第二篇云："一朝九转神丹就，同伴蓬莱去一遭。"第五篇云："几转成，入南京，得知友，赴蓬瀛。"① 其《恨欢迟》一诗云："学易年高便道装，遇渊明语我嘉祥；指蓬莱云路如归去，慢慢地休忙。"② 但他当时似乎并不在意，直到传道关中多年而无果后，才意识到必须去东夷沿海，方能开拓出新的局面。他在烧掉刘蒋村茅庵时对乡亲们唱道："奉劝诸公，莫生恒怏，我暂别有深深况，唯留煨土不重游，蓬莱云路通来往。"③ 所谓"蓬莱云路"，不仅是虚指仙境，也是实指东方海上。他是一位通史饱学之士，当然知道胶东半岛自古便是仙学流行的地方，曾经出现过一大批求仙问道的方士和道士，道教文化在那里源远流长，必能不断孕育出新的向道人才。所以，他选择胶东半岛为传道方向是英明的决断。他的《题终南山资圣宫》一诗云："终南山，重阳子，违地肺，别京兆，指蓝田，经华岳，入南京，游海岛，得知友，赴蓬瀛。"④

王重阳先在宁海全真庵驻足，后到昆嵛山烟霞洞，再到文登姜实庵，讲道收徒，陆续接纳了七大弟子，标志着他在这一带传道取得了初步成功。与此相交叉，又在七大弟子协助下，于宁海、登州、莱州建起五会。应当说，五会的建立才真正是全真道创教的标志，只有从此时起，全真道才不仅是一种精神力量，同时也成为一种社会力量。金大定八年（1168 年）八月，王重阳于登州宁海姜实庵立"三教七宝会"；金大定九年（1169 年）八月在登州宁海立"三教金莲会"，九月在登州福山立"三教三光会"，又在登州蓬莱立"三教玉华会"，十月在莱州立"三教平等会"。从此，全真道有了正规的教团组织，也有了相应的制度和教规，信徒渐渐多了起来。

以下重点介绍一下王重阳的蓬莱行迹。

王重阳在蓬莱立"玉华会"资料十分简略，如《七真年谱》只有"九月，诣登州福山县立'三光会'，于蓬莱立'玉华会'"，了了一语，《金莲正宗仙源像传》亦同。王重阳来蓬莱目前所知共有两次，第一次是来登州的第一站，曾留下题登州观壁上诗，赢得登州刺史纥石烈邈⑤唏嘘崇敬。来蓬莱立"玉华会"则是第二次。此次赴蓬莱是不请自来还是有人相邀？相邀者是谁？笔者认为，邀请王

---

① 《金莲正宗记》卷 2，《道藏》第 3 册，第 384 页。
② 《重阳全真集》卷 4，《道藏》第 25 册，第 714 页。
③ 《重阳全真集》卷 7，《道藏》第 25 册，第 732 页。
④ 《历世真仙体道通鉴续编》卷 1，《道藏》第 5 册，第 415 页。
⑤ 纥石烈邈，清光绪《登州府志》卷 24 载大定四年为宁海州判官，而《丹阳真语录》则称纥石烈邈为登州郡守。抑或先为宁海州判官，后升为登州刺史，具体不确。

重阳来蓬莱的是时任登州刺史的纥石烈遾，因为纥石烈遾与王重阳两年之前已经是神交了。王重阳题登州观壁上诗："一别终南水竹村，家无儿女也无孙。数千里外寻知友，引人长生不死门。"数日后刺史纥石烈遾来登州观，看到王重阳题诗，感慨之余，立即依韵和诗道："回首三年别故村，都忘庭竹长儿孙。他时拂袖寻君去，应许安闲一叩门。"两颗浪迹天涯之心已经跳到了一起。

王重阳是从南路入登州城的，路径龙山，其时龙山适逢"龙华会"。佛教说弥勒菩萨在龙华树下举行法会济度世人，所以佛家每年要举行三次龙华法会以济度众生。今考：龙山庙本是为除虎害的陈姓人而建，北宋神宗酷信佛教，故龙山庙改为供奉弥勒菩萨。至金、元之际，全真道大行于世，金世宗于大定二十九年（1189 年）封王重阳为"孚应侯"，至元代，元世祖至元六年（1269 年）封为"重阳全真开化真君"，元武宗至大三年（1310 年）又加封为"重阳全真开化辅极帝君"。因王重阳在龙山曾留下足迹，更因丘处机曾在此消夏，故龙山庙则又改为供奉"孚应侯"王重阳的道宇。蓬莱，一为古人心目中的神山仙境，一为县治之名。王重阳著作中所指的县治就有多处，如《结物外亲》诗："山头并赴龙华会，我趁蓬莱先礼师。"① 说的就是此次应登州刺史纥石烈遾之邀来登州经龙山时的景况。其时已是深秋时分，凉风飕飕，长天空阔。王重阳在登龙山词《调笑令》中写道："山峭日光照，碧汉盈盈圆月耀。森罗万象长围罩，一道清风袅袅。真灵空外天皇诏，住在蓬莱关要。"天皇，本为古代"天皇、地皇、泰皇"中之一皇，这里指天道，是说他来登州是传授天道济度众生的。

留登期间，王重阳游蓬莱阁留下了许多神异佳话，其中有："至登州，游蓬莱阁，下观海，忽发飓风，人见真人随风吹入海中，惊讶间，有顷，复跃出，唯遗失簪冠而已。移时，却见逐水波，泛泛而出。或言真人目秀者，即示以病眸，或夸真人无漏者，即于州衙前登溷。凡为变异，人不可测者，皆此类也。"（《重阳教祖碑》）作为诗词巨擘，面对似幻如画的丹崖仙阁，王重阳自然按捺不住词兴大发，写下"水"的藏头词《蓬莱阁》："（水）溟漠。令忘了登飞阁。登飞阁。人自省，身居银廓。能俱养灵丹药，槎稳驾销诸恶。销诸恶，头一点，肯教牢落。"大弟子马钰亦随其后《继韵》三首，其一曰："（水）云烟漠，往来浮动蓬莱阁。蓬莱阁，虎龙蟠绕，飞升灵廓。自然结就金丹药，亘初真性难生恶。难生恶，功成行满，得归碧落。"②

① 《重阳全真集》卷 2。
② 《重阳全真集》卷 2。

纥石烈邈既邀王重阳，对王重阳自然盛情有加，时不时遣吏相请，所谈除友情之外，无非学道，如王重阳《醉蓬莱》写道："时间有吏，拱手前来，谨传台旨。晚难参，俟辰先起。至庭阶，争通报，上人心喜。出尊谈，推学道，须留妙理。液琼浆，生三宝，脉光门华丽美。抵神清，俾气无睡。下知州，圭休禀，自然仙瑞。现灵芝，游宝洞，蓬莱一醉。"① 纥石烈邈在接待王重阳时似乎还有过丝竹之乐，如王重阳《金鼎一溪云》中写道："对月成词句，临风写颂章。一枝银管瑞中祥，随手染清凉。玉洞门开深浅，宝树花分香篆。蓬莱仙岛是吾乡，宴罢后琼堂。"② 他们彻夜长谈，如王重阳在《赴登州太守会青白堂》诗中写道："青白堂中一水泉，清灵澄湛又深渊。源源滚处流无竭，泼泼来时润有缘。窗外透光穿玉液，门飙撒影弄金莲。馨香满室灵波聚，捧出明珠上碧天。"③ 或与纥石烈邈一同出行，如《上登州知州》诗云："方面（地方长官）蓬莱路，朱旛喜色通。车行行德雨，扇动动仁风。前拥双旌贵，旁驰万骑雄。栽棠齐召伯，阐化类文翁。政治灵光显，言尊性理融。位登槐府（三公衙署）后，应与我心同。"④ 竭尽同心期待与知己欢爱。待王重阳西行掖县，"既辞，曰再会何时？师曰：南京。后师羽化，而邈适除南京副留守。"⑤ 也是两人再不得一见之恨。

已知王重阳在蓬莱化度的人有登州刺史，也有晋绅、释教法师、儒教童生、社会闲散人等，其劝道诗词就有《丑奴儿》《调笑令》《留题友人楼》《赠童子修行》《赠登州奉道》《与登州安闲散人二首》《郭法师求》《宋公问修行》《对玉花》《劝世》等。如《丑奴儿》词写道："苦苦劝愚人，被财色，投损精神。利缰名锁休贪恋，韶华迅速如流箭，不可因循。早早出迷津，乐清闲，养就天真。性圆丹结，方知道，蓬莱异景，元来此处，别有长春。"⑥ 长春，指长生不老之境。再如王重阳当众以自身说法的《对玉花》诗："有个王风时时频睡卧，无梦无眠无灾无祸。白虎青龙自然交媾过，水火相逢上下和。这个因缘元来真打坐，试问诸公应还会么？似我修待交君得功课，不在劳形苦己多。"⑦ 八卦，坎虎离龙，坎是水，北方之卦，万物所归；离是火，南方之卦，万物相见；对人体而言，神是

① 《重阳全真集》卷6。

② 《重阳真人教化集》。

③ 《重阳全真集》卷1。

④ 《重阳全真集》卷1。

⑤ 《历代史纂左编》卷140。

⑥ 《重阳全真集》卷7。

⑦ 《重阳全真集》卷3。

龙，气是虎。"龙虎交媾"，即所谓"降龙伏虎"，使二气和合。至于《与登州安闲散人二首》，从文字内容上看，"安闲散人"则很可能是赠予时任登州刺史的纥石烈邈。

建立蓬莱"三教玉华会"，依《金莲正宗仙源像传》与《七真年谱》说法，当在大定九年（1169年）九月，具体日期应该是二十三霜降日，与会信众有百余人。《丹阳真人语录》："师还海上，人家皆严持斋戒，投依五会，乃祖师所立。师童，闻马师在登郡时，会众百余人。"其时菊花怒放，万象清新。故有王重阳《菊花新》词："对月无何添雅致，丛绿花黄偏有异。正是遇重阳，霜露冷，宜呈祥瑞。清香覆我如言志，害风来，且休攀视。应共到蓬莱，琼筵上，众仙颁赐。"① 该词已经将"玉华会"建立的时间、光景、信众恭维的场面描写得纸上跃然了。为什么命名"玉华"？王重阳特写了两篇《疏》，两篇疏文除命名解释之外，皆有劝勉之意。文曰：

### 玉花社疏

窃以玉花乃气之宗，金莲乃神之祖。气神相结，谓之神仙。《阴符经注》云："神是气之子，气是神之母，子母相见，得做神仙。"起置玉花金莲社在于两州，务要诸公得认真性。不晓真源，尽学傍门小术，此是作福养身之法，并不干修仙之道。性命之事，稍为失错，转乖人道。诸公如好真修行，饥来吃饭，睡来合眼，也莫打坐，也莫学道，只要尘冗事屏除，只要心中清净两个字，其余都不是修行。诸公各怀聪慧，每日斋场中细细省悟，庶几不流落于他门。行功乃别有真功真行。晋真人云："若要真功者，须是澄心定意，打迭神情，无动无作，真清真净，抱元守一，存神固气。"乃是真功也。若要真行者，须是修仁蕴德，济贫拔苦，见人患难常行拯救之心，或化诱善人入道修行。所行之事先人后己，与万物无私，乃真行也。伏愿诸公早垂照鉴。②

### 玉花会疏

切以能全呼吸，定喘息，实非难。会养气神调冲和，应甚易。性凭三曜，命变五行，出阴阳造化之端，在清静虚无之上。要开金蕊，须种玉花，馨香吐而透出晴空，明艳显而朗舒碧汉。得自然而轻九转，得自然而没七还。自结大丹，自通玄妙。既为脱壳，便是登仙，愿露赤心，请题芳号。③

---

① 《重阳全真集》卷1。
② 《重阳全真集》卷10。
③ 《重阳全真集》卷10。

王重阳意犹未尽，又赠诗曰："劝君莫恋有中无，无无休失无中有。有有养出玉花头，头头结取金莲首。"①"有"与"无"共存而相生，相存而相亡；有非有，无非无，千变万化。该诗劝戒全真道的信徒们不要贪图一己之得，殊不知性有精粗，命有长短，情有美恶，意有大小，俗云："富不过三代"，人生在世，如梦幻泡影，百年岁月，如同瞬息，无常一到，纵有金穴银山，买不得性命，到头来还是会光身而去。无无（虚空）中能领悟其妙而心生大道，有有（大道）中能生出精、气，精、气养成，神也就崭露出来。另有一首《赠登州奉道》诗："一轮明月吐光辉，桂树香传十九枝。正到中更当子午，放开灵耀射瑶池。"②桂树：特指月亮，来自北周庾信《舟中望月》诗："天汉看珠蚌，星桥视桂花。"灵耀：天，李善注蔡邕《陈太丘碑文》："灵耀，谓天也。"瑶池：道教女神西王母所居之美池。

应该说王重阳在蓬莱期间取得了巨大成功，他是怀抱依依难舍之心离开的。他在《离别难》词中写道："游历水云两郡，人休起舞寥。看清轮、认取风飙，晃琼瑶，嘉气满丹霄。玉花吐、馥郁金莲，馨香二物谁消。随缘从覆焘。红霞缭绕。翠雾不相饶。时得得，日昭昭。准蓬莱、定信频招。见空中、彩凤来往，又金童、前捧紫芝苗。此却要、再睹吾颜，除非能、续弦断重调。劝汝等、各各修持。一去洞天遥。"（《重阳全真集》卷12）人休起舞寥：休，诀别；舞寥：撼动天道之处。该句意为难离人间仙境。清轮：月亮；琼瑶：指清碧的天空；丹霄：上苍。

登州蓬莱是渤海岸边的一颗明珠，容易造就大批民间文化人士，其中包括道家道教的信徒，他们素养高却不封闭不保守。这个地区虽有道教文化氛围而无道派独断，容接受新生事物，有利于新道派的生长。与此相交叉，王重阳在这里建立的五会，才是全真道创教的真正标志，只有从此时起，全真道才不仅是一种精神力量，同时也成为一种社会力量。王重阳建立起五会，初步订立制度与规范，他的创教是成功的。他得到了天时、地利与人和。"天时"即是金元之际的动乱时代有利于道教新教派的创建；"地利"即是胶东深厚的文化传统和民间习道风气；"人和"即是千里寻友，找到了志同道合的全真七子。没有古登州，便没有王重阳传道和创教的成功，因此，古登州是全真道真正的发祥之地。

---

① 《重阳全真集》卷 10。
② 《重阳全真集》卷 2。

## 三、传说信仰与人文景观的烘托效应

蓬莱是三教荟萃之地，然而，仙道文化却占据着重要地位，在今天，它已被视为蓬莱的地域品牌和名片。

既然神仙道文化是蓬莱的一个品牌，就应该从神仙说起。通常，人们习惯于将"神仙"二字连在一起称谓，其实"神"和"仙"是有区别的。神话中的神是天生的，而仙话中的仙却是修炼而成的。作为仙境蓬莱，自战国时期开始，以仙人为由头的仙话便被方士们炒得非常火爆。因此，从严格意义上讲，蓬莱的主题文化是偏重于仙话的。所谓蓬莱仙话，即指以蓬莱为中心、为标志的关于仙人的系列传说故事。这些故事，既配合了宗教劝世之旨，又迎合了人们乐于长生之心，因此能较长时间地适应历史变化，千百年来盛传不衰。

说起神仙文化，又不得不与道教联系在一起。因为讲求道德神仙，是中国道教的一大特征，所以有人称之为神仙道教。其实，神仙之说，并非源于道教。道教创立于东汉，而神仙之说早在先秦的道家著述中就已经很流行了。只不过在东汉时期道教创立之后，得道成仙成了道徒信仰追求的目标，后经宗教信徒的渲染增饰和推波助澜，愈益发达完备，便作为道教的重要标志在中国深入人心了。

从道教的神仙谱系看，实际上是天神地祇人鬼和仙真的总汇。这一谱系，体现在蓬莱民间信仰上的中心内容也是十分明显而突出的。且不说今之蓬莱阁殿宇里所供奉的三清、天后、海神、八仙等都属于这一谱系，单从旧时蓬莱城中的庙宇来看，这一谱系的庙宇就有三十多座。可见与道教有着密切联系的神仙在蓬莱的民间，是有着广泛影响的。道教的神仙之说世代相传，家喻户晓，经过千百年的积淀，已成为人们的一种文化心理。

当年的秦始皇没有见到三神山，深感遗憾，为了达到精神上的满足，便下令将渭水引到都城咸阳，在城东开挖了一个人工湖，称作兰池，池中筑起几座小山。这里的水体象征大海，小山象征三神山。这种叠山理水的方式，最早将"蓬莱神话"引入了园林设计，成为后世宫苑风行的"一池三山"模式的首创。

到了汉代，武帝刘彻对于访仙求药与长生不老更是深信不疑。于是，寻找三山仙境，求不死之药和长生之术，成了他最热衷的一件事。据《史记》《汉书》记载，汉武帝海上巡幸活动约有八次，历时23年，证及其资料，几乎每次都到达了登州蓬莱。这是因为当时的方士认为，蓬莱仙山的位置大致应在登州以北的海上。

汉武帝虽然一直访仙未果，并且李少君和栾大两位方士都因为在访仙求药活动中犯了欺君之罪而掉了脑袋，但是汉武帝却对神山仙药之说照旧深信不疑。方士公孙卿告诉他仙人喜欢豪华楼宇，汉武帝就在长安上林苑大造蜚廉观和桂观，希望能把仙人招引来。后来，汉武帝又在甘泉宫建造益延寿观，还造起了高达三十丈的通天台。他还在建章宫西北建起"承露仙人掌"，是用三十丈高的铜柱建造的。铜柱上架设了一只仙人手掌擎托着承露盘。汉武帝用它收集甘露，再添加上玉屑饮用，以为这样就可以长生不死了。汉武帝还效仿秦始皇，在建章宫中开挖了一个人工湖，湖中堆叠起几座山，称为蓬莱、方丈、瀛洲、壶梁，象征海上仙山，聊作精神上的安慰。

汉武帝虽然没有见到海上的仙山蓬莱，却命人在海边筑起一座小城，称之"蓬莱"。从此，海上有个传说的仙山蓬莱，人间也有了一个实实在在的蓬莱。此事发生在汉元光二年（前133年）汉武帝第五次海上巡幸时，距今已有两千一百多年了。这段史实，在唐代杜佑的《通典》、李吉甫的《元和郡县图志》和《登州府志》《蓬莱县志》中都有记载。相传，登州当年的府城东门就是汉武帝的祈神望仙处，所以称为望仙门，上面还悬有一块匾额，上书"望仙旧迹"四个大字，是为佐证。

东汉时期，道教创立。道教信仰神仙，而神仙住在哪里呢？他们可以住在遥远的天上，但更多的却散居在地上的名山大川。神仙居住的这些地方，称作三山五岳，洞天福地。道士们认为三山五岳和洞天福地中有美好的仙境，更有各种各样的仙方、仙药，有幸进入其中，便自然成为神仙中人，长生不死便有了希望。所以，凡是向往成仙的，往往是如同李白诗中所写的那样，"五岳寻仙不辞远，一生好入名山游。"

道教的求仙、寻仙和修仙，从一开始就与对海上神山的寻觅联系着的。方士们很早就从事着去三神山觅取不死之药的活动，所以，三神山便成为神仙聚居的仙境胜地之首。由三神山传说的扩展，又引出了十洲三岛的仙境。到了隋唐时期，更形成了道教的洞天福地。洞天福地既是道教修真之所，也是通常意义上的游览胜境。盛唐时司马承祯编撰的《天地官府图》，全面罗列了十大洞天、三十六小洞天及七十二福地的名称。

秦汉之后，帝王们虽然对海上巡幸求仙活动不再感兴趣，但是对神山仙境却仍然是心驰神往的。历代帝王们为了拉近与蓬莱诸神山的距离，也纷纷在自己的住处搞起了一些象征神山仙境的人造景观。隋炀帝在都城造了一个园子叫西苑，周围二百多里，中有一个几十里方圆的大人工湖，称为海子。湖上筑有三座山，取名蓬莱、方丈、瀛洲。唐代高宗时，都城的大明宫中也建起一座园林，中有一个庞大的人工湖，称为太液池，湖中也筑有取名蓬莱、方丈、瀛洲的三座神山。辽、金、元、明、清五代帝王的宫苑——北海，其布局也是按照一池三山的形式而设计的。园内的中心建筑是琼华岛，琼华岛又叫蓬莱山。在颐和园的建筑中，和北海一样采取了"一池三山"的理水传统，湖中的凤凰墩、治镜台、藻鉴堂等岛屿，分别象征传说中的蓬莱、方丈、瀛洲三座神山。历代皇家园林所采取的"一池三山"的理水传统，成为一种造园模式，被称为"蓬莱模式"。这种模式不但被皇家园林所沿用，一些达官贵人的私家园林也紧随其后，纷纷效仿，采用的也是这种"一池三山"的蓬莱造园模式。

因为汉武帝的巡幸访仙，有了一个人间蓬莱。由于人间蓬莱与传说中的仙山蓬莱离得很近，加上各种求仙故事的渲染，这两个不同概念的蓬莱便常常被人们混在了一起，人间天上，天上人间，此蓬莱与彼蓬莱，总是缠绕不清。蓬莱这座小城，只因它是汉武大帝所造，又和仙山蓬莱搅和在一起，并且演绎出许多脍炙人口的山海传奇，致使这里成为中国东方神话的源头，被誉为神仙之都。"吞舟涌海底，高浪驾蓬莱，神仙排云出，但见金银台。"（郭璞《游仙诗》）这里的神山仙海，的确能够引起人们的无尽遐想。

相传，春秋时期那位与钟子期结成山水知音的琴仙俞伯牙，当年的音乐创作之始，就是与蓬莱联系在一起的。伯牙学琴作曲三年不成，其老师成连便将他带到蓬莱。伯牙独居海岛，四顾无人，但闻海水泊泊崩折之声，山林窅冥，群鸟悲号，逐渐有所感悟，从而创作出了传世名曲《水仙操》。

有一位手捧仙桃为王母娘娘献寿的女仙叫麻姑，传说她是在昆嵛山修道成仙的。她曾经在蓬莱这地方三次见过沧海变成桑田。后来人们便以"沧海桑田"来形容世事的变迁翻覆，或者形容时间的久远。"蓬莱清浅"这一典故，便是从这一故事中来的，宋代朱敦儒的《桃源忆故人》中，有"不共红尘结怨，几度蓬莱清浅"之句。

备受传真道推崇的八仙之首吕洞宾，被视为"蓬莱派"，其因由当来自钟离权初度吕洞宾时所题的一首诗："得道高僧不易逢，几时归去愿相从。自言住处连沧海，别是蓬莱第一峰"。吕洞宾自己的诗文中亦有"独坐蓬莱观宇宙，抽剑眉间海上游"等句，足以印证吕洞宾与蓬莱有着不解之缘。既然吕洞宾是八仙的核心人物，又与蓬莱有着紧密的联系，其他七位仙人也要聚会蓬莱就是很自然的事了。八仙在蓬莱的故事很多，而最为生动的当属八仙过海的故事了。千百年来，这一故事广为流传，家喻户晓，并且结晶出一句俗谚——八仙过海，各显神通。

在《蓬莱县志·仙释》中还有这样一段记载：宋代时曾有九位神丐在蓬莱落脚，九位中有八位双目失明，只有一位有一只眼睛尚可视物。出游时一只眼睛的乞丐在前面引路，其余八位一个扶一个肩膀，彳亍而行。他们白天行乞，晚上到一座桥下安睡。常在街上作"踏路歌"，预兆灾变。他们还在城郊种植槐、枣、柳、桃，为人们留下绿荫和果实，后人把这几位神丐称做"一目九仙"，把他们聚会和出示天书的石桥称为迎仙桥。

在蓬莱城北有一座不太高的山岗，因为山体呈红褐色，所以称作丹崖山。唐朝时，当地渔民在山上建了一座龙王庙，供奉着东海龙王，以保佑海上打鱼行船平平安安。到了宋朝嘉祐年间，有一位叫朱处约的人到登州做郡守。他发现丹崖山面对府城，背向大海，南为缓坡，北耸峭壁，云烟缭绕，朱体流丹，很有特点。据蓬莱方志记载，丹崖山古称蓬莱岛。既然是蓬莱岛，便是仙境所在，便有它的独特内涵。朱处约紧紧围绕这一独具个性的仙岛主题，充分发挥自己的想象力，精心构思，认真打造，致使丹崖山巅巍然挺立起一座雕梁画栋的楼阁，遂以蓬莱阁称之。

从此，天海之间，出现了一道与仙城古邑相映成趣的迷人风景。登临者举目而望，可见那飞檐列栋，雄峙在崖壁上，楼台亭榭，出没在云雾之中，所谓"仙阁凌空"，的确名副其实。对于建阁的目的，朱处约在他的《蓬莱阁记》中说得很清楚，无非是为州人开辟一处游玩的地方。当游者身临其境，"仰而望之，身企鹏翔，俯而看之，足蹑鳌背，听览之间，恍不知神仙之蓬莱也，乃人世之蓬莱也。"这位郡守的慧心与才情，可见一斑。立意高卓，其行亦远，正由于朱处约的山水文章主题突出，风格独具，才有着深远的意境，历千年而不衰，在神国仙乡独领风骚。

如果说汉武帝的海边筑城是一种精神上的需要，那么，朱处约的丹崖山上造阁便分明是一种借题发挥。汉武帝虽然只是为了解决对于神山仙岛期冀的焦渴，却无心插柳柳成荫，成就了一个人间蓬莱，使虚幻的神山变成了直观的仙境。而富于想象力和匠心独具的朱郡守，却也瞄准了神山仙岛这一生动题材，"以形破影，以迹蹈空"用令人叹为观止的大手笔，创意出神仙文化的传世之作。丹崖仙阁这一山海绝唱，以深邃的文化和超然的意境，勾勒出了瑰丽奇异的蓬岛胜境，至今尚启迪着人们的寻古觅仙情怀和对于现实生活的美好向往。

当历史的车轮驶进二十世纪末端，华夏大地上涌动着一股气势磅礴的改革浪潮。时代潮头上的人们，无一不想以洪钟大吕之势，唱出改革主旋律的最强音。于是，便在自己所处的环境中，苦心孤意地经营打造，力图创出独领风骚的伟业，以彰显自己的历史贡献。由此而产生的城市形象定位问题，引起了人们的广泛关注。对于蓬莱的城市形象定位，曾一度众说纷纭，莫衷一是。而只有"人间仙境"这一老祖宗留下的地域形象定位词，才能最为恰如其分地代表蓬莱的城市形象。自从神山仙岛为蓬莱积淀了丰富的历史文化内涵，蓬莱才有了自己的个性与灵魂，才能够理直气壮地树起"人间仙境"这块最为亮丽的牌子，以其独特的魅力昭示世人——"眼前沧海难为水，身到蓬莱即是仙"！

神仙之说只是一种文化现象，而对于蓬莱，却构成了具有特色的地域文化主题。正因为这一鲜明的个性，形成了一种与众不同的人文环境，也成为一种唯我独有的资本。套用一句通俗的话："特色就是本钱"，这个本钱就是神仙文化这块闪闪发光的品牌。"天上何曾有山水，人间乐得做神仙"，一块神仙牌子，撩拨得不可胜数的梦想以享世祚之人来到蓬莱，踏寻仙迹神踪，体验做神仙的滋味。毋庸置疑，旅游这一朝阳产业，已成为蓬莱的支柱产业，它正方兴未艾，前景十分广阔。

丹崖山上的蓬莱阁，既是神仙文化的载体，又处于蓬莱旅游产业的龙头地位。这一前人的杰作，是一笔不可多得的宝贵财富，它的价值是不可估量的。而今，依然以神仙文化为品牌打造出来的旅游产品八仙过海口，同样游人如织，情景喜人。它与蓬莱阁一左一右，一古一今，一山一海，一幽一秀，形成了一对姊妹篇，在黄渤二海之滨，亦庄亦谐地诠释着神仙文化的奇异与浪漫。如果把蓬莱阁比喻成一个仙风道骨的长者，那么，八仙过海口便是一位亭亭玉立的凌波仙子。长者在向世人娓娓地讲述着"人法地、地法天、天法道、道法自然"的道理，仙子却面向大海，舒臂梳妆，巧笑倩兮，美目盼兮，在海天之间展示着万种风情。"楼台四面神仙境，始知处处是蓬莱"，一座仙阁，一处仙渡，同是绰约迷离的仙家风范。如果联系它们所处的大环境来看，它们可以说是市井一侧的桃源、红尘中的仙境、圜阓里的天堂，徜徉其间，会产生一种超凡脱俗之感，用计成《园冶·掇山》的话来说，便是"莫言世上无仙，斯住世之瀛壶也"。越南友人黄文欢在蓬莱的题词云："八仙过海，传闻如此多奇；万事由人，风景这边独好"。既然是神仙文化框架之下构思打造出来的作品，那么，八仙过海的故事只是一个由头，而虚实结合的走笔才是一种引人注目的经典创意。也就是说，八仙过海的美丽传说，只是给创作者激发起了一种灵感，在这种灵感的鼓动下，才选准了一个主题，从而催生出一篇锦绣文章。

# 结语

　　仙道文化之于蓬莱，不管是自然景观还是人文内涵，都赋予它赖以生存的肥沃土壤和广阔空间，所以它才拥有了长盛不衰的生命力。同样的海滨城市，同样的海市蜃楼，只因它有了海上仙山的传说和方士们的大肆渲染以及帝王的巡幸访仙的推动，乃至全真道及八仙等的加盟，便大大地增加了这里的人文因素。自然景物只是外形，人文内涵才是灵魂，长期的历史积淀，使神仙道教成为这里的一大文化特色，也是蓬莱传统的主题文化和不可多得的遗产资源，有着极大的开发利用价值。孔夫子曰："名不正则言不顺，言不顺则事不成。"主题找准了，"名"就"正"了。名正了言就顺了。换言之，主题定准了，文章就好做了。有了"神仙道教"文化这一鲜明主题和人间仙境这一山海载体，就一定会书写出流传后世的经典之作。

　　[作者简介] 蔡玉臻，蓬莱历史文化研究会副会长。

# 天授地赋　人化物成——论蓬莱仙道文化的本源构成

### 王汝勤

　　天道有情，地气生灵，古郡蓬莱，仙道传承。据明代《三才图会》记载："（蓬莱）乃神仙之都，上帝游息之地，海水正黑为溟渤，无风而为波浪，万丈不可往来，惟飞仙间能到者。"① 蓬莱仙境承载了方仙、阴阳、五行崇拜，帝王寻仙传承了千年仙道信仰和人文精神，太平教、全真教将单纯的仙道崇拜发展到了精神修炼的境界，使蓬莱仙道文化完成了理论丰满。

　　人们不禁要问：为何唯独蓬莱承载了千年灵动的梦幻仙境？为何只有登州孕育了经久传承的仙道文化？值此，本文将从自然与人文的五个层面去透视蓬莱仙道文化的天地造化，去解读蓬莱仙道文化的本源构成。

## 一、得天时造化　生空明飘逸

　　古代蓬莱地属天下最东州——青州，号称山东第一州，正是这一方得天独厚的天授气蕴，滋养出了千年敬畏的仙人群体；正是这一处人杰地灵的厚土造化，孕育出这面灵动四方的仙道旗帜。

### 1. 占灵星之位

　　（1）天象在危宿。《史记·天官》载："燕、齐之疆，候在晨星，占于虚、危。"②《汉书·地理志》载："北宫玄武，虚、危。危为盖屋。"③ "齐地，虚危之分野也"。④《晋书·天文志》记载："自须女八度至危十五度为玄枵，于辰在子，齐之分野，属青州。""危三星主天府，天市，架屋。"（见下表）

---

①　（明）王圻、王思义编集：《三才图会》地理卷 8，上海古籍出版社 1988 年，第 287 页。

②　《史记》卷 27《天官书》，中州古籍出版社 1994 年，第 411 页。

③　《史记》卷 27《天官书》，中州古籍出版社 1994 年，第 401 页。

④　《汉书》卷 28 下《地理志下》，《四库全书荟要》，天津古籍出版社 1998 年，第 189 页。

### 星宿、方位、星次、分野、三垣等对位列表

| 二十八宿 | 方位 | 十二星次 | 十二分野 | 黄道宫属 | 三垣归属 | 七曜禽兽 | 地支 | 色泽 | 节气 |
|---|---|---|---|---|---|---|---|---|---|
| 虚危、女 | 北方玄武 | 玄枵颛顼 | 齐青州 | 宝瓶宫 | 太微垣 | 月、燕 | 子 | 绿 | 小寒大寒 |

清道光《重修蓬莱县志》卷1《天文志》记载："齐地虚危分野……"并附有青州星野图。清光绪《增修登州府志》卷1《疆域篇》载："汉班固志：自须女至危十五度为元枵于辰在子，齐之分野属青州。""蓬莱县曰黄，曰牟，曰玄，东莱郡入危九度。"蓬莱属地所对应的星象为二十八宿之一的"危宿"，属北方第五宿，因居龟蛇之尾，故得名"危"，为月、为燕；危宿以鸟"燕"为图腾，崇尚自由与飞翔。危宿有星官11个，其中危三星的形状有如一个尖屋顶，属于宝瓶座，土星是宝瓶座的守护神、主宰者。对应的金属为"铅"，属生金之天象，与长生之"丹"息息相关。

（2）属性呈仙象。其一，从物属归类看，危宿隶属于太微垣的星辖区。《晋书·天文志》说：太微垣是天子的宫廷，五帝的御座，十二诸侯的府第。它外围的藩屏是九卿。太微即政府的意思，同时又是"天庭"所在，有归宿之意。其二，从心性归属看，宝瓶座按世界物质类宫分，属气宫。正如《尔雅·释天》记载："玄枵，虚也。颛顼之虚，虚也。""虚在正北，北方色黑，枵之言耗，耗亦虚意。"玄枵是十二星次中一个十分强大的神仙，有种子的含义，具有对人类予取予夺的能量，其法宝是"赐福纱丽"，心性细腻，向善乐施，开朗乐观，具有极强的神秘感和探究性。形如飞仙，衣饰飘逸，环佩叮当，香气袭人，尽显仙道神韵。

### 2. 对九州吉地

《水龙经》曰："在天成象，在地成形，地有斯形，实与天象遥相应合耳。"[1]古代占星术认为，地上各周郡邦国与天上一定区域相对应，该天区的天象预兆着所对应之地的吉凶。

（1）从天地对位看。《淮南子·天文训》对分星所对应十三国做过这样的划分："星部地名，角、亢郑，氐、房、心宋，尾、箕燕，斗、牵牛越，须女吴，虚、危齐……。"明《寰宇通志》卷76记载："登州，禹贡青州嵎夷之地，天文'危'分界，春秋牟子国，战国属齐，秦为齐郡也。""嵎夷，今登州之地，即尧

---

① 《水龙经》卷5《总论》。

典之嵎夷。莱夷，今莱州之地。"① "古为斟寻国。唐虞时为嵎夷地。春秋时为牟子国。战国属齐。秦为齐郡地。汉属东莱郡。"②

蓬莱的九州地理分野自夏、商、周以来始终没有改变，早在五六千年前的新石器时代已有先民在这里休养生息。战国时期，就开辟了以登州海道为主的东方海上航路，此后，帝王的海上寻仙活动又大大促进了航海业的繁荣。

（2）从生态活力看。蓬莱属北方玄武危宿天象，其八卦对位"坎"方，属先天水，肾功旺盛，水运大兴。蓬莱居九州之东，立"震"向，属"木"地之局，呈绿色；对"肝"部之位，为生命本源态。并且，所对应的宝瓶座按物质器形划分，属"气宫"，具有精神、智巧、空灵、亢奋的特性，此星座历来运行平和飘逸，宝瓶座所对应的天秤座，则是长寿的标志。可见，仙境蓬莱独占"吉寿灵仙"之势。

"天有五星，地有五行"。危宿天象占"三"数，"天三生木，地八成之"，"三"为木的生数，"八"为木的成数。按五行生克看，蓬莱之地合顺生之序，大吉大顺。正是：天生"三仙山"，地成"八仙道"，乃蓬莱造化也，

因此，蓬莱成为千年生仙之地、寻仙之地当在情理之中。依据星象运行规律，自本世纪开始海王星、天王星再次进入宝瓶座，依据《新约圣经·启示录》预言："将开始长达 1000 年的和平时期。"

## 二、依地利风水 存神韵龙气

蓬莱之所以称之为仙境，正是得益于天授吉象，地赋龙脉，四灵恰居其位，得占上佳风水。

### 1. 城脉堪佳

关于蓬莱城的风水格局历来众说纷纭。清道光《重修蓬莱县志·城脉志》对古城的风水龙脉曾进行过描述，并绘制了"城脉图"，"自茶棚之望海岭，中间分两大支，一支西行……一支东行稍北……"另有"二支皆护县龙者也。"许多志书都认为蓬莱城的来脉起于城南之山，于是就形成了延续已久的"坐北朝南，有照无靠"的倒置风水格局思维定势。以此城脉看，外围龙脉挺直，环抱不足，内

---

① （元）黄镇成：《尚书通考》，《文渊阁四库全书》第 62 册，上海古籍出版社 1987 年，第 155 页。

② （明）李贤等：《大明统一志》卷 25《登州府》，三秦出版社 1990 年，第 412 页。

围龙脉如爪，多支入城，绝非上佳风水格局，也不足以为蓬莱带来千年吉运。这种堪断风水的思路是未能将蓬莱放到海陆一体的宏观视角去审视，实属误判。

蓬莱城脉起于中华三大祖龙之一的北干龙，她行至辽东半岛后回探，龙脉入海后时隐时现，南行至长岛南隍城、蓬莱田横山浮出大海登陆上岸。庙岛群岛南北排列着20多个岛屿，形成巨大的环形抱弯护砂之势，在海上，以北隍城岛为祖山来脉，左有大竹山为青龙，右有桑岛为白虎。在陆上，北部的丹崖山与蓬莱阁成为古城的玄武之靠，两翼护砂相对，左有麒麟山、秋碧山、凤凰山，右有紫荆山，虽"三山不显"，但灵气饱满。南部海拔183米的密神山（今庙山，古称：文峰顶、邑镇山）成卧龙盘顶之势，山上有建于明嘉靖十六年（1537年）的泰山行宫，庙中双塔恰如笔架之形，于是构成了登州古城的文脉镇山。解放后，宫破塔废，功能大变，文昌之气弱失。

在蓬莱的千年历史进程中，宋嘉祐五年出任登州知府的朱处约是一个必须被提起的人，他所主建的蓬莱阁不仅可以作为一个风水之塔提升玄武之山的高度，慰藉了蓬莱人心目中古城近身无靠的缺憾；而且又为千年来苦寻仙境仙道的人们找到了立身的站点和心灵的归宿。但令人遗憾的是，许多堪舆大家始终没有远观到大海中时隐时现的龙祖之脉，其实，那才是"人间蓬莱"的风水之源。

然而，蓬莱城脉尚存美中不足：一是白虎高居，青龙低屈，武强文弱，位势失衡，煞气稍重，故登州历来是兵戎相争之地，战将蕴生之乡。二是朱雀高于玄武，地势倒置，案山抵近，明堂狭小，空间有限。因此，未来中心城区应在西北乾位的山丘平台之上，其地势高爽，有靠有照，有环有抱，应为城脉吉地之首选。

## 2. 地气灵秀

唐代李吉甫在他的《元和郡县图志》中记载："昔汉武帝于此望海中蓬莱山，因筑城，以蓬莱为名。"蓬莱城位居山北水南，属阴性场气，因借助乾位的丹崖山，生发老阳之气，达到了地场平衡，地运转为阳盛。正如司马迁所言："齐带山海，膏壤千里，宜桑麻，人民多文綵布帛鱼盐。"[1] 杜甫有诗云："齐纨鲁缟车班班，男耕女织不相失。""齐纨鲁缟"是唐代的品牌特产。"因其俗、简其礼，通工商之业，便鱼盐之利，而人民多归齐，齐为大国。"[2] 发达的手工纺织业使"齐冠带衣履天下"。[3] 清道光《重修蓬莱县志》记载："登州地僻而民风淳，土薄而

---

[1] 《史记》卷129《货殖列传》，中州古籍出版社1994年，第985页。
[2] 《史记》卷32《齐太公世家》，中州古籍出版社1994年，第446页。
[3] 《史记》卷129《货殖列传》，中州古籍出版社1994年，第982页。

人情厚，士贵读书无奇邪之说，民安农贾无险颇之行，车马不远通淫物，酒浆不夜聚于灵巫，富民不结客于千里，豪杰不著名于图书。"历任知府、总兵皆有极佳的口碑，景和祥明，政通人和，堪称励精图治，实干兴邦的脊梁。所治登州一幅歌舞升平的景象，可与大都市扬州一比高下。

蓬莱确属风水吉地，历来天地平和，风调雨顺，人杰地灵。据清光绪《增修登州府志》记载，自晋太康六年（281 年）至光绪二年（1876 年）的 1600 年间，登州境内共发生过大小自然灾害 200 多次，平均 8 年一次，但在蓬莱区域内却极少发生，较为严重的仅有三次。可见，蓬莱是吉祥之地、富庶之地、归仙之地。

## 三、拥古城载体　修仙风道骨

"亭台楼榭燕尾脊，书香翰墨仙道地。"如果说，是蓬莱独有的天时资源为仙道文化的孕育提供了区位优势，那么，登州古城的构设则为仙道文化提供了地利平台。这里无仙山有仙城，无神仙有仙境。古往今来，人们慕名而来无不是为了幻望海上那神奇飘渺的蓬莱仙境，一睹饱蕴仙道文化的古城。

### 1. 结海市之缘

蓬莱素有"东方神话之都"美誉，她既是东方陆海蜃市的孕生地，也是方士入海求仙的策源地，更是仙道文化的原生地。蓬莱的仙道文化缘起海市，兴于战国，盛在秦汉，成教金代，距今已有近三千年的历史。关于蓬莱仙山的传说，早在人智初开的战国时期，史典郡志多有记载。

《山海经·海内北经》载："蓬莱山在海中，上有仙人，宫室皆以金玉为之，鸟兽尽白，望之如云，在渤海中也。"① 王嘉在《拾遗记》中说："三壶，则海中三山也。一曰方壶，则方丈也；二曰蓬壶，则蓬莱也；三曰瀛壶，则瀛洲也。形如壶器。"唐代李贤注《后汉书·窦章传》："蓬莱，海中神山，为仙府，幽径秘禄皆在焉。"明代谢肇淛《五杂俎》中记："登州海上有蜃气，时结为楼台，谓之海市。大凡海水之精，多结而成形，散而成光。凡海中之物，得其气久者，皆能变幻，不独蜃也。"沈括《梦溪笔谈》说："登州海中时有云气，如宫室、台观、城堞、人物、车马、冠盖，历历可见，谓之'海市'。或曰：'蛟蜃之气所为。'疑不然也。"

---

① 袁珂：《山海经校注》，上海古籍出版社 1980 年，第 324 页。

明代陆容在《菽园杂记》中对海市作了较为科学的解释："惟登州海市，世传道之，疑以为蜃气所致……观此所谓楼台，所谓海市，大抵山川之气掩映日光而成。"寻觅海上仙山不得，世人便将饱览蓬莱海市作为一大幸事，并逐步形成了悠久的海市崇拜。蓬莱特有的区位优势不仅成就了这一特殊的自然景观，也奠定了仙道文化最初的源起。

## 2. 重风水布设

登州古城的总体设计可谓用心良苦，素有"一府三城"、"一城四坊"、"三山不显，七桥不露"的美誉，即登州府城（蓬莱城）、水城、沙城。后期的蓬莱城又划为东南、东北、西南、西北四坊。"三山"即：凤凰山、麒麟山、秋碧山。

古人刻意在府城的营造上用心用计，从明泰昌版《登州府志》府城图看，成寿龟卧伏之形。北有镇海门，城门呈龟头探海之势；南有朝天门、火神（德）庙，成"火烧龟尾，快跑入水"之状。水口对位恰到好处，老城西北方有下水门，东南方有上水门，扩建后则在新城东南方增加了小水门，不知是利用自然水势还是人为刻意改造所致。蓬莱城内水脉旺盛，桥横水通。城内有多处清泉，蓬莱阁下的"冷然泉"清澈透明，水味甘冽，有诗云："万派朝中日夜添，随波上下尽如盐。谁知一掬冷然水，不混长流独自甜。"位于今西关的"金沙泉"清澈爽凉，四季涌流，至今水旺池深。这种无处不在的旺水之脉为府城增加了仙道灵气。

唐神龙三年时所建的登州城规模并不大，但"三滴水"皇制格局却令人刮目相看。史传隋炀帝杨广的叔叔杨林在带兵平定作乱登州的海寇后，奏请皇帝留居登州镇守，并依照皇家规制和当年京城楼、台、殿、阁形式营造登州古城，各城门楼皆为三层檐，俗称"三滴水"。千年蓬莱古城虽属州府县治，但历来都以皇城规制承载着厚重的帝王尊严和气韵。

"蓬莱沙城"虽早已消失，但仍然典籍留墨，它是知县王文焘于道光二十一年"劝民创筑，以互大城"的产物。这道长长的"沙城"将丹崖山脉顺势地向东做了延伸，既减缓了海风海雾的侵袭，又发挥了防御倭寇侵扰功能，也使古城增加了幺武之靠。它实际上是知县王文焘有意为古城加设的一道不可说透的风水屏障，大大规避了海上煞气对府城的直冲。

## 3. 成仙道境界

登州古城既有世人追崇的仙道景观和龙脉地气，又有深邃厚重的仙道文化积淀。历代史家、文人皆记而不评，但明眼人一看则知，那不时流露出的惊羡、认同和留恋尽在其中。

明洪武九年（1376 年），登州升州为府之后，登州卫指挥谢观、戚斌，永乐年间指挥王宏，相继将原城池向东拓展，即形成了蓬莱旧城的框架。山海一体的府城与海上的幻境相呼应，这正是历任登州知府和蓬莱知县立城、建城的基本宗旨所在。自汉代建镇以来，所有建城者无不立足于将古城构设成为一个立体的仙境空间格局，即山、海、河、岛同生；泉、池、井、桥共存；府、阁、坊、祠齐具；观、寺、楼、堂四布。当年的汉宣帝同样热衷于崇仙敬佛，自然也催生了登州城大兴土木，极力营造孕发仙道崇拜的强大气场。在当年的古城你随处可以找到中国古典园林"一池三山"建筑模式的影子。

古登州城素以"三多"著称，即府院多（共 11 处）、寺观多（共 77 座，其中名人祠 9 座）、牌坊多（共处 72 座，其中城区内 55 座）。堪称各路神灵来者不拒，以庙留仙有神必敬。文庙敬先师，道观敬帝仙，佛寺敬菩萨，香火极旺。包括：天神、地神、海神、雷神、土神、财神、火神、农神、文神、武神、喜神、狱神等，仅地方性神仙就达数十位。著名的古楼名祠有大忠祠、宋庆祠、柳家楼、吴家楼、钟楼、鼓楼（又称谯楼、望仙门）。

尤其是明清时期，城内儒、释、道三教寺观无处不在，另有四大寺（东西南北）、四大庵（白衣庵、弥陀庵、镇水庵、大姑庵）。当时的登州城已经成为中日朝三国佛道交流的聚集地，日本圆仁和尚在他的《入唐求法巡礼行记》中曾记载了那浩大的祭神活动场面："集会男女，昨日二百五十人，今日二百人"，"其讲经礼忏皆据新罗风俗，但黄昏寅朝二时礼忏且依唐风"。[①] 可见两地的仙道文化已达到高度融合的程度。

"蓬莱阁，秀丽奇爽，成一州伟观。"[②] 建有庙宇、轩亭、楼阁 15 处，并且近周还有四座寺观。所敬道教诸神有太上老君、灵宝道君、元始天尊、东海龙王、妈祖天后、雷公电母等。明代陈钟盛是最能体会朱处约筑建蓬莱阁的本意，"以形破影，以迹踏空，使登此阁者悟亦如此阁，不必更从阁觅蓬莱耶。"是蓬莱阁将古往今来的仙道崇拜一并汇聚到了丹崖山上。由此可见，蓬莱占尽天时地利，古城独拥龙兴之脉。明万历《蓬莱阁集·叙》曾这样说："天下无蓬莱则已，有蓬莱则兹窈窕空明之处，即蓬瀛之真境也；天下无仙人则已，有仙人则兹挥洒楼阁之章，尽绝粒之仙才。"蓬莱阁就是千年仙道文化和神道崇拜的见证者。

综上所述，蓬莱地气之盛、仙气之足、人气之旺，仙道气场不凡。万民向仙重道，倾心人文教化，自然修炼了一种仙风道骨。正如全真教创始人王重阳的

---

① 白化文：《入唐求法巡礼行记校记》，花山文艺出版社 1992 年，第 190 页。
② ［韩］林基忠编：《燕行录续集》第 106 册，韩国首尔尚书院 2008 年，第 56 — 59 页。

《不饮酒》诗所写："醒来不饮尘中酒，达后别传物外杯。莫衔白云随处有，自然举步到蓬莱。"蓬莱不仅是仙境的符号，更是仙道人生的终极归宿。

## 四、承寻仙引领　兴国家之举

回望千年历史，拓边、封禅、祭天、寻仙已成历代帝王的共同所为，秦始皇统一六国，汉武帝"文景之治"，唐太宗"贞观变革"，致使国力大兴，在实现国家疆域统一定型后，自然极力追求长治久安、万寿无疆的目标，这种帝王的寻仙封禅与平民的仙道崇拜，既是美好社会理想的表达形式，又是一种长生愿望的积极作为。帝王的寻仙活动开创了仙道崇拜的先河，同时也将仙道文化提升为国家行为。我国历史上曾出现过三次著名的入海求仙高潮期。

### 1. 齐燕王求药

战国时代神仙观念就已深入人心，神仙泛滥，方士得宠，仙药和秘术盛极一时。齐威王等当是古代入海求仙的始作俑者，据《史记·封禅书》载："自威、宣、燕昭使人入海求蓬莱、方丈、瀛洲。此三神山者，其传在勃（渤）海中，去人不远，患且至，则船风引而去。盖尝有至者，诸仙人及不死之药在焉，其物禽兽尽白，而黄金白银为宫阙。未至，望之如云；及到，三神山反居水下。临之，风辄引去，终莫能至云。"①《战国策·楚策》也记载："有人献不死之药于荆王。"《韩非子·外储说左上》也载："客有教燕王为不死之道者。"

可见，当时各国寻找"神山"、"神仙"、"神药"的活动堪称举国之为，其地域范围均在登州沿海一带，这个时期的海上寻仙活动持续了几百年之久。

### 2. 始皇帝寻仙

秦始皇五次出巡三次到过蓬莱，第一次东巡始于始皇二十八年（前219年），第二次东巡始于始皇三十二年（前215年），第三次东巡是始皇三十七年（前210年）。秦始皇个性狂傲，好大喜功，放任纵行，他取上古"泰皇"极序，用上古帝位之尊，行天子之命制，兴天子之诏令，誓言开万世帝业，自称"始皇帝"。始皇东巡阵容浩大，声威霸气，举全国之力寻仙封禅，筑阿房宫、建始皇陵，生死相继，万寿无疆。于是，帝王先行，方士助推，上行下效。

### 3. 汉武帝海巡

汉武帝的寻仙行为更是有过之而无不及，汉武帝前的六七十年正是道家思想

---

① 《史记》卷28《封禅书》，中州古籍出版社1994年，第416页。

全盛的时代，他延续了高祖的"清静无为，与民休息"的"黄老之治"国策，独尊儒术，崇尚玄道。他热心结交方士李少君、李少翁、栾大，多次拜会仙道文人司马相如，他虽不铺张声势，但寻仙已成国策。据《汉书》《史记》记载，汉武帝在历时 23 年的时间里先后八次东进寻仙，登州为必到之地，另有六次封禅泰山。元封二年（前 108 年）春，"遂至东莱，宿留之数日，毋所见，见大人迹。复遣方士求神怪采芝药以千计。"① 此行终未遂愿，只能去拜望方士在深山假造的"大人迹"。于是，蓬莱城就有了冠以"仙人脚李家村"、"仙人脚罗家村"等名的村落。唐《元和郡县志》记载了这一史事："昔汉武帝于此望海中蓬莱山，因筑城，以蓬莱为名"。② 此地后来建起了"望仙门"，即"谯楼"。

在频繁寻仙的同时，汉武帝为了再现"海上三仙山"的幻景，"于是作建章宫，度为千门万户。……其北治大池，渐台高二十余丈，名曰泰液池，中有蓬莱、方丈、瀛洲、壶梁，象海中神山龟鱼之属。"③ 首创了中国古典园林"一池三山"的鹤龟石组建筑风格，其中蕴含着丰富的仙道文化内涵。

明代朝鲜使臣说得好："秦皇何所得，汉地亦无成。"真实的仙境在蓬莱，永恒的仙道在人间。自此，"悉罢方士求仙事"，既为秦汉寻仙热潮划上了终止符，也开始了由幻镜蓬莱到"人间蓬莱"的置换。

### 4. 唐太宗东征

关于唐太宗东征莅蓬是否史实，可谓仁者见仁，智者见智。从无数言之凿凿的民间传说，到多处标记唐王东征行踪的村落，足以佐证唐太宗东征过蓬绝非空穴来风。据方志记载，蓬莱城"仙源楼"正门匾额上的"仙源"二字就是唐太宗的墨迹。《蓬莱县志大事记》载："唐贞观十八年，唐太宗亲征高丽，率尉迟敬德诸将，有城南遇驾夼进入县境，北上经正响至参驾疃，宿晒甲河，复渡海至长山岛"。

唐太宗于贞观十九年（645 年）东征高丽时的五言诗《春日望海》，可佐证当年唐太宗曾到过登州，此行除了东征之命，那殷殷的慕仙循迹之意也洋溢于字里行间。诗中"之罘思汉帝，碣石想秦皇"的诗句，以及褚遂良《春日侍宴望海应诏》中"从军渡蓬海"、"戈船凌白日，鞭石秋虹梁。之罘初播雨，辽碣始分光"的陈述，还有杨师道《奉和圣制春日望海》诗中所引用的"之罘归雁翔"、"鞭

---

① 《史记》卷 12《孝武本纪》，中州古籍出版社 1994 年，第 104 页。
② （唐）李吉甫：《元和郡县志》，中华书局 1983 年，第 312 页。
③ 《史记》卷 12《孝武本纪》，中州古籍出版社 1994 年，第 105 页。

石"、"架桥"词句，都是秦始皇在成山一带的寻仙典故。由此可见，唐太宗对前朝帝王的寻仙之举早已烂熟于心，对蓬莱仙境和仙道的敬慕已是溢于言表。这一点在始建于唐贞观八年（634年）的大明宫的构设上可以得到印证，唐太宗专建了"蓬莱池"（太液池）、"蓬莱山"，南宫门还专设了"蓬莱门"。

综上所述，历代帝王寻仙也罢，东征也罢，都是社会因素、政治因素和个性因素共同作用的产物。他们都是心性极度张扬的一代帝王，追求极盛权威，王道霸道兼用，誓立万世基业。面对宏愿无尽，生命有穷的困惑，只能靠寻仙祈道以求万寿无疆。因此，蓬莱当是首选的寻仙之地，仙道文化缘起于此也在情理之中。

与此同时，历代帝王的寻仙活动，不仅推动了陆神敬仰向海神崇拜的转变，加快了海道丝路的开通，完成了由陆地文化向海洋文化的扩展，而且使东方蓬莱成了先民仙道图腾的期许之地，并且大大催生了原始道教的产生和发展。

## 五、结双教仙道　立大德境界

古登州之地是方仙神教的发祥之壤。如果说山、海、城及海市幻境是仙道文化物质平台的构建，那么，建立完整的道教哲学体系和教义理论则使仙道文化走向了巅峰境界。

### 1.《太平经》开教

太平教兴起于东汉末年，当属于登州本土仙道文化的产物，秦汉时，最初的教义文本多在燕齐一带海上秘密相传，它的主要传经人甘忠可、夏贺良、帛和、于吉等人多生活在齐国地域。《太平经》堪称我国第一部道教经书，是战国以来仙道思想伦理化的产物，它将神仙分为六个等级："一为神人，二为真人，三为仙人，四为道人，五为圣人，六为贤人。"① 认为："气神相结，谓之神仙。"《太平经》提出了天人合一的神学思想，气神相合的修养方法，信修正道、善恶报应的处事理念，"无为而无不为"的治国方针，主张建立一种"治太平均"、"共养万物"、终极不变的生态平衡和中和自然的人类社会。它最大的突破是将民间的仙道崇拜纳入社会运行体系之中，并转换为道德精神和心性人格的修炼。

### 2. 全真教集成

王重阳在金元灭宋之际创立了全真教，不仅表达了救世平天下之志，更体现

---

① 《重阳全真集》卷10。

了教化国人、凝聚民心、复兴国家的可贵之为，全真教的出现使帝王寻仙、方士航海成为道教学说胎变的基础。王重阳主张"三教从来一祖风"，即："太上为祖，释迦为宗，夫子为牌"。① 全真教以"性命双修"为宗旨，超越了天仙、地仙、人仙的局限，以达成"形体坚固、有为社会、长生住世"的修炼目标。至此，全真教使仙道文化完成了理论丰满的过程。

王重阳创立的全真教"结胎于终南"，"诞秀于登州"，从"甘河遇仙"，到"东瀛成道"，整个兴起过程都充满着仙道神韵。王重阳受到《密语》中"一朝九转神丹就，同伴蓬莱去一遭"一语的教示，在东方仙都——蓬莱，使全真教达成了"性命双修"、"精、气、神"皆备的最高境界。他在《题净业寺月桂》中道出了取法蓬莱这块仙道之壤的归因所在，诗云："谁将月桂土中栽，争忍尘凡取次开。折得一枝携在手，却将仙种赴蓬莱。"在全真教前五位掌教门人中，除王重阳外其余四位均为登州人。据湖南师大文学院蒋振华先生查证，王重阳与全真七子的诗词中有"蓬莱"符号书写的达435首（诗195首、词240首）。由此可见，太平教、全真教的教义之根正是起于蓬莱仙道崇拜，它是蓬莱仙道文化走向四方的理论旗帜。这种追求仙道境界、致力修身立命的人生理想赢得了世人普遍的认同。

综上所述，自齐燕王求药至全真教创立的两千年间，中国的仙道文化完成了由感性到理性、由主观虚幻回归社会现实的跳跃过程；前一千年以寻仙活动为主，主外修肉身，祈求长生不老；后一千年则以理道成教为主，主内修心志，使"性命双修"成为了仙道文化的精神内核，完成了仙道文化体系的顶层构建。

# 结　语

醉心仙道历史，感赞盛世流年。蓬莱仙道文化得天象所授，拥地运平台，积人文底蕴，以"天人合一"的宗旨诠释了仙道理论内涵。如果说天地造化是蓬莱仙境的原生根始，那么帝王寻仙则是仙道文化的社会本源。正是这得天独厚的五大本源基因，催生了以仙境为形、以"双修"为体、以致世为本的仙道体系构建。

仙道崇拜既是一种入极的道德修炼，又是一种幻化的社会现实。仙道文化既体现了人生一致的生活追求，又展示了人类共同的理想之梦。弘扬仙道文化，要去其糟粕，取其精华，推动仙道文化走出历史，走向前台，逐步实现显性化、图腾化，使之可观、可感、可悟，进而彰显积极进取的人生追求和修性立命的精神

---

① （金）王重阳：《金关玉锁诀》。

境界，为中华民族的复兴之梦助力。

因此，打造富有时代内涵的蓬莱仙道文化景观，构建卓正厚重的仙道文化体系当是重中之重。

其一，复建唐代登州古城。要赋予国人"身到蓬莱即是仙"的心灵感受，要形成厚重的仙道文化感染。览古城景观，发仙道幽情，让崇尚仙道的人们在现实中找到梦幻仙境的寄托和体验。一是复建画河以西的唐代古城，复原标志性建筑，如：州衙、学宫、书院、、望仙门、开元寺、金沙泉、甘泉亭等。二是疏浚画河，直通迎仙桥，打通古城游览通道，将水城、登州古城连接起来，形成城海相通。

其二，规划海滨主题公园。建立七大碑群景观，即：蓬莱名人碑群、仙道传说碑群、仙道人物碑群、海市诗赋碑群、十大景观碑群、全真教经典教义碑群、《蓬莱仙境图》画屏碑（清：袁耀）。

其三，开辟海上寻仙旅游。通过模拟千年寻仙历程和体验，以此呼应世人怀古幻仙之愿望，激励修炼仙道之心志。

［作者简介］王汝勤，鲁东大学教师教育学院副教授。

# 蓬莱仙道文化和蓬莱古建筑

## 董韶军

道教发源于我国春秋战国的方仙家，是我国古代社会宗教信仰的基础上发展起来的一种古老宗教，它是一个崇拜诸多神明的多神教原生的宗教形式，创立于汉朝末年，距今已有 1800 多年的历史。道教产生的标志是太平道和五斗米道的出现。后来经过葛洪、寇谦之、陆修静、陶弘景、王重阳、丘处机等人努力和改革，道教成为中国正统宗教①。它的教义与中华本土文化紧密相连，经过近两千年的发展，深深扎根于中华沃土之中，具有鲜明的中国特色，已成为我国传统文化中的重要组成部分，并对中华文化的各个层面产生了深远影响。它除对中国古代的政治、思想、学术文化民俗等方面都产生了重要影响，尤其是对传统建筑影响更大。

## 一、历史悠久的蓬莱仙道文化和道教的关系

山东为"齐鲁之邦"，山东半岛位居齐地，文化主体是鲁文化与齐文化，具有悠久的仙道文化传统，蓬莱仙道文化以齐文化的仙道文化为重要内容。②

山东半岛自古以来就有着浓厚的仙道文化传统，齐地仙道文化早在东周就颇为盛行了。蓬莱海域常发的海市蜃楼奇观，造成蓬莱、方丈、瀛洲三座仙山传说的盛行，它是远古时代神话世界不可或缺的一部分，具有的巨大影响力。对传说中仙山上长生不老仙药的美好想象，引发了历代帝王们的长生梦，展开大规模的寻仙活动。从战国时期齐威王、齐宣王以及燕昭王派人入海寻仙③，自此寻仙活动不绝如缕。秦始皇时更命方士徐福带领三千童男童女从山东沿海出海寻仙。而汉武帝也是崇信燕齐方士，让他们为其寻找仙药④。秦皇汉武多次巡幸齐地，足迹遍布山东沿海地区，他们所发动的一系列寻仙活动，产生了巨大影响，极大地丰富了蓬莱仙道文化的历史内容。对于长生不老的不懈追求，这些独有的神仙信仰沿

---

①  卿希泰主编：《中国道教史》第一册，四川人民出版社 1988 年。
②  赵卫东：《山东仙道文化资源及其开发利用》，《齐鲁文化研究》2010 年第 9 辑。
③  《史记》卷 28《封禅书》。
④  《史记》卷 12《孝武本纪》。

袭而下，到东汉中、晚期为道教所继承，道教也在东汉末年应运而生，而包括蓬莱仙道文化在内的山东半岛的仙道文化传统在其中产生了重要作用，它对民间道教的出现起了很大推动作用。三国两晋南北朝动乱时期，道教发展受到严重影响。南宋金元时期，道教在南方是以正一、上清、灵宝三大符箓教派为主，同时南宗之内丹道创立；北方新崛起的三大新道教教派，由王重阳所创立的全真道最盛。这三大新道教教派其中两个是在山东创立并发展起来的，而全真道更是以山东半岛为早期最主要的活动中心。全真道祖师王重阳山东传道，发祥地在昆嵛山。王重阳先后收取丘处机等山东胶东人为徒，号称"全真七子"①。期间蓬莱也建立起"三教玉华会"。七子中的丘处机借助元朝的支持，使全真道迅速繁荣，并传播到全国，实现了王重阳"使四海教风为一家"的原意②，道教成为中国正统宗教之一。

蓬莱仙道文化经过历史的发展变化，已经和道教密不可分，其主要内容为道教所吸收，成为道教信仰的核心内容之一。

## 二、蓬莱仙道文化对蓬莱古建筑的影响

蓬莱仙道文化对蓬莱古建筑的影响，我主要谈谈它对蓬莱阁古建筑的影响。

蓬莱阁古建筑群坐落在蓬莱城北面的丹崖山上，整个古建筑群亭台楼阁分布得宜，道观园林交相辉映，因势布景，协调壮观。这些楼阁高低错落有致，与主体蓬莱阁浑然一体。蓬莱阁古建筑群占地 32800 平方米，建筑面积 18900 平方米，由龙王宫、天后宫、蓬莱阁、三清殿、吕祖殿、弥陀寺六大建筑群组成。蓬莱阁古建筑群是融宗教、民俗和园林建筑的组合体，建筑主次分明，错落有序，各组群的院落多沿轴线依山势纵深延伸，组群之间以小院落交接，布局小巧灵活，自然流畅，给人幽静安详的外部情感空间和神秘庄重的内部不同宗教氛围。蓬莱阁古建筑群依山面海，飞檐碧瓦，雕梁画栋，流丹滴翠，古朴壮观，形成了自然山水与人文景观巧妙结合的独特风格③。

蓬莱阁古建筑群体无论是从选址布局、建筑结构形制及彩绘雕刻方面都具有很高的艺术价值。1982 年，蓬莱水城及蓬莱阁被公布为全国重点文物保护单位。

---

① 牟钟鉴等：《全真七子与齐鲁文化》，齐鲁书社 2005 年。
② 赵卫东辑校：《丘处机集》，齐鲁书社 2005 年。
③ 蔡玉臻、郭丛军：《蓬莱市文化丛书——丹崖仙阁》，天津大学出版社 2004 年。

### （一）蓬莱阁古建筑群的选址和布局

1. 选址

自古以来，仙道文化建筑多于山林选择名山洞府，"洞天福地、古迹灵坛"、"天人合一、效法自然"，这是道门古教的首要条件。"宫宇示教"和"山水远俗"也是必要条件。宫宇即今日所称的仙道建筑庙或观，山水即今日所称自然风景区域，其环境必须僻静，这样才能远俗而利于修道。大多是利用奇异的地形地貌，巧妙地构建楼、亭、阁、榭、塔、坊、廊等建筑，建筑成以自然景观为主的园林系统，配置壁画、雕塑和碑文，诗词题刻等，供人观赏。

蓬莱阁古建筑群坐落于临海绝壁的丹崖山上，丹崖山虽不高，却因"海市蜃楼"而仙名远播。山上树木郁郁葱葱，古建筑若隐若现，林掩其幽，山壮其势，水秀其姿。自然山水与建筑完美结合，充分体现了道家"王法地、地法天，天法道、道法自然"的自然思想。

2. 布局

仙道宫观建的平面组合布局有两种形制，一种按中轴线前后递进，左右均衡对称敞开的传统建筑手法；另一种就是按五行八卦方位确定主要建筑的位置，然后再绕八卦方位放射敞开具有神秘色彩的建筑手法。

自唐代贞观年间丹崖山上建有三清殿、龙王庙以来，经过历代的增修和扩建，这里逐渐形成六大建筑组群，人们历来习惯把这一古朴典雅的古建筑群通称为蓬莱阁。丹崖山上，以蓬莱阁为领挈的阁祠宫殿与山水园林交相辉映的古建筑群，亭台楼榭各抱地势，飞檐列栋，烟斜雾横，山丹海碧，林木耸翠。

丹崖山上现存的仙道文化建筑群自东向西分别为：吕祖殿、三清殿、蓬莱阁、天后宫、龙王宫。

丹崖山北高南低，北为临海绝壁。蓬莱阁建筑群依山就势，层层推进，按建筑所处位置可划分成前区、中区和后区三大部分，主体建筑大多是中轴线对称的仙道文化建筑形式。

（1）前区位于山脚，包括上山阶梯路、万民感德碑亭和丹崖仙境坊，是整个建筑群的引导。蓬莱素有仙名，丹崖仙境坊即为"仙境"之门，跨过该坊便意味着步入仙境之中。

（2）中区位于山腰，主要是道教祭祀性建筑。此区自东向西形成四条南北中轴线，分别是吕祖殿、三清殿、天后宫和龙王宫。吕祖殿由垂花门、正殿、东西厢房组成，祭祀道教神仙八仙之首吕洞宾，道教全真派奉吕洞宾为"北五祖"之一；三清殿由前殿和正殿组成，祭祀的是三位道教始祖：原始天尊、灵宝天尊和道德天尊；天后宫为四进院落，由显灵门、钟鼓楼、戏楼、前殿、正殿、东西厢、寝殿组成，祭祀道教神祇天后林默娘；龙王宫为三进院落，由山门、前殿、东西厢房、正殿和寝殿组成，是祭祀道教海神广德王敖广的所在。

（3）后区位于丹崖山巅，它是以蓬莱阁为中心的海滨观览性建筑，是整个建筑群的主体。自东向西排列着普照楼、宾日楼、苏公祠、卧碑亭、蓬莱阁、避风亭、澄碧轩以及悬崖边的城墙建筑。

总之，蓬莱阁古建筑群充分利用丹崖山地形地势的特点，从纵向看，各主体建筑形成南北中轴线的建筑布局形式，体现出仙道文化建筑的选址和布局风格。

### （二）蓬莱阁古建筑群的建筑结构和形制

道教宫观是我国传统的群体建筑形式，一般是由个别的、单一的建筑有机连接组合成的建筑群。整体建筑群结构方正，对称严谨，充分表现出严肃而井井有条的传统理性精神和道教徒追求平稳、自持、安静的审美心理。这种以单体建筑组成院落为单元，通过明确的轴线关系串联成千变万化的建筑群体，使其在严格的对称布局中又可以有灵活多样的变化，并且这些变化又不影响整体建筑的风格。道教建筑经过两汉和魏晋南北朝的发展，从建筑形制到组群布局以及工艺水平等方面，都达到了相当成熟的阶段。唐、宋时，其以高台基、大屋顶、装饰与结构功能高度统一为主要特色的中国木质结构建筑，达到了鼎盛期①。

蓬莱阁古建筑群五大主体建筑均为木结构框架古建筑整体形制官式建筑风格，细部构件具有明显的地方特色。它们与多数道教宫观的建筑一样，为传统木结构建筑，以木架为骨干，墙壁用砖砌，用瓦盖屋顶。屋檐伸出深远，且向上举折，加上螭吻、脊饰，形成优美而多变的曲线，使本来沉重的大屋顶变得飘逸典雅，使整个建筑显得庄重和稳固，形成了一种曲与直、静与动、刚与柔的和谐美。

### （三）蓬莱阁古建筑的彩绘雕刻

道教建筑独特的艺术性主要表现在绘画和雕刻。其艺术内容广泛，木雕的天宫楼阁，砖雕中的背饰、瓦头、石雕中的柱、础、栏、板、杆，金属制品中的金殿、金碑以及板画、壁画等。道教建筑装饰图案一般为太极、八卦、四灵、暗八仙、鹤、鹿、龟、灵芝、仙草等。

蓬莱阁古建筑群是我国古代劳动人民在技术和艺术上智慧的结晶，在其梁架、神龛上，彩绘和雕刻鲜明地反映了仙道文化追求吉祥如意、延年益寿和羽化登仙的思想。如描绘日月星云、山水岩石以寓意光明普照、坚固永生；以扇、鱼、水

---

① 《中国古建筑之美：道教建筑（神仙道观)》，中国建筑工业出版社 2010 年。

仙、蝙蝠和鹿作为善、（富）裕、仙、福、禄的表象；用松柏、灵芝、龟、鹤、竹、狮、麒麟和龙凤等分别象征友情、长生、君子、辟邪和祥瑞。另外还直接以福、禄、寿、喜等字变化其形体，用在窗棂门扇裙板及檐头瓜柱、雀替、梁枋等建筑构件上。这些源自仙道文化思想和神仙故事的图案说明了仙道文化对传统文化的影响十分深远，八仙和八仙庆寿等仙道文化故事和图案，更是家喻户晓，深入到千家万户的各类建筑构件和日常使用的器具之中。

1. 蓬莱阁主阁彩画形制构图基本上沿袭清代中期嘉庆朝官式和玺、旋子彩画的框线造型及纹饰特征，纹饰组合较官式彩画更活跃，组合方式、纹饰特征，融入了宋元时期的彩画元素，五架梁彩绘又加入了明代抗倭大将戚继光的故事内容。

2. 天后宫正殿彩画形制构图，基本上沿袭清代中晚期官式龙凤和玺彩画的框线造型及纹饰特征，纹饰组合较官式彩画更灵活，其主题纹饰为凤纹。天后宫寝殿外檐彩画为金凤金鹤方心旋子彩画，其主题纹饰除了"凤"纹以外，还加入了"鹤"纹，找头部位的旋花纹为如意花头造型。它与正殿龙凤和玺彩画相比，等级层次布局合理，体现了仙道文化建筑的文化内涵。一楼正间神龛内塑天后金身坐像，神龛裙板雕"太平有象"、"狮子滚绣球"图案，神龛后壁绘牡丹、玉兰图。东西次间用花罩分隔，花罩雕刻梅、兰、竹、菊、石榴、寿桃、牡丹、玉兰图案，寓意品格高尚、富贵长寿。

3. 龙王宫正殿为旋子彩绘。大殿神龛龛头雕波浪纹，中间雕刻道教八卦图，横枋雕刻花卉图案，神龛正面两侧为隔扇，隔扇上部为透雕花卉，裙板雕刻"狮子滚绣球"和"万象升平"图。神龛后上方彩绘"桐鸟栖枝"、"春江水暖"、"孔雀紫藤"、"鸳鸯戏水"图。

总之，蓬莱阁建筑群体现出仙道文化建筑艺术手法，表现在雕刻、塑像和绘画三方面，并且很好地把它们与整体建筑融为一体，充分表达了仙道文化的思想内容。

### （四）蓬莱登州府城和振扬门城楼"三滴水"的来历问题

我们从蓬莱老照片中可以看到，清代登州府城和振扬门城楼都是"三滴水"建筑形式，古建筑三层檐屋顶形式建筑被俗称为"三滴水"，在封建社会，"三滴水"建筑一般只有皇家建筑才能采用的高等级建筑形式。蓬莱登州府城和振扬门城楼"三滴水"的来历说法不一，目前未有定论。

杨林建造说。这个说法流传比较广。蓬莱民间有个传说，隋代时靠山王皇叔杨林攻打占领登州后，皇帝特许其建造的，这个说法来源于清代历史演义小说《说唐全传》。我认为这个说法是错误的，原因有二：一是《说唐全传》中的杨林，其历史原型是隋朝将领杨爽。杨爽（563—587），字师仁，小字明达，他是隋文帝杨坚的异母兄弟，精通兵法，被立为卫王。开皇三年（583年），杨爽出征突厥，一战成名，不过他却在开皇七年病卒，时年仅25岁，而且史书中也没有其领兵征战登州的记载①。二是登州行政区划是唐武德四年（621年）唐高祖首次设立的，治所还设在牟平，神龙三年（707年）才迁到蓬莱。隋代时根本没有登州建制，而唐贞观八年（634年）蓬莱始置蓬莱镇。所以说隋代靠山王皇叔杨林建造说不可信。

农民起义建造说。山东的农民起义其中著名的有唐末黄巢起义、明初唐赛儿起义、明中期刘六刘七起义、清末捻军起义，这些农民起义最终都遭到镇压而失败了。如果农民起义初期胜利时建造了"越制"建筑，统治者在镇压了农民起义后又怎么会允许其继续存在呢？因此农民起义建造说也不能成立。

我认为蓬莱登州府城和振扬门城楼"三滴水"建筑形式，是蓬莱仙道文化影响蓬莱古建筑的一个缩影。古时由于科学水平低下，人们对自然环境的迷惑不解和恐惧，自然导致他们对神灵产生敬畏，他们认为可以通过建筑与神灵进行沟通。而蓬莱作为东方神话的发源地，为了和神灵沟通，"吸引"海中仙山中神仙的驾临，高等级的地面建筑以祈求神仙的临幸是不是顺理成章呢？

## 三、结语

蓬莱仙道文化随着道教主旨近两千年的发展和积淀，早已深入人心，随着时代的变迁，将可能产生新的形式和内容。蓬莱仙道文化对蓬莱古建筑产生了深远的影响，势必在今后继续影响蓬莱古建筑。

[作者简介] 董韶军，蓬莱阁管理处文物科。

---

① 《隋书·杨爽传》。

# 蓬莱阁与仙道文化述论

张爱敏

　　蓬莱阁在蓬莱市区西北方向的丹崖山上，1982 年与蓬莱水城同被国务院公布为"全国重点文物保护单位"。阁下面临大海，建筑凌空，海雾四季飘绕，素有"人间仙境"之称。狭义上的蓬莱阁指向主阁单体建筑，广义上的蓬莱阁指向含主阁单体建筑在内，还包括由三清殿、吕祖殿、苏公祠、天后宫、龙王宫、胡仙堂、弥陀寺等几组不同的祠庙殿堂、阁楼、亭坊共同组成的建筑群，每个建筑又包含许多别具风格的楼、殿、亭、台等，这一切统称之为蓬莱阁，而广义上的蓬莱阁正是本文想要论述的。

　　作为中国古代四大名楼之一的蓬莱阁，既凝聚着古代劳动人民的聪明智慧和艺术结晶，又缘地域与环境之因，与仙道文化有着千丝万缕的关联。蓬莱阁素以"人间仙境"著称于世，其"海市蜃楼"奇观和"八仙过海"传说贯穿古今，享誉海内外，而这些文化元素恰能部分体现仙道文化所蕴含的传统文化真谛。历经风雨沧桑，蓬莱阁景区现如今已发展成为以蓬莱阁古建筑群为中轴，蓬莱水城和田横山为两翼，深度融合仙道文化神蕴的风景名胜区和休闲度假胜地。

## 一、蓬莱阁史要与概览

　　自古以来，蓬莱就是中华民族古代典籍和道教传说中著名的神仙住所和人间仙境。成书于战国时代的《山海经》中就有"蓬莱山在海中"之句。① 《列子》也载：

　　　　渤海之东不知几亿万里，有大壑焉，实惟无底之谷，其下无底，名曰归墟。八弦九野之水，天汉之流，莫不注之，而无增无减焉。其中有五山焉：一曰岱舆，二曰员峤，三曰方壶，四曰瀛洲，五曰蓬莱。②

---

① 袁珂：《山海经校注》，上海古籍出版社 1980 年，第 324 — 325 页。
② （晋）张湛：《列子》卷 5《汤问》，上海书店出版社 1986 年，第 52 — 53 页。

传说早在公元前 3 世纪，秦始皇听闻蓬莱产有一种长生不老的药物，而且还有神仙在此居住，于是便下令让徐福带领着众多童男童女前往寻找神药。[①] 后来，肇始于中国汉代的本土宗教道教，历经金元两代的迅速发展与壮大，结合传统文化因素的综合考虑，当时比较活跃的道教北方派别全真教逐渐把蓬莱视为道教圣地，不只是第一代掌教王重阳于此创教并传教，所收七名弟子，号称全真七子，皆为古登州人，而蓬莱正是登州府治所在地。历朝历代先后在该地建立了不少宫观，仅在明清两朝单在蓬莱区域内的宫观就有 166 座之多，这还不包括当时归属于登州管辖的其他区域的宫观，而丹崖山上的蓬莱阁就是与仙道文化有着密切关系的历史遗存之一。

蓬莱阁与滕王阁、黄鹤楼、岳阳楼一起并称为中国古代四大名楼。作为道教风景名胜地，主阁单体建筑始建于北宋嘉祐六年（1061 年），坐落于丹崖极顶，阁楼高 15 米，坐北面南，系双层木结构建筑，阁上四周环以明廊，可供游人登临远眺，是观赏"海市蜃楼"奇异景观的最佳场所。阁中高悬一块金字模匾，上有清代书法家铁保手书的"蓬莱阁"三个苍劲大字。而位于蓬莱阁下的仙人桥，结构精美，造型奇特，传说恰为"八仙过海"踏足的地方。明万历十七年（1589年）巡抚李戴于阁旁又增建了一批建筑。清嘉庆二十四年（1819 年）知府杨丰昌和总兵刘清和主持进行扩建，使其大具规模，后又得以多次修缮。历经历朝历代的保护与修缮，1982 年，蓬莱阁被公布为国家级重点文物保护单位。经千余年匠心运筹，形成现今规模，整个古建筑群占地 32800 平方米，建筑面积 18900 平方米。[②]

史载秦始皇、汉武帝都曾为寻求仙药先后来此地，传说秦方士徐福受始皇之遣由此乘船入东海去求仙丹，著名的"八仙过海"神话故事流传亦在此，自古为文人墨客雅集之地，历来是道教炼士修真之境，阁之周围现存留历代文人雅士观海述景题刻二百余处；登临阁廊，举目远望，长山列岛时隐时显，东北海疆碧波连天，春夏之际，海市蜃楼时时光临阁北海上，使人耳目一新，心旷神怡。阁南有三清殿、吕祖殿、天后宫、龙王宫等道教宫观建筑，均依丹崖山势而筑，层层而上，高低错落，与阁浑然一体；阁东有卧碑亭、苏公祠、宾日楼及普照楼，东

---

① 《史记》卷 6《秦始皇本纪》，中华书局 1963 年，第 247 页。

② （明）宋应昌：《重修蓬莱阁记》，泰昌《登州府志》第 1401 — 1404 页；周恩惠、宫玉鹏、聂广明主编：《蓬莱县志》，齐鲁书社 1995 年，第 591 — 592 页；山东省蓬莱市地方史志编纂委员会办公室编：《蓬莱市志》下，黄海数字出版社 2014 年，第 2069 — 2071 页。

南建观澜亭，为观赏海上日出之所；西侧海市亭，因为观望海市蜃楼之境而得名，又因其三面无窗，亭北临海处筑有短垣遮护，亭外海风狂啸，亭内却燃烛不灭，故又名避风亭。整个古建筑群陡峭险峻，气势雄伟，朱碧辉映，风光壮丽。

蓬莱阁作为名人学士雅集之地，阁内各亭、殿、廊、墙之间，楹联、碑文、石表、断碣、琳琅满目，比比皆是，翰墨流芳，为仙阁增色不少。因北侧海面上空常出现"海市蜃楼"奇观，故宋有登州知州苏东坡长吟"东方云海空复空，群仙出没空明中。荡摇浮世生万象，岂有贝阙藏珠宫"，明有登莱巡抚袁可立撰写"纷然成形者，或如盖，如旗，如浮屠，如人偶语，春树万家，参差远迩，桥梁洲渚，断续联络，时分时合，乍现乍隐，真有画工之所不能穷其巧者"，[①] 这些雅颂的着墨都是对"海市蜃楼"奇景的生动写照，并将神仙文化的意境描写得淋漓尽致。纵览整个蓬莱阁古建筑群，不论从建筑外观上体会，还是从文化内涵上理解，都与仙道文化息息相关。

## 二、蓬莱阁与八仙过海

蓬莱地名，从它诞生的那一刻起，就与神仙文化结下了不解之缘，成为"仙境"的代名词。长生不死的神仙之说，在我国由来已久。其中，民间流传最广的当属八仙及其相关传说。提到蓬莱的神话传说，就无法不先谈及八仙传说，因为八仙故事就是蓬莱神话传说中最亮丽的一笔，最终八仙醉酒的形象扎根于蓬莱阁之上，使得仙、道、阁各种元素相互融合，最终成为以实物形态历代传承与延续的文化瑰宝。

八仙故事产生的背景，缘于当时社会生产与文化的落后，人们对现实生活中的许多现象不理解，但又不愿放弃对美好生活的向往与追求，在不断的生产生活中，经过几百年间的文化要素的积累，逐渐创造了八仙的造型，即汉钟离、张果老、韩湘子、铁拐李、曹国舅、吕洞宾、蓝采和及何仙姑。由于人们对八仙的无比喜爱，因此，民间有关他们的传说甚为丰富，如：八仙过海的故事、"狗咬吕洞宾"的来历、九顶会仙山、铁拐李收伏蝗精度李吉、苏东坡访八仙、铜井的来历、蓬莱阁下的仙人桥、天后宫唐槐等众多故事传说。八仙当中有的是风流倜傥的书生，有的是相貌丑陋而心地善良的乞丐，有的是皇亲国戚，有的是一贫如洗的民间歌者。就时间而言，有的出现在汉代，有的出现在唐末五代，有的出现在宋代，

---

① （明）袁可立：《甲子仲夏登署中楼观海市》，碑在蓬莱阁避风亭内。

最终的成型是源于明代吴元泰所著的通俗小说《东游记上洞八仙传》二卷，此后便广泛在民间传播开来，直至将影响扩展至全国，并使蓬莱阁成为八仙传说的根源地，蓬莱阁上拜八仙，已经发展成为一种既定模式的民间信仰。当然，关于神仙的记载，在典籍中还有许多，诸如安期生、"福禄寿"三星、王和平、禅鉴大师、晓初、一目九仙、重阳子、李国用、耍子、赤脚王、马贞一、董光纯、六如老人、徐钓者、马续头等众多神话故事传说，① 本文在此不一一赘表。

八仙来自于不同阶层、不同时代、相貌各异，为什么这八位具有不同性格、不同身份、不同时代的仙人能结合在一起而组成一个仙人群体，至今仍为人们所津津乐道，影响不衰？从社会历史的角度可以看到，八仙传说的普及与全真教的大力宣传有着密切联系。全真教的代表人物丘处机，所宣扬的教义和真行，都直接或间接与八仙群体的成因发生关系。一方面，全真道教为了宣扬教义，不得不抬出一个能适应社会各阶层需要的仙人群体，以广招信徒；另一方面人民群众处于战乱困顿之中，亟需安定的生活，于是将这种期望寄托在神仙的保护之下。于是，经常云游人间扶危济贫的八仙群体自然最符合他们的愿望。所以，全真教第一代掌教王重阳在终南山没能实现自己的创教理念，后于金大定七年（1167年）至登州这片仙道文化长久滋生的沃土，自收了马钰作第一个弟子之后，便开始了他在登州和莱州收徒、布道、讲法、建立道会等一系列活动，而这一系列活动促使蓬莱成为道教的重要传播地，也使得本地旧有的仙道文化通过活跃的宗教活动得以进一步发扬光大，获得广泛传播与认可。② 同时活跃的宗教活动，也促使蓬莱阁上宫观的逐步增建，蓬莱阁因蓬莱地缘得天独厚的先天优势发展成为道教圣地，使得思想化的仙道文化以建筑遗存的表现形式得以长存与传承。

### 三、蓬莱阁与仙道文化的关系

到底什么是仙道文化？在笔者看来，可以从仙文化与道文化两个方面切入思考，文化的主导首先是有着几千年形成历史的代表民众质朴宇宙观的仙文化，而后期发展起来的道文化则是仙文化的现实体现与基本内容。仙文化是资源性的文

---

① 袁行霈、陈进玉主编：《中国地域文化通览：山东卷》，中华书局 2013 年，第 437 —
438 页。

② 《蓬莱神仙传说》，http://www.360doc.com/content/15/0612/08/9660465_477548875.
shtml，2015 年 8 月 20 日。

八仙

化，与地域密切相关。早期的先秦典籍《山海经·海内北经》载"蓬莱山在海中"，①《列子·汤问》亦载"渤海之东有五山焉，一曰岱舆，二曰员峤，三曰方壶，四曰瀛洲，五曰蓬莱"，② 虽然这些著作曾经因为知识水准的圈囿，被认定为荒诞不经的奇书异闻，但随着研究的深入，现在大部分学者认同其中蕴含天地至理，万物奥妙，难能可贵地表达了"天地亦物"的宇宙观，《山海经》也越来越受到国际汉学界的重视，是一部有价值的早期地理著作。至文化繁荣的北宋，科学家沈括在《梦溪笔谈·异事》中载"登州海中，时有云气，如宫室、台观、城堞、人物、车马冠盖，历历可见，谓之海市。或曰：'蛟蜃之气所为'，疑不然也。欧阳文忠曾出使河朔，过高唐县驿舍中，夜有鬼神自空中过，车马人畜之声一一可辨，其说甚详，此不具纪。闻本处父老，云：'二十年前尝昼过县，亦历历见人物'。土人亦谓之海市，与登州所见大略相类也。"③《梦溪笔谈》是一部涉及古代中国自然科学、工艺技术及社会历史现象的综合性笔记体著作，被英国科技史学家李约瑟誉为中国科学史上的里程碑，书中对于海市蜃楼的记载，是史上第一次将神话传说以科学笔记的方式进行记录与说明。上述著作所著述的这些元素都与蓬莱有关，并构成了具有典型地域特色的仙文化的主体，围绕这些主体，展开仙道文化内容的扩展与深入研究。道家思想与道文化一直都是以仙文化为依托，进

---

① 袁珂：《山海经校注》第 12《海内北经》，上海古籍出版社 1980 年，第 324 — 325 页。

② （晋）张湛：《列子》卷 5《汤问》，上海书店出版社 1986 年，第 52 — 53 页。

③ （宋）沈括：《梦溪笔谈》卷 21《异事》，中华书局 2009 年，第 239 页。

行外延与完善，从春秋战国时期开始萌芽的道家思想至道教的形成与传播，经历了由理论指导现实的发展过程。

相对而言，仙道文化发源于民间，代表老百姓最质朴、最原始的美好诉求，向往美好生活、安居乐业的渴望，注重的是今生的修为与行为，所以才有广泛认知的"得道成仙"的说法，传播阶层较低，但是不能因为传播阶层较低，就无组织，无秩序，所以文化体系中的神仙则出现了尊神与俗神之分，这在蓬莱阁古建筑群上有着较好地体现，其上既有供奉尊神的三清殿，又有供奉俗神的胡仙堂等。而且，纵观道教发展史，每一次兴旺活跃的高潮期都与朝代更迭、民生凋敝或者百废待兴，有着直接的关联。所以说，仙道文化的现实指导意义，相比较于其他宗教而言，更加直接与具体。

而在中国，能够将仙文化与道文化较好地融合体现，蓬莱阁应该算得上是首屈一指的典范。蓬莱阁古建筑群，依托丹崖山山势而建，没有非常严格的建筑规制，尤其体现在彩绘装饰上，有皇家用的和玺彩绘，也有民间常见的苏式彩绘，彩绘的主题，既有神话故事，诸如八仙过海，也有民间传说，诸如张良拾履等，还有个人传奇，诸如戚继光抗倭等。最重要的是山上的建筑扎根于仙道文化而成，百姓的日常信仰都寄托于实体建筑上，不论是供奉尊神还是俗神，都是百姓所需与所想，甚至于为需求而"量身定做"。诸如干旱，需要求雨，龙王宫应运而生；作为沿海地域，百姓出海打鱼需要保佑海上平安，天后宫应需而生；百姓生活困苦，需要惩恶扬善，云游四海扶贫济危的八仙便翩然而至。如此看来，仙是来源于生活而高于生活，道是来源于生活，而应用于生活。蓬莱阁上的古建筑与建筑内所供奉的神与仙都与百姓生活息息相关，而且较好地融合与呼应，人敬仙、信道，仙道存在的目的恰是为佑一方平安、保安居乐业。

1. 吕祖殿与隐仙洞

吕祖，即吕洞宾，唐末五代道士，传说修道于终南山，元明以来被誉为八仙之首，道家正阳派号为纯阳祖师，俗称吕纯阳。吕洞宾在汉族民间信仰中占有重要地位，宋代封吕洞宾为"妙通真人"，元代封为"纯阳演正警化孚佑帝君"。王重阳创立全真道后，尊其为"北五祖"之一，故道教又尊称其为"吕祖"。

蓬莱阁吕祖殿位于宾日楼南，坐北朝南布局，由重门、正殿和东西两庑组成。丹崖山上旧有"吕祖殿"，建年及地址不详，内立吕公像碑。后圮，移吕公像于望日楼侧，立亭，名"吕祖亭"。清光绪二年（1876 年）改建正殿，改额"吕祖祠"。1973 年，修缮建筑，修复塑像，改额"吕祖殿"。正殿为三开间硬山结构，长 9.04 米，进深 8.05 米。殿内设高台神龛，中祀吕洞宾坐像，左右侍立药童和柳树精。①

　　吕洞宾"寿"字碑位于正殿前明廊西端，面南而立。"寿"字草书，笔力雄健，盘郁苍劲，碑下款为"光绪甲申仲冬勒于蓬莱丹崖之吕祖阁志斋郑锡鸿谨摹"。江西九江烟水亭纯阳殿"寿"字碑之"寿"字，与此一般无二，当即为摹者所据。九江碑上尚有篆书"九转丹成"4字，意草书"寿"字系草书"九转丹成"4字拼合而成。②对于"九转丹成"四字与蓬莱的关系，

吕洞宾

吕祖殿

全真教第二代掌教马钰在《洞玄金玉集》卷之六云："异日丹成九转，携云同赴蓬莱。"道教修炼的最高境界就是九转丹成，丹成之后的唯一归所即为蓬莱，由此足见蓬莱对于全真道教的修炼而言，意义非凡，这也是为什么马钰会在《洞玄金玉集》中多次提及"蓬莱"、"蓬庄"、"蓬瀛"、"蓬岛"、"蓬宫"的原因之所在。

　　2. 三清殿

　　蓬莱阁三清殿始建于唐朝开元年间，明隆庆年间重修过，是供奉道教最高尊

①　蓬莱市地方史志编纂委员会办公室编：《蓬莱阁志》（1992），第 7 页。
②　山东省蓬莱市地方史志编纂委员会办公室编：《蓬莱市志》下，第 2085、2088 页。

隐仙洞，传说是吕洞宾修炼的地方

三清

神的地方。三尊塑像，中为玉清元始天尊，东为上清灵宝道君，西为太清太上老君。他们手中所持宝器分别象征三个不同的时代。[①] 元始天尊手持红珠，象征洪元时代，灵宝道君手持太极图，象征混元时代，太上老君手持扇子，象征太初时代。道教作为中国汉民族固有的宗教，尊老子为教祖，把老子的《道德经》奉为主要

---

① 蓬莱市地方史志编纂委员会办公室编：《蓬莱阁志》（1992），第 6 页。

元门鼻祖

经典。《道德经》云："道生一、一生二、二生三、三生万物"，意为"道是万物的本原，由此生出元气、阴阳两仪、四时乃至万物"。

道教也是多神教，道教里诸多的神可分为三大类：第一类是尊神系统，包括三清、六御、五老天君、诸天帝、日月星辰、四方之神、三官大帝等。三清是道教的最高尊神，所以蓬莱阁三清殿的建筑风格略有不同，屋顶采用重檐歇山式样，体现尊神的等级差异，此在等级上仅次于重檐庑殿式样，而在中国古代建筑中也仅有如天安门、太和门、保和殿等可享有重檐庑殿顶。六御有玉皇大帝、北极大帝、天皇大帝等，诸天帝是"九天上帝"、"三十二天帝"、"十方天尊"等。第二类是俗神系统，原来流传于民间，有雷公、风伯、门神、财神、灶君、城隍、药王、关帝、文昌等。第三类是神仙系统，大多是凡界的人物得道成仙者，如：九天玄女、王母娘娘、八仙、妈祖、赤松子、广成子、彭祖、南华真人（即庄子）、安期生、北五祖、南五祖、北七真等。① 如此看来，道教三等诸神在蓬莱阁上都有供奉，而三清殿在丹崖山上建成与延续，构成蓬莱阁古建筑群的一部分，就足以说明蓬莱阁与仙道文化的渊源关系，它作为道教圣地的朝拜殿堂，为信徒与民众提供了日常修炼与跪拜之所，充分体现道教圣地的现实存在意义。

3. 天后宫

蓬莱阁天后宫位于"丹崖仙境"牌坊后正中，额曰"显灵"，占地面积3000多平方米，内供妈祖，尊号"天后"，故名天后宫，建筑结构是四进院落，南北朝

---

① 山东省蓬莱市地方史志编纂委员会办公室编：《蓬莱市志》下，第2084—2085页。

向，自南向北依次为正门、钟鼓楼、戏楼、前殿、垂花门、东西庑、正殿东西耳房、后殿，为中国北方形成年代最早、规模最大的天后宫庙宇之一，在妈祖文化向北方传播和向朝鲜、日本传输进程中发挥过重要作用。

天后是海峡两岸人民虔诚信奉的海神，北方人俗称海神娘娘。在她的家乡福建莆田一带，人们尊称其为"妈祖"，因此许多地方奉祀她的宫庙叫"妈祖宫"。天后姓林，名默，福建省莆田湄州湾贤良港人，生于北宋建隆元年（960 年）三月二十三日，卒于雍熙四年（987 年）九月初九日，时年 28 岁，终身未嫁。

据史料记载，蓬莱阁天后宫始建于北宋崇宁年间（1102 — 1106），庙额原为"灵祥"。宋宣和四年（1122 年）路允迪出使高丽，因遇飓风"八舟溺七"，传获红衣妈祖庇

天后

护，唯路允迪所坐之舟有惊无险。为此路允迪奏明圣上扩建宫观，后建屋四十八间。道光十六年（1826 年）毁于火灾。第二年重修，把庙额"灵祥"改为"显灵"，形成现今规模。①

蓬莱阁天后宫与全国各地天后宫的陪神相比，较为特殊，由四海龙王为天后当站官。作为海神，龙王势渐微，与宋代盛行的五行阴阳之说有直接关联，进而影响了主管水的神的性别抉择，由朝廷倡导的女性海神妈祖逐步取代龙王，执掌四海，庇佑海上平安。在天后宫后殿东西厢房屋檐下的青砖上还巧妙地镌刻有意境绝妙的五言绝句，两两对应，为清朝乾隆时期登州知府陈葆光所书："直上蓬莱阁，人间第一楼。云山千里目，海岛四时秋。"② 似为说明当时此地官民对于妈祖的偏爱，所以特意在建筑装饰上留下此不易被觉察的特别精妙之处。

① 《增修登州府志》卷 4《古迹》；蓬莱市地方史志编纂委员会办公室编：《蓬莱阁志》（1992），第 5 — 6 页。

② 山东省蓬莱市地方史志编纂委员会办公室编：《蓬莱市志》下，第 2077 — 2078 页。

## 4. 龙王宫

龙王

龙王殿

蓬莱阁龙王宫原位于丹崖极顶（今蓬莱阁址）。唐贞观二年（628年），名为海神庙，宋嘉祐六年（1061年）建蓬莱阁时移于西偏之处。元中统年间（1260－1263）、大德五年（1301年）、明洪武十八年（1385年）和万历末年（1617－1620）均曾修葺，1984年修缮，1993年重建在二战期间被日军飞机炸毁的前殿和后殿。① 龙王宫为中轴式布局，三进院落，由南向北依次为山门、前殿、两厢、正殿、后殿，占地2117平方米。

前殿内东西各塑海中护法一尊，东为定海神，西为靖海神。正殿东西长

① 蓬莱市地方史志编纂委员会办公室编：《蓬莱阁志》（1992年），第5页。

12.69 米，南北进深 10.08 米，有前廊，廊前明柱书联："龙酬丹崖所期和风甘雨，王应东坡之祷翠阜重楼"，殿额："霖雨苍生"。殿中设高台神龛，内塑东海龙王敖广金身坐像，两侧塑有 8 名站官，由南而北，东为巡海夜叉、千里眼、电母、雷公，西为赶鱼郎、顺风耳、风婆、雨神，体现典型的仙道文化元素，所供诸神皆可与民间神话传说相对应。殿北门有联曰："海邦万里庆安澜，五湖四海降甘霖"，楣批"风调雨顺"。后殿为龙王寝宫，亦有明廊，廊前明柱书联："赠大圣定海神珍千年魔尽，还八仙渡海宝物万里波平"，殿额"福庇海邦"。殿内亦设高台神龛，内塑龙王及左右嫔妃金身坐像；殿内东西两侧各塑 4 名侍女。旧有龙王木雕像及龙王雕像出行用的步辇、仪仗。[①]

5. 胡仙堂

蓬莱阁胡仙堂位于古建筑群的西北部，东与天后宫寝殿西山墙相连，始建于明代。坐北朝南，面阔 9.13 米，进深 3.73 米，高 4.45 米，为三开间三架梁硬山顶建筑。相传明朝登州府内有一胡姓人家，家中有一公子，自幼无心读书求取功名，而热衷于寻求民间药方，进深山采药为老百姓治病。他医术高明，不管什么样的疑难杂症，都能药到病除，后潜修仙道，得道成仙，被尊称为"胡仙"。为纪念他的功德，当地百姓在蓬莱阁西侧修建"胡仙堂"祀之，曾经香火鼎盛，前来求药治病的人络绎不绝。解放前，胡仙堂内塑像、物品被毁，[②] 空余屋瓦殿堂闲置。

胡仙堂

2001 年，蓬莱阁景区根据年长的老艺人及当地老者的口述，恢复胡仙堂原貌。重修后的胡仙堂门上的楹联为"入深山修心养性，出古洞得道成仙"。堂中供奉三尊塑像，中间为胡仙，身边是他的两位药童，女童手拿灵芝，男童手拿药

① 山东省蓬莱市地方史志编纂委员会办公室编：《蓬莱市志》下，第 2081 — 2083 页。
② 山东省蓬莱市地方史志编纂委员会办公室编：《蓬莱市志》下，第 2092 — 2093 页。

葫芦及医书。东面墙上为《深山采药图》，乃山东省画院高级画师王汝霖所作。有关蓬莱阁胡仙堂建造由来的传说，所体现的仙道文化元素，则更为平民化而贴近百姓生活。

## 结语

仙道文化在蓬莱阁上扎根，首先得益于先秦文化典籍的地域渲染，后至宋始建主阁又至明代建筑群雏形初具，文化的仙道烙印逐步渐入人心。宋登州知州朱处约建阁时所做《蓬莱阁记》载："世传蓬莱、方丈、瀛洲，在海之中，皆神仙所居，人莫能及其处，其言恍惚诡异，多出方士之说，难于取信。而登州所居之邑曰蓬莱，岂非秦汉之君，东游以追其迹，意神仙果可求也，蓬莱不得见，而空名其邑曰蓬莱，使后传以为惑。……听览之间，恍不知神仙之蓬莱也，乃人世之蓬莱也。"[1] 其将神仙之蓬莱，以现实存在的蓬莱阁作为载体，承载仙与道、道与阁的共融，并供百姓听览膜拜，惠及百姓，造福后代。而至明代陈钟盛《蓬莱阁记》载："夫蓬莱境界，号称仙居，其说见于《山经》《水注》，所记载骚士韵客所托兴，不一而足。而是阁之构，乃以是名，其有慕而为之耶？抑将以形破影、以迹蹈空，使登是阁者悟蓬莱亦如是阁，不必更从阁外觅蓬莱耶？"[2] 则一语中的，说明蓬莱与仙居的渊源，以及蓬莱阁与仙境、仙人的直接关系，使得后世人"悟蓬莱亦如是阁，更不必从阁外觅蓬莱"，让蓬莱阁的传奇景致得以以"仙阁凌空"的姿态千古流传。

[作者简介] 张爱敏，蓬莱阁管理处博物馆馆员。

---

① （宋）朱处约：《蓬莱阁记》，泰昌《登州府志》卷 15《艺文三》，第 1399 页。
② （明）陈钟盛：《蓬莱阁记》，屈毓秀等主编：《中国游记散文大系·山东卷》，第 313—314 页。

# 后 记

2015 年 8 月 19 日至 21 日，蓬莱仙道文化与中国古代文学学术研讨会在蓬莱召开。此次会议由山东省古典文学学会、中华文学史料学会古代文学分会、鲁东大学胶东文化研究院、蓬莱市人民政府共同主办。来自中国人民大学、山东大学、中国海洋大学、湖南师范大学、河北师范大学、天津师范大学、东北财经大学、山东师范大学、鲁东大学、烟台大学、曲阜师范大学、青岛大学、济南大学、聊城大学、齐鲁工业大学、齐鲁书社等高校、科研院所、出版单位的 60 余位专家、学者参加了会议，提交论文近 50 篇。

收入《蓬莱仙道文化与中国古代文学》论文集的论文都在这次会议上交流过，会后又经过作者的认真修改。由于各种原因，有些会议论文未能收入本集。

论文集的出版得到蓬莱市人民政府相关部门的大力支持，山东省古典文学学会秘书处的同志为出版付出了辛劳，谨致谢忱！

《蓬莱仙道文化与中国古代文学》编委会

2015 年 12 月